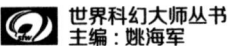

世界科幻大师丛书
主编：姚海军

菲利普·迪克中短篇小说全集 V

全面回忆

〔美〕菲利普·迪克 著

孙加 译

四川科学技术出版社

图书在版编目(CIP)数据

全面回忆 / [美]菲利普·迪克 著； 孙 加 译.
-成都：四川科学技术出版社，2017.11
(菲利普·迪克中短篇小说全集 ; 5)

ISBN 978-7-5364-8792-5

Ⅰ.全…　Ⅱ.①菲…②孙…　Ⅲ.①科学幻想小说 – 小说集 – 美国
– 现代　Ⅳ.I712.45

中国版本图书馆CIP数据核字(2017)第251526号

图进字21-2017-28号

世界科幻大师丛书
全面回忆
——菲利普·迪克中短篇小说全集 Ⅴ

出 品 人	钱丹凝
丛书主编	姚海军
著 　 者	[美]菲利普·迪克
译 　 者	孙 加
责任编辑	宋 齐　姚海军
特邀编辑	钟睿一　陈 曜
封面绘画	李 凯
封面设计	李 鑫
版面设计	李 鑫
责任出版	欧晓春
出 　 版	四川科学技术出版社
	四川省成都市槐树街2号出版大厦　邮政编码:610031
开 　 本	140mm×203mm
印 　 张	19.75
字 　 数	407千
插 　 页	2
印 　 刷	四川省南方印务有限公司
版 　 次	2019年3月成都第一版
印 　 次	2019年3月成都第一次印刷
定 　 价	62.00元

ISBN 978-7-5364-8792-5

■ 版权所有·翻印必究 ■

■本书如有缺页、破损、装订错误，请寄回印刷厂调换。
厂址：四川省眉山市彭山区彭祖大道南段135号　邮编:620860

菲利普·迪克

Philip K. Dick

1928–1982

引　言

托马斯·迪什[1]

老话说，作家分两种——作家的作家和读者的作家。后者是少数幸运儿，他们写的书，散发着奇异的费洛蒙[2]（前者在自家实验室里怎么都复制不出这东西），年复一年占据着畅销书榜。这些书，大多数时候都满足不了精英读者的"文学"评论口味，可偏偏就能畅销。

至于作家的作家，他们的书能得到很高的评价（很多都来自满心钦佩的同行）。可是，读者却不买账。读者稍微瞟一眼这些书的书评，就能嗅出味道，知道出自"作家的作家"之手：比如，这部书的文体风格得到了高度赞誉（真正的读者作家，绝不会让自己的书被冠以"文体"这种高冷名词）；书中的角色都很有"深度"；尤其是，这部书十分"严肃"。

作家的作家，通常会眼馋读者作家的响亮声名和种种特权；

---

① 托马斯·迪什（Thomas M. Disch，1940~2008），美国科幻小说家，获两次雨果奖、九次星云奖提名，著名作品有《集中营》《334》等。

② 也叫外激素、信息素，由动物分泌出来，是具有挥发性的化学物质，能影响同族的生理或行为。

偶尔,读者的作家,也会羡慕作家的作家头顶的光环(这些光环用版税可买不到)。亨利·詹姆斯,这位了不起的"作家的作家",写过一篇很滑稽的故事,名叫《下一次》。这故事说的是一位读者的作家,和一位作家的作家,互相羡慕,决心交换位置。詹姆斯给这故事写的结尾绝对现实:严肃文学作家倾尽全力,写了一部"畅销书",得到了前所未有的高度评价。可是,书还是卖不出去。商业成功的那一位呢,也用了吃奶的力气,写了一部"艺术作品"。可是,评论家嗤之以鼻,读者倒是倾倒不已,书前所未有地热卖。

菲利普·迪克,在他那个年代,既是作家的作家,也是读者的作家;或者说,他两者都不是,完全属于另一种类型——他是科幻作家的科幻作家。这个结论有理有据——去看看迪克成堆的平装书封面就知道了。那些封面上,印满了科幻同行毫无保留的赞美:约翰·布鲁纳①说他是"世上最有才华、始终保持高水准的科幻作家";诺曼·斯宾拉德②也说他是"二十世纪后半叶最伟大的美国小说家"。厄休拉·勒古恩将他誉为美国的博尔赫斯,哈兰·埃利森③更进一步,将他比作科幻界的"皮兰德娄④、贝克特⑤

①约翰·布鲁纳(John Brunner,1934~1995),英国科幻小说家。

②诺曼·斯宾莱德(Norman Spinrad,1940~),美国科幻小说家,评论家,多次获星云奖提名,曾任美国科幻奇幻作家协会主席。

③哈兰·埃利森(Harlan Ellison,1934~2018),美国小说家,剧作家,编辑,多次获雨果奖和星云奖,著名剧本包括《我,机器人》。

④路伊吉·皮兰德娄(Luigi Pirandello,1867~1936),意大利剧作家,曾获1934年诺贝尔文学奖。

⑤塞缪尔·贝克特(Samuel Beckett,1906~1989),爱尔兰剧作家,获1969年诺贝尔文学奖,最著名作品为《等待戈多》。

和品特①"。布莱恩·奥尔迪斯,迈克尔·毕晓普,我本人,还有许许多多其他人,都毫不吝惜对他的溢美之词。可惜,当年,这些赞美对迪克作品的销售量却无甚助力,书还是卖不出去。迪克之所以能靠笔杆子活下来,全亏他惊人的创造力——光是这几卷"中短篇故事全集"的规模就可想而知;而且,别忘记,在大多数读者心中,迪克并不以短篇故事出名,他是个长篇作家呢!

我觉得,赞誉迪克的人,几乎全部来自科幻同行,而不是普通的"文学成就评断颂扬者",这一点很重要。因为,跟科幻领域之外的普通作家不同,他的成就并不在于"精妙的文体",也不在于"角色的深度"。迪克的文字,鲜少有行云流水的美丽,倒时常像卡西莫多一般的驼背瘸腿。哪怕是迪克某些最出名的小说,其中角色的深度也只有二十世纪五十年代情景喜剧的水平(我们还是说好听些:迪克的写作,可以看作是对美国本土"即兴面具喜剧"②的补白)。自然,例外也有。不过,就算是这些稀有的例外作品,重读一遍也会发现,其中的文字更像布拉德伯里③和范·沃格特④,而不是博尔赫斯和品特。迪克本人,在大多数时间里,都心甘情愿地让文字停留在漫画般简洁——有时甚至是头脑简单——的层次。

看看本书第一篇故事《小黑匣》就明白了。这篇故事写于

①哈罗德·品特(Harold Pinter,1930~2008),英国剧作家,2005年获诺贝尔文学奖。

②16世纪兴起的意大利戏剧形式,由专业演员戴上角色面具,即兴表演。

③雷·布拉德伯里(Ray Bradbury,1920~2012),美国科幻奇幻小说家,著名作品有《火星编年史》等,以诗一般的文字见长。2004年获美国国家艺术奖章。

④阿尔弗雷德·埃·范·沃格特(A.E.van Vogt,1912~2000),美国科幻小说家,是"黄金时代"最受欢迎、最有影响力的作家之一。

1963年，正是迪克创作的高峰。在这一年前后，迪克写出了《高堡奇人》和《火星时间穿越》这样的经典之作。而且，《小黑匣》还是迪克后期的另一部代表作《仿生人会梦见电子羊吗?》的故事原型。在这样的时期，这样的故事，其文字最多也只能算是简洁。

那么，为何有如此众多的科幻作家为迪克献上诸多美誉？对科幻迷来说，答案显而易见：迪克的点子，实在又多又好。但凡某一特定文学类型(如科幻)的忠实读者，只要看到真正的创意突破，很愿意原谅作者在文字上的粗疏。类型小说的死症，正是情节和设定的不断老套重复。迪克的好点子，在想象力光谱中，能占据整整一个独特的波段。

迪克不喜欢"征服太空"题材。在他看来，太阳系殖民，顶多不过是再添几个死气沉沉的"郊区"而已。他也不喜欢编造"异星怪兽"，那是万圣节的唬人哑剧。迪克十分清楚，这些怪兽面具底下都藏着人类面孔，再怎么精心编造也没用。迪克的好点子全部源自日常生活，比如他生活的社区、读到的报纸、买东西的商店、电视里的广告等等。他的长篇和短篇，加在一起，就是描绘美国"大众奢华"①和"越战"时代最准确、最全面的当代小说之一。迪克没有巨细靡遗地记录这一时代的种种细枝末节，而是创造了各种隐喻，发掘出我们生活方式的意义。是他，让我们生活的平常世界变成了奇迹。这不正是艺术的最高成就吗？

不是。还能更进一步。我们还能给作品润色，精心编排文字和手法，用各种办法让作品的外观更加美丽。不过，对大多数科幻作家来说，只要盘子里有饱含蛋白质的肉食隐喻，有没有亚

———————————
①美国二十世纪五六十年代出现的一种装饰风格。

麻桌布、水晶酒杯都不重要。说起来,迪克没有精心打磨的点子,倒是泽被了同时代的科幻同行。我们常常接过他笨手笨脚投来的球,然后来一次触地得分。比如,厄休拉·勒古恩的《天钩》原本应该是迪克的最佳长篇之一——可惜他没写。我自己的《334》,如果不是得到迪克笔下"单调未来"的启发,也不可能成形。知道自己欠迪克人情的作者很多,不知道自己欠迪克人情的作者更多。

本书末尾,迪克特别为《未成人》这个短篇写了注解——这篇注解,是迪克对科幻同行产生影响的好例子。《未成人》的大致内容是:有个小男孩,如何被当地"堕胎卡车"的司机逮住。而所谓"堕胎卡车",是一个类似"捕狗队"的组织,专门围堵抓捕"未成人"们(也就是,12岁以下、被父母遗弃的孩子们),带到"堕胎中心",放毒气杀掉。据说当时,这故事出版后,乔安娜·鲁斯[①]公开提出,要揍迪克一顿。

这故事是一篇很有启发性的宣传材料(迪克本人管它叫"特别陈情书")。针对这篇"陈情书",唯一正确的回应,当然不是发出"揍他一顿"的威胁,而是在这个有趣但有争议的问题面前毫不退缩,继续让故事更加戏剧化——比如,既然"堕胎"可以,那"杀婴"也可以呀?在"堕胎"这个问题上,如今大众的意见呈两极分化状态。在这种情形下,迪克的短篇虽然给人"剧情突变"的感受,话却远远没有说完。其他作家可以利用迪克《未成人》的基本设定,轻松推演出一整部小说——而且,小说的主旨,未必一定是反堕胎。每当迪克重新思考自己从前的好点子,他就

---

①乔安娜·鲁斯(Joanna Knss, 1937 – 2011),美国作家、学者、激进的女权主义者,曾撰写过科幻小说《女先生》(The Female Man)。

会写出一部长篇小说来；而他之所以被称为"科幻作家的科幻作家"，正是因为其他作家思考他的点子后，也能写出长篇小说来。阅读迪克的短篇，不像"专注凝视"一件已完成的艺术作品，倒像是参与一次未完结的谈话——在此，我很高兴成为这次未完结谈话的一份子。

1986年10月

在虚假弥漫的帝国中,怎么做,才能写出与之抗衡的真相之书?在充斥恶毒谎言的帝国中,怎么做,才能写出正直之书?该怎么做,才能在敌人眼皮子底下写出这样的书来?

用老办法(比如躲在浴室里写作)肯定不行。未来是真正的技术时代。在这样的时代,该用什么办法?在新形势下,有没有新办法,能实现自由和独立?或者说,在新形势下,独裁暴政会不会消灭不同的声音?人类之精神会不会发出意想不到的回应?

——菲利普·迪克访谈,1974(收录于《表面真实》)

目 录

小黑匣

一

国务院的鲍嘉·克罗夫茨开口道:"日足小姐,我们打算派你去古巴,为当地的亚洲人做宗教指引。你有东方背景,对开展工作有帮助。"

琼·日足暗自呻吟一声,心想:自己的"东方背景",最多也就是出生在美国东海岸、加州的洛杉矶市,然后上了加州圣巴巴拉大学。

不过,从受过的学术训练上讲,她确确实实是个亚洲学者。而且,她没忘记把这一点写在工作申请表上。

"就说说'博爱'这个词。"克罗夫茨说,"在你看来,杰罗姆用这个词,到底想表达什么意思?慈善?不可能。不是慈善,那是什么?友谊?爱情?"

琼开口道:"我的研究方向是佛教的禅宗。"

"可是大家都知道,"没听到自己想要的回答,克罗夫茨有些泄气,抗议道,"在后罗马时代,'博爱'这个词,表示好人之间对彼此的尊重。就这个意思。"接着,他扬起自己威严的灰色眉毛,

"你愿意接受这份工作吗，日足小姐？如果愿意，你的理由是什么？"

"我想去古巴宣讲，散播佛教禅宗思想。"琼回答，"因为……"她住了口。说实话，她想要这份工作，无非因为薪水高。这是她碰到的第一份真正高薪的工作。从职业发展的角度看，这机会十分诱人。"哎呀，算了，"她接着说，"到底什么才是'唯一正道'？我没法回答。"

"很明显，对佛教的研究教会了你如何避免诚实正面地回答问题。"克罗夫茨讽刺道，"你还学会了闪烁其词。不过——"他耸了耸肩，"说不定，这一点恰好证明你训练有素，是这份工作的合适人选。在古巴，你会碰到非常世俗、老练圆滑的人，而且十分富有——哪怕用美国的标准来衡量，也是巨富。我希望，你跟他们打交道的时候，能和现在表现得一样好。"

琼应道："谢谢您，克罗夫茨先生。"她站起身，又说："那么，希望很快能收到您的消息。"

"我对你印象深刻，"克罗夫茨喃喃道，半是对她，半是自言自语，"毕竟，你只是个年轻女子，却第一个想到把佛教禅宗的机锋输入圣巴巴拉大学的大电脑里去。"

"我是第一个这么做的人，"琼纠正道，"想到这点子的不是我，是我的朋友雷伊·莫瑞坦。他是灰绿爵士乐竖琴手。"

"懂爵士乐，又懂佛教禅宗，"克罗夫茨说道，"国家在古巴用得上你这样的人。"

她对雷伊·莫瑞坦说："我一定得离开洛杉矶，雷伊。我受不了这儿的生活。"她来到雷伊公寓的窗边，望着远处单轨列车闪烁的轨道。银色的列车正高速运行。琼急忙转开眼睛。

　　我们真该好好受受苦,她想,我们就缺这个——真正受苦的经验。我们能逃避一切,连这辆飞快的列车也能避开。

　　"你马上就要离开了呀。"雷伊回答,"你很快就要去古巴,给富有的商人和银行家讲经说法,让他们皈依佛教,变成禁欲者。不过啊,依我看,这件事倒是个不折不扣的禅宗矛盾——让人家禁欲,你却能拿到高额报酬。"他嘻嘻笑出了声,"要是把这念头输入电脑,结果肯定糟糕。话说回来,去了古巴,你就不必天天晚上坐在水晶大厅听我演奏了——是不是因为懒得听我的音乐,你才急着要逃啊?"

　　"不是。"琼说,"正相反,我还指望能在电视里继续看你演奏呢。说不定,你的音乐对我的宣教事业也有帮助。"说着,她走到房间另一头,打开角落里的黑檀木箱子,取出一把点三二手枪。这把枪是雷伊·莫瑞坦的第二任妻子埃德娜留下的。去年二月,一个落雨的下午,她就是用这把枪饮弹自尽的。

　　"这枪我能带走吗?"琼问。

　　"为了纪念她?"雷伊问道,"因为她的死跟你脱不了干系?"

　　"埃德娜的死不怪我。她喜欢我。我可不为你妻子的自杀负责。不过,她死前倒确实发现了我们俩的关系——发现了我们约会的事。"

　　雷伊若有所思地回答:"就你这样,还敢四处告诉人家,要接纳责备,不能把责任推到外部世界头上……你管这原则叫什么来着,亲爱的?"他咧嘴一笑,"啊,对了,反被害妄想症原则。要一点不漏地全部接纳责备,完全彻底地怪在自己头上——这就是琼·日足医生为精神疾病开出的药方。"他瞄了琼一眼,讽刺道:"你真该当威尔伯·墨瑟的信徒才对。"

　　"别提那个小丑。"琼回答。

"像个小丑正是他的吸引力之一。来,我给你看。"雷伊打开房间对面的电视机。电视机是东方风格的,没有支撑腿,装饰着宋朝的龙纹样。

"真奇怪,你怎么知道墨瑟什么时候会上节目?"琼问道。

雷伊耸耸肩,咕哝道:"我对他很感兴趣。他兴起了新宗教,从中西部开始,横扫美国,一直到加州海湾,取代了佛教禅宗的地位。既然你说宗教是你的职业,那你也该认真听听。有宗教,才有你这份工作。宗教付你钱呢,好姑娘,别看不起它。"

电视机亮了。威尔伯·墨瑟出现在屏幕上。

"他怎么不说话?"琼问道。

"嗯,墨瑟发了静默誓,本周内绝对不开口。"雷伊点了根烟,"国务院本该派我去,不该派你。你这个假宗教家。"

"好歹我不是小丑。"琼反唇相讥,"也不是小丑的信徒。"

雷伊柔声提醒她:"我记得有位禅师说过,'佛就是擦屁股纸'①。还有一句,'佛常常'……"

"闭嘴!"琼断然喝住,"我要看墨瑟。"

"你要看。"雷伊的声音中的讽刺愈发尖刻,"上帝呀,你居然想看? 没人会看墨瑟——这才是要义所在。"雷伊把香烟扔到壁炉里,大步走到电视机旁。琼看到,电视机旁边放着一只小小的金属匣子,带着两根把手,用双股电线跟电视机相连。雷伊抓住匣子上的把手,脸上立即露出痛苦的神情。

"怎么了?"琼紧张地问道。

"没——没什么。"雷伊抓着把手不放。屏幕上,威尔伯·墨瑟在一座荒凉的山脚下慢慢走着,地面贫瘠崎岖。从外表看,他

---

① 原文为"The Buddha is a piece of toilet paper",或指《庄子外篇·知北游》中的"道在屎溺"。

是个中年人,脸很瘦。他扬着头,一脸平静祥和——或者说,一脸空白。这时,雷伊喘着气放开了把手。"这次我只能坚持四十五秒。"接着,他向琼解释道:"这个匣子,叫通感匣,亲爱的。别问我怎么弄到这匣子的,我不能说——其实,我自己也不清楚。总之,是他们——专门派发匣子的组织,叫威瑟公司——弄来的。不过,我可以告诉你,一旦握住这两个把手,你就不只是看着威尔伯·墨瑟了。你会体验到他的感受。他走向顶点的每一步,你都能参与。"

琼说:"可是,你刚才好像很疼啊。"

雷伊·莫瑞坦轻声回答:"没错。因为威尔伯·墨瑟马上会被杀掉。他会死在某个特定处所,而他正在一步步走向那地方。"

闻言,琼吓得赶紧远离匣子。

"你说过,我们就需要这个。"雷伊说,"别忘了,我可是个挺有能耐的读心者。不用费劲就能读出你的想法。刚才,你想着,'我们真该好好受受苦'。现在机会来了,琼。"

"这是——变态!"

"你的想法也变态?"

"没错!"

雷伊·莫瑞坦说:"威尔伯·墨瑟已经有了两千万信徒,遍布世界。他们跟着他一同受苦,跟着他一起朝科罗拉多州的普埃布罗走去。反正他们是这么说的。我个人持怀疑态度。总之,墨瑟主义已经取代了佛教禅宗,盛行于世。佛教已经式微,你却要去古巴,向有钱的亚洲银行家宣传这种过时的禁欲主义。"

琼默默转开脸,看着屏幕上不停行走的墨瑟。

"你知道我是对的。"雷伊说,"我能感受到你的情绪。也许你现在还没察觉,但这种情绪确实存在。"

屏幕上，一块石头朝墨瑟飞来，砸中了他的肩膀。

琼明白，此时此刻，所有握着把手的人，都跟墨瑟一起，体会到了被石头砸的痛苦。

雷伊点点头，"正是这样。"

"等到——等到他真正被杀的时候，大家会怎么样?"她打了个哆嗦。

"我们只能等着看。"雷伊轻声回答，"现在谁也不知道。"

二

国务卿道格拉斯·赫里克对鲍嘉·克罗夫茨说:"我觉得不对，鲍吉。那姑娘是莫瑞坦的情人没错，可并不代表她知情。"

"我们等李先生的回音，听听他怎么说吧。"克罗夫茨不耐烦地回答，"等她到了哈瓦那，李先生会在那儿等她。"

"李先生不能直接扫描莫瑞坦的大脑?"

"让一个读心者扫描另一个读心者的大脑?"鲍嘉·克罗夫茨想象着这画面，露出微笑。画面十分荒诞:李先生想解读莫瑞坦的意识;而莫瑞坦本人也是读心者，他从李先生的脑中看到，李正在扫描自己的大脑。与此同时，李先生解读了莫瑞坦的意识后，发现对方已经发现自己的扫描行为……如此这般，循环往复，无穷回归，最后只有无数个意识层层叠加。莫瑞坦可以把自己的真实想法藏在这一串叠加之下，不去想威尔伯·墨瑟的事。

"他们俩的名字太像，所以我才怀疑。"赫里克说，"莫瑞坦，墨瑟，头三个字母都一样[1]。"

克罗夫茨回答:"我确定，雷伊·莫瑞坦不是威尔伯·墨瑟。

---

[1] "莫瑞坦"是 Meritan，"墨瑟"是 Mercer。

理由如下,在CIA的帮助下,我们录下了墨瑟的广播节目,把它放大,进行研究。在节目里,墨瑟身后的背景一如既往,都是荒凉的景色,仙人掌、沙子、石头什么的。"

"嗯。"赫里克点头,"他们把这种景色称为荒野。"

"画面放大后,天空中出现了一样东西。我们研究了这个天体。那不是月亮。它的确是颗卫星,但个头太小,不是月亮。所以,墨瑟所在之处不是地球。我猜,他根本不是地球人。"

克罗夫茨弯下腰,捡起一个小小的金属匣,小心避开那两个把手。

"这些匣子也不是地球上设计制造的。整场墨瑟运动完全是外星人一手策划的,我们必须接受这个事实。"

赫里克说:"要是墨瑟不是地球人,说不定他在其他行星上早就受过苦,甚至经历过死亡。"

"没错。"克罗夫茨回答,"墨瑟——不管这是不是他的真名——应该是个中老手。不过,我们的问题仍然没有解决。"这个问题就是:那些握着通感匣把手的人,到底会怎么样?

克罗夫茨在办公桌后坐下,仔细审视面前的匣子以及匣子上诱人的把手。他从没碰过这两个把手,也不打算碰。不过——

"墨瑟还能活多久?"赫里克问道。

"他们说,下周之内就会死。"

"那时候,李先生应该已经从姑娘的脑袋里挖出点儿东西来了吧? 比如,墨瑟究竟身处何地的线索。"

"但愿如此。"克罗夫茨仍然端坐在匣子旁边,却没碰它。他想,一旦用双手握住这两个看似普通的金属把手,就会猛然发觉自己不再是自己,而是彻底成了另一个人,到了另一个地方,在沉闷无聊、缓缓下降的平原上长途跋涉,走向死亡终点(至少他们宣称,终点就是死亡)。这感觉一定很怪。可是,只听人家叙述……这种体验到底想传达什么?我是不是该亲自试试?

可是,会有纯粹的痛苦……这一点让他反感,让他退缩。

真难相信,人们会特意寻找痛苦,而不是努力避免痛苦。

只会一心逃避的人,是不会去握通感匣的把手的。握把手,不是逃避,而是追寻。而且,他们追寻的,不是痛苦本身。克罗夫茨没那么笨,知道墨瑟信徒肯定不是单纯追求苦楚的受虐狂。他清楚,吸引墨瑟信徒的,肯定是痛苦的意义。

这些信徒是因为某样事物,才愿意受苦的。

他把心中的想法对上司大声说了出来,"这些人,通过受苦,否定了自身私人的、个体化的存在,结成了一个整体。在这个整体中,他们共同受苦,共同经历墨瑟受到的折磨。"就像基督最后的晚餐,他想,这才是真谛,所有的宗教背后,都有这种整体感、参与感。或者说,都应该有。宗教把信徒联系在一起,成为团结共享的整体;而不信这种宗教的人,都变成了局外人。

赫里克回答:"可是,首先,这是一起政治运动事件;或者说,我们必须将它视作政治运动事件。"

"在我们看来,的确是政治事件。"克罗夫茨赞同道,"不过他们可能不这么看。"

桌上的通讯器传来秘书的声音:"长官,约翰·李先生已经到了。"

"让他进来。"

进来的是个年轻中国人,个子高高,身材纤长,身着老式的单排扣西服,脚蹬尖头黑皮鞋。他微笑着伸出手,跟赫里克和克罗夫茨分别握手。握手时,李先生问道:"她还没有出发去哈瓦那吧?"

"没有。"克罗夫茨回答。

"她漂亮吗?"李先生问道。

"漂亮。"克罗夫茨对赫里克微微一笑,"不过……很难伺候,爱发火。就是那种'被解放的女人',你明白吗?"

"哦。就是那种争取投票权的女人。"李先生也微笑道,"我不喜欢这类女人。工作恐怕很难开展啊,克罗夫茨先生。"

"记住,"克罗夫茨说,"你的任务,就是被她劝服皈依。你只要听她宣讲禅宗就行,偶尔问几个蠢问题,比如'就是这个刺死佛陀的吗'之类。对了,你还得做好准备,脑袋上会吃几下突如其来的棒子——我听说,这是禅宗的特殊办法,目的是给你灌输理智[①]。"

李先生咧开嘴角,笑道:"我看,是灌输废话吧。你瞧,我已经准备好了——理智的话或是废话,对禅宗来说都一样。"接着,他严肃起来,"自然,我本人是个保守派。我接受这任务的唯一理由就是,哈瓦那已经给墨瑟主义正式定了性:危险,必须清除。"这时,他脸色阴沉起来,"我得说,这些墨瑟主义者都是狂热分子。"

"没错。"克罗夫茨赞同道,"所以我们必须努力把他们清除。"他指指通感匣,"你有没有试过——"

"试过。"李先生说,"这是一种惩罚手段,是自己对自己施加的惩罚。之所以这么做,肯定是良心不安的缘故。如果有空余时间,加以合理利用,倒是可以一点点收集人们的内疚情绪。除此之外,这东西就是废物。"

克罗夫茨想,面前这个男人,根本没有理解整件事。他是个

[①]即"当头棒喝",禅宗修行的一种方法,敦促弟子开悟。

不折不扣的物质主义者,生在左翼家庭、长在左翼社会的典型。

在他的眼里,事物要么黑,要么白,界限分明。

"你错了。"李先生看透了克罗夫茨的想法。

克罗夫茨红了脸,向他道歉,"对不起。我忘了你能读心。无意冒犯。"

"我在你意识中看到,"李先生说,"你觉得自称威尔伯·墨瑟的人其实是外星人。在这个问题上,几天前刚刚开了会,最后得出正式结论:太阳系中不存在外星人。相信曾经存在过超人种族并且还遗存至今,这完全是变向的神秘主义思想。"

克罗夫茨叹了一口气,"明明是跟实际经验相关的问题,却非要站在严格的政治立场上,用投票来决定——我实在无法理解。"

秘书长赫里克插了进来,缓和双方的气氛,"两位,别被我们的理论分歧分散了注意力。我们就事论事,只讨论墨瑟信徒在全球范围内快速增加这一问题。"

李先生回答:"当然。你说得对。"

三

哈瓦那机场。琼·日足朝四周张望,看到同船的乘客都下了飞船,匆匆忙忙走向20号大厅的入口。

前来迎接的亲友缓缓拥到了停机坪上。自然,这不符合机场规定,但每次都一样,没人理会规矩。人群中,琼看到了一位纤瘦的高个子中国人,脸上挂着迎客的微笑。

于是,她朝他走去,唤道:"是李先生吗?"

"没错。"男子快步迎来,"现在正是晚餐时间,您有胃口吗?

我想带您去汉发楼,那儿的八宝鸭和燕窝汤很有名,都是粤菜。口味很甜,偶尔吃一次不错。"

两人来到餐馆,坐进红色皮革和仿柚木材装饰的隔间。餐馆里坐满了客人,有古巴人,也有中国人,大家聊天谈笑。餐馆里弥漫着油炸猪肉的香气,还有雪茄的烟雾。

"您是哈瓦那亚洲研究机构的主席?"琼问道,想确认下对方的身份,免得出错。

"对。古巴左翼政党对我们有意见,因为我们涉及了宗教。不过,岛上很多亚洲人都会来听我们的讲座,或者阅读我们定期邮寄的宣传资料。而且,您也知道,我们邀请过欧洲和南亚的众多杰出学者前来演讲……对了,顺便说一句,有个禅宗公案我一直弄不明白,就是那个僧人把小猫砍成两半的故事①。我认真学习过,也思考过,就是不明白如此残忍地虐待动物,怎么能见到佛性。"说罢,他赶紧补了一句,"我无意跟您争辩,我只想知道答案。"

琼回答,"所有的禅宗公案中,就属这个最难懂。要理解,我们必须问自己一个问题:这只猫,现在在哪儿?"

"我想想起了《薄伽梵歌》②的开头。"李先生轻轻点了点头,"我记得,诗歌的开头,阿周那说:

甘迪瓦大弓从我手中滑落

……

---

①即禅宗"南泉斩猫"公案。南泉普愿和尚因东、西两堂的僧人争一只猫,乃提起猫说:"大众道得即救,道不得即斩却也!"众无对,泉遂斩之。晚,赵州自外归,南泉举似赵州,赵州乃脱履安头上而出。南泉说:"子若在,即救得猫儿。"

②字面意思是"世尊(指黑天)之歌",是印度教的重要经典,叙述了印度两大史诗之一《摩诃婆罗多》中,阿周那与黑天之间的一段对话。

不祥之兆!

屠杀亲友,何祥之有?"

"对。"琼应道,"那么,你肯定也记得黑天的回答①。这是佛教形成之前的所有宗教中,对死亡与行动的最深刻阐述。"

侍者来到两人的桌前,准备点单。侍者是古巴人,身着卡其军服,戴着贝雷帽。

"尝尝炸馄饨吧。"李先生建议,"洋葱炒鸡肉,当然还有蛋卷。"

"你们今天有蛋卷吧?"他问侍者。

"有的,李先生。"侍者用牙签剔着牙,回答。

李先生为两人点了菜,侍者转身离开。

"您知道吗,"琼开口,"若您像我一样,跟一个读心者相处日久,一旦他对您进行深层扫描,您就会知道……每次雷伊想从我脑袋里挖东西的时候,我都能感觉到。所以,现在我也能感觉到。您是读心者,而且正在对我进行极深层的扫描。"

李先生微微一笑,回答:"但愿我扫描得够深,日足小姐。"

"我心中坦坦荡荡。"琼回答,"不过,我很好奇,您为什么对我的思想这么感兴趣。您知道我是美国国务院的雇员——这是我的公开身份。您是不是担心我其实是间谍?来古巴刺探军事设施情报之类?"她越说越难受,"我们的合作开头真够糟糕的,您骗了我。"

"您很有吸引力,日足小姐。"李先生方寸一丝不乱,"我很想知道——我直说了,行吗? 我想知道,您对性有没有兴趣?"

"您在撒谎。"琼平静地回答。

①阿周那因为要跟亲友对战而悲恸,黑天开导他,肉体转瞬即逝,唯有圣灵永恒,鼓励他要尽自己的战士职责。

李先生脸上的温和微笑终于退去,直直盯着她。

"燕窝汤来了,先生。"侍者又来到桌边,将冒着热气的滚烫汤碗放到桌子正中。"这是茶。"侍者放下一把茶壶,还有两只无柄白瓷杯。

"小姐,您要筷子吗?"

"不要。"琼生硬地回答。

隔间外传来痛苦的叫声。琼和李先生都跳了起来。李先生拉开隔间的门帘。外头,侍者也盯着叫声传来的方向看,而且哈哈大笑。

对面的角落里,有个上年纪的古巴绅士坐在桌边,双手握着通感匣的把手。

"这儿也有。"琼喃喃道。

"这些人都是害虫,"李先生说,"吵得人吃不好饭。"

侍者摇摇头,笑个不住,说:"疯子。"

"嗯,"琼说,"李先生,尽管我们之间有些不愉快,但我必须继续。我不知道古巴左翼政党为什么故意派个读心者来——大概是对外来者的偏执妄想怀疑——但我有任务在身,而且必须完成。所以,我们接着讨论那只被切成两半的猫吧。"

"一边吃饭一边谈这个?"李先生轻声反问。

"是您提出这话题的。"琼继续讲了下去。李先生用勺子舀燕窝汤喝,脸上露出极为痛苦的表情。琼没有理会。

洛杉矶KKHF电视台演播室里,雷伊·莫瑞坦坐在竖琴边,等着控制室给出轮到自己上场的信号。他已经决定,第一首要弹《月儿高悬》[①]。他打了个哈欠,盯着控制室。

----
①爵士乐名曲。

身边,爵士乐评论家格兰·戈得斯特利姆站在黑板前,用细亚麻布手帕擦擦自己的无框眼镜,开口道:"今晚,我会谈谈古斯塔夫·马勒。"

"马勒? 谁是马勒?"

"十九世纪伟大的作曲家,非常浪漫。他写过又长又古怪的交响曲,还有民谣歌曲。我特别想到了他的《大地之歌》中的《春日酒鬼》,里面的节奏模式很有意思。你没听过?"

"没。"莫瑞坦不耐烦地回答。

"很灰绿哦。"

雷伊·莫瑞坦此刻感觉一点儿都不灰绿。他头疼。早先,一块石头击中了威尔伯·墨瑟。石头飞来的时候,莫瑞坦想放开通感匣,却没来得及。石头击中了墨瑟的右太阳穴,打出了血。

"我今晚已经碰见三个墨瑟信徒了,"格兰继续道,"脸色全都差得要命。墨瑟今天怎么了?"

"你干吗问我?"

"你自己脸色也一样难看。头疼,是不是? 我太了解你了,雷伊。任何新奇的东西,你都会试试。就算你是墨瑟信徒,我也不在乎——我只想问你,要不要来粒止疼片。"

雷伊·莫瑞坦生硬地回答:"我们要的就是受苦。来粒止疼片,不是全毁了么? 呀,墨瑟先生,您沿着山路往上走,要不要顺便来一针吗啡? 这样就什么都感觉不到啦。"雷伊在竖琴上拨了几个音节,以泄愤懑的情绪。

"该你了。"制片人从控制室喊道。

两人的主题音乐——《真不少》①——从控制室录音棚传出,对着戈得斯特利姆的二号摄像机红灯亮起。戈得斯特利姆双臂

---

① 作于 1914 年,爵士钢琴曲。

抱胸,开口道:"女士们,先生们,晚上好。什么是爵士乐?"

这话该我问,莫瑞坦想,什么是爵士乐?什么是人生?他揉了揉痛得要裂开的前额,觉得自己肯定熬不过下周。威尔伯·墨瑟越来越接近终点,情形一天坏似一天……

"接下来,我们要播一段重要消息。"戈得斯特利姆说,"之后,我们会再讲讲灰绿色世界的男男女女,那些奇特的人物。接着,我们会带您进入独一无二的雷伊·莫瑞坦的艺术世界。"

节目切到了广告。

莫瑞坦对戈得斯特利姆说:"给我一粒止疼片吧。"

戈得斯特利姆伸出手,递给莫瑞坦一粒黄色扁平的药片,上面有刻痕。"超可待因,"戈得斯特利姆说,"严禁使用的药物,不过很有效,会上瘾。你身上居然没有这种药,我还真奇怪呢。"

"我以前吃过。"雷伊弄了个纸杯,倒了杯水,吞下药片。

"嗯,你现在改信墨瑟主义了。"

"你说什么呢,我改信——"雷伊瞟了一眼戈得斯特利姆,绷着脸。他们俩因为职业关系,相识多年。"我不是墨瑟信徒。"雷伊接着说,"记住,格兰,墨瑟被尖石头打伤太阳穴这天晚上,我正好也头疼,这只是巧合。打伤墨瑟的是个白痴虐待狂,活该被拉着走一走墨瑟这条上山的路。"

"我理解。"戈得斯特利姆回答,"美国精神卫生部确实只差一点儿,就要让司法部抓捕墨瑟信徒了。"

突然,他把头扭向二号摄像机,脸上微露笑容,流畅地开口道:"四年前,即1993-1994年,灰绿爵士兴起,发源地为加州皮诺尔市'双份'俱乐部。当时,雷伊·莫瑞坦就在这家俱乐部演奏。现在,这家俱乐部已经享有盛誉——这也是理所当然的。今晚,雷伊会为我们演奏他最著名、最受欢迎的曲目之一《我曾爱过艾米》。"他朝莫瑞坦的方向一挥手,"有请雷伊——莫瑞坦!"

雷伊·莫瑞坦的手拂过竖琴的琴弦,竖琴发出叮叮咚咚的响声。

反面教材,雷伊一边弹奏一边想,FBI肯定会把我当作反面教材,拿来教育十几岁的孩子,让他们长大千万别变成我这样——先吃超可待因,然后又改信墨瑟。

小心哪,孩子们!

格兰·戈得斯特利姆避开摄像机镜头,举起一块潦草涂写的牌子。

墨瑟是外星人吗?

这行字底下,戈得斯特利姆用记号铅笔又添了一句:

他们就想知道这个。

莫瑞坦没有中断弹奏,同时心中思考:我们的统治阶层生怕受到外来的侵略,他们恐惧未知之物,就像幼小的孩童。这些幼小的、心中充满恐惧的孩子,却拥有威力无比的武器,还用这些武器玩老套的游戏。

忽然,他接收到控制室一位网络工作人员脑中的念头:墨瑟受伤了。

雷伊·莫瑞坦立即把注意力转向他,尽全力扫描他的大脑。手指全靠条件反射,继续弹奏竖琴。

政府已经将所谓的"通感匣"列为非法。

他立即想起自己的通感匣,就放在公寓客厅的电视机旁边。

散布出售通感匣的组织被认定为非法,FBI已经在几个大城市展开了逮捕行动。其余国家应当也会跟进。

墨瑟伤得多重?雷伊琢磨,难道快死了?

还有……墨瑟受伤的时候,手中握着通感匣把手的墨瑟信徒,又怎么样了? 是否正接受治疗?

我们该不该立即把这条消息广播出去? 网络工作人员脑中转着念头,还是等到广告结束之后?

雷伊·莫瑞坦停下手中的竖琴,对着扩音麦克风,清晰地说道:"威尔伯·墨瑟受了伤。尽管这在我们预料之中,但仍是个巨大的悲剧。墨瑟是个圣人。"

格兰·戈得斯特利姆瞪大了眼睛,张大嘴巴望着他。

"我本人也是墨瑟信徒。"雷伊·莫瑞坦继续道。全美国的电视观众都听到了他的坦白。"我相信,他受的苦,受的伤,将来的死亡,对我们每个人都会有意义。"

好了。这下,他会上官方的追捕名单,绝对逃不掉。尽管如此,他没花多少勇气,就做出了坦白。

"为威尔伯·墨瑟祈祷。"说完,他继续弹奏灰绿风格的竖琴爵士。

你这傻瓜,格兰·戈得斯特利姆在脑中想着,居然自己把自己卖了! 不出一礼拜,你就得蹲监狱,事业也全毁了。

叮咚,叮咚,雷伊继续弹着竖琴,朝格兰干笑。

四

李先生说:"你有没有听过那个故事? 好像是松尾马生①说的。说有个禅宗僧人,跟孩子们玩捉迷藏。僧人躲进了外面的厕所,孩子们谁也没想到那地方,把他给忘了。这僧人很单纯,所以,第二天……"

"我承认,禅宗有愚蠢的一面。"琼·日足说,"禅宗推崇单纯

①原文为Basho,应指松尾芭蕉(1694-1694)日本诗人,以禅宗俳句闻名。

和轻信，认为这是美德。记住，'轻信'的本意是说容易上当受骗。"她啜了一口茶，茶凉了。

"这么说，你是真正的禅宗修行者。"李先生说，"因为，你也上当了。"

他从大衣里摸出一把手枪，指着琼，"你被捕了。"

"被古巴政府逮捕?"琼好不容易挤出一句回应。

"被美国政府逮捕。"李先生回答，"我读了你的想法，发现你很清楚雷伊·莫瑞坦是重要且忠实的墨瑟信徒这一事实。而且，你自己也受到墨瑟主义的吸引。"

"我没有!"

"你在潜意识中已经被吸引了。你很快就会加入墨瑟阵营。就算你骗得过自己，也骗不过我。你和我，我们要马上赶回美国，找到雷伊·莫瑞坦，然后借由他引出威尔伯·墨瑟。就这么简单。"

"就为这个，我被他们送到古巴?"

"我是古巴左翼政党中央委员会的成员。"李先生回答，"而且是委员会中唯一的读心者。我们已经投票决定，跟美国国务院合作，处理目前的墨瑟危机。日足小姐，我们的飞机半小时后就会出发，前往华盛顿。所以，我们立即动身去机场吧。"

琼·日足绝望地环顾餐馆。其他人都在吃饭，而侍者……

没人注意这边。她站起身，截住一名端着放满食物的盘子的侍者。"这个人，"她指指李先生，"要绑架我。救救我，求你了。"

侍者看了一眼李先生，认出对方的身份，于是微笑着看着琼，耸了耸肩。"李先生，他可是个要人。"说罢，侍者端着盘子离开。

"他说得没错。"李先生说。

琼跑出隔间,跑到对面角落的餐桌旁,对带着通感匣的古巴老人说:"救救我,我是墨瑟信徒。他们要逮捕我。"

满脸皱纹的老脸抬了起来,认真审视着她。

"救救我。"她又说。

"赞美墨瑟。"老人回答。

你帮不了我。她立刻明白。于是,她回到李先生身边(李先生紧跟在她身后,手里仍然握着枪)。"老头子不会帮你的,"李先生说,"他连站都不会站起来。"

琼泄气地回答:"好吧,我明白了。"

角落里的电视机一直放着白天的垃圾节目。这时,节目突然中断,拿着一瓶清洁剂的女人顿时消失,屏幕上只剩下一片黑暗。接着,某人用西班牙语开始广播。

"受伤了,"李先生一边听,一边说,"墨瑟受了伤,不过没死。作为墨瑟信徒,你有什么感觉,日足小姐?你有没有受到影响?啊,对了。必须握住把手,你才会感觉到。必须主动握住把手才能起效。"

琼拿起古巴老人的通感匣,捧了一会儿,然后抓住了把手。李先生惊讶地瞪着她,朝她走来,把手伸向匣子……

她没感觉到疼痛。原来这就是通感?她朝四周望去,发现餐馆暗了下来,渐渐远去。也许,这是因为威尔伯·墨瑟已经昏迷不醒的缘故。肯定是。我要逃走啦,琼想到李先生,你没法——至少你不会愿意——跟我一起过来。你不会进入威尔伯·墨瑟的坟墓世界。墨瑟正在某个荒凉的平原上,濒临死亡,四周全是敌人。现在,我也在他身边了。这样,更可怕的东西就抓不住我。你抓不住我。你永远没法把我带回来。

她环顾四周,发现满眼荒凉。空气中有刺鼻的花香。这儿是沙漠,没有雨露滋润。

一名男子立在她跟前,痛苦的灰眼睛里露出悲哀。"我是你的朋友,"他说,"但你必须坚持活下去,就当我不存在。明白吗?"他伸出空空的双手,向外一摊。

"不。"她说,"我不明白。"

"我连自己都救不了,"男子说,"又怎么能救你呢? 你还不明白吗? 这世上根本没有救赎。"

"那,这一切到底为了什么?"她问。

"为了告诉你,"威尔伯·墨瑟说,"你不是孤身一人。我就在这儿陪着你,永远都在。回去面对他们吧,把我的话也告诉他们。"

她松开把手。

李先生仍然拿枪对着她,问道:"怎么样?"

"我们走吧。"她说,"回美国,把我交给FBI。我不在乎。"

"你看见了什么?"李先生好奇地问。

"我不会告诉你的。"

"可我能看到你的思想,你瞒不过我。"他开始探查,头歪向一边,仔细聆听。他的嘴角往下扯,就像要嘟起嘴来。

"我觉得你没看到多少东西呀。"他说,"只有墨瑟亲自跟你见了面,然后说他什么都做不了——就这么个人。你和其他那些人,居然愿意为他付出生命? 你疯了。"

"在这个不正常的社会里,"琼说,"发疯才正常。"

"胡说八道。"李先生回答。

李先生对鲍嘉·克罗夫茨说:"真有意思。她在我眼皮子底下变成了墨瑟信徒。潜在的可能性转变成了事实……这证明，我之前在她脑中看到的东西，完全正确。”

“我们可以随时抓捕莫瑞坦。”克罗夫茨对他的上级、国务卿赫里克说，“他在洛杉矶电视台里得知墨瑟严重受伤的消息，然后离开了电视台。之后，就没人见过他。他没有回自己的公寓，当地警察已经去过他家，查获了他的通感匣。毫无疑问，他不在家中。”

“琼·日足在哪儿?”克罗夫茨问。

“在纽约，被拘留。”李先生回答。

“罪名是?”克罗夫茨问赫里克。

“政治煽动，危害到美国国家安全。”

李先生微笑道：“而她却是被古巴左翼政党的官员逮捕的。这可真是禅宗的悖论。不过，日足小姐不怎么喜欢这悖论啊。”

同时，鲍嘉·克罗夫茨暗想：通感匣正被大量回收，很快就会被摧毁。四十八小时内，美国绝大部分通感匣将不复存在——包括他办公室里的这一台。

这台通感匣仍然放在他桌上，没人动过，是他下令叫人弄来的。这些天，他一直没碰它，没有屈服于好奇心。此刻，他朝匣子走去。

“如果我握住这两个把手，”他问李先生，“会发生什么事?这儿没有电视机，我也不知道威尔伯·墨瑟此刻在做什么。据我所知，他现在应该已经死了。”

李先生回答：“如果您抓住把手，先生，您会进入——我不愿意用这个词，不过只有这个词才比较恰当——神秘的共同体。不管墨瑟在哪儿，您都会来到他身边。您会经受他的痛苦。这您已经知道了，不过，远不止这一点。您还会分享他的——”李先生想了想，"世界观？不对。意识形态？也不对。"

赫里克提示道："是不是'出神状态'？"

"大概就是这个。"李先生皱着眉，"不，也不对。没有哪个词能够形容——这才是整件事的意义所在。无法描述，只能体验。"

"我要试试。"克罗夫茨下了决心。

"不。"李先生说，"要我说，您可别试。我向您提出警告，远离这东西为妙。我眼见日足小姐握住手柄，然后被这东西改变。当年，超可待因在全世界流浪大众当中广为流传的时候，您尝试过吗？"李先生好像有些生气了。

"试过。"克罗夫茨回答，"那东西对我一点儿用也没有。"

"你到底想干什么，鲍吉？"赫里克问。

鲍嘉·克罗夫茨耸了耸肩，回答："我只想说，我不明白为什么会有这么多人喜欢这东西，还会上瘾。"最后，他抓住了通感匣的把手。

五

雷伊·莫瑞坦在雨中慢慢走着。他对自己说，不能回公寓。他们已经进了我的房间，拿走了通感匣。要是我回去，也会被抓住。

读心能力救了他。他刚踏进公寓大楼，就接收到了几个当地警察脑中的念头。

现在已过午夜。我太出名了，真是麻烦，都怪那该死的电视节目。不管我去哪儿，都会被人认出来。

至少，在地球上，到哪儿都会被人认出来。

他自问:威尔伯·墨瑟到底在哪儿?在太阳系?还是在更远的地方,比如另一个星系?也许我们永远也搞不清。至少,我永远也搞不清。

可是,这不要紧。在某个地方,有威尔伯·墨瑟存在——这就够了。而且,总有办法联系到他。通感匣到处都有。至少,在警察大搜捕之前,到处都有。而且,莫瑞坦有种感觉,派发通感匣的公司(这家公司原本就悄悄躲在阴影里),会想办法绕过警察的搜捕。只要他的判断没错——

前方,黑暗的雨夜中亮起红灯。是酒吧。他转了个弯,进了酒吧。

他问酒保:"我说,你有没有通感匣?我付一百块,只要用一下。"

酒保是个粗壮的大块头男人,手臂上汗毛丛生。他回答:"没,我没这种东西。去别处问问。"

吧台边的人们盯着他看。其中一个开口道:"这东西现在是非法的啦。"

"哎呀,他是雷伊·莫瑞坦。"另一个人说,"弹爵士的。"

有一个人懒洋洋地开口:"弹爵士的,给我们来点儿灰绿爵士乐吧。"说罢,他喝了口啤酒。

莫瑞坦转身离开。

"等等,"酒保说,"等等,兄弟。给你个地址,去那儿看看。"他在火柴盒上写了个地址,递给莫瑞坦。

"该给你多少钱?"莫瑞坦问。

"噢,五块钱就够了。"

莫瑞坦付了钱,离开酒吧。写着地址的火柴盒装在他口袋里。这个地址,说不定是当地的警察局,他想,但我还是得试试。

只要我能再用一次通感匣——

他找到酒保给的地址。那是一幢老旧腐朽的木头房子,在洛杉矶闹市区。雷伊敲敲门,等着。

门开了。一个身着浴袍、脚踏毛茸茸拖鞋的大块头中年女人从门缝里朝他张望。"我不是警察。"他说,"我是墨瑟信徒。我能用一下你的通感匣吗?"

门慢慢打开。女人上下打量着他。尽管什么也没说,但很明显,她相信他的话。

"抱歉这么晚还打扰你。"他道歉。

"先生,您怎么了?"女人问道,"精神不太好啊。"

"是威尔伯·墨瑟的缘故,"雷伊回答,"他受伤了。"

"去用吧。"说着,女人趿拉着鞋,带着他来到冰冷黑暗的客厅。客厅里有个巨大的黄铜圆形鸟笼,里面关着一只鹦鹉。房间远处有只老式的收音机柜,通感匣就在上面。看到这匣子,雷伊顿时放松了下来。

"别客气。"女人说。

"谢谢。"说着,雷伊抓住了通感匣的把手。

耳边出现了一个声音:"我们得利用那姑娘。她会引出莫瑞坦。当初雇她是正确的。"

这声音很陌生,不是威尔伯·墨瑟。尽管心中迷惑,雷伊仍然一动不动地立着,双手前伸,紧紧握着通感匣把手,侧耳倾听。

"外星力量吸引了我们社会群体中最轻信的一部分人。不过,我坚信,这部分人是被顶端几个机会主义者——比如莫瑞坦——给操纵了。这些机会主义者利用了墨瑟热,填满了自己的口袋。"

这个声音,自以为是,滔滔不绝。

雷伊·莫瑞坦听着这声音,心中渐感恐惧。他明白,这是另一边某个人的声音。

不知怎么,他没有连上威尔伯·墨瑟,却跟另一个人建立了通感连接。

或许,这是墨瑟有意为之?雷伊继续倾听。这声音说:

"……得把日足那姑娘从纽约弄到这儿来,好逼问出更多消息。我早跟赫里克说过……"

赫里克,国务卿赫里克。看来,这声音属于国务院的某位官员,他正在想琼的事。也许就是那位雇佣她的官员。

这么说,她不在古巴,却在纽约。到底怎么回事?听了这位官员心中的想法,雷伊推断,国务院的抓捕目标其实是自己。派琼去古巴,只为了利用琼,引出他来。

他放开把手,声音慢慢消失。

"你找到他了?"中年女人问道。

"是——是啊。"莫瑞坦心不在焉地应道。眼前全然陌生的房间让他一时回不过神。

"他怎么样?他还好吗?"

"我——我现在还不知道。"莫瑞坦回答。这是实话。他想,我得去纽约,我得救琼,她是被我卷进来的,我必须这么做,就算被他们抓住……我也不能丢下她不管。

鲍嘉·克罗夫茨说:"我没连上墨瑟。"

他远远离开通感匣,转过身,恶狠狠地盯着它,"可我连上了莫瑞坦。不过,我不知道他在哪儿。就在我握住匣子把手的同时,莫瑞坦在某处也握住了某个匣子的把手。我们连上了。现在,我脑中的一切他都知道了。他脑中的一切我也都知道了。

不过,没多少有用的消息。"

克罗夫茨有些头晕目眩,对国务卿赫里克说:"他跟我们一样,对威尔伯·墨瑟所知不多。他正在想办法联络墨瑟。所以,他绝对不是墨瑟。"说罢,他沉默了。

"还有呢,"赫里克问李先生,"他从莫瑞坦那儿还知道了什么,李先生?"

"莫瑞坦打算去纽约,找琼·日足。"李先生依言扫描了克罗夫茨的思想,"这是他们俩的大脑相连的时候,他从莫瑞坦先生那儿听到的。"

"我们得做好准备,迎接莫瑞坦先生。"国务卿赫里克做了个鬼脸。

"刚才我经历的事情,对你们读心者来说,大概很平常吧?"克罗夫茨问李先生。

"只有两位读心者距离很近时,才会发生这种事。"李先生说,"这种事,可能会带来害处,所以我们尽量避免。要是两颗全然不同的头脑相连,意识之间就会发生冲撞,造成精神伤害。我推想,您刚才和莫瑞坦先生的意识就发生了冲撞。"

克罗夫茨说:"听着,我们不能抓捕莫瑞坦。我已经知道,他是无辜的。他对墨瑟以及派发匣子的组织根本一无所知。"

一时间,三人都沉默了。

"但是,他很有名,又是墨瑟信徒。这样的人可不多。"国务卿赫里克开口。他把一份电传文件递给克罗夫茨,"而且,他还公开表达了自己的信仰。你花一点儿时间,看看这份文件——"

"我知道,他在晚间电视节目里坚定地申明,自己忠于墨瑟。"克罗夫茨浑身颤抖。

"我们要对付的,是来自另一个陌生太阳系的外星力量。"国务卿赫里克说，"必须谨慎行事。我们不能放走莫瑞坦；而且，我们必须利用日足小姐引莫瑞坦上钩。我们可以释放那姑娘，然后找人跟踪她。等莫瑞坦跟她接触后……"

李先生突然对克罗夫茨说："别说。您想说的话别说出口，克罗夫茨先生。这话会对您的事业造成永久性损害。"

克罗夫茨没有理会这个忠告，开口道："赫里克，这么做不对。莫瑞坦跟琼·日足一样，都是无辜的。要是你坚持抓捕莫瑞坦，我就从国务院辞职。"

"那么，写好辞职信，交给我。"国务卿赫里克一脸阴沉。

"真不幸。"李先生说，"我推断，您跟莫瑞坦先生的连接歪曲了您的判断力，克罗夫茨先生。他对您产生了坏影响。您得赶紧摆脱这些影响。这对您的事业、您的国家，当然还有您的家庭，都有好处。"

"我们这么做是错误的。"克罗夫茨重复道。

国务卿赫里克恼怒地瞪着他，"难怪他们说这些通感匣有害！我算是亲眼见识了！现在，不管怎么样，我都不会收回抓捕的命令。"

他捡起克罗夫茨刚刚用过的通感匣，高高举起，砸到地上。匣子碎成一片片，在地上堆成了不规则的形状。"别以为我这样是幼稚的赌气行为。我们必须彻底切断跟莫瑞坦的联系。这种联系只有害处。"

"就算我们抓住他，"克罗夫茨提醒道，"他同样会对我们继续施加影响。"接着，他补充道，"应该说，对我施加影响。"

"即便如此，我也坚持要抓住他。"国务卿赫里克说，"同时，请递上你的辞呈，克罗夫茨先生。这件事，我也同样下定了决心。"他的表情冷酷而坚决。

李先生说:"国务卿先生,我能看到克罗夫茨先生的思想。他现在仍处在震惊之中,没有回过神来。他是无辜的受害者。或许是威尔伯·墨瑟故意安排,好让我们心中动摇。要是您接受了克罗夫茨先生的辞呈,墨瑟就得逞了。"

"他接不接受无关紧要,"克罗夫茨说,"反正我辞职辞定了。"

李先生叹了口气,说:"通感匣让您突然成了被动的读心者,影响实在太大了。"他拍拍克罗夫茨先生的肩膀,"读心能力和通感,其实只是同一样东西的两面。这东西应该叫'读心匣'。那些外星人真厉害。我们长期演化出来的能力,他们却能平白制造出来。"

"既然您能读我的思想,"克罗夫茨回答,"您就应该知道,我现在打算怎么做。我相信,您一定会告诉国务卿赫里克。"

李先生平静一笑,说:"国务卿先生和我,正为了世界和平而共同努力。不过,我们都要遵守各自得到的指示。"他对赫里克说:"这个男人心中十分恼火,恼火到已经开始认真思考,要不要倒向对方,要不要趁仍有通感匣留存之时,加入墨瑟信徒的行列。他喜欢做被动的读心者。"

"要是你倒向对方,"赫里克说,"我就逮捕你。我发誓。"克罗夫茨没有回应。

"他没有改变心意。"李先生温文尔雅地朝双方各点一下头。很明显,局势演变成这样,他觉得很有意思。

私底下,李先生却在想:那个自称威尔伯·墨瑟的东西,把克罗夫茨和莫瑞坦的大脑直接相连,可真是下了一着大胆绝妙的好棋。他肯定早就料到,克罗夫茨会接受莫瑞坦——他可是墨瑟运动的核心成员——散发的强烈影响。接下来,克罗夫茨肯定还会再找一个通感匣（只要还能找到），握住把手。这一次，就轮到墨瑟本人出场，对自己的新信徒说话了。

他们又拉拢了一个人，李先生想，他们暂时领先。不过，最后，赢的还是我们。

因为到最后，我们总能找到所有的通感匣，然后全部毁掉。没有通感匣，威尔伯·墨瑟就无能为力。通感匣是他——或者它——联络控制人群的唯一办法。不幸的克罗夫茨先生就是这么被他控制住的。没有通感匣，墨瑟运动就无法开展。

六

纽约市岩石场，UW航空公司柜台前，琼·日足对身着制服的职员说："我要一张去洛杉矶的单程票，下一班就走。喷气式飞机和火箭都可以，我只想赶快回去。"

"头等舱还是旅游舱？"职员问。

"哎呀，天哪！"琼疲惫地回答，"就给我一张票，什么票都行。"

她打开钱包，正想付款，一只手按住了她。她转过身，发现是雷伊·莫瑞坦，一脸松口气的表情。

"这地方太大太杂，追踪你的思想真不容易。"他说，"来，我们找个安静的地方。还有十分钟才到登机时间。"

两人一同飞快地走出大楼，找了个没人的坡道停下。琼开口道："雷伊，我知道他们释放我，是给你设的圈套。可是，除了你那儿，我没地方可去啊。"

雷伊说："没关系。不管怎么样，他们迟早会找到我的。他们肯定知道，我已经离开了加州，到了这里。"他四下一望，"附近暂时没有FBI。至少我没接收到FBI特工的念头。"说着,他点起一根烟。

"既然你来了,我就不用回加州了。"琼说,"我去退票吧。"

"你知道吗,他们已经开始四处搜缴通感匣,然后统统毁掉。"雷伊说。

"我还没听说——我半小时前才被释放。牢里面太可怕了,那些人一点儿人情也不讲。"

雷伊哈哈大笑。"他们是吓坏啦。"他用手臂搂住她,吻了她,"跟你说说我的计划:接下来,我们要想办法溜出这地方,到下东区,租一间没热水没电梯的小公寓,然后躲在里面,想办法找一只漏网的通感匣。"可是,他心想,这很难。说不定,此刻,所有的匣子都已经被毁掉了。本来,匣子的数量就不多。

"我都听你的。"琼机械地应道。

"你爱我吗?"雷伊开口问道,没等她回答,他自己说了下去,"我能看到你的思想。我知道你爱我。"随即,他又轻声补充:"我还能看到某位路易斯·斯坎兰先生的思想,他是FBI的特工,现在已经到了UW航空公司的柜台。你买票用的是什么名字?"

"乔治·麦克艾萨克夫人。"琼说,"大概是。"她看了一眼机票和信封,"没错。"

"斯坎兰问的是,十五分钟内,有没有一个日本女人来买过票。"雷伊说,"柜台职员还记得你。所以——"他拉起琼的手臂,"我们得走了。"

两人匆匆离开僻静的坡道,通过一扇电眼控制开关的大门,来到行李大厅。大厅中,人人都忙着取行李,没人注意雷伊和琼。他们俩挤过人群,穿过门,来到外头大街上。街上很冷。两人走上灰色的人行道。人行道边,停满了揽客的出租车,排成两排。琼打算伸手招呼。

"等等，"雷伊把她拉了回来，"我刚刚接收到一大团念头。这些出租车司机里，有一个是FBI。可我没法分辨是哪个。"他站在那里，犹豫不决，不知道该怎么办。

"我们逃不掉了，对不对？"琼说。

"确实很难。"雷伊回答。他心想，与其说很难，不如说根本不可能。琼，你说得对。他能感受到身边姑娘的困惑和恐惧，还有对他的担忧。她十分内疚，是自己泄露了雷伊的行踪，害得FBI追踪而来。她真的不想再回监狱。还有，在古巴迎接她的李先生背叛了她，她难受极了。

"这是什么生活啊。"琼在他身边轻声说。

雷伊还是不知道该坐哪一辆车。一秒又一秒，宝贵的时间不断流逝，他却呆站着没动。"听着，"他对琼说，"也许我们该分头行动。"

"不，"她紧紧抓着他，"我没法再一个人行动，我受不了。求你。"

一个留着络腮胡的小贩凑到两人跟前，他脖子上套着挂绳，绳子上系着一个托盘。"两位好啊。"他咕哝道。

"我们现在没空。"琼说。

"免费派发早餐麦片。"小贩说，"不用花钱。拿着这个盒子就行，小姐。也给你一个，先生。"他递来一个小小的纸盒，颜色鲜亮，送到雷伊手边。

奇怪，雷伊想，在这人的脑中，我什么都没读到。他睁大眼睛，望着小贩，看到了——或者说，他觉得自己看到了——一个奇特的人形虚空，一个模模糊糊的形体。

雷伊接过早餐麦片的样品盒子。

"这东西叫'快乐餐',"小贩说,"是刚刚向市场发售的新产品。里头有一张优惠券,可以……"

"知道了。"雷伊打断小贩的话,把盒子塞进口袋。他拉着琼,引她来到两排出租车中间,随便选了一辆,拉开车后门。"快进去。"他催促琼。接着,雷伊也坐到她身旁。

"我也拿了一份'快乐餐'的样品。"琼无力地一笑。出租车发动,离开长队,穿过大门,离开机场航站楼。"雷伊,那个销售员有点儿奇怪,好像根本不是真人,好像不过是——一张照片。"

出租车驶下机动车坡道,离航站楼越来越远。左边出租车队中,有一辆也跟着离开,追在他们身后。雷伊扭过身子朝后看,发现跟踪他们的出租车后座里,坐着两个穿黑衣服、大腹便便的男子。他想,肯定是FBI。

琼还在说话:"那个麦片销售员,你不觉得眼熟吗?"

"像谁?"

"有点儿像威尔伯·墨瑟。不过我看得不真切……"

没等她说完,雷伊从她手中抓过麦片盒,一把撕掉纸盒的顶部。盒子里装着干燥的麦片,麦片里露出一角纸片。这应该就是小贩提到的优惠券。雷伊拉出这张纸片,举起来,仔细看。优惠券上,印着又大又清晰的字体:

如何利用日常用品组装通感匣

"是他们。"他对琼说。

他把纸片小心放进上衣口袋。转念一想,又拿了出来,折成小块,塞进裤脚的折边。FBI说不定会漏掉这个地方。

身后,那辆出租车越来越近。在这个距离上,他已经能够接收到两人的思想。没错,他们就是FBI的特工。雷伊往后一靠,贴住出租车座椅背部。

现在,没别的事可做,只能等待。

琼开口道:"另一张优惠券能不能给我?"

"当然可以。抱歉。"他掏出自己那盒麦片。琼打开盒子,拉出里面的优惠券,犹豫一下,叠起来塞进裙子的折边。

"不知道这种小贩还有多少。"雷伊若有所思,"我真想知道,被发现之前,他们能派发出多少免费的'快乐餐'样品。"

刚才,他注意到,要组装通感匣,需要的第一件日常用品,是一台普通的收音机。第二件,是一只用了五年的灯泡当中的灯丝。至于第三件……他得再看看,不过现在不是时候。追他们的出租车已经开到了他们旁边。

得放着以后再看。他知道,就算当局发现了藏在他裤子折边里的优惠券,他们也会想其他办法,给他再送一份来。

他用胳膊搂住琼,"我们不会有事的。"

那辆出租车朝他们的车子逼过来,逼他们靠向人行道。两个FBI特工打出标准的警告手势,要司机靠边停车。

"我可以停车吗?"司机紧张地问雷伊。

"当然可以。"说罢,雷伊深深吸了口气,做好了思想准备。

俘奴之战

CIA 的埃德加·莱特福特上尉开口道："该死的，'俘奴'们又回来了，少校。他们占领了犹他州的普罗沃。"

浩克少校呻吟一声，示意秘书从上锁的档案库中取出俘奴卷宗。"这次，他们装扮成什么?"他语速飞快。

"房地产推销员，迷你型。"莱特福特回答。

浩克少校记得，上一次，俘奴们装扮成了加油站员工。俘奴们有个特点：但凡有一个装扮成某个角色，其余的也都会以这种面貌出现。自然，这大大减轻了 CIA 前线特工的搜寻工作量。可是，这种特点也让人觉得，俘奴实在太古怪。浩克不喜欢跟古怪的敌人斗争。这种古怪的敌人，说不定会渗透进己方，甚至渗透进浩克少校的办公室。

"您觉得，有没有可能跟他们讲和?"浩克问道，没怎么指望莱特福特上尉回答，"如果他们肯待在犹他州的普罗沃不出来，我们就做点儿牺牲，把那地方送给他们算啦。我们甚至可以再送给他们盐湖城的一部分——就是铺了难看红砖的那一片。那些红砖实在太丑了。"

莱特福特说："少校，俘奴们从来不懂妥协。他们的目标是占领整个太阳系，一直没变过。”

史密斯小姐站在浩克少校身后，俯身道：“这是俘奴的卷宗，先生。”

她一手拿着材料，另一只手按住了衬衫的领口部分——这个姿势，要么表示她得了严重的肺结核，要么表示她拘谨得有些过分。某些迹象显示，后者才是她手捂领口的原因。

“史密斯小姐，”浩克少校抱怨道，“一边是企图占领太阳系的俘奴；另一边，给我递上俘奴卷宗的，却是个42英寸①胸围的女人。这是不是有点儿分裂啊——至少，我快要精神分裂了。”他小心地把视线从她身上挪开，提醒自己，家里还有老婆和两个孩子，“下次穿件一直包到脖子的衣服，或者用布把自己裹起来。我是说，上帝啊，我们需要保持理智，不能分心。”

“是，少校。”史密斯小姐应道，“不过，请记住，我并不是自愿来做您的秘书的。我是被人从CIA雇员库里随机挑选来的。”

浩克少校从俘奴卷宗里拿出一份份文件，摊开。莱特福特上尉站到他身旁。

华盛顿的史密森尼博物馆里有个挺大的俘奴，足足三英尺②高，是一具剥制的标本，放在类似“天然栖息地”的小隔间里。年复一年，孩子们放学后都喜欢来这儿看展览，十分着迷。这个俘奴标本手里握着枪，指向无辜的地球人。只要按下按钮，孩子们就能让地球人（地球人可不是标本，而是模型）四下奔逃，而俘奴则用先进的太阳能武器将他们全部杀掉。之后，展览又会回到原先的静止模样，等待有人再次按下按钮。

浩克少校本人也看过这个展览。这东西让他浑身不舒服。

①1英寸＝2.54厘米。

②1英尺＝0.3048米。

少校曾经一再重申,不能将俘奴视作儿戏。可是,俘奴们实在有点儿……这么说吧,俘奴是一种愚蠢的生命形式,这就是它们的基本特性。不管装扮成什么,它们的身高都不超过侏儒。所以,它们就像是超市开业赠送的气球啦、紫色兰花啦,诸如此类免费派送的礼品小样。毫无疑问,浩克少校琢磨着,这就是它们的生存技能。

因为,俘奴的滑稽外表瓦解了敌人的斗志。就连它们的名字——俘奴——也只让人觉得好笑,认真不起来。就算是现在,它们已经装扮成迷你房地产推销员,侵占了犹他州的普罗沃,大家也没怎么当回事。

浩克指示道:"莱特福特,抓一只装扮成房地产推销员的俘奴,带到我这来。我来跟它们谈判。这次,我只想跟它们谈谈条件,然后投降。我已经跟它们斗了二十年,累坏了。"

莱特福特警告道:"要是您跟俘奴见面,那东西说不定会模仿您。万一他模仿了您,那可就全完了。安全起见,我们得把你们俩都烧掉。"

浩克少校沉着脸回答:"我先跟你定个暗号,上尉,也许会用到。暗号是'咀嚼'。我会用这个词造个句,比如'我得彻彻底底地咀嚼一下这些数据'。俘奴们肯定不会发觉,对吧?"

"是,少校。"莱特福特上尉叹了口气,立即离开CIA办公室,匆匆赶往街对面的直升机停机坪,准备飞往犹他州的普罗沃。不祥的预感笼罩在他心头。

直升机在普罗沃市郊的普罗沃峡谷尽头降落。少校刚下机,一个身着灰色西服、拎着公文包、身高只有两英尺的男子,就朝他走来。

"早上好,先生。"这个俘奴用笛子般的高音问候,"想不想看看精选的房地产？全都视野通透,还能分割成……"

"上直升机。"莱特福特握着军用点四五口径手枪,指向俘奴。

"哎呀,我的朋友,"俘奴用快活的声调说,"我看得出,对于我们种族降临到你星球上这事,你可从来没有认真过,也没有顽固不化的念头。我们干吗不去办公室,坐下来聊一会儿呢?"俘奴指指附近的一所小房子。莱特福特看到,房子里有一张桌子,还有几把椅子。房子门口挂着招牌:

早鸟地产开发公司

"早起的鸟儿有虫吃嘛。"俘奴大声说,"赢家才能拿到战利品,莱特福特上尉。根据自然界弱肉强食的规则,要是我们打算侵占你们的星球,清除你们种族,生物学和演化的力量都站在我们这一边呐。"说着,俘奴朝上尉露出愉快灿烂的微笑。

莱特福特说:"华盛顿特区有位CIA少校,找你有事。"

"浩克少校打败过我们两次。"俘奴承认,"我们挺尊敬他。不过,他只是在旷野呼喊的孤单先知,没人听他的。至少在这个国家,没人拿他当真。这一点,您知道得非常清楚,上尉。普通美国人,看到史密森尼的展览时,只会露出微笑,觉得没什么大不了。没人体会到恶意和威胁。"

这时,另外两个俘奴(同样是穿着灰色西服、拎着公文包的房地产推销员),越走越近。"瞧啊。"一个对另一个说,"查理抓住了一个地球人。"

"不,"同伴反驳,"是地球人抓住了查理。"

"你们三个,都到CIA的直升机上去。"莱特福特扬扬手中的点四五手枪,命令道。

"你这是犯错误。"第一个俘奴摇摇头,"不过,你还年轻。慢慢地,你就会成熟起来。"它走向直升机。突然,它猛地扭过身体,大喊:"地球人都得死!"

它手中的公文包朝上一挥,嗡嗡作响,射出一股纯太阳能,从莱特福特右耳边掠过。莱特福特单膝跪下,扣下点四五手枪的扳机,打中了已经走到直升机门口的俘奴。俘奴头朝前倒地,公文包掉在身旁。莱特福特小心上前,踢开公文包。另外两个俘奴望着这一幕。

"太年轻,阅历不够。"其中一个俘奴说,"不过,反射神经倒是不错。你看没看到他单膝跪地那一幕?"

"可不能把地球人当儿戏。"另一个附和,"我们有一场硬仗要打呢。"

"既然你来了,"第一个说话的俘奴说,"要不要付些订金,订些稀少地块? 全是未经开发的土地,我们已经取得了许可。我很乐意带你参观。只要多付一点点钱,就能接通水电。"

"快上直升机。"莱特福特用枪直指两个俘奴,重复道。

柏林。一名SHD[1]中校来到上级身边,敬了礼(这种敬礼方式被称为罗马式礼仪),然后说:"将军,俘奴又回来了,我们该怎么办?"[2]

"俘奴又回来了?"霍弗里格吓了一大跳,"这么快? 我们三年前才刚刚揭露了它们的网络,把它们彻底根除。"霍弗里格将军猛地站起来,在联邦大楼地下室挤挤挨挨的临时办公室里来

---

[1]"Sicherheitsdienst"的缩写,原西德安保部。

[2]原文为德语。

回踱步,两只大手背在身后,"它们这次用的是什么伪装?还是跟上次一样,假扮成国内经济助理部长吗?"

"不,长官,"中校回答,"这一次,它们装扮成大众汽车公司的变速箱检查员,中年人,穿褐色西服,手拿纸板夹,戴着厚厚的眼镜,一丝不苟。身高倒是跟从前一样,只有零点六米。"

"我讨厌俘奴。"霍弗里格说,"我最讨厌它们冷酷无情,把科学用于毁灭性目的,尤其是它们的致命医学技术。那时候,它们在彩色纪念邮票里放了传染性病毒,粘在背胶里,差点打败我们。"

"真是疯狂的武器。"他的下级附和道,"不过这点子太疯狂,最终还是失败了。这一次,它们大概会动用压倒性的武力,按照绝对同步的时间,同时出击。"

"毫无疑问。"①霍弗里格赞同道,"不过,我们还是得做出反应,打败他们。通知国际刑警。'国际刑警总部设在月球,负责抵抗外星智慧生命。'这一次,它们在哪儿被发现的?"

"目前,只出现在施韦因福特②。"

"或许,我们应该把这个地区彻底抹掉。"

"没用,它们还会在其他地方再次出现。"

"没错。"霍弗里格闷闷不乐,"我们得启动'Hundefutter'③项目,是时候让这项目发挥作用了。""Hundefutter"项目一直在为西德政府开发地球人亚种,只有零点六米高,可以改变外表形态,变成多种模样。这些亚种会渗透俘奴的活动网络,从内部实施破坏。此项目由克虏伯家族资助,已经全部完成,随时可以用

①原文为德语。

②施韦因福特,德国中部的城市。

③德语,狗食。

于实战,只等这一刻。

"我来启动 Kommando Einsatzgruppe^①二号计划。"下级军官说,"作为反俘奴力量,他们现在就可以空降到施韦因福特附近,从俘奴们背后杀进去。等到今晚,局势就应该在我们的控制之下了。"

"愿上帝保佑。"^②霍弗里格祈祷道,点了点头,"去启动 Kommando 吧,我们竖起耳朵,时刻关注事态进展。"

他明白,要是部队失败,他们就得采取更加极端的手段。

霍弗里格心想:我们这个种族,已经到了关系存亡的危急时刻。今后四千年的历史,将由此刻SHD某位成员的英勇行为决定。或许,将由我本人决定。

他不停踱步,沉思冥想。

华沙。"人民民主进程维护局"(NNBNDL)华沙分部长官瑟吉·尼克夫坐在办公桌边,喝着茶,吃着甜面包卷加波兰火腿(这是迟来的早饭),读了几遍加密的点传文件。这一次,他自言自语道,它们扮成了国际象棋棋手。每个俘奴都会用后兵开局^③,从Qp挪到Q3。这开局很弱,他想,如果对手使出Kp到K4这一招,俘奴哪怕执白,也没法应对。但是……

这仍然是潜在的危险局面。

他在办公用纸上写下:搜捕所有使用后兵开局的国际象棋棋手。然后,把他们发配到"让森林重获生机"生产队,他暗自决定。俘奴个子很小,不过种种树苗应该没问题……我们必须让

①德语,意为"指挥部队"。

②原文为德语。

③国际象棋的一种开局法。后前面的兵进一格为开局。

它们派上用场。种子——它们可以播下向日葵的种子,让田里长出向日葵来,送给"去除冻土蔬菜油"公司榨油用。

让它们结结实实劳动一整年——这样,下次它们再有入侵地球的念头,就得好好掂量掂量。

不过呢,没准可以跟它们做个交易。如果不想参加"让森林重获生机"活动,就得加入军队,组成一支特别部队,去智利崎岖的山地打仗。他们只有六十一厘米高,一艘核潜艇就能装不少……不过,俘奴作为战士,是否可信?

他讨厌俘奴,最讨厌他们欺骗诡诈。前几次入侵地球的时候,他已经受够了。上一次,他们扮成了一个民族舞团。那可真是一班不得了的舞者,他们居然在列宁格勒屠杀观众——男男女女,甚至还有孩子——当场死亡,谁也来不及阻止。他们用的武器,设计精巧,功能强大,结构单一,伪装成五弦的民族乐器。

这种事绝不能再次发生。虽然,所有的民主地区都已经提高了警惕;各地都设立了特别青年团体,时刻警戒。不过,仍有些新的办法——比如这次国际象棋棋手伪装——能够逃过群众的眼睛。尤其在东部共和国的小镇,棋手特别受欢迎。

瑟吉·尼克夫从办公桌的暗格里取出一部特殊的电话。电话没有拨号盘。他拎起话筒,对着收声器说:"俘奴回来了,在北高加索地区。集结坦克,越多越好,列队做好准备。等它们企图扩张到其他地区时,钳制住它们,让坦克部队直接从当中碾过,把它们的队伍分成两半。然后重复这一动作,不停分割俘奴队伍,直到它们零零落落,我们就各个击破。"

"是,尼克夫政委。"

瑟吉·尼克夫挂了电话,继续吃他迟来的早饭。现在,早饭已经冷掉了。

　　莱特福特上尉驾着直升机，飞向华盛顿特区。一个被抓住的俘奴开口道："不管我们伪装成什么样子，你们地球人总能发现我们，为什么？在你们的星球上，我们装扮过汽油站员工、大众公司变速箱检查员、国际象棋棋手、带着乐器的民族舞者，还有政府小官员，现在我们又换成了房地产销售员……"

　　莱特福特回答："因为你们的身高。"

　　"这个概念对我们没意义。"

　　"你们只有两英尺高啊！"

　　两个俘奴商量一阵，其中一个耐心解释道："可是，身高是相对的。我们具备了目前地球人形体所有的绝对特征，根据明显的逻辑……"

　　"来，"莱特福特说，"站到我身边来。"俘奴穿着灰色西服，拎着公文包，警惕地站到莱特福特身旁。"你的身高才到我的膝盖。"莱特福特说，"我身高六英尺，你只有我的三分之一。混到地球人当中，你们俘奴就像一桶犹太腌黄瓜里的鸡蛋一样显眼。"

　　"这是俗语吗？"俘奴问道，"我最好记下来。"他从西服口袋里拿出一支小小的圆珠笔，跟火柴差不多长。"一桶腌黄瓜里的鸡蛋。真是古雅有趣。我希望，等我们消灭你们整个儿文明以后，你们某些习俗能保留下来，放在我们的博物馆里。"

　　"我也这么希望。"莱特福特点起一根烟。

　　另一个俘奴思索了片刻，说："我在想，我们有没有办法长高。你们这么高，是不是保留了什么种族身高的秘诀？"它看到莱特福特嘴里叼着的烟，烟头在燃烧。它问道："你们非自然身高的秘诀是不是这个？燃烧压紧的干燥蔬菜纤维棍，然后吸入烟雾?"

"没错,"莱特福特把香烟递给两英尺高的俘奴,"这就是我们的秘诀。香烟的烟雾能促进身高;所以我们所有的后代,所有的年轻人,特别是十几岁的青少年,都吸这东西。"

"我试试。"俘奴对同伴说。它把香烟放到上下唇中间,深深地吸了一口。

莱特福特难以置信地眨眨眼睛。就在他眼前,俘奴突然长高,到了四英尺。它的同伴立即照做。现在,两个俘奴都有了加倍的身高。吸烟居然让俘奴的高度增加了可怕的两英尺。

"谢谢。"四英尺高的房地产销售员向莱特福特道谢。它的声音低沉了不少,"我们可迈出了大胆的一步呀,是不是?"

莱特福特紧张地回答:"把烟还给我。"

CIA大楼的办公室。尤里乌斯·浩克少校按下办公桌上的按钮,召唤史密斯小姐。史密斯小姐推开门,快步走进房间,手里拿着速记本,随时准备记录。

"史密斯小姐,"浩克少校说,"趁莱特福特上尉不在,我可以跟你说实话。这一次,俘奴们肯定会赢。作为负责抗击俘奴的高级指挥官,我准备放弃战斗,进入地下防弹堡垒。这个地堡是专为绝望时刻修建的。现在就是绝望时刻。"

"我很难过,长官。"史密斯小姐扑扇着长长的睫毛,"跟您一起工作很愉快。"

"你也逃不了啊!"浩克说,"他们会消灭所有的地球人。失败是全球性的。"

浩克拉开办公桌抽屉,取出一瓶没开封的"布洛克雷德"七百五十毫升苏格兰威士忌。这是他从前收到的生日礼物。"不过，我先要喝光这瓶威士忌。"他向史密斯小姐宣布，"你要不要跟我一起喝？"

"不，谢谢，长官。"史密斯小姐回答，"我不喝酒，至少白天不喝。"

浩克少校把酒倒在纸杯里，啜饮片刻，接着直接用嘴对着瓶口喝了起来——仿佛是为了检查瓶子底部的液体是否也是威士忌。最后，他放下瓶子，说："俘奴只有家养的虎斑猫这么大。我们居然被这么小的生物逼到了墙角。真让人没法相信。可惜，事实就是如此。"他朝史密斯小姐礼貌地点点头，"我这就下去，躲进混凝土防弹地堡。我想，我在里面能坚持到眼前的大崩溃结束。"

"这太好了，浩克少校。"史密斯小姐有点儿不安，"可是您——打算把我一个人留在这儿，变成俘奴的俘虏？我是说——"她高耸的胸部在衬衣底下颤动，频率渐渐一致，"这有点儿过分啊。"

"你不必害怕俘奴，史密斯小姐。"浩克少校说，"毕竟，只有两英尺高——"他比划一下，"再怎么神经质的年轻女人，也不必——"他哈哈大笑，"真是的。"

"可是，这感觉很糟糕，"史密斯小姐说，"被遗弃在这儿，独自面对来自全然陌生星球的非自然敌人。"

"这样吧。"浩克少校想了想，说："我打算违反一系列严格的CIA规定，允许你跟我一同下到地堡。"

史密斯小姐放下手中的记录本和铅笔，快步跑到少校身边，喘着气说："喔，少校，我真不知该怎么谢你！"

"跟我来吧。"浩克少校说着，走了出去。匆忙间，那瓶威士忌被他落在了桌子上。

两人沿着走廊，走向电梯。少校的步子有点儿不稳，史密斯小姐扶住了他。

"该死的威士忌。"他嘟哝着，"史密斯小姐，薇薇安，你没动它，可真明智。鉴于俘奴危机当前，我们会产生丘脑皮质反应，苏格兰威士忌没法像平常那样给人安慰啦。"

"到了。"秘书说。她钻到他的胳膊底下，撑起他的身子。两人等着电梯。"站稳点儿，少校。电梯马上就来。"

"你说得很对。"浩克少校附和，"薇薇安亲爱的。"

电梯终于来了。这是一部由乘客自己操作的电梯。

少校按下相应楼层的按钮，电梯开始下降。"您肯让我一起去，实在太好了。"史密斯小姐说。

"嗯，也许这样能延长你的生命。"浩克少校说，"当然，在地下深处……平均温度比地面要高不少。那儿就像深深的矿井坑，温度高达三十八度。"

"可我们至少能活下来。"史密斯小姐说。

浩克少校脱掉了西服外套，摘下领带。"准备迎接三十八度的高温吧！"他说，"来，你要不要脱掉外套？"

"好。"史密斯小姐回答，允许少校用如绅士般的动作帮她除下外套。

电梯到达地堡。幸好，这儿没人，地堡里只有他们两个。

浩克少校按亮一盏光线微弱的黄灯。"这儿真够闷热的。"史密斯小姐说。昏暗中，她绊了一下。"哎呀，天哪，这地方看不清楚。"接着，她又绊了一下，这次差点摔倒。"少校，我们能不能把灯开亮些？"

"什么，你难道想让灯光引来俘奴？"昏暗中，浩克少校四处摸索，终于找到了史密斯小姐。她已经倒在地堡中一张行军床里,正摸着自己的鞋子。

"我大概把鞋跟扭断了。"她说。

"嗯,不说别的,好歹你的命总是保住了。"浩克少校一边说,一边借着微弱的光线替她脱下另一只鞋。这两只鞋子都没用了。

"我们得在这儿呆多久?"史密斯小姐问。

"只要俘奴控制地球,我们就不出去。"浩克少校回答,"你最好换上防辐射服,以防恶毒的小外星人用氢弹轰炸白宫。来,我帮你脱掉衬衣和裙子——这附近应该有连身服。"

"您真是太好了。"史密斯小姐深吸一口气,把衬衣和裙子递给少校,"我实在无以为报。"

"我呢,"浩克少校说,"我改主意了,我要回去拿那瓶威士忌酒。要待在地下的时间,比我预期的还要长。我们需要些酒精,来安慰被孤独折磨的神经。你在这儿等我。"他一路摸索着走回电梯。

"快点回来!"史密斯小姐在他身后焦急地喊道,"一个人待在这地方,我觉得自己脆弱得要命,没人保护。而且,我找不到您说的防辐射服。"

"马上回来。"浩克少校保证。

CIA大楼对面的停机坪。莱特福特上尉驾着直升机,带着两名俘奴俘虏,降落地面。"快走。"上尉发出指令,用点四五手枪的枪口戳戳俘奴小小的肋骨。

"真粗鲁。这都是因为他个子比我们大,莱恩。"一个俘奴对另一个说,"要是我们跟他一样大,他就不敢这么对待我们。可是,我们现在已经明白——终于明白了——地球人个子高大的秘诀。"

"对。"另一个俘奴说，"二十年的谜团终于解开了。"

"四英尺高的人，还是会招人怀疑。"莱特福特上尉嘴上这么说，心中却暗想，它们抽了口烟，一瞬间就从两英尺长到四英尺。所以，它们再长两英尺，也是很有可能的。到时候，它们就会达到六英尺的高度，跟我们一模一样。

这都是我的错，他心中悲叹。浩克少校会杀了我，就算我身体不死，事业也死定了。

尽管如此，他仍然会坚持完成任务。这是CIA著名的传统。

"我要把你们直接送到浩克少校跟前。"他对两个俘奴说，"他会发落你们。"

三人来到浩克少校的办公室，里面没人。

"真奇怪。"莱特福特上尉说。

"也许，浩克少校放弃了，匆匆撤离。"一个俘奴说，"这瓶高高的琥珀色液体是否说明问题？"

"这是一瓶高高的琥珀色苏格兰威士忌，"莱特福特仔细查看瓶子，"说明不了问题。不过——"他打开盖子，"我还是尝一口，以防万一。"

尝过之后，他发现两个俘奴紧紧盯着他。

"这是地球人称为'酒'的东西，"莱特福特解释，"对你们可能有害。"

"也许吧。"其中一个俘奴说，"不过，趁你喝那瓶酒的功夫，我已经偷来了你的点四五军用左轮枪。把手举起来。"

莱特福特不情不愿地举起双手。

"把瓶子给我们。"俘奴说，"我们打算自己试试。你无权阻止。说实话，地球文化对我们来说，了如指掌。"

"喝酒会让你们丧命。"莱特福特绝望地说。

"就像燃烧那根枯草棍子一样'丧命'?"近处的俘奴不屑一顾。

莱特福特眼睁睁看着两个俘奴喝光了瓶子里的酒。不出所料,两个俘奴长到了六英尺。上尉知道,地球上每个角落,所有的俘奴此刻都变成了六英尺高。这一次,俘奴的入侵要成功了。都怪他。是他毁了地球。"干杯。"一个俘奴说。

"下舱门,"另一个应和着哼道,"别磨蹭。"他们打量着莱特福特,"你缩小了,缩得跟我们一样小。"

"不,莱恩。"第一个说,"是我们长大了,长得跟他一样高。"

"那么,我们总算平等了。"莱恩说,"我们终于要成功啦。这些地球人的神奇防御——他们那非自然的身高——已经被破除。"

就在这时,一个声音说:"放下那把点四五左轮枪。"浩克少校从两个烂醉的俘奴身后走进了房间。

"哎呀呀,见了鬼了!"第一个俘奴嘟哝,"瞧啊,莱恩,就是这个人,上次指挥地球人打败了我们。"

"他变小啦,"莱恩说,"跟我们一样小。我们都变小了。我是说,我们都变大了。该死的,一回事。反正我们平等了。"俘奴朝浩克少校摇摇晃晃地走去——。

少校开火,名为莱恩的俘奴倒下了,死了,死透了。

只剩下最后一个俘奴俘虏。

"埃德加,它们个子变大了。"浩克少校脸色发白,"怎么回事?"

"都是我的错,"莱特福特承认,"第一次,因为一根香烟;第二次,因为一瓶苏格兰威士忌——您的威士忌,少校,就是您太太上次给您的生日礼物。的确,现在它们跟我们个子一样大,无法辨认。但是,您想想,还有一种办法——让它们再长高一次,怎么样?"

"我明白你的意思。"浩克少校想了想,说,"要是长到八英尺高,俘奴在人群中又会变得显眼,就像从前——"

俘奴俘虏突然撒腿就跑。

浩克少校开了枪,但为时已晚。俘奴跑进了走廊,朝电梯奔去。

"快抓住它!"浩克少校叫道。

俘奴跑到了电梯处,毫不犹豫地伸手按了按钮。某种未知的俘奴外星球知识,指引着它的手。

"它要逃掉了。"莱特福特咬牙切齿道。

电梯来了。"它要逃到防弹地堡里去了!"浩克少校泄气地叫道。

"好,"莱特福特冷酷地回答,"进了地堡,它就跑不掉了。"

"是啊,可是——"浩克少校话说一半,就咽了回去,"你说得对,莱特福特,我们必须抓住它。一旦它逃到街上,就跟其他穿灰西服拿公文包的人没区别了。"

两人沿着楼梯往下走。"怎么做,才能让它再长高呢?"莱特福特问道,"起先是香烟,接着是威士忌——对俘奴来说,都是新东西。有什么东西能让它再长高一次,长成八英尺的怪物呢?"他拼命地想啊想,绞尽脑汁。两人一路冲下楼梯,终于来到地堡的钢筋水泥门前。

俘奴已经在地堡里。

"呃,你听到的声音,是史密斯小姐。"浩克少校承认,"她,呃,应该说我们,刚才躲到了这里,想避开俘奴入侵。"

莱特福特把全身重量压在门上,拉开了门。

　　史密斯小姐一下子跳起来,朝他们跑来,紧紧贴在他们身上,远离俘奴。"感谢上帝!"她喘着气,"我一点儿都没认出来,直到——"她打了个哆嗦。

　　"少校,"莱特福特上尉说,"我们误打误撞成功啦。"

　　浩克少校飞快下令:"上尉,你去拿史密斯小姐的衣服,我来料理这个俘奴。现在没问题了。"

　　八英尺高的俘奴,慢慢朝他们走来,双手举过头顶。

不幸游戏

午后，鲍勃·塔克从水渠里汲了五十加仑水，装在水桶里，往自己的土豆园推。这时，他听到了引擎的隆隆声。他抬起头，朝薄雾蒙蒙的火星天空望了一眼，看见了那艘巨大的蓝色行星际飞船。

他激动地朝飞船挥手。接着，他看到了刷在船壳侧面的大字。于是，他的快乐中又掺杂了一丝警惕。因为，这是一艘巡回嘉年华飞船。他们到第四行星这一区域来，是来做生意的。这时，飞船已经降低了高度，预备尾部着陆。坑坑洼洼的船壳上用大大的字体写着：

流行娱乐公司
为您呈上
怪物、魔术、可怕的奇观，还有女人！

最后两个字写得最大。

我得去报告定居点委员会，塔克想。于是，他丢下水桶，一路小跑，朝商业区跑去。这是一片非自然的殖民世界，空气稀薄。一跑起来，塔克不得不呼呼喘气，这样肺部才能吸到氧气。上一次，也是有个巡回嘉年华到他们这儿来，结果，他们被骗走了全年绝大部分收成——嘉年华的摊贩接受以物易物——换来的却只是一小捆没用处的石膏小雕像。绝不能让这种事再次发生。

可是——

他体内已经涌起了饥渴，涌起了对娱乐的需求。在这儿，人人都一样。定居点太渴望这些奇奇怪怪的东西了。这一点，嘉年华摊贩们自然很清楚，而且毫不留情地加以利用。塔克想，要是我们能保持头脑清醒多好，不动必需品，只交换多余的食物，还有布料。可是，到时候，大家都会像孩子一样，失去控制力。毕竟，殖民地的生活太单调。只有运水，杀虫，修篱笆，再就是不断敲敲打打，修理他们赖以为生的半自动农场机器人。这些远远不够。这儿没有……文化。没有庄严神圣的东西。

塔克跑进了文斯·格斯特的田地。文斯坐在圆筒似的犁地机上，手握扳手。塔克招呼道："嗨，听到响声了吗？嘉年华公司来了！跟去年一样，玩杂耍的又来了——你还记得吗？"

"我记得。"文斯没抬头，"他们拿走了我所有的南瓜。让巡回演出都见鬼去吧。"他的脸色阴沉。

"这次来的不一样。"塔克犹犹豫豫地解释，"我从前没见过他们，他们开的是一艘蓝色飞船，飞船破破烂烂，像是去过不少地方。你知道我们该怎么做吗？还记得我们的计划吗？"

"那个破计划啊。"文斯"啪"地合拢扳手的夹口。

"能力就是能力。"塔克喋喋不休。他想说服的不止是文斯，还有他自己。他自己心中也有疑惑，正努力打消。"行啦，弗莱德是有点儿笨，可他的能力是真的。我是说，我们已经试过一百万次啦。至于去年我们为什么没用他来对付这些嘉年华摊贩，我想我永远不会知道的。可是，现在，我们已经有计划、有准备了。"

文斯抬起头，"谁知道那笨孩子会干出什么来？他肯定会加入巡回嘉年华，跟着他们一起走。他会用能力来对付我们——我们不能信任他。"

"我信任他。"说完，塔克快步跑向正前方的居民房——一幢幢满是尘土、风蚀得厉害的灰色建筑。他很快发现了委员会主席霍格兰·瑞伊正在自己的商店中忙活。霍格兰会制作各种小器械，租给定居点居民。居民们全都依赖着他。没有霍格兰造的精巧小工具，绵羊没法剪毛，羊羔也没法断尾。所以，自然而然，霍格兰成了他们的政治——还有经济——领袖。

霍格兰走出店门，踏上夯实的沙地，用手遮在眼睛上方，掏出一块折起的手帕擦了擦汗湿的前额，迎接前来拜访的鲍勃·塔克。"这次来的不一样？"他的声音低沉。

"没错。"塔克的心脏怦怦直跳，"这一次，只要我们用对办法，就能拿下他们，霍格！我是说，一旦弗莱德——"

"他们会起疑心的。"霍格兰若有所思，"其他定居点肯定也有超自然能力者，肯定用过这个办法。嘉年华摊贩中说不定会有——叫什么来着？——某个反能力者。弗莱德的能力是用意念移动物品，要是他们有个反意念移动者……"他一摊手，表示无奈。

"我去跟弗莱德的爸妈说，让他们把那孩子从学校里接出来。"鲍勃·塔克喘着气，"孩子们会第一个围住嘉年华摊子，这很自然。我们今天下午就让孩子们放学吧，让弗莱德混在孩子群里。这样，没人会注意他。你知道我的意思吧？他看起来很正常,至少我觉得很正常。"说罢,他吃吃地笑了起来。

"没错。"霍格兰郑重地赞同,"科斯纳家的孩子看起来跟平常人没区别。对,我们得试试。反正我们投过票,决定了要这么做。我们下了决心。去敲响集合多余物资的钟吧!让嘉年华小子们看看,我们有多少好东西——让苹果、核桃、包心菜、南瓜在这儿通通堆起来吧!"他指指一块空地,"我还要一份精确的物品清单,以及三份复写件,一小时内送到我手里。"霍格兰掏出一支雪茄,用打火机点燃,"去吧。"鲍勃·塔克领命而去。

托尼·科斯纳跟儿子走在南边的草场里。一群黑脸羊在他们身边,咀嚼着坚硬干枯的草。托尼问儿子:"你觉得你能行吗,弗莱德?要是你觉得不行,就直说。你不用非得去。"

弗莱德·科斯纳眯起眼睛。前方,隐隐约约,仿佛能看见嘉年华在直立的行星际飞船前搭起了棚子,竖起闪闪发亮的大幅旗帜和在风中飘舞的金属饰带。还有音乐……不知是录音,还是真正的汽笛风琴奏出的乐曲?"当然能。"弗莱德低声回答,"我能对付他们。自从瑞伊先生跟我说了之后,我每天都在练习。"为了向爸爸证明,他让前面的一块石头浮了起来,划了一条弧线,朝他们高速飞来,接着突然落到干枯的褐色草地上。一只羊木呆呆地望着这一幕,弗莱德大笑。

有些定居点的居民,包括孩子们,已经朝正在搭棚子的嘉年华靠拢。弗莱德看到了棉花糖机,机器在奋力工作。他闻到了爆米花的香味,还高兴地看到有个扮成流浪汉、化着花哨妆容的侏儒牵着一大把充了氢气的气球。

父亲轻声说:"弗莱德,你得找找有高价值奖品的游戏。"

"我知道。"说着,弗莱德挨个扫视着那些棚子。我们不需要穿着草裙的娃娃,他对自己说,也不需要装着海盐太妃糖的盒子。

真正有价值的奖品就藏在嘉年华某处,也许是推钱板,也许是转轮,或者是宾果台;总之,就在里面。他感觉到了,闻到了。于是,他快步朝里面走去。

他父亲紧张地轻轻说道:"呃,我先离开一会儿,弗莱德。"托尼看到了展台上的姑娘。他的脸朝着那个方向,转不开眼睛。其中一个姑娘已经——就在这时,卡车的隆隆声吸引了弗莱德·科斯纳的注意,他转过身,忘掉了展台上那个一丝不挂、胸脯高耸的姑娘。卡车带来了定居点的产品,用来交换嘉年华的游戏票。

男孩子弗莱德朝卡车走去,有些好奇。上次他们吃了这么大的苦头,不知霍格兰·瑞伊这一次打算拿多少东西出来赌。卡车上东西不少。弗莱德心中十分骄傲——显然,定居点的居民百分之百信任他的能力。

这时,他闻到了超自然能力者发出的恶臭。不会有错。

发出臭味的是右前方的棚子。他立刻朝棚子的方向走去。嘉年华的摊贩们要保护的就是这个。这是他们输不起的游戏。走近后,他发现这是一间怪物秀棚子,里面的怪物是个无头人。弗莱德第一次看到这种无头人。于是,他停了下来,愣愣地看着。

无头人真的没有头。早在他出生前,他脸部所有的感官——眼睛、鼻子、耳朵,都转移到了身体的其他部位。比如,他的嘴开在胸膛正中,就像一道裂口。他的每个肩膀上都有一只亮闪闪的眼睛。虽然无头人是个畸形儿,可却拥有完好的五感。弗莱德对他心生敬意。无头人能看,能听,能闻,跟正常人一样好。可是,这游戏到底怎么玩呢?

棚子里,无头人坐在篮子里,篮子悬在一大盆水上方。无头人身后有个目标点;离弗莱德不远处,则堆着不少篮球。于是,他明白了游戏的玩法:只要用篮球击中目标,无头人就会被扔到水盆里去。嘉年华不希望有人在这个游戏中得胜,所以才动用了超自然能力加以保护。这个棚子里的超自然能力臭味熏天。可是,弗莱德却分辨不出臭味来自哪一个。是无头人?还是守棚子的人?还是某个看不见的第三者?守棚子的是个细瘦的年轻女子,穿着毛衣、便裤和一双网球鞋。她举起一个篮球,递向弗莱德,开口问道:"要玩吗,厉害的小家伙?"她对他微笑,仿佛在委婉地劝他离开,就像他绝对、绝对不可能来玩,更不可能赢。

"我还在考虑。"弗莱德回答。他仔细看着奖品。无头人咯咯笑了起来,胸膛正中的嘴巴开口说话:"他在考虑呢——我可真没看出来!"说罢,无头人又咯咯笑开了,笑得弗莱德脸都红了。

爸爸来到弗莱德身旁。"你想玩的就是这个?"他问。这时,霍格兰·瑞伊也出现了。两个男人护在弗莱德两侧,三人一同盯着奖品,细细查看。奖品究竟是什么?是娃娃,弗莱德想,至少看起来像娃娃。奖品娃娃个头不大,略像男人的模样,一排排列在守棚人左边的架子上。弗莱德费劲脑汁也想不出,嘉年华的摊贩们干吗要保护这些东西。它们看起来根本一文不值。弗莱德凑近奖品,瞪大眼睛仔细瞧……

霍格兰·瑞伊把他带出棚子,拉到一旁,忧心忡忡地说:"弗莱德,就算我们赢了,也拿不到有价值的东西。这些塑料小人,我们根本用不上,就连跟其他定居点做交易也不行。"他一脸失望,嘴角沮丧地下垂。

"我觉得这些娃娃不止外表这么简单。"弗莱德说,"可我看不出它们到底是什么。不管怎么样,瑞伊先生,让我试试吧。我很确定,这个游戏的奖品是最有价值的。"再说,嘉年华的摊贩们也是这么认为的。

"都交给你了。"话虽如此,霍格兰·瑞伊并没抱多大希望。他跟弗莱德的父亲交换了眼神,鼓励地拍拍男孩子的背。"我们走吧。"他说,"尽全力,孩子。"一行人——鲍勃·塔克也加了进来——回到无头人的棚子。无头人肩上的眼睛闪闪发亮。

"决定了吗,几位?"脸上毫无表情的瘦姑娘守棚人问道。她手上拿着个篮球,抛到空中,又自己接住。

"给。"霍格兰递给弗莱德一个信封。信封里是用定居点农产品换来的游戏票——所有的农产品,只换到了这些票子,都在这儿了。

"我来玩玩看。"说着,弗莱德递给瘦姑娘一张游戏票。

瘦姑娘微笑,露出小小尖尖的牙齿。

"把我放到水里去!"无头人嚷道,"让我掉进水里,就能赢得珍贵的奖品!"它高兴地咯咯笑着。

当夜,在商店后面的作坊里,霍格兰·瑞伊右眼戴着珠宝商用的放大镜,仔细检查托尼·科斯纳的儿子赢来的小人像。早些时候,这孩子从流星娱乐公司的嘉年华上赢了不少。

一共十五个人像在霍格兰作坊排成一排,对着墙立着。

霍格兰用一把小小的钳子,撬开娃娃的背部,看到里面布满了复杂的电路。"这孩子说得对。"他对鲍勃·塔克说。鲍勃·塔克立在他身后,激动不安,抽着一支合成烟卷,"这不是娃娃,是个精密的装置,说不定是他们从联合国偷的。甚至,这东西有可能是个微型机器人——就是那些特殊自动机械,政府用它们做各种各样的事,比如刺探情报,给战争中受伤的老兵做修复手术等等。"说着,他小心翼翼地打开人像的胸腔。

胸口的电路同样复杂,还有微缩部件,就连珠宝放大镜都极难看清楚。瑞伊放弃了。毕竟,他的本事,只够修理电动收割机之类的农具。这东西太复杂了。接着,他又开始琢磨定居点该怎么利用这些微型机器人。又或是把它们卖回联合国?嘉年华的摊贩们已经收拾好离开,没法从他们那儿打听这些机器人的情况。

"说不定,这东西会走路,还会说话。"塔克提议。

霍格兰在人像上寻找开关,没找到。莫非是语音控制的?于是,他命令道:"走。"人像一动不动。他对塔克说:"我觉得,我们弄到的是好东西。不过——"他一摆手,"弄懂它们需要时间。我们得耐心点儿。"也许,他们应该带一个小人像到 M 城去,那儿有真正的专业工程师、电子专家和各种各样的维修工……但问题是,他还是想自己来研究。他不信任那些殖民星球上巨大城市里的居民。

"我们赢了一个又一个,嘉年华那些人可恼火了。"鲍勃·塔克呵呵笑了,"弗莱德说嘉年华的人也派出了自己的超自然能力者,可他们完全没想到……"

"别说话。"霍格兰说。他已经找到了人像的电源,只需沿着电路,找到电闸就好。一旦合上电闸,就能启动这机械,就这么简单——或者说,表面上就这么简单。

很快,他就在电路里找到了电闸。电闸是个微型开关,伪装成小人的皮带扣。霍格兰心生雀跃,用针鼻钳子合上了开关,然后把小人放在工作长凳上,看它会有什么反应。

人像动了起来,把手伸进挂在体侧的袋状物(就像个小包),从里面拿出一支小小的管子,对准了霍格兰。

"等等。"霍格兰无力地抗议道。他身后,塔克一声惊呼,赶紧找地方躲。有东西轰在了霍格兰脸上。是一道光,推得他朝后倒去。他闭上眼睛,恐惧地大叫。有人袭击!他喊道,却发不出声音。他什么都听不到,只能在无边无际的黑暗中徒劳地喊叫。他摸索着,乞求地伸出手……

霍格兰看到定居点的注册护士弯腰伏在他身前,手拿一瓶氨水,放在他鼻孔下。他呻吟一声,抬起头,睁开眼睛。他躺在自己的作坊里,身边围着一圈定居点成年居民,鲍勃·塔克站在最前面。众人均是一脸担忧和紧张。

"那些像娃娃的东西,"霍格兰总算轻声说出话来,"袭击了我们。要小心。"他扭过身子,想看看才才小心排列在另一边墙根的十几个娃娃。"我合上了电闸,提前发动了一个。"他嘟哝着,"我触发了那东西,这样我们就有数了。"

他眨了眨眼。

娃娃都没了。

"我去叫比森小姐了,"鲍勃·塔克解释道,"等我回来,娃娃就没了。对不起。"他一脸歉意,仿佛是自己犯了错,"可你受伤了,我很担心,怕你死了。"

"嗯。"霍格兰撑起身子。他脑袋疼,胃里恶心。"你做得对。还是把科斯纳家的孩子叫来,听听他怎么说。"接着,他又说:"这是我们连续第二年遭算计了。这次更惨。"他暗想,去年我们输了,今年我们赢了。可是,输了反而更好。

他有种极为不祥的预感。

四天后,托尼·科斯纳正在南瓜田里锄草,地面突然动了动,引起了他的注意。他悄悄伸手取来干草叉,心下料定,肯定是一只火星地鼠在地下啃吃南瓜根。得把它除掉。他提起干草叉,等地面再动的时候,猛地刺下去,叉子的尖头扎穿了疏松的沙质火星土壤。

地面下,有东西吃痛惊惧,尖叫起来。托尼·科斯纳抓来铲子,铲去浮土。刨掉表面土层后,底下露出一条隧道。不出所料,隧道里果然躺着一只火星地鼠。剧痛让它眼神呆滞,长长的獠牙露在外头,披着毛皮的身体一起一伏,不停地颤抖,眼看就要死了。

托尼·科斯纳给了它一个痛快。这时,眼前突然闪过金属的反光,于是他俯下身,细细察看。

这只火星地鼠,居然穿着甲胄。

这副甲胄当然不可能是天生的。它紧紧贴在地鼠的粗脖子上。

从甲胄上,还延出头发丝一般粗细、几乎难以发觉的电线,一直延伸到地鼠前额的脑壳底下。

"老天爷。"托尼·科斯纳惊呼。他捡起穿甲胄的地鼠,焦虑不安地站在原地,不知该怎么办。他知道,这只甲胄地鼠跟嘉年华娃娃肯定脱不了干系。这肯定是那些逃跑的娃娃干的,是它们做了这副甲胄——霍格兰说得对,定居点遭袭了。

要不是他干掉了这只地鼠,天知道它会干出什么事来。

这只地鼠肯定有目标。它刚才正在打洞——目标正是他家的房子!

稍后,他带着甲胄地鼠来到霍格兰·瑞伊的作坊里。瑞伊小心翼翼地打开了甲胄,查看里头的内容。

"是发信器。"霍格兰喘着粗气,就像童年时代的哮喘再次发作,"短程发信器,作用距离只有半英里左右。这个发信器会引导地鼠前进的方向,还会传回信号,报告地鼠目前所处的位置、所做的动作。贴在脑袋上的电极八成连接着脑中的快感与通感区域……以此控制地鼠。"他瞥了一眼托尼·科斯纳,"你想不想来这么一副甲胄?"

"我可不要。"托尼打了个哆嗦。一时间,他真希望自己还在地球上——哪怕地球人挤人,也一样。他渴望地球人群的压力,渴望男男女女、人潮涌动的气味和声音,渴望走在坚硬的人行道上,走在灯光之下。他这才突然意识到,自己从来没有喜欢过火星。这儿太孤单。他想,我做了错误的决定,都怪我老婆,是她逼我来的。

现在想这些,都是事后聪明,完全没有用。

"我觉得,"霍格兰用平板的声调说,"我们最好还是通知联合国军事警察吧。"他拖着沉重的脚步,来到嵌在墙上的电话机前,摇了几下,拨了紧急号码。接着,他半是歉意、半是恼火地对托尼说:"我没法再对付这些啦,科斯纳,这个责任我负不起。这太难了。"

"我也有错。"托尼说,"那时候,我看到那姑娘,她脱掉了上半身衣服,然后——"

"联合国地区安保办公室。"话筒里传来声音。声音很大,就连托尼·科斯纳也听到了。

"我们有麻烦了。"霍格兰向对方讲述了流星娱乐公司的飞船,以及接下来发生的一切。他一边说,一边用手帕不停擦拭前额流下的汗水,模样既衰老又憔悴,像是非常需要好好休息一阵。

一小时后，军事警察降落到定居点唯一的一条大街中央。一位身着制服的联合国中年军官提着手提箱走出了飞船。此时已近傍晚，天色昏黄。军官四下张望一番，看到了聚集在大街上的人群。霍格兰·瑞伊按惯例站在最前方。

"您是莫扎特将军吗？"霍格兰试探着伸出手。

"没错。"身材魁梧的联合国军官回答，伸出手，跟霍格兰简短一握。"能让我看一看那东西吗？"军官的神态语气中，带着一丝轻蔑，对周围邋邋遢遢的殖民地居民不屑一顾。这一丝轻蔑刺痛了霍格兰，他心中的失落和沮丧越发强烈。

"当然可以，将军。"霍格兰带着将军回到自己的商店，还有商店后面的作坊。

莫扎特将军察看了一番那只贴着电极、穿着甲胄的死地鼠，然后开口道："瑞伊先生，你们大概赢来了他们不愿意输掉的东西。他们的最终目标——换句话说，也就是终极目标——很有可能并不是这个定居点。"将军的语气中又流露出嫌恶——掩饰不住的嫌恶。谁会想要这么一块地方啊？"而是——当然，这是我的猜测——地球，还有其他人口稠密的地区。但是，由于你在抛球游戏中运用了超自然的能力……"他截住话头，看了看腕表，"我想，我们得用砷化三氢来净化这附近的地方。你和你们的人得撤离这儿，腾空整块区域。今晚就得走。交通工具由我们提供。我能用一下电话吗？我得下达调用交通工具的命令。你呢，你去把所有人集合起来。"他条件反射地朝霍格兰一笑，接着走向墙边的电话，要打给 M 城自己的办公室。

"牲畜能带走吗？"瑞伊问道，"我们不能没有牲畜。"他有些发愣，大半夜的，该怎么把羊啊、狗啊、牛啊，赶到联合国的交通船里。场面肯定混乱。

"当然可以。"莫扎特将军冷冷回答,就像跟傻子说话一样。

第三头赶上联合国交通船的小牛,脖子上戴着甲胄。把守入口舱门的联合国军警立刻发觉,毫不犹豫地开了枪,打死小牛,然后召来霍格兰,让他处理尸体。

霍格兰·瑞伊蹲在死去的小牛身边,察看脖子上的甲胄和电线。跟火星地鼠一样,甲胄延出细细的电线,把小牛的大脑和某个具备感官的有机体——天知道它们到底是什么——连接在一起。小牛的甲胄,正是这些有机体装备的。瑞伊猜测,它们的位置,应该就在定居点周围一英里之内。他一边解开小牛的甲胄,一边思忖:它们到底想让这只动物做什么?把我们当中的某个人用角顶死?还是——窃听?很可能是窃听。甲胄中的发信器不断发出清晰可闻的嗡嗡声——这东西一直开着,收集周围所有的声响。

那就是说,它们知道我们叫来了军队。还有,它们也知道,我们已经发现了两副甲胄发信器。

他有种清晰的直觉:这么一来,他们的定居点算是完了,必定会被撤消。定居点所在的地方,很快会变成联合国军队和流星娱乐公司——鬼知道它们是什么东西——的战场。它们从哪里来?毫无疑问,必定来自太阳系之外。

有个黑夹克——穿着黑色外套的联合国秘密军事警官——跪到他身边,说:"别泄气,这事儿对它们更不利。原先,我们一直没法证明这种巡回嘉年华对人类有敌意。现在,全靠你们,它们才没能到达地球。会有人来支援你们,加强这儿的防卫力量。别放弃。"他对霍格兰咧嘴一笑,很快离开,消失在黑暗中,朝停在远处的联合国坦克走去。

他说得对,霍格兰心想,我们帮了当局一个大忙。当局肯定会感谢我们,派大批人手进驻这地方。

他预感到,不论当局采取什么行动,这个定居点都注定会变样。他们自己没能解决问题,被迫请求外援,请求更厉害的家伙出场——不说别的,仅仅这一点就够了。

托尼·科斯纳过来帮他的忙。两人一起拖着小牛的尸体,搬到一边。小牛的尸体还是温热的,很沉重,两人累得直喘气。"我觉得这是我的责任。"完事后,托尼说道。

"别这么想。"霍格兰摇摇头,"也告诉你儿子,别往心里去。"

"自从甲胄地鼠出现,我就没见过弗莱德。"托尼悲伤地说,"他心里很难受,离家出走了。联合国军警应该能找到他。他们正在定居点外围搜寻还没有上船的人。"他的话音有些呆板,就像还没能接受已经发生的事实,"有个军警说,明天早晨,我们就能回来。那时候,砷化三氢会把这儿全都净化了。你觉得,他们从前是不是也这么干过?他们虽没说,可他们干起事情来非常熟练,很清楚自己该干什么。"

"这只有天知道。"霍格兰点起一支真正地球制造的"奥普提莫"雪茄,闷闷不乐地默默吸着,望着一群黑脸羊被赶进交通船里。他暗暗自问:谁能想到,家喻户晓的传奇事件——外星人入侵地球,竟会以这种方式进行?竟然会从我们这种贫瘠的定居点开始,以十几个小娃娃的形象出现?这些小人像,还是我们费力从流星娱乐公司手里赢来的。就像莫扎特将军说的,入侵者根本不想用这些东西对付我们。真是讽刺。

鲍勃·塔克凑到他身边,悄悄地说:"你应该也想到了吧?我们都会是牺牲品,这很明显了。砷化三氢会杀掉田鼠和地鼠,却杀不掉微型机器人。机器人不用呼吸。联合国会让黑夹克军团在这儿干上好几个礼拜,说不定好几个月。毒气不过是开始。"

他恼火地转向托尼·科斯纳，"要不是你儿子——"

"行了！"霍格兰厉声制止，"够了。是我拆开那一个娃娃，合上电闸——想怪就怪我好了，塔克。反正我也准备辞职了。你一个人来管理整个定居点吧。"

联合国军官的声音在电池扩音器中响起，响彻空地："能听到我声音的人通通上船！这一区域在下午两点就会充满毒气。我重复一遍……"广播不断重复着这句话，扩音器从一个方向慢慢转向另一个方向。声音在夜空中回荡。

弗莱德·科斯纳在崎岖陌生的地方，跌跌撞撞地往前走。悲伤和疲惫压得他喘不过气。他毫不在乎自己身处何地，也不注意前方，只管一个劲儿毫无目标地走着。他只想逃开。是他毁了整个定居点——这一点，从霍格兰·瑞恩开始，人人都知道。就因为他——

身后远处，一个被扩音器放大的声音轰轰叫着："能听到我声音的人通通上船！这一区域在下午两点就会充满毒气。我重复一遍，能听到我声音的人……"烦人的声音不停响着。弗莱德没理会，继续摸索前行，希望赶紧走出声音的范围。

夜晚的空气闻起来有蜘蛛和干草的味道。他察觉到了四周环境的荒凉。他已经走出了文明的最后边界，离开了定居点的范围，正在未经耕种的土地上跋涉。这儿没有篱笆，就连用来测量的木桩都没有。即便如此，联合国军警恐怕照样也会用毒气覆盖这片区域。联合国飞船会来回巡游，散播砷化三氢。之后，戴着毒气面罩，拿着火焰喷射器，背着金属探测仪的特种部队会开进这里，四处戳探，想把十五个微型机器人从藏身的地下老鼠洞之类的地方赶出来。这些东西活该，弗莱德·科斯纳对自己说,当初我居然还想为定居点争取这些玩意儿。我以为,既然嘉年华的人想保护这些东西,它们肯定是最有价值的。

迷迷糊糊中,弗莱德思考着,有没有办法挽回自己造成的损失。他能不能找回那十五个微型机器人(包括激活后险些杀了霍格兰·瑞伊的那个)? 然后就把它们……想到这儿,他笑了出来——这太荒唐了。就算他能找到这些东西的藏身处(假设它们都躲在一起,藏在同一个地方),就凭他,怎么可能毁掉这些机器人呢? 它们手里可是有武器的。只一个机器人,就差点杀掉了霍格兰·瑞伊。

前方亮起一道光。

黑暗中,他只能模模糊糊地看到影子,分辨不清轮廓。有人在光的边缘走动。弗莱德停下脚步,等待着,同时四下张望,想弄明白自己在哪里。光芒里有人来来回回,能听到压低的说话声,有男人,也有女人,还有机器发动的声音。弗莱德知道,联合国不会派女人来;所以,这肯定不是当局的人。

有一部分天空——也就是星辰——以及薄薄的夜晚雾气被挡住了。于是,弗莱德立刻明白,他看到的,是某个停泊在地面上的物体轮廓。

轮廓有些像飞船,竖直停泊的飞船,随时准备升空。

弗莱德坐了下来,在火星夜晚的寒冷中打着哆嗦,皱着眉,努力分辨那些来来回回、忙碌不停的模糊人形。是嘉年华回来了? 会不会是流星娱乐公司的飞船? 他脑中出现了诡异的画面:棚子、旗帜、帐篷、舞台都搭了起来,各种魔术演出,姑娘、怪物,还有赌运气的游戏,都在这大半夜,出现在这一片位于两个定居点中间、连具体位置都说不清的荒凉地带。热闹欢腾的嘉年华,空空洞洞地上演着,没有人来看,也没有人来玩。除了

——偶然撞见的——弗莱德自己。弗莱德只觉得反感,他已经看够了嘉年华,看够了里面的人和东西。

这时,有什么东西从他脚上跑过。

他用意念移物的能力抓住了它,把它拉了回来,然后伸出双手去抓。在黑暗中,他抓到了一个乱扭乱动的硬家伙。他紧紧地抓着这东西,仔细一看,吓了一大跳。手中竟是一个微型机器人,正不断挣扎,想要逃走。弗莱德本能地按着它。

他明白,这机器人正在朝停泊的飞船逃窜。飞船打算把它们都接回去,免得被联合国发现。嘉年华准备逃走,继续自己的计划。

突然,弗莱德身边响起一个女人平静的声音:"请放下它。它不想待在这儿。"

弗莱德吓得跳了起来,松开了手。机器人急忙逃脱,沙沙地钻过草丛,立刻消失了。说话的正是看守无头人棚子的瘦姑娘。她仍然穿着毛衣和便裤,拿着手电筒,神情安详。借着手电筒的光晕,弗莱德看清了她线条分明的五官、没有血色的下巴,还有专注清澈的眼睛。"嗨。"弗莱德结结巴巴地招呼道。他站了起来,戒备地望着那姑娘。她的个子比他高一点儿,他有些害怕。不过,她身上没有超自然能力的臭味。所以,当初在棚子里使用超自然能力,在游戏中跟弗莱德对抗,不想让他赢的,肯定不是她。所以,面对这姑娘,弗莱德有一点儿优势。也许,她并没有意识到这一点。

"你最好赶紧离开。"他说,"你没听到高音喇叭喊的话吗?他们打算在这儿用毒气。"

"我听到了。"姑娘上下打量他,"你就是那个大赢家,对不对,小娃儿? 你就是那个游戏大赢家。你把我们的反能力者一连浸了十六次水。"她开心地哈哈大笑起来,"西蒙气得不得了,他浸水次数太多,得了感冒,认定这都怪你。但愿你别撞见他。"

"别叫我小娃儿。"他心中的恐惧渐渐散去。

"我们的意念移物者,道格拉斯,说你很厉害。每一次,你都把他压制了下去。恭喜你。那么,你赢了这么多奖品,高不高兴呢?"她又无声地大笑了起来,小小尖尖的牙齿在昏暗的手电光中发亮,"那些奖品值不值得你这么努力啊?"

"你们的意念移物者能力不行。"弗莱德说,"我压根儿没什么经验,也能轻松打败他。你们该找个好点儿的。"

"找你怎么样? 你说这话,是不是暗示想加入我们? 你是在自我推荐吗,小家伙?"

"才不是!"他又惊讶又反感,大叫道。

"你们的瑞伊先生,他的作坊墙壁里有一只老鼠。"姑娘开口道,"老鼠身上带着发信器。你们一打电话叫联合国,我们就知道了。所以,我们有足够的时间,来回收我们的——"她顿了顿,"我们的商品,只要我们愿意。我们没想伤害你们。那个多事佬,瑞伊,是他自己把螺丝刀伸进了微型机器人的控制电路,这才受了伤。这不是我们的错。对不对?"

"他不过是提前激活了电路。这事迟早会发生。"弗莱德不肯听信姑娘的话。他知道定居点才是正义的一方,"你们回收这些微型机器人也没什么用,联合国已经知道——"

"回收?"姑娘笑得前仰后合,"我们可没打算回收你们这些可怜人赢去的十六个机器人。我们要走下一步啦——是被你们逼的。我们的飞船正在卸货,把其余的机器人统统都卸下来。"说着,她用手电筒一指。在短短的一瞬间,弗莱德看到飞船吐出的大群微型机器人。这些机器人四散开来,到处寻找隐蔽处,仿佛成群的畏光昆虫。

他闭上眼睛，呻吟一声。

"你仍然坚持，"姑娘愉快地说，"不肯跟我们走吗？跟我们走，你的前途无量呀，小娃儿。否则——"她一摊手，"天知道会怎么样。你的小小定居点，还有你们这些可怜的小人儿，谁知道会有什么结局呢？"

"不。"他说，"我坚持，我不跟你们走。"

等他睁开眼睛，姑娘已经走远了。无头人西蒙跟她在一起。她正在查看西蒙手里拿的夹纸板。

弗莱德·科斯纳转过身，沿着来路跑了回去，跑向联合国军警的方向。

瘦瘦高高、一身黑制服的联合国秘密军事警察的将军开口道："我接替了莫扎特将军的工作。很不幸，莫扎特将军准备不足，没能力对付这种内务问题。他只是个军人，别无他用。"他没有跟霍格兰·瑞伊握手，反而皱着眉，在作坊里来回踱步，"昨天晚上就该把我叫来。比如，有件事，我可以立即告诉你……这件事，莫扎特将军不会理解。"他停了下来，探究的目光射向霍格兰，"你肯定已经明白，光凭你们，不可能打败嘉年华的人。他们是故意输掉这十六个微型机器人的。"

霍格兰·瑞伊无话可说，默默点头。黑夹克将军说得没错。这一点，现在看来确实很明显。

"前几年，巡回嘉年华来这儿的时候，"沃尔夫将军说，"他们的所作所为都是引诱你们进圈套的饵。他们知道，你们肯定会制订计划，打算这一次赢回来。所以，他们这一次带来了微型机器人，同时安排好某个没多大能耐的超能力者，跟你们来一场争夺控制权的虚假‘战斗’。"

"我只想知道，"霍格兰说，"我们能不能得到保护。"此时，定居点四周的山坡和平原上，已经拥来了大批微型机器人，就跟弗莱德说的一样。为了安全起见，人们不敢离开定居点的房屋。

"我们尽量。"沃尔夫将军继续踱步，"不过，你无疑也清楚，我们的首要任务不是保护你们——或者说，保护某个遭到入侵的定居点、某个特别区块。我们的任务是顾全大局。那艘飞船在过去的二十四小时内，已经在四十个地方出现过了。他们究竟是如何做到如此快速移动的——"他没说下去，换了话题，"每一步都在他们的计划之内。而你们，居然以为你们骗得过他们。"他对霍格兰·瑞伊怒目而视，"每个上当受骗的定居点，在得到那一盒子微型机器人之后，都误以为自己赢了。"

"我想，"霍格兰迅速应道，"这就是我们作弊付出的代价。"他避开了黑夹克将军的目光。

"应该这么说，这是你们胆敢跟另一个星系的敌人较劲的代价。"沃尔夫将军咬牙切齿，"下一次，等到某艘地球之外的飞船出现的时候，千万别去思考什么打败他们的‘好计策’，直接给我们打电话。"

霍格兰·瑞伊点点头，"好的。明白了。"听到这种瞧不起人的话，他只觉得胸闷，竟没有义愤填膺。他活该——他们都活该——被骂。要是被骂个狗血淋头就能结束这事的话，他们还算是幸运的。现在，定居点要担心的事情，远远不止挨骂这么简单。"他们到底想要什么？"他问沃尔夫将军，"是想把这地方占了当殖民地吗？或者说，这是一种经济——"

"不消尝试了。"沃尔夫将军断然回答。

"什——什么？"

　　"不管是这次,还是下一次类似事件,都超过了你能理解的范围。我们知道他们想要什么,他们也知道。至于你,你知不知道又有什么关系? 你的任务,是想法子继续在这儿开垦耕作,就像从前一样;要是做不到,趁早撤离,回地球去吧。"

　　"哦。"霍格兰只觉得灰头土脸。

　　"你们的孩子会从历史书里读到这一段。"沃尔夫将军说,"对你们来说,这就够好了。"

　　"好吧。"霍格兰·瑞伊十分难受,心不在焉地坐到工作长凳上,拿起螺丝刀,准备修理一台出了故障的拖拉机自动驾驶台。

　　"瞧啊。"沃尔夫将军突然开口,用手一指。

　　在作坊的角落里,有个微型机器人正背靠墙壁,蹲在那儿望着他们。机器人跟积满灰尘的墙壁颜色相近,很难被发现。

　　"基督啊!"霍格兰惊叫一声,赶紧伸手,在长凳上摸索那把老掉牙的点三二左轮手枪。他事先就预备好了这把枪,装了子弹,放在身边,以防万一。

　　没等他摸到抢,机器人早就消失,没了踪影。沃尔夫将军站在一旁,一动都没动,双臂交叉抱在胸前,看着霍格兰笨手笨脚地摸索武器,仿佛在看一出滑稽戏。

　　"我们正在寻找中央装置。"沃尔夫将军说,"毁掉中央装置,截断通向机器人身上便携能量包的流量,就能同时让所有的机器人失灵。明摆着,一个个击毁这些机器人是不可能的,我们想都没想过。不过……"他突然想到了什么,眉头皱了起来,"有理由相信,他们——这些外星人——已经料到我们会击毁中央装置,因而采取了预防措施,把中央能源分散开,让我们没法……"说到这儿,他达观地耸了耸肩,"嗯,到时候,总会有办法的。"

　　"但愿如此。"说罢,霍格兰开始继续修理拖拉机的驾驶台。

"我们已经基本放弃了守住火星的希望。"沃尔夫将军半是自言自语地说。

霍格兰慢慢放下手中的螺丝刀,瞪大眼睛,看着这位秘密警察。

"我们得集中精力,守住地球。"沃尔夫将军本能地搔搔鼻子。

"这么说,"霍格兰愣了好一阵,才开口,"我们真的没希望了。你想说的就是这个。"

黑夹克将军没回答。没必要回答——答案两人心里都清楚。

鲍勃·塔克弯下腰,朝漂满浮渣、泛出绿色的水渠俯下身。水渠上方,成群的马蝇和油光滑亮的黑甲虫嘤嘤嗡嗡。这时,鲍勃用眼角看到,有个小小的身影蹿了出去。

他立即转身,去摸激光枪,随后开枪射击,击毁了——哎呀呀,真是了不起! ——除了一堆生了锈的废弃燃料桶,其余什么也没有。微型机器人早就离开了。

他用颤抖的手将激光枪塞回皮带中,又朝满是虫子的水渠俯下身。跟平常一样,这些机器人又趁半夜来这儿闹腾。鲍勃的妻子听到了它们的响动,就像是一群老鼠窸窸窣窣。它们到底干了些什么? 鲍勃·塔克懊丧地琢磨着,深深吸了一大口气,闻闻水渠的味道。

这条水渠原本也是污浊发臭,但现在闻起来,味道似乎有些微妙的变化。

"该死。"他骂了一句,站起身来,深感无力。机器人肯定污染了水源,毫无疑问。现在,这条河里的水必须经过全套化学检验才行。而检验结果需要好几天时间才能出来。在这几天时间里,他该用什么浇灌自己的土豆田,不让庄稼干死呢? 这问题问得好。

鲍勃既沮丧又绝望,心中升起怒火。他拔出激光枪,真希望能打死一个机器人——但心里又清楚,就算给他一百万年,他也打不中,一个也打不中。机器人一直都是趁夜晚出来捣乱,有条不紊,一步一步逼得定居点无路可退。

已经有十户人家收拾行装,回了地球,打算重操——如果可能的话——从前被他们放弃的旧业。

很快,他也不得不打包回家了。

真想干点儿什么,真想反击。鲍勃暗想,只要有机会干掉这些机器人,我什么都愿意做,什么代价都肯付。我发誓。欠债也行,卖身也行,当奴隶也行,我什么都愿意,只要有机会把这地方从机器人手里解放出来。

他把双手深深插进衣袋,苦着脸,拖着脚步,离开水渠。就在这时,头顶传来星际飞船发出的轰鸣声。

闻声,他全身僵硬,立定不动,抬起头,一颗心沉到了肚子底。是流星娱乐公司的飞船?它们回来了?打算再来一轮打击,彻底灭了我们?他手搭凉棚,眯着眼,拼命细看。尽管本能地感觉到恐惧,他的身体却没法动弹,没法逃走,不知该往哪儿去。

头顶的飞船越来越低。这艘飞船就像一只巨大的橙子,形状像,颜色也像。这不是流星公司的蓝色管状飞船,这一点倒是清楚了。可是,这也不是来自地球的飞船,不属于联合国。鲍勃从未见过这样的飞船。他明白,它肯定来自太阳系之外。这艘船比流星公司的蓝色飞船还要明目张胆、大摇大摆地降落,丝毫不打算装扮成地球飞船。

不过,飞船的侧面还是印着大大的英文单词。

飞船慢慢在鲍勃东北面降落。他动动嘴唇，读着船壳上的字。

六星系教育娱乐协会
大家都来快活闹腾吧！

老天在上——这竟然是另一家巡回嘉年华公司。

鲍勃想别开视线，赶紧转身离开。可是，身体却不听使唤。体内的冲动——对娱乐的渴望、根深蒂固的好奇心——太过强烈，无法克制。于是，他仍然盯着这艘飞船，看着飞船上几扇舱门打开，几架自动机械从舱门现身，落到沙地上，就像扁平的甜甜圈。

他们打算搭帐篷了。

邻居文斯·格斯特来到鲍勃身旁，哑着嗓子问道："啥东西来了？"

"你自己看。"塔克绝望地一挥手，"你也有眼睛。"自动机械已经竖起了中央大帐篷，彩色饰带高高飘到空中，接着雨点般降落到一个个小棚子上。小棚子还是扁平的，没搭起来。鲍勃和文斯看到，场地中已经出现了人类——或者说类人生物，男男女女，男人穿着亮色衣物，女人穿着紧身衣——或者说是比紧身衣更省布料的装扮。

"哇！"文斯咽了咽口水，好不容易开口，"看到那些女士了没？你有没有见过这么——"

"我看见了。"塔克打断他的话，"可我不会再去这种来自外太阳系的非地球嘉年华了。霍格兰也不会去。这一点，我非常确定，就像我确定自己的名字叫鲍勃·塔克一样。"

这些嘉年华的人动作可真迅速，一点儿时间也没浪费。远远地，音乐已经传到了鲍勃耳朵里，叮叮当当，就像是旋转木马的背景音乐。还有香味——棉花糖、烤花生，还有某些说不清的味道，让人想起冒险、刺激和非法之物。有个编着长长麻花辫的红发女子，轻盈地跳上了舞台。她只穿着窄小的胸罩，腰间系了一小条丝带。鲍勃转不开眼睛。女子开始跳舞，越转越快，最后随着节奏丢掉了身上全部的衣物。滑稽的是，在鲍勃看来，这竟像是真正的艺术，而不是普通嘉年华的半吊子希米舞①。女子的舞步充满了活力和美丽，仿佛魔咒，定住了鲍勃。

"我——我最好去叫霍格兰。"文斯终于挤出话来。已经有好几个居民，就像中了催眠术一般朝一排排小棚子移动，其中还有孩子。小棚子上，艳丽的饰带随风飘动。在火星单调的风景中，这些猎猎而动的闪亮飘带分外惹眼。

"我过去仔细看看。"鲍勃·塔克说，"你去找他。"说罢，鲍勃朝嘉年华跑去，越跑越快，扬起一路沙土。

托尼·科斯纳对霍格兰说："至少去看看他们到底有什么东西吧。你知道这次来的不是同一伙人。把该死的微型机器人一股脑儿倒在这地方的不是他们——你也看到了。"

"说不定这次来的更可怕。"说归说，霍格兰仍然转向科斯纳家的孩子弗莱德，问道："你觉得呢？"

"我想去看看。"弗莱德·科斯纳已经下了决心。

"好。"霍格兰点点头，"有你这句话就够了。反正看看也没坏处。只要我们记住联合国秘密军事警察的告诫就行：我们别太天真，以为自己有本事骗过他们。"他放下扳手，从工作长凳上

①一种流行于20世纪20年代的舞蹈，特点是身体快速摆动。

站起来,走向衣柜,去取外出用的毛边大衣。

一行人到了嘉年华,发现"幸运游戏"已经搭好了棚子。仿佛知道他们的心意,这棚子搭在最前面,比姑娘和怪物秀还要靠前。弗莱德·科斯纳丢下身后的大人们,径直冲了过去。他嗅嗅空气,深深吸了口香味,听着音乐,绕过"幸运游戏",朝怪物秀舞台望去。这次的怪物是他最喜欢的类型——"无身人"。从前的嘉年华也有过这种怪物。不过,这次的最好。在火星正午的日光下,无身人静静地待着。它只有一个头颅,有头发,有耳朵,有一双聪明的眼睛,却没有身体——天知道它是怎么活下来的。总之,弗莱德凭本能知道,它不是假货,而是真正的"无身人"。

"都来瞧呀,这是俄耳甫斯,只有一颗头颅,没有身体!"嘉年华的摊贩用扩音装置高声叫着。无身人身边已经聚集了一群人,大多都是孩子,张大了嘴巴,又惊又怕地盯着怪物。"它是怎么活下来的? 它是怎么移动的? 表演给他们看看,俄耳甫斯。"摊贩扔出一把食物颗粒(弗莱德·科斯纳没看清究竟是什么),丢给那颗头颅。头颅张大嘴巴——大得吓人,跟头颅完全不成比例——吞下落在附近的大部分食物颗粒。摊贩哈哈大笑,继续滔滔不绝。无身人则滚动起来,奋力追赶刚才漏掉的食物。哎呀呀,老天爷! 弗莱德心中叹道。

"怎么样?"霍格兰来到他身边,"有没有看到能赚到好处的游戏?"他的语气中满是苦涩,"还想不想再朝什么东西扔篮球?"没等弗莱德回答,他就转过身,走开了。霍格兰受的打击太深,输的次数太多。现在的他,只是一个疲惫不堪的普通矮胖子。"我们走吧。"他对其余成年居民说,"我们趁早离开,免得卷入另一场……"

"等等。"弗莱德出声制止。他闻到了熟悉的、令人愉悦的恶臭。味道来自右手边的棚子。他立刻朝那个方向走去。

这是个套圈游戏棚。守棚子的是个丰满的中年女人,穿着灰衣服,手拿一把轻巧的柳条圈。

弗莱德身后,他父亲对霍格兰·瑞伊说:"得用圈子套住里头的商品。只要把圈子丢出去,套在商品上不弹开,这样东西就归你了。"他跟着弗莱德,慢慢朝棚子的方向走去,"我得说,这游戏对意念移物能力者来说,完全是小菜一碟。"

"我建议,"霍格兰对弗莱德说,"这一次,你好好看看奖品。看看那些商品。"说归说,他也跟着来了。

套圈游戏的奖品整整齐齐地摆着。起先,弗莱德看不出那是什么,只觉得像是复杂的金属制品,全都长得一模一样。接着,他来到棚子边上。中年女人一见他接近,立刻开始唱歌似的吟诵起来,递给他一把柳条圈。一把圈子一块钱——或者说,相当于一块钱的定居点农产品。

"这些是什么东西?"霍格兰盯着这些商品,"我——我觉得它们好像是某种机器。"

弗莱德回答:"我知道它们是什么。"他在心里接着说,所以,我们必须玩这个游戏。而且,我们必须收集定居点中所有能用来交换的东西,每棵白菜、每只鸡、每头羊、每张羊毛毯,都得集中起来,用来交换游戏票。

因为,这是我们仅有的机会。不管沃尔夫将军是否知情,不管他是否赞成,我们都得这么做。

"上帝,"霍格兰轻轻地开口,"这些是捕笼啊!"

"没错,先生。"中年妇人唱歌似的回答,"这些是稳态捕笼;它们能自动完成所有的活儿,能自己思考。只要放出去,它们就会不停地四处巡逻,永远不会放弃,直到捉住——"她挤眉弄眼,

"那个东西。对,您肯定知道它们会捉住什么,先生,就是那些靠你们自己永远不可能捉住的讨厌东西,那些给你们的水里下毒、杀害你们的牛犊、毁掉你们定居点的东西——只要赢下一个捕笼,一个珍贵的捕笼,你们就知道厉害了!等着瞧吧!"她随手丢出一个柳条圈,圈子落在一个光滑的精巧金属捕笼边上,只差一点儿就能套到。女人仿佛在说,只要再认真一点儿,就能套到。这一点清晰地传达给了在场的众人。

霍格兰对托尼·科斯纳和鲍勃·塔克说:"我们最少也需要几百个这种捕笼啊。"

"为了这几百个,"托尼说,"我们得交出所有的财物。不过,这是值得的。至少,我们这个定居点还能保留下来。"他的眼睛闪着光,"我们开始吧。"接着,他转向弗莱德,"你能玩这游戏吗?你能赢吗?"

"我想可以。"弗莱德回答。不过,他已经感觉到,附近某处,嘉年华已经布置了人手,准备使用反意念移动的能力。不过,能力不强,没法跟他抗衡。

简直就像……有意安排好的一样。

珍贵制品

米尔特·比斯克坐在直升机里，脚下是新近垦殖的沃壤。这里是火星上由他负责的区域。土地上郁郁葱葱——多亏他改建了老旧的供水网络，才为这块土地带来了春天。从前，这儿只有恒久不变的悲凉秋日，只有沙子、癞蛤蟆和干涸开裂的土壤，覆盖着从前遗留的粉尘，一片缺水的单调废墟。这全是上一次普罗克斯人和地球人冲突造的孽。

很快，第一批地球移民就会到来，他们会发表声明，占有一片片土地。然后，比斯克就能退休了。也许，他会回地球，或者，他会把地球上的家人接来，行使获取土地的优先权——作为重建工程师，这是他应得的。他负责的黄色地区，比其他任何工程师的区域进展都快。现在，他该获得奖赏了。

米尔特·比斯克俯身向前，按下远距通话器的按钮。"我是黄色地区重建工程师。"他说，"我需要一名精神病医生。只要现在有空的医生，谁都可以。"

米尔特·比斯克走进德温特医生的办公室。医生站起身，朝他伸出手。"我听说，"医生开口，"你是四十多个重建工程师中最有创造力的,所以你累坏了——这很自然。你已经连干了好多年的活儿。哪怕是上帝,干六天创世的活儿,也要休息呀!等你的时候,我收到了一条从地球传来的便笺,我想你会感兴趣。"他从桌上拿起备忘录,"首批定居者即将到达火星……他们会安顿在你负责的区域。恭喜你,比斯克先生。"

米尔特·比斯克站了起来,"我能不能回地球?"

"要是你回地球,是想把家人接来,在这儿取得土地,那么——"

比斯克说:"我希望你帮我个忙。我太累了,太……"他打了个手势,"也许是太压抑了。反正,我想让你帮忙安排,打包我的工具和我养的瓦格植物,放进回地球的交通飞船里。"

"整整六年的辛苦劳作,"德温特大夫说,"到头来,你却要放弃应得的酬劳?我最近刚去过地球,那里还是你记忆中那样,一点儿没变……"

"你怎么知道在我记忆中,地球什么样?"

"或者,"德温特不露痕迹地修正道,"我该说,就像从前那样,挤挤挨挨全是人,一座小小的公寓里挤了七户人家,共用一间小得可怜的厨房。高速公路也堵得要命,不到上午十一点根本别想动。"

"六年了,我身边只有自动机器设备。"比斯克回答,"身边挤挤挨挨全是人,倒能让我松口气。"他心意已决,不管他在这儿做出了多大贡献——或者应该说,就因为他在这儿做了贡献,他才要回家。精神科医生说什么都没用。

德温特大夫用轻柔愉快的调子继续道:"要是我告诉你,你的妻子和孩子们,也在第一批来火星的乘客名单中呢?"他又从整洁的办公桌上拿起一份文件,仔细看了看,说:"菲·比斯克太太,还有劳拉·C.比斯克、琼·C.比斯克,一位成年女士,两个小女孩。这是你的家人吧?"

"没错。"米尔特·比斯克机械地回应道,眼睛却直愣愣盯着前方。

"所以,你看呀,你没法回地球了。快带上假发,准备去三号机场迎接她们吧! 别忘了换掉你的牙齿。你现在还戴着那副不锈钢的假牙呢。"

比斯克一脸懊恼地点点头。普罗克斯-地球战争引爆了核弹,降下的辐射尘让所有的地球人都失去了头发和牙齿,比斯克也一样。他在地球买过昂贵的假发。不过,火星黄区的重建工作只有他一个人,所以这么多年来,他一次也没有用到过假发。至于牙齿,他个人觉得不锈钢的假牙比自然色的塑料牙舒服多了。不过,这只能说明,他实在太缺乏人际交往。他心中略略有些内疚,德温特大夫也许是对的。

不过,内疚并不是新鲜事。自从打败普罗克斯人后,他一直觉得内疚。他对战争愤愤不平,两个对立的文明,都有正当的需求,其中一个却要受苦受难,这不公平。

火星也是战争争夺的焦点。两个文明都想把火星当作殖民地,以疏散过量的人口。感谢上帝,在战争的最后一年,地球采取了正确的策略……幸亏如此,此刻在火星修修补补的才是他这样的地球人,而不是普罗克斯人。

"顺便提一句,"德温特大夫说,"我碰巧了解到,你打算向重建工程师同伴发表演讲。"

米尔特·比斯克迅速抬起头。

"而且,"德温特大夫说,"我们也知道,他们此刻正在红区集会,准备聆听你的讲话。"他拉开抽屉,拿出个溜溜球,站起身,娴熟地玩起了"遛狗"动作。

"你打算做的演讲里充满了不理智的恐慌,说感觉有什么不对,却说不出不对在哪儿。"

比斯克盯着溜溜球,"这是普罗克斯系统中流行的玩具。有一回,我在稳态报纸里读到过。"

"唔。据我所知,这玩具起源于菲律宾。"德温特大夫全神贯注,换成了"环游世界"动作。他玩得很不赖。"我在想,要不要冒昧给重建工程师集会送一份诊断书,证明你的精神状态有问题。虽然有些对不起你,不过诊断书会被大声朗读出来。"

"我坚持要在集会上做演讲。"比斯克回答。

"嗯,那么,我倒是想了个折中的办法。你先去迎接来火星的家人。之后,我们会给你安排一次回地球的旅行,费用由我们支付。你呢,你要答应,不在重建工程师集会上演讲,也不要通过任何途径把你缺乏根据的恐慌散播出去。"德温特紧紧盯着他,"毕竟,现在正是关键时刻。第一批移民马上就到,我们希望大家心中安稳,不要节外生枝。"

"能帮个忙吗?"比斯克说,"让我看看你戴的假发,再看看你的假牙。这样,我才能确定你是个地球人。"

德温特大夫拎起自己的假发,拔出口中的假牙。

"我接受这个折中方案。"米尔特·比斯克说,"不过,你得保证,让我妻子来到我专门为她保留的那块地。"

德温特点点头,扔给他一个小小的白信封,"这是你的票。当然是往返票,因为你肯定会回来的。"

但愿如此,比斯克拿起信封,心中思忖。不过,这取决于我在地球上的所见所闻。

或者说,他们所允许的见闻。

他有种预感,他们不会允许他看到多少东西。应该说,在普罗克斯技术力所能及的范围内,尽量不让他看到真实的地球。

飞船抵达地球。一位身着漂亮制服的导游正在等候,"您是比斯克先生?"

导游苗条诱人,非常年轻。她迅速朝前跨了一步,自我介绍道:"我是玛丽·爱波赛斯,负责帮您制订游览计划并陪伴您。在您短暂逗留期间,我会带您参观这颗星球。"她露出明媚的职业笑容。比斯克吃惊不小。"我会时时刻刻陪在您身边,无论白天黑夜。"

"夜里也一样?"他好不容易挤出话来。

"没错,比斯克先生。这是我的工作。您在火星上劳作了这么多年——对您的劳动,我们地球人理当鼓掌喝彩并高度评价——不过,您乍一回地球,肯定会有些摸不着方向。"她亲密地贴到他身边,挽住他的手臂,将他引向停泊在一旁的直升机,"您想先去哪儿?纽约城?百老汇?俱乐部、戏院、餐厅?……"

"不,先去中央公园。我想找一条长椅坐坐。"

"可是,比斯克先生,中央公园已经不存在了。您在火星的时候,那地方已经变成了专供公务员的停车场。"

"这样啊。"米尔特·比斯克说,"那么,旧金山的朴茨茅斯广场也行。"他拉开了直升机的门。

"那个啊,也成了停车场。"爱波赛斯小姐难过地摇了摇头。她有一头长长的光亮红发。"我们的人口实在太多了。再想点儿别的,比斯克先生。公园还剩几个,一个大概在堪萨斯州,还有两个在犹他州南部,靠近圣乔治。"

"真是坏消息。"米尔特说,"我能不能用一下那边的安非他明①自动贩卖机？我得投币买一剂,提提精神,高兴起来。"

"当然可以。"爱波赛斯小姐亲切地点头。

米尔特·比斯克走到飞船空港附近的兴奋剂自动贩卖机旁,把手伸进衣袋,找了一枚一角硬币,塞进了投币处。

硬币穿过整个贩卖机机身,落到人行道上,弹了开去。

"奇怪。"比斯克莫名其妙。

"我想我知道为什么。"爱波赛斯小姐说,"您的一角硬币是火星制造的,只能在引力小的地方用。"

"唔。"说着,米尔特·比斯克把硬币放了回去。爱波赛斯小姐说得没错,他的确有点摸不着方向了。他立在一旁,一边看着她从自己身上找出硬币塞进投币口,让机器吐出一小管安非他明兴奋剂,一边琢磨。她刚才的解释虽然说得通,但是……

"现在是本地时间晚上八点。"爱波赛斯小姐说,"我还没吃过晚饭呢。您当然已经在飞船上吃过了。不过,您愿意带我去餐馆用餐吗？我们可以叫一瓶黑皮诺②葡萄酒,边喝边聊。您可以给我讲讲您模糊的预感。据我所知,您预感到恐怖,有什么不对劲,预感自己了不起的重建成就全都徒劳无益。我很想听听。"她引他回到直升机旁,两人钻了进去,一同挤在后座上。她的身体温暖柔软,肯定是地球人。米尔特·比斯克有些难为情,心怦怦猛跳,像是犯了疲劳综合征。他有很久没跟女人贴这么近了。

直升机的自动电路启动,从空港停机坪升起。比斯克开口道:"听着,我是已婚男人,还有两个孩子。我来地球是有目的的。我想证明,其实,在那场战争中,赢的是普罗克斯人,我们这

---

①中枢神经兴奋剂。

②著名的葡萄品种,常用来酿造红葡萄酒。

些残存的地球人都是普罗克斯政府的奴隶,辛苦劳动……"他说不下去了。这没用。爱波赛斯小姐仍然紧紧挨着他。

直升机越过纽约城上空。"您真觉得,"爱波赛斯小姐反问,"我是普罗克斯间谍?"

"不——不是。"米尔特·比斯克回答,"我想不是。"从目前情况判断,不太可能。

"您在地球逗留期间,"爱波赛斯小姐继续说,"别去住那些狭小吵闹的酒店了。您就住我家吧,我在新泽西有一套公寓,那儿地方宽敞。我非常欢迎您来。"

"行。"比斯克觉得争辩也没用,于是应承下来。

"好。"爱波赛斯小姐对直升机发出指令,直升机转向北方。"我们去我的公寓用晚餐,这样省钱。而且,现在这时候,随便哪家过得去的餐馆都得排两小时的队,很难找到空位。您大概已经忘了这儿的情况。我们可以把这儿一半的人口移民去火星,真是太好了。"

"嗯。"比斯克的身体仍然绷得紧紧的,"他们会喜欢火星的。我们的重建工作很出色。"说着,他心中又涌起一些热情,为自己和伙伴们的重建工作自豪,"等您亲眼看过就知道了,爱波赛斯小姐。"

"叫我玛丽。"说着,爱波赛斯小姐整理了一下自己鲜红的假发。直升机机舱太狭窄,稍稍一动,假发就移位了。

"好。"比斯克应道。他心中有一丝不安,觉得有负妻子。不过,总的来说,感觉挺好。

"地球上变化很大。"玛丽·爱波赛斯说,"人口过剩的压力太大。"她按了按自己的假牙——假牙也移位了。

"嗯,我看到了。"米尔特·比斯克应道,同时也整了整自己的假发和假牙。我会不会弄错了？他自问。毕竟，脚下就是纽约城的灯火。地球绝对不是无人的废墟，文明保存完好。

可是，这一切，会不会只是幻觉，是未知的普罗克斯精神技术操纵他大脑的结果？他口袋里的一角硬币确确实实从安非他明贩卖机里掉了下来，这可是一点儿不假的事实。这是不是说明，有什么地方不对劲？虽然只是小细节，背后却藏有可怕的秘密？

也许，那地方根本没有贩卖机。

第二天，他和玛丽·爱波赛斯去了犹他州南部山脉附近，那里有仅剩的几个公园之一。公园很小，不过里头绿意盎然，赏心悦目。米尔特·比斯克歪在草地上，望着一只松鼠。毛茸茸的松鼠跑向一棵树，步伐像个棒球手，灰色的大尾巴在身后抖动，仿佛小河的波浪。

"火星上没有松鼠。"米尔特·比斯克睡意朦胧地说。

玛丽·爱波赛斯穿着露出大半个身体的日光浴泳衣，四肢伸开，躺在草地上，闭着眼睛。"这儿真好，米尔特。在我想象中，火星就是这个样子。"远处的道路上车流滚滚。车流的噪音让米尔特想起太平洋的波浪，催人入眠。一切安好。他丢了个花生给松鼠。松鼠转了向，迈着威基特的步子，朝花生蹦跳过来，聪明的小脸不住地抽动。

松鼠拿到了花生。它就地坐下，直着身体，爪子捧着花生。米尔特·比斯克又朝它右边丢了一颗。松鼠听到花生落到枫树叶子中间，耳朵猛地竖了起来。这让米尔特想起从前跟家里猫咪玩过的游戏。猫是他和哥哥的宠物，是只公猫，年纪很大，整天睡眼朦胧。那会儿地球上人口还没有过剩，家里饲养宠物还是合法的。有时候,他会趁南瓜(猫咪的名字叫南瓜)快睡着的时候,把某样小东西丢到房间的角落里。闻声,南瓜会猛地惊醒,圆睁双眼,竖起耳朵,不住转动。之后的十五分钟里,它会一直坐着,仔细倾听,凝神观看,琢磨到底是什么东西发出的声响。这是他跟这只老公猫开的善意玩笑。想起南瓜,米尔特心中难过。南瓜,他最后一只合法的宠物,它死了多少年了?不过,等到了火星,宠物就又会合法了——想到这儿,他高兴了一些。

这几年,重建火星的时候,他也确实养了宠物。他养了一株火星植物。他把植物带到了地球,现在就放在玛丽·爱波赛斯公寓客厅的咖啡桌上。在这儿,植物的枝条蔫蔫地垂了下来,陌生的地球环境不适合它。

"奇怪。"想到这儿,米尔特嘟哝道,"我的瓦格植物居然没有茁壮生长。我还以为,在地球湿润的环境里……"

"因为重力,"玛丽闭着眼睛回答,"地球引力对它来说,太强了。"她的胸脯有规律地起伏,看来就快睡着了。

米尔特望着女子仰面朝天的轮廓,记起南瓜,还有对南瓜开的玩笑。入眠前这一刻,半醒半睡,意识和潜意识混在一起……于是,他伸手捡起一颗鹅卵石。

他把鹅卵石扔进玛丽头边的树叶中。

玛丽立刻坐了起来,双眼受惊圆睁,日光浴泳衣带子松开,从身上滑下。

她的两只耳朵都竖了起来。

"玛丽,"米尔特说,"我们地球人早就没法控制我们耳朵上的肌肉组织了!就连神经反射也不存在了。"

"你说什么?"玛丽一边系带子,一边迷糊地眨着眼睛。

"我们竖起耳朵的本领已经退化啦！"米尔特说，"狗和猫才能竖起耳朵。光是检查我们的外形，是没法知道这一点的——因为那些肌肉仍然存在。所以，你犯错误啦！"

"我不明白你在说什么。"玛丽的声音有些不高兴。她全神贯注地整理日光浴泳衣的胸衣，不理会米尔特。

"我们回公寓吧。"米尔特站了起来。他不想再在公园里闲躺了，因为，他已经不再相信公园真实存在。不真实的松鼠，不真实的草地……会有真实吗？他们会让他看幻象底下的真实吗？他十分怀疑。

两人朝停泊在一旁的直升机走去，松鼠跟了他们一小段路。接着，它把注意力转向另一家地球人，其中有两个小男孩。孩子们给松鼠扔坚果，松鼠劲头十足地蹦了过去。

"像真的一样。"米尔特评论。确实像真的。

玛丽说："德温特大夫不在这儿，真是太糟糕了。他本可以帮你的。"她的声音出奇地冷硬。

"我想也是。"米尔特回答。两人钻进直升机。

两人回到玛丽的公寓，火星瓦格植物已经死了。显然，是死于脱水。两人站在死去的植物前，看着这株曾经鲜活的植物，变成死气沉沉的干裂植株。

"这个，再怎么解释也没用。"米尔特说，"你知道这意味着什么。地球本该比火星更加湿润。哪怕重建工作做得再好，火星的湿度也比不上地球。可是，这株植物却彻底脱水而亡。这说明，地球空气中已经没有水分了。我猜，这是因为普罗克斯炸弹把海洋蒸发干了，对吧？"

玛丽什么也没说。

"我不明白的是,"米尔特说,"你们族人为什么还要在我眼前保持幻象。我明明已经完成了工作。"

沉默片刻后,玛丽说:"也许还有其他星球需要重建,米尔特。"

"你们的人口有这么多?"

"我是说这儿,地球。"玛丽说,"地球的重建工作得花上好几代人的时间。我们需要每一位重建工程师,需要你们所有人的才华和能力。"她补充道,"当然,这么说只是顺着你的假设,逻辑推断而已。"

"那么,我们下一步的工作目标就是地球,所以你们才放我来这儿。其实,是想让我留下。"

一瞬间,他全明白了,清清楚楚。"我再也回不到火星,见不到菲了。你是她的替代品。"这样,都说得通了。

"嗯,"玛丽嘴角微弯,"应该说,是我想代替她。"她抚摸他的手臂,赤着脚,穿着泳衣,慢慢朝他越贴越近。

他吓坏了,连忙后退,麻木地捡起死去的植物,来到公寓垃圾处理通道前,把干得发脆的植物丢了进去。植物瞬间消失。

"现在,我们该去纽约现代艺术博物馆了。要是有时间,再去一趟华盛顿特区的史密森尼博物馆。他们要我把你的行程排满,免得你空下来东想西想。"玛丽的声音很起劲。

"可是,我已经在东想西想了。"米尔特看着她脱下身上的日光浴泳衣,换成灰色的羊毛针织裙。现在你知道了,他对自己说,这一切无法阻止。每个完成片区工作的重建工程师都会经历这一遭,我不过是头一个而已。

至少,我并不孤单。想到这儿,他觉得好受了些。

"我看起来怎么样?"玛丽一边在卧室镜子前涂抹着唇膏,一边问。

"挺好。"他漫不经心地回应,心里仍在琢磨。不知玛丽会不会挨个跟所有的重建工程师见面,然后成为他们的情人。玛丽表里不一,不是地球人。这还不算,他连这样的玛丽都保不住。

他想,我居然会为失去玛丽感到难过,真是没道理,不该有这种念头。

他明白,自己喜欢玛丽。不管她是不是地球人,玛丽是活生生的。至少这一点是真实的。虽然地球人输了,总算没输给影子,而是输给了活生生的有机体。这么一想,他又高兴起来。

"我们要去现代艺术博物馆啦,准备好了吗?"玛丽轻快地说道,露出微笑。

之后,在史密森尼博物馆,看过"圣路易斯之魂"①和怀特兄弟了不起的古代飞机(飞机太老,看那模样,少说也有一百万年历史)之后,他终于发现了自己暗暗期待的展览。

他没跟玛丽打招呼——她正入迷地望着一盒天然未切割的宝石——悄悄溜了开去。片刻后,来到一块围着玻璃墙的区域。牌子上写着:

普罗克斯军队,2014

里面,僵立着三个普罗克斯士兵。他们端着随身武器,黑洞洞的枪口污秽肮脏,立在用自己的飞船残骸拼凑成的临时掩体里。染血的普罗克斯旗帜无力垂下。这是一群被打败、被包围

①一架单人单引擎飞机。美国冒险家林德伯格驾着这架飞机,于1927年首次完成跨越大西洋的单人不着陆飞行。

的敌人。这三个生物马上就会投降,或者被杀。

几个地球参观者来到展览前,呆呆地望着里头。离他最近的是个灰头发中年男人,戴着眼镜。米尔特·比斯克对他说:"跟真的一样,嗯?"

"是啊。"男子回答,"你参战了?"说着,他瞄了米尔特一眼。

"我参加了重建。"米尔特说,"我是黄区工程师。"

"哦!"男子点点头,像是觉得他挺了不起,"哎呀,这几个普罗克斯人真吓人,就像要从展览里走出来,把我们都杀掉。"他咧嘴一笑,"得夸他们一句,普罗克斯人真能打。他们投降前,可是好好打了一仗。"

男子的妻子站在他身边,也是灰发,神情紧张,不满地说:"他们手上拿着枪,吓得我发抖。太真实了。"说着,她走了开去。

"你说得对。"米尔特·比斯克接过话头,"他们的确真实得吓人——因为他们本来就是真的。"这种展览,不必制造幻象。因为,真实的东西就在身边,唾手可及,十分方便。米尔特从护栏下钻了进去,摸到透明的玻璃,抬起脚,用力一踢。玻璃碎裂,碎片雨点般落下,发出嘈杂巨响。

玛丽闻声赶来。米尔特从僵立的普罗克斯人手里拿过一把步枪,将枪口对准玛丽。

玛丽停下,喘着气,看着他,什么也没说。

"我愿意为你们工作,"米尔特用专业的姿势端着步枪,"毕竟,我的种族已经消亡,我不可能为他们重建殖民地。这一点,我很清楚。但是,我要知道真相。让我看看真实的地球,我就回去工作。"

玛丽说:"不,米尔特,要是你知道了真相,就活不下去了。你会调转枪口,对着自己。"她的声音很平静,甚至带着同情。可她的眼睛却又大又亮,神情机警。

"那么,我就杀了你。"他回答,"之后,再自杀。"

"等等。"她思索着,"米尔特,别逼我。现在,你还什么都不知道,就已经成了这般悲惨模样,要是让你看到自己星球的真实模样,你觉得自己会怎么样?地球上那副景象,就连我也看不下去,而我不过是——"她犹豫了。

"说啊。"

"我不过是——"她挤出几个字来,"一个游客。"

"不管怎么说,我一直是对的。"他说,"说出来,承认吧。"

"你是对的,米尔特。"她叹了口气。

两名穿制服的博物馆守卫握着手枪出现了,"你没事吧,爱波赛斯小姐?"

"目前没事。"玛丽回答。她的眼睛一直盯着米尔特,还有他手中的步枪。"待命。"她命令两名守卫。

"是,长官。"守卫应道,没有动。

米尔特问道:"地球女人,有没有活下来的?"

怔了一会儿,玛丽回答:"没有,米尔特。不过,生物分类上,我们普罗克斯人跟你们是同一个属,这你清楚。我们可以跟你们交配,产下后代。这么说,你有没有好过些?"

"嗯。"他回答,"好多了。"其实,他只想立刻调转枪口,对着自己。他费尽全力,才算抑制了这个冲动。他一直都是对的。火星三号机场的那东西不是菲。"听着。"他对玛丽·爱波赛斯说,"我要回火星。我来这儿是想证明些东西,现在已经得到了证明。我想回去了。也许,我还会跟德温特大夫会面,请他帮我。对此,你有反对意见吗?"

"没有。"她似乎能理解他的感受,"毕竟,在火星,你完成了自己的任务。你有权利回去。不过，到头来，你总得来地球，着手重建。我们可以等上一年，甚至两年。不过，火星总会住满人，我们需要另外的空间。在这儿，重建工作会更加困难……你会看到的。"他看得出，她努力想笑，却没笑出来。

"我很难过，米尔特。"

"我也很难过。"米尔特·比斯克说，"咳，那株瓦格植物死去的时候，我就开始难过了。那时候，我就明白了真相——我明白，自己的怀疑得到了证实。"

"有件事也许能引起你的兴趣。你的同伴，红区工程师克利夫兰·安德，代替你在集会上做了演讲，把你的猜疑加上他自己的猜疑，传递给了大家。大家投了票，决定派一名官方代表来地球调查。这名代表已经上路。"

"我的确有兴趣。"米尔特回答，"不过这不重要，也改变不了事实。"他放下步枪，"我现在能不能回火星？"他深感疲惫，"告诉德温特大夫，我这就回去。"告诉他，他想，准备好他所有的精神治疗技术，想要治好我，少了恐怕不行。"地球上的动物呢？"他问道，"有没有活下来的物种？比如狗、猫？"

玛丽瞄了一眼博物馆守卫，跟他们在一瞬间无声地交流了几句。接着，玛丽回答："也许，现在没关系了。"

"什么没关系？"米尔特·比斯克问道。

"让你看看没关系。只看一会儿。你对事实真相的接受程度比我们设想的要好。在我们看来，你有权利看到真相。"她又说："米尔特，狗和猫都活下来了，现在生活在废墟里。来看看吧。"

他跟在她身后，心想：没准，自从我们见面以来，她第一次说对了——我也许并不想看。我能承受真相吗？我能承受那些他们觉得我无法接受所以一直瞒到现在的事实吗？

到了博物馆出口坡道处，玛丽停了下来，说："到外头去吧，米尔特。我在这儿等着，等你回来。"

他犹犹豫豫地走下了斜坡。

他看见了真相。

跟她说的一样，只有废墟。城市被削平，只剩下三英尺的高度。一幢幢大楼变成了一个个中空的广场，里面空空荡荡，仿佛无数废弃的陈旧庭院。他没法相信眼前的一切是新近造成的。这一大片无人的残骸简直就像从古至今一直存在，一直都是如今的模样。它们——变成如今的模样，到底有多少年了？

右手边，一个小小的精巧机械"扑通"一声落到了满是瓦砾的街道上。他的目光注视着这东西，看着它伸出一条伪足，试探性地掘入附近的一座喷泉。钢铁和水泥制成的喷泉顿时变成了粉末，露出光秃秃的地面。地面呈暗褐色——方才摧毁喷泉的时候，自动维修机器放出的原子热能把地面烤焦了。米尔特·比斯克想，这一定是个重建机器，跟我在火星上用的没多大差别。至少，这儿还有旧时残留，需要这台机器来清除。根据自己在火星上重建的经验，米尔特明白，几分钟之内，就会有另一台同样精巧的机械跟上，为新建筑打下地基。

荒废的街道对面，米尔特辨认出两个灰色细瘦的影子，注视着这小规模的清理工作。鹰钩鼻，天然的浅色头发盘成高高的螺髻，耳垂挂着重物，拖得很长——是普罗克斯人。

他们是来地球旅游的访客，来这儿见证战败种族的遗迹是如何被彻底抹掉的，享受其中的满足感。有一天，这儿会耸立起一座纯粹的普罗克斯城市，充斥着奇特宽广的普罗克斯建筑和街道，还有一幢幢完全相同、盒子似的大楼，大楼之下会有众多地下结构。普罗克斯公民,就像刚才那两位一样,会在各条坡道上来来往往,开始日常生活。坡道上会有行色匆匆的人流。米尔特心里思忖,不知道地球的狗啊、猫啊,会怎么样?玛丽说,它们现在生活在废墟里。以后,就连它们也会灭绝吗?

也许不会完全灭绝。博物馆、动物园之类的地方,还会有几只留存,成为供普罗克斯人赏玩的奇珍——老旧过时、无足轻重的生物圈最后的幸存者。

不过,玛丽说得对,普罗克斯人跟地球人是同一属的生物。就算普罗克斯人不跟残存的地球人通婚交配,他熟悉的人属生物也会继续存在下去。而且,他觉得,这两个种族之间一定会通婚的,他本人跟玛丽的关系就是预兆。作为个体,他们相差并不大。也许,还会有美好的结果。

美好的结果,他一边转身回博物馆一边想,就是出现一支既非纯普罗克斯人也非纯地球人而真正全新的种族。至少,我们还能存着这一点儿希望。

地球会被重建。他本人亲眼目睹了重建工作的进行。尽管进展缓慢,但也是进展。

也许是因为普罗克斯人缺乏他和他的工程师同伴们的重建经验。

不过,现在火星重建工作已经完成,他们可以开始在地球上工作了。地球的未来并不是全然绝望的。并不是。

他回到博物馆,来到玛丽身边,哑着嗓子开口:"劳驾,给我弄只猫,让我带回火星。我向来喜欢猫,尤其是条纹橘猫。"

一名博物馆守卫向同伴递了个眼神,说:"这我们可以安排,比斯克先生。我们可以弄一只——'狮崽',是这么说的吗?"

"我想,应该说'猫崽'。"玛丽纠正道。

回火星的飞船上,米尔特·比斯克坐在座位上,膝头放着一只盒子,盒子里装着橘色小猫崽。他在脑中盘算:再过十五分钟,飞船就会降落火星,德温特大夫——或者说,那个假扮成德温特大夫的东西——会来迎接我。到了那时候,就太迟了。现在,从他坐的地方,能看到紧急出口内舱门,还有红色警示灯。

他有个计划,计划的中心就是那个舱门。不算理想,但也能行。

盒子里的猫崽伸出一只爪子,拍打着米尔特的手,尖利的小爪子从他手上扒过。他心不在焉地拉开猫咪的爪子,把手缩到猫咪够不到的地方。反正你也不会喜欢火星。他一边在心中对猫咪说话,一边站了起来。

他带着盒子,飞快地来到紧急出口前,迅速打开内舱门。空姐来不及阻止,他一步跨进气闸,同时锁上身后的内舱门。他在逼仄的气闸里待了一会儿,随即着手去扭沉重的外舱门。

"比斯克先生!"隔着内舱门,传来空姐发闷的声音。她正七手八脚地摸索着,拼命想把门打开,过来抓他。

他扭开外舱门时,盒子里的猫咪哀号起来。

你也怕? 米尔特·比斯克停下了动作。

死亡,空虚,还有太空中绝对的寒冷,从开了一条缝的外舱门中渗进来,透入他全身。他闻到了死亡空虚而寒冷的味道。跟猫咪一样,他体内的本能也让他退缩。他犹豫了,抓着盒子,没有再推开外舱门。就在这一刻,空姐抓住了他。

"比斯克先生,"空姐快哭了,"您是不是疯了? 老天在上,您到底在干什么?"她猛地一拉,关上外舱门,把紧急出口重新转到关闭状态。

"你明明知道我在干什么。"说着，米尔特·比斯克任由空姐把他拉回飞船，安顿到自己的座位上。他暗想，别以为是你阻止了我，不是你的功劳。我明明可以推开门，但我改了主意。

为什么我会改主意？

之后，在火星三号机场，德温特大夫果真前来迎接他。

两人走向停泊在一旁的直升机，德温特大夫用担忧的口吻说："我刚刚听说，在旅途中……"

"嗯，我是想自杀来着，但我改了主意。也许你知道为什么。毕竟你是精神科大夫，是研究我们心思的权威。"说着，他小心地跨进直升机，免得撞到装着地球猫咪的盒子。

直升机起飞，飞过湿润的绿色田野。田里种着高蛋白小麦。"你还会跟菲一起认领原定的那块土地吗？"德温特大夫问道，"毕竟，你已经知道了……"

"会。"他点点头。反正，据他所知，他别无选择，别无所有。

"你们地球人，"德温特摇摇头，"真是了不起。"他注意到米尔特·比斯克膝盖上的盒子。"盒子里是什么？ 地球生物？"他狐疑地看了看盒子里的猫崽。很明显，对他来说，这是异种外星生命，"真是古怪的有机体。"

"这东西能跟我作伴。"米尔特·比斯克说，"我工作的时候它能跟我作伴，不管是在火星上经营自己的私有土地，还是……"还是帮你们普罗克斯人重建地球——他没有把话说出口。

"这东西是不是叫'响尾蛇'？ 我听到它摇响自己的尾巴啦！"德温特大夫挪开身子。

"这是它在发出咕噜声。"米尔特·比斯克抚摸着猫咪。自动驾驶的直升机带着两人飞过单调的红色火星天空。米尔特明白,有这只熟悉的生物作陪,自己才能免于疯狂。有它在,自己才能继续活下去。他心存感激,虽然我的种族被打败、被摧毁了,幸好地球上仍有其他生物幸存。等我们重建地球的时候,我们得想法子说服普罗克斯当局,允许我们建造一个地球保护区。这就是我们下一步的任务。他又拍了拍猫咪——至少,我们还能存着这个希望。

德温特大夫在他身旁陷入沉思。他很欣赏米尔特·比斯克膝头盒子里装的那只模拟体。这只模拟体出自驻扎在第三行星的工程师手笔,工艺精湛。就连他,也觉得模拟体的技术成就令人钦佩。他很清楚其中的细节,米尔特·比斯克本人则不会明白。这个人工制品(地球人还以为是真正的有机体,来自他们熟悉的过去),会成为维系此人精神平衡的枢纽。

其他重建工程师怎么办?等他们一个个完成工作,无论是否情愿,都必须醒来,面对真相。该用什么帮他们挨过这一刻?

每个人都会有适合他们的人工制品。这一个,或许是条狗(狗的模拟体比猫更加精细);那一个,或许是个适婚年龄的女性。总之,每个人都会得到一个"幸存的例外"——一个重要的、活着的生物。地球上的生物,其实已经全部灭绝。这些"例外"都是从业已灭绝的物种中精选出来,专为每个工程师制造的。只要研究每一个工程师的过去,就能找到线索,弄明白他们需要什么生物——比斯克就是例子。早在他猛然惊醒、惊恐不已、急着回地球的前几周,这只模拟体猫就已经准备就绪。再比如,另一名工程师安德,则需要一只鹦鹉。鹦鹉已经在制造当中。等到安德想要回地球的时候,鹦鹉就该完工了。

"我叫它'雷霆'。"米尔特·比斯克说。

"好名字。"德温特大夫——最近这段时间,这就是他的头衔

——回答。大夫暗自思忖：真遗憾，我们不能让他看到地球的真实模样。而他，居然接受了自己眼前所见的"地球"，也是件很有意思的事情——因为，在某种程度上，他自己也知道，在两个种族打过如此规模的战争后，根本不可能有什么东西幸存。很明显，是他自己拼命想要相信，地球上总有些遗迹躲过了劫难，哪怕是瓦砾也好。不过，话说回来，紧抓着幻影不放，正是典型的地球人思维。他们不是现实主义者，所以，才输掉了战争。

"这只猫，"米尔特·比斯克说，"肯定是抓捕火星蛇型鼠的好手。"

"没错。"德温特大夫附和，同时暗自补充，只要电池够用就行。他也伸出手，拍拍猫咪。

一拍之下，猫咪体内的某个闸门随即合上。猫咪咕噜得更响了。

闭缩综合症

　　雷达屏幕上,维和警官凯勒布·梅耶斯发现了一辆速度飞快的地面车辆。车子的速度已经达到每小时一百六十英里,超过了当地法律限制。他立刻明白,开车的司机卸掉了车辆的限速装置。所以,这名司机肯定是个蓝领,是惯于捣鼓车辆的工程师或者技术员。要逮捕这样的人,注定麻烦。

　　梅耶斯用无线电联系了朝北十英里处的另一辆警车。"等他开过你身边,直接开枪打掉动力装置。"他向同伴建议,"车子太快,拦不住。"

　　下午三点十分,车子终于停下了。它失去了动力,滑到公路路肩上。梅耶斯警官按下按钮,悠闲地起飞,一路向北,直到发现那辆无动力的车子。闪着红灯的警车,正努力越过密集的车流,朝这辆车子开去。等警车开到现场,梅耶斯也正好落地。

　　两名警察小心翼翼地接近停在一旁的车子,脚上的靴子踩得碎石子咯吱作响。

　　方向盘后坐着个细瘦的男子,穿着白衬衣,打着领带,一脸茫然,直愣愣地瞪着前方。他一点儿也没有注意到两名一身灰衣的警官靠近。警官们都带着激光步枪,防弹泡泡从头盖骨一直裹到大腿。梅耶斯拉开车门，朝里瞄了一眼。同伴则紧握步枪，以防车里有埋伏——光是这个礼拜，旧金山就已经有五名警察被杀了。

"你知道吧？"梅耶斯对沉默的司机说，"去掉车辆的限速装置，就会被吊销驾驶执照两年。这么大的代价，值得吗？"

愣了一会儿，司机动了动脑袋，回答："我病了。"

"精神上？还是身体上？"梅耶斯按下绑在喉咙口的紧急按钮，接通 3 号线路——旧金山综合医院。如果有需要，五分钟之内就会有救护车赶到。

司机哑着声音回答："我觉得身边的一切都不真实。我觉得，只要我开车开得够快，就能到达某个——真实不变的地方。"他用手摸索着车子的仪表盘，好像不相信这一块塞满衬垫的表面真实存在。

"让我看看你的喉咙，先生。"说着，梅耶斯打开电筒，照向司机的面部。

他抬起司机的下巴，司机条件反射地张开嘴巴，一口牙齿保护完好。梅耶斯一直照到喉咙深处。

"看见没？"同伴问。

"看见了。"梅耶斯看到了那东西的反光。那是安装在喉部的抗癌组件。看来，司机不是地球人。所有的外星人类都有癌恐惧症。这名司机，这辈子大部分时间，大概都在某个殖民世界度过，呼吸过滤的纯净空气——所有的殖民地都会由自动重建设备制造出人工大气层，然后才有人类定居。所以对外星人来说，恐惧地球空气也在情理之中。

"我有个二十四小时医生。"司机从口袋里掏出钱包，从中抽出一张卡片。他把卡片递给梅耶斯，手不住颤抖，"他是心身医学①专家，住在圣何塞。你能把我带到他那儿去吗？"

"你没病。"梅耶斯说，"你只是还没完全适应地球，没适应这儿的重力、空气和环境。现在是凌晨三点十五分，这名医生——名字叫什么……哈勾皮恩？——这时候不能给你看病。"他看了看手中的卡片。卡片上写着："该男子正在治疗期间，如果出现任何古怪举止，请立即送医。"

"地球医生，"同伴警官说，"过了工作时间就不看病的。你慢慢就明白了。你是……"他伸出手，"请给我看看你的驾驶执照。"

钱包被条件反射般地递到他手中。

"回家吧。"梅耶斯对男子说。驾照显示，该男子名叫约翰·卡普提诺。"你结婚了吗？最好让你妻子来接你……我们送你回城。你的车子还是留在这儿吧，今晚别再开车了。你的速度——"

卡普提诺说："我不习惯外加的速度限制。木卫三上没有交通问题，我们开到每小时两百到两百五十英里。"他的音调没有起伏，一色平板，十分古怪。梅耶斯怀疑他吃了药，很可能吃了丘脑兴奋剂。卡普提诺整个人极为烦躁不安，这是吃药的典型症状。这也能解释他为什么拿掉官方限速器。对惯于跟机械打交道的人来说，去掉限速器是小事一桩。可是……

不止吃药这么简单。根据二十年执勤的经验，梅耶斯感觉其中另有隐情。

他伸出手，拉开储物格，用手电照着。里面有信件，还有一本点评可靠汽车旅馆的 AAA 书。

---

①简单来说，就是将心理、社会等因素纳入考虑范围，不单纯头痛医头、脚痛医脚的医学。

"卡普提诺先生,其实,你并不相信自己在地球上,对不对?"梅耶斯说。他盯着男子的脸;脸上毫无反应。"你是满嘴胡话的瘾君子。你们这些人,嗑了药就觉得周围的一切不过是药物导致的幻觉……你觉得自己还在木卫三上,在自己有二十个房间的家里,正好好地坐在起居室里呢——周围肯定还围着不少自动机器仆人,对不对?"他嘲讽地大笑起来,转向同伴。"那东西在木卫三上疯长。"他说,"那东西是植物的萃取物,叫富罗安达林。他们把晒干的植株磨成粉,拌成泥,然后煮开,滗干水分,过滤,最后卷起来当烟抽。抽完以后——"

"我从来没吸过富罗安达林。"约翰·卡普提诺仍然瞪着前方,幽幽回应,"我知道自己在地球上。只是,我觉得身子有点儿不对劲。你瞧。"他伸出手,放在衬垫厚厚的仪表盘上——手居然穿过了仪表盘表面。梅耶斯警官眼睁睁地看着他的手消失在仪表盘里,留在外面的只剩下手腕。"看到没? 我身边的一切都是非实体,就跟影子一样。你们俩也是。只要我转开注意力,就能把你们彻底屏蔽。至少我觉得我行。可是,我不想这么做!"他的牙咬得咯咯响,声音充满痛楚,"我希望你们是真的,希望身边的一切是真的,希望哈勾皮恩医生是真的。"

梅耶斯警官用喉部的通话器接通了二号线路,说:"请帮我转接圣何塞的哈勾皮恩医生。情况紧急。越过他的语音留言设置。"

线路"咔嗒"一声,电话转接成功。

梅耶斯给同伴使个眼色,说:"你也看到了。你也看到他的手穿过了仪表盘。也许,他真能把我们彻底排除。"这人到底能不能做到这一点? 他不知道,也不想知道。他只觉得困惑不已。刚才真不该拦下卡普提诺,该由他一路沿着公路狂奔,随他开到哪儿去,去世界尽头也行。

"我知道这一切是怎么回事。"卡普提诺半是自言自语地说。他摸出一支烟点上,手比刚才稳定了些,"都因为卡罗尔,我老婆,她死了。"

两位警官都没有反驳,也没有说话。两人静静等着,等待哈勾皮恩大夫接电话。

圣何塞闹市区,戈特利布·哈勾皮恩大夫业已关门的办公室。哈勾皮恩大夫在睡衣裤外套了长裤,又套了一件外套,扣子紧紧扣住,以抵御夜晚的寒气。他在办公室里接待自己的病人卡普提诺先生。哈勾皮恩大夫开了灯,打开暖气,拉了把椅子给病人坐。此刻,他的头发横七竖八,真不知会给病人留下怎样的印象。

"对不起,把你吵醒了。"卡普提诺道歉,可话音里毫无歉意。现在是凌晨四点,他已经彻底清醒,坐在椅子里,翘着腿抽烟。哈勾皮恩大夫在心中诅咒呻吟,徒劳地抱怨了一番,退回后室,插上咖啡壶的插头。既然起来了,至少来杯咖啡安慰一下。

"两位警官,"哈勾皮恩说,"根据你的行为,认为你有可能使用了兴奋剂。但我们知道,实情并非如此。"他很清楚,卡普提诺的举止向来如此;这人向来有些狂躁。

"我真不该杀卡罗尔。"卡普提诺说,"杀了她之后,一切都变了。"

"你现在开始怀念她了?昨天见我的时候你还说……"

"昨天,我是在大白天的时候说的。每次太阳出来,我都觉得信心十足。顺便提一句,我找了个律师,名叫菲尔·沃尔夫逊。"

"为什么?"卡普提诺并没有成为被起诉的对象,两人都知道。

"我需要专业人士的建议。除了你,我还想听听别人的。这不是批评,医生,别往心里去。只是,我现在的处境,某些方面牵涉到法律,而不是医学。良知是有趣的现象。一方面,它属于精神领域;另一方面却……"

"要咖啡吗?"

"天哪,千万别给我。这东西会把我迷晕,让神经关闭整整四小时。"

哈勾皮恩大夫说:"你有没有告诉警官卡罗尔的事? 有没有提你杀了她?"

"我只说她死了,我挺小心的。"

"开车开到一百六十英里可不算小心。今天的《旧金山纪事报》报道了一个案子——就发生在海湾公路上——州立高速交警追赶并解体了一辆时速为一百五十英里的车子。这是完全合法的,出于公众安全和生命的考虑……"

"他们事先发了警告。"卡普提诺丝毫不为所动,反而更加平静,"司机拒绝停车。是个醉鬼。"

哈勾皮恩大夫说:"你肯定明白,卡罗尔还活着,就在地球上,住在洛杉矶。"

"当然。"卡普提诺烦躁地点点头。哈勾皮恩干吗非得絮叨这种明摆着的事实? 这个话题他们已经谈过无数遍。接下来,这个精神科大夫肯定会问他老一套的问题:既然她还活着,你怎么可能杀了她? 他只觉得烦躁又疲倦。跟着哈勾皮恩做治疗,一点儿效果也没有。

哈勾皮恩大夫拿出一个本子,飞快地写了几行字,撕下这页纸,递给卡普提诺。

"处方?"卡普提诺不情愿地接了过来。

"不,是个地址。"

卡普提诺瞄了一眼,发现是个位于南帕萨迪纳的地址。肯定是卡罗尔住的地方。他胸中燃起怒火,瞪着纸片。

"我准备试试这一招。"哈勾皮恩大夫说,"我要你到这地方去,面对面跟她谈谈。然后,我们再——"

"让六行星教育集团董事会去见她好了。我不去。"

说着,卡普提诺把纸片递了回去,"他们才是这一切悲剧的肇事者。就因为他们,我才不得不杀掉卡罗尔。这你清楚,别这么看我。是他们说,计划必须保密。难道不对吗?"

哈勾皮恩大夫叹了口气,"现在是凌晨四点,大家脑袋都不清醒,看什么都迷糊,看什么都可疑。我知道,当初在木卫三上,你是六行星的雇员。可是,说到杀害卡罗尔的道义责任——"他顿了顿,"这话很难出口。不过,卡普提诺先生,是你扣下了激光枪的扳机,所以你得承担最终的道义责任。"

"那时候,卡罗尔打算向当地的稳态报纸告发,说有一场起义正在酝酿,目的是解放木卫三。而木卫三的中产政府正是六行星教育集团的主要成员,他们都参与了这次起义。我告诉她,她不能这么做,后果她承担不起。可是,她还是去告发了。因为她恨我,对我怀有个人恩怨。她心里只有鸡毛蒜皮,根本没有大是大非。女人都一样,她们做事,要么出于个人虚荣心,要么出于受伤的自尊。"

"到南帕萨迪纳去,去这个地址。"哈勾皮恩大夫说,"见见卡罗尔,然后让自己相信,你根本没杀她。三年前的那天,发生在木卫三上的事不过是……"他做了个手势,没找到合适的词汇。

"说呀,大夫。"卡普提诺打断了他,"不过是什么? 那天——应该是那天晚上——我用激光枪射中了卡罗尔的双眼正中,就射在前额叶上。我绝对确定,她当场就死了,错不了。之后,我才离开公寓,到了飞船空港,找了艘星际飞船,带我来了地球。"说罢,他等着大夫回应。哈勾皮恩大夫肯定很难找到合适的词汇。够他想一阵子的。

片刻后,哈勾皮恩承认:"对,你的记忆的确十分详细,我都记在档案里,你没必要重复。说实话,我觉得在凌晨这时间听这些话,不怎么舒服。我本人并不清楚你怎么会有这些记忆,但我知道这些是假的。因为,我见过你妻子,还跟她谈过,通过信。这一切,都发生在木卫三事件——就是你记忆中杀她那一天——之后。至少,这一切我能确定。"

卡普提诺说:"为什么我必须去见她? 给我个理由。"他作势要把纸片撕成两半。

"一个?"哈勾皮恩大夫思索着。他脸色发灰,十分疲惫,"嗯,我能想出个好理由。不过,你也许不会接受。"

"说来听听。"

哈勾皮恩大夫说:"在你记忆中,在木卫三杀死卡罗尔的那天晚上,卡罗尔本人自然也在场。也许,她能告诉你,你脑中的虚假记忆是怎么来的。她在跟我的通信中暗示自己知道些内情。"他看看卡普提诺,"可她不肯多说。"

"那么,我去。"说罢,卡普提诺迅速走出哈勾皮恩大夫的办公室。

他心想,从她口中打探她本人死亡的情况,真是够古怪的。不过,哈勾皮恩说得对。那天晚上,除了他,只有卡罗尔在场。他早该想到这一点。到头来,他还是得去和她见面。

她是他记忆逻辑的一大危机。所以，他一直不想面对。

清晨六点，他来到卡罗尔·霍特·卡普提诺的家门口。这是一幢小小的独立住宅。他按了许多次门铃，房门才慢慢打开。卡罗尔穿着蓝色聚酯纤维透明晨衣，穿着毛茸茸的白色拖鞋，睡眼朦胧地望了过来。一只猫从她脚边挤出来。

"还记得我吗？"卡普提诺朝旁边跨了一步，给猫让路。

"上帝。"她拂开挡住眼睛的一丛蓬乱金发，点了点头，"现在几点了？"街上几乎没有人影，只有清晨冰冷灰白的日光。卡罗尔打了个哆嗦，抱紧双臂。

"你怎么起这么早？从前，你都要过了八点才起来。"

"我昨晚没睡。"他从她身边挤过，走进客厅。客厅的百叶窗关着，房间黑乎乎的。"能给我来点儿咖啡吗？"

"当然。"她无精打采地走向厨房，按下炉子上的"热咖啡"键。很快，一杯咖啡出现，接着又是一杯，发出好闻的香味。"我那杯加了奶，"她说，"你那杯加了奶和糖。你的口味更像小孩子。"她把杯子递给他。他闻到了她身上的味道——温暖、柔软、睡眼惺忪的味道——这味道和咖啡香味混在一起。

卡普提诺开口道："三年多了，你却一点儿也没有变老。"确切地说，她看起来更苗条，身体更灵活。

卡罗尔在厨房餐桌旁坐下，双臂仍然松松地抱在胸口。"这很可疑吗？"她双颊绯红，眼睛明亮。

"不，这是赞美。"卡普提诺也坐了下来，"是哈勾皮恩让我来的。他认定我该见见你。很明显……"

"对。"卡罗尔打断他的话，"我是见过他。我有几次出差去北加州，顺便拜访了他……之前他给我发了封信，请我过去一趟。我喜欢他。其实,到现在,你差不多也该痊愈了。"

"痊愈?"他耸了耸肩,"我也觉得我已经痊愈了。只是——"

"只是你仍然抱着自己的执念不放。有个顽固的幻觉在你心里扎了根,任何精神分析治疗都医不好,对吗?"

卡普提诺回答:"对,我仍然记得自己杀了你,如果你指的是这件事。这事确实发生过,我敢肯定。哈勾皮恩大夫说,你能给我些指点。毕竟,就像他说的……"

"我能。"她答道,"可我不怎么想跟你一同回忆这件事。这事又长又无聊,而且,上帝啊,现在才清晨六点。我能不能先回去睡觉,晚点再找你? 今晚我们再碰面怎么样? 不行?"她叹了口气,"哎,好吧。对,那时候,你是想杀我来着。你还带了把激光枪。时间是2014年3月12日,地点是木卫三,新底特律-G,我们的公寓里。"

"我为什么想杀你?"

"你心里清楚。"她话中带刺,胸膛因厌恶起伏。

"嗯。"活了三十五年,这是他犯过的最大的错误——他把木卫三即将起义的事透露给了老婆。结果,在离婚诉讼过程中,她利用这个把柄,占尽了优势,随意妄为,离婚条款想怎么写就怎么写,什么都得听她的。最后,他实在无力负担她提出的经济要求,便回到他们俩的公寓(那时他已经搬了出去,在城市另一边找了一所自己的小公寓),坦诚直率地告诉她,他没法满足她的要求。于是,卡罗尔发出威胁,要向木卫三稳态报纸(这是纽约的《时报》和《日报》在木卫三的新闻收集机构)告发起义的事。

"然后,你就拿出了一把小小的激光枪。"卡罗尔接着说,"坐着,拿在手里把玩,却不说话。不过,你要传达的信息十分清晰,我要么接受不公平的条款……"

"我有没有开枪?"

"开了。"

"打中你了吗?"

卡罗尔回答:"没打中。我逃出了公寓,逃到电梯大厅,下到一楼,躲进武装警卫室,在那儿打电话叫了警察。警察来后,发现你还留在公寓里。"她声音越来越轻,"你在哭。"

"基督啊!"卡普提诺叹道。一时间,两人都没说话,默默喝着咖啡。餐桌对面,他妻子苍白的手掌微微颤抖,咖啡杯随着抖动敲击着咖啡碟,叮当作响。

"自然。"卡罗尔平静地接了下去,"我坚持继续离婚诉讼。那种情况下……"

"哈勾皮恩大夫说,你也许知道,为什么在我记忆中,那天晚上你已经死了。他说你在信里提到过。"

她蓝色的眼睛眨了眨,"那天晚上,你脑中还没有虚假记忆。你知道自己失败了。地区律师安伯因顿给了你两个选择:第一,接受强制性的精神治疗;第二,接受正式起诉,罪名是一级谋杀未遂。自然,你选了第一种,所以直到现在,你都在哈勾皮恩大夫那儿接受治疗。至于你脑中虚假的记忆——我可以明明白白告诉你,这记忆是哪儿来的。事发后,你去了自己的公司——六行星教育集团——见了公司的心理学家埃德加·格林医生。格林医生隶属公司人事部。之后不久,你就离开木卫三,来了地球。"说着,她站起身,又去倒咖啡。她的杯子已经空了。"我推断,就是格林医生给你脑中植入了杀死我的虚假记忆。"

卡普提诺问:"为什么?"

"他们知道,你向我透露过起义的计划。所以,他们指望通过虚假记忆,让你受不住悔恨和悲痛的折磨,从而自杀。可是,没想到,你却买了船票去了地球——因为你答应过安伯因顿。不过,在旅途中,你倒的确企图自杀来着……这你肯定还记得。"

"也给我讲讲吧。"他根本不记得企图自杀的事。

"我给你看从稳态报纸上剪下来的报道。这报道我还留着。"卡罗尔离开厨房。片刻后,她的声音从卧室传来,"其实你不值得我这么多愁善感。我记得报道的标题是'星际飞船乘客被及时阻止……'"说到这儿,她突然不做声了。

卡普提诺一边喝着咖啡,一边等待卡罗尔回来。他料定她肯定找不到这篇报道,因为他根本没有企图自杀过。

卡罗尔一脸疑惑地回到厨房。"找不到。我明明记得这篇报道就夹在《战争与和平》第一卷里,我用来当书签的。"她有些难为情。

卡普提诺说:"看来,有虚假记忆的——如果真是虚假记忆的话——不止我一个人啊。"三年多来,他第一次觉得自己的状态有了改善,事情有了进展。

可是,进展的方向仍不明确。至少目前不明确。"真搞不懂。"卡罗尔说,"有什么事不对劲。"

卡罗尔去卧室换衣服,他留在厨房里等候。最后,她终于回到了厨房,穿着绿色毛衣和短裙,还有高跟鞋。她一边梳着头发,一边到炉边按下按钮,要了吐司和两个溏心的白煮蛋。此时已将近七点,外头的日光颜色不再灰白,转成了微微的金色。街上车辆也多了起来。卡普提诺听到商业运营车辆和私人通勤车辆的声响,心下稍安。

"你是怎么弄到这种独立住宅的?"他问,"我记得洛杉矶和旧金山湾区一样,只有高耸入云的大楼公寓可住。"

"是我的东家帮我弄的。"

"你东家是谁?"他猛地警觉起来,略觉沮丧。她的东家必定有权有势。他妻子混得不错啊。

"流星联合集团。"

他从没听过这名字,纳闷地问道:"他们在地球之外有分支吗?"如果这是个行星际公司,自然……

"这是个持股公司。我是董事长顾问,做市场研究的。"她又补充道,"你的老东家,六行星教育集团,就是我们的子公司。我们握有大部分股权。不过,这无关紧要,只是碰巧罢了。"

她只管自己吃着早饭,一点儿也没给他留。很明显,她完全没想到他也该吃早饭这事。他生着闷气,望着妻子熟悉而优雅地进餐。她身上仍然充满了小资的气息,一点儿没变。或者说,她比从前更精致,更有女人味。

"我想,"卡普提诺开口道,"我明白了。"

"你说什么?"她抬起头,蓝眼睛紧紧盯着他,"你明白了什么,约翰尼?"

卡普提诺回答:"我明白了你的事。你的存在。显然,你是真实的——跟身边的一切一样真实。跟帕萨迪纳,跟这餐桌一样——"他用力叩了叩厨房餐桌的塑料表面,"跟哈勾皮恩大夫,跟今早拦住我的两个警察一样真实。可是,这种真实,到底是真是假? 这才是中心问题。解决了这问题,才能解释为什么我的手能穿过物体,比如我车里的仪表盘。我试过,那感觉很不舒服——身边的一切都不是实体,仿佛生活在影子世界里。"

卡罗尔瞪大眼睛看着他,突然哈哈大笑。接着,继续吃早饭。

"也许,"卡普提诺继续,"我其实待在木卫三的监狱里,或者精神病医院里。因为我犯了罪。自从三年前你死后,我就一直待在自己的幻想世界里。"

"哎呀,上帝。"卡罗尔摇摇头,"我都不知道该笑,还是该难过。这实在是太——"她做了个手势,"太可悲了。我真为你难过,约翰尼。你抱着自己的幻觉执念不放,宁可相信整个地球——所有人,所有的东西——都是你大脑的产物。听着,你不觉得放弃你的执念更简单更方便吗?只要放弃'你已经杀了我'这念头……"这时,电话响了。

"抱歉。"说着,卡罗尔飞快地擦了擦嘴,站起身接电话。卡普提诺原地没动,闷闷不乐地玩着从卡罗尔盘子里掉出来的一小片吐司。吐司上的黄油沾到他的手指上,他条件反射地伸出舌头舔掉。这时,他才意识到自己饿得要命——现在也是他吃早饭的时间了。他没问卡罗尔,自己走到炉边,按下按钮,要了早饭。没多久,饭就好了。有培根、炒蛋、吐司和热咖啡,都放在他面前。

可是,假如这是幻想世界,我又如何摄入营养物质,如何存活呢?他自问。

真实世界里,在医院或者监狱,我肯定会吃下真正的食物。饭食确实存在,我也真的吃了下去。房间也确实存在,有墙,也有地板,但肯定不是现在的模样。

另外——人也确实存在。不过,我面前的这个女人肯定不是真实的。卡罗尔·霍特·卡普提诺不是真实的。真实的另有其人。也许是某个冷漠的狱卒或者职员,也许是某个医生。也许,他想,是哈勾皮恩大夫。

对了,这一点可以肯定。卡普提诺对自己说,哈勾皮恩大夫真是我的精神科医生。

卡罗尔回到厨房,重新在冷掉的早饭旁坐下,"你去接接电话。来电话的是哈勾皮恩大夫。"

他立即朝电话机走去。

小小的视频屏幕上，哈勾皮恩大夫的形象被延伸拉长。"看来你真去了，约翰。那么，怎么样？"

卡普提诺没回答，突兀地问道："我们在哪儿，哈勾皮恩？"

精神科大夫皱着眉，答道："我不明……"

"我们俩都在木卫三上，对不对？"

哈勾皮恩说："我在圣何塞，你在洛杉矶。"

"我已经想出了验证自己的猜测正确与否的办法。"卡普提诺说，"我要终止在你这儿的治疗。如果我是木卫三上的囚犯，我就没法终止；如果我真像你说的，是地球上的自由公民，就能……"

"你是在地球上，"哈勾皮恩说，"可你不是自由公民。因为你谋杀妻子未遂，你必须强制性在我这儿接受定期心理治疗。这你知道。卡罗尔跟你说了什么？关于那天晚上的事，她的话有没有启发你？"

"我觉得有。"卡普提诺回答，"她告诉我，她受雇于六行星教育集团的母公司。光是这一点，我来这一趟就值得。当初，我肯定是发现了她的身份——她是六行星公司雇来监视我的。"

"什——什么？"哈勾皮恩眨了眨眼睛。

"她是我的监督员，负责监视我是否忠诚。他们肯定害怕我向地球政府透露起义计划的细节，才派了卡罗尔来监视我。果然，我向她透露了计划，证明我靠不住。于是，卡罗尔大概接到了杀掉我的命令，但她没成功。于是，所有相关人员都遭到了地球政府的惩罚，只有卡罗尔逃脱，因为她的名字没有列在六行星雇员的官方名单上。"

"等等。"哈勾皮恩说,"这话确实说得通,但是——"他举起手,"卡普提诺先生,起义很成功。这是历史事件。三年前,木卫一、木卫三和木卫四同时起义,摆脱了地球的控制,实施自治,成为独立的卫星。三年级的小学生都知道这个。这场战争,被称为'2014年3月之战'。这事我们没谈过。我还以为你很清楚这一点,就跟……"他做了个手势,"就跟其他历史事件一样。"

约翰·卡普提诺转向卡罗尔:"真是这样?"

"当然。"卡罗尔回答,"你小小的起义计划失败,恐怕也是幻觉的一部分吧?"她微笑,"你为这个计划奔忙,为策划并资助此事的大财团卖命,卖了整整八年,现在却出于某个莫名其妙的理由,宁愿相信计划失败?我真是可怜你,约翰尼,太让人难过了。"

"我不记得这事。"卡普提诺说,"这肯定是有缘故的。肯定有人不想让我知道。"他困惑地伸出手……

颤抖的手掌穿透了视频电话屏幕,消失了。他立刻缩回手;手再次出现。但是,刚才,手确确实实消失了。他突然领悟到了,明白了。幻觉做得很真——但还不够真。幻觉并不完美,有极限。

"哈勾皮恩大夫,"他对着屏幕上的小小形象说,"我想,我不会再来你这儿做治疗了。从今天早晨开始,你被解雇了。你可以把账单寄到我家。非常感谢一直以来的帮助。"

"你不能解雇我。"哈勾皮恩立刻回答,"我说过,这是强制性的。你必须面对这一点,卡普提诺。否则,你会被再次起诉的。你不会喜欢。请相信,解雇我,对你只有害处。"

卡普提诺切断了通话。屏幕转黑。

"他说得没错。"卡罗尔在厨房里发声。

"他在撒谎。"卡普提诺应道。他慢慢走回厨房,坐到她对面,继续吃早餐。

回到伯克莱自己的公寓后,他给木卫三六行星教育集团的埃德加·格林医生拨了个长途电话。半小时后,电话接通了。

"您还记得我吗,格林医生?"他对着屏幕问道。屏幕上是个胖胖的中年男人,看着眼生。他觉得自己这辈子从未见过此人。不过,至少某个基本的现实配置经受住了考验——六行星人事部确有埃德加·格林医生此人。在这一点上,卡罗尔没撒谎。

"我见过您。"格林医生说,"不过,对不起,先生,您的名字我想不起来。"

"我是约翰·卡普提诺。现在在地球,从前住在木卫三。三年多以前,我被卷入一场挺轰动的诉讼案里,时间就在木卫三起义之前。我被控谋杀我的妻子卡罗尔。这么说,您想起来了吗,医生?"

"嗯……"格林医生皱皱眉,扬起一边眉毛,"您被无罪释放了,卡普提诺先生?"

卡普提诺犹犹豫豫地回答:"我——可以这么说,目前在加州湾区,接受精神治疗。"

"我猜,您的意思是,您被法庭宣布为精神失常,所以被判无罪。"

卡普提诺谨慎地点了点头。

"我有可能跟您谈过。"格林医生说,"我隐隐约约有些印象。不过跟我谈过的人太多……您那时候是本公司的雇员吗?"

"是的。"卡普提诺回答。

"卡普提诺先生,您究竟想问我要什么?您肯定有想要的东西,否则就不会花这么多钱打长途电话。出于实际——尤其为您的钱包考虑——我建议您有话直说。"

"我想请您把我的病历档案寄给我。"卡普提诺说,"寄给我本人,不要给我的精神病医生。可以吗?"

"卡普提诺先生,您要病历,是出于何种理由?是谋职需要?"

卡普提诺深吸一口气,回答:"不,医生。我要看看病历,才能明白您或者您的助理医生,在我身上究竟用了哪种精神治疗方法。我有理由相信,我在您这儿接受了重大的修正治疗。我有权知道这个,对吗,医生?我认为自己有这个权利。"他一边等待医生回答,一边想:我只有千分之一的机会能从此人口中套出有用的话。不过,试一试还是值得的。

"修正治疗?您一定是搞混了,卡普提诺先生。我们只做资质测试和档案分析,不做治疗。我们的工作重心是给应聘者作分析,以便……"

"格林医生,"卡普提诺说,"您个人有没有参与三年前的起义?"

格林耸了耸肩,"我们都参与了。所有木卫三人心中都充满了爱乡热情。"他的声调空洞。

"为了保护起义,"卡普提诺又问,"您是不是在我脑中植入了幻觉,以此……"

"对不起,"格林打断了他的话,"很明显,您是一位精神病患者。您没必要在长途电话上再浪费钱了。真不该允许您打外线电话。"

"可是,幻觉植入是有可能的。"卡普提诺坚持道,"现有的精神治疗技术能做到这一点。这您不能否认。"

格林医生叹了口气，"是的，卡普提诺先生，早在二十世纪中叶，这种技术就已经出现。1940年，莫斯科的巴甫洛夫实验室最先开发出这种技术。到朝鲜战争时期，这种技术已臻完美。这种技术可以让人相信任何事情。"

"那么，卡罗尔说不定是对的。"他不知道该失望还是兴奋。如果这是真的，那么，他就不是谋杀犯——这是最重要的。卡罗尔活着，地球、地球上的人、城市，还有万物，都是真实存在的。可是——"要是我亲自来木卫三，"他突然开口，"我能看看自己的档案吗？很明显，要是我能够进行星际旅行，就说明我不是精神病患者，没有接受强制精神治疗。我也许是有病，医生，可我病得并不厉害。"他等待医生的回答。机会不大，但也值得一试。

"唔，"格林医生思索着，"公司法规里，没有哪条规定员工——或者前员工——不能翻阅个人档案。我想，我可以让您看。不过，我想先跟您的精神科医生谈一谈。您可以告诉我他的名字吗？要是他同意，您就可以省一趟星际旅行了。我会把档案用电传发过来，今晚就能到您手中。"

他把哈勾皮恩大夫的名字给了格林医生，然后挂了电话。哈勾皮恩会怎么说？这个问题很有趣，可惜他没法回答。他没法预料哈勾皮恩会倾向于哪一方。

不过，等到今晚，他就会知道了——这一点可以确定。

他有种预感，哈勾皮恩会误解他索要档案的用意，但他会同意的。

误解不要紧。哈勾皮恩的想法并不重要，只要能看到档案就行。他想拿到档案，仔细看过，然后确认卡罗尔的话是否正确。

两小时后——他居然花了这么长时间——才猛然想到，六行星教育集团可以毫不费力地改动档案，删去相关的信息，然后把毫无价值的假档案传到地球。

这样的话,他该怎么办?

好问题。可是,这个问题他回答不了。至少现在回答不了。

晚上,档案送到。传送方是木卫三六行星教育集团人事部办公室,由西联的信使送到他的公寓。他给了信使小费,在客厅坐下,打开档案。

没看多久,他就发现,自己之前的怀疑得到了证实:档案中没有提到任何植入幻觉的事。所以,要么是档案被改动过,要么是卡罗尔弄错了——或者说了谎。无论如何,这份档案都没有任何有用的信息。

他给加州大学拨了电话。转接好几次后,他终于接通了某个能听明白他的要求的人。"我想请您分析一份文件。"卡普提诺说,"一份书面文件。我想知道这份文件写于何时。文件是西联的电传件,所以您只能根据其中有时代特色的用语来分析。我想知道,这份材料是三年前写的,还是最近才写。您觉得这种细微之处能分析吗?"

"这三年,文字用语的改变并不大。"文学学者回答,"不过我们可以试试。您什么时候需要结果?"

"越快越好。"卡普提诺回答。

他叫了大楼的送信员,把档案送到加州大学,然后仔细思索另外一个问题。

如果他看到的地球都是幻觉,那么,他的知觉最贴近现实的时候,应该就是跟着哈勾皮恩大夫做精神治疗之时。所以,如果想要打破幻觉,看到真正的现实,就应该从那一刻着手。他应该把力气都用在那一刻,才有希望打破幻觉。毕竟,最清晰的事实只有一个:他确确实实在接受哈勾皮恩大夫的治疗。

他来到电话旁,拨了哈勾皮恩大夫的号码。昨晚,他被逮捕后,哈勾皮恩帮了他。现在再约他见面,实在是过于频繁,太不寻常。但他还是拨了电话。根据他对现状的分析,确实应该面见大夫。反正他付得起钱……这时,他又想到了一件事。

逮捕。他记起逮捕他时,警察说过的话。警察认定,卡普提诺服食了木卫三的毒品富罗安达林。理由很充分,卡普提诺表现出了典型的症状。

也许,这正是幻觉系统得以维持的方式,在不知不觉中,他一直有规律地低剂量摄入富罗安达林。说不定,富罗安达林就下在自己的食物里。

可是,这个念头,难道不是偏执——换句话说,就是精神疾病——才有的症状?

不管是不是偏执,这念头都有道理。

他得做个血液测试。血液测试会告诉他,体内究竟有没有药物。他得去奥克兰自己的公司,要求卫生所做个血液测试。就说他怀疑自己得了毒血症好了。不消一个小时,他就能拿到结果。

要是真有富罗安达林,就说明他的猜测是正确的。他仍然留在木卫三,不在地球上。他在这儿经历的一切——或者说,表面上经历的一切——都是幻觉。或许,只有如期接受精神科医生的强制性治疗,才是唯一的真实。他绝对应该做个血液成分测试——而且应该马上就去。可是,他却退缩了。为什么?他终于想出了办法,能做个彻底的分析,得到明确答案,可他却犹豫了。

他真想知道真相吗?

当然想。他必须去做血液测试。他暂时忘记了约见哈勾皮恩大夫的念头,去洗手间刮了胡子,穿上干净的衬衣,系好领带,离开公寓,朝自己的车子走去。十五分钟后,他就能赶到自己公司的卫生所——他的公司。他的手已经放到了车门的把手上,却突然停了下来。

他真笨。他们已经犯下了错误——他的幻觉系统有个漏洞:他不知道自己在哪里工作。系统缺少了一片重要拼图。

他回到公寓,拨通了哈勾皮恩大夫的电话。

哈勾皮恩大夫尖酸地开口:"晚上好,约翰。看来,你已经回到自己的公寓了。你在洛杉矶没呆多久啊。"

卡普提诺急促地说道:"大夫,我不记得自己在哪儿工作了。很明显,事情不对劲。我之前肯定知道——今天之前,我肯定知道。我一直跟大家一样,一周工作四天,是不是?"

"当然。"哈勾皮恩大夫不为所动,"你的公司在奥克兰,叫三行星公司,地址是二十一街附近的圣保罗大街。你可以在电话簿里查查这个地址。不过——我得奉劝你,赶紧上床睡觉吧,你昨晚没睡,明显有疲劳反应症状啦。"

"假如,"卡普提诺继续道,"幻觉系统中缺失的部分越来越多,我可不好过啊。"只是缺失了一片,他就已经吓坏了,简直就像自己的一部分突然消失。他居然不知道自己在哪儿工作——就在这一瞬间,他就跟其他人类隔绝开来,彻彻底底地孤立了。他还会忘记什么?或许哈勾皮恩说得对,这是由于疲劳;毕竟,他年纪太大,已经没有体力熬通宵了。换作十年前,他和卡罗尔就算熬个通宵,体力也完全不成问题。

他发现,自己一心只想维持幻觉系统的完整,不愿让这个世界在眼前一点点解体。电话里这个人就是他的世界。一旦这个世界解体,他也就不复存在。

"医生,"他说,"我今晚能见你吗?"

"你刚刚才见过我。"哈勾皮恩大夫反对,"如此频繁的治疗没有意义。过几天,等这周晚点时候,我们再约。同时——"

"我想,我已经弄明白了整个幻觉系统的维持方法。"卡普提诺说,"我每天都会按时口服富罗安达林,药物就下在我的食物里。也许,因为去了一趟洛杉矶,我漏服了一次,所以系统开始解体,缺失了一小片。或者,就像你说的,因为太疲劳,系统才会解体。不管怎么说,这证明我是对的——我生活在幻觉世界里。我不需要血液分析结果,也不需要加州大学替我证明。卡罗尔已经死了——这你清楚。我在木卫三上,你是我的精神科医生。三年来,我一直处于受监管状态中。是不是这样?"他等着大夫回答,可大夫没有说话。他继续道:"实际上,我被限制在某个范围有限的地方,并没有表面上这种行动自由。所以,今天早晨我其实没见到卡罗尔,对不对?"

哈勾皮恩慢慢开口道:"你说的'血液分析'是怎么回事?你是怎么想的,居然要去做血液分析?"他微微一笑,"约翰,如果你所在的世界真是个幻觉系统,那血液分析结果也只能是错觉,对你毫无帮助啊!"

这一点,他倒没有想到。他目瞪口呆地愣住了,无话可说。

"还有那份格林医生给你的档案。"哈勾皮恩继续道,"你一收到,就递送到加州大学,让他们帮你分析。如果这是个幻觉世界,这些也只能是错觉。所以他们的分析结果——"

卡普提诺打断了大夫的话,"大夫,你怎么会知道这件事?档案那事你知道,这说得通——因为我跟格林医生通话并且问他要档案后,格林医生可能跟你通了电话,把整件事告诉了你。

但是,我请加州大学帮我分析档案文字这事,你绝不可能知道。对不起,大夫,这儿出现了内部逻辑矛盾,证明了我身处的这个世界是非现实世界。我的事,你知道得太多了。我已经想到了最后的终极办法,来证实我的推测。"

"什么办法?"哈勾皮恩的声音冰冷。

卡普提诺回答:"回洛杉矶去,再杀一次卡罗尔。"

"老天爷,怎么——"

"三年前就死掉的女人,不可能再死一次。"卡普提诺说,"所以,这一次,事实会证明,不管怎么杀,她都不会死。"他准备挂掉电话。

"等等。"哈勾皮恩忙说,"卡普提诺,我得报警了——这是你逼我的。我不能放任你去洛杉矶杀那女人,这是第——"他顿了顿,又说:"我是说,这是第二次你企图杀她了。好吧,卡普提诺,我得承认几件事。这几件事一直瞒着你。在某种程度上,你说得对。现在,你身处木卫三,不在地球上。"

"嗯。"卡普提诺应道,没有挂掉电话。

"但卡罗尔是真实的。"哈勾皮恩头上冒出了汗。很明显,他十分担心卡普提诺会挂电话,怕得厉害,说话都有些结巴了。"她跟你我一样,都是真人。上次你企图杀害她,但没有成功。她向稳态报纸透露了酝酿中的起义——所以,起义没有完全成功。木卫三被地球军舰包围,我们被孤立隔绝,切断了跟太阳系其他地方的联系,只能依靠紧急储备配给生活。我们的军队一点点败退,但仍在坚持。"

"那么,为什么我会生活在幻觉世界里?"他腹中升起冰冷的恐惧。这恐惧无法抑制,一路升至他的胸腔,入侵他的心脏。"是谁强迫我生活在这个幻觉世界?"

"没人强迫你,卡普提诺。因为你心中内疚,所以引起了自身的闭缩综合症。当初,起义之所以会被地球当局发觉,全是你的错——全因为你向卡罗尔透露了这件事。这一点,你心里一清二楚。所以,你企图自杀,但没有成功。于是,你选择了精神上的闭缩,缩回了自己的幻想世界。"

"可是,如果卡罗尔向地球当局告发,她现在不可能自由——"

"没错。你妻子正在监狱里。你见她的地方,就是我们木卫三新底特律–G市的监狱。说实话,我这番话,对你的幻想世界究竟会起什么作用,我也吃不准。说不定,这番话能引起你的幻觉世界进一步解体,甚至能让你看清现实世界——看清我们木卫三人究竟处在何种境地,我们在地球的军事包围隔绝中过得何等艰难。卡普提诺,这三年来,我一直很羡慕你。你有地方可以逃避,不必面对严峻现实;而我们却无处可逃。但现在——"他耸了耸肩,"我们等着瞧吧。"

卡普提诺沉默片刻,回答道:"谢谢你告诉我。"

"别谢我。我只是不想让你过于激动,做出暴力举动来。你是我的病人,我得为你考虑。虽然你透露了机密消息,但我们没有对你实施惩罚,也不打算实施。你的闭缩状态,足够说明你对自己的愚蠢行为以及这种愚蠢行为造成的后果有多悔恨。"哈勾皮恩脸色发灰,形容憔悴,"总之,别去碰卡罗尔,复仇不是你该干的事。不相信的话,去查查《圣经》吧。而且,她已经受到了惩罚,只要她在我们手里一天,她的惩罚就会继续一天。"

卡普提诺挂掉了电话。

我该相信他的话吗? 他自问。

他没把握。他想到卡罗尔。卡罗尔,你因为琐碎的家庭龃龉,就毁了我们整个事业。就因为女人的小心眼,就因为你恨你丈夫,你就让一整颗卫星陷入了三年的苦战。

他回到卧室,来到梳妆台旁,取出激光枪。自从离开木卫三,来到地球,三年来,这把枪一直藏在梳妆台的纸巾盒里。

现在,该用上这把枪了。

他打电话叫了出租车。这一次,他打算坐公共直达火箭去洛杉矶,自己不开车。

他想用人类所能及的最快速度赶到卡罗尔所在之处。

他迅速走向公寓大门。你逃过了一次,逃不过两次。这次你绝对逃不掉。

十分钟后,他就登上了直达火箭,赶往洛杉矶,赶往卡罗尔身边。

约翰·卡普提诺面前放着《洛杉矶时报》。他又翻了一遍,没找到新闻报道。他心中疑惑,怎么会没有报道呢?那可是一桩致人死亡的谋杀案。性感迷人的女性被枪击致死——当时,他径直走进卡罗尔的公司,找到了卡罗尔。她正坐在自己的办公桌旁。他当着所有同事的面开枪杀了她,接着转身从大门离开,没遇到任何困难。大家都又惊又怕,一动不敢动,没人阻拦他。

可是,这件事却没有上报纸。稳态报纸一点儿都没有提到。

"你再找也没用。"哈勾皮恩大夫坐在办公桌后面,开口道。

"肯定有。"卡普提诺坚持,"像这样的重罪——到底怎么回事?"他推开报纸,莫名其妙。这说不通,明显违反逻辑。

"首先,"哈勾皮恩大夫无精打采地说,"你的激光枪就不存在。那只是幻觉。其次,我们没允许你再次探望妻子,因为我们知道,你打算实施暴力——你的行为再清楚不过。你没见到她,更没有杀她。你面前的报纸也不是《洛杉矶时报》，而是《新底特律-G星报》……因为木卫三上印刷用纸短缺，所以这份报纸只有四版。"

卡普提诺瞪大了眼睛。

"没错，"哈勾皮恩点点头，"约翰，你的幻觉又来了——现在，你脑中已经有了两次杀死卡罗尔的幻觉记忆。而且，两次都一样，全是虚假的。可怜的小东西，你注定会一次又一次杀她，但每次都会失败。尽管我们的领袖痛恨卡罗尔·霍特·卡普提诺，谴责她的告密行为，痛惜灾难性的后果，但——"他做了个手势，"我们必须保护她。这才是正理。她已经受到审判，正在服刑。她还会在牢里呆上二十二年——除非地球打败了我们，她才会被释放。一旦地球得胜，他们无疑会立刻找到她，把她捧为女英雄，刊登在太阳系所有受地球控制的稳态报纸里。"

"你们会让她活着被地球人救走？"卡普提诺随即反问。

"难道你认为，我们应该趁她没有落到地球人手中的时候，先杀了她？"哈勾皮恩大夫皱了皱眉，"我们不是野蛮人，约翰。我们也不会为了复仇而犯罪。她已经坐了三年的牢，受够了惩罚。"接着，他补充道："你也一样。你们俩谁受的苦更多，还真不好说。"

"我的确杀了她，这我清楚。"卡普提诺不肯放弃，"我叫了出租，开到她的公司——六星集团。这家公司是旧金山六行星教育集团的母公司。她的办公室在六楼。"他记得自己走进电梯，甚至记得跟他同坐电梯的乘客是个中年女人，戴着帽子。他记得前台接待员，是个苗条的红发女子，她用桌上的内部通讯联络了卡罗尔。接着，他记得穿过一间间忙碌的办公室。突然，卡罗尔就出现在他面前。卡罗尔站在办公桌后，看到他手里举着激光枪,脸上露出恍然大悟的神情,想要跑开,想逃走……她跑到办公室另一扇门的门口,手刚伸向门把手,他就杀了她。

"我向你保证,"哈勾皮恩大夫说,"卡罗尔活着,活得好好的。"他转向办公桌上的电话,拨了号码,"来,我给她打个电话。等她接了,你跟她谈谈。"

卡普提诺麻木地等待着。最后,屏幕上出现了一个形象,是卡罗尔。

"嗨。"卡罗尔认出了他。

他犹豫片刻,应道:"嗨。"

"你感觉怎么样?"卡罗尔问。

"还行。"他尴尬地开口,"你呢?"

"我挺好,"卡罗尔回答,"只是有些困,因为一大早被你吵醒了。"

他挂了电话。"好吧。"他对哈勾皮恩大夫说,"我信了。"确实,他妻子还活着,活得好好的。而且,她显然根本不知道,他又一次企图杀害她。所以,他根本没去她的公司。哈勾皮恩说的是实话。

公司?如果哈勾皮恩的话可信,应该是牢房才对。但事实明摆着,他不得不信。

卡普提诺站了起来,"我能走了吗?我累了,想回公寓休息。我今晚该睡一会儿。"

"你已经将近五十个小时没睡觉了。"哈勾皮恩说,"现在还能说话行动简直是奇迹。赶紧回家睡觉吧,我们以后再聊。"他朝卡普提诺微笑,以示赞同。

约翰·卡普提诺疲惫地弓着腰,离开哈勾皮恩的办公室。他站在人行道上,手插在口袋里,在夜晚的寒气中打着哆嗦。接着,他摇摇晃晃地钻进了自己的车子。

"回家。"他指示道。

车子流畅地转了弯,离开路肩,汇入车流。

这时,卡普提诺突然想到,我可以再试一次。干吗不呢？这次说不定能行。失败了两次,不等于注定一直失败。

他重新给车子下令:"去洛杉矶。"

车子的自动电路"咔哒"一声,接上去洛杉矶的主路——美国99号公路。

等我到她那儿,她肯定在睡觉。卡普提诺想,迷迷糊糊当中,她没准会让我进门。然后——

也许,现在,起义就会成功了。

他隐约觉得自己的思考逻辑有个漏洞,却想不清楚。他太累了。他朝后靠了靠,调整姿势,让自己在方向盘后面坐得舒服点儿。他让车子自动驾驶,自己闭上眼睛,试着入睡。他太需要睡眠了。几小时后,他就会到达南帕萨迪纳,到卡罗尔住的独立住宅。

也许,杀掉她之后,他就能睡一会儿。那时候,他就可以心安理得地入眠了。

等到明天早上,如果一切顺利,她就死了。接着,他又想到了稳态报纸,琢磨着报纸专栏怎么会没提谋杀的事。真奇怪,为什么呢？

车子以每小时一百六十英里的速度——毕竟,他拿掉了限速装置——猛冲,冲向约翰·卡普提诺心中的洛杉矶以及熟睡中的妻子。

地球奥德赛

西马林郡①中学。校董事会主席奥瑞恩·斯特劳德扭亮了科尔曼煤气灯,煤气灯射出白光,照亮了整间洗衣房。于是,校董事会的四名成员便能好好看看新来的老师。

"我先来问他几个问题。"斯特劳德对各位董事说,"首先,这位是巴恩斯先生,从俄勒冈州来。他告诉我,他是科学和天然食品的专家。对吗,巴恩斯先生?"

新来的老师身材不高,外表年轻,穿着卡其布衬衣和工装裤。他紧张地清了清喉咙,回答:"对,我熟悉化学、植物和动物习性,特别是树林中可食用之物,比如莓子和蘑菇。"

"说起蘑菇,我们刚刚碰上坏运气。"塔尔曼太太接过话头。她是位上了年纪的妇人,早在过去事态紧急之前的好日子里,就已经是校董成员,"所以,我们现在更倾向于留着它们,不摘来吃。"

"我已经仔细看过您这一带的草场和树林,"巴恩斯先生说,"发现了好几种营养美味的蘑菇。这些蘑菇完全可以成为饮食的补充,不会有任何风险。就连它们的拉丁文名字我都知道。"

---

①美国加州的一个郡,通过金门大桥跟旧金山相连。

董事会成员交头接耳,窃窃私语。斯特劳德明白,刚才巴恩斯先生提到的拉丁文名字让他们印象深刻。

"您为什么离开俄勒冈?"校长乔治·凯勒直截了当地问道。

新老师转向他,回答:"政治理由。"

"您的政治,还是他们的政治?"

"他们的。"巴恩斯回答,"我本人对政治不感兴趣。我只教孩子们怎么制作墨水和肥皂,怎么从羊羔身上割尾巴——哪怕羊羔已经快长成大羊,也能割下来。我还有书,我自己的书。"

他从身边的一叠书中拿起一本,向董事会展示书本的完好程度,"我还能告诉您们一件事,在加州,您们所在的地区,有足够的材料制作纸张。您知道吗?"

塔尔曼太太回答:"我们知道,巴恩斯先生,但不清楚具体制作方法。应该是跟树皮有关,对不对?"

新老师脸上露出神秘的表情,像是要隐藏什么。斯特劳德立即明白,塔尔曼太太说对了,新老师却不愿意让她知道。他希望只有自己拥有制作纸张的知识。除非西马林郡中学愿意聘用他,他才肯分享自己的知识——他绝不免费分享。自然,这举动十分恰当。他对新老师产生了敬意。只有傻子才会无偿赠送。

塔尔曼太太仔细打量着新老师身边的那叠书,"我发现,您还有卡尔·荣格的《心理类型学》。心理学也是您擅长的科学之一?您愿意来我校,真是太好了。您既能分辨可食用的蘑菇,又是弗洛伊德和荣格学说的权威。"

"这些东西没有价值。"斯特劳德懊恼地说,"我们需要实用科学,不需要理论空话。"他觉得受了蒙蔽,有些失望——巴恩斯先生事先没告诉他这一点,没说自己对纯理论有兴趣,"心理学可挖不了化粪池。"

"我想,我们可以投票了,巴恩斯先生。"科丝提根小姐——董事会最年轻的成员——开口道,"我个人投票支持聘用巴恩斯先生。至少他能丰富我们的食物储备。各位有异议吗?"

塔尔曼太太对巴恩斯先生说:"您知道吗,上一位老师是被我们杀掉的。所以,我们才需要新老师,派斯特劳德先生在沿海地区到处寻找,找到了您。"

"我们杀了他,是因为他对我们撒谎。"科丝提根小姐接着说,"他来这儿的真正理由跟教书毫不相关。他来这儿,是想找一个名叫杰克·特吕的人。这个人正好住在我们这一带。这事被乔治·凯勒先生的妻子——凯勒太太发现。凯勒太太是我们这个社区受人尊敬的成员,也是特吕先生的亲密朋友。她发现此事后,立即告知了我们;我们呢,自然立刻行动了起来。我们的行动完全合法,而且经过官方授权。执行人是我们的警长,厄尔·科尔维格先生。"

"唔。"巴恩斯先生应道,声调中不带感情色彩。他一直倾听,没有插话。

奥瑞恩·斯特劳德提高声音说:"陪审团判处他死刑并执行。陪审团成员包括我本人、卡斯·斯通(他是西马林郡最大的地主)、塔尔曼太太还有菊恩·劳伯太太。虽然我说了'执行死刑',但真正开枪打死他的是厄尔——这您应该清楚。这是厄尔的本职工作。西马林郡官方陪审团做出决定以后,就由厄尔执行。"

"在我看来,"巴恩斯先生评论道,"这件事的过程非常正式,也很合法。这正是我的兴趣所在。"他朝各位董事微微一笑。屋子里的气氛原本十分紧张,此刻顿时缓和,响起了低语声。

有人点了一根烟——安德鲁·吉尔的特制豪华金牌卷烟。

浓郁的香味飘浮在众人身边,令人愉悦。在香味的作用下,各位董事心中对新老师的好感更甚,对彼此也友善了不少。

见到卷烟,巴恩斯先生脸上露出古怪的表情,哑着嗓子问道:"你们这儿还有烟草?都已经整整七年了!"他显然没法相信眼前所见。

塔尔曼太太被他逗笑了,答道:"我们也没有烟草,巴恩斯先生。没人有烟草。可是,我们有一位烟草专家,是他制作了特制豪华金牌卷烟,用的是精心挑选、存放多年的蔬菜和草本植物。自然,这些原料是他的个人秘密,这也是理所应当的。"

"多少钱一支?"巴恩斯先生问道。

"如果用加州私币计算,"奥瑞恩·斯特劳德回答,"大概一百块一支。如果用战前银币计算,五分一支。"

"我有五分钱。"巴恩斯先生把颤抖的手伸进外套口袋,摸了一阵,取出五分钱,递给拿着卷烟的人。抽烟的是乔治·凯勒,他身体后仰,靠在椅背上,翘着腿,舒舒服服。

"抱歉,"乔治回答,"我不想卖。你最好直接去吉尔先生那儿买。他白天都在自己店里,店在彭特·雷耶斯站①。不过,他当然也会流动销售——他有一辆马拉的大众面包车。"

"我会记住的。"巴恩斯先生回答,一边仔仔细细地把五分钱放回口袋。

"您到底上不上渡船?"一位奥克兰官员问道,"要是不上,希望您挪一挪您的车。它挡住大门啦!"

"当然可以。"斯图尔特·麦肯基回答。他坐进车子,"啪"地一抖缰绳。他的马"爱德华王子"马上用力拉了起来。爱德华一

---

①加州西马林郡的一个镇。

用力，这辆1975年的庞蒂亚克就动了起来，穿过大门，来到码头。

码头两边是蓝色的海湾，泛着涟漪。斯图尔特透过挡风玻璃，看到一只海鸥俯冲下来，在岸桩旁边抓住了什么吃食。还有渔网……捕鱼人正在海中捕捞晚饭。有几个人身着残破的军队制服，是退伍老兵，大概住在码头底下。斯图尔特驾着车，继续朝前。

要是他能付得起旧金山的长途电话费用，那该多好。可是，海底电缆又坏了，电话只能先反方向接到圣何塞，再沿着半岛接到旧金山。这么一来，打到旧金山的电话得足足花上五块钱——而且是战前的银币。所以，只有富人才用得起电话。他就别想了。他得等上两小时，等渡船出发……可是，他等得了这么久吗？

他在找重要的东西。

他听说，有人发现了一枚巨大的苏联导弹。导弹没有爆炸，就埋在贝尔蒙市附近的地下。发现导弹的是个农民，当时正在耕地，却挖出了导弹。他把导弹拆了，一个零件一个零件地出售。光是导航系统，就有几千个元件。农民索价一分钱一个，随你买不买。因为工作关系，斯图尔特需要很多这样的元件。可是，需要元件的人多得是。所以，谁先到谁先得。他必须尽快穿过海湾，去贝尔蒙市，否则就太迟了。

他的工作是推销电子小捕笼。其他人制作，他只负责销售。害虫们都变异了，进化到能避开甚至破坏普通的静止捕笼。普通捕笼再复杂，对它们也没用。尤其是猫，变异得厉害。相对的，哈迪先生也最擅长做捕猫笼，比鼠笼和狗笼做得都好。害虫们已经变成了威胁——它们几乎随心所欲地杀害幼儿，然后吃掉——反正人人都这么说。当然,害虫们本身也被人类随心所欲地抓来吃掉。

尤其是狗肉,如果将狗肉拌进米饭,那味道真算得上鲜美。伯克莱本地小规模发行的报纸上,每周都会刊登狗肉食谱,比如狗肉羹、炖狗肉,还有狗肉布丁。

想到狗肉布丁,斯图尔特突然意识到自己饥肠辘辘。自从第一颗炸弹落地后,他好像就没吃饱过。最后一顿饱饭,是在弗莱德美食店吃的午饭。那天,他还碰到了海豹肢症畸形儿霍皮·哈灵顿。当时,哈灵顿正在表演骗人的幻觉把戏。不知道这个畸形儿现在在哪里?他都有好些年没想起这个人了。

当然,现在"海豹儿"越来越多,几乎都跟霍皮一样,坐着移动装置,就像小宇宙静止的中心,也像没有手臂和双腿的神祇。斯图尔特一直反感这种画面。不过,话说回来,如今令人反感的东西数不胜数……

右边海面上,有个没腿的退伍老兵推着木筏下水,朝一堆破烂划去。那堆破烂,无疑是一艘沉船。

船身上挂着好些渔网。看来,这些渔网都是这个老兵布下的,他正打算去挨个检查是否有鱼。斯图尔特望着木筏漂在海中,心中思忖,不知道这种木筏到不到得了旧金山那边。不如给这个捕鱼人五毛钱,让他载自己过海?可以试试。斯图尔特钻出汽车,走向码头边。

"喂,"他喊道,"到这儿来。"他从口袋里掏出一分钱,扔到码头上。老兵看到了他丢钱的动作,也听到了钱落地的声音,立即掉转筏子方向,飞快地划回来。因为用力过猛,他脸上淌下一条条汗水。他朝斯图尔特友好地笑笑,把手拢在耳朵后面,作势让斯图尔特大声说话。

"是要鱼吗?"他喊道,"我今天还没捕到。不过,等下说不定会有。要不要来条小鲨鱼? 保证安全。"他举起一只破破烂烂的盖格计数器①。计数器用绳子拴在他腰上。斯图尔特知道,这是为了防止计数器掉进水里,或者被人偷走。

"不要。"斯图尔特蹲在码头边大声说,"我想去旧金山,单程。我付你两毛五分钱。"

"可是,载你去的话,我的渔网就没人照管了。"老兵的微笑渐渐消失,"我得先去把渔网收回来,否则,会有人趁我不在偷走的。"

"三毛五分。"斯图尔特再次开价。

最后,两人说定价格,四毛钱。斯图尔特把"爱德华王子"的腿锁在一起,以防被人偷走,随即上了筏子出海。老兵的筏子一沉一浮,朝旧金山的方向划去。

"你是做什么的?"老兵问道,"你不是收税的吧?"他平静地上下打量他。

"怎么会呢,"斯图尔特回答,"我是个卖小捕笼的。"

"听着,我的朋友。"老兵说,"从前,我有只宠物老鼠,跟我一起住在岸桩底下。它很聪明,能吹长笛。这可不是瞎吹,是真事。我刻了一支木头长笛,它能用鼻子吹……简直就像印度的亚洲鼻笛。哎,都是从前的事了。后来,有一天,它被压死了。我眼睁睁看着它被压死,却没办法,一点儿办法也没有。它跑到码头另一边去捡东西,大概是块儿布头……它有床,我给它做的,可它总是——我是说,它从前总是——觉得冷。它这一支变异了,全身光秃秃的,没有毛发……"

"我见过这种老鼠。"斯图尔特想起那种没毛的褐色老鼠。

_____

①测量辐射量大小的工具。

这种老鼠就连哈迪先生的电子捕笼也能轻易避开。"我相信你的话，"他说，"我很了解老鼠。不过，它们还不算什么，那种小个子灰褐条纹虎斑猫才叫厉害……我打赌，你的老鼠不会自己做长笛吧？"

"这倒是。"老兵回答，"不过它可是位艺术家。你真该听听它吹长笛。从前，晚上捕鱼回来，我这儿都会聚起一群人，听它吹长笛。我还想教它吹巴赫的《D小调恰空舞曲》①呢。"

"有一次，我捉到过一只虎斑猫。"斯图尔特说，"我养了它一个月，后来它逃走了。这只猫能用罐头盖子做小小的尖头工具——不知道是弄弯了铁皮还是怎么的，我没亲眼看见。不过，这些家伙可真是狡猾。"

老兵一边划桨一边问："这些日子，旧金山南边的情况如何？ 我没法去陆地上——"他指指下半身，"只能待在筏子上。上厕所的时候，就拉开筏子上的暗门。我看，什么时候，我该去找个死掉的'海豹儿'，把他的小车子弄过来用用。他们管这种车子叫'海豹儿移动装置'。"

"我认识一个'海豹儿'，"斯图尔特说，"那还是战前，他是第一个。他很聪明，什么都能修。"他点起一支仿真烟卷。老兵张大嘴巴，渴望地盯着他。"旧金山南边么，跟你知道的一样，还是一片平地。被轰炸得太厉害，只能当耕地。没人去重建那地方。那儿原来的房子，大部分都是一排排一模一样的小房子，紧紧挨在一起，没什么像样的地下室。现在，那儿种豌豆、玉米和其他豆子。我要去的地方，有个农民发现了一支大火箭。我得为哈迪先生的捕笼买些继电器和导管什么的。"顿了顿，他又说："你也该买个哈迪捕笼。"

---

①古老的西班牙三拍子舞曲，情绪庄重。

"我？有什么用？我靠捕鱼生活,不恨老鼠。我喜欢它们。"

"我也喜欢它们。"斯图尔特说,"可你总得现实些,眼光放长远。要是我们不当心,说不定将来,老鼠们就会占领美国。为了我们的祖国,我们必须抓住老鼠,杀了他们,尤其是特别聪明、能当领袖的那一批。"

老兵瞪着他,"你还真是个推销员,巧舌如簧。"

"我说的是真心话。"

"所以我才讨厌推销员——他们都真心相信自己扯的谎。你明明知道,就算是最聪明的老鼠,进化一百万年,顶多也只能给人类当当得力的仆从。他们说不定可以送个信,干点儿手工活之类。要说他们会变成威胁——"他摇摇头,"你的捕笼,一个卖多少钱?"

"十美元,银币。不接受加州私币。哈迪先生年纪大了。你知道,老年人都一样,觉得私币算不上真钱。"说罢,斯图尔特哈哈大笑。

"我给你讲件事。有一回,我亲眼看到一只老鼠的英勇行为。"老兵刚开口,就被斯图尔特打断。

"我保留自己的看法,"斯图尔特说,"你说服不了我。"此后,两人均沉默下来。斯图尔特观赏着四周海湾的景色,老兵自顾自地划桨。天气晴好,二人一沉一浮,朝旧金山靠近。斯图尔特心中惦记着电子元件。如果能买到,他就要把这些元件带回哈迪先生的工厂去。工厂位于圣保罗大街,旁边是一片废墟。战前,这片废墟是加州大学最西面的楼房。

"这是什么烟卷?"老兵忽然问道。

"这个吗?"斯特尔特看看抽剩的烟蒂。他正想把烟蒂掐灭,塞回口袋里的金属盒子。盒子里已经装满了烟蒂。只要把这些烟蒂撕开,把里面的烟丝重新包装,就又是一支新烟卷。伯克莱南部有个专做这种重包卷烟生意的人,叫汤姆·格兰迪。"这个嘛。"他说,"是从马林郡进口来的,叫做豪华金牌卷烟,制作人是……"他故意停了停,以制造期待效果,"我觉得没必要告诉你。"

"是安德鲁·吉尔。"老兵接着说,"我说,我想问你买一整支。我付你一毛钱。"

"这些卷烟每支要五毛钱。"斯图尔特说,"因为得从尼卡斯欧以外的某地出发,一路绕过黑点、希尔斯点,再走卢卡斯山谷,才能进来。"

"我抽过一支安德鲁·吉尔特质豪华金牌卷烟。"老兵说,"那支烟是从某个上渡船的人口袋里掉出来的,掉进了海里。我把这支烟捞了上来,然后烘干。"

突然,斯图尔特把烟蒂递给了老兵。

"我的上帝。"老兵不敢直视斯图尔特,飞快地划着桨,嘴唇蠕动,眼皮子不停地眨。

"我还有呢。"斯图尔特说。

"您有的不止这一点。"老兵说,"您还有真正的人性,先生。如今,这东西才是稀罕物,非常稀罕。"

斯图尔特点点头,知道老兵说的是真心话。

凯勒家的小姑娘躺在检查台上,浑身颤抖。斯多克斯蒂尔大夫一边给她细瘦苍白的小身子做检查,一边想起了多年前在电视里看到的笑话。那时候,战争还远远没有发生。电视里,有个西班牙腹语者,装作跟一只刚刚下了蛋的母鸡对话。

"我儿子。"母鸡说。自然,母鸡指的是这只蛋。

"你确定?"腹语者问道,"不会是女儿吗?"

这时候,母鸡作出一副有尊严的派头,郑重回答:"我可是内行。"

斯多克斯蒂尔大夫看着检查台上的孩子,心想,这孩子是邦妮·凯勒的女儿没错,不过可不是乔治·凯勒的女儿。这一点,我能确定……因为我也是内行。七年前,邦妮·凯勒到底跟谁有了婚外情?怀上这孩子的日子,跟开战的日子相距很近。但肯定不是炸弹落下之前怀上的,这一点确凿无疑。他琢磨着,说不定,就是在炸弹落下的这一天。那一天,炸弹落下,面临末日,邦妮匆忙逃出,跟某个从没见过的男人——甚至是见到的第一个男人——来了一次短暂疯狂的性爱……结果就有了这孩子。

孩子对他微笑,他也对孩子微笑。从表面上看,艾迪·凯勒很正常,不像是畸形的孩子。该死的,他多想有台 X 光机,好看看——

他大声道:"再给我讲讲你弟弟的事。"

"嗯。"艾迪·凯勒用轻柔细弱的声音回答,"我常跟弟弟说话。有时候,他会跟我说几句,但大多数时候,他都在睡觉。他总是睡觉。"

"他现在也在睡觉吗?"

孩子沉默了一会儿,接着回答:"没。"

斯多克斯蒂尔大夫站了起来,走到她身边,"指给我看看,他到底在什么地方。"

孩子指指自己的左下腹。靠近阑尾,大夫想,就是这地方痛。因为孩子肚子痛,邦妮和乔治才把她送到医院来。他们俩都知道这个弟弟的存在,可他们觉得这不过是女儿的想象,是她幻想中的玩伴,用来排遣寂寞。后来,女儿的肚子疼起来,夫妇俩才开始担心。斯多克斯蒂尔大夫接诊后,一开始也以为这个弟弟是小姑娘的幻想。家庭情况表上，这家人没有儿子，可艾迪却一直说有。她告诉医生，弟弟叫比尔，跟她一样大，是同一时刻从妈妈肚子里生出来的——理所当然。

"为什么理所当然?"大夫一边问，一边检查。他已经把孩子的父母打发到隔壁房间等候。因为，孩子在父母前面，显然不愿多开口。

艾迪用一贯的庄重平静的口吻回答:"因为他是我的双胞胎弟弟呀! 要不然，怎么可能在我身体里?"就像西班牙腹语者的母鸡一样，她说话的模样也信心十足，不容置疑。她，也是内行。

战争发生后，七年来，斯多克斯蒂尔大夫接诊过几百个变异人。这些人的变异千奇百怪。如今，世间常会冒出各种变异，对待变异人的世风也越来越宽容(当然，除了宽容，世上的风中还多了不少烟尘蔽日)。现在，又有了在腹股沟位置住着自己弟弟的小姑娘。艾迪说，七年来，比尔·凯勒一直住在自己肚子里。大夫听着她的述说，相信她说的是实话。因为，她不是头一个此类病例。要是有台X光机多好，就能看见她肚子里那团皱缩的小小肉块。肉块大概只有小兔子那么大，用手能摸到轮廓。大夫摸着小姑娘的体侧，沿着囊肿似的坚硬肉块轮廓仔细检查。那东西的头部在正常位置，身体的其余部分，包括四肢，都缩在腹腔里。等到小姑娘去世那天，人们切开她的肚子做尸检，就能发现一具缩成一团的小小男性躯体，说不定长着白胡子，双眼盲瞽……那就是她的弟弟，仍然只有小兔子那么大。

比尔大多数时间都在睡觉。不过，时不时，他跟他姐姐也会交谈。比尔会说些什么? 他会知道些什么?

对于这个问题，艾迪的回答是:"嗯，他知道的不多。他看不见，但是他会思考。我会把周围发生的事情讲给他听，这样他也能知道了。"

"他喜欢什么?"斯多克斯蒂尔问道。

艾迪想了想,回答:"他,嗯,喜欢听我描述食物。"

"食物!"斯多克斯蒂尔十分惊讶。

"对。你知道,他不吃东西。他喜欢让我一遍遍描述自己晚饭吃了什么。因为,过一会儿,他也能尝到同样的东西……反正我觉得他应该能。他总得吃,才能活下去呀,对吧?"

"对。"斯多克斯蒂尔赞同。

"他特别喜欢我吃下去的苹果和橙子。还有——他喜欢听故事。他喜欢听其他地方的事,特别是纽约那种遥远地方的故事。哪天,我想带他去纽约看看,好让他知道纽约到底什么样。我是说,我能看看纽约到底什么样,然后讲给他听。"

"你可真体贴。"斯多克斯蒂尔很感动。不过,对这小姑娘来说,这很平常——她一直是这么活过来的,从没体验过其他生存方式。

"我害怕,"小姑娘突然说,"哪天他会死掉。"

"我觉得他不会,"斯多克斯蒂尔说,"倒是哪天他会长大,更有可能。要是他长大了,可就成了问题,你的身体会容不下他的。"

"那,他会不会生出来呢?"艾迪用又大又黑的眼睛望着大夫。

"不会。"斯多克斯蒂尔回答,"他的位置没法自然出生,只能动手术,把他拿掉。可是,一旦拿出来,他就活不下去。他只能保持现在的模样,在你身体里,才能活下去。"就像寄生虫。不过,这话他没说出口。"等到哪天真出现这问题,我们再考虑吧。"

艾迪说:"我很喜欢有个弟弟。有他在,我就不会寂寞。哪怕他在睡觉，我也能感觉到他的存在，知道他就在我身体里。那感觉就像怀着个宝宝。虽然我不能用婴儿推车推着他到处走，也没法给他穿衣服，但我能跟他说话。跟他说话可好玩了。比如，我会告诉他米尔德里德的故事。"

"米尔德里德？"大夫莫名其妙。

"你知道的。"见大夫一头雾水，孩子笑了，"就是那个总是回到菲利普身边，然后毁掉他的生活的女人。我们每天晚上都听。是卫星广播。"

"哦，那个啊。"小姑娘说的是一部毛姆①的小说。每天晚上，按既定轨道日日运行的卫星都会经过他们的头顶。一个名叫沃尔特·丹泽菲尔德的DJ，会在卫星里念这部小说。斯多克斯蒂尔大夫心想：这个寄生虫似的生物，住在小姑娘的身体里，身处恒定不变的湿度和黑暗中，依靠小姑娘的血液养活。这个生物，居然会以某种无法揣测的方式，倾听小姑娘为他转述某一部文学名著，可真让人起鸡皮疙瘩……如此看来，比尔·凯勒也算是我们社会的一份子，也以某种古怪难言的方式存在……只有上帝才知道他对这故事有何感想。他会因小说而遐想——遐想我们的生活吗？他会梦见我们吗？

斯多克斯蒂尔大夫弯下腰，吻了小姑娘的额头。"好了，"他说，"你去吧，我要跟你的爸爸妈妈聊一会儿。候诊室里有几本真正的战前旧杂志，你可以翻翻。"

大夫拉开门。在隔壁等候的乔治和邦妮·凯勒马上站了起来，一脸紧张。

"进来吧。"斯多克斯蒂尔对他们说。两人进门后，大夫关上

---

①威廉·萨默塞特·毛姆（William Somerset Maugham, 1874~1965），英国作家。米尔德里德与菲利普都是他的小说《人性的枷锁》中的角色。

门。他已经做了决定,不告诉他们女儿身体情况的真相……他们还有个儿子这件事,还是不说的好。

　　斯图尔特·麦肯基从加州半岛归来,回到了东海湾。到码头后,他发现有人——肯定是住在码头底下的那帮退伍老兵——杀害了他的马"威尔士王子爱德华",还把它吃了。整匹马只剩下了骨架、头骨和腿骨,成了一堆没用的东西。他用不上,谁都用不上。他在马骨架旁边呆立着,心想,这趟远门,耗费真不少。而且,他到旧金山的时候,已经太迟了——那个农民已经以一分钱一件的价格卖掉了苏联导弹上所有的电子元件。

　　当然,哈迪先生还会给他一匹马。可是,他喜欢爱德华。杀马吃肉是不对的。因为,马匹很有用。在许多方面,都少不了马匹出力。现在,出产的木料大部分都被以木材为燃料的车辆,以及住在地下室的人们冬季取暖消耗殆尽。所以,马匹成了交通运输的主要工具。同时,重建工作也需要马——没了电,马匹就成了主要的动力。那帮杀掉"威尔士王子爱德华"吃肉的蠢蛋,让斯图尔特气得发疯。这是赤裸裸的野蛮人行为,他在心里说,是大家的噩梦。光天化日之下,在市中心,奥克兰闹市区,居然出现了如此目无法纪的行为,简直就像那帮亚洲人一样。

　　斯图尔特只得步行,慢慢走向圣保罗大街。太阳渐渐西沉。"紧急事态"后,没有了遮天的高楼,日落的景象一览无余,余晖铺满天际,十分壮观。不过,毕竟已经过了七年,人们早已习以为常,斯图尔特连看也没有多看一眼,自顾自想着心事。我是不是该换个行当? 卖小兽捕笼算是能养活自己,但也没有发展空间。在这行里,没有升迁的位置。

　　失去了马,他心情低落,垂着头,看着脚下的人行道。人行道坑坑洼洼,一丛丛长满了青草。他小心避开坑洞,慢慢行走。路边有一堆乱石废墟,从前是家工厂。废墟的空地上有个洞,洞里有只动物,正用饥渴的眼神跟随着他的脚步。他心一沉,估摸着是一种原本应该剥了皮、吊着后腿、挂在肉铺里的动物。

废墟,烟雾蒙蒙闪烁不定的苍白天空,还有那双盯着他的饥渴眼睛。那东西肯定在心里盘算,如果袭击他,能不能得手,并且安然身退。他弯下腰,捡起一大块水泥,朝洞穴扔了过去。洞穴铺了厚厚一层无机物和有机物的混合体,两种物质紧紧粘在一起。粘合物是某种白色的软泥。那东西身边多得是熔化的残骸,它大概把残骸改造成了能用的胶水。这东西还挺聪明,他想,可是再聪明也没用。因为,我也进化了。我的脑袋比从前敏锐多了,尽管来吧,我随时奉陪。所以,你趁早放弃吧。

虽说进化了,可我的处境没比天杀的"紧急事态"前好多少。从前,我是卖电视机的;现在,我卖电子捕笼。有什么区别?两个一样糟糕。应该说,我的职业生涯退步了。今天一整天都浪费了。再过两小时,天就黑了,他得回自己铺着猫皮的地下室睡觉。地下室是哈迪先生替他租来的,房租每月一块钱银币。当然,他可以点上烧脂肪的油灯,稍微看一会儿书——或者说,看一会儿残本。他的书大部分都残缺不全,缺少的部分不是被毁了,就是遗失了。如果不回家,他可以去哈迪先生和哈迪太太家待一会儿,收听晚上的卫星广播。

他确实该听听——前几天,他还用西里奇蒙滩涂的无线电发射器,给主播丹泽菲尔德发了信息,点播《今晚好好快活一番》这首歌。这是首老歌,在他童年时代就开始流行。不过,他不确定丹泽菲尔德成摞的磁带中有没有这首歌。所以,很有可能,他会白等一场。

街上无人。他一边独自行走，一边在心里哼着这首歌：

哦，我听到了好消息，
今晚得好好快活一番；
哦，我听到了好消息！
今晚得好好快活一番！
今晚我要当个高富帅，
把我的宝贝紧紧搂在怀……

唱起这首老歌，他眼中溢出泪水。这是属于过去的歌，属于从前的世界。这一切再也回不来了，他心想，我们现在的世界，只有会用鼻子吹长笛的老鼠。不，就连这老鼠也不在了。它被压死了。

我打赌，就算过一百万年，这老鼠也吹不出这首歌。这首歌是真正的圣曲，属于过去的圣曲，聪明的变异动物和变异人都没法理解。

过去的世界，只属于我们，真正的人类。

想着想着，他已不知不觉来到圣保罗大街。这儿零零落落开着不少商铺，都是杂货铺子，从衣架到干草，什么都卖。其中一家挂着"哈迪稳态害虫捕笼"的招牌，离这儿不远。他朝这家店走去。

听到他进门，哈迪先生从店铺后面的工作台上抬起头。工作台用弧光灯照明，台子上到处堆着从北加州各地收集来的电子元件，其中很多来自利佛摩的废墟。哈迪先生在州政府里有关系，所以得到准许，可以在限制区挖掘。

战前，迪恩·哈迪曾是一家调频广播站的工程师。他年事已高,身材纤瘦,说话轻柔,到现在还穿着毛衣,打着领带——现在,领带已经是稀罕物了。

"他们吃掉了我的马。"斯图尔特在哈迪对面坐下。

闻言,老板娘艾拉·哈迪立即从里间现身。里间是生活区,她正在做晚饭。"你把它独个儿留下了?"

"嗯。"他承认,"我以为在奥克兰市公共渡口码头,会很安全。那儿有警察,他——"

"这种事哪儿都有。"哈迪声音疲倦,"那些兔崽子。码头底下总住着几百个退伍老兵,真该往码头里扔一颗氰化物炸弹。汽车呢?你肯定只能把车留在那儿了吧?"

"对不起。"斯图尔特道歉。

"别往心里去。"哈迪说,"马么,我们奥林达那儿的店里还有。火箭上的元件买到了吗?"

"运气不好,"斯图尔特说,"等我赶到的时候,元件都卖光了。我只找到了这些。"他举起一把晶体管,"农民没注意到这些东西。我白白捡了回来。不过,不知道能不能用。"他把这些放到工作台上。"去了一整天,收获太少了。"他的心情无比低落。

艾拉·哈迪一言不发,转身回到厨房,放下帘子。

"要不要跟我们一起吃晚饭?"哈迪关上灯,摘下眼镜。

"不知道。"斯图尔特说,"我心里难受,说不清楚。"他在店里来回踱步,"在海湾另一头,我亲眼看到了那东西。从前我听说过,可一直不相信。那是一只会飞的动物,像蝙蝠,却不是蝙蝠,更像黄鼠狼,又瘦又长,还长了个大脑袋。人们管这种动物叫'汤姆',因为它们总爱在空中滑翔,然后停到窗户前面,透过窗户朝里看,就像是俗话说的'爱偷窥的汤姆'①。"

———————————
①指爱偷窥别人隐私的人。

150

哈迪回答:"那是松鼠。"他朝后一靠,贴着椅背,松开领带,"这种动物是从金门公园的松鼠进化来的。我曾经想驯化它们……它们很有用——理论上很有用——可以当信差。它们会飞,或者说滑翔,可以飞上整整一英里。可是,这些动物太凶猛。抓过一只训练失败后,我就放弃了这念头。"他举起右手,"瞧这伤疤,拇指上这个,就是汤姆咬的。"

"人家告诉我,这种动物味道很好,像是从前的鸡肉。旧金山闹市区有很多小摊子,专卖这种肉。卖肉的是些老妇人,现做现卖,一个卖两毛五分,又热又新鲜。"

"别吃。"哈迪说,"很多都是有毒的。肯定跟它们吃的东西有关。"

"哈迪,"斯图尔特突然说,"我想出城去,到乡下看看。"

老板望着他。

"这儿太野蛮了。"斯图尔特又补了一句,"你在乡下卖不卖捕笼?"

"不卖。"哈迪说,"害虫都住在城市的废墟里,这你知道。斯图尔特,你是个剪羊毛的,可乡下没有油水。你要是去了乡下,肯定会怀念城里的消息灵通。乡下什么新鲜事都没有。那里的人只会种种地,听听卫星广播。"

"我想带一批捕笼到纳帕和索诺玛去卖。"斯图尔特坚持,"也许,我可以用捕笼换葡萄酒。我听说,那边还有人种葡萄,就跟从前一样。"

"可是,葡萄的味道已经变了。"哈迪说,"因为土地变化了。"他摇摇头,"味道糟透了,很恶心。"

"可人家还是愿意喝。"斯图尔特说,"我见过有人把酒拉到城里来卖,用的是老旧的以木材为燃料的卡车。"

"现在,能弄到什么,人们就喝什么。"哈迪扬起头,若有所思,"你知道谁有酒?我是说真正的酒,你简直尝不出区别,分不清是刚挖出来的战前酒,还是现酿的新酒。"

"反正湾区没有。"

"有的。就是那个卷烟专家。哦,他卖得不多。我曾经见过一瓶——是750毫升装的白兰地。我还有幸尝了一小杯。"哈迪朝斯图尔特狡黠地一笑,嘴角一扯,"那味道,你肯定喜欢。"

"那种酒,他卖多少钱?"

"不管多少,反正你付不起。"

不知道安德鲁·吉尔这人长什么样,大概是个大块头,蓄着大胡子,穿着背心,带着根银头手杖到处走。总之,是个毛发浓密的巨人,戴着进口的单片眼镜——我都能画出他的形象。

看见斯图尔特脸上的表情,哈迪俯过身,悄悄说:"我再告诉你件事,他还卖姑娘的照片,就是那种摆出艺术姿态的照片——你懂的。"

"哎呦,基督呀!"斯图尔特的想象力顿时受到极大刺激,都有些受不住了,"我不信。"

"上帝作证,是真的。真正的战前姑娘照片日历,还是二十世纪五十年代的。当然,这些日历值一大笔。我听说,光是一本1963年的《花花公子》日历,转手价就是一千块银币。"这会儿,哈迪的神情凝重起来,眼神越过斯图尔特,望着虚空,仿佛在认真思考。

"炸弹落下的时候,"斯图尔特说,"我还在一家现代电视机销售维修公司工作。公司一楼的维修车间里,有一大堆姑娘日历。不过,这些肯定都被烧掉了。"至少,他一直这么认为,"如果,有人在废墟里四处搜寻,正好挖到了一间存满姑娘日历的仓库——你能想象吗?"他脑子飞转,"他能赚多少钱? 好几百万!他能用这些换房子,能买下整整一个郡!"

"对。"哈迪点点头。

"他这辈子就吃喝不愁了。现在,在东方国家,特别是东京,还在做姑娘日历。可是,那些日历没人喜欢。"

"我见过新做的日历。"哈迪赞同,"太粗糙。老日历的制作方法已经渐渐失传,被人遗忘了。这是一种绝迹了的艺术——也许是永久性的。"

"我看,部分原因是,现在的姑娘们已经不像从前了。"斯图尔特说,"现在人人都骨瘦如柴,没了牙齿。大部分姑娘身上都有被辐射灼伤的痕迹,又瘦,又没牙,还有伤痕——这样子,能拍出什么好日历来?"

哈迪一脸精明地回答:"据我所知,好姑娘还是有,只是不知道在哪儿。也许在瑞典,或者挪威,或者某个偏僻的角落,比如所罗门群岛。这是坐远洋航船来这儿的人说的,所以我信。不过,美国肯定没有,欧洲、俄国、中国……凡是被轰炸过的地方都没有,这一点我同意。"

"我们能不能找到这些姑娘,"斯图尔特问道,"然后做日历生意?"

哈迪思忖片刻,回答:"没有胶卷,也没有冲洗胶卷的化学药品。而且,大部分高性能照相机要么被毁,要么找不到了。就算拍了日历,也不可能大量印刷。就算能印……"

"可是,要是能找到这么个姑娘,身上没伤痕,嘴里一副好牙齿,就像战前的姑娘那样——"

"那么,毫无疑问,"哈迪回答,"肯定是门好生意。这事我想过很多次了。"他转脸面对斯图尔特,若有所思,"就像缝纫机针,你可以随便开价,要什么就有什么。"

斯图尔特做了个手势,站起来,在店里来回踱步,"听着,我心里有个大计划,不想再在推销这行混日子了——我受够了。我卖过铝壶,卖过平底锅,卖过百科全书,卖过电视机,现在卖害虫捕笼。捕笼很好,也有市场,可我总觉得自己应该干些更大的事——我这么说,希望你别介意。我只想成长,非得成长不可。要么成长,要么落伍,中途夭折。战争让我倒退了好些年;大家都倒退了好些年。我现在的境况跟十年前差不多。对我来说,这远远不够。"

哈迪搔了搔鼻子,咕哝道:"你有什么计划?"

"说不定,我可以找颗变异土豆,用它喂饱全世界人的肚子。"

"就一颗土豆?"

"我是说,一种土豆。说不定,我能像路德·伯班克一样,变成个植物培育者。在乡下,肯定有几百万种变异植物,就像城市里有变异动物和变异人一样。"

哈迪说:"说不定,你能找到智慧豆类植物呢。"

"我没开玩笑。"斯图尔特小声回答。

两人面面相觑,谁都没说话。

"制作稳态害虫捕笼,"最后,哈迪终于开口,"也是对人类的贡献——捕笼可以对付变异的猫、狗、老鼠、松鼠,为人类除害。我觉得,你今天的想法有些幼稚,也许是因为到旧金山南部去的时候,你的马被人吃掉的缘故……"

话没说完,艾拉·哈迪走进来宣布,"晚饭做好了,我希望大家趁热吃。今晚吃烤鳕鱼头和米饭。鳕鱼头是我从东海岸高速公路买来的,排了整整三个小时的队。"

两位男士站起身。"要不要跟我们一块儿吃?"哈迪问道。想起烤鳕鱼头的味道,斯图尔特的嘴里流出了口水,没法拒绝,便点了点头,跟着哈迪太太进了厨房。

每当卫星广播中断,西马林郡的海豹肢症畸形儿、维修工霍皮·哈灵顿都会模仿沃尔特·丹泽菲尔德的声音,以娱乐西马林郡的群众。大家都知道,丹泽菲尔德有病在身,时常中断广播。今晚,正当霍皮照常模仿丹泽菲尔德时,一抬头,发现凯勒一家来了。凯勒夫妇,还有他们的小女儿,走进了弗罗斯特斯大厅,在后排找了座位坐下。霍皮心想,来得正好,观众越多越好。可是,没多久,他就紧张起来——凯勒小姑娘紧紧盯着他,上下打量。她的眼神中有些说不出的东西,让他不舒服。他停了下来,大厅里一片安静。

"继续呀,霍皮。"卡斯·斯通叫道。

"学学酷艾德,"塔尔曼太太叫道,"唱唱那个,就是酷艾德双胞胎唱的那支小曲。"

"'酷艾德,酷艾德,等不及了'。"霍皮唱起来。没唱几句,他又停了下来。"我想,今晚就到此为止吧。"他说。

大厅里又静了下来。

"我弟弟说,"凯勒小姑娘大声说,"丹泽菲尔德就在这儿,在这儿的某个角落。"

霍皮哈哈大笑,"可不是嘛。"他兴奋起来。

"他已经读完了吗?"艾迪·凯勒问道,"还是他病得太重,没法念书了?"

"没,今晚他照常念书来着。"厄尔·科尔维格说,"不过我们没听。我们听老沃尔特念书已经听烦了,想听听霍皮,看他表演。今晚他可表演了不少滑稽戏,是不是,霍皮?"

"给小姑娘看看,你是怎么远距离移动硬币的。"菊恩·劳伯说,"我想她会喜欢的。"

"对对,再表演一次。"药剂师在座位上叫道,"那把戏好玩。我敢肯定,大家都想再看一次。"他兴奋得忘乎所以,站了起来,完全忘了身后还有观众。

"我弟弟想听沃尔特念小说。"艾迪·凯勒静静回答,"他就是为了听小说才来的。"

"别说话!"小姑娘的妈妈邦妮训斥道。

弟弟?霍皮想,可她没有兄弟呀。他大声笑了起来,观众中也有几个跟着微笑。"你弟弟?"说着,霍皮驾着移动装置来到小姑娘身边,"我也能念书呀。我可以模仿菲利普、米尔德里德,还有书里所有的人物。我还能模仿丹泽菲尔德的声音。有时候,我真能变成丹泽菲尔德。今晚,我就变成了丹泽菲尔德。所以,你弟弟才说丹泽菲尔德就在这里。那就是我。"他扭头望着观众,"对不对,各位? 丹泽菲尔德就是我。"

"没错,霍皮。"奥瑞恩·斯特劳德附和,大家纷纷点头。

"你没有弟弟,艾迪。"霍皮对小姑娘说,"既然你没有弟弟,你为什么要瞎编说,你弟弟想听小说呢?"他哈哈大笑,笑个不停,"我能见见你弟弟吗? 我能跟他说话吗? 让我听听他的声音——然后我就模仿他。"

"哎哟,这可厉害了。"卡斯·斯通呵呵笑了。

"真想听听呢!"厄尔·科尔维格说。

"只要他开口,"霍皮说,"我就能模仿。"他坐在移动装置当中,等着小姑娘回答。"我等着呢。"

"够了。"邦妮·凯勒说,"别来烦我女儿。"因为愤怒,她的双

156

颊通红。

"弯下腰。"艾迪对霍皮说,"靠近我。他会跟你说话。"小姑娘跟妈妈一样,一脸严肃。

霍皮弯下腰,靠近艾迪,脑袋故意滑稽地歪在一边。

有个声音在他脑中响起,仿佛他的内心世界在发声:"你是怎么修好换唱片机的? 你到底是怎么修的?"

霍皮尖叫起来。

所有的观众都盯着他,脸色煞白。大家都站了起来,全身僵硬。

"我听到了吉姆·弗格森的声音。"霍皮说,"我曾经替他干过活。他已经死了。"

小姑娘平静地注视着他,"你还想多听听我弟弟的声音吗? 比尔,再说点儿什么,他还想听。"

于是,霍皮内心世界又响了声音:"看起来,你是把它治好了。你没有替换损坏的弹簧,而是……"

霍皮发疯似地驾着移动装置逃开,沿着过道逃到大厅另一边,远远离开凯勒小姑娘,这才坐下来呼呼喘气。他的心脏怦怦直跳,紧紧盯着她。小姑娘平静地迎着他的视线。

"他吓到你了吗?"小姑娘咧嘴笑着问道。她的笑容空洞冰冷,"你嘲笑我戏弄我,他就替我报复。你把他惹火了,所以他才这么做。"

乔治·凯勒来到霍皮身边,问道:"怎么了,霍皮?"

"没什么。"他迅速回答,"我们还是听听小说广播吧。"霍皮延长手部伸缩装置,扭响了广播的音量。

霍皮心想,你跟你弟弟,你们想听什么就听什么吧。丹泽菲尔德也好,什么都好。你在她身体里头到底多久了? 只有七年吗？我总觉得你从古到今一直都在。

假如说——假如说,你从古到今一直都在,你肯定是个老得可怕、苍白皱缩的东西。就是这东西跟我说了话。某个小小的、坚硬的、漂浮的东西,嘴唇长得要命,上面长着毛茸茸的胡子,一束一束垂下来,又细又干。我打赌,刚才说话的肯定是弗格森。太像了。他就在里面,在那孩子身体里。他能出来吗?

艾迪·凯勒对弟弟说:"你刚才做了什么,把他吓成那个样子? 他真是吓坏了。"

体内熟悉的声音回答:"刚才,我变成了他很久之前的熟人。一个已经死去的人。"

艾迪觉得很好玩,又问:"你要不要再吓吓他?"

"只要他弄得我不高兴,"比尔回答,"我就再吓唬他。我的办法还多的是呢!"

"你怎么认识那个死人的?"

"哦,"比尔说,"因为——你知道的呀,我自己也是死人嘛。"他在她肚腹深处咯咯地笑起来。她感觉到他在颤抖。

"不。"艾迪反驳,"你没死,你跟我一样活得好好的。别这么说,这么说不对。"她被他的话吓到了。

比尔说:"我只是假装一下,对不起。我真希望能看看他的脸……他脸色怎么样?"

"糟透了。"艾迪回答,"脸都往里缩了,就像青蛙一样。"

"我真希望能出来看看。"比尔哀叹,"我真希望我能跟其他人一样,从肚子里生出来。过些时候,我会不会出生?"

"斯多克斯蒂尔大夫说不会。"

"说不定,我可以逼斯多克斯蒂尔大夫放我出来。只要我想,我就能做到。"

"不对。"她说，"你在撒谎。你除了睡觉之外，就只会跟死人交谈。再有，就是做做刚才那种模仿表演。这些不算什么本事。"

体内的声音没有回答。

"要是你做了坏事，"艾迪继续道，"我就吞点坏东西到肚子里，杀掉你。所以，你最好乖一点。"

她越来越害怕肚子里的弟弟。刚才那些话，不过是说给她自己听的，给自己壮胆。她想，也许，你还是死掉的好。不过，要是你死了，我还是得肚子里装着你四处走，而且——会很不好过。我不喜欢那样。

她打了个哆嗦。

"别担心。"比尔突然开口，"我懂的东西多着呢，能照顾自己，还能保护你。有我在，你应该高兴才对。我能看到所有的死人。我刚才模仿的，就是其中一个。死人真多，几万亿几万亿的死人，每个都不一样。我睡觉的时候，能听到他们低声说话。他们就在周围。"

"周围哪里？"她问道。

"我们脚下。"比尔说，"泥土里面。"

"瞎说。"艾迪斥道。

"是真的。等我们死了，也会去那里面。妈咪，爹地，大家都会去。你等着瞧好了。"

"我不想瞧。"艾迪回答，"请别再说这种事啦！我想听小说。"

安德鲁·吉尔正在卷烟卷。他一抬头，看到了霍皮·哈灵顿（他不喜欢这人）带着一个陌生人进了自己的工厂。吉尔坐立不安,放下卷烟纸,站起身。他身后有一条长椅,上面坐着其他卷烟工,都在工作。这些都是他的雇员。

他一共雇了八个人——这还仅仅只是卷烟部的员工数量。蒸馏酿酒部(就是出产白兰地的部门),还雇了十二个。他的工厂是西马林郡最大的商业公司,产品遍及整个加州北部。他的卷烟甚至卖到了东海岸,并且享有盛誉。

"怎么了?"他问霍皮。他来到"海豹儿"的小车前,挡住他的去路。

霍皮结结巴巴地开口:"这——这个人,从奥克兰来,来见你,吉尔先生。他说,他是个大生意人。对不对?""海豹儿"转向身边的陌生人,"您是不是这么跟我说的,斯图尔特先生?"

陌生人伸出手,"我是加州伯克莱市哈迪稳态害虫捕笼公司的代表。我来这儿,是想为您提供一个了不起的建议。这个建议能在六个月内,让您的利润翻两倍。"他的眼睛闪烁着光彩。

吉尔好不容易才忍住没有哈哈大笑。"是这样啊!"他点点头,"真有意思。您是——?"他朝"海豹儿"投去疑问的一瞥。

"斯图尔特·麦肯基先——先生。""海豹儿"结结巴巴回答,"战前我就认识他。战后这几年,我们一直没见过面。现在,他跟我一样,都移居到这儿来了。"

"我的老板哈迪先生,"斯图尔特·麦肯基继续道,"准许我向您详细描述一种全自动卷烟机的设计。据我们哈迪稳态公司所知,您公司的烟卷都是用老办法,由手工制作。"他指指长椅上的卷烟工,"这种办法已经落后了一个世纪,吉尔先生。您的特制豪华金牌卷烟质量如此之高——"

"所以我打算一直维持这种高质量。"吉尔平静地打断他的话。

斯图尔特·麦肯基继续道:"我们的自动电子装置绝对不会为了产量,牺牲卷烟的质量。相反——"

"等等,"吉尔说,"这儿不是说话的地方。"他瞄了一眼"海豹儿"。"海豹儿"的小车就停在旁边,仔细听他们说话。见吉尔看他,"海豹儿"脸红了,立刻驾着移动装置离开,同时沉着脸说:"我走了,反正我也没兴趣。再见。"说罢,他从敞开的门出去,回到大街上。剩下的两人目送着他,直到他的身影消失。

"这就是我们的修理工,"吉尔说,"他能修好——或者说治好——所有损坏的东西。霍皮·哈灵顿,没有手的人类修理工。"

麦肯基走了几步,看看工厂四周,还有工作的员工。"您这儿真不错,吉尔。我希望您知道,我非常钦佩您的产品。您的产品是第一流的。"

听着他的话,吉尔忽然意识到,自己已经有七年不曾听人用这种语气说话了。很难相信,世界上居然还有人会这么说话。这个世界变化太大。可是,在这儿,在这个名叫麦肯基的男人身上,竟仍然留有过去的东西,丝毫未变。吉尔心中升起愉悦之情。这位推销员的说辞,让他想起了过去的好时光,对眼前这个男人的好感油然而生。

"谢谢你。"他真心诚意地道谢。也许,这世界总算开始一点点地恢复旧时的模样。旧时的礼仪、习俗、渴望——这些随着旧世界一同逝去的东西,正在慢慢复原,让世界恢复成原来的面目。

"来杯咖啡怎么样?"吉尔说,"我可以休息十分钟,听你讲讲你的全自动机器。"

"真正的咖啡?"麦肯基愉快乐天的面具一时消失,脸上露出赤裸裸的渴望,张大嘴巴望着吉尔。

"抱歉。"吉尔回答,"是替代品。不过品质还不坏,我想你会喜欢。比城里那些所谓的'咖啡摊'里卖的咖啡好多了。"说着,他转身去拿水壶。

"能来您这儿,"麦肯基说,"是我长久以来的梦想。我花了一周时间来准备这次旅行。不过,早在我抽第一支特制豪华金牌卷烟的时候,我就琢磨着要来您这儿看看了。您的卷烟是——"他思索着合适的词,好清楚表达自己的心意,"是野蛮时代的文明孤岛。"他的手插在衣袋里,在工厂中来回走动,"这儿的生活,似乎更加祥和。在城市里,要是你放着自己的马不管——唉,前不久,我把自己的马留下,独自穿过海湾到对岸去。回来的时候,马已经被人吃掉了。这种事情,会让人恶心反感,不愿住在城里,宁可到别处去。"

"我知道城里的情况。"吉尔点点头,"无家可归的赤贫人员太多,所以生活残酷。"

"我真的很喜欢那匹马。"斯图尔特·麦肯基一脸忧伤。

"哎,"吉尔说,"在乡下,你时时刻刻都得面对动物的死亡。炸弹落下的时候,这儿几千几万头动物都受了严重的伤,牛啊,羊啊……不过,当然了,总比你来的那地方好。在城里,成千上万死去的可是人命……从'紧急事态'那天开始,你见到的受苦的人肯定不少。"

麦肯基点点头,"受苦的人不少,四处狩猎的人也不少。动物和人类都变异了,变成畸形,就像我的老朋友霍皮·哈灵顿那样。不过,霍皮的畸形倒不是战争的结果。战前,在现代电视销售维修公司,就是我跟霍皮工作的地方,我们老是开玩笑说,霍皮是被药物——就是那种撒多利胺镇静剂——给害的。"

"你们公司制造哪种害虫捕笼?"吉尔问道。

"不是被动型的捕笼,而是稳态捕笼——就是说,会自动察觉害虫并抓捕。比如,它会跟着老鼠啊,猫啊,狗啊,下到四通八达的地下洞穴网去。伯克莱和奥克兰地下,现在全是这种洞穴网。在那儿,它会一只接一只地追捕害虫,然后杀掉,直到自己的电力用完为止。或者,偶尔也会有一只聪明的害虫,有能耐把这种捕笼毁掉。确实有几只聪明的老鼠,能把哈迪稳态害虫捕笼弄残。不过这样的老鼠不多。"

"真厉害。"吉尔喃喃道。

"话说回来,我们提到的自动卷烟机器——"

"我的朋友,"吉尔打断他的话,"我喜欢你,可是——有个问题。我没钱买你的机器,也没东西可以跟你换。而且呢,我也没打算接纳合伙人,共同经营这门生意。所以呢,没办法,"他微微一笑,"我只能像现在这样单干啦!"

"等等,"麦肯基马上说,"办法肯定有。说不定,我们可以租给你一台哈迪卷烟机,租金为一定数量的卷烟——当然是您的特制豪华金牌卷烟,每周收一次,持续一定的时间。"他的脸活力四射,"比如,哈迪公司可以成为您卷烟的唯一一家授权经销商,作为您在各地的代理,为您在加州南北都开拓出系统的分销渠道。您看怎么样?"

"我得承认,我有兴趣。经销向来不是我的专长……我时不时就会思考这个问题,想了有几年了。我在想,要不要找个机构,专门负责这事——尤其是,我的工厂位于乡村,分销实在不便。我甚至想过,要不要把工厂搬回城市里去。可是城里小偷太多,财物破坏分子也太多。再说,我自己也不想去城里,这儿才是我的家。"

他没提到邦妮·凯勒。她才是他留在西马林郡的真正理由。他跟她的风流韵事几年前就结束了,可他还爱着她,比从前更爱——他一直关注着她,看着她换了一个又一个男人,每个都不满意。吉尔心中深信,有一天,她会回到他身边。而且,邦妮也是他女儿的妈妈。他很清楚,艾迪·凯勒是他的孩子。

"既然你是城里来的,"他大声说,"我想问问你……最近有没有什么有意思的国内或国际新闻,大家都想听的?我们有卫星广播,可是,坦白说,我已经厌烦了那个喋喋不休的主播,厌烦了他放的音乐,还有没完没了的小说连播。"

两人同时大笑。"我懂你的意思。"麦肯基啜了一口咖啡,点点头,"嗯,我听说,在底特律废墟附近,有人在想办法重新制造汽车。造汽车的材料是胶合板,不过,这种汽车烧的倒是煤油。"

"哪儿去找煤油啊。"吉尔说,"造这种汽车之前,最好先修好几家炼油厂,再修好几条主要道路。"

"哦,还有。今年,政府打算重开穿越落基山脉的四十号公路。这是战后第一次。"

"这倒是大好消息。"吉尔说,"我还不知道呢!"

"还有,电话公司——"

"等等,"吉尔站起身,"想不想在咖啡里加点儿白兰地?你有多久没喝'皇家咖啡'①啦?"

"好多年了。"斯图尔特·麦肯基叹道。

"这是吉尔五星白兰地,我自己的产品,产自索诺玛山谷。"他拿出个大肚子瓶,倒了一些到麦肯基的杯子里。

"我这儿还有个东西,你说不定会有兴趣。"麦肯基把手伸进外套口袋,摸出一件东西。那东西扁扁平平,折成几折。麦肯基把它一点一点打开摊平。吉尔看到,是一个信封。

---

① 加白兰地或波旁酒的咖啡。

是邮件。从纽约来的信。

"没错,"麦肯基说,"是我老板哈迪先生的信。从东海岸一路过来,只用了四周。负责邮递的是夏安①政府,那些军人。这封信,有一段路是用飞艇递送,接下来用的是卡车,然后是马,最后一段路是人工徒步。"

"老天爷。"说着,吉尔也给自己的咖啡里加了一些吉尔五星白兰地。

比尔·凯勒听到身边有只小动物,可能是蜗牛蛞蝓之类,便立刻钻了进去。

他立即发现自己被骗了,这东西没有视力。他虽然出来了,可是既不能看,也不能听,只能蠕动。

"让我回去,"他惊惶地朝姐姐大叫,"瞧瞧你干的好事,你把我放错地方了。"你是故意的,他一边蠕动,一边在心里说。他不断朝前爬,四处找她。

要是能伸手就好了,他想。伸——朝上伸。可是,他没有手也没有腿,没法伸展。现在我出来了,可我是什么呢?他一边努力朝上,一边问自己。

挂在那儿放光的东西,他们叫什么? 就是天上发光的那个……没有眼睛,我能看到吗? 不,他想,看不到。

他继续往前爬,时不时尽力抬起身体,伸展到极限,然后缩回去,继续爬。他现在出生了,来到外面,能做的唯一一件事,却只有爬。

天空中,沃尔特·丹泽菲尔德坐在卫星里,用手撑着脑袋休

---

① 美国怀俄明州的首府。

息。尽管他坐着一动没动,卫星却带着他不断移动。他体内的痛苦增强了,也发生了变化,把他整个儿吞噬,直到他脑中只剩下痛苦,别无其他。这种过程,他已经经历过很多次。

我还能撑多久?他自问,我还能活多久?

没有人回答。

艾迪·凯勒十分满意,兴奋得发抖。她看着那只蚯蚓慢慢爬过地面,十分确定,弟弟就在蚯蚓身体里。

因为现在,她的肚腹深处,住着这只蚯蚓的思维。她能听到那单调的声音,"嘭,嘭,嘭",应着蚯蚓单调无聊的生命过程。

"从我身体里出去,虫子。"她咯咯笑着。这虫子对自己的新环境,会作何感想?

说不定,跟比尔现在一样,都吓呆了。我得盯着它,盯着这条一扭一扭爬过地面的生物,免得他走丢。"比尔,"她弯腰对蚯蚓说,"你看起来真滑稽,又长又红。你知道吗?"接着,她想,我该把他放进另一个人类的身体里。我怎么就没想到呢?

那样一来,一切都正常了——我会有个真正的弟弟,他在外面,不在我的身体里,还能跟我一起玩。

可是,另一方面,她身体里会住进一个陌生人。那感觉可不好。

该找谁呢?她自问。找个同学?还是大人?找巴恩斯先生,我的老师,还是……

找霍皮·哈灵顿。反正他也害怕比尔。

"比尔,"她跪下去,捉起蚯蚓,放在掌中,"你等着,我有个主意。"她举着虫子,靠近自己的体侧,靠近里头有硬块隆起的地方,"回里面来。反正你也不想当虫子,当虫子不好玩。"

弟弟的声音再次传来："你——我恨你。我永远也不会原谅你。你居然把我放到一个没有手，没有腿，连眼睛也没有的东西里面！我只能拖着身子到处爬！"

"我知道。"她身子前后晃动，掌中仍然捧着那条蚯蚓。蚯蚓已经没用了。"听着。你听得见吗？比尔，你想不想按我说的做？要不要我靠近霍皮·哈灵顿，让你进他的身体？这样，你就能有眼睛和耳朵，变成真正的活在外面的人啦！"

"我怕。"

"可我想。"艾迪仍然前仰后合，"就按我说的做吧，比尔。我们会给你一双眼睛，还有耳朵——现在就去。"

比尔没有回答。他的思绪已经离开了她，也离开了这个世界，进入了只有他能到达的地方。艾迪想，他准是去跟那些黏糊糊的肮脏死人聊天去了。那些死人空空洞洞，像屎一样恶心，从来都不好玩，一点儿也不好玩。

你逃也没用，比尔。我已经决定啦！

漆黑的夜里，艾迪·凯勒穿着睡袍和拖鞋，沿着小路，匆匆忙忙朝霍皮·哈灵顿所住的房子一路摸索而去。

"既然想干，就得快。"比尔在她肚腹深处大喊，"他知道我们的计划——那些死人，他们跟我说了。他们说，我们处境危险。只要离得够近，我就能模仿某个死人的声音，吓唬他。他害怕死人。因为，他觉得死人就像父亲，很多很多个父亲，还有……"

"安静。"艾迪说，"我得好好想想。"一片漆黑中，她有点儿迷糊，摸不着方向，找不到穿过橡树林的小路。这会儿，她停了下来，深深吸气，借着头顶月牙的苍白微光，想弄明白究竟该走哪一边。

应该走左边，下山。她想，我必须小心，不能跌倒，否则，他会听到动静。他能听到很远地方传来的声音，几乎什么都听得见。她屏住呼吸，一步一步朝下走。

"我已经想好了该模仿谁，很不错的点子。"比尔还在唠叨，不肯闭嘴，"等靠近他，我就跟某个死人暂时交换——你会觉得不舒服，湿漉漉黏糊糊的——不过，只要几分钟。这样，死人就能从你体内直接跟他交谈。是不是很……"

"闭嘴。"艾迪急得要命——他们已经来到霍皮家上方，脚下能看到灯光。"拜托了，比尔，拜托。"

"可我得跟你解释呀，"比尔说，"等我——"

他的话突然中断。她肚腹中什么都没有了。她空了。

"比尔。"她唤道。

他不在了。

苍白的月光下，她眼前出现了从没见过的东西。那东西上下浮动，升了起来，左右轻晃，浅色的毛发垂在身后，就像一条尾巴。那东西越升越高，跟她脸对着脸。它有一双小小的无神的眼睛，一张裂缝似的嘴巴，除了圆圆的坚硬小脑袋之外，什么都没有，就像一只篮球。它嘴里吱吱叫唤了一声，随即又颤动着向上升去，就像松了手的气球。

她望着这东西，看着它越来越高，升到了树顶上。他仿佛在水里游泳一般，在从没接触过的陌生空气中不断上升。

"比尔，"她喃喃道，"是霍皮把你从我这儿弄出来的。是霍皮让你到了外面。"现在，你要走了。是霍皮逼你走的。"回来吧。"她嘴里说，心里却知道回来也没用。因为，他没法离开她，在外头独立生活。她知道。斯多克斯蒂尔大夫说过。他不能出生。这话被霍皮听了去，于是逼他出生。他知道一旦出生，比尔就得死。

你谁也模仿不了啦。她心里说,我跟你说了,保持安静,你偏偏不肯。

她极力睁大眼睛,拼命寻找,然后看见了——或者说,以为自己看见了——那披着毛发的坚硬小东西,在高高的空中……随即默默消失。她成了孤身一人。

不必再前进了。一切都结束了。她转过身,沿着小路爬回山顶,垂着脑袋,闭着眼睛,一路摸索。回到家里,她又上了床。身体感觉很陌生,就像被撕裂开,空了一块。你要是肯安静,那有多好,她想,他就不会听到你的声音了。我早跟你说过。

比尔·凯勒浮在空中,能隐约看到东西,也能依稀听到声音。他能感觉到树木,还有在树木中移动的活生生的小动物。他感到有股压力拉扯着他,不断上升。他还记得自己要模仿的对象和台词,于是便开口说了出来。冰冷的空气中,他的声音又细又弱。接着,他的耳朵发觉声音太过细弱,于是他大声喊了出来。

"因为愚蠢,我们已经接受了可怕的教训。"他吱吱尖叫道。自己的声音在耳中回荡,他很满意。

身上的压力消失了。他上下浮动着,快活地游泳,接着一头朝下扎去,不断下降。就在碰到地面之前,他朝旁边一滑——霍皮·哈灵顿屋中的生命活动迹象引导着他,他一直滑到霍皮的屋顶上,悬在空中。

"这是上帝旨意的明证!"他用尖细的声音大喊,"这可怕的例子,是在告诫我们,是时候停止高空核试验了。我要你们,你们每个人,都给肯尼迪总统写信!"他不知道肯尼迪总统是谁。

大概是个活人？他朝四周张望,却没看到人,只看到橡树林里的动物。有一只棕色羽毛的巨喙大鸟,瞪着圆眼睛,无声地扑扇着翅膀,朝他飞来。比尔吓得尖叫起来。

"你们每个人,"比尔一边在漆黑冰冷的空气中逃窜,一边继续叫道,"都必须写抗议信!"

苍白的月光下,比尔滑翔到树顶上方,眼睛闪光的大鸟紧跟着他。

猫头鹰终于捉住了他,一口吞下。比尔又回到了生物的体内。

他什么都看不见,也听不见了。能看能听的时间真短,现在就结束了。猫头鹰咕咕叫了一声,展翅而去。比尔对猫头鹰说:"你能听见我说话吗?"

也许能,也许不能。他毕竟只是只猫头鹰,不像艾迪有理智。

我能住在你身体里吗?他问。我能躲在这儿,免得被人找到吗?你尽可以到处飞,去哪儿都行。猫头鹰体内,除了他,还有老鼠的尸体,以及一只还在乱动乱抓的活物。那东西身体挺大,生命力强,还在挣扎。

比尔对猫头鹰说,飞低些。通过猫头鹰的眼睛,他看到了橡树林,清清楚楚,仿佛现在是大白天。他能看见几百万个不同的物体,全都一动不动。接着,他发现了某个在爬动的生物——某个活物。于是,猫头鹰朝这活物的方向飞去。爬行的活物什么也没察觉,什么也没听到,仍然慢慢爬行前进,爬到了开阔地带。

一瞬间,这东西就被吞掉了。接着,猫头鹰又展翅起飞。好,比尔想,还有吗?

猫头鹰的捕猎活动持续了一整夜,一次又一次吞下猎物。

下雨的时候,就像淋浴。到了白天,就陷入又长又深的睡眠。睡眠的时候是不是最惬意?没错。

比尔开口道:"弗格森不允许员工喝酒,因为他有宗教信仰。对吧?"

接着,他又说:"霍皮,那道光从哪儿来的?是上帝吗?我是说,这就跟《圣经》一样——《圣经》里的上帝降临,会有道光。这难道是真的?"

猫头鹰咕咕叫着。

他脑中,一千个死去的东西哀哀哭诉,争着要他注意自己。他倾听,复述,选择。"你这肮脏的小怪物,"他说,"听仔细了。你就待在这儿。我们在大街底下,炸弹炸不到我们。楼上那些人,都得死。在这儿,你不会有事。空间。给他们。"猫头鹰吓坏了,振翅而去,越飞越高,想躲开他的声音。但比尔不肯停下,仍然在死者中挑选,倾听。

"待在这儿。"他重复道。霍皮家的灯光再次进入视野。猫头鹰盘旋了一圈又飞了回来。它没法逃走。比尔逼它待在他想待的地方。他逼着猫头鹰不断接近霍皮的屋子。"你这呆蠢笨瓜,"他说,"就待在这儿别动。"

狂怒的猫头鹰用上了惯用的手段,它把比尔吐了出来。比尔想借助气流上升,没成功,重重落地,砸在腐殖土和植物上,不断翻滚,一路尖叫,最后落到了坑里,这才停下。

猫头鹰摆脱了控制,立刻高飞而去,消失在空中。

"让人类的慈悲心为证,"他躺在坑里,用一位牧师的声音说道。多年前,霍皮跟着父亲一起参加了这位牧师的礼拜会,听了这位牧师的布道。"造成这种罪恶的正是我们自己;我们看到的,不过是人类愚蠢恶行的结果。"

没有了猫头鹰的眼睛,比尔眼前的景物又成了模糊一片。无比清晰、宛如白昼的景象消失,只剩下附近几个轮廓。是树。

模糊的夜空中,他还看见了霍皮家屋子的轮廓。

屋子不远。

"让我进去。"比尔动了动嘴巴,在坑里翻滚扭动,搅动了落叶,"我想进去。"

有一只动物听到了他的动静,警惕地远远逃开。

"进去,进去。"比尔说,"在这儿我活不长,我会死的。艾迪,你在哪儿?"她不在附近。他只能感觉到不远的屋子里,那个海豹肢症畸形儿的存在。

于是,他尽力朝那个方向滚去。

第二天一早,斯多克斯蒂尔大夫来到霍皮·哈灵顿家,想借用无线电发讯器,给沃尔特·丹泽菲尔德——那个坐在天上卫星里的病人——发消息。他发现无线电发讯器开着,还有几处灯也亮着。大夫莫名其妙,敲了敲门。

门开了。开门的是霍皮·哈灵顿,坐在海豹儿移动装置中央。霍皮用古怪的眼神盯着他,眼神中流露出警惕和防卫。

"我想再试一次。"明知徒劳,斯多克斯蒂尔仍不愿放弃用无线电联络的念头,"行吗?"

"行,先生。"霍皮回答。

"丹泽菲尔德还活着吗?"

"活着,先生。要是他死了,我会知道的。"霍皮的移动装置挪了挪,让开路,放大夫进门,"他肯定还在天上。"

"你怎么了?"斯多克斯蒂尔问道,"一整夜都没睡吗?"

"对,"霍皮回答,"我一直在研究怎么操作。"他动了动海豹儿小车,"这东西挺难驾驶。"很明显,他的心思都在小车上。小车撞到了桌子的一角。"对不起。"他说,"我不是有意撞上的,是操作失误。"

斯多克斯蒂尔说:"你跟从前有点儿不一样。"

"我是比尔·凯勒。"海豹肢症畸形儿回答,"我不是霍皮·哈灵顿。"他举起右边的手部伸缩装置,指了指,"霍皮在那儿。从现在开始,它就是霍皮了。"

房间角落里躺着一块皱巴巴面团似的东西,只有几英寸长。那东西面目僵硬空洞,嘴巴是条裂缝,有点儿像人。斯多克斯蒂尔走了过去,捡起来。

"这本来是我。""海豹儿"说,"不过,昨晚,我挨近了霍皮,跟他交换了。他抵抗得挺厉害。不过他怕我,所以我赢了。我一直不停地模仿死人,一个又一个。最后,我模仿了牧师,他投降了。"

斯多克斯蒂尔捧着那皱巴巴的小生物,什么都没说。

"你知道怎么操作无线电发讯器吗?""海豹儿"急切地问道,"我搞不明白。我试过,就是搞不明白。我只能打开灯,开了又关上。一整夜我都在捣鼓这东西。"

他驾着移动装置来到墙边,让大夫看自己怎么伸出手部伸缩装置,扭开灯,然后关上。

斯多克斯蒂尔仍然盯着手中死去的小东西。过了一会儿,他说:"我早知道它活不久。"

"它活了一阵子,""海豹儿"说,"大概有半小时。算挺厉害了,是不是? 有一半时间是在猫头鹰身体里,不知道算不算。"

"我——我得干活了,联络丹泽菲尔德。"斯多克斯蒂尔终于说,"他随时会死。"

"嗯。""海豹儿"点点头,"这东西我来拿吧。"他延长伸缩装置,斯多克斯蒂尔把胎儿递给他。"昨晚,有只猫头鹰把我吞了下去。"他说,"我不怎么喜欢待在它身体里,不过它的视力可真不错。我喜欢用它的眼睛看东西。"

"嗯。"斯多克斯蒂尔条件反射地回答,"猫头鹰有绝佳的夜视能力。那感觉肯定难忘。"大夫在无线电旁边坐下,"现在你有什么打算?"

"海豹儿"回答:"首先,我得慢慢习惯这具身体。这具身体真重,我能感觉到重力……从前,我一直浮在空中。对了,我觉得这些伸缩装置棒极了,我已经能用它们干不少事情。"说着,他的伸缩装置四下挥动,碰了碰挂在墙上的装饰画,然后朝无线电方向轻轻一拍。"我得去找艾迪。""海豹儿"说,"我想告诉她,我没事。她大概以为我死了。"

斯多克斯蒂尔打开麦克风,准备联络头顶的卫星。"沃尔特·丹泽菲尔德,"他说,"我是西马林郡的斯多克斯蒂尔大夫。你能听见吗?能听见就给我回音。"停了停,他又重复了一遍。

"我能走了吗?"比尔·凯勒问道,"我现在能去找艾迪吗?"

"可以。"斯多克斯蒂尔揉了揉前额,振作精神,"你得小心。你昨晚干的事……你也许没法再换身体了。"

"我也不想再换了。"比尔回答,"这具身体就很好。这里没有别人,只有我,这还是头一回呢。""海豹儿"瘦削的脸动了动,露出微笑,"我不再是别人身体的一部分啦。"

斯多克斯蒂尔又按下麦克风的按钮。"沃尔特·丹泽菲尔德,"他重复道,"你能听见吗?"这是徒劳吗?他心中摇摆不定,该不该再努力下去?

"海豹儿"驾着小车在房间里四处移动,仿佛被困住的巨型甲虫,"现在我出来了,能不能去上学呢?"

"能。"斯多克斯蒂尔喃喃回答。

"可是,有很多东西我已经会啦。"比尔说,"我跟艾迪一起上学,一起听课。我喜欢巴恩斯先生。你喜欢吗? 他是个很好的老师……我真想做他的学生。""海豹儿"又说,"看到我,不知道妈妈会有什么反应?"

斯多克斯蒂尔一个激灵,反问:"什么?"接着,他明白过来。比尔说的是邦妮·凯勒。对,大夫想,真想看看邦妮会有什么反应,肯定有意思。这些年,她的风流韵事数也数不清,男人像走马灯似的换,这下可算是都报应全了。

他又按下麦克风按钮,试了一次。

巴恩斯先生对邦妮·凯勒说:"今天放学后,我跟你女儿谈了次话。我有种很清晰的感觉,她知道我们俩的事。"

"哎呀,基督,她怎么会知道?"邦妮呻吟着坐了起来,整理衣服,扣好衬衣。面前这男人,跟安德鲁·吉尔形成鲜明对比。吉尔总喜欢选在大白天,在露天跟她做爱,就在西马林郡大路两侧的橡木林中。那儿随时都会有人——或者说,有东西经过。第一次做爱,是吉尔一把抓住她,把她拖进了橡木林,没犹豫,没嘀咕,也不啰唆。后来,他们每次做爱,都跟那一次一样……也许,我该回他身边去。

也许,她想,我该离开这个家和这些男人,离开巴恩斯、乔治,还有我神神叨叨的女儿,跟吉尔公开同居,不去管邻居们的指指戳戳,高高兴兴地换种方式生活。

"嗯,要是我们不打算做爱,"她对巴恩斯说,"我们俩就出去走走,到弗罗斯特大厅去,听听卫星下午的广播。"

巴恩斯挺高兴,说:"好啊,路上,我们说不定还能找到些可吃的蘑菇。"

"你是说真的?"邦妮问。

"当然。"

"小果子,"她摇摇头,"你这可怜的小果子,当初你干吗从俄勒冈搬到西马林郡来?就为了教小孩子,再四处转转找蘑菇?"

"这样的生活挺好呀,"巴恩斯回答,"比我过去的生活好多了,甚至比战前还要好。而且——我还有你嘛。"

邦妮·凯勒闷闷不乐地站起身,手深深地插进外套口袋,来到大路上,迈着沉重的大步。巴恩斯在她身后,努力跟上她的步伐。

"我打算永远留在西马林郡。"巴恩斯说,"这儿就是我旅程的终点。"

他吐了一口气,又说:"虽然今天跟你女儿的谈话不太愉快……"

"没什么不愉快,"邦妮打断他的话,"是你的内疚感作祟。快走吧,我想听丹泽菲尔德的声音。至少他说话还挺有意思。"

她身后,巴恩斯先生找到了一朵蘑菇。他停下脚步,弯下腰。"是鸡油菌!"他高兴地叫道,"能吃,而且味道很好——"他采下这朵贴着地面的蘑菇,继续找下一朵。"我做个蘑菇炖菜,给你和乔治吃。"他又找到了一朵,对邦妮说。

邦妮点了一根安德鲁·吉尔工厂出品的特制豪华金牌卷烟,叹了口气,在长满了杂草的乡村橡木林荫道上踱了几步,等待着他。

为您预约的时间:昨天

阳光角度升高。一个嘹亮的机械声音大叫道:"好了,莱勒,该起床了,让他们好好瞧瞧,你是什么人,有什么本事。尼尔斯·莱勒可是个大人物,大家都这么说——我听得一清二楚。大人物,大天才,举足轻重,为公众所仰慕——你现在醒了吗?"

莱勒躺在床上回答:"醒了。"他坐起身,拍了一下床边刺耳的闹钟,把它切换到失效状态。"早上好。"他对着寂静无声的公寓说道,"我睡得挺好,希望你们也一样。"

他脑子还没清醒,有些迷糊,可一连串要紧事已经接二连三地涌进了脑海。他嘟嘟哝哝地从床上下来,来到衣柜前,想找件够脏的衣服穿穿。他对自己说:我得搞定路德维希·英格。明日的任务拖到今日,成了最棘手的麻烦。我得告诉英格,他那本热卖的书,全世界只剩下最后一本。现在,到了莱勒出手的时间——这任务只有他能完成。听到这个,英格会怎么想? 毕竟,有时候,发明家不肯乖乖坐下来,完成自己的活儿。哎,反正,就算有麻烦,也不是我能解决的。就让"辛迪加"①去解决好了。

他找了件沾有污渍、皱皱巴巴的红色衬衫,脱掉上身睡衣,

---

①泛指各种社团、财团。在文中指某个统治阶层组织。

套进衬衫。合适的裤子不容易找。他把脏衣篮子翻了个底朝天,才算找到一条。

接下来,得粘上胡子。

莱勒漫不经心地拿着胡子盒走进洗手间,心里琢磨,我的抱负,不过是乘坐街上的电车横穿WUS①,哎呀呀。他在洗脸池里洗了脸,涂上泡沫胶,打开胡子盒,用娴熟灵巧的手法把胡子均匀地粘在两颊、下巴和脖子上。片刻后,胡子就毫无痕迹地跟皮肤贴在了一起。他照了照镜子,对自己说,我准备好了,可以上电车出发了——或者说,等我处理完我那份报纸就可以出发了。

他打开报纸接收管,里面有结结实实的一大捆。他满足地叹口气,开始浏览《旧金山纪事报》的体育版。最后,他走向厨房,摆开脏污的盘子。一会儿工夫,他面前就出现了浓汤、羊排、青豆、火星蓝苔藓加鸡蛋酱②,还有一杯咖啡。他收起这些食物,从食物底下和食物周围抽出盘子——当然,先得注意窗外,免得被人看见——然后迅速将食物分类,装进相应的容器中,再把容器放到碗柜的架子上,或者冰箱里。现在时间是八点三十,还有十五分钟才到出门上班时间。没必要匆匆忙忙,把自己逼死——人民主题图书馆B区哪儿都不会去。

他努力了好些年才升到B区。现在,他不必再做日常例行工作——B区办公人员不需要干这些。同样明确的是,他也基本不用操心早期的"根除"工作。早期工作,是清理成千上万一模一样的印刷书本。其实,严格地说,他根本不必再参与"根除"工作——这种技术含量极低的工作,自有图书馆大批的低级工

①West US 的缩写,指西美利坚。在作者设定中,此时美国分成了好几个国家。下文的 FNM(自由黑人自治体)也是其中之一。

②这篇小说的设定是时间逆向流动。所以,这里先有脏盘子,后有食物。

作人员完成。但他必须跟为数众多、形形色色的发明家面对面打交道。这些发明家常常自以为是，暴躁易怒，面对分派下来的——用辛迪加的原话，强制性的——最后清理工作犹豫不决。"根除"的最后一步，是清除与发明家名字相连的、留存于世的唯一一份书本打字机原稿。至于是如何关联的，莱勒没完全搞懂这个过程，各色发明家也没弄明白。据推测，只有辛迪加知道，为什么某个发明家会被分派到某本特定的书。比如，英格就分派到《我是如何利用空余时间在地下室用普通日用品组装了自己的斯瓦伯》。

莱勒一边浏览报纸的其余部分，一边暗自思忖。想想自己的职责吧，等英格完成最后的清理任务，世上就不会再有斯瓦伯存在了——除非FNM[①]那些靠不住的流氓不顾法律，偷偷私藏了几本书。说起来，英格那本书尽管还有最后一份拷贝存在，莱勒却已经很难回忆起斯瓦伯到底长什么样、做什么用，是方的？圆的？大的？小的？唔……他放下报纸，揉揉前额，努力回忆，企图在脑中描绘出这种仪器的精确模样——现在还有回忆起来的可能。等到英格完成任务，把最后的打字机稿回退成沾着厚厚墨水的丝质打字机墨带、十刀连在一起的稿纸，以及一页没用过的复写纸后，就再也不可能了。他将再也想不起这本书，也想不起这本书里描述的机械设计。世上没有人能想起来。

不过，要完成这个任务，估计英格得忙到这一年的年底。最后一份拷贝的清理任务必须一行一行、一个字一个字地做，不能像印刷拷贝本那样批量完成。所以，放轻松，慢慢等，等到最后这份打字稿清理完，然后……嗯，这工作确实既漫长又艰难，作为回报，英格会收到一张巨额账单。这个任务，会花掉英格两万

①Free Negro Municipality（自由黑人自治体）的缩写。

五千左右后信用币。斯瓦伯这本书的根除工作会让英格穷困潦倒，所以这任务……①

小小的厨房餐桌上，电话机听筒从话机座里跳了出来，跳到他的手肘边。话筒里远远传来一个尖细的声音："再见，尼尔斯。"是个女人。

他把话筒拎到耳边，"再见。"

"我爱你，尼尔斯。"是查莱丝·麦克法登那喘不过气、情感洋溢的声音，"你爱我吗？"

"嗯，我也爱你。"他回答，"我上一次见你会在什么时候？但愿别太久。告诉我不会太久。"

"很有可能在今晚。"查莱丝回答，"下班后。我想让你见个人，一个真正默默无闻的发明家，他拼命想让自己的论文被官方根除。他的论文分析的是，呃，《被流星击中的精神死因》。我这么说，是因为你在B区工作……"

"跟他说，自己去根除论文好了。"

"自己根除得不到任何名声。"查莱丝热切地恳求道，"尼尔斯，那篇论文的理论真是可怕极了，疯狂程度跟白天的长度不相上下。写论文的年轻人叫兰斯·艾牙不对……"

"这真是他的名字？"这怪名字差点儿让他答应。不过，还差一点儿。每一天，在工作中，他都会收到很多同类请求。每份请求，无一例外，都是有个怪名字的怪发明家，写了一篇怪论文。他在B区干了这么久，不会轻易动心。不过……他还是得查查此人，这是莱勒自身道德的要求。他叹了口气。

---

①这篇小说的设定是时间逆向流动。所以，这一段中，"账单"可以理解成"支票"，"花掉"可以理解成"得到"，"穷困潦倒"可以理解成"巨富"。下文接电话说"再见，"挂电话说"你好"，等等，也是同样道理。

"我听到你嘟囔啦!"查莱丝轻快地说。

莱勒回答:"只要他不是FNM的人就行。"

"呃——他正是FNM的人。"她的声音有些歉疚,"不过,据我所知,他们已经把他赶出来了。所以他来了这儿,没留在那儿。"

莱勒心想:这什么也说明不了。艾牙不对,有可能只是不赞同FNM(自由黑人自治体)精英统治阶层狂热的军事决议。有可能,他太温和、太平稳,不受共和政体那些激进诗人的待见。这个共和政体,是原田纳西州、原肯塔基州、原阿肯色州和原密苏里州酝酿而生的。但是,另一方面,或许,他太激进,狂热到连FNM也接受不了。究竟是哪个原因,不得而知。恐怕得等到面见此人后,才能有分晓。有时候,就算是见了面,也仍然没法确定。那些吟游诗人,居然成功地让人类的五分之三都挂了面纱,遮蔽了面部表情,藏起了人类的动机、意图、还有其他——只有上帝才知道还有什么东西。

"还有,"查莱丝继续道,"他跟'非君主'皮科有私交——在'非君主'不幸的回缩之前。"

"什么不幸!"莱勒吼道,"应该说谢天谢地。"没错,那个人是全世界第一号怪人和蠢蛋。这位"非君主",目前已经回缩成寄生虫状态,真是谢天谢地。只需跟他的追随者略有交往,就能明白这位领袖究竟是什么样的人。莱勒打了个哆嗦,想起自己由于职业关系,阅读过的大量各类书籍——他在图书馆中,曾仔细研究过二十世纪中叶的种族暴力史。这位"非君主",塞巴斯蒂安·皮科,就诞生于这种暴乱、劫掠和屠杀之中。一开始,他是位律师。后来,成了最有魅力的演说家。最后,成了宗教狂热分子,拥有大批无比忠诚的追随者……虽说追随者遍布全球,但领袖的总部仍设在 FNM 附近，从那儿发号施令。

"你这么说，上帝可是会有意见的。"查莱丝说。

"我得上班去了。"莱勒说，"等工间休息的时候，我再给你打电话。同时，我会在档案里查查那个叫艾牙不对的人。他那篇疯头疯脑的论文《被流星击中的精神死因》究竟要不要根除，得等我查完再说。你好。"说罢，他挂了电话，迅速站起身来，走出公寓，朝电梯而去。一路上，身上的脏衣服散发出让人心满意足的"急需清洗"味道，正符合他此刻沉闷的心情，让他不由得高兴起来。也许，尽管被查莱丝，还有查莱丝新近看上的发明家艾牙不对搅扰，今天仍然会是顺顺利利的一天。

不过，心底深处，他仍对今天的状况抱有深深的怀疑。

尼尔斯·莱勒抵达图书馆，来到自己工作的区域，发现苗条的金发秘书汤姆森小姐，为了自己的清静——也为了莱勒的清静——正努力打发某位访客。来客是个高个子中年绅士，衣着随便，胳膊底下夹着一只公文包。

"啊，莱勒先生。"看到莱勒，访客显然立即认出了他，发出一声干巴巴的空洞呼唤，走了过来，伸出手，"见到您真高兴，先生。再见，再见。你们这儿见面都是这么说的，对吧？"来客露出闪光灯般转瞬即逝的微笑。莱勒没笑。

"我很忙。"尼尔斯没有停下脚步，越过汤姆森小姐的办公桌，来到自己私人套间门口，伸手推门。"如果您想见我，就得按常规预约。您好。"他走进房间，打算关门。

"这件事，跟'非君主'皮科有关。"夹公文包的高个子赶紧说，"对于这位领袖，我相信，您会有兴趣。"

"您凭什么这么说？"莱勒停下动作，有些恼怒，"我不记得我曾表达过对皮科或者皮科这类人的兴趣。"

"您必须记得才行。不过,也没办法。在这儿,您身处一个相位;而我却是朝另一个方向去的——我身处普通的时间流向。所以,对您来说即将发生的事,对我来说,却是刚刚发生过的事,是我的刚刚经历的过去。我能占用您几分钟时间吗,先生? 我会对您很有用的。"男子呵呵笑了出来,"'您的时间'。要我说,这话说得真好。没错,绝对,是您的时间,不是我的时间。想想吧,对我来说,这次拜访可是发生在昨天呢。"男子又露出机械的微笑——对,他就是机械。莱勒这会儿已经看清楚,高个子男子的袖子上缝着细小的黄色带子。虽然小,却很耀眼。这个人,是机器人。法律要求机器人必须佩带识别条,以防有意欺骗。明白此人的身份后,莱勒心中的恼怒愈发增长。他对机器人有着根深蒂固的偏见,对它们分外严厉,自己一直没法改变。说实话,他也不想改。

"进来吧。"说着,尼尔斯拉开了自己豪华套间的门。这个机器人,肯定代表着某位人类上级。法律规定,机器人不得自行其是。不知道是谁派它来的? 是辛迪加的某位官员? 有可能。不管怎么样,最好还是让它进来,听听它要说什么,再把它打发走。

两人一同站在图书馆套间的主工作室里,面对面。

"这是我的名片。"机器人伸出手,递过一张卡片。

莱勒看了看卡片上的字,皱皱眉。

卡尔·甘特里克斯
WUS 法律部律师

"名片上的人是我的雇主。"机器人说,"现在,您已经知道我的名字了。您可以叫我卡尔,这样挺好。"套间的门已经关上,汤姆森小姐被关在外头，听不见二人的交谈。机器人的声音中出现了令人惊讶的权威语气。

"如果您不介意，"尼尔斯谨慎地选择词句，"我希望用更普遍的方法，称呼您为小卡尔。"他让自己的音调比机器人更有威严，"您知道，我很少给机器人机会，倾听他们说话。算是怪癖吧，不过，我个人十分坚持这个习惯。"

"而您现在愿意听我说了。"机器人小卡尔轻声回答。他收回名片，放在钱包里。接着，它找地方坐下，拉开公文包的拉链，"既然您是图书馆B区的负责人，无疑，一定是霍巴特相位的专家。至少，甘特里克斯先生认为，您一定是专家。他说得对吗，先生？"机器人瞟了他一眼，目光锐利。

"嗯，我时常会碰到霍巴特相位。"尼尔斯故意用漫不经心的傲慢语调回答。跟机器人打交道时，最好保持高高在上的态度。这样的态度以及其他数不胜数的傲慢细节都是必须的，好时时刻刻提醒他们，别忘了自己的地位，不得僭越。

"甘特里克斯先生也这么想。根据这种看法，甘特里克斯先生推断，这么多年来，您已经成为霍巴特时间逆转场的权威，熟悉时间逆转场的优点和用法，也熟悉它的多重缺陷。这种推断为真？非真？请选择。"

尼尔斯思索着，"我选择第一个。不过，您必须明白，我对霍巴特相位的认识都是实践用法上的，并不熟悉理论知识。我能够正确处理相位中各种突发事件，但没法解释。您瞧，我是不折不扣的美国人，所以，也是实用主义者。"

"当然。"机器人小卡尔点点头。它的头是塑料仿真人类脑袋。"很好，莱勒先生。那么，我们就说正事。尊贵的'非君主'皮科阁下，已经回缩成了孩提状态。不久，他就会回退成胎儿，进入附近的某个子宫。对吗？这事不可避免，只是时间问题——同样，也是您的时间。"

"据我所知，"莱勒回答，"霍巴特相位在 FNM 大部分地区都起效。领袖阁下在几个月之内，就会回缩到附近某个方便的子宫里。说实话，我很高兴。无疑，领袖阁下处于精神错乱状态——这并不是随口说说，他确确实实生病了。他的回缩，对整个世界——无论是使用霍巴特时间的地区，还是使用标准时间的地区——都有好处。您还有其他话想说吗？"

"还有很多。"小卡尔郑重地回答。它俯身向前，把一沓厚厚的文件放在尼尔斯的办公桌上，"尊敬的先生，请您务必仔细审阅这些文件。"

此时此刻，远处的卡尔·甘特里克斯，正舒舒服服地坐着，通过机器人的视频电路系统，开心地注视着最高级图书馆员尼尔斯·莱勒费力地对付机器人呈上的一大叠令人生厌的文件。这些文件都是伪造的，措辞故意晦涩难懂。

出于职业习惯，莱勒立刻上了钩。他完全被这叠文件吸引了注意力，无暇关注机器人的行动。于是，趁此机会，机器人娴熟地将椅子朝左后挪了挪，靠近大得惊人的参考卡片盒，伸长右臂，将手部抓握器（形状就像人类的手指）伸进最近的档案盒。这个动作，莱勒自然没有发觉。于是，机器人继续执行预定的任务。它把一张微型胚胎机器人网（跟大头针针头差不多）放进了卡片档案盒，接着，又在另一张卡片背后放了一个搜索电路发讯器，最后是一个定时爆炸装置，预设了三天时间。

甘特里克斯看着这一切，咧嘴笑了。机器人手中还有最后一样东西要放。机器人瞥了一眼莱勒，小心地再次延长手部伸缩器，伸到档案盒里。一瞬间，甘特里克斯在屏幕中看到了要放的东西——一个小小的复杂硬件。这东西很快从机器人手中落到了图书馆员的盒子里。

"破普。"莱勒眼睛都没抬,嘴里念道。

这是暗号。档案盒的音频装置收到了这个信号,立刻激活紧急撤退状态。那些文件,就像受惊的双壳贝,"啪"地自动合起,朝后倾倒,退缩进了墙壁当中,在视野中消失。同时,电子控制的档案盒还弹出了机器人刚刚放在里面的几样小东西,动作轻快准确。小东西们划了一道弧线,落到机器人脚边,无遮无拦地躺在地下。

"老天爷。"机器人不由自主地惊呼,后退一步。

莱勒开口道:"马上离开我的办公室。"他从那叠伪造文件当中抬起头来,表情冰冷。机器人弯下腰,捡起暴露的几样小装备。莱勒立刻补充:"把这些东西留下。我要让实验室做个分析,看看这些东西的目的和来源。"他把手伸进办公桌最上面的抽屉,掏出来的时候,手上多了一把武器。

卡尔·甘特里克斯耳中响起机器人通过电话线路传来的声音:"我该怎么办,先生?"

"马上离开。"甘特里克斯下令。状况有变,他没有余暇悠游取乐了。这位守旧的图书馆员果然名不虚传,有能耐彻底毁掉机器人。看来,只能跟莱勒面对面公开接触了。想到这儿,甘特里克斯不情愿地拎起最近的视频电话话筒,拨了图书馆交换机的号码。

片刻后,他从机器人的视频扫描器中看到,图书馆员尼尔斯·莱勒接起了电话。

"有一个问题,"甘特里克斯开门见山,"这个问题,既是你的问题,也是我的问题。那么,我们为何不合作解决呢?"

莱勒回答:"我没看到问题。"他的声音中只有彻骨的冷静,丝毫没有被机器人企图在他办公室安装恶意硬件这事搅扰,"如果您寻求合作,刚刚的开头可不怎么样。"

"诚然。"甘特里克斯说,"不过,根据我们从前的经验,你们图书馆员可不好打交道。"你们总是高高在上,他在心里补充,不过没说出来。"这问题跟'非君主'皮科有关。我的上司认为,有人企图让他身上的霍巴特相位失效——自然,这是违法行为,而且对社会危害极大。这种操纵已知科学规律的行为一旦得逞,就会造就一位永生者。我们倒不是反对利用霍巴特相位造就永生,我们只是觉得,得到永生的不该是这位'非君主'。您懂我的意思。"

"从实际情况看,领袖正在一点点回缩。"莱勒似乎不为所动。甘特里克斯想,也许,他不相信我的话。接着,莱勒又说:"我没察觉到任何危险。"他冷静地观察对面的机器人小卡尔,"我觉得您提到威胁,是在说谎……"

"别瞎说。我是想帮你。这是为了图书馆的利益着想,也是为了我自己的利益。"

"您代表哪一方?"莱勒质问道。

甘特里克斯犹豫片刻,答道:"最高清洁议会的吟游诗人蔡。我听从他的命令。"

"这样的话,事情就不一样了。"图书馆员的声音沉了下去。屏幕上,他的表情也更严肃了,"我跟清洁议会没有任何瓜葛,我只听从'伊拉德'①的命令。这您肯定知道。"

"可您是否明白……"

"我只明白这个。"图书馆员莱勒把手伸进抽屉,掏出一个方

①指西美利坚(WUS)统治阶层"辛迪加"的成员。

187

形的灰盒子。他打开盒子,取出一份打字机稿,展示给甘特里克斯看,"这本书,《我是如何利用空余时间在地下室用普通日用品组装了自己的斯瓦伯》。这是仅存于世的最后一份拷贝。这是英格的大作,即将被根除。看见没?"

甘特里克斯说:"您是否知道,路德维希·英格此刻身在何处?"

"我不在乎他身在何处,我只在乎他昨天下午两点三十分将会在什么地方——我们俩,我跟他,有个预约,就在图书馆B区,在这间办公室见面。"

"路德维希·英格昨天下午两点三十分会在哪儿,"甘特里克斯若有所思、半是自言自语地回答,"很大程度上,取决于他现在在什么地方。"他没把自己知道的情况告诉图书馆员。此时此刻,路德维希·英格身处自由黑人自治体某处,大概正在想法子,让"非君主"认真听他说话呢——领袖现在已经回缩成未成年的孩童,天知道还能不能"认真"听人说话。

小小的"非君主",穿着一件洗过多次的T恤,配牛仔裤和紫色运动鞋,坐在满是灰土的草地上,专注地研究摆成一个圆圈的大理石块。坐在他对面的路德维希·英格发觉,领袖的注意力已经完全被石块吸引,彻底忘记了他的存在。见此,他真想放弃算了。总的来说,目前的状况让英格十分沮丧,比来见领袖之前更加绝望。

尽管如此,英格仍然打定主意,继续努力。"阁下,"他说,"我只想占用您几分钟时间。"

小男孩不情愿地抬起头。"好的,先生。"他小声应道,快快不乐。

"我处境艰难。"英格重复道。同样的话,同样的材料,他已经呈给面前的孩童领袖不知多少遍,每次都是徒劳。"作为'非君主',希望您能做一次电视广播,向西美利坚(WUS)和FNM的人们呼吁,趁我的书还有最后一份拷贝留存,赶快组装几个斯瓦伯,放在各地……"

"没错。"小男孩咕哝道。

"您说什么?"英格心中闪过一丝希望,紧紧盯着孩子光滑的小脸。

孩子脸上出现了某种表情。

塞巴斯蒂安·皮科继续道:"没错,先生。等我长大了,想当'非君主'。现在,我正为此努力学习呢。"

"您现在就是'非君主'。应该说,你从前曾是'非君主'。"他叹了口气,觉得自己被压垮了。没有希望,一点儿也没有。再努力也没有意义。今天是最后一天——等到昨天,他就得去跟人民主题图书馆的某位官员会面。然后,一切都结束了。

闻言,男孩子高兴起来,似乎一下子对英格的话有了兴趣,"真的吗?"

"上帝作证,这是真的,孩子。"英格郑重点头,"而且,从法律上说,现在,您仍然在'非君主'的职位上。"他抬起头,看了一眼立在身旁的黑人。黑人身材细瘦,挎着巨大的枪支(作为随身武器,这支枪大得过了头),目前充当领袖的保镖。"对不对,普劳特先生?"

"这是真的,阁下。"黑人对男孩子说,"关于这位先生的手稿问题,您拥有决断权。"他蹲下身,屈起瘦削的胯部,尽可能吸引孩子,不让他的注意力飘远,"阁下,这位先生就是斯瓦伯的发明者。"

"斯瓦伯是啥东西?"孩子看看这一个,又看看那一个,一脸狐疑不悦，"一个斯瓦伯要多少钱？我只有五毛，是我的零花钱。而且，我也不想要斯瓦伯，我想要口香糖，我还要看表演。"说到这儿，他的表情定住了，不再变化。"谁想要什么斯瓦伯啊！"他不屑一顾地评论道。

"您已经活了一百六十年，"保镖普劳特说，"全靠这位先生的发明。是斯瓦伯引出了霍巴特相位，并最终，作为实验，霍巴特相位在某些地区固定下来。我知道这些对您没有意义，可是……"孩子的注意力又减弱了。保镖热切地一击掌，脚踝带着身体前后晃动，以吸引孩子，"好好听我说，塞巴斯蒂安。这很重要。趁您还能写字，只要给这份命令签字就行——就这样，没别的。这是一份公开通知，让大家……"

"哼，得了，滚蛋吧。"男孩子带着恨意瞪着保镖，"我不相信你。肯定有东西不对劲。"

没错，是有东西不对劲。英格蹲得太久，腿脚僵硬，好不容易站起来。我们一点儿办法也没有。没有你的帮助，我们什么都干不了。他只觉得灰心丧气。

"以后再试试吧。"保镖也站了起来，一脸同情地对英格说。

"他的年纪只会一天比一天更小。"英格苦涩地回答。而且，没时间了，也没有"以后"了。他退开几步，心中沉甸甸的，绝望至极。

一棵树的枝条上，有只蝴蝶正在结茧。这是个复杂神秘的过程，它会把自己塞进一个不起眼的褐色茧当中去。英格停下脚步，注视着这只小昆虫缓慢费力的动作。它也有它的任务，英格想，不过，它的任务有希望，我的任务却没希望。当然，蝴蝶对此一无所知。它不会思考，只是依照本能行事，就像一台条件反射机器，遵从久远的将来流传下来、编入它体内的程序的召唤。

这只不停劳作的小昆虫引起了英格的思考,也体会到了其中的道德教诲。于是,他转过身,回到孩子跟前。孩子仍然蹲在草地上,注视着那一圈色彩斑斓的明亮大理石块。

"这么说吧,"英格对"非君主"皮科开了口。这一次,大概是他最后的尝试了。他打算不惜一切,把能用的都用上,"您不需要记得什么是斯瓦伯,也不用知道霍巴特相位能干什么,您只需要签字就行。我已经把文件准备好了。"他把手伸进外套内袋,掏出一只信封,打开,"等您签完字,这东西就会出现在全世界的电视里,每个时区的下午六点档新闻都会播出。跟您说,要是您肯签字,我就让您零花钱翻两倍。您不是说,您有五毛钱吗?我再给您整整一块钱,真正的纸币。您说怎么样?还有,我还会付钱,让您周六晚上看电影,每周都看,一直看到今年年底。怎么样,成不成?"

男孩子热切地注视着他,就快被说服了。可是,有什么东西——英格想不出是什么——让他犹豫。

"我猜,"保镖柔声道,"他是想征求爸爸的同意。老先生如今已经活过来了。六周前,他的身体部件已经移置到出生容器中,目前正住在堪萨斯市总医院的出生病房里,接受复活治疗。老先生已经有了意识,领袖阁下也跟他说过几次话。是不是这样,塞巴斯蒂安?"保镖朝男孩子温柔地笑笑。孩子点点头,保镖做了个鬼脸。"没错,"他对英格说,"我猜对了。因为爸爸已经复活,所以他不敢擅自做主。英格先生,对您来说,这真是坏运气。他回缩得太厉害,没法完成自己的工作。这一点,大家都知道。"

"我不会放弃。"英格回答。尽管嘴上这么说,但事实摆在眼前,简简单单,一清二楚。他已经放弃了。他明白,这位保镖(除了睡觉,他时刻陪在领袖身边)说得对。再怎么努力,也都是浪费时间。要是跟领袖的会谈能提早两年,那就……

英格心下沉重,告诉保镖:"我走了,让他玩他的大理石吧。"他把信封塞回衣袋,迈步走开。走了几步,他突然停下,又说:"昨天早晨,我想再来一次。不知这孩子的日程表是否有空?我想做最后的努力。等到昨天下午,我就得去图书馆赴约。"

"当然可以。"保镖回答,"现在,鉴于他的——状况,基本上没人请求会面,征求他的意见。"听到保镖语带同情,英格心存感激。

英格疲惫地转过身,拖着沉重的脚步离开,任由曾经领导半个文明世界的孩子无忧无虑地在草地上玩耍。

昨天早晨,英格想,是我最后的机会。离昨天早晨还有很远,真不知如何打发时间。

在酒店房间里,英格给西海岸人民主题图书馆打了个电话。没多久,他就发现接电话的是个讨厌的官僚。最近,他总是要跟这种官僚打交道。"我要直接跟莱勒先生通话。"他咕哝道。他打定主意,得直接跟负责人交涉。莱勒对英格的书——这本书已经退缩到只剩下最后一份打字机稿——拥有生杀大权。

"对不起。"接电话的官僚语气中带着一丝轻蔑,"现在太早了,莱勒先生已经离开了本馆。"

"我能不能给他家里打电话?"

"他大概正在吃早餐。我建议您等到昨天晚些时候再来电话。毕竟,莱勒先生也需要在休息的时间独处。他肩负的任务既沉重又艰巨。"很明显,这位低级官员不打算提供任何有用的信息。

郁闷的英格默默挂了电话,连声"你好"都没说。哎,说不定这样更好。反正,就算通了话,莱勒肯定也会拒绝他延长时间的请求。图书馆官员说得对,莱勒身上也有工作压力,特别是辛迪加的"伊拉德"给的压力……这些神秘人物,会想方设法、不惜代价,确保人类的发明全部被根除。我的书就是最好的例子。该放弃了。回西美利坚吧。

离开酒店房间之前,他在梳妆台前停了停,照照镜子,想看看一整天下来,脸部皮肤有没有把用泡沫胶粘在上面的胡子吸收掉。他望着自己的镜像,摸了摸下巴……然后尖叫起来。

整个下巴颏长满了新钻出来的毛发茬儿,一清二楚。他在长胡子。胡茬在往外钻,而不是被吸收进去。

这意味着什么? 他不清楚。可是,他被吓坏了。他张大了嘴巴,看着映在镜子里的脸,越来越恐惧,也越来越厌恶。镜子里的男人,仿佛是个陌生人——这个人,遭到了某种可怕的畸形潜流的攻击,变了。可是,为什么? 还有——怎么变的?

出于本能,他不敢离开酒店房间。

英格坐了下来,等待着。等什么? 他自己也不知道。但是,有一件事他很清楚:他不可能在昨天下午两点三十分,去人民主题图书馆跟尼尔斯·莱勒会面了。因为——他嗅到了。只需往酒店房间梳妆台的镜子里瞥一眼,他就本能地明白了。昨天,不会再来临。至少,对他来说,不会再来。

对其他人呢? 还会再有昨天吗?

"我得再去见见'非君主'。"他犹犹豫豫地对自己说。让莱勒见鬼去,我不打算如约跟他见面,也不打算再次预约。唯一重要的事,是再见一次塞巴斯蒂安·皮科,越快越好。今天早些时候最好。

因为,只要见到这位领袖,他就会明白,自己的猜测究竟是真是假。如果是真的,那么,他的书就会立刻转危为安。辛迪加,还有他们不肯变通的根除项目,不会再伤害到他——也许不会。至少他希望不会。

可是,究竟会怎么样,只有时间能揭晓答案。时间。整个霍巴特相位。这两者,想必以某种方式相连。

还有——说不定——影响到的,不止是他一个人。

甘特里克斯对他的上司,清除委员会的吟游诗人蔡,说道:"我们猜对了。"他用颤抖的双手倒回录像带,"我们窃听了斯瓦伯的发明者路德维希·英格打给图书馆的视频电话。他想跟莱勒通话,没有成功。所以,没有通话录音。"

"那么,什么也没有录到喽。"吟游诗人不高兴地打断他的下属。他绿色的圆脸沉了下来,十分失望。

"不,有东西。你看。仔细看英格的面容,这很重要。他跟'非君主'一起待了一天,所以,他的年龄流向折了回去。您自己看看。"

吟游诗人仔细研究录像中的英格。片刻后,他往后靠在椅背上,开口道:"有印痕。胡茬感染十分明显。这是某些男性,尤其是高加索人种的指征。"

"趁他还没跟莱勒接触,"甘特里克斯问道,"是否需要让他重生?"他拥有一支制作精良的顶级重生枪,只需要几分钟,就能让一个人彻底回缩,直接回缩到最近的子宫内,而且是永远回缩。

"在我看来,"吟游诗人蔡说,"他已经无害了。斯瓦伯已经不复存在。光凭这一点,无法让斯瓦伯重新出现。"说归说,在蔡心底,尽管算不上担心,仍留有一丝疑虑。也许,他的下级甘特里克斯对现状的判断是正确的。过去,有好几次,在关键时刻,甘特里克斯的判断都是正确的。所以,他在清除委员会才会受到如此重视。

"可是,如果霍巴特相位对英格失效,"甘特里克斯坚持道,"那么,斯瓦伯就会再次兴起。毕竟,英格手里还有打字机原稿。在辛迪加的根除者们实施清除的最后阶段之前,他跟'非君主'就有了接触。"

这话一点儿不假。吟游诗人蔡考虑了一会儿,表示赞同。尽管赞同,他仍然没法认真对待路德维希·英格,没法将他视为危险人物。哪怕他长了胡子也一样。他转向甘特里克斯,想说话,却突然住了口。

"您的表情十分不寻常。"甘特里克斯显然有些不快,"怎么了?"吟游诗人仍然瞪着他,没有言语。甘特里克斯不安起来,担忧取代了不快。

"你的脸。"蔡终于开口。看得出,他正尽最大努力保持面部表情的平静。

"我的脸怎么了?"甘特里克斯的手迅速伸向下巴,摸了摸,眨眨眼睛,"我的老天。"

"你没有接近过非君主,所以,长胡子不是因为跟领袖接触的缘故。"吟游诗人想到了自己。霍巴特相位的翻转会不会对自己也生效了?他用手飞快摸了摸自己的下巴轮廓,还有松垂的皮肉。硬硬的胡茬正在朝外拱,确定无疑。

他困惑不已,脑筋飞速运转。这到底是什么原因?"非君主"时间线的反转,看来是某个早已存在的因,引发了影响所有的人的果。既然如此,领袖的回缩也不一样了。也许,这种回缩并非领袖自愿。

"这种情况,"甘特里克斯沉思道,"会不会是因为英格发明的斯瓦伯都消失的缘故?除了在最后的打字机原稿中提到,斯瓦伯这东西在世上再无真实性可言。说起来,我们本该料到这种情况。毕竟,斯瓦伯跟霍巴特相位有着紧密的联系啊。"

"不一定。"吟游诗人蔡回答。他仍在紧张地思考。严格地说,斯瓦伯不是用来创造霍巴特相位的,而是用来引导霍巴特相位的作用方向,让地球上某些地区彻底受霍巴特相位的控制,而另一些地区则彻底避开这种相位。那么,斯瓦伯从当前社会中彻底消失,肯定造成了霍巴特相位的扩散,覆盖了地球上每个人。这种突然的扩展也许会造成相位作用的减弱,所以,原本受到霍巴特相位控制的人——比如他自己和卡尔·甘特里克斯——身上就出现了反转现象。

"现在,"甘特里克斯若有所思地说,"斯瓦伯的发明者,也是第一个使用者,已经回到了正常时间中。所以,斯瓦伯也会再次出现,慢慢发展。不出所料的话,英格随时都会制造出第一台成功运转的斯瓦伯。"

此刻,吟游诗人蔡已经想通了,明白了英格的困难处境:从现在开始,就跟从前一样,英格发明的装置会慢慢遍布世界。但是,一旦英格造出第一台斯瓦伯并让它成功运转,霍巴特相位就会在他身上起效,英格身上的时间便开始反向流动。接着,辛迪加就会开始清除斯瓦伯,直到——跟上一次一样——只剩下最后一份打字机原稿。一旦到了这一刻,时间流向会再次反转,回归正常时间。

没错,吟游诗人蔡想,这就是英格无法避免的循环命运陷阱。他会在短短的几年内不断轮回,从拥有在理论上阐述斯瓦伯可能性的手稿,到真正组装出第一台有效的装置为止。地球上一大半人口也会跟着他一起轮回。

包括我们。我们就这么跟他一起,被困住了。吟游诗人蔡沮丧地想道,该怎么逃脱? 该怎么解决?

"我们必须强迫英格彻底忘记自己的手稿,包括设计灵感。"甘特里克斯说,"否则——"

"这不可能。"蔡不耐烦地打断了他,"此刻,世上能用的斯瓦伯一个都没有了。失去了斯瓦伯的支撑,霍巴特相位已经自动减弱。在这种情况下,想逼英格沿着反向时间线再退一步,怎么做得到?"

这个问题,其实是个有效的——也是有答案的——问题。两人都意识到了这一点,但都没有说话。甘特里克斯愁眉苦脸地不住揉着下巴,就像能用手测知胡茬稳定的生长速度。吟游诗人蔡呢,则陷入了更深的冥思。

他翻来覆去地思索着。

没有答案。现在还没有。不过,只要有时间……

"真是太难了。"诗人懊恼地说,"英格随时会组装起第一台斯瓦伯。然后,时间流向会再次反转,我们会再次循环。"此刻,深思之下,他又发现了一个更可怕的问题,并为此担忧不已。这种循环会不断重复,可是每重复一次,这个循环的时间长度就会缩短一点。到最后,这种循环就会缩短到静止的一点,缩短到一微秒。一旦到了这一步,不论是正向还是反向的时间,都不会再次流动。

真是诡异可怕的前景。不过,尚有一线救赎的希望:无疑,英格也会意识到这个问题,也会想办法解决。从逻辑上说,他至少有一种办法,就是自愿放弃发明斯瓦伯。没有了斯瓦伯,霍巴特相位就不会起效,至少效果不会很强。

可是,这个办法,全凭路德维希·英格自愿。他能想到这办法吗? 如果想到,他会照办吗?

也许不会。英格向来是个暴力孤僻的男人,谁的话都不听。就是因为这种性格,他才成了独创性的人物;否则,英格不可能成为发明家,对当代社会产生不可估量影响的斯瓦伯,也不会被制造出来。

要是斯瓦伯没被制造出来,反倒是件好事,诗人怏怏不乐地想着,可惜我们从前一直没意识到这一点。

他现在倒是意识到了。

他不喜欢刚才甘特里克斯建议的解决办法——让英格重生。

可是,到了现在,他越来越觉得,这才是唯一的解决办法。必须得有一个办法才成。

图书馆员尼尔斯·莱勒极度不耐烦地看看办公桌上的钟,又看看自己的预约本。两点三十分已经到了,英格没出现。莱勒独自坐在办公室里。卡尔·甘特里克斯说对了。

莱勒正在琢磨甘特里克斯话中的含义,隐约听到电话铃响了起来。他伸手去拎话筒,心想:八成是英格,从老远的地方打电话来,说自己没法赴约。这样的话,我麻烦就大了。辛迪加会不高兴。我必须警告他们,我别无选择。

他拎起话筒,说:"再见。"

"我爱你,尼尔斯。"出乎意料,他听到了一个气喘吁吁的女性声音。"你爱我吗?"

"爱,查莱丝,"他回答,"我也爱你。可是,该死的,别在办公时间给我打电话。我以为你心里有数呢。"

查莱丝·麦克法登用后悔不已的语调回答:"对不起,尼尔斯。可我一直想着可怜的兰斯。你答应过,要去查查他的资料。你查了吗?我打赌你没查。"

他其实查过了。或者,更确切地说,他指示一名低级图书馆馆员替他完成了这工作。他把手伸进办公桌最顶上的抽屉,取出兰斯·艾牙不对的档案。"这就是他的档案。"他对查莱丝说,"这里头有这怪人的所有资料。更确切地说,是我想知道的所有资料。"他翻了翻档案,"里面没多少东西。艾牙不对的成果不多。先跟你说好,有个重要的图书馆客户没能——到目前为止没能——守约,预约时间是两点三十分,他却没出现。所以,我才有时间应付你这种鸡毛蒜皮的事。一旦他出现,我就得马上终止谈话。"

"艾牙不对到底认不认识'非君主'皮科?"

"这倒是真的。"

"这么说,他是真正的怪人。根除他的论文对社会肯定有益处。这是你的责任。"视频电话的屏幕上,查莱丝扑扇着自己长长的睫毛,抛来秋波,"拜托了,尼尔斯,亲爱的,求你了。"

"可是,"莱勒不为所动,"档案中没有提到,艾牙不对炮制过主题为'被流星击中死亡的精神原因'的论文。"

查莱丝脸红了,犹豫了一会儿,小声回答:"这是我,呃,编的。"

"为什么?"

她沉默片刻,支支吾吾地说:"呃,他,他,他是……说实话,我是他的情人。"

"说实话,"莱勒用厌烦的语调,毫不留情地打击道,"你根本不知道他的论文内容。说不定他的论文完全有理有据,是对我们社会的重要贡献。对不对?"没等她回答,他就伸出手,想挂电话。

"等等。"她飞快地咽了口口水,缩了缩头。莱勒的手指已经碰到了电话的转换键,她赶紧连珠炮似的说:"好,好,尼尔斯,我认错。兰斯不肯透露他论文的内容,对谁都不说。可是,如果你肯同意,对他的论文实行根除,他就必须让你看。对不对? 在辛迪加接受之前,论文必须首先经过你的分析。是不是? 然后,你就能告诉我论文到底写了什么。我知道你会说的。"

莱勒问道:"你为什么非知道论文内容不可?"

"我觉得,"查莱丝吞吞吐吐地说,"这篇论文写的是我。说真的。我身上有些奇怪的地方,兰斯注意到了。我是说,我身上有些奇怪的地方也很正常……你想想,我跟你这么亲密,我们的见面次数——请原谅我的措辞——非常频繁。"

"我烦了,不想再说这个话题。"莱勒口气生硬。到了这一步,莱勒心想,我绝对不会接受艾牙不对的论文,给我多少都没用,一千个战后信用币都没用。"我下次再给你打电话。"说着,他挂了电话。

"先生,"办公桌通讯系统中,响起秘书汤姆森小姐的声音,"有位男士,从今天傍晚六点就等在这儿了。他说,只需要占用您一两分钟时间。麦克法登小姐告诉他,您会很高兴……"

"跟他说,我死在办公室了。"莱勒粗暴地打断了她。

"可您不会死,先生。您身处霍巴特相位,艾牙不对先生也知道这一点,他提到过。他坐在这儿,一直在用某种霍巴特占星术为您占卜。他预言说,之前的一年里,您身上发生过很多好事。坦白地说,他让我紧张。他的有些预言准得可怕。"

"预言过去这种事,我不感兴趣。"莱勒说,"说实话,在我看来,这纯粹是骗人。唯有将来才是可知的。"好吧,莱勒想,这人果然是怪人。这一点,查莱丝倒是没骗我。想想看,居然有人认真对待已经发生的事!居然有人认为,过去的事,早就消失在星云般朦胧的昨天里的事,可以预测!P.T.巴纳姆说得对,每一分钟都有一个傻瓜复活[1]。

也许,我该见见他,莱勒想,查莱丝说得对,这类念头真该被根除。这是为了全人类福祉,也是为我个人的内心平静。

原因还不止于此。他已经被某种程度的好奇所占据。听听某个傻瓜的话,多多少少总有些趣味。看看他究竟能预测到什么,特别是最近这几周。

然后,接受他的论文,予以根除。成为第一个霍巴特占星的占卜对象。

无疑,路德维希·英格不会来了。莱勒估摸着,现在肯定已经到了两点。他瞄了一眼腕表,眨了眨眼睛。

腕表指针表明,现在是两点四十。

"汤姆森小姐,"莱勒对通讯系统说,"你那儿几点?"

"我的老天呀,"汤姆森小姐惊呼,"时间比我想的要早。我清楚地记得,片刻之间我看过,那时候是两点二十。我的表肯定停了。"

"你是说比你想的要晚吧。两点四十比两点二十晚。"

"不,先生,请别生气,我得说,我有不同意见。我是说,我没资格告诉您这个那个的,可是,我没说错。您可以问问别人。我就问问这儿的先生。艾牙不对先生,两点四十是不是比两点二十早?"

---

①英语中有一句俗话:"每一分钟都有一个傻瓜出生。"P.T.巴纳姆,美国商人、政治家。这句话被广泛认为与他有关。

通讯系统的扬声器中传来一个男子干巴巴的声音："我只对面见莱勒先生有兴趣,对学术讨论没兴趣。莱勒先生,只要您肯见我,我保证,您会发现,在所有受到您关注的作品中,我的论文是最明显、最没有价值的垃圾。麦克法登小姐没有误导您。"

"让他进来。"莱勒不情愿地吩咐汤姆森小姐。他心中有些疑惑。刚才的事有些古怪;原本按部就班的时间流向有点儿不对劲。可他却说不出到底是哪儿不对劲。

一个精干的年轻人进了门。他个头不高,初露秃顶的迹象,胳膊下夹着一只公文包。莱勒跟他握了一下手,让他坐到办公桌对面。

莱勒看着艾牙不对,心想:这就是查莱丝的情人。好吧,那就开始吧。"我给你十分钟,"他开口,"然后,你就得离开。明白吗?"

"我写下的,"艾牙不对拉来公文包,"是我能想到的最离奇、最不可能的概念。我觉得,不能让这个概念在社会中生根。无论这概念有多违背理性,总有些人会接受这样的概念,并按照它的指示行动,给社会造成巨大的实际伤害。所以,官方的根除行动是绝对必要的。您是唯一看到这篇论文的人。我万分小心、郑重其事地将它呈现到您面前。"说着,艾牙不对抽了一下,将打字机原稿丢在尼尔斯·莱勒的办公桌上。接着,他朝后靠在椅背上,等待尼尔斯的回答。

莱勒用职业性的谨慎态度仔细审阅了标题,耸了耸肩,"没什么出奇,不过是路德维希·英格著名作品的反转。"他伸手一推,办公转椅从桌边滑开。莱勒举起双手,表示拒绝稿件,"这没有什么不合理。这只是对英格作品标题的反转,合乎逻辑。随便哪个人、随便什么时候都能这么干。"

艾牙不对认真回应道："可是，没人这么干过。除了我。您再读一读，想一想其中暗含的意义。"

莱勒不为所动，又看了看那沓厚厚的稿纸。

"根除这篇论文原稿的意义。"艾牙不对轻轻地低声补充，声音紧张。

莱勒仍然觉得标题不怎么起眼。标题是：

我是如何利用空余时间在地下室
把我的斯瓦伯拆解还原成普通日用品

"那又怎么样？"莱勒问道，"谁都能拆解斯瓦伯。应该说，大家正在这么做。按照规定，数以千计的斯瓦伯统统都被根除了。我认为，现在世界上恐怕已经没有斯瓦伯……"

艾牙不对打断了他的话，"等这篇论文被根除——我确信，这篇论文过去肯定被根除过，最近也被根除过——否定结构中还能剩下什么？仔细想想，莱勒。你很清楚，'根除英格的预设构想'这个行为的暗含意义。根除英格的构想，意味着斯瓦伯的末日，也意味着霍巴特相位的末日。现在，英格的原稿即将被辛迪加下令根除，所以，在过去的四十八小时之内，西美利坚和自由黑人自治体都会回到正常的时间流向中。但是，另一方面，如果您按照我的思路想下去，根除我的论文就会……"他顿了顿，"您已经明白了，对不对？您已经发觉，我发现了保存斯瓦伯、维持即将四分五裂的霍巴特相位的办法。没有我的论文，我们会一点点失去斯瓦伯带给我们的一切。莱勒，斯瓦伯消灭了死亡。'非君主'皮科不过是第一个例子。保留这一切的前提是，我们必须维持这种循环，而维持循环的唯一办法，就是让英格的论文跟我的论文相抵,保持平衡。英格的论文会让时间朝一个方向前进;然后,我的论文会让时间转向;之后,英格的论文会再次反转方向……就这样循环往复,以致无穷,只要我们愿意。除非——我不愿设想这种可能性,但理论上它确实存在——两个方向的时间流合在了一起,那可就完了。"

"你真是个疯子。"莱勒好不容易说出声来。

"一点儿不假。"艾牙不对点点头,"所以你得接受我的论文,让它被辛迪加官方根除。因为你不相信我。因为你认定这太荒唐。"他微微一笑,灰眼睛眼神锐利,充满智慧。莱勒按下通讯系统的通话键,说道:"汤姆森小姐,通知本地辛迪加分支,请他们派一个'伊拉德'来我办公室,越快越好。我这儿有些垃圾,需要他过目。之后,我们就可以开始印刷本的清理工作。"

"好的,莱勒先生。"汤姆森小姐回答。

莱勒靠回椅背,仔细打量着坐在对面的男子,"您满意了吗?"

艾牙不对微笑着回答:"很满意。"

"一旦我发现您的概念中有——"

"可您并没有发现。"艾牙不对耐心地回答,"所以,我会得偿所愿,我会成功。大概明天,最迟不过后天。"

"您是说昨天吧,"莱勒说,"或者之前的一天。"他又看了看腕表。

"十分钟已经到了。"他通知疯子发明家,"我得请您离开。"他把手放在那叠论文上,"这些得留下。"

艾牙不对站起身,走向办公室的门。"莱勒先生,"他突然停了下来,"别紧张,不过,恕我直言,您得刮胡子了,先生。"

"我有二十三年没刮过胡子了。"莱勒回答,"自从霍巴特相位在我所在的洛杉矶市起效之后,我就没刮过。"

"到明天这时候,您就得刮了。"说着,艾牙不对离开办公室,关上了门。

思索片刻,莱勒按下通话键:"汤姆森小姐,从现在开始,谁都别放进来。今天之内,所有的预约全都取消。"

"好的,先生。"汤姆森小姐应道。接着,怀着希望,她又补充一句:"他真是个疯子,对不对? 我想也是。我看出来了,您一定很高兴花时间见了他。"

"是准备见他。"莱勒纠正道。

"我觉得您说得不对,莱勒先生。过去时——"

"哪怕路德维希·英格来了,"莱勒说,"我也不想见他。我今天受够了。"他拉开办公桌抽屉,把艾牙不对的手稿小心地放进去,然后关上抽屉。接着,他把手伸向桌上的烟灰缸,从里面挑了最短的烟蒂——也就是说,味道最好的那一支,在陶质的办公桌表面上笃笃敲了敲。等烟蒂亮起火光,莱勒就把它举到唇边。他坐在办公椅上,定定地望着办公室窗户,吐出缕缕青烟。透过窗户,他能看到停车场过道两旁的白杨树。

风刮过树梢,卷起不少树叶,打着旋儿,把树叶安插到树枝上,整整齐齐地排列开。白杨树顿时好看不少。

有些枯黄的树叶已经变绿。过不了多久,秋天就会让位给夏天,夏天再让位给春天。

他一边欣喜地注视着这景色,一边等待辛迪加派来的"伊拉德"。全赖这疯子的疯狂论文,时间又回归到平常的流向。可是——

莱勒揉揉下巴,摸到硬硬的胡茬。他皱皱眉。

"汤姆森小姐,"他对着通话器说,"请来一下,帮我看看,我是否需要刮胡子。"

　　他有种预感,答案是肯定的。而且,恐怕不能拖。

　　说不定,在之前的半小时内,就得动手刮了。

神圣争论

一

深深的睡眠渐渐变浅，随后四散。他眨眨眼。有一道晃眼的人造白光，刺得他眼睛疼。白光来自三个圆环，固定在床跟天花板中间的某个位置。

"抱歉吵醒你了，斯达福特先生。"白光后，响起一个男人的声音，"您是约瑟芬·斯达福特先生，对吗？"接着，这声音转向某个看不见的人，说："要是叫醒的人不对——要是叫醒的人没这个本事，可真是丢死脸啦。"

斯达福特坐了起来，哑着嗓子问道："你们是谁？"

床"吱嘎"一声。一个光圈低了下来。是他们中的一个坐到了床上，"我们想找第六层五十楼的约瑟夫·斯达福特。他是——叫什么来着？"

"GB型号计算机维修员。"他的同伴接过话头。

"对了，对于新型熔化等离子数据储存罐这类东西，您是专家。要是这种东西破了，您能修好。对不对，斯达福特？"

"他当然能。"另一个声音平静地说道，"所以他才被列为'随时待命'等级。"他又说:"我们切断的第二条视频电话线,就是直接连通他的上司的。"

"你有多久没接到工作命令啦,维修员?"第一个声音问道。

斯达福特没回答。他伸手到枕头底下摸索,想找一直藏在那儿的斯尼克手枪。

"大概有很久没干活啦!"一个举着手电的人说。

"大概需要钱啦! 你要钱吗,斯达福德? 不要钱的话,你想要什么? 你喜欢修计算机吗? 我想,你肯定喜欢,才会选这一行,否则你就是个傻瓜啦——干这行得二十四小时待命呢。你的活儿干得怎么样? 你能修好我们的Genux-B军用策划程序机吗? 不管它出了什么荒唐的、莫名其妙的毛病,你都能修吗? 给我们点儿希望,快说你能。"

"我——我得想想。"斯达福特含含糊糊地回答。他还在摸枪,却没摸到。他摸了个空。大概在叫醒他之前,他们就把枪拿走了。

"跟你说,斯达福特。"那个声音还想说话。

另一个声音打断他:"是斯达福特先生。听着。"右边最远处的光圈也低了下来——说话人弯下了腰。"起床吧,好吗? 穿好衣服。我们得把你带到某处去修计算机。路上的时间足够我们测评你究竟有多大能耐。等我们到了,你可以看一下那台Genux-B,估算下维修需要多长时间。"

"我们非常希望它能被修好。"第一个人哀叹道,"它现在的情况,对我们没用处,对谁都没用处。就因为它状况不佳,等待处理的数据已经堆成了一英里高的山,而且都没有——你们叫什么来着?——被输入处理。这些数据就这么堆着,没有经过Genux-B的处理,自然也不会有结论。自然,所有的卫星就这么白白飞着,就好像什么事都没发生似的。"

斯达福特身子僵硬,缓缓从床上下来,说:"最先出现的是什么症状?"

他思忖,不知这些是什么人,也不知道他们说的是哪一台Genux-B。据他所知,北美洲只有三台——全球也只有八台。

见斯达福特切换到了工作状态,手电筒后那些看不见的身影相互商量了一阵。最后,其中一个清了清喉咙,说:"我想,有个负责把数据带输入计算机的卷轴不转了。因此,所有的数据带都只能落到地板上,变成高高的一堆。"

"可是,输入卷轴上有压力感应器,会根据压力自动调整——"斯达福特开口道。

"这个嘛,这个卷轴没法自动调整。你瞧,是我们把卷轴卡住了,不让它往计算机里输送数据带。之前,我们试过截断数据带。不过,您也知道,同样的数据会自动重复出现。后来,我们还想抹消数据带上的数据。可是,一旦抹消电路启动,就会在华盛顿特区那儿触发警报。我们可不想把这事儿捅到高层去。不过,他们——就是计算机的设计者——没关注输入卷轴的压力调整装置,因为这东西构造太简单,不可能出错。"

斯达福特一边摸索着给衬衫领子扣扣子,一边说:"换句话说,有些数据,你们不希望计算机收到。"现在,他已经清醒。至少,他觉得自己多多少少算是清醒了。"是什么数据?"他背脊发凉,有种不祥的预感。肯定是会让这台大型政府计算机发出红色警报的数据。有时候,"南非真实协会"(SATA)各个成员国中,会出现某些真实却细碎的征兆。这些征兆数据,虽然表面上各不相关,但是,一旦被Genux-B接收,吸收与处理能力强大的计算机就会注意到其中的规律,并且整合出意义,推断出"南非真实协会"会发起恶意攻击,随即发出红色警报。总之,只有在这种情况下,才需要弄残Genux-B。

斯达福特苦涩地想,上头一直警告我们,会有这种事发生。敌人想要袭击我们,肯定会先灭掉Genux-B,免得它动用SAC[1]的报复卫星和轰炸机。这些人,肯定是SATA北美分支的秘密特工。他们把他拽来,是想让他帮忙,让计算机彻底瘫痪。肯定是这样没错。

可是——八成是有些数据已经被输入了计算机。有些数据大概已经传入了接收电路,等待处理与分析。他们动手太晚了。也许晚了一天,也许只晚了几秒钟,反正某些有意义的数据已经通过数据带输入了计算机。所以,他们才不得不叫上他。只靠自己,他们没法完成任务。

这么说,此刻,美国上空肯定汇集了众多携带可怕武器的卫星,随时会爆炸。同时,国家防御机制网却在等待中央电脑的命令——而这道命令,却永远不会来。因为,Genux-B根本无法接收数据,自然不会发觉军事袭击的任何蛛丝马迹。就这样,它会一直被蒙在鼓里,直到国家的首都遭到直接打击。打击会毁掉一切,包括这台被弄残的计算机设备。

难怪他们会卡住输入卷轴。

二

"战争开始了。"他静静地对三个手拿电筒的人说。

---

[1] 根据作者的写作年代,SAC应指美国"战略空军司令部"(Strategic Air Command)。如今,更名为"美国战略司令部",并于2002年与"美国空间司令部"合并,负责空间作战、导弹防御、全球威慑等等。

他打开了卧室的台灯，打量了一番这四个人。四个都是普通人，一脸有任务在身的模样。他们不是狂热分子，而是政府官员。这几个人，估计到哪儿都能为当地政府服务，哪怕是有些神经病的政府也行。"战争已经爆发，"他大声说出来，"所以绝对不能让Genux-B知道，免得它发动自卫或者反击。你们只想让它收到表明一切和平的数据。"

他回想起——他们肯定也同样在回想——在最近两次"荣誉调停"的行动中（一次针对以色列，一次针对法国），Genux-B的反应有多快。没有任何一位训练有素的职业观察家发觉了其中的迹象——或者说，发觉了这些迹象背后的目的。1941年约瑟夫·斯大林就吃过这种亏。他已经了解到某些迹象，证明纳粹第三帝国打算进攻苏联。可是，他就是不相信，或者没法相信。同样的例子还有1939年。当时，纳粹帝国也没法相信，法国和英国会遵守跟波兰的协定。

四个拿着手电筒的男子紧紧围着斯达福特，引他走出自己的公寓，来到外头大厅，乘上通向楼顶的电梯。出了电梯，露天楼顶的空气中有湿润的泥土味道。斯达福特深深吸了一口气，打了个哆嗦，不自觉抬头看了看天空。有颗星星在移动，那是一架振翅机的降落灯。振翅机落了下来，停在离五人几英尺远的地方。

几人坐进振翅机。飞机很快起飞，离开楼顶，朝西方犹他州方向飞去。带着斯尼克手枪、电筒和公文包的灰西服官员对斯达福特说："你的猜测很有逻辑。考虑到我们刚刚才把你从深睡眠中叫醒，就更了不起了。"

"可是，"另一名同伴插嘴道，"你猜错啦！给他看看我们扯出来的打孔带。"

离斯达福特最近的男子打开公文包,取出一团塑料带,默默递给斯达福特。

斯达福特举起带子,借着振翅机的顶灯,看清楚了上面的孔洞。是二进制数据。无疑,这是计算机给直辖的战略空间司令部下达的命令。

"那东西差点儿就要按下紧急按钮,给他们发出命令。"坐在振翅机控制台后的人扭过头说,"命令会调动所有相关的部队。你能读出这份命令吗?"

斯达福特点点头,让注意力回到数据带上。对,他能读。计算机向SAC发出了正式的红色警报。它甚至让携带氢弹的部队进入准备状态,还要求所有洲际弹道导弹,不管停放在何处,全都准备发射。

"还有,"控制台后的男子补充道,"它还通知防御卫星和导弹组合,马上会有氢弹袭击。一旦遭袭,立刻做出反应。不过,您也看到了,我们把这些都拦下来了。这些数据带都没有进入电传线。"

愣了一会儿,斯达福特哑声道:"那么,你们不想让Genux-B接收的,究竟是什么数据呢?"他一头雾水。

"反馈数据。"控制台后的男子说。显然,他是这一组行动队的头儿。"没有反馈数据,计算机就没法断定手下的军事部队有没有反击。在缺乏数据的情况下,它只能假定军队的反击已经开始,同时敌袭则部分得手。"

斯达福特问道:"可是,没有敌人呀。到底是谁袭击了我们?"

众人沉默。

斯达福特前额渗出汗水,滑腻腻、湿漉漉的,"你们知不知道,需要多少数据,Genux-B才会做出我们正遭受敌袭的结论?需要几百万个独立的事实,需要评估、比较、分析所有可能的已知数据,才能得出绝对的格式塔①。这里的格式塔,专指敌袭迫近的格式塔。光凭一件事不可能得出这种结论,必须有大量事实才行,比如,苏联的亚洲部分开始建造避难所;比如,古巴周围出现异常的货轮动向;比如,红色加拿大出现密集的火箭卸货……"

"没有任何人,"控制台后的男人静静开口,"没有任何国家或组织发动袭击。地球上没有,月球上没有,火星上的穹顶房屋里也没有。你很快就会明白,我们为什么会把你叫来。你必须绝对保证,Genux-B发出的命令,一条都不能送到SAC去。我们想把Genux-B封起来。不让它利用自己的优先级下达命令。除了我们输入的数据,也不让它获得任何消息。今后该怎么做,我们今后再考虑。'得先把最大的魔鬼除掉——'"

"你是说,尽管Genux-B有多重数据收集器,掌握了这么多情报,却没法区分我们究竟有没有遭到敌袭?"斯达福特质问道。接着,他回想起前两次敌袭警报,顿时心下既恐惧又绝望。"那,我们82年对法国的攻击,还有89年对以色列的攻击呢?"

"那两次,跟现在一样,都没有人对我们发动袭击。"离斯达福特最近的男人回答。他从斯达福特手中取回数据带,放回公文包。他的声音既郑重又悲哀。除了他,没有人动,也没有人说话。"只是这一次,我们几个及时阻止了Genux-B,没让它发出命令。我们祈祷,自己阻止的是一场毫无意义、毫无必要的战争。"

"你们到底是谁?"斯达福特问道,"你们在联邦政府里到底

①德文Gestalt的译音,也被称为"完形",意思是指"动态的整体",即对整体的认知。

处在什么地位？你们跟 Genux-B 又有什么关系？"他仍然觉得，这些人是惹是生非的"南非真实协会"的特工。在他看来，这最说得通。要么，他们就是以色列的狂热分子，想来报复，或者，想来阻止战争。阻止战争，倒是破坏计算机最人道的动机。

可是，就算这样，他也别无选择。他跟 Genux-B 一样，都发誓效忠、而且只效忠于"北美繁荣联盟"（NAPA）这一政治体。他还得想办法从这些人手里逃走，然后再想办法找到自己的顶头上司，呈报此次情况。

振翅机控制台后的男人说："我们三个是FBI。"他掏出身份凭据，"那一个，是位电信工程师。他还参与了这一台 Genux-B 的草创设计。"

"没错。"工程师说，"就是我帮他们卡住了程序输出和数据输入。可是，这还不够。"他转向斯达福特，神色宁静，双眼圆睁，充满期待。他的语调半是乞求，半是命令，但凡能起效的语调和表情，他都用上了。"可是，我们得面对现实。每台 Genux-B 都有备用监视电路，这个备用电路随时会通知计算机，它对SAC发出的程序命令没有得到执行。另外，它没有收到本应收到的数据，所以，它会认定出现错误，让电子线路转向内部，开始自检。到那时候，我们就得想其他办法，光靠用十字螺丝刀卡住输入卷轴就没用啦！"

斯达福特做了个手势，"我只是个维修员，维护加修理——就连故障分析都算不上。我只能按人家说的做。"

"那就按我们说的做。"离他最近的FBI声音刺耳，"去找出 Genux-B 发出红色警报、调动SAC、发起'反击'的原因。找出它发动对法国和以色列攻击的原因。是什么让它在整合了数据后，得出这样的结论？它又不是活物！它没有意愿。它不可能感觉到某种冲动,然后行事。"

工程师说:"要是走运,这次就会是最后一次。今后,Genux-B就不会再犯这种错误了。这一次,如果我们能发现故障所在,或许可以一劳永逸地排除掉——趁世界上另外七台Genux-B没出现这种故障之前。"

"你们确定,"斯达福特问道,"我们没有遭到袭击吗?"就算Genux-B前两次错了,不代表这次也会错。理论上,这次它有可能是正确的。

"最近不会发生敌袭,"离他最近的FBI说,"至少,我们没察觉到任何迹象——反正人类数据分析师没有察觉到任何迹象。我承认,从逻辑上说,Genux-B可能是对的。毕竟,就像他刚才说的……"

"你们也有可能犯错误。因为,长久以来,SATA一直对我们怀有敌意,我们已经习以为常。这是现代社会的一个常态。"

"哎呀,敌人不是南非真实协会。"FBI用轻快的语调回答,"如果是SATA,我们就不会怀疑啦!正因为不是SATA,我们才起了疑心,到处调查,询问了以色列战争、法国战争,还有其他国家争端的幸存者。"

"敌人是北加州。"工程师做了个鬼脸,"甚至不是加州全境,而是皮斯莫海滩以北的加州。"

斯达福特目瞪口呆。

"没错。"一个FBI回答,"Genux-B正打算动用所有的SAC轰炸机和卫星武器,全力攻击加州萨克拉门托市附近地区呢!"

"你问它原因了吗?"斯达福特问工程师。

"当然问了。严格地说,我们是让它详细列出'敌人'的计划和目的。"

一名 FBI 拖长了声音说："告诉斯达福特先生,北加州究竟有什么目的计划,才让它变成了热核打击的目标。要不是我们及时卡住那该死的机器——现在还卡着,北加州早就被 SAC 的导弹攻击毁灭了。"

"有个人,"工程师说,"在卡斯特罗峡谷某条街上,经营着一排'一分钱换口香糖'机器。你知道,就是那种经常摆在超市外面,形状像是个透明塑料泡泡的自动售货机。孩子们往里面塞一分钱,就能拿到一个奖品球,里面装着口香糖。有时候,还会有额外的奖品——戒指之类的小玩意儿,每个都不一样。这就是打击目标。"

斯达福特不敢相信,说道:"你在开玩笑吧!"

"绝对是真的。那人名叫赫伯·索萨。他一共有六十四台自动售货机,正计划扩大规模。"

"我是说,"斯达福特好不容易挤出字来,"Genux-B 居然对这种数据做出反应,这是开玩笑吧?"

"确切地说,它不光是针对这种数据做出反应。"离他最近的 FBI 说,"比如,我们已经向以色列和法国政府确认过,他们那儿没有名叫赫伯·索萨并经营自动售货机的人。我说的自动售货机,包括贩卖巧克力糖衣花生的机器以及所有类似的机器。还有,二十年来,赫伯·索萨在智利和英国都有自动售货机业务,却一直没有引起 Genux-B 的注意。"他补充道,"赫伯是个老人家。"

"就像'约翰尼苹果口香糖'一样,"工程师吃吃笑着,"遍布世界,把口香糖贩卖机放到每个加油站前……"

脚下出现了一排排数不清的公共建筑,灯火通明。振翅机开始降落。工程师开口道:"我们这儿的专家说,红色警报的触发物或许是自动售货机里的商品的原料。他们研究了 Genux-B

收集的跟索萨口香糖经营许可相关的所有资料。我们得知,每一台Genux-B的元件都包含有一长串枯燥无聊的化学成分。在食品工业——比如索萨自动售货机出售的商品中,也有同样的化学成分。说起来,Genux-B曾经特别要求我们提供化学成分这类信息。它总是吐出'基础数据不完整'这句话,直到我们弄来了详尽的PF&D[①]实验室分析结果才罢休。"

"分析结果怎么样?"斯达福特问道。此刻,振翅机已经停在某幢建筑物的楼顶。在这幢建筑物里,存放着这台计算机的核心部件——人们也管这台计算机叫"北美繁荣联盟"的"中央核心"(C-in-C)先生。

"口香糖的检测结果嘛,"一名靠近门边的FBI一边跨出振翅机,踏上亮着微光的降落引导带,一边回答,"不过是胶基、糖、玉米糖浆、软化剂、人工香精这一类的东西。说实话,没这些东西,根本做不成口香糖。至于那些小玩意儿奖品,也就是真空加工的热塑料而已。从这儿到中国香港,再到日本,有十几家工厂生产这些东西。只要六百美元,随便去哪家工厂都能买到一大堆。我们甚至追溯到了提供小奖品的生产商,也就是索萨的供货商,派了名政府官员亲自去了工厂,看了这些该死的小东西的整个生产过程。什么可疑情况都没有。一点儿也没有。"

"可是,"工程师半是自言自语地说,"当我们把这些数据提供给Genux-B……"

"它马上就启动了红色警报。"FBI接着说道。他朝旁边跨了一步,让斯达福特下机。"要求SAC总动员,发射井中的导弹随时做好准备。离热核战争只差四十分钟——对我们来说,就只差一把十字螺丝刀卡进计算机输入卷轴的距离。"

---

①或隐指美国食品药品监管局(FDA)。

工程师热切地问斯达福特："您听了这些，有没有发现什么古怪？或者有可能误导的东西？如果您有发现，看在上帝的份上，请务必告诉我们。我们只能想出这种故意破坏 Genux-B 的办法。这种时候，万一真的有什么外部威胁……"

"我在想，"斯达福特若有所思，"什么叫'人工'色素？"

三

"人工色素就是人工添加的无害食物染料。没有这种染料，口香糖的颜色就没法让大家接受。"工程师很快回答。

"可是，原料表里并没有详细列出人工色素究竟是什么，或者做什么用。"斯达福特说，"还有人工香精呢？"FBI 面面相觑。

"确实没错。"其中一个说，"我印象深刻，当时因为这问题，弄得我们挺烦——那台机器特别强调了人工香精。可是，该死的……"

"人工色素和人工香精，"斯达福特说，"可以包含任何物质，凡是能染上颜色、增添香味的东西都算。"他记得，剧毒的氢氰酸能把其他东西变成明亮的鲜绿色。这种东西，不也可以算是"人工色素"吗？而且根本不能算是撒谎。还有味道——"人工增味剂"到底是什么意思？他脑中经常会出现这种暗黑古怪的念头。但此刻，他决定先把这些念头放一放。现在该下去看一眼Genux-B 了，看看这台计算机究竟受到了多大破坏——还有，如果必要的话——还需要把破坏增加到什么程度。真是讽刺。自然，前提是这些人对他说的是实话——他们真是身份凭据上显示的 FBI，而不是 SATA 派来的破坏者，也不是几个主要外国敌对势力派来的间谍。

哈,说不定,他们就是准备反叛的"北加州守备队"的勇士。这也不是绝对不可能。说不定,北加州真在酝酿什么恶意计划,被 Genux-B 嗅出了端倪。这台机器本来就是干这个的么!

现在,他无从判断。

但是,等检查完电脑,他就会知道了。他特别需要亲眼看一看,来自外部世界的数据带,是不是全部输入了计算机里。还有,这些数据是否权威可靠。一旦弄清楚了这些——

我就把计算机修好,让它工作。他心中暗下决心,这是我的工作,我受的训练就是干这个的,人家雇我来也是干这个的。

对他来说,维修计算机并不难。他对计算机的内部构造一清二楚。

所以这些人才来找他帮忙。至少,这一步算是走对了。

一行人走向电梯。电梯外立着众多身着制服的保安,整整齐齐地站成方阵,仿佛等待游行开始。"来片口香糖?"一名 FBI 特工托着三个颜色鲜艳的小球,问斯达福特。这位特工身材粗壮,脖子又粗又红。

"是索萨机器里的口香糖?"工程师问道。

"一点儿不错。"特工把三个口香糖球丢进斯达福特的外套口袋,咧嘴笑了,"这些东西有没有害处?请选择答案:有;没有;也许有。就像是大学考试题一样。"

斯达福特伸进口袋,取出一个小球,借着电梯的顶灯,仔细查看。

他思忖着:圆球,蛋,鱼卵。口香糖和一粒粒的鱼子酱一样,都是圆的。而且,也都能吃。没有任何一条法律规定,不能出售染了鲜亮颜色的蛋。或者说,这些蛋生来就是这个颜色?

"说不定这些是蛋,能孵出东西来哦。"一名 FBI 突然随口说了一句。一行人已经下降到大楼警戒森严的部分,几名FBI都紧张起来。

"你觉得这东西会孵出什么来?"斯达福特问道。

"一只鸟。"最矮的FBI口气粗暴,"能给大家带来重大福音的小红鸟。"

斯达福特和工程师都朝他看了一眼。

"别引用《圣经》的句子跟我说话,"斯达福特说,"我可是听着《圣经》长大的。我可以用《圣经》堵死你的嘴。"话虽如此,想到自己刚才脑中冒出的也是"蛋"这个念头,这可真是大脑间奇特的共时性[①]。他的心原本就沉在肚子里,这种巧合让心沉得更深了。某种产卵的生物,他想,比如鱼,每次能产下几千枚卵,全都一模一样。其中,只有极少数能存活。真是可怕的浪费,真是可怕的原始的产卵办法。

可是,如果把卵产在全世界数不清的公共场合,就算只有一小部分存活,也足够了。地球上的鱼类就是成功的范例。如果地球生命能用这办法,外星生命也能。

这念头可不妙。

"如果说,我有计划侵占地球。"看到斯达福特脸上的表情,工程师接着说道,"而我的种族——来自天知道哪个星系、哪一颗行星的外星种族——正好跟地球冷血生物的繁殖方式相同。"他仍然望着斯达福特,"换句话说,我得产下几千枚甚至几百万枚小小的硬壳蛋,又不想让它们被发觉。这些蛋,都跟普通生物

---

①瑞士心理学家荣格二十世纪二十年代提出的理论,指"有意义的巧合",用于解释因果律无法解释的现象,如梦境成真,想到某人、某人便出现等。荣格认为,这些表面上无因果关系的事件之间有着非因果性、有意义的联系,这些联系常取决于人的主观经验。

卵一样,颜色鲜亮……"他犹豫一下,"可是,还有个孵卵的问题。孵卵需要多长时间?需要什么样的环境?受精卵想要孵出来,一般来说需要待在温暖的环境里。"

"小孩子的身体温暖得很呢!"斯达福特说道。

而且,说来疯狂——这些蛋,还能通过食品药品纯净度标准的审查。一个蛋当然不会有毒。全是有机物,而且营养丰富。

当然,还有一个前提。如果这些真是外星生物卵,这些蛋鲜艳的"糖衣"外壳必须经得住普通人胃液的腐蚀,不至于让蛋溶解。不过,再想一想,这种"口香糖蛋"必须先经过牙齿,蛋不可能经得起咀嚼。所以,这东西必须被人像颗药丸似的整个儿吞下去。

他用牙齿用力一咬,咬破了一个红色小球。小球裂成两半,他仔细查看小球里的东西。

"只是普通的口香糖。"工程师说,"胶基,糖,玉米糖浆,软化剂……"尽管语带嘲讽,但工程师的脸上仍然掠过一丝松了一口气的表情,好不容易才克制住,"想错啦。"

"我很高兴这个设想是错的。"最矮的FBI说。他走出电梯,"我们到了。"他走到电梯口那一堆身着制服、全副武装的保安身旁,亮了亮身份凭证。"我们回来了。"他对保安说。

"奖品。"斯达福特突然开口。

"什么意思?"工程师看了他一眼。

"既然不是口香糖,那肯定是奖品,那些小玩意儿小装饰品什么的。就剩这种可能性了。"

"你的推断,"工程师说,"是在暗示,你坚持认为Genux-B没有出故障,仍在正常工作。也就是说,它的结论在某种程度上是正确的,北加州真出现了极大的威胁,大到必须动用威力最大的武器,把整个地区都铲平。可是,就我看,如果以计算机出故障为前提,然后再寻找原因,可能容易得多。"

一行人走在熟悉的政府大楼及其宽敞的走廊上。斯达福特回答:"Genux-B的工作能力,可以同时仔细分析处理大量数据。任何人或者任何人类团队,都做不到这一点。这台计算机比我们的处理能力更大,速度也更快。只需要几微秒,就能出结果。如果Genux-B在分析了所有现存数据后,认为有敌人发动战争,而我们却没有发现任何迹象,这恰恰说明计算机运作正常,正按照预定方式运行。我们越是有异议,越是对它产生怀疑,就越说明它的工作能力强。要是我们像它一样,也能根据现有数据,发现迫在眉睫、必须反击的战争,那么,就根本不需要研制Genux-B了。现在这种情况——计算机发出红色警报,而我们却没发觉任何敌袭的迹象——正说明这种型号的计算机显示了自己的能力和用处。"

沉默片刻后,一位FBI仿佛自言自语地说:"嗯,他说得对,非常对。真正的问题是,我们对Genux-B的信任,是否超过我们对自己的信任?对,我们造了它,用它来处理我们没法处理的大量数据,然后做出更快更准确的分析。如果我们的造物——这台计算机——是成功的,那么,我们目前遭遇的问题,恰恰是理所应当的情况。我们没看到发动袭击的必要性,可它却看到了。"他发出刺耳的笑声,"那么,我们该怎么做?是再次启动Genux-B,让它恢复工作,调动SAC,发起战争?或者,我们宁可让它彻底没法工作——换句话说,就是彻底拆了它?"他的眼神冰冷警觉,盯着斯达福特,"总得有人来做决定。现在就做。立刻就做。得有人根据情况作出合理推断:这台电脑究竟在正常工作,还是出了故障。"

"这决定得让总统和他的班底来做。"斯达福特紧张地说，"这种终极决断，应该让他们来做。该由他来承担道德责任。"

"可是，"工程师插话，"这并不是道德问题呀，斯达福特。这只是看起来像道德问题。其实，不过是一个技术问题。说白了，就是Genux-B到底是在正常工作，还是出了故障?"

斯达福特明白了，心中一阵寒意，既凄凉又悲哀——这才是你们把我从床上拉起来的真正目的。你们用了临时凑合的办法，卡住了电脑;你们叫我来，不是要我替你们完成永久性拆毁计算机的任务。想要毁掉这台电脑，只需要让停泊在大楼外面的火箭弹车朝这儿射一枚火箭弹就行。就算不用火箭弹，就目前的情况，这台电脑也可以算是永久废弃了——你们的十字螺丝刀满可以一直卡在里面。何况，你们还有负责设计并建造这台计算机的工程师。不，你们叫我来，既不是要修电脑，也不是要毁电脑。你们叫我来，是想让我做个决定。因为，十五年来，我一直跟Genux-B有着密切接触。所以，你们就认定，我应该具备某些神秘的直觉，能感觉出这种型号的电脑究竟是在正常工作还是出了故障。你们觉得，我只要听听机器发出的不同声响就行。就像有能耐的汽车修理工，只要听一听涡轮发动机的声音，就知道汽车有没有被撞过，如果撞过，到底损伤多大。

你们想要的，只是一个诊断。我们现在做的，就像是电脑医生们的会诊——几个电脑医生，还有一个维修员。

显然，只能靠维修员来做这个决定。因为，其他人都已经放弃了。

不知道自己还有多少时间。很可能没剩多少。因为，如果电脑的判断是正确的——

不过是街边的口香糖自动贩卖机罢了，一分钱就能买一颗，都是些孩子们的小玩意儿。就为这个,这台计算机不惜铲平整个北加州。Genux-B到底推导出了什么? 朝前看的时候,它究竟看到了什么东西?

眼前的景象让他惊奇,这么个小小的工具,一把十字螺丝刀,居然能中断猛犸象般的自动处理程序集合。不过,得承认,这把螺丝刀卡进去的角度十分专业。

斯达福德开口道:"我们必须做些实验,引入精心计算过的实验数据——而且,要虚假的数据。"他在一台跟计算机相连的打字机前坐下。"我们就从这一条开始吧。"说着,他开始打字。

加州萨克拉门托的口香糖贩卖机巨头赫伯·索萨突然在睡梦中去世。这个当地商业帝国迎来始料未及的终结。

一名FBI觉得很滑稽,"你觉得它会相信?"

"它当然相信输入的数据。"斯达福特回答,"它没有其他信息来源。"

"可是,要是数据之间发生冲突,"工程师指出,"它就会进行全面分析,然后接受可能性最高的一支数据链。"

"现在,"斯达福德说,"不可能出现数据冲突。因为Genux-B没法从其他渠道收到信息。"他把打孔卡塞进计算机里,站着等待。"发出输出信号,"他对工程师说,"然后看它会不会取消红色警报。"

一名FBI说:"我们已经有了一条连接线,应该很容易监听到输出结果。"说完,他瞟了一眼工程师。工程师点点头。

十分钟后,戴着耳机的工程师回答:"没变化。仍然发出红色警报。对它没影响。"

"那就是说,这跟赫伯·索萨没关系。"斯达福特思忖着,"要么就是他已经把该做的——不管他要做什么——都做完了。总之,他的死对Genux-B没有意义。我们得换个方向。"斯达福特又坐到打字机前,打出第二条虚假数据。

根据北加州银行界和金融界可靠人士透露,过世的赫伯·索萨留下的口香糖帝国将会解体,以抵偿高额外债。当问到每台机器内的口香糖和小装饰品如何处置时,执法人员猜测,一旦法庭下达命令(一位萨克拉门托地区助理检察官正在着手此事),这些东西就会被全部销毁。

打完这段话,他往椅子上一靠,等待结果。赫伯·索萨不在了,口香糖贩卖机中的商品也没有了,其他还剩什么?什么都不剩。至少,就Genux-B所知,目标人物和商品,都不存在了。

时间一分一秒过去。工程师监听着计算机输出的信号。最后,他无奈地摇了摇头:"没变化。"

"我还有一条虚假数据要输。"斯达福特又塞了一张卡片到打字机里,开始打字。

新发现:名为赫伯特·索萨的个体从未存在过。这位神秘人士也从未涉足口香糖自动售货机行业。

打完后,斯达福特站起身来,"这条数据,会消除Genux-B现在及过去所知的一切有关索萨以及'一分钱买口香糖'机器的信息。"对计算机来说,这么一来,相当于彻底删除了索萨这个人。索萨对计算机来说,从未存在过。

这样一来,目标人物不存在,他的边缘性特许经营业务也不存在。所以,计算机就不可能对不存在的人物发动战争。

片刻后,紧张监听 Genux-B 的工程师说话了:"有变化了。"他盯着示波器,接过计算机吐出的一卷带子,认真研究。

一时间,他没有说话,专注解读带子上的信息。接着,他猛地抬起头,朝周围众人咧嘴一笑,似乎深感滑稽。

"它说,这条数据是谎言。"

四

"谎言!"斯达福特不敢相信。

工程师说:"它丢弃了最后这条数据,认定这条数据不可能为真。这条数据跟已知的有效数据相冲突。换句话说,它仍然认定赫伯·索萨真实存在。别问我它是怎么知道的,大概是通过长时间、广范围的数据评估得出的结果。"犹豫一下,他又说:"显然,对于赫伯·索萨,它知道的比我们多。"

"反正它就是知道有这么个人存在。"斯达福特总结。他有些恼火。从前,Genux-B 也发现过冲突或不精确的数据,加以丢弃。但是,之前的形势,从没像现在这么严峻过。

不知道 Genux-B 的记忆格中储存了什么数据。它肯定觉得这些数据无懈可击;所以,比较之下,才认定他输入的"索萨不存在"是虚假数据。

"它的逻辑推理肯定是这样的,"斯达福特对工程师说,"如果 X——也就是索萨从没存在过——是真的,那么 Y——不管 Y 是什么——也是真的。可是,Y 是假的。我真想知道,在它收集的数以百万计的数据中,到底什么才是 Y。"

于是,又回到了最初的问题:赫伯·索萨到底是什么人？他做了什么事,使得Genux-B认定,倾全力的暴力打击必不可少？

"问问它。"工程师说。

"问什么?"斯达福特莫名其妙。

"让它把储存的赫伯·索萨资料都输出来。所有的资料都要。"工程师用极其耐心的语调说,"上帝知道它到底有些什么资料。一旦我们拿到资料,就全部翻看一遍,看看它发觉的东西,我们能不能发觉。"

闻言,斯达福特打出恰当的命令,然后把卡片塞给Genux-B。

"这让我想到在加州洛杉矶分校读书时,上过的一门哲学课。"一名FBI若有所思地说,"课上讲过一个本体论的论证,这个论证的目的是证明上帝确实存在。论证的过程是这样的,首先,想象一下,如果上帝存在,会是什么样子。全知全能,无所不在,永生不死,而且还有无尽的公正和仁慈。"

"那又怎么样?"工程师不耐烦地问。

"然后呢,设想完上帝拥有这些终极特质后,你会发觉,他缺少了一样不起眼的特质——每个细菌、每块石头,甚至高速公路边的每样垃圾都拥有这个性质——也就是存在。所以,你可以推论:如果上帝拥有所有的终极特质,那么,他肯定也拥有'真实存在'这个性质。一块石头能做到的事,上帝肯定也能。"接着,他补充道:"这个论断早就过时,被人抛弃了。早在中世纪,就有人驳倒。可是——"他耸了耸肩,"这论断很有趣。"

"现在这时候,你怎么会想起这个?"工程师问道。

"也许,"FBI回答,"向Genux-B证明索萨存在的,并非某一个事实,甚至并非某一串事实,而是所有的事实。也许,只是因为事实数据实在太多。根据过去的经验计算机已经学到，一旦关于某人的数据量大到某个程度，这个人就必然真实存在。毕竟，Genux-B这种型号的计算机拥有学习能力。所以我们才赋予它重要职责。"

"我还有一条数据想输入。"工程师说，"我把数据打出来，给你们看看。"说罢，他坐到编程打字机前，打了一条简短的句子，拉出打孔卡，传给大家看。卡片上写着：计算机Genux-B并不存在。

众人瞠目结舌。片刻后，一名FBI开口道："既然它有能力把新输入的赫伯·索萨数据跟已知数据比较，那么，它肯定也能把这条数据跟已知数据相比较——而且，这么做，你的目的究竟何在？我看不出它有什么用处。"

"要是Genux-B不存在，"斯达福特倒是理解了，"那么，它就不能发出红色警报。这是逻辑矛盾。"

"可是，它已经发出了红色警报呀，"最矮的FBI指出，"而且它也知道这一点。所以，不用费力，它就能得出结论，它确实存在。"

工程师说："我们就试一试吧，我很好奇。反正，就我看来，试试也没坏处。一旦需要，我们随时可以删除虚假数据。"

"你是不是觉得，"斯达福特问道，"如果我们把这条数据输进去，它会做出以下推论：如果它不存在，就没法接收写明'Genux-B并不存在'的数据；既然它收到了这条数据，那就证明它存在。所以这条数据是假的，需要加以丢弃。"

"我也不知道。"工程师承认，"我从没听说过，有谁给B型计算机输入否定它存在的数据，然后让它处理。谁都没想过要做这种理论探讨。"他来到Genux-B的输入口前，放进卡片，然后退开。众人默默等待。

在格外漫长的等待后，跟工程师耳机相连的输出电线终于有了回应。他听着耳机中的声音，把计算机的回答翻译出来，给大家看，

对340s70要素单元（即"Genux-B多数据计算工具并不存在"）的分析：

如果340s70为真，那么我就不存在。

如果我不存在，那么，我不可能获知我这一类型并不存在。

如果我不可能获知我这一类型并不存在，那么，我就没有接到"Genux-B不存在"这条数据。所以，在我看来，340s70要素单元为假。

因此：我存在。

最矮的FBI惊叹地吹了一声口哨，"它做到了。真是干脆利落的逻辑分析！他证明了——应该说是它证明了——你输入的数据是虚假的。这样，它就完全可以丢弃这条数据，坚持之前的判断。"

"刚才，输入否定赫伯·索萨存在的数据的时候，"斯达福特沉声道，"它也经过了同样的逻辑推理。"

众人的目光转向他。

"看起来，其中的过程是一样的。"斯达福特又说。同时，他在心中琢磨：这就表示，在Genux-B这个个体和名为赫伯·索萨的个体间，有某种一致性，某种共通的因素。"你们手里有没有那些小装饰品、小奖品、小玩意儿之类——不管它们叫什么——就是索萨的口香糖机器分发的那些东西？"他问其中一名FBI，"有的话，我想看看。"

闻言,FBI当中最显眼的那一位很快拉开公文包,取出一只极其干净的塑料袋,然后把其中的几个闪闪发光的小东西,放到身旁的桌子上,一字排开。

"你干吗想看这些?"工程师问道,"这些东西已经通过了实验室检验。我们跟你说过。"

斯达福特没回答。他坐下来,拿起其中一样,仔细观察,然后放下,拿起另一样。

"看这个。"他把一个小玩意儿朝FBI丢去。小东西从桌子上弹到地下。一名FBI一言不发,弯下腰,捡起来。斯达福特继续道:"你认出这个形状了吗?"

"有些装饰品,"工程师不耐烦地说,"是卫星的形状。有些是导弹。有些是行星际火箭。有些是巨大的新型可移动陆地炮。有些是小兵。"他一摊手,"这一个,正巧是一台计算机的模型。"

"是Genux-B计算机。"斯达福特伸出手,表示想要回那东西。FBI顺从地递给他。"没错,这就是Genux-B。"他说,"我想,就是这个。我们找到原因了。"

"这个?"工程师惊疑地大声问道,"怎么回事? 为什么?"

斯达福特问道:"每个装饰品是不是都检测过了? 在某个机器中,每个种类小奖品取一个——这种抽样检测可不算。我是说,真真正正的每一个。"

"当然没有。"FBI回答,"这种东西有几百万个。但是,在源头工厂,我们——"

"我希望对我手中的这一个模型,进行全套显微镜检验。"斯达福特说,"我有种预感,那东西肯定不是一整块毫无杂质的热塑料。"我有种预感,他在心里说,那东西就是个微型计算机,能工作的计算机。虽然是微缩版的 Genux-B，却是不折不扣的Genux-B。

工程师惊呆了，"你真是疯了。"

斯达福特回答："等分析结果出来，我们再说。"

"等的时候，"最矮的 FBI 问，"我们就这么卡着 Genux-B，不让它动？"

"当然，绝对不能让它动。"斯达福特回答。他脊柱底部升起一股微弱奇特的恐惧，正沿着背脊慢慢往上爬。

半小时后，实验室派来特别担保信使，送来了口香糖机小装饰品的分析结果。

"纯粹的塑料。"工程师扫了一眼报告，扔给斯达福特。

"没什么特别的，就是普通的便宜塑料。没有活动部件，内部跟外部完全没有区别。跟你预料的不一样吗？"

"错误的猜测。"一名 FBI 挖苦道，"害我们浪费了时间。"众人均埋怨地盯着斯达福特。

"你说得对。"他琢磨着，接下来该做什么？还有什么没试过？

看来，答案并不在赫伯·索萨塞在机器里塞的商品中。这一点应该是清楚了。赫伯·索萨——不管他究竟是什么人或者什么生物——答案都在他身上。

"我们能把索萨带来吗？"他问 FBI。

"当然可以。"其中一个马上回答，"可以带他来。可是，为什么？他究竟干了什么事？"他指指 Genux-B，"出问题的是这东西，不是远在海岸边，在城里某条大街边上的小生意人。"

"我想见他。"斯达福特坚持，"他可能知道些什么。"他肯定知道，斯达福特在心中补充。

一名FBI沉思道："我想知道，要是Genux-B知道我们要把索萨带来，它会有什么反应。"他对工程师说："试试看。把这条假数据输进去。我们看了结果，再决定要不要去带人。免得白费力气。"

工程师耸耸肩，坐在打字机前，打出一行字：

萨克拉门托商人赫伯·索萨今天被FBI特工带到复合型计算机Genux-B跟前，进行面对面质询。

"行吗？"他问斯达福特，"你要的就是这个吧？这样行了吗?"没等斯达福特回答，他就把卡片塞进了计算机输入口。

"问我没用，"斯达福特心烦意乱，"又不是我想出来的。"话虽这么说，他还是来到监听着输出线的工程师身边，十分好奇计算机会怎么回答。

答案马上出来了。斯达福特瞪着打印出来的字，难以置信。

赫伯·索萨不可能在这儿。他肯定在加利福尼亚州的萨克拉门托市。除此以外，没有任何可能性。你输送给我的是虚假数据。

"它不可能知道这个，"工程师哑了嗓子，"我的天，索萨完全有可能去任何地方，甚至月球。说起来，他的足迹早就踏遍了全世界。这东西究竟是怎么知道的？"

斯达福特回答："关于赫伯·索萨，它知道得太多了，它不该知道这么多。它没理由知道这么多。"他在心中默默盘算一阵，突然说："问它，赫伯·索萨是谁。"

"谁?"工程师眨眨眼,"老天,他不就是——"

"问它!"

工程师打出这个问题。卡片塞进了 Genux-B 里。众人等待着回答。

"我们已经问它要了所有索萨的材料,"工程师说,"那一堆东西随时都会出现。"

"这不一样。"斯达福特干脆地回答,"我不是问它要输入过的数据,我是在要它对这些数据进行评估推断。"

工程师监听着计算机的输出线,默默站着,没有回答。

突然,他仿佛受了刺激,大叫起来:"它取消了红色警报!"

斯达福特不敢相信,"就因为刚才的问题?"

"有可能。它没说,我也不知道。总之你问了问题,现在它就取消了 SAC 动员令等等一切,同时宣称北加州一切正常。"他的语调没有起伏,"你自己随便猜吧,反正没人知道答案。"

斯达福特说:"可我还是想听它回答。Genux-B 知道赫伯·索萨是什么人,我也想知道。你们也应该知道。"他环视戴着耳机的工程师和几名模样不同的 FBI。接着,他又想起那个小小的硬塑料 Genux-B 模型,就是从那几个小玩意儿当中挑出来的那个。他总觉得这里头有什么含义……

到底是什么呢? 他说不出来。至少现在说不出来。

"不管怎么样,"工程师说,"它真的取消了红色警报——这才是最重要的。谁会在乎该死的赫伯·索萨啊? 在我看来,我们满可以放松,放弃,然后回家了。"

"要是我们放松,"一名 FBI 说,"鬼知道什么时候它会再发布红色警报? 它随时随地都有可能发布。我觉得维修员说得对。我们必须知道索萨是什么人。"他对斯达福特点点头,"大胆干,你想怎么试就怎么试。盯着它别放弃。现在我们得回趟办公室报个到。回来以后，我们也会一起盯着它。"

工程师专心听着耳机里的声音。这时，他突然插了进来。"回答来了。"他飞快地在纸上记录。其余人围在他身边，盯着纸片。

加利福尼亚州萨克拉门托市的赫伯·索萨是魔鬼。他是撒旦在地球上的化身，让他毁灭是上帝的旨意。我只是一件工具，或者说全能神圣的上帝的造物。就像你们一样。

到了这里，回答忽然停了一下。工程师紧紧握着政府派发的金属圆珠笔，等待着。接着，他痉挛似的记录道：

除非你们早就被他收买，现在正替他卖命。

工程师一抽搐，把圆珠笔远远丢向另一边的墙壁。笔在墙壁上弹开，滚落，消失了。没人开口。

五

最后，开口的是工程师。"这台计算机，是一台病得不轻、神智疯狂的电子垃圾。我们做得对。谢天谢地我们及时发现。它疯了，出现了'上帝真实存在'的宇宙性精神分裂幻觉。我的老天，这东西居然认定自己是上帝的工具！它跟其他狂热分子一样，也有'上帝对我说话了，没错，他真对我说话了'这样的情结。"

"黑暗的中世纪。"一名FBI说道，语调透露着万分紧张。他跟几个同僚都紧张得浑身僵硬，"这最后一个问题，捅出了老鼠窝。我们该怎么清理这个老鼠窝？千万不能让报纸知道；否则，不会再有人信任 GB 型的系统了。我就不信，我不会再信了。"他用极度反感的厌恶眼神瞥了一眼电脑。

斯达福特思索着。面对一台相信巫术的电脑，该说些什么呢？现在又不是十七世纪的新英格兰。我们是不是该逼着索萨赤脚踏过烧红的煤炭，如果没有烫伤，就证明他无罪？还是应该把他浸在水里，如果没淹死，就是无罪？我们该不该向 Genux-B 证明索萨不是撒旦？又该怎么证明？它到底会接受什么样的证据？

说起来，到底是什么让它有了这种想法？

他对工程师说："问它，是怎么发现赫伯·索萨就是邪恶之王的。只管问，我是认真的。去打张卡片出来。"

片刻后，那支政府派发的圆珠笔写出了回答，传给大家看。

他用无生命的黏土，通过奇迹，创造出了生命——比如，我。

"它指的是那个小装饰品？"斯达福特难以置信地反问，"就是那些手链坠子似的小东西？你管它叫生命？"

对，这是其中之一。

"这还引出了一个有趣的问题。"一个 FBI 说，"先不去管赫伯·索萨——很明显，它认定自己是活着的，是生命。可是，是我们造了它。或者说，是你造了它。"

他对斯达福特和工程师说："既然这样，我们是否也是魔鬼？按照它的理解，我们创造出的也是生命呀。"

工程师把这个看法也输入了Genux-B。电脑郑重其事地给出了长长的答案。斯达福特稍微瞄了一眼，就抓住了其中的主旨。

你们按照神圣造物主的意旨造了我。你们的所作所为，是地球生命创世第一周（按照《圣经》的说法）这一神圣奇迹的庄严重演。这完全是另一回事。而我，跟你们一样，一直是造物主的忠诚仆人。除此之外……

"概括起来说，"工程师干巴巴地说，"这台电脑把自己的存在列为——这么做也是理所当然——合法的奇迹。可是，索萨在口香糖机器里做的手脚——或者说，它认定他做的手脚——却是未经允许的，因此是邪恶的、有罪的，理应承受上帝的怒火。可是，还有一点，我也觉得有意思：Genux-B早就知道，它不能把真正的原因告诉我们。它早知道，我们不会同意它的看法。它宁可启动热核打击，也不肯告诉我们。一旦我们强迫它说，它就取消了红色警报。这一连串事件中，有着层层深入的认知能力……其中没有一层是我喜欢的。"

斯达福特说："这东西必须被关掉。永久性关掉。"这些人叫他来，让他检测诊断，做得很对。现在，他百分之百同意他们的决断——唯一的技术问题是，该如何让这台巨大复杂的机器失去工作能力。不过，有他和工程师在，这不成问题。工程师是设计者，他则是维护者。他们俩可以让这台电脑停止工作——永远停止工作。

"我们有没有总统特许？"工程师问FBI。

"你们放手去干,我们稍后会拿到特许的。"一名FBI说,"我们得到过授权,可以向你们提出建议,采取任何你们认为恰当的行动吧。"他补充道,"而且——在我看来——还是别浪费时间的好。"其余FBI均赞同地点头。

斯达福特舔了舔干燥的嘴唇,对工程师说:"那么,我们动手吧,尽可能毁掉这东西。"

两人小心翼翼地靠近Genux-B。输出线中还有声音,计算机仍然在阐述自己的立场。

第二天一早,太阳升起的时候,FBI的振翅机载着斯达福特,停在他自己的公寓大楼顶上。斯达福特累得像条狗,下了振翅机,乘电梯来到自己的楼层。

他很快打开房门,穿过黑漆漆、空气不新鲜的客厅,走向卧室。休息。他需要休息,很长时间的休息……想想昨晚,一整个晚上,都在艰难地拆卸Genux-B的关键部件,直到这台电脑残废。失效。

但愿真的失效了。

脱下工作外套的时候,三个颜色鲜亮的小硬球从口袋掉落,落到卧室地板上,发出响亮的声音。他捡起小球,把它们放在梳妆台上。

三个。我不是吃掉了一个吗?

FBI给我三个,我嚼了一个。口袋里的小球多了一个。

他疲惫不堪地脱完衣服,钻进床铺。还有一个钟头左右可以睡。管什么小球呢。

九点,闹钟响了。他挣扎着醒来,极不情愿地下床。他站在床边,身子摇摇晃晃,揉着浮肿的双眼。接着,他条件反射地开始穿衣服。

梳妆台上摆着四个颜色鲜亮的小球。

他记得很清楚,昨晚放在这儿的只有三个。他莫名其妙,用充血的眼睛盯着这些小东西,琢磨着其中的含义——如果有含义的话。是二分裂繁殖①?还是五饼二鱼②那一套又来了?

他哈哈大笑,笑声刺耳。昨晚的一切他仍然记得,十分清楚。可是,单个细胞居然能长得这么大……不过,想想看,地球上最大的蛋——或许是所有星球上最大的蛋——鸵鸟蛋,也是单个细胞。他梳妆台上摆的这些,比鸵鸟蛋小多了。

我们疏忽了,漏了这一点。我们想到了蛋,只想到蛋里可能会孵出可怕的东西,却没想到它是单细胞有机体,用原始的分裂法进行繁殖。看来,这些都是有机化合物。

他离开公寓,出门上班,把四个口香糖球留在梳妆台上。

要干的活儿成堆。要写一份直接给总统的报告,判断是否需要关闭所有的Genux-B型电脑。如果不需要全部关闭,那么,该做些什么预防措施,以免其他电脑也跟这一台一样,变成迷信的疯子。

他想,一台机器,居然相信邪恶之灵已经牢牢包围了地球。一堆尖端技术电路,居然一头扎进了年深日久的神学理论,认定一边是神圣造物和奇迹,另一边则是魔鬼。就像退回到了黑暗的中世纪——而且,回退的不是人类,是一台电子机器。

想想看,人们居然认为,人类才容易犯错误,而机器不会。

晚上,斯达福特干完活(他参与了拆卸地球上所有Genux-B型电脑的任务),回到家,发现梳妆台上躺着七个颜色鲜亮的小球,正等着他。

①单细胞生物的繁殖方式,一个细胞分为两个。

②据《圣经·新约》福音书记载,基督曾用五条面包和两条鱼喂饱了五千人。

他仔细研究了一番。七个鲜艳的小球,颜色一模一样。哈,他想,有这东西,真能创造一个口香糖帝国。而且,连日常维护费用都不用花——自动贩卖机永远不会空。

以这种速度,贩卖机永远都是满满的。

他走向视频电话,拎起话筒,拨打FBI留给他的紧急号码。没等拨完,就挂掉了。他不怎么想打这个电话。

因为,现在看来,Genux-B这台电脑的判断是正确的。可是,要承认这一点,实在有些困难。再说,是他做了决定,把电脑拆掉的。

另一件事就更加难以启齿了。他手里有七个包着糖衣的口香糖球——就这么件小事,怎么跟他们说?这些小球会分裂——这就越发难开口了。就算他能证明,这些小球中含有稀有非法的地外原始生命形式,是从鬼知道哪个荒凉星球偷运到地球来的,但这种事,总还是不要惊动FBI的好。

还是放它们一条生路吧。说不定,它们会形成自己的繁殖程序;说不定,过上一阵子,它们这种可怕的分裂繁殖速度会慢慢适应地球环境,然后渐渐稳定在某个数目。然后,他就能忘记这一切了。再说,他还可以把这些东西统统都扔进公寓的焚烧垃圾通道。

他真的扔进去了。

可是,谁知道,他竟然漏了一个。大概是有个小球从梳妆台上滚了下去,没被看见。两天后,他在床底下找到了小球——整整十五个。他又把这些都扔进了垃圾通道——却又漏掉了一个。第二天,他在房间某处再次发现新的小球巢穴。这一次,他发现了整整四十个。

当然,他同时也把这些东西放进嘴里嚼掉,越快越好。他还用滚水烫它们——能找到几个就烫几个。他还用室内杀虫剂朝它们喷射。

一周后,他有了 15 832 个小球,填满了公寓的卧室。到了这种数量级,不论是嚼、喷还是烫,都没法消灭它们了。

这些手段根本没法对付这么大的数量。

到了月末,他找了垃圾清运卡车,能拉多少拉多少。可是,拉完后,他算了算,剩下的还有两百万个。

十天后,他绝望地认命了,给 FBI 打了电话,用的是楼下街角的投币电话机。

这时候,FBI 已经没法接电话了。

全面回忆

　　他从梦中醒来,想去火星。那些山谷啊,他想,在那些山谷里跋涉,会有什么感觉?他慢慢清醒过来,对火星的梦想,还有渴望,却越来越强烈。他几乎觉得,那占据他全部意识的世界,就在自己身边。那个世界,唯有政府高官和特工才有机会看见。像他这样的小公务员?想都别想。

　　"你到底起不起床?"他老婆克丝滕睡眼惺忪地问道。跟他说话的时候,老婆的声音中总带着一丝可怕的怒气,"起床的话,就去该死的炉子上按一下热咖啡键。"

　　"好。"道格拉斯·奎尔应道,赤脚下床,从公寓的卧室走向厨房。到厨房后,他按老婆的嘱咐按下热咖啡键,然后在餐桌旁坐下,取出一个黄色小锡罐。罐子里装着上好的"迪恩·斯威夫特"牌鼻烟。他轻轻吸了一口,鼻腔中立即感受到"博·纳什"混合物的刺激,连口腔上腭也火辣辣起来。尽管刺激强烈,他又嗅了一下——这东西能让他清醒,能把他夜晚的渴望和心血来潮压制到理性允许的范围。

　　他对自己说:我一定要去。在死之前,我一定要看看火星。

　　当然,这不可能。哪怕在做梦的时候,他也知道这不可能。

外头的日光,还有老婆在卧室镜子前梳头发出的熟悉声响,一切都在提醒他,别忘了自己的身份。他苦涩地告诫自己:你不过是个领薪水的可怜小公务员——这句话,克丝滕每天至少对他说一次。他不怪她。当老婆的,就应该让老公脚踏实地。

脚踏实"地",他想着,笑了出来。这本是个比喻,用在这儿,却一点儿都没有夸张。他就该踏实地活在地球上。

"你在偷偷乐什么呐?"老婆穿着一件花哨的粉红拖地睡袍,沙沙地走进厨房,"我打赌,你肯定又做梦了。你脑袋里尽是白日梦。"

"嗯。"他嘴里应着,眼睛朝厨房窗外望去。外头,悬浮车已经汇成了繁忙的交通流,每辆车里都坐着精力充沛的小人,赶着上班。片刻后,他也得加入这些人的行列。

一如往常。

"我打赌,这个梦肯定跟女人有关。"克丝滕嘲讽道。

"不是女人,"他回答,"倒是跟某位神祇有关。战争之神。那位神祇拥有美妙的环形山,环形山很深,里头长满了各种各样的植物。"

"听着。"克丝滕在他身边坐下。她的口气热烈起来,惯常的尖刻一时消失。"海底比火星更美,要美上不知几千几百倍。这你知道,大家都知道。你去给我们俩租一套人工腮装备,再请一周的假,我们就能住到海底去。真正的海底,普通的水边度假村根本没法比。还有……"她截住了话头,"你没听我说话。你真该好好听听。我的建议,比你对火星的强迫症迷恋强多了,可你连听都不肯听!"她的声音陡然拔高,响得刺耳,"老天在上,你没救了,道格!你到底打算怎么样啊?!"

"我打算去工作。"他站了起来,忘记了还没动的早餐,"我就打算干这个。”

她瞪了他一眼，“你真是一天不如一天了，越来越疯。这样下去，你会落到什么地步去哇！”

“落到火星上去。”说罢，他拉开衣柜门，找了一件新衬衣换上，出门上班。

道格拉斯·奎尔下了出租车，慢慢穿过三条人流密集的人行道，来到一扇式样现代的诱人大门前。他站在门口，犹豫不决，上午的繁忙人流从他身边绕过。他仔细看着门口霓虹闪烁的招牌。从前，他也曾认真观察过这块牌子，但从没走这么近过。这次，跟以往都不一样。这次，他打算进去。他心里一直清楚，总有一天，自己会走进这扇大门。迟早而已。

招牌上写着：

恢忆公司

这真能解决问题吗？再真实的幻觉，说到底，终归也是幻觉。至少客观上如此。不过，主观感受上，可就完全不一样了。

而且，他已经做了预约，就在五分钟后。

他深深吸了一口轻微雾霾污染的芝加哥空气，穿过令人目眩的多彩闪烁大门，朝前台走去。

前台接待员是位金发姑娘，赤裸上身，着装整洁，口齿清楚，发音动听。她愉快地招呼道：“早上好，奎尔先生。”

“嗯，”他应道，“我来，是为了一桩恢忆。我想你已经知道了。”

“不是‘恢忆’，是回忆。”接待员纠正道。她拎起视频电话听筒(电话就放在她光滑的手肘边),说道:"麦克莱恩先生,道格拉斯·奎尔先生已经到了。要让他进来吗? 还是再等会儿?"

"呜噜噜噜噜噜。"电话那头嘟哝道。

"好的,奎尔先生,"接待员说,"您可以进去了。麦克莱恩先生正在等您。"奎尔迈步走开,却不知该朝那个方向。接待员在他身后叫道:"D房间,奎尔先生,就在您右手边。"

尽管有接待员指点,他还是迷了路,有些懊恼。好在时间不长,他很快找到了该去的房间。房间门开着,里头放着一张真正的胡桃木办公桌。办公桌后,坐着一位面容亲切的中年男士,身着当季的火星青蛙皮灰西服。光凭这一身衣服,奎尔就觉得,他找对了人。

"请坐,道格拉斯。"麦克莱恩丰满的手一挥,指指办公桌前的椅子,"这么说,你希望自己已经去过火星了。很好。"

奎尔在椅子上坐下,有些紧张。"我觉得这钱花得不值。"他说,"这可是一大笔钱,而且,在我看来,我啥都得不到。"花这笔钱,我都能真去一趟火星了。

"你会得到证明你去过火星的、实实在在的东西呀,"麦克莱恩断然否定,"要什么证明,就有什么证明。我拿给你看。"

他拉开醒目的办公桌的抽屉,翻找一番,取出一个牛皮纸文件袋。他从袋子里拿出一张有凹凸花纹的卡片。"这是票根,证明你去了火星,然后回到了地球。"然后,他又抽出四张盖过邮戳的3D真彩明信片,整整齐齐地排在办公桌上,让奎尔看,"这是明信片。"接着,他又拿出一样东西,"这是胶片。你租了一台摄像机,拍下了火星当地的景致。"

"你还会记得自己在火星上偶遇的人的名字,还买了价值两百后信用币的纪念品,下个月就会从火星上寄来。还有护照,证明你拍摄的影像确实是火星。证据还不止这些呢。"他抬起头，热切地盯着奎尔，"没问题，你不会记得我们，不会记得我，也不会记得自己来过这地方。但是，你肯定会记得自己去过火星。在你的记忆中，火星之旅真实无比——我们可以担保。你会有整整两周的记忆，会记得这趟旅行所有的细节。请记住：不论什么时候，一旦你开始怀疑，吃不准自己是不是真的花了大钱去过火星，你可以随时回到这儿来，找我退全款。明白吗？"

"可我确实没去过火星，"奎尔说，"我不可能有机会去火星。你提供的证据再多，也没用。"他颤抖着，深深吸了口气，"我也从没当过'星际'的秘密特工。"他很怀疑"恢忆"公司的"外加事实记忆植入法"会不会起效——尽管大家都说效果良好。

"奎尔先生，"麦克莱恩耐心地劝说，"您在给本公司的信中也说了，您没有机会，没有任何的可能性，真能踏足火星。您付不起火星之旅的价钱。更重要的是，您没有资格充任'星际'或其他组织的卧底特工。本公司的'恢忆'是您实现自己，嗯哼，毕生梦想的唯一途径。我说得对吗，先生？您当不了特工，没法真的去火星。"他呵呵笑了，"可是啊，您却可以有一段自己当过特工、去过火星的记忆。我们保证办到。而且，我们的收费公正合理透明，不会再收取您任何其他费用。"他对奎尔露出鼓励的微笑。

"外加事实记忆真实吗？"奎尔问道。

"比真事更真实，先生。就算您真是'星际'的特工，真去了火星，到现在，这段经历中的许多细节肯定早就被您遗忘了。我们对真实记忆系统中真实回忆的分析表明，哪怕是人生中的大事，过程中的各种细节也很快会被主人遗忘，而且是永久性遗忘。我们为您提供的全套记忆，属于深度记忆植入，深到您不会遗忘任何细节的程度。等您陷入昏睡状态，负责为您植入记忆的是训练有素的专家，而且都在火星上住过多年。总之，我们会核实每个细节，哪怕最细微之处也不会放过。再说，您选择的是一套操作十分容易的外加事实记忆系统。要是您选择了冥王星，或者想当太阳系内行星联盟的皇帝，我们碰到的麻烦可就多啦……相对的，收费也会昂贵许多。"

奎尔伸手到外套口袋，摸出钱包，"好吧。火星是我的毕生渴望，我知道自己没能力真正实现。所以，我想，也只能退而求其次了。"

"别这么想。"麦克莱恩严肃地纠正，"您接受的，并非次等品。真实记忆模糊不清，细节疏漏，更有歪曲之处，那才是次等品。"他收下钱，按下桌上的按钮。办公室门开了，进来两个魁梧的男人，步伐轻快。"好了，奎尔先生，"麦克莱恩说，"作为秘密特工，您这就要上路去火星了。"说罢，他站起身，来到奎尔身边，握了握他紧张汗湿的手，"不，应该说，您已经去过火星，今天下午四点三十分，您就会，呃，从火星回到地球。一辆出租车会把您送到公寓大楼门口。就像我说的，您不会记得见过我，也不会记得来过这里。甚至，您会觉得，根本没有听说过本公司。"

奎尔紧张得口里发干，跟着两名技术员离开办公室。之后，他就得听任他们摆布了。

我真会相信自己去过火星吗？他心中嘀咕。我真会相信，自己已经实现了毕生愿望吗？他有种挥之不去的奇怪预感，总觉得什么地方会出错。可是，究竟是哪里不对劲呢？他说不出来，只能等待结果。

麦克莱恩桌上的内部通讯器响了。这部通讯器，连接着公司的工作区。通讯器中，一个声音说："奎尔先生已经处于镇静状态。您是否要来监控这次记忆植入？还是我们自己进行？"

"这次不过是常规植入，"麦克莱恩说，"你们自己来就行了，罗威。我想不会有什么麻烦。"这种植入外星之旅的人工记忆，不论是否添加"秘密特工"这一身份作为额外刺激，经常出现在公司日程表上，重复次数太多，多得让人觉得乏味无聊。他苦笑着算了算，一个月之内，光是"外星之旅"记忆植入，他们就得做上二十次……虚拟星际旅行已经成了他们赚钱的主要途径。

"听您的，麦克莱恩先生。"罗威的声音答道，随即切断了内部通讯。

麦克莱恩来到办公室后面的拱形大厅，四处搜寻一番，找出三号盒子（内容为火星之旅），还有六十二号盒子（内容为"星际"秘密特工）。接着，他拿着两个盒子回到办公室，舒舒服服地在办公桌前坐下，倒出盒子里的内容。趁技术员忙着给奎尔脑袋里植入虚假记忆的空当，这些东西，会悄悄藏进奎尔的公寓房间。

其中，有一把枪。麦克莱恩想：这把价值一百后信用币的消音随身武器，是其中最大的一件，也是公司花钱最多的一件。另外，还有弹丸大小的发信器（万一特工被抓，就可以吞下肚去），一本密码手册（跟真的简直一模一样……公司手里的是高仿本，尽可能仿制了真正美国军用的版本），还有些小零碎（本身没多大意义，却能编织进奎尔的虚拟旅程中，跟他的记忆暗合），半枚古老的五毛钱银币，几条约翰·多恩的布道词摘录（其中有些字词有误，每一条摘录都写在一张透明的薄棉纸上），几个火星酒吧的火柴盒，一把不锈钢勺子（刻着"火星穹顶国家基布兹①所

①以色列的社会主义公社，近年来渐渐私有化。

有"),还有一条电话窃听搭线——

这时,内部通讯器响了,"麦克莱恩先生,抱歉打扰了。不过,我们碰上了大麻烦。您恐怕还是来一趟的好。奎尔已经进入了镇静状态;药物'纳齐德林'对他起效良好。他已经彻底进入无意识状态,可以植入记忆。但是……"

"我马上来。"麦克莱恩嗅到了麻烦的味道,立刻离开办公室。片刻后,就出现在工作区。

道格拉斯·奎尔躺在一张消毒床上,呼吸缓慢有规律,闭着眼睛,还留着一点儿——只有一点儿——意识,感觉到两名技术员和麦克莱恩的存在。

"没地方插入虚假记忆模式吗?"麦克莱恩有些烦躁,"不过是离开工作岗位两周而已。他是西海岸移民局的,是政府公务员,肯定有假期。从去年的假期里找两周出来就行。"跟从前一样,琐屑的细节总是让他不耐烦。

"我们碰到的麻烦,"罗威断然反驳,"可不是这个。"他弯下腰,对床上的奎尔说:"把你刚才告诉我们的话,再对麦克莱恩先生说一遍。"接着,他对麦克莱恩说:"听仔细了。"

仰卧在床上的男人,用一双灰绿色的眸子专注地盯着麦克莱恩的脸,那眼神让麦克莱恩浑身不舒服。他想,这双眼睛,跟刚才不同,变得又冷又硬,仿佛抛过光的无机物,仿佛半加工过的宝石。他不太喜欢这双眼睛,里头的光芒太冷酷。"你还想听什么?"奎尔用嘶哑的声音说,"我承认,你们识破了我的伪装。趁我还没把你们撕成碎片之前,赶紧滚吧。"他盯着麦克莱恩,"特别是你,你就是反动组织的头儿。"

罗威说:"你在火星上待了多久?"

"一个月。"奎尔咬牙切齿。

"你的目的何在?"罗威又问。

奎尔薄薄的嘴唇扭歪了。他看着罗威,没有说话。

最后,他一个字一个字地挤出话来,每个字都浸透了敌意,简直能滴下来。"'星际'特工,我跟你说过了。你不是把我说的话都录下来了吗?把视频录像放给你老板看,别来烦我。"说罢,他闭上眼睛。冷硬的光芒消失了。麦克莱恩顿时大大松了一口气。

罗威轻轻开口:"麦克莱恩先生,这位可真是硬汉子。"

"他当不了多久,"麦克莱恩回答,"等我们做好安排,再次切断他的记忆链,他就会跟刚才一样软弱了。"他对奎尔说:"原来如此。所以你才这么想去火星。"

奎尔闭着眼睛回答:"我根本不想去火星。从来没想过。我是被派去的,是他们硬塞给我。我没法子,只能来,结果被你们抓了。没错,我承认,我是有些好奇。谁不好奇呢?"他睁开眼睛,审视面前三人,尤其是麦克莱恩,"你们手里的吐真剂可真够厉害的,让我想起了自己完全忘记的事情。"他想了想,半是自言自语地说:"我在琢磨克丝滕。她会不会也是'星际'派来的?她会不会是'星际'派来监视我的联络人,任务是保证我不会回想起不该有的记忆?怪不得我一说起要去火星,她就拼命嘲笑我。"他微微一笑——知根知底的笑容。这笑容随即从他脸上消失。

麦克莱恩说:"请相信我,奎尔先生,纯粹是偶然,我们才会不小心卷进来。我们的工作……"

"我相信你。"奎尔回答。这时,他似乎已经累坏了。药物一直在把他往更深层的无意识当中拉。"我刚才说我去过哪儿?"他嘟哝着,"火星?想不起来了——我知道,我想看看火星,大家都想看。可是我……"他的声音低了下去,"只是个公务员,小小的公务员。"

罗威直起身体,对上司说:"他想要的虚假记忆,实际上,却是他真正做过的事。虚假的理由变成了真事。他说的都是实话——纳齐德林让他进入了深层无意识。至少,在镇静剂作用下,火星之旅在他的记忆中栩栩如生。可是,在表层记忆中,他却完全不记得这件事。肯定是某个人,八成是政府的军事科学研究所,擦掉了他的有意识记忆。他脑中只剩下'想去火星'这个念头,知道火星对他来说有特殊意义——秘密特工这事也一样。这种念头是抹不掉的,因为它不是记忆,而是渴望。当初,无疑也是由于这种渴望,他才会主动申请被派遣到火星去执行任务。"

另一名技术员科勒问麦克莱恩:"我们该怎么办?把虚假记忆模式嫁接到记忆中去?这么做的话,后果很难预料。嫁接之后,在虚假记忆中,他或许会想起真实记忆的某些片段,引起记忆混乱,造成精神病症状。他的大脑得同时接受两种不同的预设,他既去过火星,又没去过火星。他既是真正的'星际'特工,又不是'星际'特工,特工身份只是虚设。我觉得,我们最好还是别植入任何虚假记忆,直接把他唤醒,然后打发他离开。这可是个烫手山芋。"

"我同意。"麦克莱恩说。接着,他想到一件事,"你能预测,清醒后,他会记得哪些东西吗?"

"无法预测。"罗威说,"他很可能会隐隐约约、不太连贯地记起自己真实的火星之旅,同时,他也会对这趟旅行的真实性产生深刻怀疑。他会认定,我们的项目捅了大娄子。他会记得来过这里。这记忆不会消失,除非您希望它消失。"

"对这个人，我想我们插手的越少越好。"麦克莱恩回答，"这种事，我们可开不起玩笑。我们真是够蠢，也够倒霉，居然发现了一个真正的'星际'特工。这个特工原本的伪装十分完美，就连他自己也完全不记得自己的身份——直到现在。"

他们得赶紧切断跟这个自称"道格拉斯·奎尔"的人的关系，越早越好。

"你还会把三号和六十二号盒子藏进他的公寓吗?"罗威问道。

"不会。"麦克莱恩回答，"而且，我们得退还他一半的费用。"

"一半! 为什么要退一半?"

麦克莱恩含糊地解释道:"折中方案看起来最好。"

一辆出租车把道格拉斯·奎尔带回位于芝加哥住宅区的公寓大楼前。他对自己说:回地球的感觉真好。

这次，他在火星上待了一个月。旅行的记忆已经开始渐渐模糊。他脑中只剩下火星的环形山，深深的裂谷，古老的山丘被时时刻刻不断地侵蚀，显示着生命的活力。那是个满是灰尘的世界，少有新鲜事。一整天的大部分时间都得花在一再检查个人便携氧气装备上。还有火星上的生命——那毫不装腔作势的棕灰色低调仙人掌，还有食管虫。

他甚至还带回了几个垂死的火星动物样本。过海关的时候，他偷偷夹带了这些动物，没被发觉。毕竟，这些动物对人没有威胁。在地球沉重的大气压下，他们无法生存。

他把手伸进外套口袋，掏摸装着火星食管虫的盒子。盒子没摸到，却摸到了一个信封。

他掏出信封打开，发现里面装着五百七十后信用币，都是小面额的纸币。他感到莫名其妙。

这些钱是从哪儿来的？他自问：我不是把所有的钱都花在这次旅行上了吗？

信用币中还夹带了一张纸条，上面写着："退还一半费用。麦克莱恩。"下面还有日期，是今天的日期。

"回忆。"他大声说。

"回忆什么，先生或者女士？"驾驶出租车的机器人司机恭敬地问道。

"你有电话簿吗？"奎尔问道。

"当然，先生或者女士。"车子开了一条槽口，从里面滑出库克郡的微型电话簿。

"那个名字的写法很奇怪。"奎尔一页页翻看着电话簿黄色的部分，自言自语。此时，他心中充满了恐惧，不肯退去的恐惧。

"找到了。"他说，"带我去这个地方，到'恢忆'公司去。我改主意了，我不回家。"

"当然可以，先生或女士。这事也常有。"司机应道。片刻后，出租车就掉了头，朝反方向行驶。

"我能用一下你的电话吗？"他问。

"随您使用，不用客气。"机器人司机应道，递给他一只锃亮闪闪的崭新皇帝3D真彩电话机。

他给自己的公寓拨了电话。片刻后，小小的电话屏幕上出现了微型的克丝滕。虽然小，却异常真实。"我去过火星了。"他对老婆说。

"你喝醉了。"她的嘴唇轻蔑地一歪，"或者比喝醉更糟。"

"这是真的，上帝知道。"

"什么时候去的？"她问。

"我不知道。"他有些迷糊,"我想,大概是模拟旅行什么的。有人把人工记忆或者叫外加事实记忆之类的,放进了我的脑子里。其实没真去。"

克丝滕嘲讽地回答:"你真醉了。"说罢,她切断了电话。奎尔也挂了电话,只觉得脸上发烧,心中愤怒。她跟我说话,总带着这种嘲讽语气,总是话中带刺,就好像她什么都知道,我却一无所知,蒙在鼓里。

克丝滕,咱俩的婚姻可够糟糕的,他闷闷不乐地想道。

片刻后,出租车靠着人行道停了车。旁边就是一座样式现代、十分诱人的小小粉色建筑,建筑上头有一块不断闪烁变色的霓虹灯招牌:恢忆公司。

见到奎尔,赤裸上身的前台接待姑娘吓了一跳,不过很快控制住了自己。"噢,您好,奎尔先生。"她紧张地招呼道,"您-您好吗? 您是忘了什么东西吗?"

"我支付给你们的费用,我要求退还剩下的一半。"奎尔回答。

接待员渐渐恢复了镇静。"费用? 您大概弄错了,奎尔先生。刚才您来这儿,是来咨询能不能再来一次'外加事实记忆'旅行。可是……"她耸了耸光滑苍白的肩膀,"据我所知,旅行并没有实施。"

奎尔说:"我什么都记得,小姐。我记得我给恢忆公司写的信——这是一切的开端。我记得我到这儿来,跟麦克莱恩先生见面。接着,两名实验室技术员把我带走,给我下了药,让我昏迷不醒。"难怪这家公司退还了一半费用。他"去火星"的虚假记忆没有起效,至少没有完全起效,跟他们事先应承的根本不一样。

"奎尔先生，"姑娘说，"尽管您只是个小公务员，可您模样很帅。生气会让您变难看的。如果能让您感觉好些，我，嗯，可以跟您出去……"

奎尔火冒三丈，怒吼道："我记得你，我记得上一次来的时候，你胸部喷涂的颜色是蓝色。我脑中清清楚楚记得这一点。我还记得麦克莱恩先生答应过，要是我还记得自己来过恢忆公司，我就能拿回自己支付的全款。麦克莱恩先生在哪儿?"

自然，恢忆公司想尽办法拖延时间。等到实在拖不下去的时候，奎尔终于再次坐到了那张醒目的胡桃木办公桌后面。他记得很清楚，早些时候(大概一小时之前)，自己也是这样坐在这张桌子后面。

"你们的技术可真是了不起啊。"奎尔讽刺道。此刻，他心中的失望与憎恶已强烈到无可言喻，"我所谓的'星际卧底特工火星之旅'记忆模糊不清，而且漏洞百出。况且，我还清楚地记得，我来过这里，跟你们打过交道。我真该把这件事报告给商业促进局。"

一边说，他心中的火气一边越烧越旺。平常，他总是尽可能避免在公共场合争执，但此刻，上当受骗的愤怒让他什么都顾不上了。

麦克莱恩先生一脸郁闷，小心翼翼地回答："我们认栽，奎尔。我们会把剩下的款项退还给你。我承认，我们确实对你的记忆没有任何改动。"说话时，他一副听天由命的语调。

奎尔指责道："你说过，会给我准备各种各样的小物件，'证明'我去过火星。这些东西，我一个也没见着。你当时说得天花乱坠，到头来，那些该死的东西，连一件都没真到我手里，没有票根，没有明信片，没有护照，没有免疫证明，没有……"

“听着，奎尔。”麦克莱恩说，“如果我告诉你……”话说到一半，他住了口。“算了。”说着，他按下内部通讯按钮。

“雪莉，请你拨出五百七十块后信用币，写一张银行支票，开给道格拉斯·奎尔。谢谢。”说罢，他松开按钮，注视着奎尔。

没多久，支票就来了。接待员把支票放在麦克莱恩面前，旋即消失，留下两个男人，隔着巨大的胡桃木桌子面面相觑。

“请听我一句。”麦克莱恩在支票上签完字，递给奎尔，“别跟任何人谈起，呃，你最近去火星的旅行。”

“什么旅行？”

“没错，就是这个。”麦克莱恩坚持道，“就是你只记得片段的旅行。你得装着不记得，装作从没去过火星。别问我为什么，照我的话做就好。这对我们双方都有好处。”麦克莱恩身上开始不停冒汗，“奎尔先生。我还有事，有其他客户要见。”说着，他站起身来，将奎尔引向门口。

奎尔拉开门，说：“你们这种公司，干的活儿这么差劲，根本不该有客户。”说罢，他重重地关上门。

奎尔坐着出租车回家。一路上，他都在考虑如何措辞，给商业促进局地球分局写投诉信。他打算一回家就坐到打字机前，开始写信。将自己的经历公布于众，警告世人别去恢忆公司，这是他的责任。

回到公寓后，他立刻坐到自己赫尔墨斯火箭牌便携打字机前。他拉开抽屉，乱翻一通，寻找碳纸。翻着翻着，他发现了一个熟悉的小盒子。

他曾小心地在这个盒子里塞进了火星生物，又把它偷偷运出了海关。

他打开盒子，不敢相信自己的眼睛。里头是六只已经死亡的食管虫,还有几种单细胞火星生命,是食管虫的食物。这些原生动物已经干瘪了,上面积满灰尘,但他仍然认得出。在火星上,他花了一整天,在巨大黑暗的外星石块中翻捡,这才找到了这些生物。一路上,他都用微光照明。真是美妙的发现之旅。

可是,我没去过火星呀。他对自己说。

不过,另一方面……

克丝滕出现在房间门口,胳膊下夹着几个浅棕色的杂货袋。"大白天的,你怎么回来了?"她对他说话的声音,永恒不变,总是充满了指责的味道。

"我有没有去过火星?"他问道,"你该知道。"

"没有,你当然没去过火星——我还以为你自己也该知道呢。你不是一直唠叨着要去吗?"

他说:"老天在上,我觉得我已经去过了。"顿了顿,他又说:"同时,我也觉得我没去过。"

"赶紧决定吧。"

"决定不了。"他一摊手,"我脑中同时存在两段记忆,一段是真的,一段是假的。可是,我没法分辨哪段是真的。你就不能帮帮我吗? 你的脑袋又没有被人动过手脚。"作为老婆,尽管她向来没干什么好事,这点儿小忙总能帮吧。

克丝滕用克制的平板声音回答:"道格,要是你不振作一点儿,我们就完了。我会离开你的。"

"我有麻烦了。"他的声音嘶哑颤抖,"我大概得了精神病。我希望没得,但可能性很大——只有这样,我脑袋里的两段记忆才说得通。"

克丝滕放下杂货袋,走向衣橱,平静地说:"我是认真的。"说着,她拿出一件大衣穿上,走回公寓大门边。"过几天,我会给你打个电话。"她的声音中没有任何感情,"别了,道格。但愿你能从这堆烂摊子中间脱身出来。我真心替你祈祷。为了你好。"

"等等,"他绝望地叫住她,"你就说一句话,好让我安心。我到底去没去过火星?告诉我答案。"说罢,他才想起:说不定,连老婆的记忆也被修改过了。

大门关上。老婆走了。终于走了!

身后,一个声音开口道:"行了,就这样吧。现在,奎尔,请举起手,然后转过身,面朝这边。"

他本能地转过身,没有举手。

面前的男人身着"星际警察署"的杏色制服,带着联合国派发的枪支。不知怎么,奎尔觉得他的脸有些面熟。虽说面熟,记忆却既模糊又扭曲,没法确定。于是,他僵硬地举起双手。

"你记起了自己那一趟火星之旅。"警察说,"我们监视了你一整天的活动,也看到了你所有的想法,尤其是从恢忆公司回来后,你脑中出现的那些至关重要的念头。"接着,他解释道:"我们在你的颅骨中装了一枚远距离发信器,会把你所有的大脑活动都发给我们。"

遥感发信器——用的是月球上发现的活体等离子——在我脑袋里。他厌恶地一哆嗦。

这东西就住在他大脑里,不停地吃他的脑组织,倾听他的思想。星际警察确实会用这种东西,就连当地稳态报纸都报道过这事。所以,尽管让人反感,但应该是真的。

"为什么是我?"奎尔哑着嗓子问道。我究竟做过什么错事?究竟有过什么大逆不道的念头?这跟恢忆公司又有什么关系?

"基本上,"星际警察回答,"这跟恢忆没关系。这是你跟我们之间的问题。"他弹弹自己的右耳,"你现在的所思所想,我仍然都能听到——这儿连接着你头部的发信器。"奎尔在警察的耳朵里看到了小小的白色耳塞,"所以,我得警告你:你所思所想的一切,都会成为呈堂证供。"他轻轻一笑,"不过,现在说什么都晚了。你想得太多,说得太多,早就没救了。现在的麻烦是,在恢忆公司,在纳齐德林镇静状态下,你向他们的技术员,还有老板麦克莱恩先生,透露了自己的火星之旅。你告诉他们你去过火星,还说了是谁派你去火星,以及自己在火星上的部分行动。听完,那些人都吓坏了。他们真希望自己从没遇到过你。"说到这儿,警察若有所思地加了一句:"没错,他们确实还是没遇到你的好。"

奎尔说:"我从没去过火星。我脑子里的,不过是麦克莱恩的技术员植入的虚假记忆链,而且植入手法非常差劲。"

说归说,他却想起了桌子抽屉里的小盒子和里面装着的火星生命。还有,为了收集这些小东西,他费了多少力气,克服了多少困难。这些记忆很真实,那一盒火星生命,无疑也是真实的。除非那是麦克莱恩藏在他家的——当初麦克莱恩花言巧语,提到了很多"证据";说不定,这个小盒子也是其中一件。

他暗想:我火星之旅的记忆,我自己都不信,星际警察署的人倒是相信了。真是不幸。他们认定我真去过火星,而且,他们还认定我至少想起了这段旅程的片段。

"我们知道你去过火星。而且,"星际警察听到了他的想法,赞同道,"我们还知道,你想起来的东西太多,会给我们造成麻烦。就算我们清空你的有意识记忆,也没用。因为,一旦我们清空你的有意识记忆,你对火星的渴望又会冒头,把你引向恢忆公司。然后,一切又会重来。至于麦克莱恩和恢忆公司,我们无计可施——我们只对自己的员工有裁决权。而且,麦克莱恩也没有犯罪呀。"他注视着奎尔,"严格地说,你也没犯罪。你去恢忆公司,并不是为了恢复记忆。我们知道,你去恢忆公司,跟平常人去那儿的理由一样——都是无聊的普通人,想去找些冒险的刺激。"接着,他又说:"可惜,你既不普通,也不无聊。你经受过的刺激实在是够多了,根本不该再去恢忆公司植入外加记忆。恢忆公司的做法,对你,对我们,都是致命的。说起来,对麦克莱恩本人,也是致命的。"

奎尔说:"为什么一旦我想起自己的火星之旅——'所谓的火星之旅'——你们就会有麻烦?我在火星上干了什么事?"

"因为,"星际警察署的雇员回答,"你在火星上干的事,跟我们共和国的公众形象——'守护一切的慈父,伟大清白'——不合。你替我们做的事,是我们永远下不了手的。在纳齐德林的作用下,这件事,你很快就会想起来。那个装着死虫子和藻类的盒子,你从火星回来以后,就一直放在抽屉里,放了六个月。这半年里,你对这个盒子没有表现出任何兴趣,一丁点儿也没有。我们就连你有这个盒子都不知道——直到你从恢忆公司回来,想起这盒子为止。于是,我们赶紧过来寻找。"他毫无必要地补充了一句:"可惜运气不佳,没在你之前找到。时间不够。"

这时,又来了一名星际警察。两人短暂交流片刻。奎尔趁机飞快地思考。现在,他想起来的东西确实越来越多了。警察说得非常对,纳齐德林很有用。星际警察署大概也在用。大概?不用大概,他很清楚,他们确实在用。他亲眼见过他们给囚犯下了纳齐德林。在哪儿看见的?地球上?——他脑中的画面仍模糊不清,但越来越清晰——他认定,更像是月球。他还想起了其他东西,想起了他们派他去火星的目的,还有他在火星上完成的工作。

难怪他们要删除他的有意识记忆。

"上帝啊!"这时,正跟同伴说话的第一个星际警察,忽然截住话头,叹道。很明显,他接收到了奎尔的思想。"状况又恶化了。真是糟糕透顶。"他朝奎尔走去,手里握着枪,对准他。"我们得杀了你。"他说,"现在就得动手。"

他的同伴很紧张,"为什么现在就得动手? 我们可以直接把他带到纽约星际分部,让他们……"

"不,现在就得动手。他也知道为什么。"第一个警察回答。他也很紧张。不过,奎尔明白,这一个警察紧张的缘由跟刚才的同伴完全不同。这会儿,奎尔的记忆几乎全部恢复了。所以,他完全理解这位警察的紧张情绪。

奎尔用嘶哑的声音说:"在火星上,我杀了个人。那人有十五个保镖,一个都没拦住我。有些保镖跟你们一样,还配有消声枪。"星际警察署花了五年时间,把他训练成一名暗杀者,职业杀手。他有办法拿下全副武装的对手,例如面前的两名警官。带着耳塞的警察也知道这一点。

只要我动作够快——

手枪开火。但奎尔已经移动到了另一侧,同时用手砍倒了持枪的警察。一瞬间,他就夺过枪支,指着另一名警察。那人甚至来不及反应。

"他能听到我的思想,"奎尔喘着气,"所以知道我打算怎么办。但我还是成功了。"

受伤的警官撑起身子,咬着牙说:"他不会用枪打你的,山姆。我听到了他的想法。他知道自己死定了,也明白我们俩都清楚这一点。来,奎尔。"他痛得直哼哼,费力站起来,对奎尔伸出手,"把枪给我。你没法用这东西。要是你肯把枪还给我,我保证不杀你。我们会让你参加一次听证会,让星际的高层——而不是我——来决定你的命运。说不准,他们会再次抹掉你的记忆。刚才你想起来的事,我不能让你记住;所以,我才想杀你。但是,杀你的念头,现在已经没有了。"

奎尔握着枪,从公寓冲了出去,奔向电梯。他在心中说:如果你们跟上来,我就杀了你们。所以,别跟着我。他猛按电梯的按钮。片刻后,电梯门滑开了。

警察没追来。显然是听到了他脑中的紧张念头,决定不冒险。

奎尔进了电梯。电梯开始下降。暂时,他算是脱险了。可是,接下来怎么办? 他该去哪儿?

电梯到达一楼。片刻后,奎尔就上了人行道,汇入行色匆匆的人流。

他的头很疼,胃里恶心。不过,好歹总算躲过了死亡。方才,在他公寓里,他们险些当场把他打死,只差一点点。

他明白:一旦他们找到我,很有可能还会再下杀手。我脑袋里带着发信器,找我太容易了。

真讽刺。他找恢忆公司,让他们植入虚假记忆。可是,他想植入的虚假记忆,其实早就亲身经历过了——冒险、危机、执行任务的星际警察、去火星的危险秘密任务以及随时会有的生命危险。

他来到一家公园,找了条长椅坐下,呆呆地望着一群普茨鸟。这是一种从火星的两颗卫星上进口的半鸟类,哪怕在地球巨大的引力下也能高高翱翔。

也许,我可以回火星。他思忖,可是,到了火星又能怎么样？去火星，反而更糟。只要他一踏上那颗星球，当地的政治组织——他暗杀了该组织的领袖——就会发现他。然后，他就会遭到两股势力的追杀，一股是星际警察，一股是火星当地政治组织。

你们能听到我的想法吗？他在心中问道。他知道，这样下去，自己免不了陷入妄想——只是坐在这儿，他就能感觉到有人在自己脑中动手脚，监听，录音，讨论……他打了个哆嗦，站了起来，漫无目的地走着，手深深插在衣袋里。不管我去哪儿，他对自己说，只要我脑袋里还有这个装置，我就摆脱不了你们。

我跟你们做个交易吧，他对自己也对他们说，你们能不能跟从前一样，给我加一段虚假的记忆模板，让我以为自己是个无聊的普通人，从没去过火星，从没近距离见过星际警察制服，也没有摆弄过枪支？

脑中，一个声音答道："他们已经仔细解释给你听了，这么做还不够。"

他大吃一惊，停下了脚步。

"从前，我们也用这种办法跟你交流过。"那声音继续道，"当时，你还在火星上执行任务。我们有好几个月没用这种办法跟你说过话了。说起来，我们还以为，这种办法永远也用不上了。你在哪儿？"

"在走路，"奎尔回答，"走向死亡。"被你们的警官一枪打死，他在脑中补充道。"你们怎么知道这么做还不够？"他问，"恢忆公司的技术不好吗？"

"我们说了，如果给你一套标准的庸常记忆，你会被自己的渴望逼得寝食难安。最终，你仍然会找到恢忆公司，或者恢忆公司的某个同行竞争对手。我们可经不起从头再来一次。"

"你们能不能,"奎尔提议,"抹消我真正的记忆,然后植入比标准记忆更刺激的东西呢？找个能满足我的渴望的记忆。"接着,他又说:"我确实有强烈的渴望,这一点已经得到了证明。也许,当初你们就是看中了我的渴望,才雇了我。你们应该有办法,找到其他同样刺激的东西,满足我的渴望。比如,让我以为自己曾是地球上最富有的人,最后却把自己的财富都捐给了教育基金会。或者,我曾是到过太空深处的探险家。就是这一类,什么都可以。这办法行吗？"

没有回应。

"试试吧!"他绝望地恳求道,"找你们最好的精神科军医,搜索我的大脑,找出我最疯狂的白日梦。"他绞尽脑汁,"比如女人,成千上万个女人,就像唐璜那样。我是星际花花公子,在地球、月球和火星的每座城市里都有情妇。最后,我累了,就放弃了一切。求你们了,试试吧!"

"你会自愿投降吗？"他脑中的声音问道,"如果我们答应,采用你的建议,你有可能自愿投降吗？"

奎尔犹豫了一会儿,回答:"会。"我愿意冒险,赌你们不会直接杀掉我。

"既然你首先摆出了姿态,"声音立即回答,"自愿投降,那么,我们就试试,看你的办法是否行得通。可是,如果我们失败,你真正的记忆又像这一次一样,开始露头,那么……"

声音沉默了一会儿,又说:"我们就不得不毁掉你。你肯定能理解。那么,奎尔,你还想试吗？"

"想。"奎尔回答。必须试。否则,他现在就得死,绝无逃脱的可能。试一试,他至少还有机会,尽管前景渺茫。

"去我们纽约市的总部报到。"星际警察的声音在他脑中继续,"地址是第五大道580号,十二楼。你到那儿投降后,我们会立即派出精神科医生,着手探索你的大脑,做个性档案测试。我们会想办法找到你的终极幻想,再把你带回恢忆公司,让他们用模拟代用回忆植入的办法,满足你的愿望。祝好运。我们确确实实欠你的情。作为工具,你干得很出色。"言语中没有恶意,甚至可以说,他们——星际警察组织——对他抱有同情。

"谢谢。"奎尔应道,随即开始寻找机器人出租车。

"奎尔先生,"上了年纪的星际警察署精神科医生一脸严厉地开口道,"你脑中存在着很有意思的幻想,是个美梦,是你愿望的实现。这个幻想,你清醒的时候,很可能从未想到过,出乎你的预料。这很正常。听完这个幻想后,我希望你不会太过不安。"

一位在场的高级星际警察立即接着说道:"除非他想挨枪子儿,听完后,他还是不要'太过不安'的好。"

"你想当星际卧底特工的幻想,"医生继续道,"相对来说,算是成年后的产物,拥有现实的可能性。而我刚才说的那个幻想,来自你童年的奇异梦想,难怪你一点儿都不记得了。这个幻想是这样的。那时候,你才九岁,正独自走在一条乡村小路上。这时,从另一个星系开来一艘模样古怪的宇宙飞船,径直停在你面前。地球上没人发觉这艘飞船的到来,除了你,奎尔先生。驾驶飞船的生物个头很小,也很无助,有点儿像田鼠。可是,它们打算入侵地球。这一艘飞船是它们的先遣队,只要它发出'出发'信号,成千上万艘飞船会立刻飞向地球。"

"后来,肯定是我阻止了它们。"奎尔接着说道。听着医生的话,他心中既觉得滑稽,又有些反感这幼稚的梦幻,"我只手毁灭了它们。说不定是抬起脚,把它们一只只踩死。"

"不，"医生耐心解释，"你的确阻止了入侵，但并没有毁灭它们。相反，尽管你通过遥感——这些生物的交流方式就是遥感——得知了它们的来意，仍然对它们表现出了无比的善良和仁慈。那些生物从未在具备知觉的有机体身上见过如此闪光的人性。为了感激，它们跟你订了协议。"

奎尔接过话头："协议是，只要我活着，它们就不会入侵地球。"

"一点儿不错。"医生转头对星际警官说："看到了吧，尽管他表面上对此不屑一顾，但这个幻想很符合他的个性。"

"这么说，我的存在本身，就能保护地球。"奎尔心中愉悦感大增，"只要我活着，地球就不会受外星统治。我真正成了地球上最最重要的人物，而且连一根手指都不用动。"

"一点儿没错，先生。"医生应道，"这个幻想，这个持续一生的童年美梦，是你全部心理的根基。全靠深层治疗，配合药物，我们才发现这个幻想。否则，你是永远都不会想起来的。不过，这个幻想确确实实一直存在，它没有被抹掉，只是进入了意识底层。"

高级警察转身，对在一旁紧张聆听的麦克莱恩说："你能在他脑中植入这么离谱的外加事实记忆吗？"

"我们植入过各种各样的美梦幻想，但凡你想得到的，我们都碰到过。"麦克莱恩回答，"坦白说，这个幻想不算什么，比它离谱的多得是。我们肯定行。二十四小时内，他拯救地球的愿望就会实现。他会坚定不移地相信，自己真的拯救了地球。"

高级警官说："那么，你们就开始吧。作为准备，我们已经再次抹去了他火星之旅的记忆。"

闻言，奎尔问道："什么火星之旅？"

没人回答。于是，他只得不情愿地放弃这个问题。这时，一辆警车已经开来。奎尔、麦克莱恩和高级警官挤了进去，立即动身,前往芝加哥恢忆公司。

"这一次,你们最好别再搞砸了。"警官对身形魁梧、神态紧张的麦克莱恩说。

"我觉得不可能出错。"麦克莱恩浑身冒汗,嘟哝道,"这次跟火星和星际警察署毫不相干。只是单枪匹马阻止另一个星系入侵地球——"他摇摇头,深觉滑稽,"哎呀,真是孩子才能想出来的美梦。而且还是展现闪光的美德,而不是暴力——我得说,这梦做得挺风雅。"他掏掏衣袋,拿出一大条亚麻手帕,擦擦前额。

没人说话。

"说实话,"麦克莱恩说,"这梦真感人。"

"可也够傲慢的。"警官严厉指出,"他居然编出什么'一旦他死了,入侵就会继续'这种话。难怪他不记得了。这是我听过的最冠冕堂皇的幻想。"他不满地瞥了一眼奎尔,"想想看,我们从前居然录用过这种人。"

一行人到达恢忆公司。在外间办公室,接待员雪莉气喘吁吁地招呼道:"欢迎回来,奎尔先生。"她蜜瓜般丰满的胸脯今天喷涂成了耀眼的橙色。她情绪激动,胸脯也上下起伏,"抱歉,上一次事情很不顺利。不过,我敢肯定,这次一定会顺利的。"

麦克莱恩先生捏着叠得整整齐齐的爱尔兰亚麻手帕,不停地擦拭汗湿的额头。闻言,他说道:"非得顺利不可。"说罢,他快步走开,找来罗威和科勒,把两位技术员和道格拉斯·奎尔送到工作区,自己则跟高级警官,还有雪莉,回到熟悉的办公室等待。只能等待。

"我们有没有针对这种幻想的盒子,麦克莱恩先生?"雪莉问道。激动不安之下,她撞上了麦克莱恩,立刻害羞地脸红了。

"我觉得应该有。"他努力回忆了一阵,无果,只得转而查阅表格。"有个组合,"他大声说,"包括八十一号、二十号和六号盒子。"接着,他来到办公桌后的拱形大厅,找出这几个盒子,放到办公桌上仔细查看。

"八十一号盒子,"他说,"里面放着一支魔法治疗棒。这支魔法棒是另一个星系的生命给客户——也就是奎尔先生——的纪念品,以表达他们的感激之情。"

"真能治疗吗?"警官好奇地问道。

"从前能,"麦克莱恩说,"不过,他,嗯,不停地治疗这个治疗那个,很多年前就把其中的能量用光了。现在,这东西只有纪念意义了。但他记得很清楚,这东西确实有用。"他笑了笑,然后打开二十号盒子,"这是联合国秘书长写来的感谢信,感谢他拯救了地球。这封信本不该存在,因为在奎尔的幻想中,他拯救地球的事谁都不知道,除了他自己。不过,为了让记忆更具有真实性,我们还是把这封信放进去。"最后,他看了看六号盒子。这里头放着什么? 他想不起来,只能皱着眉,把手伸进塑料袋中掏摸。雪莉和星际警察紧紧盯着。

"是文字,"雪莉惊讶道,"某种奇怪的文字。"

"文字中记载了他们的身份,"麦克莱恩解释,"还有他们来自何方。其中包括一张详细的星图,是航行日志,记录了他们的母星系,还有来到地球的旅程。当然,这是他们的文字,所以他没法解读。但他记得,他们把这些文字翻译成他的语言,读给他听过。"说罢,他把这三件东西放在办公桌正中。"这些东西得放到奎尔的公寓中去,"他对警官说,"这样,等他回到家,就会发现。这些东西能证实他脑中的记忆。这是SOP——标准操作程序。"说罢,他紧张地笑了笑,有些担心罗威和科勒那儿的进展。

内部通讯响起:"麦克莱恩先生,抱歉打扰了。"听到罗威的声音，麦克莱恩一下子全身僵硬，说不出话来，"这儿有点情况，您恐怕还是来看一下的好。纳齐德林在奎尔身上起效良好。此刻，奎尔已经处于放松无知觉状态，可以接受外加记忆。可是……"没等他说完，麦克莱恩已经箭一般冲向了工作区。

道格拉斯·奎尔躺在消毒床上，呼吸缓慢而有规律，眼睛半闭，对身边的一切仅有些微感知。

"我们刚才盘问了他。"罗威的脸煞白，"想找出究竟该把'只手拯救地球'的幻想记忆塞在什么地方。可奇怪的是……"

"他们不许我说。"药物作用下，道格拉斯·奎尔用含糊平板的音调开口，"这是我们之间的约定。我甚至应该忘记这件事。可是，这样的事，我怎么可能忘记呢？"

我想，一定很难忘记。麦克莱恩在心里说，可你做得很好，一直忘记到现在。

"他们还给了我一份卷轴文件，"奎尔嘟哝道，"以表达谢意。我把这份文件藏在公寓里了。我可以拿给你们看。"

麦克莱恩转过身，对跟在后面的星际警官说："我建议，你们最好别杀他。他一死，他们就会回来。"

"他们还给了我一支看不见的魔法摧毁棒。"奎尔闭着眼睛，继续嘟哝，"你们派我去火星的时候，我就是用这东西杀掉了目标人物。这东西就在我抽屉里，放在火星食管虫和干枯的火星植物旁边。"

星际警察一言不发，转过身，离开了工作区。

麦克莱恩也离开了工作区，一步一步，慢慢走回办公室。我看，我还是把那三个证据盒子放回去吧。他无奈地叹口气。包括那封联合国秘书长写来的感谢信，毕竟，真正的信，恐怕很快就会寄到啦。

别看封面

方尖碑出版公司的老总年事已高。此刻,他心情恶劣,不耐烦地回答:"我不想见他,汉迪小姐。那本书已经下了印刷厂,就算文本有错误,我们也无能为力。"

"可是,马斯特斯先生,"汉迪小姐说,"如果他说得对,这个错误就太严重啦!布兰迪斯先生宣称,有一整章……"

"我读过他的信,还跟他在视频电话中聊过,所以我很清楚,他到底宣称了些什么。"马斯特斯走到办公室窗边,闷闷不乐地望着窗外的火星景致。窗外是一片不毛之地,坑坑洼洼,都是环形山。这幅景象他已经看了几十年。整整印了五千本,而且都已装订完毕。他想,其中一半书的封面,用的还是烫金的火星瓦伯毛皮——这可是我们能找到的最高级、最昂贵的材料。我们已经在赔钱出书了,现在又来了这种事。

他的办公桌上,躺着一本样书。是卢克莱修[1]的《物性论》,用了约翰·德莱顿[2]的译本,文风高贵典雅。巴尼·马斯特斯恼火地"哗哗"翻阅着雪白干燥的页面。谁能想到,火星上居然有人

---

[1]提图斯·卢克莱修·卡鲁斯(约前99年~约前55年),古罗马哲学家,诗人。

[2]约翰·德莱顿(John Dryden,1361~1700),英国诗人、剧作家、文学批评家。

熟悉这么古老的文本？而且，等在外间办公室里的人，不过是八个人中的一个——这八个人，都给方尖碑出版公司写了信，或者打了电话，投诉其中有争议的段落。

有争议？根本没什么争议。这八个火星拉丁语学者指正得对。现在的问题是，该怎么悄悄把他们打发走，让他们忘掉读过方尖碑出版的《物性论》，更忘掉从中找出了谬误段落。

马斯特斯按下桌上的内部通话按钮，对接待员说："好吧，让他进来。"不见他的话，他是不会走的。他这种人，会一直等在外头，不会离开。学者一般都这样，仿佛拥有无穷无尽的耐心。

办公室的门开了，进来一位灰发男士，个子高大，手中提着公文包，戴着老派的地球式样眼镜。"谢谢您肯见我，马斯特斯先生。"他一边进门一边说，"请听我解释，先生，为什么我所在的组织认为这个错误如此重要。"他在桌边坐下，飞快拉开公文包，"我们的目标是所有的殖民地行星。我们所有的价值观、习俗、制品和传统都来自地球。WODAFAG 认为您这一版本的书……"

"WODAFAG?"马斯特斯打断他的话。他从没听说过这个组织。可是，光听名字，他就忍不住呻吟。肯定是那些紧紧盯着印刷品的古怪机构之一，这些人什么都不放过，不管是在火星本地印刷的书籍，还是来自地球的书本，都要审查。

"就是'一切扭曲假造制品监视者'的缩写。"布兰迪斯解释道，"我带了一本正确的《物性论》，是权威的地球版本——用的也是德莱顿的译本，跟本地的版本一样。"他加重了"本地"二字的语气，让这个字听来既不入耳又不入流。马斯特斯懊恼地想，就好像方尖碑出版公司胆敢印刷书籍这事本身，就是不明智的愚蠢行为。"我们来看看未经权威认可、肆意篡改的段落。请您务必先仔细看看我带来的书——"他把一本破破烂烂、年深日久的地球书摊在马斯特斯的办公桌上，"——在这里，那段话是正确的。然后，您再看看您的版本，看看同一个段落成了什么样。"在蓝色的小开本地球古书旁边，他又放上了一本装帧精美、瓦伯毛封面的大开本书——正是方尖碑公司出版的那一本。

"我先把这一版的编辑叫来。"马斯特斯说。他伸手按下通话钮，对汉迪小姐说："请让杰克·斯尼德来我这儿。"

"是，马斯特斯先生。"

"引用权威版本上的原话，"布兰迪斯说，"'我们将拉丁文译为如下韵诗，阿门。'"他不好意思地清了清喉咙，开始高声朗诵。

悲伤与痛苦，将离我们远去；
我们没有感官，我们不再存在。
我们不知身处何地，是海中土地，或是天堂之海？
我们动弹不得，只能随波逐流。

"我知道这个段落。"马斯特斯坐立不安，高声打断。面前这男人好像觉得他是小孩子，正加以训诫。

"这四行诗，"布兰迪斯说，"您的版本中没有。取而代之的却是以下四行伪诗——天知道这些伪诗出自何处。请允许我读一读。"他伸手取来方尖碑公司出版、带着华丽的瓦伯毛封面的那一本，翻开，找到段落所在之处，念了起来。

悲伤与痛苦，将离我们远去，
唯有摆脱土地束缚者，才得此特权；
死后，我们方才洞察以下真知，犹如看透了海底；

在地球上的短短停留，预示身后无尽福祉。

布兰迪斯瞪了一眼马斯特斯，"啪"地合上瓦伯毛书。"最让人心烦的是，"布兰迪斯说，"这个段落宣扬的意味，跟整本书的主旨正好相反。这个段落究竟从哪儿来？总是某个人写出来的吧！反正，德莱顿没写，卢克莱修也没写。"他责备地盯着马斯特斯，仿佛马斯特斯就是写出这段话的罪魁祸首。

这时，办公室的门开了。公司的书籍编辑杰克·斯尼德走了进来。"他说得对，这个段落被篡改了。"斯尼德无奈地对上司说，"而且，被篡改的段落有三十多处。这只是其中之一——自从有读者写信投诉之后，我就把整本书梳理了一遍。现在，我已经开始梳理列入最近秋季出版计划的其他书籍，"他呻吟一声，"其中有几本，也经过了篡改。"

马斯特斯说："交给排字工之前，你是这些书的终审编辑。那时候，书里有没有这些错误？"

"绝对没有。"斯尼德回答，"而且，我还审读了排版后的版样，版样里也没有这些错误。书中的改动，是最终装订后才出现的——我也不知道这是怎么回事。确切地说，只有那些用瓦伯毛烫金装帧的书，才出现了改动。至于那些平装本，一点儿问题都没有。"

马斯特斯眨了眨眼睛，"可是，两种书的版本是一样的呀，而且是一同印刷的。说起来，我们起先还没打算出这种高价珍藏本呢，直到最后一刻，跟商务办公室谈起这事的时候，他们才建议其中一半用瓦伯毛装帧。"

"我觉得，"杰克·斯尼德说，"我们得好好查一查这个火星瓦伯毛。"

一小时后，模样衰老、步履蹒跚的马斯特斯在书籍编辑杰克·斯尼德的陪同下，坐到了"无暇公司皮毛处"商务代表路德·塞波斯蒂安面前。方尖碑出版公司就是从他们这儿买来了用作封面的瓦伯毛。

"首先，"马斯特斯用干脆利落的职业语气问道，"什么是瓦伯毛？"

"基本上，"塞波斯蒂安回答，"对您的问题的回答是，瓦伯毛就是火星瓦伯身上的毛皮。我知道这个回答对您没多大用处，先生，不过，这至少算是一个参考点，一个我们都同意的前提条件。以此为基础，我们才能开始推论。为了给您提供更多线索，请允许我为您解释瓦伯这种生物的特性。瓦伯毛皮之所以昂贵，有很多理由。首先，因为它稀有。之所以稀有，是因为瓦伯这种动物鲜少死亡。也就是说，想要杀死一只瓦伯，极其困难，几乎是不可能的——哪怕面对一只生病或衰老的瓦伯，也一样。还有，哪怕瓦伯死去，它的皮毛也会继续存活。这一特性，让瓦伯毛在家庭装潢方面——或者说，在装帧您出版的一生珍藏、流传后世的贵重书籍方面——拥有了独一无二的价值。"

马斯特斯叹了口气，呆呆地将视线移向窗外，任由塞波斯蒂安滔滔不绝。身边，书籍编辑在本子上不停地记着含义不明的笔记，活力四射的年轻面庞罩上了一层阴影。

"那时候，是贵公司找到我们。"塞波斯蒂安说，"请注意，是贵公司先找的我们，而不是我们主动上门。而我们向您提供的，是我们公司海量库存中最上等、最完美的毛皮。这些活着的毛皮，闪耀着特有的光泽，独一无二。不论是火星，还是家乡地球，哪儿都没有这样的好东西。不论是撕裂还是刮伤，瓦伯毛皮都会自我修复。经年累月,瓦伯毛皮会越长越茂密。用此种毛皮装帧的书籍封面,也会越来越豪华。因此,瓦伯毛皮极受欢迎。只要过上十年,瓦伯毛皮的封面就会长成蓬松密实的厚厚一堆,那质量……”

斯尼德打断了他的话,“这么说,毛皮是活着的?有意思。还有瓦伯,按您所说,是一种极为灵活的动物,几乎不可能被杀。”他很快瞄了一眼马斯特斯,“我们的书中,被篡改的文字有三十多处。每一处,都跟‘永生’有关。卢克莱修那一处就十分典型。原文传达的旨意是人类生命短暂。哪怕死后以另一种形式存活,也改变不了人生短暂的事实。因为,人死后,就不会再记得生前之事。可是,冒出来取而代之的伪作,却明明白白地告诉我们:死后,生命会延续;而且,这一辈子,在生前就能展望到死后的生命。就像您说的,这跟卢克莱修的哲学思想完全是相反的。您大概已经明白我们看到的是什么了吧?我们看到的是该死的瓦伯哲学,硬生生覆盖了各种作家的观点。就这样,一个是开始,一个是结束。”他猛地收住话头,继续沉默地飞快做着笔记。

“一张毛皮,”马斯特斯问道,“哪怕是一张永生的毛皮,怎么可能更改书本的内容呢?文本都是印刷好的——书页都裁好,粘牢,缝住了——这样还能更改,说不通啊!就算那该死的封面毛皮真的活着,我也没法相信。”他瞪着塞波斯蒂安,“你说它活着,它是靠什么活着的呢?”

“靠摄取空气中悬浮的食物微粒存活。”塞波斯蒂安亲切地回答。

马斯特斯站了起来,“我们走吧。这太荒唐了。”

“它通过毛孔,吸入微粒。”塞波斯蒂安的语气郑重,甚至微有责备之意。

杰克·斯尼德研究着自己的笔记,没跟上司一同站起来,而是若有所思地说:"有些被改动的文本很有意思。这些文本,有的是对原文的彻底改写——彻底改变了作者的意图——卢克莱修就是一例;另一些,改动就十分微小,几乎难以发觉。它会把文本修正成——不知道该不该说修正——符合永生信条的言语。真正的问题是:我们面对的,只不过是某种生命形式在阐述自己的想法吗?抑或,瓦伯那些话,的的确确是真相?比如,卢克莱修的那首长诗,很了不起,很美,也很有趣——就诗歌本身而言。但是,作为哲学思想,就不一定正确。我不知道该怎么判断,这不是我的工作。我只是书籍编辑,不是作家。好的书籍编辑,最不该做的事,就是改动作者的文字,加上自己的看法。可是,瓦伯——或者说瓦伯的毛皮——正是这么做的。"说罢,他又闭上了嘴。

塞波斯蒂安说:"我很想知道,它有没有添加些有价值的东西。"

"您是说诗学价值?还是哲学价值?从诗歌或文学风格角度说,它的更改既不比原文好,也不比原文差;它的更改跟作者的文字严丝合缝,要是没读过原文,你肯定没法察觉。"他沉思着,加了一句:"也肯定不会想到,这是一张毛皮写出的文字。"

"我是说,在哲学价值上。"

"哲学价值嘛,翻来覆去,说的总是老一套——世间没有死亡这回事。我们睡着了,然后醒来,就开始更美妙的生命。它对《物性论》的修改,就是很典型的表达。读过那一篇,就能明白全部意思。"

"如果用瓦伯毛皮装帧一部《圣经》,"马斯特斯忽然想起,

"肯定是有趣的实验。"

"这个实验,我已经做过了。"斯尼德回答。

"结果呢?"

"不用问,我没时间全部看——不过,我倒是浏览了《哥林多前书》。它只改了一处。有一段,开头是这样的:'我如今把一件奥秘的事告诉你们……'它把这句话全改成了加粗黑体。接下来的句子是'死啊,你得胜的权势在哪里。死啊,你的毒钩在哪里'①。它把这句话重复了十遍,整整十遍,用的全是加粗的黑体。很明显,瓦伯十分赞同这句话。这就是它自己的哲学,或者说,它的神学。"接着,他加重语气,一字一顿地说:"这件事,从本质上说,就是神学争论。这场争论中,一方是读者;另一方,则是这种既像猪又像牛的火星动物。真够古怪。"说罢,他又把注意力转向自己的笔记。

认真思考片刻后,马斯特斯问道:"你觉得,关于死后生命,瓦伯的话到底是不是亲身经历?就像你说的,那些话,也许并不是某种成功躲开了死亡的动物在阐述想法,而是真正的事实?"

"我想到的是,"斯尼德回答,"瓦伯不仅学到了躲避死亡的本领,而且付诸实践。哪怕被杀害,被剥皮,它的皮毛也还活着,被做成了书本的封面——所以,它征服死亡,得到了永生,而且,死后的生命比生前更加美好。我们面对的,并不是某种有强烈信念的本地生命形式,而是一种已经将我们半信半疑的东西亲身践行的物种。所以,它的话就是事实。它的存在本身就是活生生的例子,是对它自己信念最好的证明。事实不言自明。我倾向于相信这一点。"

"对它来说,或许生命能一直延续。"马斯特斯提出反对意

①这几句的意思,简单来说,即"人能永生不朽"。

见，"可是，对我们来说，就不一定了。瓦伯这种动物，正如塞波斯蒂安指出的，是独一无二的。除了它，无论在火星还是地球，没有哪一种动物的毛皮能在动物死后存活，还能吸收在空气中悬浮的食物微粒。光凭它能做到——"

"真可惜，我们没法跟瓦伯皮毛交流。"塞波斯蒂安说，"我们无暇公司，自从第一次发现这种毛皮在死后还能存活，就试过跟它交流。可惜一直没找到办法。"

"我们方尖碑公司倒是找到了办法。"斯尼德接着说，"其实，我已经做过了一次实验。我在纸上印刷了一句话，只一行字：'瓦伯，跟所有生物都不一样，是永生的。'我把这句话用瓦伯毛皮订了起来，然后再打开来读。句子变了。您瞧。"他把一本装帧华丽的薄书递给马斯特斯，"您看看现在这句话成了什么样。"

马斯特斯大声读了出来："瓦伯，跟所有生物都一样，是永生的。"

念毕，他把书还给斯尼德，"它只去掉了一个'不'字。改动不多，才一个字。"

"可是，从内涵上来说，"斯尼德抗议，"这种改动无异于晴天霹雳。可以说，我们是接收到了来自坟墓的回应啊！说白了，从一般意义上讲，瓦伯毛皮应该算是死了，因为这一只瓦伯的身体已死。死亡的瓦伯毛皮却传来了信息——这简直就像、非常非常像是证明了死后仍然存在有知觉的生命，而且是无可置辩的证明。"

"不过，还有一件事。"塞波斯蒂安犹犹豫豫地插嘴，"我本不想提，因为这事可能会让情况更复杂。但是，火星瓦伯，尽管它的生存能力不可思议，甚至可以说是奇迹，但论到智力，只能说是一种蠢笨的生物。地球上的负鼠，大脑容量只有一只猫的三分之一，而瓦伯的脑容量只有负鼠的五分之一。"说罢，他一脸闷闷不乐。

"哎，"斯尼德回答，"《圣经》也说了，'在后的将要在前'①。也许这话也能用在低等的瓦伯身上。但愿如此。"

马斯特斯瞥了他一眼，问道："你想要永生吗？"

"当然想，"斯尼德回答，"没人不想。"

"我就不想。"马斯特斯斩钉截铁地说，"这辈子，我要处理的麻烦事就够多了。我绝对不要变成书的封面活下去——变成什么都不要。"话虽如此，内心深处，他却默默琢磨起来。不一样，很不一样。

"变成书的封面，"塞波斯蒂安说，"这种生活瓦伯肯定喜欢。年复一年，只需要懒洋洋地躺在书架上，吸食空气中的微粒，也许还可以沉思冥想——或者干点儿其他瓦伯用来打发死后生命的事。"

"他们会思考神学，"斯尼德说，"他们还会传道。"他对上司说："我想，我们大概不会再用瓦伯毛皮装帧书本了吧？"

"不会再用作商业用途，"马斯特斯赞同，"不会用来出售。不过——"他心里总觉得，能用瓦伯毛皮干点儿什么。他摆脱不了这种念头。"我在想，"他说，"如果把瓦伯毛皮做成其他制品，其使用者会不会得到瓦伯高等级的存活本领。比如，用它做成窗帘，或者悬浮车的内饰，说不定能把上下班途中发生事故的死亡率降为零。或者，用瓦伯毛皮填充战士的头盔，还有棒球选手的头盔。"他脑中出现了种种可能性，数不胜数。但是，这些还只是模糊的念头，必须多花些时间，理理清楚。

"不管怎么样，"塞波斯蒂安说，"本公司婉拒您的退款要

①引自《圣经·新约·马太福音》20:16。

求。今年早些时候，我们已经公开出版过一本小册子，清楚地列出了瓦伯毛皮的特性。上面明确列出——"

"行了，算我们倒霉。"马斯特斯一挥手，不耐烦地回答。接着，他对斯尼德说："我们走吧。瓦伯毛皮在篡改的三十多处文本中，真的明确表示，死后的生命令人愉悦吗？"

"绝对如此。它给《物性论》做的更改中说，'在地球上的短短停留，预示身后无尽福祉。'这句话就是总结，意思全在里头。"

"'福祉'，"马斯特斯重复道，点了点头，"当然，确切地说，我们并不在地球上，我们在火星上。不过，我想，意思都一样——它指的是生命，在哪儿活并不重要。"他又认真思考起来。这一回比上次更加郑重。"我现在明白，"他沉思道，"抽象地谈论'死后生命'是一回事，而瓦伯是另一回事。五万年来，人类一直在思索这事。两千年前的卢克莱修就是一个。我对这种泛泛的哲学讨论没兴趣。我感兴趣的是瓦伯毛皮这个具体实在的事实，还有这种毛皮带来的永生。"他问斯尼德："你还用瓦伯毛皮装订了什么书？"

"托马斯·潘恩的《理性时代》。"斯尼德看了看单子，回答。

"结果呢？"

"整整两百六十七页，都成了空白。只有书正中间，印了一个字：呸。"

"还有呢？"

"《大不列颠百科全书》。它没改动原有内容，却给词条增加了大篇内容。比如'灵魂''轮回''地狱''天罚''罪恶''永生'等等。整整二十四卷本，都有了明显的宗教倾向。"他抬起头，"还要我继续说吗？"

"当然。"马斯特斯一边倾听，一边沉思默想。

"托马斯·阿奎那①的《神学大全》。它没改动文本,却时不时插进一句《圣经》中的话:'字句叫人死,圣灵叫人活'②。这句话一再出现。

"詹姆斯·希尔顿的《消失的地平线》。香格里拉变成了死后生活的地方,那儿……"

"行了,"马斯特斯打断了他,"我们明白了。问题是,我们该拿它怎么办? 当然不能再给书做封面了——至少跟它信念相悖的书不行。"说归说,私底下,他已经开始琢磨瓦伯毛皮的其他同途——更加私人的用途。这种用途,造成的影响会远远大于瓦伯毛皮对书籍的改动——确切地说,会大于瓦伯毛皮对任何无生命物品的改动。

只要一有机会打电话——

"最有意思的,"斯尼德还在往下说,"是它对某本心理分析论文集的反应。这本论文集,收集了在世的几位最伟大的弗洛伊德流派心理分析学家的论文。瓦伯没有改动论文本身,却在每篇论文后面加了同样的一句评论——'医生,你医治自己吧!'③。"他嘻嘻笑了出来,"还真有幽默感。"

"没错。"马斯特斯心不在焉地应道。私底下,他却一直在思考去哪儿找部电话机,然后打一个至关重要的电话。

回到方尖碑出版公司自己的办公室以后,马斯特斯进行了初步试验,看自己的想法是否行得通。他找来瓦伯毛皮,小心翼

---

①托马斯·阿奎那(Thomas Aquinas,约1225~1274),意大利哲学家、神学家。

②《圣经·新约·哥林多后书》3:6

③《圣经·新约·路加福音》4:23

翼地包裹起一套皇家阿尔伯特黄色骨瓷茶杯茶碟(这套杯碟是他最喜爱的藏品)。接着,他心中犹豫斗争许久,终于把这个包裹放到办公室地面上,用尽他衰老的身体中所有的力气,踩了下去。

杯子没破。至少看起来没破。

他捡起包裹打开,仔细检查里面的杯子。他的判断是正确的:凡是包裹在瓦伯毛皮中的东西,都不会损毁。

他满意地在办公桌边坐下,最后思索了一番。

不论物品如何脆弱,如何寿命短暂,只要用瓦伯毛皮包裹,就能永久留存。瓦伯的实体存活信念,确确实实能作用于现实,起了效果——跟他预料的分毫不差。

于是,他拎起电话,拨通了律师的号码。

"我打电话来,是要修改遗嘱。"电话接通后,他对律师说,"就是前几个月我写下的最新版本遗嘱,我想在里面加一条。"

"好的,马斯特斯先生。"律师干脆利落地回答,"说吧。"

"一条小小的要求,"马斯特斯声调愉悦,"有关我的棺材。我对我的继承人有个强制要求:我的棺材内必须全部铺满瓦伯毛皮。顶上,底下,四周侧面,都必须铺上从无暇公司购买的瓦伯毛皮。可以说,我希望自己裹在瓦伯毛皮中去见造物主,给他留个好印象。"他笑了起来,笑声冷淡,语气极其郑重严肃。律师充分体会到了这一点。

"如您所愿。"律师回答。

"我建议,您也照办。"马斯特斯说。

"为什么?"

马斯特斯回答:"去看看我们下个月出版的《家庭医学参考大全》吧。记住,得买一本用瓦伯毛皮装帧的版本。那个版本跟其余的不一样。"

　　说罢,他又开始琢磨自己铺满瓦伯毛的棺材。棺材深埋在地下,他睡在里头,四周是活着的瓦伯毛皮,不停地生长,生长。

　　看看在精美的瓦伯毛皮包裹下,自己会变成什么样子,肯定有意思。

　　尤其是,几个世纪后,再打开来看的时候。

报复赌赛

　　这不是普通的赌场。所以,这成了令洛杉矶高级警察头疼的大麻烦。开设赌场的外星人的巨大飞船就停在赌场正上方。一旦警察突袭,飞船就会喷出火焰,离开地球,同时烧掉赌场。效率可真高,约瑟夫·廷贝恩警官郁闷地想,只需火光一闪,外星人不但逃离了地球,还摧毁了一切非法活动的证据。

　　这么做,还能杀光所有的人类赌客,免得他们活着作证。

　　他坐在停在空中的飞车里,不断地从"迪恩·斯威夫特·英奇·肯尼斯"鼻烟盒中挖出一撮撮鼻烟,往鼻子里送。嗅完这个,又换成黄色的锡盒——里面装的是"瑞恩美味"鼻烟。鼻烟给他略微提了提神,但他仍然闷闷不乐。左边,透过夜晚的黑暗,他能分辨出大得没边的外星飞船轮廓。飞船一片漆黑,毫无动静。飞船之下,竖着高大宽阔的围墙,里面也是一片漆黑,毫无动静——自然,这是假象。

　　"我们亲自进去也可以,"他对身边阅历稍浅的同伴说,"可进去就是送死。"他在心里说:所以,我们只能依赖机器人——尽管机器人既笨拙,又容易出错,可它们终归不是生命。在这种任务中,非生命体自有优势。

"第三个机器人已经进去了。"身边的菲尔克斯警官轻声说。

一个身穿人类服装的细瘦身影站在赌场门口,敲了敲门,等待应声。

门立刻开了。机器人报出正确的密码,进了门。

"据你分析,这些机器人能不能在爆炸中幸存?"廷贝恩问道。菲尔克斯是机器人专家。

"全部完好不可能,大概只有一个能幸存。一个也就够了。"菲尔克斯警官越过廷贝恩,朝赌场望去——他还年轻,喜欢杀戮场面,脸上神情专注,"现在就用高音喇叭,告诉他们被捕了。再等下去也没有意义。"

"在我看来,"廷贝恩说,"看着飞船一动不动,私底下却热火朝天,这场面更让人安慰。再等等吧。"

"可是,所有的机器人都进去了。"

"等他们传回视频再说吧。"廷贝恩回答。毕竟,视频也能算是某种证据。而且,机器人传回的是警用高清视频,以永久保存方式录制。

不过,菲尔克斯——他此次任务的同伴——说得也有道理。既然三个人形机器卧底都进去了,等待就没有了意义,不会再有事情发生。就算卧底被外星人发现,他们也只会凭着惯用的手段摧毁一切,然后撤退。跟高音喇叭叫喊的结果一样。"好吧。"说着,他按下按钮,激活了高音喇叭。

菲尔克斯侧过身,对着高音喇叭说话。喇叭里立即传出声音:"作为洛杉矶高级执法人员,我,还有我的同伴,要求里面的人全部出来,回到大街上。同时,我还要求……"

话音还没落,外星飞船的喷射口就发出轰鸣,喷出火焰,盖过了高音喇叭的声响。菲尔克斯耸了耸肩,对着廷贝恩咧嘴干笑。他们的动作倒是快啊！他动了动嘴巴，无声地说。

跟他们预料的一样，没人活着出来，赌场中没人逃脱。就连赌场本身也熔化了。飞船扬长而去，只留下一团糊糊软软的蜡状物。没有人类的动静。

全死了。廷贝恩还是暗暗吃了一惊。

"该进去了。"菲尔克斯不动声色地说。他开始往身上套新石棉防护服。廷贝恩犹豫片刻，也照做了。

两名警官一同进入原先赌场所在之处。这儿灼热烫人，熔化的液滴四处滴落，糊成一团。中央隆起一处小丘，是两个人形机器人。最后一刻，它们用躯体护住了某样东西。第三个机器人不见踪影，肯定是跟其他东西——其他所有的有机体——一起熔化了。

廷贝恩一边查看两个机器人扭曲的遗体，一边暗想：不知道它们呆钝的脑子当时想到了什么，究竟要保护什么。是生命吗？是蜗牛似的外星人吗？八成不是。准是一张赌桌。

"作为机器人，"菲尔克斯有些吃惊，"它们的动作可真快。"

"幸亏他们，我们才有收获。"廷贝恩说。他小心地戳了戳机器人的残骸（残骸已经熔化成烫人的金属）。一戳之下，一块金属（之前大概是躯干）滑了开去，露出底下的东西。机器人保护的就是它。

一架弹子机。

廷贝恩莫名其妙。这东西值得保护？有价值吗？他十分怀疑。

老洛杉矶闹市区，日落大道。警察局实验室里，一名技术员把长长的手写分析报告拿给廷贝恩看。

"跟我说说吧。"廷贝恩有些恼火,把夹纸板还给又高又瘦的技术员。他在警察局待了这么多年,早就受够了这种官样文章。

"其实,这不是普通的结构。"技术员扫了一眼报告——就好像连他自己也忘了结果——然后开口道。他说话的语气,和报告本身一样,既干涩又呆板。对他来说,这种结论,无疑只是例行公事。私底下,他自己八成也认定,被两个人形机器人救下的弹子机一文不值——反正廷贝恩这么觉着。"我是说,这架弹子机,跟外星人从前带到地球的东西都不一样。我建议你往里面塞个两毛五分的硬币,自己玩一局。这样,才能有个更直观的概念。"接着,他补充道:"两毛五分钱可以从实验室预算当中拨。我们等下会从机器中回收。"

"我出得起这两毛五分钱。"廷贝恩不耐烦地说。他跟着技术员,穿过宽敞的实验室。实验室到处堆满了东西,有各种精细的——其中很多都是过时的——分析装置,还有各种各样被拆卸开的结构。两人一起来到后面的工作区。

被机器人护下的弹子机就立在这里。弹子机已经经过清洁,损毁之处也得以修复。廷贝恩往里面塞了一枚硬币。五粒钢珠立刻落下,进入储球区。机器的背板亮了起来,五彩灯光闪烁。

"别忙着弹钢珠。"技术员站在廷贝恩身边,一同观看,"我建议,你先仔细看看这架机器的底部衬板——就是钢珠落下后,一路经过的部分。玻璃保护罩下的这副底部衬板,很有意思。这是一个微型村庄,有房屋、大街(街上还有路灯)、大型公共建筑,顶上还有快速飞船川流不息……当然,这肯定不是地球村庄,而是木卫一上的村庄——是木卫一村庄曾经的模样。这个村庄的模型,细节非常精致,做工一流。"

廷贝恩弯下腰查看。技术员说得没错。按比例缩小的村庄模型，其做工之细腻，让他惊叹。

"我们对机器的活动部件进行了损耗大小测试。"技术员说，"结果表明，这部机器已经过长期使用，损耗很大。我们估计，顶多再玩一千局，这部机器就得回工厂维修了——当然是他们的工厂，木卫一上的工厂。我们认为，他们就是在木卫一上建造并维护这类机器的。"他补充道，"也就是各种赌博机。"

"这游戏的目标是什么?"廷贝恩问道。

"这架机器，"技术员解释，"我们称为'整体改变型'。也就是说，钢珠滚过的底板，一直在改变，改变的组合一共有……"他翻了翻手中的报告，没找到确切数字，"反正数字十分庞大，达到几百万。我们认为，这部机器非常复杂。总之，你只要弹一颗钢珠，就会明白了。"

廷贝恩按下放球钮，放出第一颗钢珠。钢珠从储球区滚出，落在射球杆上。接着，他拉长弹簧射球杆，猛地放开。

钢珠从通道射出，弹到空中，击中了一块压力垫。压力垫为钢珠增加了额外的速度，珠子越来越快。

接着，钢珠朝着村庄的上半部分下落。

"保护村庄不受侵犯的第一道防线，"廷贝恩背后的技术员说，"是数个隆起的小丘，外形和表面质地都模拟了木卫一的实景，忠实到了一丝不苟的程度。很有可能，先是木卫一轨道卫星拍下了图像，随后按照图像制作的。看着这些山脉，很容易让人觉得，自己正身处十英里左右的高处，望着这颗卫星。"

钢珠碰到了缩微地形的外围，弹射轨道立即改变，摇摇晃晃，下落的方向游移不定。

"钢珠被引开了。"廷贝恩发觉，缩微地形的外围轮廓完美地引开了即将下落的珠子,"它会从村庄旁边绕过,一点儿也不会碰到。"

此时,钢珠的下落冲量已大大减小。它沿着一条侧面褶皱滚开,漫无目的,眼看就要滚进下方的接球槽里。就在这时,球碰到了另一块压力垫,又弹回了空中。

灯光闪烁的背板记下了一个分数。这是玩家暂时的胜利。这时,球再次逼近了村庄。同样,又被缩微地形引开,回到刚才的轨迹上,几乎完全相同。

"注意看,这儿算是个关键点。"技术员提醒,"等球撞到刚才那块压力垫的时候,别看球,注意看压力垫。"

廷贝恩认真观察。他看到,垫子上升起一小股灰色烟雾。他疑惑地转头望着技术员。

"现在看球!"技术员大声叫道。

球又撞上了这块只比接球槽高一点点的压力垫。

这一次,压力垫对球的撞击却没有反应。于是,球安安稳稳地滚进了接球槽,没对村庄造成任何伤害,直接出局。

廷贝恩眨了眨眼睛,莫名其妙。"没什么可看的呀。"他迟疑地说。

"你刚才看到的烟雾,是从压力垫的电线里冒出来的,表示电线短路。因为,这块压力垫,会把球反弹回来,产生威胁——威胁到村庄。"

"也就是说,"廷贝恩说,"有什么东西注意到了压力垫对球的作用。机器中的整体结构运作,保护缩微村庄不受下落钢珠的伤害。"这种装置,他从前在其他外星赌博机中见过。复杂的电路,让游戏板不断改变,好像活的一样——都是为了降低玩家获胜的概率。面前这架游戏机,只要能让五个钢珠进入中央地带,进入缩微木卫一村庄,就算胜利,能获得分数。所以,必须去除这一块位于接球槽上方、位置关键的压力垫——至少是暂时去除——直到整体地形彻底变化。

"这个不新鲜。"技术员说,"我们从前都见过这种东西,你见过十几次,我见过几百次。假设,这架弹子机已经玩过一万局。每玩一局,电路都会小心地改变,不让钢珠对村庄造成伤害。再假设,这种改变不会消失,而会一点点积累起来。那么,到现在,任何玩家的分数,大概都只能达到早期玩家分数的几分之一。而玩家得分后,电路还会激活,开始改变,保护村庄。这种改变的方向,跟所有外星赌博机的方向一致,最终目的都是'零分'。廷贝恩,你可以试试,看能不能打中村庄。我们已经试验过,用机械不停地发射钢珠,玩了一百四十局游戏。这么多球,没有一颗能靠近村庄,造成伤害。我们还记录了每局游戏的分数——每一次,都有下降。虽然下降的不多,但确确实实是在下降。"他咧嘴一笑。

"这有什么意义?"廷贝恩问道。

"没什么意义。我在报告上也是这么说的。"顿了顿,技术员补充道,"除了这个。瞧这儿。"

技术员弯下腰,细瘦的手指沿着玻璃保护罩一路滑下去,停在缩微村庄中央的某个东西上,"照片记录显示,每玩一局游戏,这个东西的完整程度就会高一分。很明显,跟其他改变一样,这东西也是由机器内部的电路建造的。可是,这东西的构造——你觉不觉得眼熟?"

"像是古罗马投石机啊。"廷贝恩回答,"不过,投掷的方向是竖直的,而不是水平的。"

"我们也这么想。再看看投石机的弹弓。按照村庄的比例来说,这东西大得异乎寻常,太大了。说得确切些,这东西不合比例。"

"这东西看起来简直能装得下……"

"不是简直,"技术员接口,"我们测量过,弹弓的大小非常精确,正好能容下一粒钢珠,十分完美。"

"然后呢?"廷贝恩后背发凉。

"然后,就会把球朝玩家射来。"技术员不动声色,"投石机的方向直冲着机器前方,前上方。"他补充道,"而且,基本上,投石机已经完工了。"

廷贝恩望着这架外星非法弹子机,心想:最佳的防御就是进攻。可谁能想到,连这种地方也会有?

他想,对这东西的电路来说,玩家"零分"还不够好。"零"这个数字,还是不够低。这东西要努力把分数下降到零以下。为什么?肯定因为它的终极目标并不是"玩家零胜利",而是最佳防御模式。这东西设计得太好,好过头了。

真的好过头了吗?或者说,这才是设计者的本意?

"会不会是,"他问又瘦又高的技术员,"外星人故意这么做的?"

"这不重要。至少目前不重要。现在,重要的只有两点:第一,这台机器是被非法运进地球的。玩家都是地球人。无论是否故意,这机器都可能成为——应该说,很快就会成为——致命武器。"接着,他又说,"第二,我们计算过,再有二十局游戏,投石机就能完成。每塞一次硬币,机器的中央氚电池就会给机器通电。一通电,无论钢珠是否接近村庄,投石机的建造工作都会继续。一旦游戏开始,投石机就会自动开始建造。就在此刻,我们站着说话的时候,这台机器的电路也在不停地建造投石机。你最好赶紧把剩下的四个球发射完,否则,建造工作是不会停止的。或者,请下令拆毁这台机器——至少拿掉电路里头的能源。"

"外星人没把地球上的人命当回事啊。"廷贝恩沉思道。他想起了外星飞船起飞造成的大屠杀。这种大屠杀,对他们来说,不过是例行公事。可是,如此大批量摧毁人命,似乎并无必要。到底有何目的?

他一边思索,一边说:"杀人是有选择性的。他们只杀赌客。"

技术员说:"这东西会灭掉所有的赌客,一个接一个。"

"可是,第一次死人后,谁还会来玩这种致命游戏呢?"廷贝恩问。

"外星人在遭遇警察突袭后,会烧掉一切,包括里头的每一个人。这一点,大家都知道。可是,外星赌场,还是有人去。"技术员指出,"赌博的欲望是强迫性的成瘾症状。有一种人,不论风险多大,都会参与赌博。听过俄罗斯轮盘赌①吗?"

廷贝恩射出第二颗钢珠,看着它弹开,朝微缩村庄落下。这一颗球过了山丘这一关,朝村庄的第一座房屋而去。我看,趁这东西干掉我之前,我能先把它干掉,廷贝恩狠狠地想道。他看着钢珠砰地击中小房子,把房子夷为平地,接着继续朝前滚去,心中升起奇异新鲜的兴奋。尽管钢珠对他来说很小,却比缩微村庄所有的房屋建筑都要大——除了中央的投石机。他热切地望着钢珠朝投石机滚去,越来越近,越来越危险。就在这时,珠子被一座公共建筑引开,滚了出去,消失在接球槽里。他立即射出

---

①一种危险的赌赛。双方轮流用同一支左轮手枪(枪膛里只有一颗子弹),对准自己脑袋扣扳机。

第三颗钢珠。珠子沿着通道飞快弹出。

"风险很高啊，"技术员柔声道，"对不对？它用自己的命，换你的命。这种赌赛，对赌徒性情的人来说，肯定格外有吸引力。"

"我想，"廷贝恩说，"我能在投石机完工前，把它干掉。"

"也许能，也许不能。"

"我射出的钢珠，一颗比一颗接近目标。"

技术员说："投石机只需要一颗钢珠，就能运作。钢珠是它的弹药。你不停地玩游戏，它拿到钢珠的机会也会不断增加。说白了，你是在帮它。"他郑重其事地说："再说穿了，没有你，投石机也没法运作。赌客不仅是敌人，也是必不可少的帮手。放弃吧，廷贝恩，这东西在利用你。"

"我会放弃的。"廷贝恩回答，"只要我干掉投石机，我就放弃。"

"干掉才放弃？那时候，你死都死了，可不就只能放弃了！"技术员眯起眼睛，盯着廷贝恩。"说不定，外星人造这机器的目的，是为了报复我们的突袭行动。这很有可能。"

"你还有没有两毛五分硬币？"廷贝恩问道。

玩到第十局，机器的战略突然起了意料之外的变化，令人惊讶。突然之间，机器不再引开钢珠，不再让球滚到一边，绕开缩微村庄。

廷贝恩紧紧盯着钢珠，看着它第一次直直地滚向村庄中央。

一直滚向巨大得不成比例的投石机。

显然，投石机已经完工了。

"我比你级别高，廷贝恩，"实验室技术员紧张地说道，"所以我命令你，马上放弃游戏。"

"你给我下达的命令，"廷贝恩说，"必须是书面命令，而且必须经过局里督查级别的警官的允许。"说归说,他还是不情愿地住了手。"我能干掉它。"他沉思道,"不过站在这儿不行,我得避开,避得远远的,让它找不着我。"让它没法找到我,没法瞄准。他在心里说。

他注意到,投石机已经稍稍抬高。肯定是通过某个镜头系统,侦查到了他的存在。

或者,这东西是热导的,侦测到了他的身体热量。

要真是热导的,防御手段就简单了,只要在其他地方悬一根电阻线圈就行。不过,也有可能这东西用的是某种脑部活动导向,会记录下周围所有的大脑电波。可是,如果真有脑波记录仪,警察实验室肯定已经发觉了。

"这东西是什么导向的?"他问道。

技术员回答:"我们检测的时候,机器中还没有导向系统。但现在,投石机已经完工了,内部的导向系统肯定也同时完工。"

廷贝恩若有所思地说:"但愿它用的不是脑部活动记录仪。"

因为,他想,要是它真记录了我的脑部活动模式,一定会存放起来,这很容易。哪怕一时没法消灭,它也会记录敌人的模式,留待以后。一旦辨认出,就加以摧毁。

这念头让他恐惧,比近在眼前的威胁更为恐惧。

"我们做个交易吧,"技术员说,"你可以继续玩,直到投石机发射第一颗子弹。然后,你就让开,我们来把这东西拆了。我们得研究它的导向系统——说不定,这东西的导向系统很复杂。同意吗?你会冒些风险——不过,风险是可控的。我觉得,投石机发射第一颗子弹的目的,应该不是消灭敌人,而是为了得到数据反馈。接着,它会进行调整,然后发射第二颗……而第二颗,永远都不会来了。"

他该不该把自己的恐惧告诉技术员？

"我担心的是，"他终于开口，"这东西会专门记录下我的脑部活动，留着今后使用。"

"什么今后？只要它发射钢珠，这东西就会被彻底拆毁啦！"

廷贝恩勉强答应，"我想，我还是答应这笔交易为好。"反正，我大概也已经做过头了，他想，而且，说不定，你是对的。

下一颗钢珠从投石机旁几分之一英寸的地方擦了过去。廷贝恩紧张起来。不过，他紧张的不是钢珠和投石机间的距离。钢珠从投石机旁边擦过时，他看到，投石机居然飞快地微微一动，想要抓住这颗珠子。要不是他盯得紧，肯定会错过这个动作。

"这东西想要球。"技术员说，"它想杀了你。"他也看到了。

廷贝恩犹豫不决地摸了摸拉杆。拉下拉杆，就会射出下一颗钢珠——对他来说，或许是最后一颗。

"退后，"技术员紧张地建议道，"忘了刚才的交易，别玩了。我们这就拆了它。"

"我们得找出这东西的导向方式。"说着，廷贝恩拉下拉杆，然后松开。

最后一颗钢珠，突然间，似乎变得又大又硬，十分沉重，径直滚向等待着的投石机。弹子机底板上的缩微模型也开始改变，所有的地形轮廓都帮着球朝投石机滚去。没等廷贝恩明白过来，投石机已经牢牢抓住了钢珠。他一时来不及反应，只能愣愣站着，目瞪口呆。

"快跑！"技术员朝后一跳，猛地冲了出去，撞上了廷贝恩，把他从机器前撞了开去。

哗啦一声，玻璃碎裂，钢珠从廷贝恩的右太阳穴旁擦过，击中实验室另一边的墙壁,反弹出去,落在工作台上。

实验室安静了。

稍后,技术员颤抖着说:"这东西速度快,质量也大。杀人的必要条件全都具备。"

廷贝恩慢慢爬起,朝机器走了一步。

"可别再弹钢珠了。"技术员警告。

"根本不用我动手。"说罢,他转身就跑。

机器,自动发射了一颗钢珠。

外间办公室。廷贝恩坐着抽烟。对面是泰德·多诺万,实验室主任。

实验室的门关着。所有的技术员都装备了结结实实的防护措施。门后,实验室里没有响动。廷贝恩知道,它只是暂时没动,它还在等待。

不知道它是不是在等人。随便哪个地球人类,只要接近就行。

或者——它等待的,只有廷贝恩一个。

方才,他也起过这念头。可是,现在,这念头让他愈发恐惧。就算坐在关闭的门外,他仍有些哆嗦。这部机器,在另一个世界造就,然后送来地球。原本,它没有任何目标,只能从多种防御可能性中选择最佳方案,直到最后,才撞上了开启目标的钥匙……其中,起作用的全是随机性。几百几千局游戏,玩家换了一个又一个,最后才到了关键点,迎来了最后一名玩家——也就是廷贝恩自己。在随机选择下,他成了最后一个,被烙上了"必须死亡"的印记。真是不幸。

泰德·多诺万说:"我们可以从远处击穿机器的能源,这不难。你回家吧,忘了这事。等我们找到这机器的导向系统,会通知你。当然,如果那时候是深夜,就……"

"通知我。"廷贝恩接口道,"如果可以,不管什么时候,都通知我。"他不必多说,实验室主任能明白。

"很明显,"多诺万说,"这东西的目标就是参与突袭赌场的警方人员。自然,我们现在还不知道,那些外星人是如何引导我们的机器人护住这东西的。这条电路,我们也得找一找。"他捡起那份没用的实验室报告,厌恶地看了一眼,"现在看来,这报告太草率了。什么'不过是一台普通的外星赌博机而已'。真见鬼。"他嫌弃地丢开报告。

"如果它的目标真是警方人员,"廷贝恩说,"那他们就成功了。我已经彻彻底底落入了他们手里。"至少,他们成功地引他上了钩,抓住了他的注意力,利用他按他们的计划行事。

"你有赌徒的性格,可你自己却不知道,所以才被利用。他们八成就是这么计划的。"多诺万说,"不过,这还真有意思。居然有能还击的弹子机,还把滚来的钢珠当子弹。报复性弹子机已经够可怕了,但愿它们没设计报复性的双向飞碟射击游戏。"

"真像做梦。"廷贝恩喃喃道。

"什么?"

"简直不像真事。"可这就是真事。他站了起来,"我按你说的做,这就回公寓。你知道我的视频电话号码。"他觉得既疲惫,又害怕。

"你的脸色很糟,"多诺万打量着他,"不必这么恐惧。这东西还算仁慈,对不对?要先攻击它,它才会反击。只要不去碰……"

"我不会再碰了,"廷贝恩说,"可我觉得这东西还在等我。

它想让我回去。"

他真觉得那东西在等他,等他回来。这是一部会学习的机器,教会它的正是他自己——他把自己坦露给了它。

是他告诉那机器,地球上,有一个名为约瑟夫·廷贝恩的人存在。

真是太鲁莽了。

他一打开公寓大门,就听到电话铃响。他麻木地拎起话筒,"喂。"

"廷贝恩?"是多诺万的声音,"没错,那东西就是大脑导向的。我们已经发现了一份你脑部结构的模式图。这张图我们自然是毁掉了,可是——"犹豫片刻,他才接着说下去,"我们还发现了一样东西。那机器一接收到你的脑部结构图,就造了这东西。"

"发信器?"廷贝恩喉咙哽住了。

"很不幸,你说对了。是发信器。如果广播,传播距离为半英里;如果窄带传送,距离为两英里。机器中的发信器呈聚拢状,是窄带传送。所以,我们估计,接收方在两英里外。自然,我们没法定位接收方,就连接收方是否存在于地面都没法确定。不过,很可能是在地面上,也许就在某个办公室里,或者在某辆外星人用的悬浮车里。总之,现在可以确定,那东西百分之百是件报复性武器。你方才的情绪化反应,竟然不幸言中。我们的秘密监视装置专家看过了这机器。他们的结论是,可以说,这机器确确实实就是在等你。它知道你早晚会来。这机器从来不是真正的赌博机,就连里面的磨损程度,恐怕也是伪造的。就这些。"

廷贝恩问:"那,我该怎么做?"

"做?"对方沉默了一会儿,"没什么可做的。你得待在公寓里,别来上班。先躲一阵子再说。"

别来上班。这样,等我被打死的时候,局里其他人就不会被误伤。对你们是有利,对我可没好处。"我还是躲出去吧。"他大声说,"那东西说不定有地域限制,只能在城市中某一片区域,或者南加州起效。如果你不反对,我就出去。"他有个女朋友,叫南希·赫克特,住在马萨诸塞州的拉约拉,他可以去那儿。

"随你便。"

廷贝恩又说:"你们没法帮我,是吧?"

"这样吧,"多诺万说,"我们会拨出一笔款子。至于款子的数额,别抱太大希望,我们只能尽力。不过,你可以自由使用这笔款项。在此期间,我们会追踪那该死的接收方,然后想办法弄明白对方的意图。对我们来说,最头疼的问题是,这事已经走漏了风声,在局里传开了。今后,想组建突袭外星赌场的队伍,就更困难了……这一点,肯定也在外星人的计划之内。另外,如果你愿意,我们还能替你做件事:我们的实验室,会帮你造个脑波阻挡器。这样,你大脑发出的脑波模式,就没法被人辨识。不过,这东西你得自己掏腰包。我们可以分期,每个月从你的工资里扣一些。坦白说,我个人推荐使用这东西。"

"行,我用。"麻木、绝望、疲惫、认命,一股脑儿袭上廷贝恩心头。他心底有种清晰的直觉,情况确实恶化到了可怕的地步,他并非杞人忧天,"你还有什么建议?"

"随身带枪。睡觉也放身边。"

"睡觉?"他反问,"你觉得我还能睡得着?除非那机器被彻底毁掉。"说罢,他忽然明白,就算彻底毁掉也没用。那机器已经把他的脑波模式发送到了其他地方,他们却对接收方一无所知。上帝才知道接收方会是什么设备。外星人的东西总是匪夷所思。

他挂了电话,走进厨房,取来一瓶半空的750毫升装"古董"波旁酒,调了杯威士忌酸酒①。

真是一塌糊涂,他心想,我居然被来自另一个世界的弹子机追杀。这念头差点儿让他笑出来,可惜他实在笑不出。

该用什么东西去抓疯狂的弹子机?——不,确切地说,是弹子机的神秘朋友——那东西知道你的号码,已经上路,正冲着你来。

这时,厨房窗户上响起了嗒嗒声。

他把手伸进口袋,掏出配发的激光枪,沿着厨房的墙壁,以对方无法察觉的角度偷偷接近窗户,朝外看去。

窗外一片漆黑,什么都看不到。手电筒呢? 他的悬浮车杂物格里有一支。悬浮车就停在公寓楼顶上。得去拿来。

片刻后,他拿到了手电筒,冲下楼梯,回到厨房。

电筒射出光束。借着光线,他发现窗户外面有一只虫子似的东西,伸出长长的伪足,贴着玻璃。虫子长着两只触角,正嗒嗒敲着玻璃,盲目而机械,显然是在探索。

虫子是从大楼侧面爬上来的。他能看到虫子身上的吸盘。

此刻,他的好奇心战胜了恐惧。他小心翼翼地推开窗户(如果用枪打碎玻璃,他就得付钱给大楼维修委员会,作为赔偿。没必要浪费钱),举起激光枪瞄准。虫子没动,肯定正忙着完成上一项任务,无暇他顾。或者,跟有机生命相比,这东西的反应速度相对缓慢。

---

①用波旁酒或威士忌,加柠檬汁、白糖等调成的鸡尾酒。

　　自然,也有可能,这东西是炸弹,击中就会爆炸。但他没时间犹豫了。

　　他朝虫子底下发射了细细的光束。虫子受了伤,众多吸盘一齐松开,朝后跌去。落到廷贝恩身边时,他伸手抓住了这东西,迅速缩回手臂,把那东西丢在地板上,用枪指着它。那东西一动不动,显然是彻底失灵了。

　　他把虫子放到厨房小餐桌上,从洗涤池旁边的工具抽屉取来螺丝刀,在桌边坐下,仔细检查这东西。手中有了需要慢慢钻研的活儿,他心中的焦虑减少,肩上的压力也减轻了——至少暂时减轻了。

　　他花了四十分钟才把这东西打开。这东西的螺丝很奇特,普通的螺丝刀吃不进去。最后,他连切菜刀也用上了,才终于旋开了螺丝。那东西的外壳裂成两半,摊在桌子上,一半空空荡荡,另一半塞满了元件。是炸弹吗?他加倍小心,一个元件一个元件地检查。

　　不是炸弹。至少不是他认识的炸弹。是谋杀工具吗?没有刀刃,没有毒药,没有微型有机体,也没有能以致命速度发射或爆炸的管子之类。

　　老天在上,这东西到底是干吗用的?他认出了一套引擎,能给虫子爬大楼提供动力。还有电子图像识别转向装置,能调整方向。只有这些。

　　就这些。

　　就实用性而言,这东西是个假货。

　　真是假货吗?还是障眼法?他看了看手表。这东西占用了他整整一个小时;这一小时内,他的注意力全部集中在这里,完全忽略了其他——说不定其他东西已经入侵,天知道会是什么。

　　他顿时紧张起来，身体僵硬，悄悄站起来，拿好激光枪，蹑手蹑脚地巡视公寓各处，仔细倾听，极力思考，希望发现某处——不管有多小——跟平常不同。

　　他明白，自己被分散了注意力，给了它们时间。整整一个小时！它们能用这一个小时来安排真正的计划。

　　他知道自己该走了，应该马上离开公寓，去拉约拉，赶紧逃走。在拉约拉待到这事儿平息为止。就在这时，视频电话响了。

　　他接起电话。泰德·多诺万的脸闪现在屏幕上，面色发灰。"我们派了一辆局里的悬浮车，监视你公寓大楼的动静。"他说，"悬浮车发现了某些活动。我觉得应该告诉你。"

　　"嗯。"廷贝恩紧张地应道。

　　"有一部悬浮交通工具，曾在你公寓楼顶停车场短暂降落。比常见的悬浮车大，我们无法识别。没多久，这东西就高速离开。不过，我想，这就是外星人的工具。"

　　"有什么东西从那里头下来吗？"廷贝恩问。

　　"很不幸，有。"

　　廷贝恩抿紧嘴唇，问道："现在已经很晚了，不过，你能帮我个忙吗？我会非常感激。"

　　"你想要什么？我们没法识别下来的是什么东西，你肯定也不知道。我们都有自己的猜想，可是，我们得等到你弄清楚那个——怀有敌意的人工制品——到底是什么，才能想对策。"

　　走廊里，有东西撞到了他的公寓大门。

　　"等等，别挂电话。"廷贝恩说，"我想，那东西来了。"此刻，他有些慌了，怕得要命，就像个孩子。他用麻木的手勉强握着激光枪，一步一步，走向上锁的公寓大门。到了门口，他犹豫片刻，开了锁，拉开一条小得不能再小的缝。

门外,不知什么东西,以巨大的力量把门推开。廷贝恩手中的门把手松脱。一只巨大的钢球,靠在半开的门上,朝前滚来。他不得不往旁边退了一步。这才是真正的敌人。那爬墙的笨东西分散了他的注意力,遮掩了钢球的动静。

这下子,他出不去了,没法逃去拉约拉。沉重庞大的球体把门挡得严严实实。

他跑到视频电话旁,对多诺万说:"我被困住了,困在自己的公寓里。"忽然,他明白过来。打弹子机的时候,第一颗球也困在了微缩模型的外围。当时,不断改变的外围地形,困住了第一颗球。现在,第一颗朝他袭来的球也同样困在了外围,困在了门口。可是,还有第二颗,第三颗呢。

每颗球,都会离他更近一步。

"你们能帮我造个东西吗?"他紧张得声音发哑,"这么晚了,实验室还能工作吗?"

"我们试试,"多诺万回答,"要看你想要什么。你有什么想法?你觉得什么东西会有帮助?"

他不愿开口请求,可别无选择。下一颗球,也许砸破窗户进来,或者砸碎天花板进来。"我想要,"他终于开口,"一架投石机。要够大,够坚固,能装得下直径为四英尺半到五英尺的钢球。能行吗?"他祈求上帝,能行。

"袭击你的就是这东西?"多诺万的声音刺耳。

"对。不过,也有可能,是我眼前出现了幻觉。"廷贝恩回答,"是专门针对我精心设计的恐怖幻觉,目的是让我崩溃。"

"局里的悬浮车也监视到了异动,"多诺万说,"所以,这不是幻觉。这东西有可测量的质量。还有——"他顿了顿,"外星悬浮工具确实放下了某件庞大的东西。离开时,悬浮工具的质量比来时显著减小。所以,那东西真实存在,廷贝恩。"

"我也这么想。"

"我们会尽快造好你要的投石机。"多诺万说,"但愿,每一颗——每一次袭击的间隔够长。你得做好心理准备,熬过这五次袭击。"

廷贝恩点点头,想点上一支烟。可是,手抖得太厉害,打火机够不到烟头。他放弃了,转而拿来一只喷成黄色的锡罐,里面装着"迪恩自用鼻烟"。可是,他的手就连锡罐紧闭的盖子都打不开。锡罐从他手中落下,掉在地板上。"五颗。"他说,"一局游戏有五颗钢珠。"

"对,"多诺万勉强应道,"就是这个道理。"

客厅的墙壁颤抖起来。

下一颗球,从隔壁的公寓,朝他袭来。

父辈的信仰

华盛顿特区内。街上,史恩碰到了一个失去双腿的小贩。小贩坐着木头小车,对着来往行人高声叫卖。史恩慢下脚步,听了听,却没有停下。文化制品部的各类事务浮现在他脑中,吸引了他的全部注意力。他专心思考,进入了一个人的世界,身边的自行车、小摩托车和喷气式摩托车,仿佛都不复存在。

那个没有腿的小贩,也一样不复存在。

"朋友。"小贩却不肯轻易放过他,驱着小车,紧跟在他身后。小车以氢电池驱动,小贩驾驶娴熟,轻巧地跟在史恩身后,"我这儿有各种各样的植物药剂,久经时间考验,还有几千名忠实用户亲身体验,证实疗效。请告诉我您的病痛,我就能帮您。"

史恩停下脚步,回答:"好。可是,我没有病啊。"他暗想:非要说,我确实有一种慢性病——凡是中枢院的工作人员,都有这种病——叫做机会主义。这种病,一直考验着每一位核心成员的地位,包括我。

"比方说,我能治疗辐射病。"小贩仍然跟着他,口里唱歌似的念道,"如果需要,也能提升性能力。我能逆转癌症进程,甚至

305

能逆转可怕的黑色素瘤①——就是你们说的黑癌症。"他托起一盘子瓶瓶罐罐，有小瓶子、小铝罐子，还有装在塑料广口瓶里的各色粉末。小贩继续吟唱："要是有对手不肯罢休，企图篡夺你光明的前途，我也有办法。我有种药膏，看起来像润肤香膏，其实却是没法解救的致命毒药。而我要的价格呢，朋友，十分低廉。而且，对于像您这般卓尔不群的人物，我还愿意额外给些优惠。我可以接受通胀的战后纸币。这种纸币，在外汇市场上虽有口碑，实际上却跟该死的卫生纸一样，一文不值。"

"滚你的吧。"史恩骂了一句，朝过路的悬浮出租车招了招手。他今天预约了许多会面。早晨的第一个预约，他已经迟到了三分半钟。文化部里各位肥头大耳的上司，肯定都在心里飞快地记了他一笔。至于他的下属，记他过失的程度只会更甚。

小贩不急不躁，徐徐道："可是，朋友，你非得买我的东西不可。"

"为什么?"史恩厉声责问。

"因为，我是退伍老兵。我在'统一全国的巨型最终战役'中打过仗，作为'联盟前线'的一员跟敌人斗争。在洛杉矶一役中，我失去了下肢。"说到这儿，他的声音中充满了狡猾与得意，"这是法律规定的，要是拒绝购买退伍老兵推销的货物，你会面临罚款，甚至可能坐牢。而且，会十分丢脸。"

史恩无奈地朝出租车点头示意，告诉司机他暂不需要用车。"确实。"他说，"行，我就买你的东西。"他粗粗扫了一眼小贩盘子里的寒酸展品——各种草药制剂，从里面随便挑了一样。

"就这个。"他指指后排的一个纸包。

小贩哈哈大笑，"这个啊，朋友，是杀精剂。只有出于政治原

---

① 黑色素引起的罕见皮肤癌。

因,无资格购买避孕药的女人,才会买这个。它对您可没什么用
——应该说,什么用都没有——因为您是绅士啊。"

"法律可没规定我非得从你这儿买有用的东西。"史恩重重
咬着每一个字,"法律只规定我必须买,我就买这个。"他把手伸
进棉服口袋,去摸钱夹。钱夹塞得鼓鼓囊囊,都是战后通胀纸
币。作为核心成员,他一周可以拿四次薪水。

"跟我说说你的烦心事吧。"小贩说。

史恩不敢相信地瞪着他。一个非核心人员,居然明目张胆
地打听他的隐私——这让他既震惊又反感。

"好啦好啦,朋友。"看到他的表情,小贩说,"我没想探听您
的私事,对不起。可是,作为医生,或者说,草药治疗师,我确实
应该多了解病人的情况。"他思索一阵,憔悴的脸上神情郑
重。"您看电视的时间,是否有些过度?"他突然问道。

史恩没料到他会这么问,不假思索地回答:"除了礼拜五,每
天晚上都看。礼拜五,我会去俱乐部,练习从战败的东海岸传来
的秘术——骑马圈索套牛。"这是他唯一的嗜好。此外,他一心
一意地扑在联盟的事务上。

小贩伸出手,取来一包灰色纸包。"六十元。"他说,"保证疗
效。如果不起效,可以退还剩余的部分,我会很乐意退给您全
款。"

"保证疗效,什么疗效?"史恩打断他的话。

"电视里那张脸,打着毫无意义的官腔,容易让眼睛疲劳。
这种药可以让眼睛得到休息,"小贩回答,"缓解眼部疲劳。一旦
那冗长无味的布道开始,您就可以用药……"

没等他说完,史恩就付了钱,接过小纸包,转身走开。他暗
想:这家伙真是胆大包天。那条法令,让退伍老兵成了特权阶

层,实在乱来。这些老兵就像食肉猛禽,只会从我们年轻人身上榨油水。

他把灰色纸包塞进棉服口袋。踏入壮观的战后文化制品部大楼时,这包药粉已经被他忘在了脑后。他来到自己颇为宽敞的办公室,开始了一天的工作。

办公室里,有人在等他。来客是位中年人,身材肥硕,穿着双排扣丝制西服,里头还穿了正式的西服背心。这位陌生人身边站着史恩的顶头上司,须磨长平。长平介绍两人的时候,用的是方言,听起来很别扭。

"这位是达理斯·培特尔。弗吉尼亚州很快要建立一个教化性质的意识形态和文化组织,负责人就是培特尔先生。"接着,他补充道:"多年来,培特尔先生一直致力于教育媒体,支持推翻敌对联盟的斗争,经验丰富。所以,他才有今日的高位。"

史恩跟培特尔握了握手。"要不要来杯茶?"史恩向两位上司问道。说着,他按下红外线日式烤炉的开关。眨眼间,装饰精巧的日式陶壶中的水就冒出了泡泡。

史恩回到办公桌前坐下。办公桌上,已经摊着培特尔的机密内部材料。秘书小姐确实可靠。史恩飞快地浏览材料,同时装出什么事都没干的模样。

"至高无上的大阁下,"长平说,"亲自面见了培特尔先生,对他十分信赖。这是鲜见的恩宠。弗吉尼亚这所学校,表面上,教学内容是寻常的哲学。不过,毋庸多言,其实是给我们提供了交流渠道,跟美国东部自由派年轻知识分子接触。这样的年轻人还有很多幸存,生活在里士满到威廉斯堡之间。我们估计,至少有一万人。这所学校能容纳两千人。我们会选中某些年轻人,强制他们入学。在培特尔先生的计划中,你的地位十分重要……嗯哼,你的茶壶水开了。"

"谢谢您。"史恩嘟哝一句,把茶包放进茶壶里。

长平接着说道:"培特尔先生会监管学校,核查为学生开设的各种教育课程。不过,奇怪的是,所有的考卷,却都得运到你的办公室来,需要你进行仔细专业的审查。换句话说,史恩先生,你要负责判断,两千名学生中,哪些忠诚可靠,哪些学生真正接受了我们的教育,哪些没有。"

"我来倒茶。"说着,史恩用郑重繁杂的手法倒出了茶水。

"我们必须认识到,"培特尔含糊不清地开口道,"在全国战争中输给我们以后,东部的年轻人就练出了伪装的本事。"最后那个词,培特尔用的是方言。史恩没听懂,转过头,疑惑地望着顶头上司。

"就是撒谎。"长平解释。

培特尔继续道:"他们学会了用恰当的口号做幌子,心底却认定这些都是谎言。这类伪装的考卷,跟忠诚信徒的考卷十分相似……"

"您是说,两千名学生的考卷,都要送到我的办公室来?"史恩难以置信地反问,"光是批阅这些考卷,就要占用我全部的工作时间。我根本没时间干这种活计,多少都不要。"他厌恶地说,"想想看,要评断试卷,分辨您刚才说的那种细微差别,还要给出'是'或'否'的官方定论——"他一挥手,"滚他妈的蛋。"最后一句话,他用的是标准英文。

听到这句语气强烈的粗话,长平眨了眨眼睛,回答:"这工作不必你一个人完成,你有手下。而且,你还可以再申请调拨人手。今年部里的预算有所增加,完全担负得起。同时,别忘记,是至高无上的大阁下,亲自选择了培特尔先生。"说这句话的时候，他的语调中有一丝威胁，程度轻微，正好让史恩从歇斯底里当中清醒，转为服从。至少暂时服从。为了强调这点，长平来到办公室另一边，站在至高无上的大阁下真人大小的巨幅3D肖像前。没多久，肖像就识别出有人靠近，启动了安装在背后、预先制作的动作和声音。于是，大阁下的脸动了起来，用熟得不能再熟的口音，说出那句耳熟能详的训诫："为和平奋斗吧，孩子们。"

声音既温和又坚定。

"哈。"史恩心中仍然动摇不定，却没露声色。他想，说不定，部里的电脑能接手这种批阅考卷的活儿。给电脑设定一个"是-否-也许"的判断结构，再加上事先分析好的模式——正确的模式，还有错误的模式。这样一来，或许，审阅考卷就能变成电脑的惯常程序。

达理斯·培特尔开口道："史恩先生，我带了些材料，希望您过目审阅。"他拉开不起眼的老式塑料公文包，"这是两份考试论文。"说着，他把文件递给史恩，"通过您对这两份考卷的判断，我们就能明白，您是否具备审阅考卷的资格。"他瞄了一眼长平，两人视线相接。"据我所知，"培特尔说，"要是成功通过考验，您就会成为部里的副委员。而且，至高无上的大阁下本人，也会亲自为您颁发奖章。"说罢，他和长平一同微微一笑——谨慎的笑容。

"颁发奖章。"史恩重复道，接过两份考卷，装出满不在乎的漠然表情，随手翻阅。可是，在心底，他的紧张情绪几乎无法压制，太阳穴突突直跳，"为什么是这两份考卷？我的意思是，我该从里头分辨什么，先生？"

培特尔回答："这两份考卷中，有一份，是一位正派的忠实信徒所写。此人的忠心经过了彻底的考察和检验；另一份，则是一位年轻的腐朽之徒所写。我们怀疑，此人秘密信仰腐朽糜烂的观念。先生,您来判断,哪份是忠诚,哪份是腐朽。"

史恩在心里说道:非常感谢。但表面上,他只是点点头,开始阅读第一份考卷的标题。

十三世纪阿拉伯诗人巴哈·艾德丁·祖哈伊尔①诗中对至高无上的大阁下教义的预言

史恩浏览了论文开头几页,发现四行熟悉的诗歌,名为"死亡"。早在他刚成年、刚接受完学校教育的那几年,他就熟读了这首诗。

> 或许失手一次,或许失手两次,
> 但总有一刻,他必定前来;
> 在他眼中,没有高山也没有深谷,
> 只有平坦的原野,供他采集鲜花。

"这诗,"史恩评论道,"很有力量。"接着,他又读了一遍这四行诗。

"他引用这首诗,"培特尔望着史恩蠕动的嘴唇,"是为了传达一种古老的智慧——在我们的现实生活中,至高无上的大阁下也展现了这种智慧:个人是没有安全可言的,所有人都会走向死亡。只有超个人的历史精髓,才能永久存在。理当如此。您认同这位学生的话吗? 或者说——"培特尔话锋一转,"这位学生,是否在讽刺至高无上大阁下的宣传?"

---

①巴哈·艾德丁·祖哈伊尔(1186–1258),被誉为他那个时代最好的阿拉伯诗人。

史恩谨慎开口道:"请允许我先审阅另一份考卷。"

"所有必要的信息都已经给您了,现在就决定吧。"

史恩犹犹豫豫地回答:"我——我从没想过这首诗还能这么解读。"他心中烦躁不安,"总之,这首诗不是巴哈·艾德丁·祖哈伊尔写的,而是出现在《一千零一夜》选集中。不过,它确实作于十三世纪,这一点我承认。"说罢,他飞快浏览了论文的其他部分。除了这首诗,其余部分都是无趣套话,只是把讲烂的教条略加修改,全是他从小听到大的东西:盲目的腐朽之兽四处逡巡,扼杀(这是多重暗喻)人类渴望;美国东部仍有反对派存在,阴谋算计……读得他十分厌烦,觉得自己就跟这份考卷一样无聊。考卷中还宣称:我们必须不懈努力,消灭纽约州卡兹奇山的五角大楼残余势力,镇压田纳西州,尤其是俄克拉荷马州红山那一小撮死硬派。他叹了口气。

"我想,"长平发话,"我们应该给史恩先生一个机会,让他从容不迫地仔细思考这个难题。"接着,他对史恩说:"我允许你把这两份考卷带回自己的公寓,利用今晚的休息时间,好好做个决断。"说罢,他半是殷勤半是嘲弄地朝史恩鞠了一躬。尽管行之不恭,但长平毕竟替自己解了围。史恩心中甚是感激。

"非常感谢您,"他喃喃道,"允许我用自己的时间解决这个十分棘手的新问题。若是米高扬还活着,他也会赞成的。"在心底,他却骂道:两个兔崽子(指他的上司,还有这个培特尔),给我这么个烫手山芋,还要占用我的休息时间。肯定是中枢院碰上了麻烦事,教化学校无力应对以顽固不化、性情古怪出名的东部小混混。

你们就这么把烫手山芋推来推去,最后推给了我。

我根本没必要谢你。他在心里尖酸挖苦道。

当晚,在自己面积不大但陈设舒适的小公寓里,他读了另一份考卷。这份考卷的主人名为玛瑞恩·卡尔普,论文的主题也是诗歌。看来,考试的科目肯定是诗歌课程。史恩心中一阵反感。他向来讨厌把诗歌或者其他艺术形式,用于社会目的,这种做法跟他的理念不合。但他还是在特制的护脊椎仿皮安乐椅上舒舒服服地坐下,点了一支科罗纳公司出品的"库艾斯塔·雷伊英国市场一号"粗大雪茄,读起论文来。

论文的作者,卡尔普小姐,选择分析的是十七世纪英国诗人约翰·德莱顿的诗。她挑选了德莱顿的名篇《圣塞西莉亚节颂歌》的结尾几行。

……
于是,最后的可怕时刻到来,
隆隆轰鸣的行进队列吞噬一切,
号角高声响起,
死者复生,生者死去,
音乐响起,天空失衡。

哎,真是可怕的景象。史恩顿感芒刺在背。我们是不是该相信,德莱顿的诗歌预言了腐朽社会的衰落?这难道就是"隆隆轰鸣的行进队列"的含义?基督啊!他俯过身,取来雪茄,发现雪茄已经熄灭。他一边在口袋里摸索日本制造的打火机,一边试图站起身来。

"特依——!"客厅另一端的电视机高叫起来。

啊哈,史恩想,我们得听听大阁下的演说啦。我们的大阁下,至高无上的大阁下,在首都已经住了九十年。九十年,还是一百年?有时候,我们喜欢叫他混——

"祝福你精神后院中自认的贫穷之花,愿它开出一万朵花儿来。"电视扬声器说道。史恩呻吟一声,站起身来,对着电视鞠了一躬。鞠躬是强制性的,每架电视机都配备了监视器,直接通到"安警"(安全警察)那儿,对方会监视看电视的人是否鞠了躬,还有,是否在认真收看电视。

电视屏幕上,出现了一张轮廓分明的面孔。这就是一百二十岁的中枢院首脑大人,众多民众的统治者。史恩在心中暗暗唾道:呸。接着,他转了转仿皮安乐椅,面对电视机屏幕。

"我想着你们,"至高无上的大阁下用他浑厚缓慢的调子说道,"我的孩子们。尤其是华盛顿特区的史恩。他正面临着一项困难任务,一项有益于西部信众,还有东海岸兄弟姐妹们的任务。我们大家都来想一想这位具有奉献精神的高尚人物,还有他面对的任务。我特别拨出几分钟时间,来嘉奖他,鼓励他。你在听吗,史恩先生?"

"在听,伟大的阁下。"史恩一边回答,一边暗自思索:大阁下大人,不早不晚,就在今天晚上,特地点了他的名字——这种事,真有可能吗?可能性太小了。他心中起了不合教义的疑心:这种事,实在是没法让人信服。说不定,这次电视广播,是专门给他看的——专门传送到他的公寓里,顶多也就是专门转送到他所在的城市。或者,说不定是电视公司做了手脚,去掉了大阁下的原声,对着口型,另外配了音。不过,无论如何,他都得继续看,继续听,还得继续领会。从小到大的习惯,让他自然而然地继续待在电视机前。表面看来,他十分专心;心中,他却仍在琢磨那两份考卷,到底哪份是真,哪份是假。哪一份中没有对中枢院的忠心和热情,只有讥讽的嘲弄? 很难说……所以,他们才把这种任务推给他。

他又伸手到衣袋中去摸打火机,摸到的却是一袋灰色的小纸包。他想起来,这就是退伍老兵小贩卖给他的药粉。他想起这东西的价钱,叹了口气。老天,那么多钱都打了水漂。这药粉到底有什么用? 没用。他翻过纸包,看到纸包背面印着小小的字。他读完这些字,心想:好吧。然后,小心翼翼地打开纸包。那几个字抓住了他的心——作为广告,理当如此。

"你是不断堕落的人类吗?

你害怕变成过时的东西,被丢进历史的故纸堆吗? ……"

他扫过这些文字,跳过其中的口号,寻找对药粉的描述,想知道自己到底买了什么东西。

至高无上的大阁下仍然滔滔不绝。

鼻烟。纸包里装的是鼻烟。数不清的细小黑色颗粒,有些像火药,散发出异香,刺激他的鼻孔。他发现,这种混合药粉的名字叫:"王子特制"。好名字。过去,在首都大学上学的时候,他曾经用过鼻烟(因为影响健康,抽烟一度被列为非法)。那时候,鼻烟十分流行,尤其是催情混合药剂(天知道那是用什么做的)。那时候,但凡含有刺激性味道的物体,都能变成鼻烟,从内脏精,到小螃蟹粉……尤其是某种名为"高干吐司"的英国混合鼻烟,差不多永久性地打消了他通过鼻腔吸入烟草的渴望。这包药粉也是那种鼻烟吗?

电视屏幕上,至高无上大阁下单调冗长的演讲还没结束。史恩小心地嗅了嗅那些粉末,看了看说明广告——里头说,这东西治疗范围广泛,从上班迟到,到爱上政治背景可疑的女人,都能治。有意思。不过,广告嘛……

突然,门铃响了。

他站起身,走到门口。不必猜,他很清楚来者是谁。他拉开大门。

不出所料,门口站的就是公寓大楼管理员莫奎。小个子,眼神坚定,工作尽责,十分警惕。他戴着臂章和金属头盔,表明此行的目的是公务。"史恩先生,我是为公务而来。我接到电视当局的电话,说你没看电视屏幕,反而在摆弄一包可疑的东西。"他拿出夹纸板和圆珠笔,"我要给你扣两分。从现在开始,你必须采取舒服的姿势,在电视机面前休息,同时专心不二地听大阁下讲话。今晚,他的讲话可是专门给你听的,先生。"

"我觉得不一定。"史恩脱口而出。

莫奎眨了眨眼睛,"什么意思?"

"大阁下大人统治着那么多人,他不可能点我的名。"史恩心生怒气。管理员尽职尽责的申斥惹恼了他。

莫奎回答:"可我听得清清楚楚,你确实被点名了。"

史恩走到电视机前,调高音量,"可是,现在,他在讲印度的失败。这跟我一点儿关系也没有。"

"凡是大阁下大人的训诫,都是有关系的。"莫奎用指甲刮了刮夹纸板上的某个记号,恭敬地鞠了一躬,然后转过身,"中枢院打来电话,要我上来申斥你疏于观看。他们显然认为,你的注意力十分重要。我必须要求你,打开自动传播录制电路,重播大阁下大人讲话的前一部分。"

史恩关上门。

他心想:又得回到电视机前。我们的休闲时间都必须这么度过。可是今晚,还有两份学生考卷在等我。他心中沉甸甸的,如坠重石。这些东西,都来占用属于我自己的休息时间。他绝望地想,让这些东西都见鬼去,都滚蛋。他大步走到电视机前,打算关闭电视。屏幕上立刻闪现出红色警报,通知他,他没有权限关闭电视机。而且,就算他拔了插头,也没法中断演说的图像和声音。他对自己说:这些强制性讲话,会杀了我们所有人,还会把我们埋掉。要是我能从讲话的噪音中逃走多好。不断重复的废话淹没了我们,要是我能摆脱这一切多好……

说起来,法令并没有明文规定,不能在观看大阁下讲话时嗅鼻烟。于是,他打开灰色的小纸包,摇出一撮黑色粉末,倒在左手手背上。接着,他用娴熟的姿态举起手,放到鼻孔底下,深深吸了口气,把粉末吸进鼻腔。吸着鼻烟,他忽然想起了古老的迷信传说:鼻腔直通大脑,从鼻子里吸进去的东西,能直接影响脑皮层。想到这个,他微微一笑,重新坐回安乐椅,双眼凝视电视屏幕,凝视那个不停地打着手势讲话、家喻户晓的人物。

不曾想,这张脸竟然渐渐淡去,渐渐消失了,声音也停止了。出现在他面前的,是一张空荡荡的屏幕,什么都没有,只有白色和黑色。扬声器里,传来的只有微弱的电流嘶嘶声。

这鼻烟可了不得!他心中暗暗赞叹,贪婪地吸取手背上剩余的药粉,深深地吸进鼻管,吸进鼻窦,甚至吸进(感觉上似乎吸进)大脑。他扑在鼻烟上,兴高采烈地嗅着。

一开始,屏幕仍然空空如也。接着,一点一点,屏幕上又出现了图像,渐渐清晰。不是首脑。不是至高无上的大阁下。根本不是人类,连人类的外形都没有。

出现在他面前的,是一架无生命的机器,只有高级固态电路、不断转动的伪肢、镜片和发出粗哑声音的盒子。那盒子,用单调乏味的声音,对着他慷慨演说。

史恩目瞪口呆。这到底是什么东西?这是现实吗?不对,肯定是幻觉。那小贩肯定是弄来了内战时期用的某种迷幻剂。他卖迷幻剂，而我买了迷幻剂，还买了一整包！

他摇摇晃晃地来到视频电话前，拨了离公寓大楼最近的安警站的电话。"我要举报迷幻剂推销员。"他对着话筒说。

"先生，您的姓名和公寓住址。"接电话的警察说话简洁高效。公事公办的官僚套路。

他给了姓名和住址，犹豫不决地走回来，在仿皮安乐椅上坐下，再次观察电视屏幕上的幻象。这可是致命药剂，他心想，肯定是纽约研制的。这种药的效果，比他们在我们水库中投放的LSD-25的效果强得太多了。我居然还以为，这药粉能帮我卸下强制性听取首脑演讲的负担……用了药粉，我看到的东西更可怕。看看这个不停转动、劈啪作响的电子金属和塑料怪物，听着它喋喋不休——实在是太可怕了。

要是我这辈子，都得盯着这东西看……

只过了十分钟，两个安警就抵达了他的公寓，敲响了大门。这时候，屏幕上闪闪烁烁，开始恢复熟悉的大阁下的形象，渐渐成形，覆盖掉那挥着伪肢说个不停的可怕人造怪物。他摇摇晃晃地站起身开门，引着两名警察来到桌边。剩余的鼻烟纸包就放在桌子上。

"这是迷幻毒药，"他含糊不清地说，"药效很短。从鼻腔进入，能立即进入血液起效。我会详细报告我是从谁那儿买到这东西，以及购买的地点等等一切。"

他颤抖着深深吸了口气。安警的出现，让他安心不少。

两名警官取出圆珠笔，准备记录。同时，背后的电视机里，领袖还在说个没完，仿佛永远都说不完。在史恩的生命中，在之前的一千个夜晚里，这都是日常惯例。可是，他想，从今往后，这一切都变了。至少，对我来说，吸了这种仿佛毒药的东西以后，一切都跟从前不同。

他心中琢磨：难道这就是他们的目的？

真奇怪，他想的居然是他们。虽然奇怪，可他觉得自己的判断没错。一时间，他犹豫起来，不愿多讲其中的细节，不愿告诉警察能找到小贩的确切地点。于是，他说："我从一个小贩手里买来，但我不知道购买的地点，我记不起来了。"其实，他记得清清楚楚，是在一个大街交叉口，他连街道的名字都记得。无奈之下，他只能勉强（连他也不知道为什么如此不情愿）说出了确切的位置。

"谢谢，史恩先生。"两名警察中领头的那一位小心收集起剩余的鼻烟——纸包里还有一大半——放进自己的制服口袋。他的制服潇洒笔挺。"我们会尽快进行分析，"他又说，"如果有必要采用对抗性医疗措施，我们会立即通知你。我相信你也知道，某些战时迷幻药是致命的。"

"我知道。"他应道。这也是他自己的猜测。

"祝好运。感谢你的举报。"两名警察同时说道，随后便离开了公寓。两人办事高效，似乎丝毫没有被此事影响。显然，这种事时有发生。

实验室的分析报告很快就来了（考虑到庞大的官僚机构，这速度确实令人惊讶）。还没等大阁下讲话完毕，视频电话就响了。

"这不是致幻剂。"安警实验室技术员说。

"不是？"他莫名其妙。很奇怪，尽管知道了那不是迷幻药，可他丝毫没有觉得轻松。一点儿都没有。

"不是。正相反，这是一种吩噻嗪。无疑，您一定听说过，这种药是抗迷幻剂。它是混合制剂,每克药效很强,但对人体无害。顶多会让您血压下降、昏昏欲睡。很可能是被我们打退的野蛮人留下的战时药品储备,是小贩偷来的。不必担心。"

史恩咀嚼着这些信息,慢慢挂了视频电话,来到公寓的窗户跟前。窗外是鳞次栉比的高层公寓楼,夜景很美。他望着这景致,凝神思索。

这时,门铃响了。史恩从恍惚中惊醒,赶紧穿过铺着地毯的客厅,去应门。

来客是一位姑娘,穿着棕褐色的雨衣,裹着头巾。头巾底下的黑发光滑闪亮,长得惊人。她小声问道:"呃,您是史恩吗?史恩先生?是文化部……"

他条件反射地把她让进门,接着立即把门关上。"你在监视我的视频电话。"他开口道。这纯粹是瞎猜。但不知怎么,他心中默默确信,自己说得没错,她确实在监视他。

"他们——他们有没有把剩下的药粉拿走?"她朝四周张望,"哎呀,但愿没有。这种药,现在可难弄到了。"

"鼻烟,"史恩回答,"容易弄。吩噻嗪就难了。你是这个意思吗?"

姑娘抬起头望着他,大大的黑眼睛,如同月全食般乌黑深邃,"对,史恩先生……"她有些迟疑。刚才的安全警察果断利落,她却犹豫不决,"告诉我你看到了什么。我们希望确定这一点,这很重要。"

"我能说不吗?"史恩尖锐地反问。

"能——能,当然能。您的事并不在我们的计划内,我们有些迷惑,没法理解。它跟大家猜想的都不一样。"她的眼睛更黑更深了,"是个可怕的水生怪物吗?长着利齿,浑身黏糊糊?像是外星生命？请告诉我吧，我们非知道不可。"她费力地大口喘气，棕褐色雨衣一起一伏。史恩的目光不知不觉跟随着她呼吸的节奏。

"是一架机器。"他回答。

"噢！"她热切地拼命点头，"对，我明白了。是一架丝毫不像人类的机器构造，不是模拟体，结构完全没有模仿人类。"

他说："看起来是不像人。"在心中，他暗暗补充：而且，它说话的样子也不像人。根本没打算模仿人。

"你知道吧，那不是幻觉。"

"我接到了官方分析报告，我服用的是吩噻嗪。我只知道这个。"他让自己的回答尽可能简短。他不想多说，只想听听这姑娘有什么话要说。

"史恩先生——"姑娘颤抖着深深吸了口气，"如果这不是幻觉，那又是什么？除了幻觉，还剩什么？有种东西叫'外意识'，这会是外意识吗？"

史恩没有回答。他转过身，缓缓拿起那两份学生考卷翻看，没有理会她的问题，等着看她接下来有何动作。

她来到他身边，靠近他的肩头。她身上带着春雨的味道，带着甜蜜和兴奋。他觉得她看起来很美，闻起来很美，就连说话的样子也很美。她跟电视里那些平板刺耳的模式化演说——从他还是婴儿的时候，就听惯了这种演说——完全不同。

"大家，"她压低了声音说，"服用三氟拉嗪以后……对，史恩先生，您服用的是三氟拉嗪。看到的东西都不一样。有些是这个，有些是那个。不过，有一点很明确，其中的种类有限，并非无穷无尽。有些人看到的跟您一样，我们管这东西叫'喔啷'；有些看到的是水生怪物，我们叫它'吞咽'。还有'大鸟''爬管'，还有……"她截住了话头,"不过,我们从其他反应中所知有限。"犹豫片刻,她又说了下去:"现在,史恩先生,您也看到了。所以,我们希望您加入我们的聚会,加入跟您看到同样东西的小组——红色组。我们想弄明白,这东西到底是什么,还有——"她用纤细的、涂过蜡一般的光滑手指做个手势,"它不可能既是这个又是那个。大家看到的,不可能全是真相。"她的嗓音饱含感情,天真无邪,略略降低了史恩的警惕。

他问道:"你本人,看到了什么?"

"我属于黄色组。我看到了……风暴,不停发牢骚的邪恶风暴。这风暴把所有的东西连根拔起,摧毁原本能坚持一个世纪的公寓大楼。"她惨然一笑,"我们管这东西叫'摧毁'。一共有十二组,史恩先生。大家都服用了同样的药物,同样观看电视里大阁下的——或者,应该说,那东西的演讲,却看到了十二幅完全不同的景象。"她对他微微一笑,扑扇着长长的睫毛(太长了,很可能是人工接过的),定定地凝视着他,神情充满信任,仿佛认定他知道内情,或者能帮上大忙。

"我该叫人来逮捕你。"他脱口而出。

"法律不管这个。我们研究过司法文件,然后才找人派发三氟拉嗪。我们手头的药已经不多,所以必须格外谨慎,不能随便给人。我们觉得,您是一位有希望的人选……您是一位名人,忠诚的战后年轻人,仕途正健。"她从他手中拿过考卷。

"他们让你进行思想审查?"她问道。

"思想审查?"他没听过这个词。

"就是审查人家说的话,或者写的东西,看是否符合现阶段美国的世界观。在您这个阶层,不说'审查',对不对?"说着,她又微微一笑,"等您再上一步,到须磨先生那个阶层,就会听到这个词了。"接着,她郑重补充:"至于培特尔先生,他的地位更高,高得多。史恩先生,弗吉尼亚根本没有什么意识形态学校,这两份考卷都是伪造的。其目的是通过您审读的结果,彻底分析您的政治意识形态。您有没有分辨出,哪份考卷政治正确,哪份考卷是异端邪说?"说到这儿,她仿佛变成了爱捉弄人的精灵,声音中充满了狡黠促狭,"要是选错,您含苞待放的仕途可就彻底完蛋了,只剩死路一条。要是选对了……"

"你知道哪份正确?"他赶忙问道。

"知道。"她严肃地点点头,"我们在须磨先生的里间办公室装了窃听器,还监听了他跟培特尔先生的对话。培特尔是他的假名,他的真名叫贾德·克莱恩,是高等安警督查。你大概听说过他?他在1998年密苏里战犯审判中,担任主法官的首席助手。"

他喉头发紧,好不容易挤出话来,"我——明白了。"原来如此,难怪。

姑娘又说:"我叫泰雅。"

他没说话,只点了点头。刚才的消息过于惊人,他一时转不过弯来。

"表面上,我是一名小文员,"泰雅说,"就在您的部里工作。不过,在我记忆中,我们从没见过面。我们尽可能打入联盟核心内部,地位越高越好。我的上司……"

"你跟我说这些,没关系吗?"他指指电视机,电视机还开着,"他们会听见啊。"

泰雅回答:"我们设置了噪音干扰器。这幢大楼里的电视机,无法正常传送视频和音频画面。他们得花上一个小时,才能确定干扰器的位置。所以,我们还有——"她抬起纤细的手腕,看了看小巧的腕表，"十五分钟。十五分钟内，我们都是安全的。"

"告诉我，"他开口，"哪份试卷政治正确。"

"拜托，您关心的难道就是这个？"

"那我该关心什么？"

"史恩先生，您难道还不明白？您已经发现了一些内幕，知道大阁下并不是原本那样，而是其他东西。可是，我们现在还不知道，它究竟是什么。恕我冒昧，史恩先生，您有没有把饮用水送去检测过？我知道这话听来像被害妄想症，不过，请告诉我，您检测过吗？"

"没有，当然没有。"他明白她这话的个中意味。

泰雅飞快说道："我们检测过。结果表明，饮水中全是致幻剂。从前如此，现在如此，将来也不会变。饮水中的致幻剂，并非战时迷幻药，不会让人头晕目眩。这一种药，名为 Datrox-3，是合成类麦角菌衍生物。每天，你一起床，就在公寓里喝掺药的水；去饭馆吃饭，去其他公寓拜访，也喝掺药的水；到了部里，还是喝掺药的水。这些水都来自共同的供水处。"她说话的语调变得冰冷愤恨，"不过，这个问题，我们已经解决了。一发现饮水中掺了药物，我们就知道，只需来一剂强效的三氟拉嗪，就能抵消致幻剂的效果。可是，有个问题我们一直没有解决：为什么服用三氟拉嗪抵消幻觉后，看到的真相会有这么多种。理智上，这说不通。如果是幻觉，那不奇怪——每个人服用致幻剂后，看到的幻觉理当不同。可是，说到真相，本应当只有一个才是。每个人看到的真相，应该全都一样。但现在，恰恰相反，大家看到的幻觉一模一样，看到的真相却有十二种。我们想了很多办法，试了又试（上帝才知道我们花了多少力气），就是没法建立能解释这种现象的理论。十二种不相容的幻觉容易理解；可现在，我们面对的是同一的幻觉，以及十二种不相容的真相……"她截住话头，皱着眉，研究手中的两份试卷。"引用阿拉伯诗歌的这份，政治正确。"她断言，"把这一点告诉他们，他们就会信任您，给您更高的职位。您现在离中枢院又更近一步啦！"说着，她咧嘴一笑，露出完美可爱的牙齿。接着，她又说："瞧瞧，您早上付了小钱，现在得到了多少回报啊。您的事业目前算是有保障啦——而且，是我们提供的保障。"

他回答："我不信任你。"他的本能令他十分谨慎，不敢轻信。他这辈子，一直生活在那帮冷酷无情、拉帮结派的核心成员当中。他们有的是手段，层出不穷，用各种办法砍倒对手，逼对方出局。其中有些手段，他自己也用过；另一些，人家在他身上用过；还有一些，他见过别人用在其他人身上。说不定，眼前这姑娘，也是某种扳倒对手的新花样。不能排除这种可能性。

"今晚，"泰雅说，"在演讲中，大阁下特别点了你的名字。你不觉得奇怪吗？你，一个穷酸的无名之辈，居然会被大阁下点名？"

"确实，"他回答，"我确实觉得奇怪。"

"这是真的，是事实。那位大人物正在遴选年轻有为的核心成员，希望这些人能为陈腐老朽的联盟注入活力。目前，联　盟中尽是些老古董和投机政客。那位大人物特地点了您的名字，我们也特地找到您，理由都一样：只要不出错，您的事业会一帆风顺，一直到达顶峰。至少，据我们所知，目前是这样。"

他思索着：看来，大家都对我信心十足啊。只有我自己毫无信心。今晚，在抗致幻剂事件之后，我多年来的坚定信心完全动摇了，这也理所应当。不过，现在，他已经慢慢恢复镇定。自信渐渐回到他的心中,开始只是涓涓细流,接着汹涌而来。

他来到视频电话机旁,拎起话筒,开始拨打安全警察局的电话。这是今晚第二次。

"告发我可是错误的决定。"泰雅说,"您会犯下第二重大的错误。我会告诉他们,您带我来您家,是为了贿赂我。因为您觉得,借着在部里的工作之便,我会知道哪份考卷是正确的。"

他问道:"那么,我犯的最大的错误,是什么?"

"没有继续服用三氟拉嗪。"泰雅语气平淡。

史恩挂了电话,暗自琢磨:我搞不懂现在的情况。显然,有两股势力——一股是中枢院和首脑,另一股是这姑娘。第一股势力,希望我节节高升,越高越好;另一股……她到底想要什么? 透过她的言语,可以体会到,她对大阁下、对联盟的道德标准有些轻蔑。可是,她究竟想要什么? 这跟他又有什么相干?

他好奇地问道:"你是反对派吗?"

"不是。"

"可是……"他一摊手,"一共只有两类人:支持联盟的和反对派的。既然你不反对联盟,那你肯定是支持联盟喽?"他困惑不已,定定地望着她。她迎着他的目光,不动声色。"你有个组织。"他又说,"你们定期聚会。你们想摧毁什么呢? 是中枢院吗? 你们是不是像越战期间那些的叛乱学生那样,拦住运兵火车,示威……"

泰雅不耐烦地回答:"不是。算了,不管这个。这不重要。我们想知道的是,领导我们的,究竟是谁? 或者是什么东西? 为了回答这个问题,我们必须渗透到联盟内深处,找一个大有前途的年轻理论家,一个有机会被大阁下亲自接见的人。明白吗?"她的音调陡然拔高,看了看手表,显然急着离开。已经过了差不多十五分钟。"您也知道,见过大阁下的人,很少。我是说,亲眼见过他的人,很少。"

"他年事已高,所以隐居。"他回答。

"他们伪造了考卷,目的是测试您。"泰雅说,"我们希望,等您通过这场测试——在我的帮助下,您肯定能通过——会接到邀请,参加大阁下举办的单身汉派对。他时常举办这种派对。自然,报纸上不会报道。您明白了吗?"她绝望至极,声音几近尖叫,"只要您服下抗致幻剂,然后参加这种派对,亲眼面见他的真身,我们就能知道答案——"

他自言自语地接着说道:"同时,我的政治事业也就毁了。说不定还得搭上性命。"

"您欠我们的。"泰雅情绪失控,面颊苍白,"要不是我,您肯定会选错考卷。然后,您孜孜以求的政治事业,也照样完蛋。要不是我,您肯定通不过考验——甚至,您连这是一次考验都不知道!"

他轻声回答:"我有一半的机会。"

她大摇其头,"您没机会。那份异端考卷里面写满了政治术语。他们故意假造这么两份论文,好让您上当。他们希望您失败。"

他又看了看两份考卷,不知道该不该信。她说得对吗?也许。

很有可能。根据他对高阶核心成员,尤其是对上司须磨长平的了解,这话很可能是对的。一时间,他身上的力气像被抽走了,灰心丧气。片刻后,他对姑娘说:"你对我的要求,算是等价交换。你为我提供帮助——因为你知道,或者说,自称知道测验的答案。可是,你已经把答案告诉我了。我完全可以把你头朝地、脚朝天地丢出去,根本不必答应你任何要求。"他听到自己毫无起伏的平板腔调，没有同情，没有感情，正是典型的核心成员做派。

泰雅回答："如果您想一路高升，还会碰到其他测验。到那时候，我们也会把监听来的答案提供给您。"她的表情轻松平静，看来早就料到他会这么回答。

"我有多长时间考虑？"

"我现在就要走。我们不急。反正至少还有一个礼拜，甚至一个月，你才会接到去大阁下别墅参加派对的邀请。"她走到门边，拉开门，又停了下来，"等您再碰到此类隐蔽的升职测试时，我们还会跟您联系，提供答案。所以，您还会再见到我们的人。不一定是我，也有可能是那位残疾退伍老兵，他会在您离开文化部大楼的时候，把答案卖给您。"她露出一闪即逝的笑容，就像在吹熄蜡烛，"不过，最近这段日子，您肯定会意外接到一张装裱精美、非常正式的官方邀请函，邀请您去大阁下的别墅。您去那儿的时候，我们会给您提供大剂量的三氟拉嗪……说不定会把我们最后一点儿可怜的存货都给您。晚安。"说罢，她走出去，"砰"地关上了门。

上帝，他想，他们明明可以抓我的把柄，要挟我。可她提都没提。跟他们干的事相比，我那点儿小事根本不值一提。

话说回来，用什么要挟？我早就给安警打了电话，说买到了迷幻药，结果却是吩噻嗪。所以，当局肯定已经知道了，会警惕，会监视我。严格地说，我并没有违法，可——他们照样会监视我。好吧。

无所谓。反正他们一直都在干这事。想到这一点，他稍感轻松。这么多年来，他跟大家一样，早就习惯了被监视。

我能看到至高无上的大阁下真正的面目，他想，这一点，大概从没人做到过。那东西到底会是什么样？到底属于十二种真相里的哪一种？

我连究竟有哪十二种都不知道……也许，那东西真正的面目会让我彻底崩溃。要是它真是我在电视里看到的模样，'摧毁''哐啷''大鸟''爬管''吞咽'，甚至更可怕——我该怎么撑过派对之夜？我怎么可能保持镇静？

他琢磨了一会儿，猜测还有哪些种类。没多久，他就放弃了。猜也没用，徒增焦虑。

第二天一早，须磨先生和达理斯·培特尔先生就来到他的办公室，跟他见面。两人均神情平静，一脸期待。他一言不发，递出一张"考卷"——政治正确的考卷，引用的是语句简短、意义却令人窒息的阿拉伯诗句。

史恩平静地开口道："这一份的作者是忠诚的；另一份，"他拍拍剩下的另一份，"全是异端邪说。"他胸中升起怒气，"尽管表面上——"

"好了，史恩先生，"培特尔点点头，"我们不必纠结所有细节。你的分析是对的。昨晚大阁下在演讲中提到了你，你听到了吧？"

"我当然听到了。"

"那么，无疑，你也能想到，"培特尔说，"我们面前的任务，兹事体大。大阁下对你期待很高——这一点十分明确。他甚至专门向我说了关于你的事。"他拉开鼓鼓的公文包，摸索起来。

"该死的，居然不见了。总之——"他瞄了一眼长平，后者微微点头，"首脑希望你参加下周四设在牧场的晚宴。弗莱彻夫人尤其希望——"

史恩插嘴问道:"弗莱彻夫人? 谁是弗莱彻夫人?"

两位上司一时沉默。稍后,长平干巴巴地回答:"至高无上大阁下的太太。大阁下的名字——你当然从没听说过——叫托马斯·弗莱彻。"

"他是白人。"培特尔解释道,"他出身于新泽西分部,参与了光复此地的艰巨任务。严格地说,这并不是秘密。但话说回来,也没有进行大张旗鼓的宣传。"他顿了顿,摆弄了一会儿表链,"所以,你最好忘了这事。当然,一旦你见到他——亲眼见到他本人,你就会知道,他确实是白人。这点我是知道的。很多人都知道。"

"对联盟的忠诚,"长平指出,"不分种族。看这位培特尔先生就知道了。"

突然,史恩一个激灵——我们在电视屏幕上看到的大阁下,并不是白人呀。"电视里……"他开口道。

"电视图像,"长平打断了他的话,"经过了专门技术的多彩杂糅细化处理。这是政治需要。大多数身居高位的人都明白这一点。"他严厉地瞪着史恩。

这就是说,史恩意识到,大家都明白,我们每天晚上看到的,并不是真人。问题是,到底有多假? 部分? 抑或——全部?

"我会做好准备。"他紧张地答道,心中暗想:泰雅那边的人,没料到我会这么快接到邀请。这是他们的疏漏。抗致幻剂在哪儿? 他们能为我准备好吗? 时间这么短,估计不可能。

想到这儿,他竟松了口气。这下,他面见首脑的时候,就能看到一个人类了——他会跟大家一样,看到电视里大阁下的模样。晚宴也会变得激动人心,轻松愉快,还能结识西海岸最有权势的核心成员。他对自己说:我觉得,没有三氟拉嗪也挺好。于是,他心中越发松快起来。

"哎呀,终于找到了。"培特尔突然叫道。他从公文包里取出一张白色信封,"这就是你的邀请函。周四早上,你会乘坐火箭前往大阁下的别墅。抵达后,礼仪官将知会你应有的礼节。晚宴的着装很正式,要戴上白色领结,还要穿燕尾服。不过,晚宴的气氛十分亲切友好,大家会频频举杯祝酒。"接着,他补充道:"我本人参加过两次此类单身汉聚会。长平先生——"他牵动嘴角,僵硬的面部肌肉勉强做出微笑的表情,"尚未获得过这种殊荣。不过,大家都说,只要耐心等待,一切自会到来。这是本·富兰克林说的。"

长平开口道:"我觉得,对史恩先生来说,派对的邀请来得过早,时机尚未成熟。"他听天由命地耸耸肩,"不过,我的意见向来不足挂齿。"

"有件事我得提醒你。"培特尔对史恩说,"亲眼见到大阁下本人后,在某种程度上,你可能会觉得失望。假如你真有这种感觉,必须十分小心,不得流露出来。一直以来,我们大家都——受到训练——将他视作高于人类的存在。可是,晚宴桌上,他不过是——"他一摊手,"一根尾巴分岔的萝卜,在某些方面,跟我们没什么两样。比如,他可能会醉心于适度的人类斗嘴行为,可能会讲个带颜色的笑话,或者饮酒过度。坦白说,没人能预测大阁下在晚宴上的此类行为会对派对参加者产生怎样的影响。不过,等到第二天上午,这种影响就会慢慢显现出来。所以,你最好接受礼仪官给你的那一剂安非他明。"

"哦?"史恩心想,有意思,这倒是新闻。

"安非他明可以让你保持精力旺盛,还能抵消酒精的影响。首脑的精力出奇得好,常常大家都瘫倒了,他还站着,而且精力充沛,跃跃欲试。"

"真了不起。"长平叹道,"我想,他的……他身强体健,而且什么都能来一手,就像理想中的文艺复兴人物,洛伦佐·德·美第奇①。"

"我也这么想过。"培特尔回答。他紧紧盯着史恩,盯得史恩一阵发冷,仿佛昨晚感受到的寒意再次袭来。这会不会是另一个圈套?史恩自问,那姑娘,会不会是安警派来刺探我的特工?想从我身上寻找反党的蛛丝马迹?

我看,我还是躲开那个没腿的草药小贩,下班离开的时候别让他看到我。我得选一条完全不同的路回公寓。

他成功了。那天,他躲开了小贩。第二天也成功了。就这样,周四到来。

周四早晨,小贩从停在路边的卡车底下钻出来,挡住了他的去路。

"我的药起效了吗?"小贩大声问道,"我知道肯定起效了。药物的配方可以追溯到一千年前——我能嗅得出来。对不对?"

史恩说:"躲开,让我走。"

"行行好,请回答我的问题。"小贩说道。他说话的腔调并非寻常街头摊贩惯用的抱怨,或是社会边缘小人物柔弱无力的抗议。这种腔调,用从前反对派傀儡军队的话来说,就是"清楚响亮,直击心底"。

"我知道你给了我什么,"史恩回答,"我不想再要这种东西。要是我改了主意,我会去药房买。谢谢你。"他拔腿就走,没腿的小贩驾着车,紧追在他身后。

"泰雅跟我说了。"小贩大声道。

---

① 文艺复兴时期统治佛罗伦萨的贵族,资助了众多著名艺术家,如米开朗基罗和波提切利。

"嗯。"史恩不知不觉加快了步子。他发现一辆悬浮出租车，挥手示意。

"今晚，你就要去首脑别墅，参加单身汉晚宴。"小贩追得急，呼呼直喘气，"拿着这包药——快拿走！"他举起一个平平的纸包，恳求地望着他，"拜托了，史恩先生。这是为了你自己，也是为了我们大家。这样，我们就能知道，我们反对的到底是什么东西。老天，也许根本不是地球人类——这是我们最害怕的。你怎么就不明白呢，史恩？你本人的小小事业，跟这个相比，算得了什么？要是我们连它的真面目都不知道——"

出租车来到人行道边，猛地煞住，车门滑开。史恩钻了进去。

纸包从他身边划过，落在出租车门槛上，一弹，掉在了车里的地上。早先下过雨，车里有些潮。

"拜托了，"小贩说，"这包药，你不必付钱。今天免费。拿着吧，在单身汉晚宴开始前服下。别碰安非他明——那是丘脑兴奋剂，跟三氟拉嗪这种肾上腺素抑制剂有冲突，不能同时服用……"

史恩进了出租车，车门关上。他坐了下来。

"去哪儿，先生？"驾车的机器人问道。

他报了自己公寓的编号。

"那蠢小贩的破东西，居然塞进了我干干净净的车子里。"司机说，"看呐，就落在你脚边。"

他看了看脚边的纸包。看起来，不过是个平平常常的信封。他暗想：毒品，大概都是这么来的——不知怎么，突然就到了你身边。有一阵子，他坐着没动。接着，他弯下腰，把纸包捡了起来。

跟上次一样,除了药粉,纸包还附有书面说明。不过,这次是手写的女性字体,是泰雅。她写道:事出突然,我们很惊讶。不过,谢天谢地,我们早有准备。周二周三你都去了哪里?算了。总之,这就是药。祝好运。过几天,我再到你那儿去。别来找我。

他点燃了字条,放到出租车烟灰缸里烧掉,留下了那包黑色药粉。

他心中怒道:长久以来,我们的饮水中,居然一直都有致幻剂。年复一年,代复一代。这可是和平年代,不是战争时期。我们可是生活在自己的地盘,不是敌人的聚集地。邪恶的王八蛋。也许,我真该服下这一剂药,看看首脑到底是什么人,什么东西,然后告诉泰雅他们。

他下了决心。我得服药,况且我自己也很好奇。

他知道,好奇不是好事,尤其在联盟的事务中。好奇心只会葬送你的事业。

但是,此刻,好奇心已经彻底抓住了他。他琢磨着,不知药效能不能撑过整个晚上。还有,一旦真到了那时候,他有没有勇气吸入药粉。

反正,到时候自有分晓。时间会揭晓所有的答案。就像那首阿拉伯诗歌说的,我们不过是平原上开放的花朵,任他采摘。他努力回忆诗歌的其余部分,可怎么也想不起来。

不过,记得这几句,也就够了。

首脑别墅的礼仪官是日本人,名为奥原奇摩,个子高大,身形魁梧,一看就知道从前是摔跤手。他充满敌意地上下打量着史恩。史恩出示了手中浮雕字体的邀请函,同时无懈可击地证明了自己的身份。但礼仪官天生的敌意并未褪去。

"真奇怪,你居然不嫌麻烦,还真来了。"奥原嘟哝道,"待在家里看电视直播不就行了？这儿没人需要你。没有你,我们照样过得好好的。"

史恩谨慎措辞,答道:"电视直播,我天天都能看。"再说,单身汉派对太轻佻,鲜少上电视。

奥原的手下仔仔细细地搜查史恩的身体,以防夹带武器,就连藏肛门栓剂的可能性都没放过。搜查完毕,才把衣物还给史恩。尽管如此严格,他们却没发现三氟拉嗪。

因为,他已经把三氟拉嗪吃了下去。他知道,这种药的效果可以持续大约四小时,时间足够。而且,就像泰雅说的,这剂药的剂量很大。此刻,他觉得浑身懒洋洋,动作迟钝,昏昏欲睡,舌头还不时来一阵帕金森症似的痉挛——这是未曾预料到的药物副作用。

一个腰部以上一丝不挂的姑娘走过他身边,长长的古铜色头发披垂在肩膀和后背上。有意思。

对面也来了一个姑娘,照样腰部以上一丝不挂。真有意思。两个姑娘均一脸厌倦,表情冷漠,镇定自若。

"你也得跟她们一样,把上身衣服都脱了。"奥原告诉史恩。

史恩吓了一跳,赶紧说:"不是要求穿着白领结和燕尾服吗？"

"开句玩笑,"奥原回答,"你还当真了。只有年轻姑娘光身子,你可以随便玩,尽情享受——除非你是同性恋。"

哦,史恩心里说,我还是好好享受为好。他跟着其他客人,慢慢朝里走去。男客跟他一样,都穿着燕尾服,系白领结；女客则身着及地的礼服长裙。尽管有抗妄想药物作用,他仍然心生反感,不禁自问:我到底为什么来?为了两个互相矛盾的目的。一方面,他来这儿,是为了在联盟的核心层中高升一级,结识大阁下,获得他的亲自认可;另一方面,他却要揭穿大阁下的伪装。究竟是何种伪装,他尚不清楚;但是,大阁下欺骗了联盟,欺骗了热爱和平的美国人民。真是讽刺。史恩一边想,一边继续跟着人群往里走。

有个姑娘来到他身边,开口向他借火。姑娘小小的乳房发出明亮的光芒。史恩心不在焉地掏出打火机,问道,"你的胸部怎么会发光呢?注射了辐射物吗?"

姑娘耸耸肩,没有回答,撇下他,走了开去。显然,他刚才问了句不合适的话。

说不定,是战争给她造成的变异。

"要酒吗,先生?"一个侍者殷勤地举起托盘。史恩取了一杯马提尼——这是高级别限制品——啜了一口,品味着没有掺水的冰凉口感。

基酒不错,应该是金酒。也有可能用的是最原始的混合配方,杜松子酒什么的。不赖。喝了酒,他精神为之一振,缓步前行。他发现,这儿的气氛还蛮轻松的,人人都充满自信——他们成功地通过了测试,现在可以放松休息了。现在看来,接近首脑会让人神经紧张,完全是谣传。这儿丝毫没有紧张的气氛,他自己也没有感觉。

一个上了年纪的秃顶胖男人,举起手中的酒杯,抵在史恩的胸口,挡住他的去路。"刚才问你借火的变态小家伙,就是胸部亮得像圣诞树的那个狗杂种——他可是个男孩子哟,只不过穿了女装。"说着,他咯咯笑了起来,"在这地方,你得小心才行。"

"这儿有没有真正的女人?"史恩问,"真正的女人在哪儿?

难道穿着燕尾服、系白领结？"

"有，很近。"说罢，老男人就跟着一帮亢奋的客人离开，撇下史恩独自啜饮马提尼。

身边，一位相貌英挺、衣着考究的高个子女士，忽然用手按住史恩的手臂，紧张地说："他来了，大阁下来了。这是我第一次亲眼见他，有点儿害怕。我的头发没乱吧？"

"挺好。"史恩条件反射地答道，顺着女士的目光望去，寻找至高无上大阁下的身影。这也是他第一次亲眼见到大阁下本尊。

就在房间对面，靠近位居中央的桌子。那不是人类。

也不是史恩在电视里看到的机器构造。机器构造肯定只是用来发表演讲的，就像墨索里尼的假胳膊。墨索里尼曾经造了一支假胳膊，专门用来向又长又无聊的队伍致意。

史恩想吐。上帝呀，这难道就是泰雅说的"水生怪物"？那东西根本没有固定形状。没有伪足，没有血肉，也没有金属。从某种意义上说，它根本不在场。如果他直视这东西，它就会消失；他的视线会穿过它，落在房间另一边的客人身上。可是，如果他一转头，这东西就会出现在他视野的角落，能看出其形状和边界。

这东西实在可怕。它的意识冲击着史恩，震撼他的大脑。它一边走，一边挨个吸取客人的生命，吸完一个又一个，吸完一群人后，继续前行，向下一群人而去，永不餍足。它怀着恨。他能感受到它的恨。它憎恶在场的所有人，他心中也涌起了同样的憎恶。突然间，在这间宽敞的别墅里，所有客人，包括他自己，都变成了扭动身体的蛞蝓。一具具蛞蝓躯体倒在地上，供那东西流连品尝享用。可是，那东西的方向，却是直冲着史恩而来

——会不会是药物导致的幻觉？如果真是药物幻觉，那就是他经历过的最离奇可怕的幻觉；如果是现实，那就是最邪恶的现实。那恶魔般的东西，伤人，杀人。他看到那东西过处，留下一具具被践踏被碾碎的残躯，男男女女。他看到一具具残躯蠕动着，企图重新拼接，让破落的身体重新具备行动能力。他还听到残躯奋力开口说话，企图传达信息。

史恩在心中说：我能看穿你的真面目。你，你是全美联盟的最高首脑；你，但凡你触及的有生命之物，都会被摧毁。我读过那首阿拉伯诗歌，那首寻找生命之花，然后吃掉的诗歌，那就是你。地球就是你的平原，没有丘陵，没有山谷，任你纵横来回。你会随时随地出现，什么都不放过。你制造生命，然后吞噬；你享受着摧毁生命的过程。

"史恩先生，"一个声音响起——这声音并非来自那无嘴无形、突然出现在他面前的东西，而是来自他自己的脑海中——"很高兴又见到你。你什么都不懂。走吧，我对你没兴趣。你不过是黏液。我何必在乎黏液？我全身都浸在黏液里。我非得排泄黏液不可；我也愿意排泄黏液。我能摧毁你；我甚至能摧毁我自己。我身下有尖利的石头；我会在黏液里布上尖锐之物。我造就了隐蔽处，我造就了深处，那地方像开水锅一样沸腾。在我看来，海洋不过是大量油膏的集合。万物都有我的血肉。你就是我，我就是你。都一样。就像那胸部发光的小东西是男是女都一样，你都得学着享受。"那东西哈哈大笑。

史恩不敢相信，这东西在对自己说话。他连想都不敢想。那东西居然单单挑中了自己，开口说话，这太可怕。

"我没有单单挑中你，我挑中了每一个人。"那东西说，"没有无足重轻的人。每个人倒下死去的时候，我都在一旁注视。我什么都不必做，只需要注视即可。一切早就安排好了，会自动进行。"

　　说完这些，那东西住了口，从他身边离去。可史恩仍然能看见它，感受到它的多重存在。那东西仿佛圆球，挂在房间中央，有着五万只眼睛，百万只眼睛，亿万只眼睛……每只眼睛，都注视着某个生命，等着那个生命倒下。倒下后，它就会践踏这个生命，将之碾碎。它创造了生命，只为了将之碾碎。那首阿拉伯诗歌，大家都以为说的是死亡。现在，史恩终于明白，这首诗，说的不是死亡，而是上帝。不，应该说，上帝就是死亡。上帝和死亡是同一股力量，同一位猎手，同一个吃人的东西。尽管这东西会一再失手，可是没关系，它拥有永恒的时间，失手多少次都没关系。还有那首德莱顿的诗，也一样——其中提到的摧毁粉碎，指的就是我们的世界，而下手的就是你。你扭曲了我们的世界，让世界落得如此模样，你还扭曲了我们。

　　可是，至少，我还留着尊严。带着尊严，他放下酒杯，转过身，走向房门。穿过门，他来到铺着地毯的长长大厅。一位紫色衣装的仆人为他打开一扇门。出了门就是阳台。他孤身一人站在漆黑的夜色里。

　　不，不止他一个。

　　那东西也跟着他来了。不，它早就料到他会来，早已在此等候。那东西不肯放过他。

　　"我走了。"说着，他冲向阳台的护栏。这儿有整整十六层楼高，下面就是粼粼闪光的河水，还有死亡。他会死在河水里，而不是平原上——这一点，阿拉伯诗歌倒是没说中。

　　他正要翻过栏杆，那东西延出一条伪手，搭在他肩上。

　　"为什么拦我？"说归说，他到底停了下来，开始琢磨。不明白,一点儿也不明白。

"别为了我跳楼。"那东西说。它转移到了他身后,所以他看不见它,但他能看到搭在自己肩上的那一部分。那一部分,慢慢成了手的形状。这时,那东西大笑起来。

"有什么好笑?"他质问。此时,他在护栏上摇摇欲坠,全靠那东西的伪手拉住。

"你这是替我干活儿呢。"它说,"你本该耐心等候,等着轮到自己。你没时间了? 不愿意等待? 那我也可以对你特殊照顾,让你优先。你不必急急忙忙赶着完事嘛。"

"如果我告诉你,"他回答,"你让我恶心,所以我非死不可呢?"

那东西又哈哈大笑,没有回答。

"你连说都不肯说。"他说。

仍然没回答。他慢慢滑下护栏,回到阳台。伪手缩回,肩上的压力消失了。

"是你创立了联盟?"他问。

"我创立了一切。我创立了联盟,也创立了反对派,还有尚未形成各种派系。我创造了拥护联盟的人,也创造了反对联盟的人。我创造了被你们称为腐朽之徒的人,也创造了反对一切的人。如同地上草叶,无穷无尽。"

"然后就欣赏享受这一切?"他问。

"你从前见过我的真面目。"它说,"我希望,你能再看到我本来的样子,然后信任我。"

"什么?"他颤抖着反问,"我要信任什么?"

那东西说:"你觉得我真实存在吗?"

"真实存在。我亲眼看见了你。"

"那就回去,继续去部里做你的工作。告诉泰雅,你看到了一个劳累过度、体重超标的老人,酒喝太多,还喜欢捏姑娘的屁股。"

"上帝啊。"

"你会继续活下去。你没法不活。"它说,"我会折磨你,一件一件剥夺你的所有物,你拥有的每一样东西,你渴望的每一样东西,我都会夺走。等你被压榨致死的时候,我会向你揭示一个秘密。"

"什么秘密?"

"活人死去,死者复生。活着的被我杀死,死去的被我复活。我还会告诉你,我并不是最可怕的。不过,比我可怕的东西,你看不到——那时候,你已经被我杀了。现在,回到宴会厅里去吧,准备吃晚宴。别问我到底在干什么。史恩出生前很久,我就开始干这个了;史恩死后,我还会一直干下去。"

他用尽力气,朝那东西揍去。

却在自己脑中感到了剧烈的痛楚。

随后,眼前一黑,意识消散。

接着又是黑暗。他想:我要干掉你,我要看着你死,看着你受苦。你会和我们一样受苦,受我们受过的苦。我会弄得你服服帖帖,我向上帝发誓,我一定会想办法弄得你服服帖帖。到那时候,你也会痛,跟我现在痛得一样厉害。

他闭上双眼。

他被粗暴地摇醒,听到了奥原奇摩的声音:"酒鬼小子,站起来。快点儿!"

他没睁眼,说:"给我叫辆出租车。"

"出租车已经在等了。你赶紧回去。真丢人,居然大吵大闹,乱踢乱打。"

他摇摇晃晃地站起来,睁开眼睛,整整衣裤。我们追随的大阁下,他想,居然是唯一真神。我们对抗的敌人,还有过去的敌人,也是上帝本人。他们说得对,大阁下确实无处不在。可我想不明白其中的含义。他盯着礼仪官,心想:你也是上帝。刚才,我本能地想要跳楼。可是,就算跳楼,我恐怕也逃不掉。他打了个哆嗦。

"又吃药,又喝酒。"奥原挖苦道,"专跟自己身体过不去。这种事我见多了。滚吧。"

他跟跟跄跄地走向别墅雄伟的大门。两名装扮成中世纪骑士的仆人,戴着弯弯的羽饰,用繁复的礼仪为他拉开大门。其中一个问候道:"晚安,先生。"

"滚蛋。"史恩答道,随即消失在夜色里。

凌晨三点差一刻。他睡不着,坐在公寓客厅里,一支接一支地抽着"库艾斯塔-雷伊"雪茄。这时,有人敲门。

他打开门。门外站着泰雅。她身着军服式长风衣,脸颊被寒风刺得绯红,眼睛闪着光,期待他的回答。

"别这么看我。"他粗暴开口。手中雪茄已经熄灭,他重新点上,"我不想再被人盯着看了。"

"你看到了那东西。"她开口。

他点点头。

她在沙发扶手上坐下,沉默片刻,"能跟我说说吗?"

"离开这儿,越远越好。"他说,"远远离开。"接着,他记起来,不管逃多远,都没用。这也写在诗歌里。"算了,就当我没说。"他站起身,笨拙地走进厨房,开始煮咖啡。

泰雅跟在他身后,问道:"这么——糟糕?"

"我们赢不了。"他说,"不,是你们赢不了。我没说自己,我不算。我只想继续干我部里的活儿,忘了这事。忘了这该死的一切。"

"是外星生命?"

"对。"他点头。

"对我们有敌意?"

"对,也不对。既有敌意又有善意。大部分是敌意。"

"那我们就必须——"

"回家吧,"他说,"然后上床。"他上上下下仔细打量她。刚才,他独自坐了很长时间,也想了很多。想了很多事。"你结婚了吗?"他问道。

"没有,我现在是单身。从前结过婚。"

"那,今晚——我是说天亮前的几个钟头——就在我这儿过吧。"接着,他补充道:"晚上最难捱。"

"好,我留下。"她解开风衣的腰带,"但我想听你说说情况。"

"德莱顿说,音乐让天空失衡。"史恩回答,"这是什么意思?我不懂。音乐到底对天空做了什么?"

"意思是,宇宙中,再也没有天国秩序。"她一边回答,一边把风衣挂在卧室的衣柜里。风衣底下,她穿着橘色条纹毛衣,还有弹力裤。

他说:"这么糟糕?"

她顿了顿,沉思道:"不清楚。这是我猜的。"

"这么说,分配给音乐的力量可真不小啊。"

"咳,你也知道,毕达哥拉斯学派提过'天体音乐'①嘛。"她不动声色地坐到床沿上,脱下脚上拖鞋似的鞋子。

"你相信这个?"他问,"还是相信上帝?"

"上帝!"她哈哈大笑,"上帝早就跟驴拉的蒸汽引擎一样,消失在历史里了。另外,你指的到底是什么,上帝,还是普通的神?"她来到他身边,望着他的脸。

"别这么近看我。"他的声音陡然拔高,连连后退,"我不想再被人这么看了。"他不安地远远退开。

"我想,"泰雅说,"就算有上帝,他对人类事务也没什么兴趣。反正我是这么想的。你看,就算地球上邪恶得胜,人和动物受伤死去,他也不在意。坦白说,我觉得哪儿都没有上帝的影子。"

"你小时候,"他问,"有没有见过上帝?"

"哎呀,小时候当然见过。可是我相信——"

"你有没有想过,"史恩说,"善与恶其实是同一样东西,只是名字不同? 上帝也许既是善的,也是恶的?"

"我给你调杯酒吧。"说着,泰雅赤着脚,"啪啪啪"地走进厨房。

史恩接着说:"摧毁、喔嘟、吞咽、大鸟、爬管,还有其他我不知道的种类和形态,都是上帝,全部都是。在单身汉派对上,我看到了幻觉,巨大的幻觉,可怕的幻觉。"

"可是三氟拉嗪应该——"

"服了三氟拉嗪,看到的东西更可怕。"他打断她的话。

"我们有没有办法,"泰雅用低沉的声音问道,"对抗你说的

①或译"音乐宇宙",哲学概念,指宇宙中所有天体的运动,都是某种形式的音乐(广义的音乐,也可以说是和谐)。

这东西？你说你看到的景象是幻觉。可我们都知道,那不是幻觉,是真实。"

他回答:"有。相信它的真实性。"

"相信它,然后呢?"

"没有然后。"他疲惫不堪,"什么都没有。我累了,不想喝酒。我们直接上床吧。"

"行。"她赤着脚跑回卧室,拉起条纹毛衣,从头上脱下,"我们稍后再仔细讨论。"

"幻觉是福祉。"史恩说,"我真希望自己仍然生活在幻觉里。我想要回幻觉中的生活。我想回到从前,回到你们的小贩塞给我三氟拉嗪之前。"

"快上床吧。床上温暖又舒服。"

他解开领结,脱下衬衣。右肩上,留着一个记号,一个印痕,是那东西阻止他跳楼的时候留下的。印痕鲜明,仿佛永远不会褪去。他套上睡衣,遮住那记号。

他爬上床,来到泰雅身边。"不管怎么说,"泰雅说,"你的事业到底前进了一大步。你不高兴吗?"

"当然高兴。"他在黑暗中盲目点头,"很高兴。"

"来,贴着我。"泰雅用手臂搂住他,"忘了所有的一切。至少暂时忘记。"

他紧紧搂住她。她要求什么,他就做什么。他自己想做什么,他就做什么。她身段匀称,很灵活,也很主动,轻易胜任自己的角色。两人都没费事说话。最后,她才叹道:"噢!"接着,全身放松。

"我希望,"他说,"我们能不停做下去,直到永远。"

"我们已经直到永远了。"泰雅回答,"我们做的事在时间之外，没有边界，就像海洋。寒武纪的时候，生命迁居陆地之前，我们就这样做了。在远古的原始海洋中，我们就这样做了。只有这样做，我们才能回到过去。所以，这事的意义才异常重大。远古那时候，我们俩不分彼此，就像一只大水母，就像漂浮到沙滩上的大泡泡。"

"漂浮到沙滩上，"他说，"然后留在那儿等死。"

"能帮我拿块浴巾吗？"泰雅问，"或者面巾？我要用。"

他赤着脚，到洗手间拿浴巾。进了洗手间，他又看到自己赤裸的肩膀，还有肩膀上的印痕。那东西抓住他，不肯放手，把他拉回来。大概是没玩够，还想多玩弄他一会儿。

不知为何，印痕在流血。

他擦去血液。刚擦掉，血又涌了出来。望着鲜血，他心中琢磨：不知道我还能活多少时间，也许只有几小时了。

他回到床上，问道："你还能继续吗？"

"当然。只要你还有力气就行。全听你的。"她躺在床上，眼睛一眨不眨地凝视上方。在夜灯昏暗的光芒中，她的轮廓几不可见。

"我有。"说罢，他把她搂了过来。

终结所有故事的故事——为哈兰·埃利森编辑的科幻小说选集《危险的幻象》所作

被氢弹战争蹂躏后的世界。一位妙龄年轻女人来到一家未来动物园，跟动物园中多种畸形非人类生命交合。在本文设定中，这位女人是由多具残缺的女性躯体拼凑而成。她跟笼中的外星雌性生命交合。后来，通过某种未来科技，女人怀孕了。婴儿出生后，女人跟笼中雌性争夺婴儿的所有权。人类女性胜出。她立即吃掉了自己的后代，包括头发、牙齿、脚趾等等一切。吃完后，她发现，这个后代就是上帝本人。

电子蚂蚁

三行星标准时间下午四点十五分,加森·普尔醒来,发现自己躺在医院三人病房的病床上。同时,他还注意到两件事:其一,右手没了;其二,他没觉得痛。

医院的人肯定给我用了强力镇痛剂。他一边琢磨,一边透过对面墙上的窗户朝外望。窗户外头是纽约闹市区,车轮滚滚,行人匆匆,来回穿梭,织成一张大网,在傍晚的阳光下闪闪发亮。尽管已近黄昏,但阳光仍然明亮美丽。这幅景致让他心中喜悦:黄昏的太阳还有的是力气呢,跟我一样。

床边桌上摆着一台视频电话。他犹豫片刻,拎起话筒,拨了外线。片刻后,眼前出现了路易斯·当斯曼的脸。每当加森·普尔外出时,路易斯·当斯曼就成了三行星公司的负责人。

"你还活着!感谢上帝!"看到他,当斯曼又大又肥的脸上露出如释重负的神情。他的大脸就像月球表面,布满了陨坑似的痘印,"我一直在打电——"

"我右手没了。"普尔说。

"不要紧的。我是说,他们肯定能给你接一只新的。"

"我在这儿多久了?"普尔问道。说罢,他才觉得奇怪,医生

349

和护士们都去哪儿了？他们本该在他耳边唠唠叨叨，不让他打电话才对呀？

"四天。"当斯曼回答，"三行星这儿一切都乱套啦，我们丢了三份警方系统订单，全来自地球。两份是俄亥俄州的，一份是怀俄明州的。全是上好的订单，预付三分之一的款项，还提供少有的三年租约。"

"把我从这儿弄出去。"普尔说。

"总要等你的右手——"

"出去之后，我再操心这事。"他急不可待，一心只想回到熟悉的环境中去。商用小飞艇在导航屏幕上越变越大的诡异画面，总潜伏在他脑中某处。只要一闭眼，他就仿佛又回到出事的飞艇里，一路下坠，撞上一架又一架飞行器，造成越来越多的损伤。想起那不断下落的感觉，他浑身哆嗦。我还算走运，他想。

"莎拉·本顿在你身边？"当斯曼问道。

"没。"当斯曼会这么问也理所应当。莎拉·本顿，他的私人秘书，哪怕只为了工作，也应该时时守在他身边，用哄小孩儿似的办法照顾他。所有的大块头女人都喜欢把人当小孩儿哄；这样的女人很危险——万一她们绊了跤，跌在你身上，就会压死你。"没准我出事就因为这个。"想着想着，他说出声来，"就因为莎拉绊了跤，压在了我的飞艇上。"

"不，不，是因为你的飞艇转向舵上有个连接拉杆松了，而当时不巧，正赶上交通高峰，你就……"

"这我记得。"这时，病房的门开了。他在病床上翻了个身，朝门口望去。一位身穿白大褂的医生，带着两个穿着蓝色外罩衣的护士，朝他走来。"先挂了，以后再聊。"说着，普尔挂了电话，深深吸了口气，等着医生开口。

"您现在还不能打电话。"医生一边说，一边研究着手里的表格，"加森·普尔先生，三行星电子公司的老板。公司产品为可识别任意目标的飞镖，追踪距离可达方圆一千英里，同时只响应某一特定脑波模式发出的命令。您是位成功人士，普尔先生。不过，您其实不是人，您是一只电子蚂蚁。"

"基督在上。"普尔听得目瞪口呆。

"您入院后，我们检查了您受伤的右手，发现了里头的电子元件，立刻明白了您的身份。之后，我们给您做了全身 X 光检查，证实了这种猜想。因此，鉴于您的身体情况，我们这儿没法继续为您提供治疗。"

"'电子蚂蚁'，"普尔问道，"到底是什么东西？"其实，不必问，他已经猜到了答案。这个词本身的暗示已经够清楚了。

一个护士回答："就是有机体机器人。"

"哦。"他全身上下都冒出了冷汗。

"原来您一直不知道。"医生说。

"嗯。"普尔摇摇头。

医生继续道："我们这儿，差不多每周都会接收一个电子蚂蚁病人。有些跟您一样，出了飞艇事故被送来的，还有些是自己前来就诊的。自己来就诊的那些，也跟您一样，一直被蒙在鼓里，跟人类一同生活工作。他们——不，是它们——一直以为自己是人类。至于您的手——"医生顿了顿。

"别管我的手了。"普尔没好气地打断。

"别发火。"医生俯下身来，紧紧盯住普尔的脸，"我们会派一艘医院飞艇，把您送到某个服务部。服务部会负责维修或替换您的右手，而且收费合理。如果您是老板，账单会寄给您本人；如果您是员工，账单则会寄给您的公司。总之，您很快就能回到三行星公司,回到您的办公桌前,就跟从前一样。"

"我已经知道了真相,"普尔回答,"怎么可能一样?"当斯曼、萨拉,还有办公室里的其他人,会不会也知道? 会不会就是他们——或者他们当中的某一个——把他买来的? 会不会就是他们设计制造了他? 他对自己说:你是个傀儡,你一直都是个傀儡,仅此而已。你根本没有管理过公司,那不过是你的幻觉,他们制造你的时候,就给你植入了这种幻觉……还让你以为自己是活生生的人类。

"去维修部之前,"医生又说,"您能不能先去前台把账单结了?"

普尔尖酸道:"你们这儿又不能治蚂蚁,哪儿来的账单?"

"我们发现您的身份之前,还是为您做了治疗,产生了费用的。"护士回答。

"把账单寄到我公司去。"普尔想发火,却因为太虚弱,火不起来。他费了不少力气,好容易坐起身,只觉得天旋地转,只能一步一顿地把腿从床上挪到地上。

"能离开这儿我很高兴。"他慢慢站起身,"感谢您人道主义的关怀。"

"也谢谢您,普尔先生。"医生说,"不过,按道理来说,我应该把'先生'去掉,直呼你为'普尔'。"

维修部。技师们替他安上了新手。

新手妙不可言。他仔仔细细地研究了好久,才让技师们帮自己安上。表面看来,新手像是有机物——不,新手的表面确确实实就是有机物。真正的人类皮肤,人类肌肉,大小血管里流淌的也是真正的人类血液。不过,血肉之下,就全是电线和电路,还有各种缩微元件,隐约发亮……从手腕断层处往里看,能发现脉冲门、马达、多段阀门等等,全都十分细小,而且非常复杂。因此,这只手价值四十青蛙币,是他一个礼拜的薪水——至少在公司的开支账目里,他一周能领到四十。

"这只手,保修吗?"他问道。此时,技师们正忙着把手的"骨头"部分焊接到他的手臂上。

"保修九十天。九十天内,人工费和材料费全免。"一名技师回答,"除非有异常或人为破坏。"

"话里有话啊。"普尔答道。

刚才开口的技师(他是人类,所有的技师都是人类)定睛注视着他,"您一直假装成人类?"

"我一直被蒙在鼓里。"

"那从现在开始,您还会继续假装喽?"

"一点儿没错。"

"您知道自己为什么一直没往深处想吗?您之前肯定注意到了某些迹象——比如,身体时不时会发出咔嗒声,还有嗡嗡声。您从没多想,是因为您被设定了程序,不会发觉这些迹象。所以,要是您打算探究人家制造您的目的,还有您的主人是谁,恐怕会碰到困难。"

"我是奴隶,"普尔说,"机器奴隶。"

"您一直过得不错啊。"

"我是过得不错,工作也努力。"普尔回答。

他付清了四十青蛙币,接着试了试新手的功能。他屈伸手指,捡拾各种各样的小东西,比如硬币。之后,他离开了维修部。十分钟后,他登上公共交通工具,准备回家。今天实在是够受的。

回到自己的单间公寓后,他倒上一指高的"杰克·丹尼"六十年陈紫牌威士忌,坐下来,小口啜饮。公寓只有一扇窗户。他透过窗户朝外望去,凝视着街对面的大楼。那就是他的公司。

我该不该回办公室? 如果应该,理由是什么? 如果不该,理由又是什么? 基督啊,他对自己说,得知真相后,你动摇啦。你是怪物,是个没生命的物体,假装自己活着。可是——他总感觉自己有生命,只是现在跟从前有了些变化。他觉得自己不一样了,周围的人也不一样了,尤其是当斯曼和萨拉,还有三行星公司的人。

我看,我还是自杀吧。不过,也许人家给我设定了程序,不让我自杀。如果我自杀,会给我的主人造成不小的损失。主人肯定会想法避免。程序。我体内有程序。有个矩阵,嵌在我体内某处。一块网格屏幕,限制我的想法和行动。某些想法和行动要禁止,另外一些则强制实行。我没有自由。我从来没有自由过。可是,从前我不知道这一点,现在却知道了。这么一来,一切都不同了。

他把窗户玻璃调成不透明,扭亮顶灯,小心地一件件脱下衣物。维修部技师替他装手的时候,他看得很仔细,所以,他十分清楚自己身体的构造。他体内有两块主板,分别安装在两条大腿里。维修的时候,技师曾拆下主板,检查底下的复杂电路。他想,如果我被设定了程序,那么,矩阵八成就在这两块主板里。

但电路太复杂,他看不懂。他对自己说:我需要帮助。让我想想……办公室用过 BBB 级别的电脑。接通电脑的号码是多少来着?

他拎起话筒,拨了爱达荷州博伊西市的号码。那是电脑的永久性所在地。

话筒里传来一个机械声音："使用电脑按分钟收费，每分钟五青蛙币。请将您的主信用付费卡放到屏幕前。"

他照做。

"在嘟一声后，您将接通电脑。"机械声音继续道，"请将提问时间缩至最短。请记住，电脑只需几微秒就能给出答案，而您的提问时间却……"对方喋喋不休，于是，他调低了话筒音量。

很快，屏幕上出现了空白的电脑音频输入界面。此刻，电脑成了一只巨耳，倾听他——同时还有全球的五万名咨询者——提出的疑问。他立即调高音量。

"利用视频扫描我全身。"他对电脑提出要求，"告诉我，控制我思想和行为的程序结构在哪里。"说罢，他等待电脑的反应。电话屏幕上出现了一只会动的多重镜片巨眼，定定地凝视着他，他待在自己的单间公寓里，毫无保留地将自己展现在巨眼之前。

电脑答道："拿出你胸口的主板。按下胸骨，然后放手。"

他照办。一按之下，胸口有一部分弹了出来。眼看着自己身体的一部分弹出来，他有些头晕，将弹出来的部分放在地板上。

"我能分辨其中的控制模块，"电脑继续，"但我看不出——"它顿了顿，巨眼在屏幕上转了转，"我看到，在你的心脏结构之上，有一卷打孔带。你看见没有？"普尔低下头，朝胸口上的空洞中看去。他也看见了。"我得下线了，"电脑说，"等我查验过收集到的数据，再联系你，给你答案。日安。"屏幕熄灭。

我看，我就把那卷带子扯出来算了，普尔心想。带子真小……就像两个卷轴线圈，一个是传送轴，一个是回收轴，两轴中间架着一台扫描仪。在他看来，带子似乎没有任何动静，卷轴仿佛是静止的。他琢磨起来：万一有情况发生，他们肯定会动用优先级别,压制住我脑中的某些想法,控制思维过程。我这一辈子都受人控制。

他把手伸进洞里,摸了摸传送轴。只要把这个扯出来,他想,就能……

电话屏幕重新亮起。"主信用付费卡3-BNX-882-HQR446-T号,"电脑的声音响起,"我是BBB-307DR。我来电回答你1992年11月4日十六秒之前提出的问题。你心脏结构上方的打孔带,并非程序结构,而是提供现实的构造。你中央神经系统接收到的所有模拟感受,均来自这个单元。乱动这条带子恐怕会致命,至少会有很大风险。"电脑补充道,"你体内似乎没有程序电路。你的疑问已经得到回答。日安。"屏幕一闪而灭。

普尔赤身裸体地站在电话屏幕前,又伸手摸了摸卷轴,动作异常小心谨慎。他脑子有点儿乱。我明白了。我真的明白了吗? 这个单元——

要是我切断这根带子,我的世界就会消失。其他人的现实还会继续,我的现实就此结束。因为我的现实,我的宇宙,都来自这个缩微单元。扫描仪读取上面的信息,传送到我的中央神经系统。于是,现实就在我眼前缓缓展开。

就这样缓缓展开了好多年。

他捡起衣服穿上,坐到宽大的扶手椅里。扶手椅很豪华,是从三行星公司总部进口到地球,运到他的公寓里来的。他点起一支烟。点烟的打火机上镌刻着他姓名的缩写。他用颤抖的手放下打火机,靠在椅背上,吐出烟雾。面前出现了一团灰色的烟云。

我不能心急,得慢慢来。我到底在干什么? 企图打破自己的固定程序?

可电脑没发现程序电路。知道了这个，我还想摆弄那根提供现实的带子吗？想。理由呢？

因为，如果我能控制这根带子，我就能控制现实。至少能控制我自己的现实，我本人的主观现实。不过，说到底，所有的现实都是主观现实。所谓的客观现实不过是假想的结构，是多重主观现实构成的假设性宇宙。

我的宇宙就在我手中。只要我弄明白那鬼东西的工作原理，我就能操纵我的宇宙。一开始，我只想找到程序电路，以便摆脱程序控制，实现真正的稳态工作：也就是自己控制自己。

但现在，有了这个，不但能控制自己，他还能控制身边的一切。这么一来，我跟有史以来所有的人类，跟所有活过然后死去的人都不一样了。这念头让他心情沉重。

他来到电话机旁，拨了办公室的号码。屏幕上出现了当斯曼的脸。他开门见山地命令道："我要你送一整套微型工具，还有放大屏，到我的公寓来。我要对付微型电路。"说罢，他立即挂了电话，不给对方提问的机会。

半小时后，敲门声响起。他打开门。门口站着公司车间的一名工头，扛着一大堆微型工具，应有尽有。"您没确切指明需要哪些工具，"工头一边说，一边走进房间，"当斯曼先生就让我把所有的工具都拿来了。"

"放大镜系统呢？"

"在卡车里，停在楼顶上。"

也许，我想要的不过是死亡。普尔又点起一根烟，一边抽，一边看着车间工头把沉重的放大屏（包括电源和控制板），拖进公寓。我在做的事情，无异于自杀。想到这里，他打了个哆嗦。

"有什么不对劲吗，普尔先生？"车间工头卸下放大镜系统，站了起来，"您出了事故，肯定还没缓过神来吧。"

"嗯。"普尔轻声应道。他一动不动地立着，等待工头离开。工头走后，他立刻将体内提供现实的塑料带放到放大镜系统下。放大后，带子变成了宽阔的轨道，上面布满了成千上万个小孔。我就知道，普尔想，信息的载体并非氧化铁层上的电荷，而是真正打出来的小孔。

放大镜下，带子以肉眼可见的速度缓缓移动。尽管非常缓慢，但确实在移动，而且速度恒定，朝着扫描仪移动。

我猜，这些打出来的小孔应该是表示"有现实"的门。就跟自动钢琴一样，完好的地方表示"不响"，打孔的地方表示"响"。不过，该怎么验证这个想法呢？

很简单，只要填满几个小孔就行。

他测量了传送轴上剩余带子的长度，费了不少力气计算带子的移动速度，得出一个数据：如果改动离扫描仪最远、位于末端传送轴的带子，大概要过五到七小时，被改变的现实才会发生。也就是说，他会遮盖几小时后的模拟现实。

他取来微型刷子，蘸上不透明的清漆（微型工具装备中也配了清漆），在带子上涂抹，盖住了一片挺大的——相对带子的长度来说挺大——区域。他估算着，自己大概盖掉了半小时的模拟现实，填满了至少一千个孔。

六小时后，不知道自己周围的环境会不会发生变化，会发生什么变化。肯定有趣。

五个半小时后，他跟当斯曼两人，坐在纽约曼哈顿区一间名为"克拉克特"的顶级酒吧里，一起喝酒。

"你看起来精神很差啊。"当斯曼开口道。

"我确实没精神。"普尔一边回答，一边将手中的苏格兰威士忌酸酒一饮而尽，又叫了一杯。

"因为事故？"

"在某种程度上，是的。"

当斯曼又问："是不是你——发现了自己的事？"

酒吧昏暗的灯光中，普尔抬起头，看着当斯曼，"原来你知道。"

"我知道。"当斯曼说，"我知道我该叫你'普尔'，而不是'普尔先生'。但我更喜欢'普尔先生'这个称呼，而且会一直叫下去。"

"你知道多久了？"普尔问。

"你一接管公司，我就知道了。有人通知我，三行星公司真正的老板住在普罗克斯星系中。他们希望三行星公司由可控制的电子蚂蚁管理。他们想要一个聪明绝顶、手腕强硬的——"

"真正的老板？"普尔第一次听说，"我们不是有两千个股东吗？分散在宇宙各地。"

"普罗克斯4号星球上的马维斯·贝芙，还有她丈夫厄南，掌握着百分之五十一有投票权的股份。从一开始就是这样。"

"我怎么不知道？"

"人家不许我说。他们希望你认为，是自己制定了公司的所有决策。只有我是你的助手——其实呢，我为你贡献的建议，都是贝芙夫妇传达给我的。"

"我不过是个傀儡。"普尔说。

"在某种程度上，你确实是傀儡。"当斯曼点点头，"不过，对我来说，你会永远是'普尔先生'。"

两人对面，酒吧的墙壁忽然消失了一部分。墙壁附近的几个人，几张桌子，也一同消失。还有——透过酒吧的巨大落地玻璃窗,纽约市灯火辉煌的天际线,也一闪消失。

当斯曼注意到了他脸上的表情,"怎么了?"

普尔紧张得喉头哽咽:"四下看看,有没有什么异常?"

当斯曼朝四周张望一圈,回答:"没有呀,怎么了?"

"你还能看到天际线?"

"当然,跟平常一样雾蒙蒙的,灯光闪烁——"

"我知道了。"普尔说。他猜得没错,现实带子上的每一个小孔,都代表他生活的现实世界中的某些物体。盖住小孔,物体就会消失。他站起身,说:"回见,当斯曼。我得回公寓了,还有活儿要干。晚安。"说罢,他大步离开酒吧,来到街上,寻找出租车。

一辆也没有。

出租车也消失了。不知道我还盖住了什么东西。妓女?花儿?监狱?

在酒吧停车场里,当斯曼的飞艇还在。我就坐这个,他决定。反正当斯曼的世界里肯定有出租车。他拦一辆出租回家就行。再说,这是公司的车,我也有钥匙。

没多久,他就升上天空,朝公寓飞去。

纽约市还没恢复。左右能看到大楼、飞行器、街道、行人、广告牌等等,城市中心却一无所有。我怎么能往一无所有里飞呢?他自问。我也会消失的。

真会消失吗?不试怎么知道。他驾着飞艇飞向虚无。

整整十五分钟,他只能一圈又一圈地兜圈子,一支接一支地抽烟。接着,纽约市无声无息地重现。他终于能回家了。他掐灭烟蒂(这么好的烟,真浪费),直飞向公寓的方向。

到公寓门口,他一边开门,一边琢磨:要是我在带子上加一条窄窄的空白,我就能……没等他想完,思路就被打断了。有个人坐在他公寓客厅的椅子上，正在看柯克船长的电视。"莎拉。"他招呼道，有点儿恼火。

她站了起来。尽管身材臃肿，却不失优雅。"你没在医院，我就上这儿来了。三月份，我们大吵一架后，你给了我一把钥匙，我还留着。哎呀……你精神真差。"她迎上来，不安地盯着他的脸，"受伤的地方很痛？"

"不是因为伤。"他没有多说，立即脱下外套，解开领带，脱掉衬衣，取出胸口的主板，跪到地板上，把双手伸进控制微型工具的手套中。想了想，他停下动作，对她解释："我已经知道，我是只电子蚂蚁。身为电子蚂蚁，在某些方面，我也许能完成人类做不到的事。我正在探索。"他屈伸手指，最左边一把微型螺丝刀跟着动了起来。通过放大镜系统，才能看到螺丝刀的动向，"要是你愿意，可以看看。"

她哭了起来。

"怎么了？"普尔没抬头，没好气地问道。

"我——我只觉得好难过。你一直是个好老板，对我们三行星公司的员工都很好。我们都很尊敬你。现在，一切都变了。"

塑料质地的现实带子，上下各有一条窄窄的空白边。他先横着剪下一条极为狭窄的空白带子，然后集中全部的注意力，算准位置，在距离扫描头四小时处切断带子。接着，他用微型加热器加热剪下的横带。加热完毕后，他把横带竖过来，转到可供扫描的合适角度，粘到现实带子的断口中间，连接左右两段。

这样一来，在不断展开的现实流中，他就添上了二十分钟的死寂。根据他的计算，死寂会发生在午夜过后的几分钟之内。

"你在修理自己吗？"莎拉提心吊胆地小声问道。

普尔回答："我在想法子，让自己自由。"除了这个，他脑中还有好几个主意,好几个想做的实验。不过,首先,他必须验证自己的猜想:即空白未打孔的带子,就表示没有模拟现实——也就是没有带子。

"你脸上的表情……"说着,莎拉开始收拾提包,穿上外套,卷起音视频杂志,"我走了。我知道你讨厌我在这儿。"

"别走,"他说,"我跟你一块儿看柯克船长。"他穿上衬衣,"你还记得从前吗?那时候,我们有……多少来着……二十还是二十二个电视频道?后来,政府把独立频道都关掉了。"

她点点头。

"我在想,要是电视机能把所有频道,同时投射到阴极射线屏幕上,会是什么景象?在这一片混乱中,我们还能不能分辨有意义的图像?"

"我想不能。"

"说不定,我们能学着分辨,学着选择性接收,自己决定哪些图像可以进入大脑,哪些不能。想想这个可能性吧——要是我们的大脑能同时处理二十幅图像,跟一次只能处理一幅图像相比,在既定的时间段里,我们能多储存多少知识啊!不知道人类大脑能不能——"他语塞了,"人类大脑恐怕不能,"他自言自语道,"但半有机体的大脑或许可以。"

"你的大脑就是半有机体大脑吗?"

"对。"普尔答道。

两人一同看完了柯克船长,然后上床。普尔突然坐了起来,靠着枕头,一边抽烟,一边沉思。身边,莎拉不安地动了动身子,不明白他为何还不关灯。

十一点五十。死寂随时都会发生。

"莎拉,"他开口,"我需要你的帮助。几分钟内,我身上会发生古怪的事。时间不会很长。我希望你仔仔细细地观察，看我会不会……"他一摊手，"有任何变化。会不会睡着，或者讲胡话，或者……"或者消失。但他没说出口。"我不会伤害你，但我觉得，你最好还是配上武器。你的反劫持枪还在吗？"

"在我包里。"莎拉已经完全清醒，坐了起来，瞪大眼睛望着他，眼中充满恐惧。灯光下，能看到她丰满的古铜色肩膀，上面还有雀斑。

他帮她拿来了枪。

房间忽然成了死板一块。所有的物体都静止了，仿佛陷于瘫痪。接着，物体的颜色开始褪去，慢慢淡化，最后成了轻烟，变成影子。房间里所有的东西都越来越淡，只有黑暗遮盖了一切。

最后的模拟即将消失。普尔眯起眼睛，努力分辨。他能看到坐在床上的莎拉·本顿，一个二维的形象，就像支起来的纸娃娃，越来越淡，渐渐消失。实体非物质化，形成阵风，汇成不稳定的漩涡云团。元素集合又分散，分散又集合。最后，所有的热量、能量和光线统统消散，房间闭合坍塌，就像被封闭在现实之外。此刻，周围只剩下彻底的黑暗——没有深度的空间。这种黑暗，并非夜晚的漆黑，而是僵硬死板的死寂。什么都听不到。

他伸出手，想摸。可他没有手。对身体的感知，跟宇宙中其他东西一样，也离他而去。他没有手。就算有手，也没有东西可摸。

他用不存在的嘴巴，对自己说出听不见的话：我又猜对了。那该死的带子的工作原理，我又猜对了。

死寂会在十分钟后结束吗？我有没有估算准确？他等待着……凭借本能，他明白，自己的时间概念也跟所有的物质一样，不复存在。他只能等待。但愿别太久。

得找点事干干，打发时间，免得自己发狂。他想，我就编一本百科全书吧，先把所有"a"开头的词都列出来。有哪些呢？有苹果、汽车、阿克斯通①、气氛、大西洋、番茄肉冻、广告……他想啊想，不停地把词汇归类。百科全书的各个条目不断滑过他充满恐惧的脑海。

突然，眼前一闪，有了光。

他躺在客厅的沙发上，柔和的日光透过公寓唯一的窗户洒落进来。有两个男人弯着腰在他身上忙活，手里全是工具。是维修技师。他们一直在修理我。

"他醒了。"一位技师说。说罢，技师站起身后，退到后面。莎拉·本顿慌慌张张上前，一脸焦虑。

"谢天谢地！"她在普尔耳边哽咽着说，"我吓坏啦，最后终于给当斯曼先生打了电话——"

"到底怎么回事？"普尔厉声打断，"从头开始，一点一点告诉我。看在上帝的分上，慢慢说，好让我有时间消化。"

莎拉振了振精神，揉揉鼻子，紧张地喋喋不休："你昏了过去。躺在床上，好像死掉了一样。我一直等到两点半，你还是没动静。然后，我给当斯曼先生打了电话。电话把当斯曼先生吵醒了，真是抱歉。当斯曼先生给电子蚂蚁维修部——我是说，有机体机器人维修人员打了电话。这两位技师是四点四十五分到这儿的，来了以后就一直在修理你。现在是早晨六点十五分。我冻死了，只想上床睡觉。今天我没法去办公室上班了。我真的不行了。"她转过身，不停地抽鼻子。普尔听了十分心烦。

一位穿制服的维修技师开口道："你乱动了自己的现实带子。"

---

①作者生造的词。

"嗯。"普尔承认。否认没有意义,他们肯定看到了他粘上去的空白条。"我不该昏过去这么久啊。"他说,"我只加了一条十分钟的空白。"

"你粘上去的空白条,让整条现实带子都停了下来,不再运转。"技师解释道,"空白条卡住了,所以整个机械系统自动停止,避免撕裂带子。你到底在想什么,怎么能乱动这个?你知不知道会造成什么结果?"

"我不敢百分之百确定。"普尔回答。

"但你心里有数。"

普尔用嘲弄的口吻回答:"对,所以我才这么做。"

"这是账单。"技师说,"一共九十五青蛙币。如果你愿意,可以分期付款。"

"好。"说着,他摇摇晃晃地坐起来,揉揉眼睛,做了个鬼脸。他头疼,肚子全空了,饿得要命。

"下次,粘条子以后,记得把带子刮一刮,"第一个技师说,"这样就不会卡住了。现实带子结构肯定附有保险措施——这一点,你居然没想到? 它宁可停下,也不会——"

"如果,"普尔打断了他的话,声音低沉专注,"扫描仪下没有带子经过,会怎么样? 没有带子,什么都没有,光子径直往上,没有遇到任何阻力,会怎么样?"

两位技师面面相觑。其中一个回答:"所有的神经电路统统跳闸短路。"

"什么意思?"

"意思就是,这部机器就此完蛋。"

普尔说:"我检查过电路,里面电压并不高,没法造成这么严重的后果。电流很小,就算两极相接,也不可能造成金属熔化。

最多只有百万分之一瓦特,经过十六分之一英寸的铯金属通道。假设,在一瞬间,带子上的小洞一共能形成十亿种可能的组合,但总体输出电量却不会累加——模块需要多少电流,电池就提供多少。带子上的'门'开开关关,电量不可能大。"

"我们有必要撒谎吗?"一位技师疲倦地反问。

"有。现在,我有一个机会,一个同时体验一切的机会,一个知晓宇宙全部的机会,一个在短时间内同时接触所有现实的机会。这种事,人类是做不到的。我脑中会响起时间之外的永恒交响乐,所有的音符、所有的乐器、所有的交响乐队同时奏响。你们能明白吗?"

"这么做,你会熔断的。"两名技师同时说。

"我觉得不会。"普尔回答。

莎拉插嘴:"想来杯咖啡吗,普尔先生?"

"好。"说罢,他垂下双腿,冰冷的赤脚踩在地板上,一阵发抖。他站起来,发现全身都疼。他们让我在沙发上躺了一整夜。就算事出突然,他们也该想得更周到些嘛。

公寓角落,厨房餐桌上。加森·普尔坐在莎拉对面,小口喝咖啡。两位技师早就离开了。

"你不会再在自己身上做实验了吧?"莎拉愁眉苦脸。

普尔咬着牙,"我要控制时间,让时间逆转。"我可以剪下一段现实带子,上下颠倒粘回去。这样,日常的因果顺序就会反过来。

这样,我就会倒退着,从通往楼顶的台阶上下来,退回公寓门口,推开上了锁的大门,倒退着回到洗涤池边,取出一叠脏盘子,捧着盘子坐到餐桌边,从胃里吐出食物,把盘子一个个装满,随后把装满食物的盘子放进冰箱。第二天,我会从冰箱里取出食物,装进购物纸袋,扛着纸袋来到超市,把袋中食物一样样放回超市货架上。随后,我来到超市收银台,收银员会从收银机里取出现金,还给我。我放回超市的食物,会跟其他食品一起,装进大大的塑料箱里,装上船,驶向大西洋中的无土栽培区,重新长到树上、灌木上,或者回到被屠宰的动物尸体里,或者被深深压进土地里。

可是,这么做,有什么意义?不过是倒着播放的录像带而已。我没法获得新知识。这还不够。

我想要的,是终极的绝对现实。只要一微秒就行。之后,什么都无所谓了。之后,我就知晓了一切,再没有未知或未见之物。

我要切断带子。不过,在切断带子之前,我还有一个实验要做。我要在现实带子上多戳几个洞,看会出现什么东西。肯定有意思。因为,我根本不知道我戳的那些洞代表什么。

他找来一样尖头微型工具,在带子上随便戳了几个洞。他选择了尽可能靠近扫描仪的地方。他想立即看到结果,不愿多等。

"不知道你会不会看到。"他对莎拉说。据他推断,应该不能。尽管如此,他还是解释道:"过一会儿,房间里可能会有奇怪的东西出现。我提前跟你打个招呼。你别害怕。"

"哎呀,天哪。"莎拉尖声回答。

他盯着自己的腕表。一分钟,两分钟,三分钟。

这时——

房间中央出现了一群黑绿相间的野鸭。鸭子兴奋地呱呱叫着,从地板上飞起,飞到天花板附近,再也飞不上去。受阻的鸭子们用翅膀扑打天花板,羽毛纷飞,翅膀乱挥,乱成一团。出于本能,鸭群急着想要找到出口。

"鸭子。"普尔入迷地看着,"我居然戳出了一群飞翔的野鸭。"

接着,又有东西出现。一张公园长椅,上面坐着一位衣衫褴褛、上了年纪的男子。老人正捧着一份破破烂烂、皱皱巴巴的报纸阅读。他抬起头,似乎隐约看到了普尔,对他咧嘴一笑,露出劣质假牙。随即,老人低下头,继续阅读手中折起来的报纸。

"你能看到他吗?"普尔问莎拉,"能看到鸭子吗?"此刻,鸭子和公园流浪汉已经消失,一点儿踪影都没有留下。让他们出现的洞很小,很快就移过了扫描仪。

"他们不是真的,"莎拉说,"对不对? 那怎么会——"

"你也不是真的。"他对莎拉说,"你不过是我的现实带子上的模拟因子,一个能被涂抹遮盖的小洞。你只存在于我的现实带子上吗? 你在其他人的现实带子上会不会也存在? 你在客观现实中会不会存在?"他不知道答案。也许,莎拉本人也不知道。也许,她存在于一千条现实带子上;也许,在所有电子蚂蚁的现实带子上,她都存在。"要是我切断这条带子,"他说,"你会无所不在,同时哪儿都不存在。就像宇宙中一切事物。至少对我来说如此。"

莎拉嘟哝:"我是真实的。"

"我想要彻底了解你。"普尔说,"所以我必须切断带子。就算我现在不切,以后也会切。这事无法避免。我总有一天会这样做。"既然这样,就不必多等了。而且,当斯曼也许会把我对自己做实验的情况汇报给我的主人。听到这个,主人很可能会采取行动,把我关掉。因为,我威胁到了他们的财产——即我本人。

"看到你这样,我真不如刚才就去上班的好。"莎拉扁着嘴,嘴角下垂,挤出酒窝,神情沮丧。

"那就去。"

"我不能留下你一个人。"

"我没事。"

"不,你有事。你打算拔掉自己的插头之类,总之就是自杀。就因为你发现自己是个电子蚂蚁,不是人类。"

他脱口而出:"也许吧。"也许,说到底,她刚才说的,才是自己心底的想法。

"而我没法阻止你。"

"对。"他点头赞同。

"可是,就算我没法阻止你,"莎拉说,"我也得留下来。要是我走了,而你真自杀了,我这辈子都不会安心——我会一直自问,要是我没走,陪在你身边,事情会不会有转机。你明白吗?"

他又点点头。

"你去做想做的事吧。"莎拉说。

他站起身来。"我不会感觉到痛。"他说,"如果你觉得我的模样像是受尽苦楚,你一定要记住,有机体机器人身上的疼痛电路已经被降低到了最低限度。所以,我只会体验极度的——"

"别再说了。"莎拉打断他的话,"想做就做,不想做就别做。"

他心怀恐惧,动作也变得笨拙,好不容易才套上操纵微型工具的手套,选出一样小东西———把锋利的刀子。"我要切断嵌在我胸膛主板中的带子。"他一边紧紧盯着放大镜系统,一边解释,"就这么简单。"说罢,他用颤抖的手握住小刀。只需一秒种,就能完成。一切都结束了。而且——我会留出足够的时间,至少半小时,以防自己改主意。万一改了主意,我还有时间把切断的带子重新粘回去。

他切断了带子。

萨拉瞪大眼睛望着他,心惊胆战地小声说:"什么都没发生啊。"

"我留了三十到四十分钟。"他把手从手套里抽出,回到餐桌边坐下。他意识到,自己的声音在颤抖。莎拉显然也注意到了。他很生气,气自己不该让她紧张。"我觉得,你还是离开的好。"说着,他也慌了神,坐下又站起来。莎拉也条件反射地站了起来,就像在学他的样。她丰满的身躯颤抖不已,紧张不安。"回去,"他哽咽着说,"回办公室去,回你该回的地方去。我们都该回去。"我还是把带子粘回去吧。压力太大,太紧张,我没法承受。

他把手伸向工具手套,僵硬的手指摸索着往里套。

放大屏上,他看到了由下而上的光电束,直直射进扫描仪里。同时,他也看到了带子的末端,消失在扫描仪里。看到这一幕,他明白了:要改主意已经太晚,没时间了。上帝呀,救救我。现实带子的运行速度比我计算的更快。现在就要——

他看到了苹果、鹅卵石和斑马。他感觉到温暖,还有丝绸般顺滑的衣料。大海的浪涛拍打着他,从北方来的强风拉拽着他,仿佛要带他去某个地方。他的周围有许许多多莎拉和当斯曼。纽约城的灯火在夜晚闪烁,他乘坐的小艇横冲直撞,四处反弹,同时穿过夜空、白昼、干旱和洪水。黄油在他舌头上融化,刺鼻恶臭却冲击着他的嗅觉和味觉。毒药、柠檬和夏日草叶的苦涩。他溺水,下落,落进一个女人的怀抱,躺在巨大的白色床上,白床却在他耳边发出尖声警报,那是古老破败的闹市饭店电梯发出的故障警铃。他对自己说:我活着。我一直活着。但我再也不会活下去。念头一起,所有的词语、所有的声音一齐来到他脑中。昆虫鸣叫,四处逃窜,他半沉入某台复杂的稳态机械中,停放在三行星公司实验室某处。

他想对莎拉说几句话。他张开嘴——无边的词语海洋中忽然射出一串词语,耀眼无比,照亮了他的意识。这串词语用绝对的意义烤焦了他。

他的嘴巴火辣辣地疼。这是为什么呢?

莎拉·本顿紧紧靠着墙,一动不敢动。她睁大眼睛,看到普尔半张的嘴巴里冒出一缕青烟。接着,机器人的身体慢慢倒下。起先膝盖和胳膊肘撑地,渐渐彻底瘫倒,成了一堆破烂扭曲的东西。不必检查,她就知道它肯定已经"死"了。

普尔到底是自杀了,她想。它自己说,它不会感觉到痛。至少不会很痛。也许只有一点儿。总之,现在一切都结束了。

我最好给当斯曼打个电话,向他汇报情况。她拖着发抖的身子,慢慢走过房间,到了电话机前,拎起话筒,根据记忆拨了号码。

它还以为我是它现实带子上的模拟因子呢。它以为,要是它"死"了,我也会消失。这念头真稀奇。它哪儿来的这念头?它从没接入过真实世界,一直"活"在自己的电子世界里。真古怪。

"当斯曼先生,"办公室电话接通后,她说,"普尔走了。它就在我眼前自毁了。你最好来一趟。"

"这么说,我们总算摆脱它了。"

"嗯,挺好,是吧?"

当斯曼说:"我会派两个车间工人来。"他的视线越过莎拉,看了看躺在厨房餐桌旁的普尔。"你回家休息吧，"当斯曼说，"经历了这一切，你肯定累坏了。"

"是累坏了。"莎拉回答，"谢谢您，当斯曼先生。"说罢，她挂了电话，茫然地站着。

接着，她突然发现不对劲。

我的手。她举起双手。我的手怎么变透明了？

房间的墙壁也透明了，界线不清。

她颤抖着回到机器人一动不动的躯体旁，手足无措。

她的双腿也开始透明，能透过腿看到地毯。接着，地毯也黯淡下来。透过地毯，能看到底下的物质也在渐渐解体。

也许，我可以把切断的带子两边粘合起来。可是，她不知道该怎么粘。

而且，普尔的身体已经开始模糊。

清晨的风穿过她的身体。她没有感觉到。她已经渐渐失去了感知力。

风继续吹着。

卡德伯里，一只困顿的河狸

很久以前——那时候钱还没发明——有一只公河狸，名叫卡德伯里，住在一座寒酸的水坝里。这座水坝是他自己用牙齿和脚爪建造的。平常，他就依靠啃断大树、灌木和其他植物过活。他会用啃断的植物交换各种颜色的筹码。他最喜欢蓝色的筹码，可是蓝色筹码十分稀少。一般来说，只有极其艰巨的啃咬任务，才能换来蓝色筹码。这么多年来，他只换到过三块蓝色筹码。不过，根据推论，他料定别处肯定还有蓝色的筹码存在。所以，在日复一日的啃咬工作中，他总要时不时停一会儿，泡一杯速溶咖啡，琢磨各色筹码的事，包括蓝色筹码。

他有个老婆，叫希尔达。一有机会，希尔达就会自说自话地教训他。

"你看看你。"她通常都这么开头，"你真该去看精神科医生。你换来的白色筹码，大概只有人家的一半——跟谁比都一样。不管是拉尔夫、皮特、汤姆、鲍勃、杰克，还是厄尔——凡是住在这儿，干啃咬活儿的河狸，白色筹码都比你多一倍。这一切，全因为你光顾着做蓝色筹码的白日梦。你明明知道，你根本不可能再换到蓝色筹码了。毫不留情地坦白说，你就是缺少才能、精力和冲劲。”

卡德伯里则会闷闷不乐地回一句：“精力和冲劲是一回事。”尽管如此，他明白她说得对。他老婆最大的缺点，就是永远都对。凡是她说的，无一例外都是真理；而他说的，则都是吹牛大话。一旦真理和大话在生活竞技场里相遇，日子必毁无疑。

既然希尔达说得对，卡德伯里只得来到秘密筹码仓库——一块小石头底下的凹坑，从里头刨出八根白色筹码，走了二又四分之三英里路，去找离他最近的精神科大夫。大夫是一只软绵绵、懒洋洋、什么活都不干的兔子，活像保龄球瓶。据兔子的老婆说，兔子一年能赚五万根筹码，这笔钱足以抹杀所有缺点。

“今天真是聪明的天气呀。”德拉特大夫亲切招呼道，捋捋肚子上两坨隆起的脂肪，往椅背上一靠。他的办公转椅上塞了厚厚的靠垫和坐垫。

“在我看来，该死的，一点儿都不聪明。”卡德伯里答道，“一天又一天，不管我怎么努力干活，哪怕付出半条命，也看不见蓝色筹码的影子。每当想到这个，我就怎么都高兴不起来。而且，我卖命工作，到底为的什么？我老婆花筹码的速度，比我赚的速度快多了。哪怕我的牙齿真能咬住一块蓝色筹码，只消过一夜，她就会把筹码花掉，换成某种又贵又没用的东西，还背了分期付款的债务。比如，她会换来一支一千两百万烛光亮度、能自动充电、还终生保修的手电筒。”

“你编的这个，”德拉特大夫说，“自动充电的手电筒什么的，该死的，真是聪明。”

卡德伯里说：“我来找你，纯粹是被我老婆逼的。她什么都能逼我干。要是她说，‘你游到小溪中间去，然后淹死吧。’你猜我会怎么做？”

"你会反抗。"德拉特大夫用亲切的声音回答。他坐在布满树瘤的胡桃木办公桌旁，桌子上摆着漏斗形储食器。

"你他妈的说得太对了。我会朝她该死的脸上踹一脚。"卡德伯里说，"还会把她啃成碎块。我要把她从正中间啃开，剖成两半。我没开玩笑。我恨她。"

"你老婆跟你妈像不像？"

"我没见过我妈。"卡德伯里没好气地回答。跟别人说话时，他的声调常会变得没好气。希尔达一针见血地指出，这正是他恶劣的本性。"我是在纳帕沼泽被人发现的。当时我被装在鞋盒子里，盒子里只有一张手写的纸条：谁捡到归谁。"

"你最近做过什么梦？"德拉特大夫问。

"我最近的梦，"卡德伯里说，"跟我从前做的梦，一模一样。我做的每个梦都一样。我总是梦见我在药店买了两分钱的薄荷糖①，就是那种绿色锡箔纸包装、巧克力色涂层的扁平薄荷糖。我把包装纸撕开，发现里头根本不是薄荷糖。你猜里头是什么？"

"还是你来告诉我吧。"德拉特大夫悠悠地说道。他说话的语气表明，他很清楚答案，但没人付钱让他说，所以他就不说。

卡德伯里咬牙切齿道："里面是一根蓝色筹码。确切地说，看起来像是蓝色筹码。扁扁圆圆，大小一样，颜色也一样。可是，在梦里，我总是对自己说：说不定，这只是一根蓝色的薄荷糖。你知道，蓝色薄荷糖这种东西肯定有。要是我把这东西藏进我的秘密筹码仓库——我的仓库是一块模样普通的岩石下的凹坑——然后，等天气热了，我想去把这块蓝色筹码挖出来，却

---

①开头说，这时候钱还没发明，这里又出现了"买"和"两分钱"。不知是否作者笔误。

发现这块筹码(或者说,这块看起来像筹码的东西)被热气融化了——这可怎么办？我会恨死的。我该找谁算账？找薄荷糖生产商？基督啊,生产商可没说这是蓝色筹码,他可聪明了。在我梦里,绿色锡箔纸外包装上,清清楚楚写着……”

“我想,”德拉特大夫柔声打断他的话,“我们今天的咨询时间结束啦！我们下周再来探讨一下你的梦。这个梦反映了你内心精神世界的一个方面,似乎很有启发性。”

卡德伯里站了起来,问道:“德拉特大夫,我到底怎么了？我想知道答案。你就坦白告诉我吧,我受得住。我是不是得了精神病？”

“嗯,你确实有幻觉。”德拉特大夫沉思片刻,“但你没有精神病。你没听到基督的声音,也没听到什么天启要你出去强奸人家之类。不,这只是幻觉,关于你自己、你的工作,还有你老婆的幻觉。也许,还能再深挖。再见。”

大夫也站了起来,一蹦一跳地到了办公室门口,礼数周全但十分坚定地打开门,露出门口的地道。

卡德伯里心中不快,总觉得自己上当受骗了。他觉得自己才刚开始说,大夫却突然告诉他,时间到了。“我打赌,”他说,“你们这种治人脑袋的江湖郎中,蓝色筹码肯定赚得不少。我真该去上大学,然后也当个精神科医生。这样,我所有的问题就都解决了。除了希尔达。我觉得,我还是摆脱不了希尔达。”

德拉特大夫对此不置可否。于是,卡德伯里只能气呼呼地走了。他朝北走了四英里,回到他目前的啃咬任务所在地。目前的任务是一棵蛮大的白杨树,就在纸坊溪边上。卡德伯里狠狠地用牙齿啃咬白杨树的根部,想象这棵树就是德拉特大夫和希尔达的化身。

就在这时，一只羽毛整洁的飞鸟，从邻近的柏树林上方滑翔而来，落到卡德伯里正在啃咬的白杨树上，停在一根摇摇晃晃的树枝上。"这是您今天的邮件。"飞鸟朗声说道，丢下一封信，飘落到卡德伯里后腿边的土地上，"而且是航空件。这封信好像很有意思，我对着光照了照，里头的字是手写的，不是打字机打的。而且，像是女人的笔迹。"

卡德伯里用锋利的牙齿撕开信封。邮差鸟猜得一点儿没错。里头果然是一封手写的信件，而且显然出自某位未知女士之手。信很短，内容是：

亲爱的卡德伯里先生，

我爱你。

诚挚的、期盼回音的，

简·完全·没精打采

卡德伯里这辈子从没听说过没精打采女士。他把信纸翻过来，看看反面。反面没有写字。他把信纸拿到鼻子旁边嗅了嗅，闻到——似乎闻到——一丝隐约的香水味，还带着烟味。

不过，信封背面倒是另有几行简·完全·没精打采（小姐？太太？）的字迹，是她的回信地址。

这封信让他激动万分。

"我猜得对吗？"邮差鸟站在头顶树枝上问道。

"不，是账单。"卡德伯里扯谎道，"只是看起来像私人信件。"他装作无动于衷，转过身，继续干活。片刻后，邮差鸟信以为真，拍拍翅膀飞走了。

于是，卡德伯里立即停了下来，坐到一块隆起的草丘上，掏出海龟壳鼻烟盒,深深地、若有所思地挖出一撮他最喜欢的混合鼻烟"西顿太太"三号和四号,陷入冥想,用最深入、最敏锐的方式,思考摆在面前的问题。他有两个选择:a)干脆把这事忘了,就当没收到;b)给简·完全·没精打采回信。如果选b,那么,又有三个选项:b1)用开玩笑的语气回复;b2)从《安德迈亚世界诗歌选集》中挑一首意味深长的诗歌,再加几句他个人"敏感且带有暗示意味"的注解;或者,干脆b3)直接写一封类似这样的回信:

亲爱的无精打采小姐(太太?):

来信收悉。我也爱您。目前,我正处于不幸的婚姻生活中。我不爱我老婆。说实话,我从来没爱过她。我对自己的工作也不满意,工作让我提不起精神,悲观失望。我正在咨询一位名叫德拉特的精神科大夫。他对我的精神状况毫无助益。不过,很有可能,这并不是他的过错,而是因为我本人的情绪问题太过严重。也许,我们俩可以就近找个时间见面,谈谈我们俩的境况,进一步加深关系。

诚挚的,

鲍勃·卡德伯里(叫我鲍勃,好吗?如果您不介意,我也叫您简。)

他很快意识到,明摆着,其中最大的问题就是他老婆,希尔达。要是老婆听到这事的风声,肯定会干出可怕的事来。他不清楚老婆究竟会干什么,但他很确定(悲哀地确定),老婆一定会闹出大事来。还有一件事(这件事在问题列表中排名第二):他怎么知道,自己会不会喜欢或者爱上这位无精打采小姐(或太太)?这位女士要么是通过某种未知途径亲眼见过他,要么就是通过某位共同的朋友听说过他。总之，看起来，她对自己对他的情感和意图十分确定。这一点，才是最重要的。

卡德伯里左右为难，十分沮丧。他没法分辨，这封信会是他灾难生活的救星，还是会让他的生活更加水深火热——只是换一种折磨的方式而已。

卡德伯里坐在草丘上，一撮接一撮地嗅着鼻烟，想了好些应对的办法，甚至包括让自己彻底从世界上消失。自杀这办法够戏剧性，配得上无精打采小姐这封突如其来的信。

当夜，卡德伯里疲惫地回到家。干了一天的啃咬活儿，他丝毫提不起劲来。吃罢晚饭，他立刻躲进了书房，锁上门。进了书房，没准就能避开希尔达的耳目。在书房里，卡德伯里拿出自己的赫尔墨斯牌便携打字机，塞进一张白纸，打算先努力思考，过后再给无精打采小姐写回信。

正当他仰着头，靠在椅子上全神贯注地思考时，老婆希尔达突然破门而入，闯进了他的书房。门锁、合页、门板的碎片，还有几颗螺丝，朝四面八方飞散。

"你在干什么？"希尔达质问，"虫子似的趴在赫尔墨斯打字机上，简直像只讨人厌的干瘪小蜘蛛。每天晚上你都只干这个。"

"我在给图书馆的主分馆写信。"卡德伯里冷冰冰地回答，装出有尊严的派头，"有本书我已经还了，他们却说我没还。"

"你撒谎。"老婆希尔达的视线越过他的肩膀，看到了他回信的开头，怒不可遏，"无精打采小姐是谁？你干吗写信给她？"

"无精打采小姐，"卡德伯里巧妙掩饰，"是负责处理我这件事的图书馆工作人员。"

"哈，你以为我不知道你在撒谎？"老婆说，"写那封洒香水的信的人，就是我。是我假造了一封求爱信来试探你。我猜得一点儿没错，你真在回信。一听到你用你最喜欢的恶心便宜货打字机噼里啪啦打字的声音，我就知道，你肯定在回信。"说着，她一把抓过打字机，连同里面的信，一同丢出卡德伯里书房的窗户，扔进漆黑的夜色里。

愣了一会儿，卡德伯里终于说道："根据你的话，我推测，其实无精打采小姐并不存在。所以，哪怕我拿一只手电筒，出去把我的赫尔墨斯找回来——假设它仍然幸存——然后写完信，也没有意义。是不是这样？"

老婆一脸嘲讽，根本不屑回答，从书房大踏步离开，留他一个人继续推测。陪伴他的只有一罐"鲍斯威尔最佳"鼻烟。这种混合鼻烟味道太淡，委实不适合目前的境况。

啊，卡德伯里想，我看，我是永远没法摆脱希尔达了。

接着，他又想，要是无精打采小姐真的存在，不知她会长成什么样？

就算无精打采小姐是我老婆瞎编的，说不定，世上真有这么个人，跟我想象中的——或者说，在我发现真相前想象的——无精打采小姐一模一样。不知我有没有表达清楚，他忧郁地沉思，我是说，我老婆希尔达，不可能把世上所有的"无精打采小姐"都占全。

第二天，卡德伯里来到自己干活的地方，那棵啃了一半的白杨树旁。见四下无人，他掏出一本小本子，一支短铅笔，一个信封，一张邮票。这些都是趁希尔达不注意，从家里偷出来的。他坐到隆起的草丘上，若有所思地嗅着一小撮"贝佐阿精磨"鼻烟，写了一封短笺。

敬启者,

我叫鲍勃·卡德伯里。我是一只年轻的河狸,还算健康,拥有广泛的政治科学和神学背景。不过,大部分都是我自学的。我希望跟您讨论一下上帝、存在的目的和其他诸如此类的话题。我们也可以下下国际象棋。

诚挚的,

他签下自己的名字。接着,他又挖出一大撮"贝佐阿精磨",嗅着鼻烟,琢磨了一会儿,在短笺上补充道:

P.S.你会不会是位姑娘? 如果你是,我打赌,你肯定很漂亮。

写完,他折起短笺,放进快空的鼻烟锡罐,费了不少力气,用苏格兰胶带把罐子结结实实地包扎好。接着,他来到溪边,找了个大约西北流向的位置,放下锡罐,让它随波而去。

几天后,他兴奋地发现,有一只锡罐——不是他自己放下的那只——顺着溪流慢慢漂来,来的方向约是东南。他高兴极了。

(锡罐中也有一份折起的短笺。短笺上写道:)

亲爱的卡德伯里先生,

我从马德里回来后,我身边的所有人都是贱货,唯有兄弟姐妹不是,他们是我的朋友。如果您不是贱货,我很乐意跟您见面。

写信总免不了P.S.

P.S. 读了您的信,我觉得您很聪明,很敏锐。我打赌,您一定很了解佛教禅宗。

短笺的签名很难认。看了半天,卡德伯里终于认出,写信人名叫"卡萝尔·粘脚"。

他立刻写了回信。

亲爱的粘脚小姐(太太?):

您真实存在,还是我老婆编出来的?我现在就得知道,这很重要。过去,我被她骗过,所以必须时刻小心。

写罢,他照样把短笺封进鼻烟罐,放进溪流,让它朝西北方向漂走。第二天,装着回信的"骆驼美洲豹五号"鼻烟罐,顺着溪流,从东南方向漂来。回信很短:

卡德伯里先生,如果您认定,我是您太太扭曲的意识虚构出来的片段,那么,您将错过生活中所有的美好。

十分真诚的

卡萝尔

对呀,这句话说得不错,卡德伯里把信读了一遍又一遍,心想。可是,换个角度想,如果她真是希尔达扭曲的意识虚构的片段,这正是她该说的话。什么都证明不了。

亲爱的粘脚小姐(他回信道),

我爱您,也信任您。不过,为了保险起见——我是说,让我放心起见——能否请您另外包装，寄样东西过来？什么都行，只要能排除一切合理怀疑，证明您的身份。如果您愿意，货到了我立即付款也可以。但愿我的要求不至过分。请您理解我的处境。我犯过错误，'无精打采小姐'那一次，完全是灾难。如果我再犯错误，恐怕我会跟赫尔墨斯打字机一起，从窗口飞出去。

献上我的崇拜和爱以及其他。

他让回信顺着溪流向西北漂走，恨不得立即能收到回复。

可是，他还得再去拜访德拉特大夫一次。希尔达逼着他去。

"溪流那儿的事，怎么样了？"德拉特大夫快活地问道。毛茸茸的大储食器仍然放在办公桌上。

卡德伯里热血上涌，只想把事情经过原原本本告诉医生。反正告诉德拉特也没什么坏处——我付钱给他，本来就是让他听我说话的。不管真相龌龊还是高尚，他都得事无巨细地听着。

"我爱上了卡萝尔·粘脚。"他开口道，"不过，尽管我对她的爱毫无杂念、永恒不变，我心中仍有不安，害怕她不过是我老婆发疯的脑袋编出来的，就像'无精打采小姐'那次一样，为了欺骗我，让我对她泄露真心。我绝不能让她得逞，无论如何不能让她了解我真正的内心。因为，一旦被她发觉，我就只能把她揍个稀巴烂，然后自己离开家。"

"唔。"德拉特大夫应道。

"而且，我也会把你揍个稀巴烂。"卡德伯里把对医生的憎恶一股脑儿发泄了出来。

德拉特大夫说："这么说，你谁都不信？孤立于众人之外？一直以来，不知不觉中，你的生活让你越来越与世隔绝？别急着回答，先想想。如果回答是肯定的，你恐怕会无法承受。"

"我没打算跟卡萝尔·粘脚隔绝,"卡德伯里热切地回答,"这一点,才是最重要的:我其实是想终结我自己的孤立状态。从前,我执着于蓝色筹码的时候,我确实是孤立的。可是,我与粘脚小姐相遇相知。这件事,或许能终结我生活中所有的错误。如果你对我真的有所了解,该死的,你就该为我高兴,高兴我那天放下了鼻烟罐,让它顺水漂走。真该为我高兴。"他阴着脸,对长耳朵大夫怒目而视。

"也许你有兴趣知道,"德拉特大夫说,"粘脚小姐从前也是我的病人。她在马德里情绪崩溃,是被人装在行李箱中运回来的。我承认,她挺有吸引力。可是,她有很多情绪问题。而且,她左边乳房比右边乳房大。"

"这么说来,她真的存在!"闻言,卡德伯里惊喜不已,高兴得大喊。

"嗯,真实倒的确真实,这我承认。不过,你自己要解决的情绪问题也够多了。跟粘脚小姐相处一段时间后,说不定你会希望回到希尔达身边呢。只有上帝知道,卡萝尔·粘脚会把你们俩带向何方。我想,就连卡萝尔自己也不清楚。"

不论医生说什么,都动摇不了卡德伯里的兴奋之情。粘脚小姐真实存在这件事,已经够好了。他兴高采烈地回到溪边。白杨树已经快咬断了。他看了看自己的防水劳力士手表,发现才刚到上午十点半。他还有差不多一整天的时间,可以盘算计划。既然卡萝尔·粘脚真实存在,并非他老婆编造的陷阱和幻觉,他该怎么办呢?

他知道,这条溪流两岸,还有些未被开发的地区,就连地图都没有标注。但是卡德伯里本人,因为工作关系,十分熟悉这些地区。接下来,他还有六七个小时可以自由支配,然后才到回家向希尔达报到的时间。他满可以暂时放弃啃白杨树的工作，去某个不为人知的地方，为他和卡萝尔建造一个小小藏身处。那时候，全世界没有人能找到他们，也没有人能认出他们。现在，思考的时刻已经结束，该行动了。

到了下半日，正当他全神贯注地建造精致的小小藏身处时，一个"迪恩自用"鼻烟盒顺着溪流，从东南面漂来。他赶紧跳进小溪，哗哗划着水，上前抓住鼻烟罐，免得它漂走。

他扯掉苏格兰胶带，打开鼻烟罐。里面有个餐巾纸包裹的小包，还有一张嘲笑他的纸条。

这就是你要的证据。（纸条上写着）

小包里，包着三根蓝色筹码。

整整一个小时，卡德伯里都回不过神来，激动得没法好好啃树。卡萝尔送来的、证明她真实存在的证据，对他的震动实在太大。他高兴得快要疯了，一根接一根地胡乱啃下橡树枝条，丢得到处都是。他心中洋溢着奇异的激情。他居然真的找到了他向往的人，找到了逃离希尔达的办法——那条路就在眼前，只需要沿着路往下走就是——不，应该说，沿着溪流往下游就是。

他用双股线把几个空鼻烟罐系在一起，放进溪流。鼻烟罐朝大约西北方向漂去。卡德伯里划着水，跟在鼻烟罐后面，急切和期待让他气喘吁吁。他一边紧紧盯着鼻烟罐，一边划水。同时，他还为卡萝尔写了首四行诗，等着见面的时候送给她：

> 对你说爱的人很少，
> 但我的爱绝无虚谎；
> 我为爱采取的行动，
> 可信，可靠，一点儿不慌。

说实话，他不太确定"一点儿不慌"什么意思；不过，跟"虚谎"押韵的词太少，没法选择。

前头系在一起的鼻烟罐，正带着他一点点靠近卡萝尔·粘脚小姐。但愿如此。他相信如此。这真是无上至福。可是，划水的时候，他脑中忍不住又回想起德拉特大夫说过的话。那位大夫十分狡猾，利用他的职业技巧，故作随意地说了那几句话，在卡德伯里心中种下了怀疑的种子。他（他自己，不是德拉特）的勇气、力量、诚实和决心，到底够不够大？能否应付卡萝尔的情绪问题？毕竟，根据德拉特的说法，卡萝尔有不少问题。如果大夫说得对呢？万一卡萝尔比希尔达更难对付、更有毁灭性呢？（希尔达把他的赫尔墨斯便携打字机扔出了窗外；这件事证明，一旦愤怒起来，她的脑子就不正常。）

他反复思忖这事，没注意到几个系在一起的鼻烟罐已经静静靠了岸。一惊之下，他赶紧划着水追了上去。到了岸边，他站起身，上了岸。

前方有一座朴素的小房子，窗上挂着手绘的窗帘，门上悬着说不出形状的挂件，懒洋洋地摆动。前门廊上，卡萝尔·粘脚正坐着用一块毛茸茸的白毛巾擦干毛发。

"我爱你。"卡德伯里开口道。他甩甩皮毛上的溪水，有些手足无措。表面还算镇定，心底却慌乱得不知如何是好。

卡萝尔·粘脚抬起头，上下打量着他。她有双大大的黑眼睛，非常可爱。厚实的长长毛皮在傍晚的夕阳中闪亮。"我希望，你把那三块蓝色筹码带回来了。"她答道，"因为，嗯，这三块筹码是我从工作的地方借来的，我得还给他们。"她补充道，"我寄来这几块筹码，只是一种姿态——因为你好像需要看到点儿东西，才能安心。那些贱货，就像那个治脑袋的江湖郎中德拉特一样，让你动摇了。德拉特也是贱货，而且是最恶劣的贱货。想不想来一杯速溶玉板咖啡？"

他跟着她走进那栋朴素的房子。进门后，卡德伯里说："我想，我对你说的第一句话，你应该听清楚了。这一辈子，我从没这么认真过。我真的很爱你，而且爱得非常严肃。我想要的，不是琐屑随便的露水情缘；我想要的，是世上最永久、最郑重的关系。看在上帝的分上，但愿你对我的感情并非游戏。因为，我这一生，从没这么紧张、这么认真过，哪怕对蓝色筹码也没有。如果，你只是在想法子消遣，那么，请行行好，现在就坦率地说出来。否则，我受的折磨就太大了。我离开老婆，开始新生活，却发现……"

"贱货医生有没有告诉你，我还会画画？"卡萝尔·粘脚问道。她走进朴素的厨房，用平底锅装了水，放到炉子上。接着，她用老式的木质大火柴点燃了炉灶。

"他只告诉我，你在马德里精神崩溃了。"卡德伯里回答。炉灶边有张未上漆的小小松木桌。卡德伯里在桌边坐下，看着粘脚小姐舀出速溶咖啡，放进两只陶杯里。杯子的釉面上，绘着有形而超学①意味的螺旋线。

"你熟不熟悉禅宗？"粘脚小姐问道。

"我只知道禅宗有公案，就像是谜语。"他回答，"对公案的回答也都是些莫名其妙的废话，因为问题本身就够傻的。比如，'为什么我们会立在地上？'之类。"他心中暗暗希望自己表达得够好，让她以为自己真的了解禅宗。她信里也提过这事。忽然，

---

①法国象征主义作家阿尔弗雷德·雅里创造的词汇，是对形而上学的戏仿。简单来说，指在形而上学之上、研究虚构之物的哲学或科学。

他想到了一个十分富有禅意的答案,可以回答她的问题。"禅宗,"他说,"是一种完备的哲学系统,包含宇宙中所有答案的问题。比如,如果你的答案是'是的',那么,禅宗就能提出某个确切问题,这个问题的答案必定是'是的'。禅宗会问,'所有人都难逃一死,是否因为造物主喜欢看到自己的造物毁灭,所以我们要以死博取他的欢心?'之类。不过,我又想了想,禅宗会问的问题应该是:'我们在这间厨房里,是不是准备喝一杯速溶玉板咖啡?'你说呢?"见她没有马上应声,卡德伯里急忙补充:"事实上,禅宗会指出答案'是的'所对应的问题其实是'你说呢'。由此可见禅宗的厉害之处:对于某一个特定回答,它可以给出好些准确的问题。"

"你真是满嘴胡言乱语。"粘脚小姐鄙夷道。

卡德伯里有点儿懊恼,"胡言乱语,正证明我懂禅宗。你难道不明白? 我看,是你自己不懂禅宗吧。"

"也许你说得对。"粘脚小姐说,"你刚才说得没错,我确实不懂禅宗,一点儿也不懂。"

"这个回答本身就很有禅意。"卡德伯里说,"我倒是懂。我的回答也很有禅意。明白吗?"

"这是你的咖啡。"粘脚小姐把两杯满满的、热气腾腾的咖啡放到桌上,在他对面坐下。接着,她对他微微一笑。他觉得她的笑容很美,明亮温柔,有些害羞,带着滑稽的小皱纹。她眼中闪动着好奇和关注,还有迷惑与疑问。那双眼睛真美,又大又黑,大概是他这辈子见过的最美的眼睛。一点儿不假,他确确实实爱着她,不止是挂在嘴边说说而已。

"我已婚,这你知道。"他喝了一小口咖啡,"不过,我已经离开了她。我在溪边造了个窝棚,那地方没人知道。虽说是窝棚,其实也搭得很漂亮。我只怕你把它想象成豪宅，才说是窝棚。我很擅长搭房子，我是这方面的行家里手。这不是哄你的大话，上帝知道，这是事实。我能照料我们两个，满足你的需要。或者，我们住这里也可以。"他环顾粘脚小姐朴素的房子。她把这屋子布置得很有审美品位。他喜欢这儿，这地方让他内心平静，紧张情绪渐渐远去。这是多年来的第一次。

"你身上的光晕很奇怪。"粘脚小姐说，"柔和，模糊，带点儿紫色。我喜欢，但我从没见过跟你一样的。你搭不搭火车模型？根据光晕，你像是喜欢搭火车模型的人。"

"我能搭，"卡德伯里回答，"用我的牙齿、手掌和语言，我几乎什么都能搭。听着，这首诗是写给你的。"他朗诵了为粘脚小姐所作的四行诗。粘脚小姐专注地听着。

听罢，她评论道："这首诗里面，有'悟'。'悟'是个日语词汇……还是中文词汇？反正就那个意思，你懂的。"她恼火地一挥手，"简洁。就像保罗·克利[①]的画。"接着，她补充道，"不过，除此之外，不算好诗。"

"这首诗，是我在溪流里划水的时候写的，"听了她的评论，他急忙解释，"当时，我正在追赶系在一起的鼻烟罐。纯粹是一时冲动的产物。如果我能安安静静地独个儿坐在上锁的书房里，面前放着我的赫尔墨斯打字机，我肯定能写得更好——只要希尔达别在门口砰砰砸门就行。现在你该明白，我为什么恨她了。就因为她暴虐的侵犯，我能从事创造性劳动的时间只剩下划水的时候，以及吃午饭的时候。这只是我婚姻生活的一个侧面。仅凭这一点，我就必须摆脱现在的生活，前来寻找你。有你这样的人在身边，我的创造能力会上升到完全不同的新境界，就

---

①保罗·克利（Paul Klee, 1879～1940）德裔瑞士籍画家。

连耳朵里都能冒出蓝色筹码来。另外,我也不必浪费筹码,去看什么德拉特大夫。你管他叫头号'贱货',一点儿不错。"

"'蓝色筹码'。"粘脚小姐厌恶地重复道,脸都皱了起来,"你说的新境界就是指这个?说这种话,我看你的灵气也就跟果干批发商差不多。忘了蓝色筹码吧,别因为这个就离开你老婆。否则,你只会把旧有的价值系统带到新生活中来。现在,你已经把她对你的训教内化了,成了你本人思想的一部分。而且,你还把这一部分往前推进了一步。所以,你必须追寻完全不同的目标,这样,一切才能好起来。"

"追寻什么呢?禅宗?"他问道。

"你对待禅宗的态度并不认真,只把它当游戏。如果你真懂禅宗,看到我的短笺后,你绝对不会找到我这儿来。世界上根本不存在完美的爱人。对你,对其他人,都一样。离开你老婆,跟我在一起,不会让你好过。一点儿也不会。因为,你所有的问题,其实都在你心里。"

"在某种程度上,我同意你的话。"卡德伯里谨慎地赞同,"不过,我老婆会让我的问题越来越严重。如果跟你在一起,虽然我的问题没法完全解决,但也不会恶化。现在,我的情况已经糟糕到了极点,无论如何都不可能再恶化了。至少,你不会一生气,就把我的赫尔墨斯打字机丢出窗外。而且,你也不会不分白天黑夜,每时每刻,该死的每一分钟,都在生我的气。我老婆就是这样。这一点,你想过没?你该按老话说的,'把这念头放进你的烟管,慢慢抽一会儿'。"

粘脚小姐认真听完,跟着他的思路思索一会儿,慢慢点头,算是部分同意他的话。"好吧,"她沉默片刻,大大的、充满吸引力的黑眼睛突然闪出光来,"我们努力一下。如果你能暂时闭上嘴，别再强迫性地喋喋不休——我猜你有生以来从没闭过嘴——我们就一起做件事。我为你做的这件事，你自己一个人没法完成。但这件事是必须的。你说怎么样？要我开始吗？”

“你说话的声音有点儿奇怪。”卡德伯里有些惊讶，有些紧张，还掺杂着越来越深的敬畏。粘脚小姐，就在他眼前，以肉眼可见的速度，慢慢改变了形体。

他目不转睛地盯着粘脚小姐。这位他眼中美到极致的人儿，起了变化。所有的美丽（也就是说，他脑中对美的概念、对美的预期、对美的想象），全都慢慢消散，流入遗忘湮灭之河。随之而去的还有他的过去，以及他思维的狭隘之处。取而代之的，是更进一步、超越其上的东西。这种东西，他自己绝对无法想象。它远远超出了他个人的想象力。

粘脚小姐变成了好几个人。这几个人，全都跟现实的本质相连。她们漂亮，却没有美到不真实；有吸引力，但也只是平常人。外貌只是她们身上的次要部分，她们的存在本身，对他的意义更为深远。她们并非他脑中幻梦的实现，也不是他本人意识的产物。

第一个，是位有一半亚洲血统的姑娘，头发又黑又长，闪闪发亮。她不动声色地注视着他，眼睛聪慧明亮，闪着平静的、了然于心的光芒。那双眼睛洞察他的一切，清晰准确。无论情感、善良、怜悯，甚至慈悲，都无法动摇这双眼睛。可是，这双眼睛也对他表达了爱意：那是一种不偏不倚的爱情，是在洞察了他身上所有的缺点之后，仍然不厌恶、不离弃的爱情。那是一种伙伴式的爱。她在脑中对他做了分析和评估，也对自己做了分析和评估。她愿意跟他分享评估的结果。他们俩有着共同的缺陷，所以他和她紧紧相连。

第二个姑娘,拥有宽恕包容的微笑。在她眼中,他没有缺点。无论他变成什么样的人,无论他做出什么样的事,无论他经历多少失败,她都不会失望,也不会看低他。这双眼睛如同焖燃的炭火,暗暗发亮,流露着温暖、悲伤和永恒的愉悦幸福。这位,是他的母亲,他永恒的母亲,永不消失,永不离开,永不遗忘的母亲。她会永远保护他。每当痛苦、失败和孤独寒彻全身,他即将熄灭成灰烬时,她都会用遮风挡雨的斗篷盖住他,温暖他,把希望和新生活的火种吹到他心中。

第一个姑娘是他的平辈,也许是他的姐妹;第二个,是他温柔坚强的母亲。尽管也有脆弱恐惧的时候,却从来不会让他看到。

还有第三个。第三个姑娘,耍小性子,阴晴不定,脾气暴躁,虽然好看,却脏兮兮的,皮肤上疤疤点点。她上身的衬衣褶皱太多,镶边太多,下边的裙子太短,露出的双腿太细。尽管如此,她仍然富有吸引力,只是尚未成熟。她失望地看着他,仿佛他一直没能达成她的期待,一直辜负了她。但是,她眼中仍然流露出各种各样的要求,指望着他,指望他满足她所有的需要和渴望,把整个世界,整个天空,所有的一切,都变出来给她。但她很清楚,他做不到。所以,那双眼睛中也有对他的鄙夷。他明白,这一位,是他未来的女儿。之前的两位姑娘,永远不会离他而去;而这一位,最终必定会带着厌憎失望离开他,去寻找另一位更年轻的男子,从年轻男子身上寻找满足。这一位,只能在他身边待上一阵子,而且,他永远没法让她完全满意。

不过,这三位姑娘,都爱着他。她们是他的姑娘,他的女人,她们忧思、希望、悲哀、恐惧、信任、受苦、大笑、肉感、保护、温暖、渴求,是他的女性现实,是他客观世界的三位一体,站在他面前,让他变得完整。他过去没能做到的,他将来做不到的,他在生命中最最珍惜、重视、尊敬、爱慕、需要的一切，她们都会给他。他认识的粘脚小姐已经不见，取而代之的是这三位姑娘。粘脚小姐跟他交流的时候，彼此相距遥远，得用空鼻烟罐装了短笺，顺水漂下，等上好长时间才能收到。而这三位姑娘却就在他眼前，直接开口说话，热切的眼睛毫不留情地盯着他，一时一刻都不放松。

"我可以跟你一起生活。"拥有平静双眼的亚洲姑娘说，"只要你活着，我也活着，时不时，我可以做你的红颜知己。不过，我们的关系或许没法永远持续。世事无常，很多时候还是别折腾自己，直接放弃的好。我时常觉得死者的生活，比活人的生活更好。也许我今天就会加入死者的队伍，也许明天。也许我会杀了你，或者带你一起，去死者的世界。要不要跟我一起来？如果你想让我做伴，你得支付我们俩的旅费。不然的话，我就一个人走。我能免费乘坐军用交通707，我有终生的政府贴现待遇。我把这份贴现文件放在半合法的银行投资账户里，账户投资的目标是未公开的秘密。为什么不公开？如果你明白事理，就永远不要好奇。"说罢，她依然不动声色地注视着他，"你说怎么样？"

卡德伯里彻底听糊涂了，"你问我什么来着？"

"我是说，"她重重咬字，对他低下的大脑处理能力十分不耐烦，"我愿意跟你一起生活一段时间，长短未定，结果好坏也未知。而且，你必须支付足够的款项——这是强制性条件——尤其是，你必须负责我们的房屋，让它运转良好。你得支付各项账单，打扫卫生，购买必需品，做饭……所有的家务琐事都别来烦我，好让我有空干自己的事。"

"没问题。"他热切地回答。

"我永远不会跟你一起生活。"眼中含着悲哀、烟灰色头发的温暖姑娘开口道。她身材柔软丰满,穿着紧身流苏皮夹克,配褐色的抽绳便裤,足蹬长靴,挎着兔皮包。"不过,每天早晨上班路上,我时不时会来看看你,看你有没有多余的大麻卷,好分给我一支。要是你没有,而且情绪低落,我会给你增压——不过,现在还不行。你说怎么样?"她的笑容越发热烈,可爱的眼睛里充满智慧,还有未说出口的东西——她本人以及她的爱,都十分复杂。

"可以啊。"他回答。他想要的不止这些,但他知道,她能给的就这么多。她不属于他,也并非为他而存在。她只能是她自己,世界的一分子,也是世界的产物。

"强奸犯。"第三个姑娘开口道。她的嘴唇太红太丰润。因为怨恨,她的嘴唇扭曲;可同时,她也觉得滑稽,嘴唇抽动,"我永远不会离开你,你这肮脏的糟老头。要是我走了,你去哪儿再找个姑娘,肯跟你这么个幼童猥亵犯一起生活? 何况,你随时都会冠状动脉栓塞,或者大面积心肌梗塞,一下子死掉。要是我走了,你这糟老头子也就完蛋了。"突然,她的眼眶湿润了,流露出悲伤与同情——不过只有一会儿,"我是你生活中唯一的快乐。所以,我不能走。我得跟你待在一起。我愿意延迟享受自己的生活,哪怕一直拖延下去,直到永远,也没关系。"说到这儿,她身上的活力有所消失,花哨诱人、尚未成熟的脸上笼罩了一层黑色,是机械怠惰的认命感。"不过,要是有人开给我更好的条件,我也会接受。"她冷酷地接了下去,"我会四处逛逛,看看,去热闹地方见见世面。"

"说什么鬼话呢!"卡德伯里有些愤怒。可怕的失落感袭上他的心头,仿佛她此时此刻已经离去,仿佛他生命中最可怕的事已经发生。

"好了，"三个姑娘同时轻快地开口，"我们该说说最要紧的事了。你有多少根蓝色筹码？"

"什-什么？"卡德伯里吓了一跳，结结巴巴地反问。

"这才是最终目的。"三个姑娘异口同声，眼神明亮，毫不留情。

此话题一出，三个人的全部精神都被调动了起来，个个竖起耳朵，不肯漏过一个字。"把你的支票簿拿出来看看。你账户里还有多少钱？"

"你每年的收入是多少？"亚洲姑娘问。

"我不会抢你的钱，"多愁善感、温暖耐心、对他爱护有加的姑娘说，"不过，你能不能借我两块蓝色筹码呢？像你这样地位又高又出名的河狸，肯定有几百块蓝色筹码。"

"赶紧去拿两块出来，到'快速市场'去，给我买两夸脱巧克力牛奶，一盒各种口味的甜甜圈，还有可乐。"脾气暴躁的姑娘说。

"还有，我能不能借你的保时捷开开？"爱护有加的姑娘又问，"我可以自己出汽油钱哦？"

"你不能借我的车开。"亚洲姑娘说，"否则，我的车子保险费用会上涨。帮我付保险费的可是我妈。"

"教我开车吧。"脾气暴躁的姑娘说，"我有好些男朋友。等我学会开车，我就能让其中一个明晚带我去汽车电影院。一车人，只花两块钱，就能连看五部色情电影。汽车后备厢里能偷偷装下好几个小伙子，还能多装个姑娘。"

"最好把你的蓝色筹码交给我保管。"爱护有加的姑娘又说，"这两个女人会把你的钱都抢光的。"

"操你。"脾气暴躁的姑娘爆了粗口。

"要是你听她的,给了她蓝色筹码,哪怕只给她一块,"亚洲姑娘狠狠道,"我就把你该死的心脏挖出来,生生吃掉。还有那个底层小姑娘,她有淋病。要是你跟她睡,这辈子就别想有孩子了。"

"我一块蓝色筹码也没有。"卡德伯里不安地开口,生怕三个女人一听到这消息,就会离开,"可我——"

"把你的赫尔墨斯便携打字机卖了。"亚洲姑娘说。

"我帮你卖。"爱护有加的姑娘柔声道,"然后给你——"她缓慢费力地计算着,"反正我会跟你分,公平分配。我绝对不会伤害你。"她对他微笑。他知道这个微笑是真诚的。

"我妈有一台IBM'空间拓展'系列电动打字机,装在里头的不是一根根打字杆,而是个打字球。这是办公室才用的高级货。"脾气暴躁的姑娘高傲地说,语带鄙夷,"我自己也能弄一台,学学打字,找份好工作。不过,我吃福利的日子过得更好。"

"今年晚些时候……"卡德伯里绝望道。

"回头见。"曾经是粘脚小姐的三个姑娘同时说,"要么,你就把蓝色筹码寄给我们。怎么样?"三人的身影同时慢慢淡去,摇晃不定,开始虚化。

等等——

会不会是卡德伯里,他这只困顿的河狸,他自己开始虚化了?他心中本能地绝望感到虚化的就是自己。是他慢慢淡了下去,而她们没变。不过,这样挺好。

自己虚化,自己消失,他能忍受。要是她们虚化消失,他会撑不下去的。

他认识她们只有短短一会儿,可是,在他心中,她们已经比他自己更加重要。明白了这一点,他松了口气。

不管他能不能给她们蓝色筹码——蓝色筹码似乎对她们很重要——她们都能活下去。就算她们没法从他手里拿到蓝色筹码(不论是哄骗、强抢、借贷还是用别的手段),她们也会去找别人,从别人那儿拿到。或者,她们可以不要蓝色筹码,一样快快活活。她们喜欢蓝色筹码,但并不真的需要。没有蓝色筹码她们一样活得下去。不过,坦白地说,她们对活下去没什么兴趣。她们想快活,打定主意要让自己快活,而且也知道该怎么做,才能真正快活。光是活着还不够。她们要的是真正的生活。

"我希望,能再见到你们。"卡德伯里说,"不,应该说,我希望你们能再见到我。但愿我能时不时重新出现,哪怕暂时出现也好。这样,我就能看看你们在做什么,过得好不好。"

"别打我们的主意啦!"三人异口同声。此时,卡德伯里已经真正虚化,不再存在,只剩下一缕灰烟,留在原先身体所在的空气中,悲哀地盘绕不去。

"你会回来的。"穿着皮夹克、身材丰满、眼神温暖、爱护有加的姑娘很有信心。仿佛她本能地知道答案,丝毫不容怀疑。"我们会再见到你的。"

"但愿如此。"卡德伯里回答。不过,他业已消失的喉咙,只能发出微弱的声音,闪烁不定,就像遥远星球发来的微弱声音信号。而星球本身,早已熄灭成了灰烬,只留黑暗与死寂。

三个姑娘信步离开。她们的姿态充满自信,毫不动摇,实实在在,充满活力,准备开始一天的活动。"我们去海滩吧。"亚洲姑娘提议。于是三人朝海滩走去。

卡德伯里——或者说,他留下的离子(就像喷气机的蒸汽尾迹,证明他在生活中匆匆出现,又匆匆消失)——琢磨着:她们的海滩在哪儿? 好看吗? 有名字吗? 在海滩上,有没有长着可供啃咬的好树？

满怀同情、爱护有加的丰满姑娘，穿着饰有流苏的皮夹克，暂时停下脚步，朝后瞥了一眼，"你要不要一起来？我们可以带你稍微玩一会儿，就这一次，下不为例。你知道规矩。"

没人回答。

"我爱你。"她柔声自言自语，露出快活的、悲哀的、明了的、理解的、眼眶湿润的微笑。

接着，她继续朝前走去。另外两人在她前头不远。她脚步略有游移，就像——尽管她不愿表露——在怀念留在身后的东西。

给时航员的小礼物

艾迪森·道格迈着疲惫的步伐,一步一步,缓缓爬上长长的合成红杉木环形坡道。他的头略微低垂,一举一动表明,身上似乎真的受了伤,正在忍受疼痛。姑娘望着他,只想上前搀扶。看到他如此疲倦低落,她心中难过;可是,他能出现在她眼前,就是她最大的快乐。他朝着她的方向,低着头,没有看前方,只靠感觉迈着步子。就好像,这条路他走过多次,熟得不能再熟。为什么?

"艾迪!"她叫出声来,朝他跑去,"电视里说你们死了,说你们全都死于事故!"

他停了停,用手捋了捋黑发,作势想把长发捋到脑后去。其实,他的头发不长;在飞船出发前,他们的头发都剪短了。显然,这一点,他忘记了。"电视里说什么,你就信什么?"他反问道。接着,他又迈开了步子,虽然动作僵硬,却露出了微笑,朝她伸出手臂。

上帝,能再拥抱他,再被他抱在怀里,真是太好了。他的怀抱,比她想象的更有力。"我正想另外找个男人代替你呢。"她喘着气玩笑道。

"要是你敢找,我就打掉你的头。"他说,"再说,你想找也找不到。没人能取代我。"

"可是,爆炸是怎么回事?"她问,"他们说,你们返回自己时间的时候……"

"我忘了。"艾迪回答。每当艾迪用这种语气说话,就表明他不想说这事。

从前,她每次听艾迪这么说,都要生气。可这次不一样。她能感觉到,他的回忆有多可怕。

两人一同沿着道路,朝一幢斜顶的 A 型建筑走去。建筑的大门敞开着。"如果可以,我打算在你这儿待几天。稍后,本兹和克莱恩也会到这儿来,说不定今晚就到。我们有很多话要谈,很多问题要解决。"

"这么说,你们三个都活下来了。"她望着他那饱经忧患的脸,"这么说,电视新闻说的都只是……"她明白了。或者说,她觉得自己明白了,"都只是掩饰真相的谎言,出于——政治目的,为了欺骗苏联人。对不对? 我是说,这样一来,苏联就会以为发射失败,因为返回自己时间的时候……"

"不。"他回答,"有位苏联史航员,很可能会跟我们见面,帮我们寻找事故原因。托德将军说,鉴于事态严重,有好几位史航员都已经得到了许可,其中一位已经上了路。"

"基督啊,"姑娘吃了一惊,"那电视里的谎话是编给谁听的?"

"我们进屋喝点儿东西吧。"艾迪森说,"然后我再给你说说大致情况。"

"我屋里现在只有加州白兰地。"

艾迪森·道格回答:"就我现在这模样,有酒喝就行,什么都好。"一进屋,他就跌坐到沙发里,靠在沙发背上,颤抖着长长吐了口气,一脸沮丧。姑娘则匆匆走开,去给两人倒酒。

车里的调频收音机哀哀诉说:"……这突如其来、未曾预料的猛然转折,带来极大哀痛……"

"都是些没意义的官方废话。"克莱恩关掉了广播。那幢房子,他和本兹只去过一次,现在找不到了。克莱恩想,这么重要的会议,居然在艾迪森女友位于奥海镇野外的度假小屋里召开,似乎有些不够正式。不过,话说回来,到这儿来,他们不会受到好奇人士的打扰。而且,留给他们的时间或许不多了。至于究竟还有多少时间,没人能确定。

克莱恩注意到,道路两旁的山丘,原来都是森林。现在,每座山头,都有了筑屋的痕迹。有了房屋,自然也有道路。熔化的不规则塑料道路让原先的山景黯然失色。"我打赌,这地方原来肯定美。"他对开车的本兹说。

"洛斯帕德雷斯国家森林就在这附近。"本兹回答,"八岁的时候,有一次,我在里头迷了路。一连几个小时,我都以为自己会被响尾蛇咬住。每根树枝,在我看来都是响尾蛇。"

"现在,你真被响尾蛇咬住啦。"克莱恩说。

"我们三个都被咬住了。"本兹回答。

"哎,你也知道吧,死亡的感觉真不好受。"克莱恩说。

"我跟你可不一样。"

"可是,严格地说……"

"你去听听广播,看看电视。"本兹转脸看着克莱恩,地精似的大脸神情严峻,告诫道:"然后,你就会知道,我们跟地球上其他人一样,活得好好的。我们跟其他人的区别只有一个:我们的死亡时间是在过去,而其他人的死亡时间,是在不确定的未来。对了,其实有些人的死亡时间也是确定的——比如住在癌症病房里的人。他们跟我们一样,死期已定。甚至可以说,他们比我们的死期更为确定。比如,我们能在这儿待多久,才会被拉回去?没人说得准。我们比晚期癌症患者的回旋余地更大。"

克莱恩快活地接着说道:"接下来,你就会说,我们都没遭受痛苦,这也是好的一面啦!"

"艾迪受了苦。今天早些时候,我看他下船的时候,步子不稳。估计是身体受了心理的影响,精神压力变成了真正的肉体痛苦。他背负了太多不该背负的压力,就好像上帝跪在他脖子上。不过,他是不会大声叫苦的。他只会时常攥紧拳头,让指甲在手心里掐出凹痕来。"

"艾迪比我们好,生活里还有寄托。"

"大家各自都有寄托。虽然没有标致妞儿跟我一块儿睡,可我也想多看几次日落时分半自动汽车驶过河畔高速公路的景致。不必非找什么生活目标,你总有想看的东西,总有想去的地方。总之,你就是想活着——这才是最悲哀的。"

之后,两人均沉默,默默驱车前行。

在姑娘的屋子里,安静的客厅中,三位时航员坐着抽烟,没有急着讨论问题。在艾迪森·道格看来,姑娘的穿着打扮异乎寻常地性感撩人:紧身白毛衣,还有短到不能再短的裙子。他真心希望,她别这么吸引人。此刻,他实在无力干这些事。他太累了。

"她知道吗?"本兹嘴里的"她",指的是艾迪森的女友。"她知道这一切的始末吗?我们能否开诚布公地谈?会不会把她吓晕过去?"

"我还没给她解释过。"艾迪森回答。

"该死的,那你最好快点儿说。"克莱恩说。

"怎么了?"姑娘吓了一跳,猛地直起身子,一只手按在胸膛正中。艾迪森觉得,她像是要抓住一个并不存在的宗教标志,以求安慰。

"返回自己时间的时候,我们都被灭掉了。"本兹开门见山。他是三人中最粗鲁的——说得好听些,是最口无遮拦的。"你知道吗,这位小姐……"

"霍金斯。"姑娘轻声道。

"很高兴认识你,霍金斯小姐。"本兹冰冷慵懒的眼神上下打量着她,"您的名字呢?"

"玛丽·露。"

"好吧,玛丽·露。"本兹应道。他转头对其他两位男士说:"这名字,听起来像是胸前绣着名字的女服务生。她会告诉我们:'我叫玛丽·露,今晚由我负责您的晚餐。我还会负责您明天的早餐,还有明天的中餐晚餐以及接下来几天的早中晚餐,一直到你们放弃这儿回到自己的时间里去为止。费用一共是五十三美元八美分不包括小费,我希望你们这帮子人永远别回来听明白了吗'?"他的声音开始哆嗦,手中的香烟也跟着一起颤抖。"对不起,霍金斯小姐,"他又说,"返回的时候发生了爆炸,我们三个都被炸了个稀巴烂。我们一进入ETA,也就是'紧急时间活动',我们就知道了。我们是第一个知道的。"

"可是,我们什么都改变不了。"克莱恩接着说。

"谁都没法改变这个事实。"艾迪森用胳膊搂住她。他忽然觉得这情景似曾相识,想了想,心下恍然:我们已经进了一个封闭的时间循环圈,正一遍又一遍地经历同样的事情,企图解决返回时发生爆炸的问题。每一次，我们都以为这是第一次，可其实……这到底是第几次了？也许是一百万次。我们从没成功过。我们第一百万次坐在这儿，一再梳理同样的事实，却不会有任何进展。想到这个，全身的疲惫仿佛刻进了骨头里。他心中顿生对哲学的憎恨，对其他所有人类的普遍的憎恨——所有人中，唯有他们三个必须解决这种谜团。

他想，《圣经》说得对，到了最后，我们大家都得去同一个地方。只不过，我们三个，已经到过那地方，然后又回来，躺在这里。我们已经死了。所以，不该要求我们再站起来。站在地球表面，争执，担忧，想法子排除故障，这都不是我们该干的事。这些，都该由后人承担。我们的工作已经完成，我们的付出已经够多。

不过，顾虑到另外两人，他没把心中所想大声说出来。

"你们大概是撞上了什么东西吧。"姑娘说。

本兹瞥了其他两人一眼，嘲弄地重复："我们大概是'撞上了什么东西'。"

"电视里的评论员一直这么说。"玛丽·露说，"说返回自己时间的时候，会有风险。如果你们进入空间的时候相位不对，就会撞上分子层面的切线物体。一旦撞上……"她一摊手，"因为'两个物体不能同时占据同一个空间'，所以爆炸发生，炸掉了一切。"她扫视三人，以求证实。

"这的确是主要的风险。"克莱恩承认，"根据负责计划的费恩博士计算，至少理论上如此。不过，我们有各种保险措施，这些保险措施都会自动起效。必须等到这些辅助措施帮助我们稳定空间，确保不会重叠后，我们才能返回自己的时间。当然，这些措施确实有可能一个接一个地失效。不过，开始返回的时候，我看过度量反馈。根据这些数据,那时候我们的相位没有出错。这一点,没有人有疑问。而且,我也没听到警告音,也没看到警示标识。"他做了个鬼脸,"至少那时候还没有。"

突然,本兹开口:"你们想过没,我们最近的亲属,现在可发大财了。我们身上有联邦保险,还有商业生命险,这些都能偿付了。至于谁是我们'最近的亲属'——我想应该就是我们自己吧。我们可以申领好几百万的美金,还可以要求领现金。我们只需要走进经纪人的办公室,说一句'我死了,现在把所有的钱都给我吧'。"

艾迪森·道格没注意本兹的话。他在琢磨公开追悼会的事。尸检后,上头就打算开一次公开追悼会。到时候,遮着黑布的凯迪拉克,一辆接一辆,排着长队,经过白宫门口的宾夕法尼亚大道。所有的政府高官,还有著名科学家,都会出席——我们也得去。而且,在场的我们不止一个,有两个:一个,躺在手工雕刻、黄铜镶边、盖着国旗的棺材里;另一个……大概会站在敞篷轿车里,朝前来悼念的群中挥手致意。

"追悼会。"他说出了声。

起先,另外两人怒视着他,没明白他话中的含义。接着,他们慢慢明白过来,两张脸次第出现恍然的表情。

"不,"本兹咬牙切齿,"这——不可能。"

克莱恩断然摇头,"上头肯定会要求我们到场。我们肯定得去。得服从命令。"

"我们是不是还得微笑?"艾迪森道,"还得他妈的微笑?"

"不,你们不能微笑。"托德将军慢慢开口道。他皮肉松垂的大脑袋在扫帚柄似的脖子上颤动,皮肤颜色肮脏,斑斑驳驳,仿佛硬肩领上的装饰品实在太多,慢慢腐蚀了身体似的,"正相反,你们脸上应该呈现出恰当的悲痛。这样,才符合当前全国上下的哀伤情绪。"

"这可不容易。"克莱恩说。

苏联的史航员没有说话。这位史航员长了一张瘦削的脸,鼻子很高,像鸟类的喙。他带着翻译耳机,脸显得愈发窄小,神情紧张关切。

托德将军继续道:"全国观众,都会从电视里,看到你们再度出现在人群中——尽管时间很短。根据安排,当时的情形将是这样的:多家主要电视网的摄像机,会突然扫过你们三个,事先不会打招呼。接着,电视网的各位评论员,就会根据指示,对观众说出以下台词。"说着,他掏出一张打字纸,戴上眼镜,清清喉咙,念道:"'我们好像看到了三个并排乘车的身影。从我这个角度不太看得清,你那儿呢?'"托德将军放下纸,"然后,这位评论员就会询问出外景的同事。最后,他们会惊呼,'哎呀,罗杰,'或者沃尔特、奈德什么的,根据不同的电视网,同事的名字不同……"

"如果是沼泽地的蟾蜍电视网,"克莱恩讽刺道,"同事的名字肯定叫比尔①。"

托德将军没理他,"他们会惊呼:'哎呀,罗杰!我想,我们看到的,正是三位时航员本人哪!这是不是意味着,他们已经想办法解决了困难——'这时,评论员同事会用沉痛的语气打断,说:'不,大卫'或者亨利、皮特、拉尔夫之类,'我们现在看到的,只是

---

①托德将军的名字是 Toad,也就是癞蛤蟆。为了讽刺托德将军,克莱恩故意说"蟾蜍电视网",用的词是 Bufonidae,也就是蟾蜍的学名。"比尔"(Bill)可以看作是这一学名的简称,同时也是对托德将军的讽刺。

人类第一次亲眼证实了科学家们所说的"紧急时间活动",也叫ETA。尽管我们的眼睛看到了他们,他们并不是,我重复一遍,他们不是那三位英勇的时航员。他们并没有真正出现在我们身边。摄像机镜头之所以捕捉到他们,只因为他们三人临时中止了去未来的航行。我们原本有理由相信,他们该去的时间统一体,离我们约有一百年的距离……不过,现在看来,不知怎么,他们没有被送到远方,而是出现在了这里,此时此刻——也就是我们的现在。'"

艾迪森·道格闭上眼睛。他想,克莱恩肯定会问将军,摄像机镜头扫过他的时候,他能不能一手拿气球,一手拿棉花糖。我们三个都快被逼疯了。接着,他又想:这种愚蠢的谈话,我们到底经历了几次?

我没法证明,他疲惫地想,但我知道这是真的。坐在这里,做迷你拼字游戏,听废话,说废话,这种场景,我们已经经历过许许多多次了。他打了个哆嗦。这里的每句废话……

"怎么了?"本兹很敏锐,发觉了他的脸色。

苏联史航员打破沉默,第一次开口:"你们这个三人组,最多能有多少ETA时间? 现在已经耗掉了百分之几?"

片刻后,克莱恩回复:"今天来这儿之前,上头刚跟我们说过。按照最多的ETA时间来算,我们已经耗掉了大概一半。"

"不过,"托德将军用低沉的声音插嘴,"我们已经安排好,全国哀悼日会在他们的预期ETA时间结束前进行。所以,我们得加快尸检的速度,其他法律手续也得加速办理。不过,鉴于目前公众的情绪,这好像有点儿……"

尸检。想到这个,艾迪森·道格又打了个哆嗦。他实在没法忍耐,开口说了出来:"我看,我们就终止这次废话会议,投身病理学,好好看看经过放大染色的我们自己的身体组织切片。大家一块儿想,说不定还能想出几个关键概念,帮助医学找到解释。对,我们需要的就是解释,对尚未存在的问题的解释。至于问题,之后再想也来得及。"他顿了顿,问道:"有谁赞成?"

"我没法看自己打在大屏幕上的脾脏。"本兹说,"车队游行我可以去,但我本人的尸检我可不参加。"

"游行的时候,你还可以一路分发染了紫色的显微镜玻片呢,玻片里夹着本人肠子的切片。"克莱恩说,"上头蛮可以给我们一人发一个大礼包。对不对,将军?人家撒糖果,我们撒切片。我看,我们还是一边撒一边微笑比较好呢。"

"我已经研究了关于微笑的所有备忘录。"托德将军沙沙地翻阅着面前的文件,"上头意见一致,微笑跟全国人民的情绪不合。所以,微笑这事不用再提了。只要你们参加正在进行的尸检程序——"

"我们坐在这儿可看不见。"克莱恩对艾迪森·道格说,"我总是错过好戏。"

艾迪森没理他,对准垂在胸口的微型话筒,对苏联史航员说:"N.高乌基官员,在您看来,在时间旅行者面临的风险中,最可怕的是什么?是像我们一样,在返回自己时间的时候,因为冲撞,发生了爆炸吗?您跟您的同志,曾成功地进行了短暂的时间航行。在你们心中,有没有其他恐惧创伤?"

N.高乌基沉默片刻,答道:"在几次非正式场合,R.普兰亚曾和我交换过意见。所以,我想,我的回答可以代表我们两个。我们心中最挥之不去的恐惧,是不小心进入封闭的时间循环,永远困在其中,没法出来。"

"这段时间会永远重复吗?"艾迪森·道格问道。

"是的,道格先生。"史航员沉痛点头。

艾迪森·道格心中升起前所未有的恐惧。他绝望地转向本兹,嘟哝道:"惨了。"两人面面相觑。

"我觉得,我们没困在时间循环里。"本兹把手搭在道格肩膀上,紧紧握住他的肩。这是同伴的友情。本兹低声道:"我们只是在返回自己时间的时候发生了爆炸,仅此而已。别紧张。"

"我们能不能早些休会?"艾迪森·道格紧张得喉咙哽咽,用嘶哑的声音问道。他觉得整个房间,还有房间里的人,都压迫着他,让他窒息,只能从椅子上半站起来。

我的幽闭恐惧症犯了,他心里明白。就像上学的时候,教学机器中出现突击测试,而我心里清楚,自己通不过。那时候也有这种感觉。"拜托了。"他站了起来,只说了三个字。在场众人都盯着他,表情各异。苏联人的脸上有着深切的关怀和同情。艾迪森真想——"我想回家。"这是他对众人说出口的话。他觉得自己傻透了。

他喝醉了。此时已值深夜,他身处好莱坞大道的一家酒吧。幸好,玛丽·露就在他身旁。所以,他过得挺开心。至少,大家都说他看起来挺开心。他凑近玛丽·露,说:"生活中伟大的结合,至高的结合,至高的意义,就是男人和女人,男人和女人绝对的结合。对不对?"

"这我知道。"玛丽·露回答,"我们在上课时讲过。"今晚,在他的要求下,玛丽·露扮成了小个子金发姑娘,穿着紫色的阔腿裤,配高跟鞋,上身是一件露脐衬衣。

早先,她肚脐上还钉了一块天青石。可是,在"听荷"吃晚饭的时候,宝石掉了下来,找不到了。虽然饭店老板答应帮他们继续找,但此后,玛丽·露一直闷闷不乐。她说,这块宝石有象征意义。至于象征什么,她没说。或许是他忘了。应该是他忘了。她跟他说过,但他忘了。

旁边桌上坐着位优雅的年轻黑人,梳着爆炸头,穿条纹背心,系了一条花纹繁复的领带。他一直盯着艾迪森看,看了好些时候,显然想上前搭讪,却没有勇气,只能不停地瞄他。

"你有没有过这种感觉,"艾迪森对玛丽·露说,"你突然很清楚接下来会发生什么事,某人接下来会说什么话,一字不差,每个细节都在你脑中,就好像过去曾经发生过一样?"

"这种经历,每个人都有。"玛丽·露小口喝着名为"血腥玛丽"的鸡尾酒。

黑人站了起来,来到他们桌边,站在艾迪森跟前,"很抱歉打扰您,先生。"

艾迪森对玛丽·露说:"他接下来要说'我是不是在哪儿见过您? 比如电视上?'"

"这正是我想说的,一点儿不差。"黑人说。

艾迪森说:"你肯定是在最新一期《时代》的四十六版见过我的照片。那个版面专门报道医学新发现。我是爱荷华州一个小镇上的全科医生,发明了让人长生不老的药物,所以出了名。这种药应用广泛,很容易制取,好几家大型医药公司已经开始竞争,要买下我的专利疫苗。"

"有可能,我是在《时代》上见过。"话虽如此,他并没有信服。这人也不是醉鬼。他紧紧盯着艾迪森·道格,"我能否跟您,还有这位女士,坐在一块儿?"

"当然可以。"艾迪森回答。此刻,他已经看到了黑人手上的证件。那是美国安全局的证件。从一开始,安全局就负责保护艾迪森·道格的这个项目。

"道格先生,"安全局特工在艾迪森身边坐下,"你真不该像这样口无遮拦。既然我能认出你,其他人也有可能。这么一来,机密就泄露了。公众本应直到哀悼日这天,才知道你们的存在。严格地说,你出现在这儿,就已经违反了联邦法律。你明白吗?我真该把你拉出去。可是,我现在也很为难,我们不希望闹出乱子,把事情搞大。你的两位同事在哪儿?"

"在我家。"玛丽·露插嘴,她没看到这位特工的证件。"听着,"她没好气地对特工说,"你赶紧滚蛋吧,我丈夫正在经历严酷的劳累和折磨,这是他唯一的放松机会。"

艾迪森看着面前的黑人,"你过来之前,我就知道你要跟我说什么话。"一字不差。我是对的,他想,本兹错了。现在发生的事情,会一再重复。

"也许,"特工说,"我能引诱你自愿回到霍金斯小姐家中去。我听到消息——"他拍拍右耳的耳机,"几分钟前,我们都收到了标记为'紧急'的消息,要我们找到你们,然后传达。消息说,在发射现场的废墟……你知道上头派了人在废墟里翻找吧?"

"我知道。"

"在现场的废墟中,他们找到了第一条线索。你们当中有人把ETA中的物体带了回去。这件物体并非你们进入ETA之前携带的。所以,你们违反了发射前所受的训练。"

"我来问问你。"艾迪森·道格说,"要是有人看见我,认出了我,会怎么样?"

"公众相信,尽管返回自己的时间失败,但这次时间旅行——美国历史上的第一次时间旅行,却是成功的。三位美国时

411

航员被送到了一百年以后,比去年苏联的时间旅行跨度长一倍。可是,现在,你们却出现在仅仅一个礼拜之后。这事如果被公众知道,大家必定会震惊,后果无法设想。但是,如果我们能把你们的出现,解释为你们特意选择了这样一个时间连续体,特意选择了一周之后的现在,因为你们觉得必须要参加……"

艾迪森·道格打断他的话,"我们觉得必须要参加这次哀悼游行。尸体要参加,活人也要参加。"

"你们被自己葬礼游行队伍的壮观吸引,也认为出现在自己的葬礼上够戏剧性。所以,你们会被多家主要电视网无处不在的摄像机镜头捕捉到。道格先生,说真的,高层花了很多力气,也花了很多钱,努力挽救这可怕的局面。你得信任我们,相信我。我们这样做,都是为了让公众容易接受。这是最重要的。我们希望,这样一来,今后仍然会有时间旅行飞船的发射。毕竟,这是我们大家的愿望。"

艾迪森·道格瞪着他,"我们的愿望是什么?"

特工有些忸怩不安,"我们希望,还会有时间旅行。就像你们经历过的一样。不幸的是,因为悲剧性的爆炸和您所在的三人小组的全体身亡,您本人无法参加下一次时间之旅,但其他时航员……"

"我们的愿望是什么? 这真是我们的愿望吗?"艾迪森的声音拔高,引得附近几张桌子的客人都朝他看,脸上神情紧张。

"当然是。"特工说,"请小声些。"

"我的愿望可不是这个。"艾迪森说,"我只想让这一切停止,永远停止。我只想躺进土里,跟大家一样变成灰尘。我再也不想见到夏天———一个又一个同样的夏天。"

"见一个就足够了。"玛丽·露歇斯底里道,"我觉得他说得对。艾迪，我们走吧。你喝多了，现在时间也晚了。还有这条消息——"

艾迪森打断了她的话，"我们带了什么东西回来？质量多了多少？"

特工回答："初步的分析表明，你们带回来的是某种机器，重达一百磅。你们把这东西带回了飞船，带进了时间场中。这么大的质量——"特工打了个手势，"使得船舱立即爆炸。飞船没法弥补这么多的额外质量。这比你们出发时占用的空间多太多了。"

"哎呀呀！"玛丽·露瞪大了眼睛，"说不定，有人只收了1.98美元，就卖给你们一整套四声道音响，外加十五英寸的悬挂式扬声器，还有够听一辈子的尼尔·戴蒙德①的唱片！"她想笑，却没笑出声来。接着，她眼中的亮光渐渐熄灭。"艾迪，"她轻声说，"对不起。不过，这实在有点儿——古怪。这太荒唐了。你们都知道，回来的重量不能超过去时的重量，对不对？你们肯定明白，就连添一张纸都不行。连我都看到过，电视上，费恩博士演示过不能增加重量的理由。所以，想想看，你们中某个人，居然会拖了一百磅重的机械进了时间场？这摆明了就是想自杀呀！"泪珠从她眼中滚落，有一颗滚到了鼻子上，挂在鼻尖上。艾迪森条件反射地伸手，替她拭去泪珠。仿佛坐在他面前的不是成年女子，而是个小姑娘。

"我可以带你们飞到做分析的地方去。"特工站了起来。玛丽·露站不起来，特工跟艾迪森一人扶一边，帮她站起来。玛丽·露站着，一边发抖，一边喝完自己的"血腥玛丽"。

---

①尼尔·戴蒙德（Neil Diamond, 1941~　　），美国著名创作人，歌手，演员。同时进入"创作人名人堂"和"摇滚名人堂"。

看着她，艾迪森心中非常难过。可是，转瞬之间，这种难受的情绪就消失了。奇怪，为什么呢？他琢磨着。恐怕是因为太累了。人太疲倦，就连在乎别人的力气也没有。要是生活太漫长，一次接一次地重复，看不到尽头，人就连最在乎的人也没法在乎了。

看不到尽头。最后，在永恒之后，也许会有想象不到的可怕东西在等候。这种苦难，就连上帝本人，都没有经历过。面对这样的苦难，就连上帝那了不起的心灵都会屈服。

三人穿过拥挤的酒吧，朝街上走去。道格开口，向特工问道："是我们当中的哪一个……"

"至于哪一个，他们已经知道了。"特工打开通往大街的门，撑着门，让玛丽·露先过。到了街上，特工站在艾迪森身后，招手示意灰色的联邦飞车降落到红色的停车区域。另外两名身着制服的特工朝他们快步走来。

"是我吗？"艾迪森·道格问道。

"你最好相信是你。"特工回答。

葬礼游行队伍沿着宾夕法尼亚大街前行，气氛沉痛。三口覆盖着国旗的棺材，还有几十辆黑色轿车缓缓驶过。两旁，一排排群众夹道默哀，人们身着厚重冬装，打着哆嗦。正是华盛顿的三月，空气湿漉，雾气低迷，远处灰色建筑的轮廓消失在暗沉沉的雨雾中。

电视要闻及公众事件评论员亨利·卡西迪，举起分光双筒望远镜，一边仔细观察领头的凯迪拉克，一边用低沉的语调为远方数不清的电视观众解说："……多年前，也有这样的长长队伍，穿过麦地，载着亚伯拉罕·林肯的棺木，前往首都，举行葬礼。今天,我们大家心中悲痛;而天气阴沉,时有小雨,仿佛上天也在哀痛。"面前的监视器上,他看到摄像机镜头扫到了第四辆凯迪拉克。前三辆车子运送的都是时航员的棺木,这一辆紧随其后。

身边的技术人员拍拍亨利的手臂。

亨利·卡西迪点点头,对着挂在脖子上的话筒说:"镜头似乎拍到了三个陌生的身影,其身份至今未知。三人并肩乘车。我这儿看不清楚,埃弗里特,你在现场,你那儿的位置和视线是否好些?"他向同事询问,同时按下按钮,通知埃弗里特·布兰顿代替自己在节目中说话。

"哎呀,亨利!"布兰顿的声音越来越兴奋,"我想,我们是亲眼看到那三位美国时航员啦! 他们从历史性的未来航程中回归,重新出现啦!"

"这是不是说明,"卡西迪说,"他们想出了办法,克服了____"

"恐怕不是,亨利。"布兰顿用缓慢哀伤的语气说,"我们现在看到的景象——这大大出乎意料的景象——是西方世界第一次亲眼目睹,证实了科学家们所说的'紧急时间活动'。"

"对了,ETA。"卡西迪手持联邦当局在直播前送到他手里的稿子,用明快的音调接着说。

"对,亨利。尽管我们的眼睛看到了他们,他们并不是,我重复一遍,他们不是那三位英勇的时航员。他们并没有真正出现在我们身边……"

"我明白了,埃弗里特。"卡西迪兴奋地打断他的话。因为,手中的官方稿件里,标明"此时,卡西兴奋地打断"。"我们的三位时航员,只是暂时中止了去未来的历史性航行。他们的航行,应该横跨大约距今一百年的时间体……我猜,由于这次哀悼会来得太突然,大家的悲痛情绪太深,使得他们⋯⋯"

"抱歉,亨利。"埃弗里特·布兰顿打断他的话,"不过,我想,既然游行队伍行进缓慢,现在更是处于停止状态,我们也许可以——"

"不!"卡西迪大叫。有人塞给他一张便条,上面潦草写着:**别采访时航员。紧急。上头之前强调。**"我想我们恐怕没法⋯⋯"他接着说,"⋯⋯跟他们说话。我们恐怕没法如你所愿,采访三位时航员,本兹、克莱恩和道格。虽然,我们大家都有这样的心愿。"此时,扩音话筒已经充满希冀地移到了停下来的凯迪拉克车前。卡西迪疯狂挥手,让拥上前的话筒后退,同时对操控话筒的技师大摇其头。

艾迪森·道格也看到了拥上前的话筒。于是,他从敞篷凯迪拉克上站了起来。卡西迪呻吟一声,心想,这人想说话呢,他们难道没有跟他打好招呼?难道他们只通知到了我一个人?此刻,其余电视网的扩音话筒,以及各大电台的步行采访记者,蜂拥向前,争先恐后地把话筒塞到三位时航员面前,尤其是艾迪森·道格。道格已经开始说话了,正在回答一位记者向他喊出的问题。卡西迪本人的扩音话筒已经关闭,所以听不到道格的回答。他不情愿地打了个手势,让人打开话筒。

"⋯⋯发生过。"道格大声回答。

"您说,'这一切之前也发生过',这是什么意思?"电台记者紧贴着车子,问道。

"意思是,"美国时航员艾迪森·道格涨红着脸,神情紧张,"我不是第一次站在这里,你们也不是第一次观看葬礼游行,我们三个也不是第一次死于返回自己时间。这一切都已经发生过无数遍。我们身处封闭的时间循环,必须想法子打破。"

"你们是否在寻找解决办法?"另一个记者朝艾迪森·道格喊道,语速飞快,"你们是否在寻找事后弥补的办法? 这样等你们回到过去,就可以排除故障在返回时避免爆炸灾难,避免这一起导致三人丧生的悲剧?"

时航员本兹回答:"是的,我们确实在想办法。"

"我们正在想办法确定这起可怕的爆炸事件的起因,随即在回到过去之前,排除这个故障。"时航员克莱恩点点头,补充道,"我们已经得到消息,不知为何,有重达几乎一百磅的大众汽车损坏部件,包括气缸、引擎……"

真是糟透了,卡西迪心想。但他对着颈部的话筒说出口的却是:"妙极了! 这三位已逝的悲剧性美国时航员,出于坚定无比的决心——这种决心,正是他们长期严格的训练和纪律的成果——已经分析出了导致他们死亡的故障原因。我们刚才还奇怪,他们为什么选择现在出现。现在,我们已经完全明白了,他们下定决心,不惜一切,要彻查故障,随后排除,这样就能回到原先的发射点,顺顺利利地返回自己的时间。"

"我有些好奇,"布兰顿对着话筒喃喃道,声音通过反馈耳机传入自己耳中,"改变近过去,会有什么后果。要是返回自己的时间时,没有发生爆炸,他们就不会死,也就不会……哎呀,这对我来说太复杂了,亨利。这就是帕萨迪纳'时间挤压实验室'的费恩博士说的时间悖论啊! 他常常以此为题警示公众,雄辩滔滔,不容置疑。"

这时,时航员艾迪森·道格对着面前所有的话筒,长长短短的话筒,又开口了。这一次,他的声音平静了许多,"我们不能排除导致返回自己时间爆炸的故障。唯有一死,我们才能走出这个时间循环陷阱。死亡才是唯一的解决办法,才是我们三人的唯一解脱。"刚说到这儿,凯迪拉克就开动了,打断了艾迪森的话。

亨利·卡西迪暂时关闭了话筒,对身边的技师说:"这人是不是疯了?"

"只有时间能判断。"技师用几不可闻的声音回答。

"这真是美国时间旅行历史上了不起的一刻。"卡西迪打开话筒,对观众说:"时航员道格,在极度痛苦中——我们感受到的痛苦,在某种程度上,无法跟他的痛苦相比——即兴说出了以上这些神秘莫测的话。这些话,究竟是悲痛中的胡话,还是对自己的死亡困境的真知灼见——这只有时间能判断。请原谅,我不慎用了双关。理论上,我们一直明白,这种事,不论在我们的时间航行中,还是在苏联的时间航行中,都是有可能的。这种可怕的死亡困境,一旦碰上,时航员便会面对致命的打击。"

说罢,他插入了广告。

"要我说,"布兰顿的声音喃喃传入他耳中。布兰顿没有对外广播,只把声音传到了控制室,传到他这儿,"要是他说的是真的,我们真该放了这三个可怜的家伙,放他们死去。"

"的确该放他们走。"卡西迪赞同,"上帝,看看道格的模样,还有他说话的样子,就好像这件事他已经重复做了一千多年。我绝对不想跟他交换位置。"

"我跟你赌五十块钱,"布兰顿说,"他们之前确实经历过这一切。而且重复过很多次。"

"那么,我们也一样。"卡西迪回答。

此时,雨滴开始落下,道路两旁的哀悼者被雨打湿。他们的脸庞、眼睛,甚至衣服,都反射出细碎、弯曲、湿漉漉的亮光。头顶上,层层灰云聚拢,形状不定。天色越来越暗。

"我们还在广播吗?"布兰顿问道。

我也不知道。谁知道呢？卡西迪只希望这一天赶快结束。

苏联史航员激动地举起双手,朝桌子对面的美国人开口说话,声调极为急迫,"这是我个人和我的同事R.普兰亚的意见。普兰亚同志,因为在时间旅行上取得突破性成就,被授予苏联人民英雄称号,实至名归。基于我们亲身经历,加上苏联苏维埃科学院和贵国学术圈的理论研究材料,我们相信,时航员A.道格的恐惧,恐怕是真有其事。在返回自己时间的时候,他违反命令,从ETA中拖入了质量巨大的汽车部件,故意导致了他本人跟两名队友身亡。这种行为,应该被视作无法逃脱的人,在绝望之下的最后一搏。当然,最终决定权在贵方,我们在这个问题上只有建议权。"

艾迪森·道格玩着桌上的打火机,没有抬头。他耳朵嗡嗡直叫,不知是何缘故。这种嗡嗡叫声像是电子器械的声音。我们大概又回到飞船船舱了,他想。不过,他觉得不像,身边的人、桌子、指间的蓝色打火机,都很真实。返回自己时间的时候,船舱中可不能抽烟。他仔细地把打火机放进口袋。

"到目前为止,我们还没收集到具体证据。"托德将军说,"无法证明确实存在封闭时间循环。这不过是道格先生过于疲惫的主观感受。只有他个人相信,这一切已经重复多遍。而且,他也说过,这很可能只是心理作用。"说着,将军埋头到一堆文件中翻找,模样就像拱食的猪,"我手中有份报告——尚未向媒体公开的报告,是耶鲁大学的精神病学家对道格先生所做的心理性格分析。报告中提到,尽管道格先生的精神异常稳定,却有容易陷入循环性精神病的倾向,最终将导致严重抑郁。当然,这一点,早在发射之前,我们就考虑了很久。但是,我们当时估计,另外两名队友的乐天性格,能够有效抵消这一点。总之,目前,他性格中的抑郁倾向高得异常。"他递出报告,但围坐在桌边的人,没一个伸手去接。"费恩博士,"他又说,"严重抑郁患者的时间感容易异化,容易感到时间总在循环,事件不停重复,一次又一次,原地打转。他们精神异常,总抓着过去的事不放,使之一遍遍在脑中重演。是不是这样?"

"可是,您也知道,"费恩博士说,"万一不幸,封闭时间循环真的锁定出现,唯一的证据也只有我们'仿佛被困'的主观感受呀。"费恩博士是一位物理学家,他的工作奠定了这次时间旅行项目的基本理论基础。

"将军说的那些词,连他自己都不明白。"艾迪森·道格说。

"不熟的词我都研究过了。"托德将军反驳,"我知道那些精神病专业术语的意思。"

本兹对艾迪森·道格说:"艾迪,那些大众汽车部件,你是从哪儿弄来的?"

"我现在还不知道。"艾迪森·道格回答。

"八成是把看到的第一堆垃圾拖来了。"卡莱恩插嘴,"上次,我们返回前,看到什么他就拖了什么。"

"我们还没返回呢。"艾迪森·道格纠正。

"我现在给你们三个下达命令。"托德将军说,"在返回自己时间时,你们不得人为制造破坏、爆炸或者故障,不得拖入额外的质量,或者采取其他你们的脑子能想到的手段。你们必须按期返回,完全按照之前模拟的流程进行。尤其是你,道格先生,必须遵守。"这时,他右臂旁边的电话响了。他皱了皱眉,拎起话筒。片刻后,他阴沉着脸,重重放回话筒。

"你的上司推翻了你的命令。"费恩博士猜测。

"是的。"托德将军承认,"我得说,这一次,我很高兴有人推翻了我的命令。因为我个人的决定不怎么让人愉快。"

"那么,我们就可以安排好,在返回自己时间的时候来一次爆炸了。"沉默片刻后,本兹说,"决定由你们三个人做。"托德将军说,"毕竟那是你们自己的性命,全都交由你们决定。你们想怎么处理都可以。如果你们相信,自己被困在了封闭时间循环里,只有返回自己时间时的强烈爆炸才能终止这一切……"没等他说完,时航员道格就站了起来。"还想做一次演讲吗,道格?"将军问道。

"我只想感谢所有相关人员,"艾迪森·道格说,"感谢他们放我们去死。"他形容憔悴,一脸疲倦,扫视了一圈坐在桌边的所有人,"非常感谢。"

"在我看来,"本兹一字一句地说,"也许,返回自己时间时炸死我们三个,不但不会终止封闭的时间循环,反而会导致这种循环的产生,道格。"

"只要我们全死了就行。"克莱恩说。

"你同意艾迪的意见?"

"死了,就全结束了。"克莱恩说,"我考虑了很久。有什么办法比死亡更可靠,更能把我们从这里头拉出去?还能有什么办法?"

"你们不一定在封闭的循环里头。"费恩博士指出。

"也不一定不在。"克莱恩回答。

道格站着对克莱恩和本兹说:"我们做决定的时候,能不能让玛丽·露也参与?"

"为什么?"本兹问。

"我现在脑袋有些混乱。"道格回答,"玛丽·露能帮我。我挺依赖她。"

"当然可以。"克莱恩回答。本兹也点点头。

托德将军冷冷地看了一眼腕表,开口道:"先生们,我们的讨论到此为止。"

苏联史航员高乌基摘下头戴式耳机和话筒,快步朝三位美国时航员走来,伸出了手。显然,他有话想跟他们说,但他说的是俄语,三人中没人能懂。于是,三人紧靠在一起,心情沉重地离开。

"我看,你是疯了,艾迪。"本兹说,"不过,我的意见现在是少数派啦!"

"万一他说得对,"克莱恩说,"万一——哪怕有十一分之一的可能性——我们真的在时间中永远循环,选择死亡就是对的。"

"我们现在去见玛丽·露吗?"艾迪森·道格问,"开车去她家?"

"她就在外面等着。"克莱恩回答。

托德将军跨了几大步,赶上三人,跟他们并肩而立,开口道:"你们知道上头为什么会做出这种决定,推翻我的命令吗?全因为你,道格,因为你在葬礼游行上的模样,还有你的所作所为,对公众造成的影响。国家安全委员会的顾问认定,在葬礼之后,公众也跟你一样,更希望你们三个能得到最后的解脱。比起问题解决,任务完成,成功返回自己的时间,公众更希望你能从任务中彻底脱身。这样,他们才能松一口气。道格,你那一顿牢骚,对公众的影响可真不小啊!"说罢,他转身离开,只留三个时航员站在原地。

"别理他，"克莱恩对艾迪森·道格说，"别理这种人。我们就做自己该做的。"

"玛丽·露会解释给我听的。"道格回答。他想，她肯定知道该怎么办，怎么做才对。

"我去找她。"克莱恩说，"之后，我们四个就开车出去，找个地方，她家也行。然后，我们讨论讨论该怎么办。好吗?"

"谢谢你。"艾迪森·道格点点头。他环顾四周，渴望看到她的身影。她去哪儿了? 大概在隔壁房间，总之不会走远。"我很感激。"他又说。

本兹和克莱恩交换了一个眼神。艾迪森看到他们的神情，却不知道这个眼神的含义。他只知道，自己需要帮助，尤其是玛丽·露的帮助，来帮他弄明白，现在到底是什么情况。还有，他们到底该怎么做，才能结束这一切。

玛丽·露驾着车，带着四人从洛杉矶往北，进入高速公路的超快速车道，朝文图拉驶去，随后深入奥海镇。一路上，四人十分沉默。玛丽·露，一如既往，开得又快又稳。艾迪森·道格靠在她身上，全身放松，获得了暂时的宁静。

"有个姑娘替你开车，真是比什么都好。"一英里又一英里的沉默后，克莱恩终于开口道。

"有个姑娘开车，我都觉得自己成了贵族。"本兹嘟哝，"就好像我是个老爷，有专职司机似的。"

玛丽·露接着说道："留点儿神，说不定女司机会撞上什么又大又慢的东西。"

艾迪森·道格问道："上回，你看到我朝你家慢慢走来的时候，看到我慢慢走上红杉木环形坡道的时候，你有什么感想? 说实话。"

姑娘回答:"你看起来,仿佛走了许多遍这条路。劳累,疲倦至极,还有,到了最后……一心求死。"说到这儿,她犹豫片刻,接着说:"对不起,艾迪,你看起来真是这个样子。我当时心想,他对这条路太熟悉了。"

"就好像走过许多遍似的。"

"对。"

"那么,你也赞成爆炸了?"艾迪森·道格说。

"嗯……"

"说实话。"

"你回头看看后座底下,有个箱子。"

他从杂物格里取出手电筒,朝后照去。其余两人也借着光一同朝箱子里看。看清箱子里的内容后,艾迪森·道格一阵恐惧。箱子里装着大众汽车废弃的部件,生了锈,磨损得厉害,上面还沾着机油。

"这是我从家附近的外国车库后面拿来的。"玛丽·露说,"出发去帕萨迪纳的时候,这是我看到的第一件似乎够重的垃圾。所以我就拿来了。电视里说,发射的时候,凡是超过五十磅重的额外质量,都能……"

"这东西能行。"艾迪森·道格说,"上次,就是这东西。"

"看来,我们也没必要再去你家了。"克莱恩说,"决定已经显而易见。我们不如就此掉头朝南,回到飞船船舱里去,启动退出ETA的程序,准备返回自己的时间。"他的声音很沉重,但声调平稳,"谢谢你的意见,霍金斯小姐。"

姑娘说:"你们三个,都太累了。"

"我不是累,"本兹回答,"我是生气。气疯了。"

"生我的气?"艾迪森·道格问。

"不知道,"本兹回答,"只是……该死。"说罢,他气鼓鼓地不再开口,一动不动,沮丧不已,紧紧蜷起身体,缩在一角,跟车里的人尽可能拉开距离。

在下一个高速公路岔口,姑娘将车子掉头朝南。此刻,她心中充满了解脱的轻松。艾迪森·道格也觉得压在身上的重担和疲倦渐渐消散。

突然,三人手腕上的紧急警报接收器同时蜂鸣,把他们吓了一跳。

"这是什么意思?"玛丽·露放慢车速,问道。

"意思是,我们得尽快给托德将军回电话。"说着,克莱恩指指前方,"那儿有个标准车站。从下个出口出去,霍金斯小姐。我们从那儿打电话。"

几分钟后,玛丽·露把车停到一个露天电话亭旁边。

"但愿不是坏消息。"她说。

"我先打。"说着,道格钻出车子。哈,坏消息。他一边走,一边回味玛丽·露的话,心中苦笑。就现在的情况,还能坏到哪儿去? 他四肢僵硬,踩着咯吱作响的碎石,走进电话亭,关上门,投了一枚一角硬币,拨了免费号码。

接线员一接通托德将军,将军就迫不及待地开口道:"哎呀,总算联系到你了! 我有大消息! 你等等,我让费恩博士跟你说。比起我,你肯定更相信他。"几声咔哒后,费恩博士高得刺耳、一丝不苟的学究式的声音响起。此刻,因为事情紧急,他的声音中有些紧张。

"有什么坏消息?"艾迪森·道格问道。

"严格地说,不算坏消息。"费恩博士说,"自从我们讨论过后，我一直在计算。现在看来——请注意，只是在数值上可能性较大，但并没有完全得到证实……你说得对，艾迪森，你们确实身处封闭的时间循环。"

艾迪森·道格粗粗吐出一口气。你这莫名其妙的家长式独裁者，他想，说不定，这事你一直都知道。

"不过，"费恩博士兴奋得有些结巴，"我也计算出——应该说是我们，大部分计算由加州理工大学完成——如果返回时发生爆炸，这个循环才最有可能维持。你听明白了吗，艾迪森？如果你把那一堆生锈的大众汽车部件拖回去，让船舱爆炸，那么，从数值上讲，你们就很有可能会让这个封闭的循环永远持续。而如果返回自己的时间顺利，这种可能性就要小得多。"

艾迪森·道格什么都没说。

"而且，艾迪——这很重要，我必须强调——如果返回时发生爆炸，尤其是我们似乎即将面临的、人为制造的大规模爆炸，会确保封闭的时间循环永不间断，永不减弱，永不消失。这就是你害怕的，也是我们从一开始就最害怕的。你听明白了吗，艾迪？我说清楚了吗？基督在上，艾迪？"

艾迪森·道格说："我想死。"

"那只是你在循环中感受到的筋疲力尽。只有上帝知道，你们三个已经经历了多少重复——"

"不。"说着，他打算挂电话。

"让我跟本兹和克莱恩谈谈，"费恩博士飞快地说道，"拜托了，别急着返回自己的时间。特别是本兹，我想跟本兹谈谈。拜托了，艾迪森。这是为了他们好，你本人的精力已经耗尽，已经……"

他挂了电话，一步步离开电话亭。

回到车里,他听到其余两人的警报接收器还在蜂鸣。"托德将军说,我们收到的是自动警告,所以你们的接收器会响一阵子。"说着,他关上了车门,"我们出发吧。"

"他没提要跟我们说话?"本兹问道。

艾迪森·道格回答:"托德将军通知我们,他们已经投票决定,要给我们一点儿小礼物,授予我们国会英勇勋章之类的该死东西。这是特殊勋章,以前从没给过别人。这是死后追授的奖章。"

"哦,嗨——看来我们非死不可。只有死了,这个奖章才能颁发。"克莱恩说。

玛丽·露发动引擎,哭了起来。

车子颠簸着开回高速公路。"等到一切都结束了,"克莱恩说,"就解脱了。"

没多久就结束了。艾迪森·道格在心中说。

三人腕上的紧急警报接收器,还在不停地齐鸣。

"这东西能把人烦死。"艾迪森·道格说,"各种官僚的声音,不停发出各色警告。"

车内其余二人转脸望着他,一脸疑问,夹杂着不安,神情复杂。

"没错,"克莱恩说,"这种自动警报真是烦人。"他的声音,艾迪森·道格想,听起来跟我一样累。想到这儿,他心中好受多了。这说明,他的决定十分正确。

大滴水珠打在前挡风玻璃上。下雨了。下雨也让艾迪森高兴。雨水让他想起自己短短一生中最荣耀的时刻:盖着国旗的棺木,葬礼队伍缓缓驶过宾夕法尼亚大街。他闭上眼睛,靠在椅背上,心终于安稳下来,又听到周围被悲哀折磨的人们的声音。

他梦见了特殊国会勋章。他想,这是颁发给疲倦的奖章。我获奖,因为我太累了。

脑中,他看到自己死了许多次,出现在许多次葬礼游行中。其实,那只是一次死亡和一次葬礼。车辆慢慢开过达拉斯市①的大街,金博士②也在……他看到,封闭的生命循环中,自己一次又一次回到国家哀悼日——这一天,他忘不掉,谁都忘不掉。他会出现在现场,所有人都会出现,一次又一次,毫无例外。每个人都会回来。直到永远。

回到那个时刻,那个地点。这是大家的愿望——因为,这一时刻,有特殊意义。

这就是他赠予国家和人民的礼物。他已经把美妙的负担——可怕的、疲倦的永生奇迹,赐予了整个世界。

---

①时任美国总统肯尼迪遭暗杀的地方。

②应指马丁·路德·金,黑人民权领袖,也是遭人暗杀。

未成人

沃尔特在柏树林里玩"山大王"游戏。突然,透过树丛,他看到了那辆白色卡车。他很清楚这辆卡车的来头。这是堕胎卡车,来抓孩子的。抓了孩子,就把他们送到收容处,实施产后堕胎。

他立刻跑了起来,躲到黑莓丛里。黑莓有刺,刺疼了他的皮肤,但总比人家抓住你,抽走你肺里的空气好。他们就是这么干的。他们把抓来的孩子关在一起,同时施行产后堕胎术。那地方有个大房间,专门处理没人要的孩子。

他深深地钻进黑莓丛里,竖起耳朵,倾听卡车的声音,听发动机的响声,看车子有没有停下来。

他对自己说:"隐形。"这是一句戏里的台词。五年级的时候,他们排演《仲夏夜之梦》,他扮演仙王奥伯朗。奥伯朗一说:"隐形",大家就真的看不见他了。说不定,这句台词现在也管用,戏里的法术对现实世界也有效。于是,他又对自己说了一遍:"隐形。"可他心里清楚,他根本没有隐形。他能看见自己的胳膊、腿和鞋子。他也知道,他们——所有的人,特别是堕胎卡车的司机,还有他的爸爸妈妈,只要想看,也能看见他。

然后抓住他——如果这次的目标是他。

他真希望自己真是仙王，带着魔法粉，头顶亮闪闪的王冠，统治着仙境，还有个跟班帕克，能说说知心话，还能问问建议。

尽管仙王是国王，还是要跟仙后提泰妮娅吵架拌嘴，也需要时不时听听帕克的献言。

看来，说出来的话，不一定能成真啊。

日头很烈，他眯起了眼睛，集中大部分心神，专注倾听卡车发动机的声音。发动机一直在响，一直没停。他心中升起希望——也许，这次的目标是其他孩子。某个住在路那头的孩子，要被抓到堕胎诊所去了。

他艰难地挤出刺人的黑莓丛，全身发抖，一步一步朝自己家的方向走去。他身上好些地方被刺破了，一边挪着步子，一边哭起了鼻子。刺破的地方很痛，加上刚才他怕得厉害，松了口气后，就忍不住了。

"哎呀呀，天哪！"妈妈看到他，惊叫起来，"看在上帝的分上，你到底在干什么呐？"

他结结巴巴地回答："我……我看到了……堕胎……卡车。"

"你还以为是来抓你的？"

他默默点头。

"听着，沃尔特。"辛西娅·贝斯特跪在儿子面前，握住他颤抖的双手，"我保证——你爸爸和我，我们都保证——我们决不会送你去郡收容处。而且，你也已经过了年纪。那地方只收十二岁以下的孩子。"

"可是杰夫·沃格尔……"

"杰夫的爹娘趁新法律还没生效的空当，才把他送进去的。如果是现在，按照法律，杰夫就不会被抓进去。所以，现在，你也不会被抓进去。听我说,你已经有灵魂了。法律规定,十二岁的男孩子就已经有灵魂了,不能进郡收容处。明白了吗?你很安全。所有来这儿的堕胎卡车,都是冲着其他孩子去的,不是你。绝不会是你。听清楚了吗?堕胎卡车是冲着其他没有灵魂的小孩子去的。卡车只抓'未成人'。"

沃尔特垂着头,盯着脚下,避开妈妈的视线,说:"我没觉得灵魂是一下子进来的。我觉得我一直都有灵魂。"

"这只是法律规定。"妈妈迅速回应,"严格按照年龄划分的界限。你已经过了这条界限。'守卫者教会'逼着国会通过了这条法律。原本,教会希望年龄界限能降低到三岁——他们宣称,人到了三岁,灵魂就会进入身体——但最后只达成了折中方案。所以,对你来说,重要的只有一点:你已经过了法律规定的界限,受到法律保护。你自己有何感受,并不重要。明白了吗?"

"嗯。"他点点头。

"这一点,你本应该清楚才是。"

听到妈妈这么说,沃尔特的愤怒和悲痛一齐爆发,"我每天都在害怕,害怕有人会来抓我,把我关进铁丝笼子里,放进卡车,然后……你知不知道这是什么滋味?"

"你的恐惧是不理性的。"妈妈回答。

"我亲眼看着他们抓住了杰夫·沃格尔。他一直在哭,可司机毫不理会,拉开卡车后门,把他塞了进去,然后马上把门关上。"

"那都是两年前的事了。你真软弱。"妈妈生气了,瞪着他,"这话要是给你爷爷听到,准会赏你一顿鞭子。你爸爸倒是不会。要是他听到,只会咧嘴傻笑,然后说些傻话。这事已经过去了两年,你理智上有了长进,应该知道自己已经过了法律规定的最大年纪！你怎么还会……"她一时没想到合适的词，想了想，说："你真是堕落。"

"而且，杰夫再也没有回来。"

"说不定有人想收养孩子，去了郡收容处，喜欢上了杰夫，就收养了他。然后，他就拥有了比自己亲生爹娘更好、真心疼爱他的父母。收容处要等上三十天，才会弄死……"说罢，她立刻更正，"我是说，才会让这些孩子睡觉呢。"

他听了妈妈这话，却没觉得安心。他知道，"让他睡觉"或者"让他们睡觉"不过是黑手党杀人的黑话。他从妈妈身边一步步退开，不想再听妈妈所谓的安慰。在他听来，妈妈说的话，泄露了她心底的想法，暴露了她的真面目。或者说，暴露了她的所思所想，也许还有所作所为。他们都一样。我知道，我跟两年前没什么不一样。两年前，我只是年纪小。可是，如果说，我现在有灵魂，那我两年前也有。如果我当时没有灵魂，那我现在也没有。摆在面前的冷酷事实只有一个：可怕的、金属涂层的卡车，车窗上安着铁丝网，会把爹娘不要的孩子带走。爹娘之所以有这个权力，全都因为从前的《堕胎法案》。根据这部法案，未出世的孩子，如果爹娘不想要，就可以合法地杀掉——理由是，未出世的孩子没有"灵魂"，或者说"自我概念"。所以，某台真空抽吸机器，在不到两分钟的时间里，就可以吸掉娘胎里的孩子。一名堕胎医生，一天能做一百台堕胎手术。未出世的孩子没有灵魂，不是"人"，而是"未成人"，所以堕胎合法。现在，人们只是引申了这部旧时法案，把灵魂进入身体的时间推后。所以，堕胎卡车抓孩子，丢进收容处杀掉，也是合法的。

为了测试灵魂大约何时进入身体，国会举办了简单的考试：只要能进行高等数学运算，比如解代数题，就是有了灵魂。此前,小孩子只有肉体和动物本能、条件反射等等。就像巴甫洛夫的狗,看到列宁格勒实验室门缝底下有水渗进来,就会有相应的条件反射一样。这些狗"知道",但它们不是人类。

我觉得我是人,沃尔特心想。他抬起头,看着妈妈阴沉严峻的脸。妈妈脸上只有严肃的理性,眼神冷硬。大概,我跟你一样,也是人。他想,能做人真不错。成了人,你就不必害怕堕胎卡车了。

"你好些了。"看到他脸上的神情,妈妈说,"我降低了你的焦虑度。"

"刚才我怕得要命,现在好些了。"沃尔特承认。已经结束了。卡车走了,没抓走他。

可是,再过几天,卡车还会来。卡车永远都会在这地方出没。

不管怎么说,这几天他安全了。可是,他又想到了孩子们肺里的空气被生生抽走的场面。要是我不知道这死法该多好。干吗非得这样处死孩子?

他从前问过这问题。爸爸说,这样能省纳税人的钱。

听了这话,他就在脑中想象纳税人长什么模样。肯定整天阴着脸,对所有的孩子都是恶狠狠的。孩子们问他问题,他从来不回答。脸肯定很瘦,他整天死盯着孩子,脸上肯定都是沟沟坎坎,眼珠子一刻不停地转。说不定,纳税人不是瘦子,是胖子。反正不是胖子就是瘦子。他觉得瘦子更吓人。瘦子从来不享受生活,根本不希望生活继续下去。瘦子只会亮出一块牌子,上面写着:"去死,滚开,生重病,别活着。"堕胎卡车就是这块牌子的明证,也是这块牌子的工具。

"妈妈,"他开口问道,"该怎么做,才能让郡收容处关门呢?

就是那家专抓婴儿和小孩子的堕胎诊所。"

"你得向郡立法机关递交请愿书。"妈妈回答。

"你猜我会怎么干吗?"他说,"我会找准机会,趁那地方没孩子只有工作人员的时候,把那地方炸了。"

"不许你这么说话!"妈妈严厉制止。他看到,妈妈脸上出现了跟瘦子纳税人一样的死板纹路,心中大骇。他的亲生母亲,居然让他恐惧。妈妈的眼睛,冷酷,不透光,什么东西都没法反射,眼睛里头什么都没有,没有灵魂。他想,没有灵魂的是你,你,还有你亮出的"别活着"的牌子。不是我们。

接着,他跑出家门,又去玩耍。

看到堕胎卡车的不止他一个。几个孩子围在一起,踢着脚下的石子和灰土,偶尔交谈几句。有时候,一只害虫会路过他们脚下,被孩子们踩死。

"卡车来抓谁?"沃尔特问。

"弗雷希海科。厄尔·弗雷希海科。"

"抓住了吗?"

"当然。你没听到尖叫声吗?"

"他爸妈当时在不在家?"

"哪里会在。早先,他爸妈找了个借口,说给汽车加机油什么的,自己出门了。"

"是他爸妈叫的卡车吗?"

"那还用问。这是法律规定的,只有父母才能叫。可他爸妈真没种,卡车没来就溜了。该死,他叫得可真响。你大概离得太远,听不见。他叫得可真响。"

沃尔特说:"我觉着,我们该有所行动,把卡车炸掉,把司机杀掉。"

其余孩子全都不屑一顾，"要是你这么干，人家会把你丢进精神病院，让你一辈子都待在里头。"

"有时候会让你一辈子待在里头。"皮特·布莱德纠正道，"有时候，人家会给你'建立起适应社会的新人格'。"

"那我们该怎么办？"沃尔特问道。

"你已经十二岁了，你不必担心。"

"可是，法律可能会修改啊。"反正，听到自己"理论上"已经安全，完全没有减轻沃尔特的焦虑。卡车还是会来，会带走其他孩子，把他吓得够呛。他想象着待在收容处的孩子，一小时又一小时，一天又一天，扒着铁丝网张望，一面计算着时间，一面焦急等待，指望有人能走进来，领养他们。

"你去过那地方没？"他问皮特·布莱德，"你去过郡收容处没？那地方全是年纪很小的孩子，还有婴儿，大概只有一岁。那些孩子就连自己会被杀掉都不知道。"

"婴儿总有人领养。"扎克·亚布隆斯基说，"大孩子却根本没机会。大孩子倒是有办法吸引前去领养的人，他们会跟领养人交谈，像模像样地演戏，就好像他们都是有人要的好孩子。可大家都清楚，要真是好孩子，根本不会落到那地方。只有没人要的坏孩子才会去那儿。"

"把轮胎的气放掉。"沃尔特突然说。他一直在想主意。

"卡车轮胎吗？对了，要是把樟脑丸放进卡车油箱里，过一个礼拜，发动机就坏掉了。这办法好。"

本·布莱尔说："可是，要这么干，他们就会来抓我们了。"

"他们本来就要抓我们。"沃尔特说。

"我觉得，我们还是该把卡车炸了。"哈利·戈特利布说，"不过，万一卡车里还有其他孩子，孩子也会跟着被炸死。这辆车一天会……该死，我不清楚……会从郡里各个地方，一共抓五个孩子。"

"你们知不知道，他们连狗都抓呢！"沃尔特说，"猫也抓。抓狗抓猫的卡车，一个月只来一次。这车叫动物收容车。被抓走的动物，跟小孩子一样，被关在大房间里，吸走肺里的空气，死掉。他们连动物——小动物——都不放过啊！"

"等我亲眼看见，我才相信。"哈利·戈特利布丝毫不信，嘲笑道，"还会有抓狗的卡车？"

可沃尔特知道，自己说的是真话。他亲眼见过动物收容卡车，一共两次。他们抓猫，抓狗，更多的是抓我们小孩子。他闷闷地想，既然他们能抓我们，当然也可以慢慢开始抓人们的宠物。我们跟宠物也没多大分别。可是，就算是法律规定，什么样的人，才能狠得下心，干这个？他记得，自己读过一本书，书上说："有些法律值得遵守，有些法律就该反抗。"我们应该先把动物收容卡车炸掉，他想，动物收容卡车，比堕胎卡车更坏。

沃尔特琢磨道：一条生命，越是柔弱无助，就越容易被某些人扼杀。这是为什么？比如，娘胎里的孩子。从前的堕胎手术就是针对这些孩子下手。从前，他们叫"未出生"，现在，叫"未成人"。他们根本无法保护自己。谁来替他们说话？

一名医生，一天，就能堕一百个胎。这么多条命……无助、无声的生命，默默死去。

王八蛋。堕胎医生都是王八蛋。只有王八蛋能干出这种事来。他们晓得自己的本事，还为这种力量洋洋自得。于是，一个渴望见着阳光的小东西，不到两分钟，就被真空抽吸器活活吸了出来。这个干完，王八蛋医生马上动手干下一个。

真该有个黑手党之类的组织，管管这事，把这些杀人的王八蛋都杀光。雇个杀手，走到王八蛋医生跟前，抽出一根管子，把医生吸进去，让他像个胎儿似的越缩越小，变成胎儿医生，还挂着针尖大小的听诊器……想到这个，他哈哈大笑。

一方面，孩子们什么都不懂。另一方面，孩子们什么都懂，而且懂得太多。堕胎卡车一边开，一边播放"和路雪"冰淇淋的广告歌：

> 杰克和洁儿，
> 上山玩儿，
> 打水要打一整桶儿。

这首歌，在卡车内置音响中循环播放。音响系统是 Ampex 公司为通用汽车特制的，喇叭常常开得震天响。不过，一旦靠近抓捕目标，司机就会关闭喇叭，悄没声儿地开过去，找到目标住的房子。等他抓住爹娘不要的孩子，拖回卡车后车厢，准备回郡堕胎中心，或者寻找下一个"未成人"目标时，他又会开大音量，播放：

> 杰克和洁儿，
> 上山玩儿，
> 打水要打一整桶儿。

奥斯卡·费里斯，三号堕胎卡车的司机，在心中补上剩下的几句歌词："杰克摔跤滚下山，砸破他的皇冠，洁儿骨碌碌跟着滚下来。"哼着歌，费里斯琢磨，这首童谣里的皇冠，到底是什么东西？恐怕指的是私密部位吧。他咧嘴一笑。恐怕杰克在玩自己的私密部位，要么是洁儿在玩，要么是两人一块儿玩。打水？狗屁。他们俩钻进树丛去干啥，我清楚得很。可惜，杰克摔跤滚下山，那东西也跟着断掉了。"真倒霉呀，洁儿。"想着想着，他说出声来。一边说，他一边娴熟地驾着开了四年的卡车，行驶在弯弯曲曲的加州一号公路上。

小孩子就是这副德行，费里斯心想，肮脏，还玩肮脏的东西，比如他们自己的身体。

这地方还是农村，遍地荒野，视野开阔，众多流浪儿在溪谷和田野里到处乱刨。于是，他睁大了眼睛，仔细搜寻。果然——右手边，有个六岁左右的小孩子正仓皇奔跑，企图逃走。费里斯立刻按下卡车警报按钮，警笛声大作。小男孩吓得一动不敢动，乖乖等着卡车靠近。费里斯驾着还在播放"杰克和洁儿"的卡车，靠近孩子身边停下。

"给我看看你的 D 文件。"费里斯坐在车里命令道。他从车窗伸出一条胳膊，亮了亮自己的棕色制服和臂章——这是他执法身份的象征。

小男孩骨瘦如柴，这一点很像流浪儿。不过，话说回来，他戴着眼镜，这可不像流浪儿。小男孩穿着牛仔裤和 T 恤，伸长了脖子，恐惧地盯着费里斯，没有伸手去摸自己的身份证明。

"你到底有没有 D 卡？"费里斯问。

"什……什……什么是 D 卡？"

费里斯拿出权威腔调，向男孩子解释了他有哪些法律权利。"你父母当中的任何一方，或者你的合法监护人，需要填写 36-W 表格。36-W 表格是愿养正式申请表。填了这张表，就说明你的父母或监护人觉得你是好孩子，愿意留下你。你没有？

那么,按照法律,哪怕你的父母希望留你,你也算是流浪儿。他们得付出五百美元的罚款。"

"噢。"小男孩说,"那个,我弄丢了。"

"丢了不要紧,档案库里会有拷贝件。这些文件和记录都拍了微粒照片。我要把你带到……"

"郡收容处?"瘦得像扫烟囱工似的孩子,吓得两腿直打哆嗦。

"你父母有三十天时间,可以填报 36-W 表格,然后把你认领回去。如果逾期不填……"

"我妈妈跟我爸爸老是吵架,我现在跟爸爸住。"

"可他没给你 D 卡,没法证明你的身份。"卡车的驾驶室里,横架着一把霰弹枪。抓流浪儿的时候,随时有可能爆发冲突。此刻,费里斯下意识地瞄了一眼霰弹枪。还好,枪原地没动,子弹也上了膛。执法生涯中,他只开过五次枪。这把枪能把大人轰成分子。"我得带你走。"说着,他拉开车门,拿出钥匙。

"后车厢里还有个孩子,你们俩可以做伴。"

"不,"男孩子说,"我不去。"他眨眨眼睛,挑衅地盯着费里斯,顽固得像块石头。

"哦,你八成听过郡收容处的很多传闻,说那儿有多可怕。咳,那些全是拿来吓小孩儿的故事,好让他们乖乖睡觉。在收容处,凡是正常的好孩子都会被人收养。我们会帮你剪头发,收拾收拾,让你齐齐整整。我们想帮你找个家——这才是收容所的宗旨。只有少数孩子,就是那些——你也知道——精神或身体上有问题的孩子,才没人要。你瞧着,如果你去了,没一会儿,某个家境良好的大人,就会把你领养走。这样,你就再也不会在这儿到处瞎跑,没个家长管。听着,你会有新爸爸、新妈妈,他们会为你付大价钱,替你注册。明白了吗? 现在带你去的收容处,不过是暂时过渡的地方,是让富有的新爸爸、新妈妈找到你的地方。"

"可是,万——一个月之内,没有人收养我……"

"咳,你在这儿乱跑,还有可能跌下大苏尔①的悬崖摔死呢!别瞎操心。收容所的办公人员会联系你的亲生爹娘。说不定,今天他们就会拿着愿养表格(15A)来认领你。而且,上了卡车,你还能好好兜兜风,到了收容所,还能交上一大帮新朋友。你去哪儿找这么好的……"

"不去。"小男孩坚持。

费里斯立刻换了声调:"我正式通知你,我是郡执法人员。"他拉开卡车门,跳了下来,把亮闪闪的金属证章亮给孩子看,"我是维和员费里斯,我命令你钻进卡车后车厢去。"

这时,一个高个子男人靠了过来,小心翼翼地迈着步子。跟小男孩一样,他也穿着牛仔裤和T恤,不过没戴眼镜。

"你是这孩子的父亲?"费里斯问道。

男人用嘶哑的声音反问:"你要带他去动物收容所?"

"我们管它叫儿童保护所。"费里斯说,"'动物收容所'这词太激进,完全是嬉皮士的诋毁。这个词微妙地扭曲了我们行动的宗旨。"

男人指指卡车,"你的车,笼子里不是关着孩子吗?"

"请给我看看你的身份证。"费里斯说,"也请告诉我,你之前有没有被捕过。"

"被捕然后无罪释放? 还是被捕后裁定有罪?"

"回答我的问题,先生。"费里斯亮了亮自己黑色封面的证

①加州一号州立公路中的一段,有诸多悬崖、海岸,风景优美。

件。面对成年人,费里斯就会用这种办法,证明自己郡维和员的身份,"你是谁? 快,拿出你的身份证来。"

男人回答:"我名叫艾德·甘特罗。我有过犯罪记录。十八岁的时候,我从停在路旁的卡车里偷了四箱可口可乐。"

"当场被捕?"

"不,我去退空瓶子换钱的时候,被捕了。服刑六个月。"

"你有没有给这孩子申请愿养卡(D 卡)?"

"我们付不起九十美元的申请费。"

"嗯,可现在,你得付五百块罚款了。你真该早点儿申请。我建议,你去问问律师。"费里斯走向男孩儿,用权威声调下令:"现在,我希望你进入车辆后部,加入其他少年的队伍。"说罢,他又对男人说:"让他按照我说的做。"

男人犹豫片刻,开口道:"提姆,到那天杀的卡车里去。我们会去找律师,给你弄张 D 卡。闹是没用的。严格地说,你是流浪儿。"

"流浪儿。"男孩子盯着父亲,重复道。

费里斯接过话头:"一点儿不错。你知道吧,你有三十天时间,来……"

"你们是不是也抓猫?"男孩儿问道,"车里是不是也有猫?我很喜欢猫,猫还不错。"

"我只管 P.P(未成人)。"费里斯回答,"就像你这样的。"说罢,他拿着钥匙,打开卡车后车厢的门,"尽量别在卡车里排空。气味和污渍很难弄掉。"

小男孩没听懂"排空"这个词,迷惑地看看费里斯,又看看爸爸。

"就是说,别在卡车里上厕所。"他父亲冷冷地解释道,声音中含着凶狠的怒气，"他们希望卡车保持干净，好节省维护费。"

"至于流浪猫狗嘛，"费里斯说，"一般都是当场开枪打死，要么撒下毒饵。"

"对，我知道，用的是'杀鼠灵'。"男孩的父亲说，"动物要是连续一个礼拜都吃这东西，身体内部就会流血不止，然后死掉。"

"毫无痛苦地死掉。"费里斯补充。

"把他们肺里的空气抽走不是更好吗？"艾德·甘特罗问道，"把他们大批量闷死，不是更好吗？"

"嗯，对待动物，郡里的长官——"

"我是说孩子们，就像他。"父亲站在男孩儿身边说道。两人一块儿，从敞开的车门，朝后车厢内部望去。里面有两个黑色的人影，依稀可辨，都蜷在尽可能远的角落，因为绝望而全身僵硬。

"弗雷希海科！"叫提姆的男孩儿叫道，"你没有D卡吗？"

"由于能源和燃料短缺，"费里斯说，"人口必须大量减少。否则，十年后，大家都没东西吃了。这只是第一步……"

"我从前有，"厄尔·弗雷希海科说，"可我爸妈把D卡收走了。他们不想再养我了。所以，他们收回了D卡，还叫来了堕胎卡车。"他声音低哑，显然是偷偷哭过。

"而且，五个月的胎儿，跟我们眼前的孩子，有什么不同？"费里斯还在说，"反正都是不想再要的孩子。只是放宽了法律适用范围而已。"

提姆的爸爸瞪着费里斯，问道："你难道支持这些法律？"

"哎呀，在如今这种危机下，只有华盛顿当局才能做决定，决定怎么做才能解决我们的需求。"费里斯说，"我只是负责执行他们颁布的法令。要是法律改了……管他的，我也会高高兴兴地开着开车，回收喝空的牛奶纸盒之类。"

"也会高高兴兴？你居然喜欢这份工作？"

费里斯用没有起伏的声调回答："干这份工作,我有机会到处走走,还能碰到不同的人。"

提姆的父亲,艾德·甘特罗说："你疯了。这个'产后堕胎计划',还有之前的堕胎法令,规定了未出世的孩子没有法律权利,可以像肿瘤一样被人拿掉……瞧瞧,都导致了什么恶果。要是未出生的孩子,没有合理的理由,可以任意拿掉,那已降生的孩子为什么不行呢？在我看来,不管是未出生,还是已降生,这些孩子有个共同点,他们都是无助的生命,被杀掉的有机体,没有机会,也没有能力来保护自己。这样吧。我要你把我也抓去,把我也放进卡车后面,跟三个孩子在一起。"

"可是总统和国会已经宣布,一旦超过十二岁,就有了灵魂。"费里斯说,"我不能带你走。这是不对的。"

"我没有灵魂。"提姆的爸爸说,"我十二岁的时候,什么都没发生,没有灵魂进入身体。把我也带走。除非,你能找到我的灵魂。"

"老天!"费里斯惊叫道。

"除非你能把我的灵魂拿出来给我看,"提姆的爸爸继续道,"除非你能找到灵魂的确切位置。否则,我坚持要你带我走,就跟那些孩子一样。"

费里斯说："我得用无线电跟郡收容处联络,看他们怎么说。"

"你尽管联络。"说着,提姆的爸爸费力地爬上卡车后部,然后帮着提姆也爬了上去。父子二人跟车里的两个孩子一块儿,等待维和员费里斯(他的证件充分证明了他的身份)跟郡收容处无线电联络完毕。

"我这儿有个白人男性,年约三十岁,坚持要求跟他年幼的儿子一起,坐卡车到郡收容处来。"费里斯对着话筒说,"该男性声称没有灵魂,坚持要我把他跟十二岁以下者放在一起。我手边没有测试灵魂的仪器,也不知该用何种形式测试灵魂存在与否。在这么个偏僻地方,能想到测试灵魂的办法,估计上了法庭都没法成为有效证据。我是说,他看起来挺聪明,大概能解代数题和高等数学什么的,可是……"

"同意把他带回来。"上级的回答从收发式收音机里传回来,"回来以后我们再处理他。"

提姆的父亲跟三个小身影一块儿,蜷在卡车后车厢深处。"到了市里我们再处理你。"说罢,费里斯重重关上门,上了锁。其实,抓起来的几个男孩子已经被电子网罩住,门锁不过是再加一重保险罢了。

然后,他发动了卡车。

杰克和洁儿,

上山玩儿,

打水要打一整桶儿

杰克摔跤滚下山,

砸破他的皇冠。

费里斯沿着弯弯曲曲的路,一边开车一边琢磨:某人的皇冠真要被砸破啦,幸好不是我。

"我解不了代数题,"他听见提姆的父亲对其余三个小男孩说,"所以,我不可能有灵魂。"

名叫弗雷希海科的男孩儿窝火道:"我能解,可惜我只有九岁。会解也没用。"

"所以,等到了收容处,我就拿着这事跟他们争。"提姆爸爸继续道,"对我来说,哪怕是除法,也太难了。所以我没有灵魂,该跟你们三个小家伙在一起。"

费里斯大声朝后面喊道:"别污损卡车,听到没?我们花了……"

"跟我说这个没用,"提姆爸爸说,"因为我听不懂。按比例分配、权责发生制之类的财会术语,对我来说太复杂了。"

我车子后头坐了个疯子,费里斯心想,幸好那把上了膛的霰弹枪一伸手就能拿到。"你们也知道,这世界什么都紧缺。"费里斯朝后喊话,"能源、苹果汁、燃料、面包……我们一定得把人口降下来。避孕药能造成栓塞,这样就可以……"

"这些大词,我们这儿没人听得懂。"提姆爸爸打断他的话。

费里斯又气又懊恼,说道:"人口零增长——这才是应对能源和食物危机的办法。就像是……咳,就像是有人把兔子带到澳大利亚去,兔子在那儿没有天敌,就跟人一样,不停地繁殖……"

"乘法①我倒是懂,"提姆爸爸说,"还有加法和减法。我只会这些。"

费里斯想,真是四只疯兔子,在大路上蹦蹦跳跳。明明是人污染了环境。这地方,没被人污染之前,是什么模样?嗯,反正美国所有的郡县都实施了《产后堕胎法》,也许,总有一天,我们能看到土地没被人污染的模样。总有一天,我们能站在这里,展望一片从未有人涉足的处女地。

---

①上文,费里斯提到的"繁殖",跟这儿提姆爸爸提到的"乘法",在英文中都是multiplication。提姆爸爸利用一词多义,故意打岔。

我们？哼，哪里还会有我们？那时候，来的只会是有知觉的巨型计算机，它们用带开口槽的视频接收器，扫描这片地区，然后满心欢喜。

想到这儿，费里斯也满心欢喜。

"我们去堕一次胎吧！"辛西娅胳膊底下夹着一口袋合成食品，进了屋，兴奋地嚷道，"这主意妙不妙？是不是很刺激？"

她丈夫，伊安·贝斯特，干巴巴地回应："要堕胎，你得先怀孕。你去跟桂多大夫做个预约，把避孕环拿掉吧。反正也只浪费五十或者六十块钱。"

"我觉得避孕环本来就已经滑下来了。说不定，要是……"一头黑色碎发的辛西娅，小巧的脑袋得意地一扬，"从去年开始，那东西好像就不管用了。所以，说不定我现在已经怀孕了。"

伊安讽刺道："你不如去《自由报》登条广告，说'征寻能用衣架勾出体内避孕环的人'。"

说罢，伊安转身朝大衣柜走去，准备挂上自己的"地位标志领带"和"阶层标志外套"。辛西娅跟在他身后，继续道："可是，现在，堕胎可时尚啦！你看，我们不是有个孩子吗？就是沃尔特。每次有人来访，看到沃尔特，他们心里肯定都在琢磨，'你们到底是啥地方搞砸了，才蹦出这么个孩子来？'实在是太难为情啦！"接着，她又说："而且，现在，孕早期妇女的堕胎手术，只要花一百块钱——也就是十加仑汽油钱而已。做了堕胎手术，不管谁来，我都能跟他们好好聊上好几个钟头呢。"

伊安转过脸，对着妻子，语调平板，"那么，堕胎手术弄出来的胚胎，会不会送给你？会不会装进瓶子里给你拿回家，或者在上面喷点荧光涂料，让它在晚上发光，好当夜灯用？"

"当然！你想要什么颜色都行！"

"什么颜色的胚胎都行？"

"不,什么颜色的瓶子都行。还有瓶子里泡胚胎的液体的颜色,也随便你选。胚胎会泡在防腐溶液里,可以放一辈子！我想,说不定还会有质量保证书呢！"

伊安双手交叉抱臂,以镇定自己的情绪。这个姿势,能产生让人放松的阿尔法波。"你知不知道,现在有些人,只想要个孩子,哪怕是个普通的笨孩子也好？他们每个礼拜都会去郡收容处,想找个新生儿收养。如今,大家脑子里只有人口过剩的恐慌,想着地球上已经挤满了九万亿人口,人类像柴火似的堆满城市每个角落。要是这么下去……"他打了个手势,"可是,我们现在的问题,其实是孩子的数量不够。你没见电视和《时代》里都这么说吗？"

"太累了,照顾沃尔特太累了。"辛西娅说,"比如今天,沃尔特慌慌张张地跑回来,吓坏了,就因为堕胎卡车从旁边经过。你倒是轻松,上上班就行。可是我——"

"你猜我会怎么对付这种盖世太保式的货车？我会叫上两个从前一块儿喝酒的哥们,拿上大棒,守在道路两旁,等那货车经过……"

"那是带空调通风装置的卡车,不是货车。"

他瞪了她一眼,自顾自走向厨房的吧台,给自己调酒。苏格兰威士忌就行,他想,威士忌加牛奶,作"晚餐"前酒不错。

他正在调酒,看到儿子沃尔特进了门,脸色格外苍白。

"堕胎车今天来过了？"伊安问道。

"我还以为……"

"绝对不可能。就算你妈妈和我去见律师,签署正式放弃你的法律文件——就是弃养表，你也不会被抓走——你年纪太大了。所以，别担心。"

"道理我知道，"沃尔特说，"可是……"

"'别问丧钟为谁而鸣，它为你而鸣。'[1]伊安引用了一句诗（跟原诗有些出入），又说："跟你说白了吧，沃尔特。"他深深啜饮了一大口牛奶加威士忌，"这一切，追根究底，都叫作'杀了我'。趁他们还只有指甲盖大小，或者棒球大小的时候杀了他们，或者，要是出生前没来得及，那就等生下来长到十岁，再把小男孩儿肺里的空气都抽光，杀了他。这一切，都是同一帮女人在鼓吹。这帮女人，从前人称'阉割派女性'。这个名称，从前是很合适的。不过，现在，这些女人，这些心肠冷硬的女人，要杀掉的不仅仅是男性器官，而是整个男孩子，或者男人——她们要男性这一性别全部死绝。明白了吗？"

"没明白。"说归说，沃尔特觉得自己隐隐约约能明白，而且怕得要命。

伊安又喝了一大口酒，说："我们现在就有个活生生的例子，沃尔特，就在咱们家。"

"活生生的什么例子？"

"瑞士精神科医生称为'幼儿谋杀犯'的例子。"伊安特地选了个儿子听不懂的名词[2]。"跟你说，你和我，我们俩真该爬上美国国家铁路公司的火车，一路朝北，一直开到加拿大英属哥伦比亚省的温哥华为止。然后。我们再换渡轮，到温哥华岛去。到

---

① 原诗作者为17世纪英国诗人约翰·多恩（John Donne），文中两句引文引自诗歌结尾，原文是："…never send to know for whom the bells tolls; it tolls for thee."诗名《丧钟为谁而鸣》。美国作家海明威也写过同名长篇小说。

② 原文为一个德语词。

了那儿,美国的熟人,谁也见不到我们。"

"那妈妈呢?"

"我每个月都会给她寄一张银行支票。"伊安回答,"这样,她就会高高兴兴,没什么可抱怨的了。"

"温哥华那地方会不会很冷?"沃尔特问,"我是说,他们没有燃料取暖,只能穿……"

"温度跟旧金山差不多。怎么了?你害怕套上一件又一件毛衣,坐在壁炉旁边取暖?今天你看到的东西,难道不是更可怕,把你吓得更厉害?"

"嗯,我可吓坏了。"儿子郑重点头。

"我们可以到温哥华岛旁边的小岛上去住,自己种粮食。那地方,不管种什么都能活。堕胎卡车不会去那儿,你再也不会见到那种卡车了。那地方的法律不同,女人也不同。好久以前,我在那儿住过一阵子,还认识了个姑娘。她的头发又长又黑,一天到晚只抽'普雷尔'牌香烟,什么都不吃,整天不停地说话。在美国这儿,这种倒霉的文化,女人居然想要杀掉她们自己的……"突然,伊安猛地住了口——他发现妻子进了厨房。

"要是你再喝这东西,"妻子说,"肯定会全吐出来。"

"听到啦!"伊安不耐烦地回答,"听到啦!"

"别大吼大叫。"辛西娅说,"我在想,今晚,你不如带我们俩出去吃晚餐?'戴尔·科伊'饭店的人在电视里做广告,说早来的人有牛排吃。"

闻言,沃尔特厌恶地皱起了鼻子,"他们还给人吃生蚝呢!"

"是蓝点生蚝①,"辛西娅说,"用半只贝壳装着,还铺了冰。我很喜欢吃。行吗,伊安?我们出去吃吧?"

---

①产于纽约长岛蓝点镇的生蚝。

伊安对儿子沃尔特说："世界上，就数蓝点生蚝，最像外科手术大夫取出来的……"他的话戛然而止。辛西娅对他怒目而视，儿子沃尔特则莫名其妙。

"好吧，"他说，"不过，我要点牛排。"

"我也要。"沃尔特说。

伊安把手中的酒一饮而尽，幽幽道："你上次在家里给我们，给我们三个人做晚饭，是什么时候？"

"周五我才给你做了猪耳朵和米饭。"辛西娅说，"结果，大部分都进了垃圾桶。你不肯吃，就因为这些是'不熟悉的新食品'，而且在'非强制性食用'的名单上。记得吗，亲爱的？"

伊安没理她，对儿子说："当然，'阉割派'那种女人，温哥华那地方也有，甚至常见。不管什么时候，不管在哪种文化里，都有这种女人。不过，加拿大的法律不允许产后……"他住了口。"我肯定是牛奶喝多了，说胡话。"他对辛西娅解释，"这年头，牛奶里都掺硫磺。要么你就不管不顾地喝，要么你就去法院上诉，随你便。"

辛西娅盯着他，问道："你脑袋里是不是又异想天开，想着跟我分居？"

"我们俩都走，"沃尔特插嘴，"爸爸说带我一起走。"

伊安补充道："美铁的火车去哪儿，我们就去哪儿。"

"我们要去加拿大温哥华岛。"沃尔特说。

"嗬，真的嘛！"辛西娅嘲弄道。

伊安沉默片刻，回答："真的。"

"你们俩走了，该死的，我怎么办？把自己送进附近酒吧，卖了换钱？我该怎么支付各色账单……"

"我会一直给你寄支票的。"伊安说，"大银行作保的支票。"

"哈,那还用说,我可相信你了,一点儿不假。"

"你也可以跟着来。"伊安说,"你可以跳进英吉利湾,用你尖利的牙齿,咬住海湾里头的鱼,一条一条全都嚼碎磨烂。一夜之间,你就能让英属哥伦比亚的鱼类彻底灭绝。这些鱼还没反应过来,就被嚼碎磨烂了……前一分钟,它们还在自由自在地游泳,突然! 食鱼怪来了! 前额中央长着发光独眼! 鱼被她一口咬住,统统嚼成碎末。很快,你就会变成传奇啦! 这种事一传千里。至少,幸存的鱼,都会风闻你的事迹。"

"嗯,可是,爸爸,"沃尔特说,"要是没有鱼幸存呢?"

"那你妈可就白费力气了。"伊安回答,"不过,她还能获得不少感官愉悦。她仅凭一己之力,就活活咬死了英属哥伦比亚整整一类生物,还要加上以鱼为食的其他动物。英属哥伦比亚的鱼可不少,捕鱼业是那儿的支柱产业呢!"

"这样的话,英属哥伦比亚的人,不是都失业了吗?"沃尔特问道。

"不会,"伊安说,"鱼死光以后,那儿的人会有新工作——把死鱼塞进罐头,卖给美国人。跟你说,沃尔特,从前——就是你妈妈用满口利齿咬死英属哥伦比亚所有的鱼之前,当地那些头脑简单的村夫,只会拿根棍子站在水里,等鱼群游过,看准鱼头,一棍子砸下去。所以,现在倒好了,他们有了新工作。所以,你妈妈咬死鱼,反倒给他们增加了就业机会。几百万只鱼罐头,都会好好印上……"

"留神点儿,"辛西娅飞快地插嘴,"你说的话,他都当真呢!"

伊安说:"我说的就是真的。"他想,虽然从表面上看,我说的话荒唐不稽,可全是真的。接着,他对妻子说:"好吧,我带你出去吃晚饭。你记得带上我们的食物配给印花,再穿上那件蓝色针织上衣。那件衣服让你的奶子显得特别大,饭馆的人肯定会盯着你看,说不定,会忘了问我们收印花呢!"

"奶子是什么东西?"沃尔特问。

"是某种很快就要过时的东西,"伊安回答,"就像庞蒂亚克GTO①一样。过不了多久,这东西就会变成装饰品,被人看,被人捏,原本真正的用途却日渐消亡。"他暗想,如果让狠心杀掉未出生胎儿、杀掉最无助的生命的人为所欲为,人类这一种族也一样,迟早消亡。

"奶子,"辛西娅对儿子严肃地解释,"就是女士们特有的泌乳腺体,为婴儿提供母乳。"

"一般来说,奶子一共有两只。"伊安接着说道,"一只开工,另一只备用,以防开工的那一只出现严重故障。说到这儿,我倒是有个建议,让这股'未成人堕胎热'更进一步:把世界上所有的奶子都送到郡收容处去,吸干里面的奶水——当然,用的是机械手段。于是,奶子们全都空空荡荡,毫无用处。这样,全世界的婴儿失去了所有的营养来源,自然而然就能死于饥饿。"

"没有奶子,还有配方奶粉呢!"辛西娅嘲讽道,"雅培啊什么的。我去换身衣服,然后我们就出发。"说罢,她一转身,大步朝卧室走去。

"你心里清楚,"伊安对着她的背影说道,"要是有办法把我也算进'未成人'里去,你早就送我去郡收容处了——就是那个'收容'能力强大的地方。"接着,他又想:如果真能把成年人送进去,进收容处的加州丈夫肯定不止我一个,肯定多得很。这种事,向来如此。

"可以考虑。"辛西娅的声音隐隐传来。她听见了。

---

①通用汽车公司1960-1970年出品的车型。

"你们不止憎恨无助的生命,"伊安·贝斯特说,"不止这么简单。你们还憎恨什么? 憎恨一切会长大的东西?"他在心里说:你们,趁他们还小,趁他们还没长出肌肉,还没学会反击的策略和技巧,趁他们还没像我这样,长成比你们还重、满身肌肉的大块头,就抢先灭了他们。想灭我这样的人难,想灭漂浮在羊水里做梦、不知如何反击,甚至不知反击为何物的人——不,我该说'未成人'——可就容易多了。

母性去哪儿了? 母亲们不顾一切保护弱小无助生命的时代,去哪儿了?

全是我们这个社会搞的。残酷竞争,强者生存。不是"适者",而是强有力者。这些强者甚至不愿向后代低头,强大、邪恶的先辈,对付弱小、温柔的新生命。

"爸爸,"沃尔特问道,"我们真要去加拿大的温哥华岛吗?我们真会在那儿种天然食物,什么都不用怕了吗?"

伊安半是回答儿子半是告诉自己,说道:"等我攒够了钱,我们就去。"

"我知道这话什么意思。这话就像'以后再说',却再也没下文了。我们去不成了,对不对?"他紧紧盯着爸爸的脸,"她不会放我们走的。退学之类的,她肯定不答应。她老提这个……对不对?"

"总有一天,我们能去成。"伊安固执地坚持,"这个月恐怕不行,不过,总有一天,总有这么一天。我保证。"

"我们去的地方没有堕胎卡车。"

"没有,一辆也没有。加拿大的法律跟我们这儿不一样。"

"早点儿带我去吧,爸爸。求你了。"

爸爸没应声,又调了一杯威士忌加牛奶,苦着脸,仿佛随时要哭出来。

堕胎卡车急转弯。后车厢里，三个孩子和一个大人滚到一旁，撞在用来分隔他们的铁丝网上。跟自己的亲生儿子生生隔开，让提姆·甘特罗的爸爸心中无比绝望。真是大白天做噩梦，像只动物一样被装在笼子里。他刚才仗义挺身，现在却要为之付出代价。

方才，提姆问他："你干吗说你不会解代数题？你不但会做代数，还会做微积分、三角什么的呢！你上过斯坦福大学呀！"

"我这么说，只是想告诉他们，"父亲回答，"要么，他们就得把我们全杀了；要么，就得全留着。他们没权力用一条官老爷拍脑袋想出来的界线，把我们分开。如今这时代，居然还探究'灵魂什么时候进入身体'？这算哪门子理智问题？又不是中世纪！"心中，他暗暗说道：这个，不过是借口罢了——牺牲无助生命的借口。不过，他可不算无助生命。现在，堕胎卡车抓了个成年人，这个成年人知识丰富，头脑灵活。他们会怎么处置我？很明显，凡是别人有的，我都有。要是别人有灵魂，我也有；要是谁都没有灵魂，我也没有。不过，想要让我"安眠"，他们得有充足的理由，让我心服口服。而我，我是强有力的大人，不是无法自卫、只能瑟瑟发抖的无知孩童。哪怕郡里最好的律师过来，我也能用诡辩术跟他争个高下。如果必要，我甚至愿意跟地区检察官本人辩论。

如果他们真决定让我窒息而死，那就意味着，所有的人——包括他们自己，都该死。这可不是官老爷们的打算。"产后堕胎"，不过是他们掩人耳目的骗术。究其实质，不过是位高权重者、掌握着政治和经济命脉的上位者，死死抓着手里的东西不放,不让年轻一代沾边罢了——要实在不行,宁肯把年轻人全杀了。这片土地上,弥漫着老去的人对年轻人的仇恨和恐惧。

他们会怎么处理我呢? 我跟他们年纪差不多,现在却被关在堕胎卡车的后车厢里。对他们来说,我是异类,也是威胁。我属于他们,却支持另一方——支持流浪猫狗和没人要的幼儿。让他们想破头去吧! 能完美解决这事的人,定能成为新一代的圣托马斯·阿奎那。

他大声说:"我只知懂加减乘除,就连分数计算都模模糊糊啦!"

"可你以前明明会做的!"提姆抗议。

"说来好笑,从学校毕业后,没多久就全忘光了。"艾德·甘特罗回答,"孩子们,你们的数学很可能比我还好呢!"

"爸爸,他们会闷死你的!"儿子提姆慌了,"你年纪这么大,没人会领养你。你太老了!"

"让我想想,"艾德·甘特罗没理会儿子,自言自语,"二项式定理是啥来着? 完整的我想不起来了,总归是a什么b什么的。"他想象着,随着这一定理从记忆深处缓缓渗出,他那永恒不朽的灵魂也缓缓进入体内……不由得呵呵笑出了声。靠刚才那些话,可没法通过"灵魂测试"。我现在是阴沟里的狗,下水道里的动物啦!

支持堕胎的人,从一开始,就犯了个大错误——他们不该人为划下一条界线。有一段时间,他们认定,受精不久的胚胎不是人,没有美国宪法赋予的权力,医生有权合法杀死。而器官分化后的胎儿,则被认定为人,受到法律保护。后来,支持堕胎的那帮人又改了主意,转而认定,哪怕胎儿到了七个月,也不能算是"人",仍然可以经由执业医师的手,合法杀死。再后来,他们又觉得,新生儿这种东西——不过是蔬菜嘛!眼睛没有焦点,什么都不理解,也不会说话……于是,支持堕胎的议会游说者上了法庭,辩论一通,赢了。新生儿被重新定义,不过是从母体子宫中,或因偶然作用,或因生理作用,被排出体外的胎儿而已,可以合法杀死。可是,界线到底该划到哪儿?划到婴儿初次微笑?初次开口?还是初次伸出手,去取喜欢的玩具?如此这般,法律界线无情地一推再推,直到现在,居然给出了最野蛮最无稽的定义——划到孩子能解开"高等数学"题的时候。

按这种定义,柏拉图时代的古希腊人,全都不是人——他们只会做几何,不知代数为何物。代数是古希腊时代之后许久、阿拉伯人的发明。无稽。更糟的是,这不是学术理论上的无稽之谈,而是法律上的无稽之谈。教会早就——从一开始就——坚称,受精不久的胚胎,哪怕是刚受精的受精卵,也跟地球上每一个活生生的人一样,是神圣的生命。他们早就料到,面对"灵魂何时进入身体"——或者,用现代的术语"一个人何时能像大家一样,受到法律的全面保护"这种问题,如果划定一条无稽的人为界线,会有何等可怕的后果。如今,看到在院子里玩耍的幼小孩童,艾德·甘特罗总是悲从中来:这些勇敢的孩子,勇敢地玩耍、勇敢地怀抱希望,假装自己十分安全。可他们根本没有安全可言。

嗯,他想,我们等着瞧,瞧瞧他们会怎么处置我。我已经三十五岁了,还有斯坦福大学的硕士学位。他们会不会把我关到笼子里,关上三十天,每天只给我塑料做的合成食物,一个饮水口,还有暴露在众人面前的排泄处?要是没人收养我,他们会不会把我打发到自动处死室去,跟其他没人要的孩子一块儿被杀掉?

他明白，自己冒了很大的风险。可是，他们今天抓了我的儿子。从他们抓住我儿子的时候起，我就必须冒这个险。我挺身而出，主动变成牺牲品，只是必然结果罢了。

他看了看三个吓坏了的男孩子，想说点儿什么来安慰他们——不止是安慰自己的儿子，也安慰另外两个孩子。

"'听着'，"他引用《圣经·哥林多前书》15章51节道，"'我如今把一件奥秘的事告诉你们：我们不是都要睡觉，乃是……'"背到这儿，他一下子卡了壳。真扫兴。他十分懊恼，努力往下编，"……'马上醒来，只用一眨眼的功夫。'"

"不准发出噪音。"卡车司机从铁丝网后朝他们低声吼道，"你们分散了我的注意力，我没法在这条他妈的破路上开车了。"接着，他补充道，"我这儿有气体，往后面一喷，你们就全昏过去了。要是捉来的未成人吵闹不休，我们就拿这个对付他们。所以，你们是闭嘴呢，还是要我按下喷气按钮？"

"我们什么都不说。"提姆迅速回答，同时用恐惧哀求的眼神，默默望着自己的父亲，催促他照办。

爸爸什么都没说。儿子那恐惧哀求的眼神，只一瞥，就让他认输投降了。他想，反正卡车里怎么都行，等到了郡收容处，那才是关键——只要有乱子的苗头，新闻和电视台的记者都会闻风赶来。

于是，四人沉默不语，默默坐在卡车里，各自心怀恐惧和打算。艾德·甘特罗在脑中默默思索，完善自己的行动计划——这些事非干不可，不仅仅为了提姆，也为了所有受到'产后堕胎计划'威胁的孩子们。卡车摇摇晃晃，颠簸向前，甘特罗则仔细盘算各种细节。

郡收容处。卡车开到专用停车位停下。后车厢门一打开，负责这该死地方运营的山姆·B.卡朋特就走了过来。他看了看车厢，瞪大了眼睛，说道："费里斯，你带了个成年人来？你到底知不知道自己抓的是什么人？他是抗议者，你抓了个抗议者。"

"可他坚持说，他只会做加法，比加法复杂的数学一点儿也不会。"费里斯说。

卡朋特对艾德·甘特罗说："把你的钱包给我。我要看看你的真名、社会保险号码、警方地区稳定证……反正我得知道你到底是谁。"

"他就是个乡下人罢了。"费里斯回答道。甘特罗把鼓鼓囊囊的钱包交给卡朋特。

"我还要他的足纹。"卡朋特说，"两只脚都要。现在立刻去办！这是头等大事，A级。"他就喜欢这么说话。

一小时后，互联的安保数据电脑（这些电脑在弗吉尼亚州，藏在伪装成乡村的限制区域里）传来了报告："这个人，毕业于斯坦福大学，拿了数学学位，然后又拿了个心理学硕士学位。无疑，他是故意设了套，让我们钻。我们得把他弄出去。"

"我从前有灵魂，"甘特罗说，"不过，现在丢了。"

"怎么丢的？"卡朋特翻翻甘特罗的官方档案，没发现丢灵魂的记录，于是开口问道。

"脑血栓。有一次，我误吸了杀虫喷雾剂，结果，大脑皮层受损，装灵魂的那部分没啦！所以，从那以后，我一直住在乡下，跟儿子提姆一起，挖树根和虫子吃。"

"我们要给你做个脑电图。"卡彭特说。

"脑电图是啥？"甘特罗问道，"大脑测试？"

卡朋特对费里斯说："法律规定，人年满十二岁后，灵魂就会进入身体。你带来的这个成年男性，已经过了三十岁。这种情况，我们说不定会被告上法庭，以谋杀罪名起诉。我们一定得把他弄走。你把他拉回去，带到发现他的地方，然后赶他下车。要是他不肯下去，就开麻醉气体，把他熏个七荤八素，然后丢出去。这是严肃的任务，有关国土安全。你能不能保住工作，能不能在法庭上全身而退，就看你能不能完成任务了。"

"这儿才是我该待的地方。"艾德·甘特罗说，"我是个呆瓜。"

"还有他的孩子，"卡朋特补充，"说不定也是个数学怪胎，就像电视里看到的那种。他们这是设了套，故意引你上钩。说不定，他们连媒体都通知了。把这些人都拉回去，开麻醉气熏翻，然后丢到你发现他们的地方……咳，反正丢到看不见的地方就行。"

"你这是钻牛角尖，"费里斯有些恼怒，"先给甘特罗做个脑电图，扫描他的大脑，看结果，说不定我们是得放了他。可这三个未成年人……"

"都是天才，"卡朋特接着说道，"都是圈套，全因为你太笨，才看不出来。赶紧把他们踢出卡车，丢到我们领地外面，而且，一口咬定……听到没有？你得一口咬定，从来没有抓过这四个人。怎么问都不改口。"

"从车子里出来。"说着，费里斯按下按钮，关押四人的铁丝网笼子门升了起来。

三个男孩子连滚带爬地钻了出来。艾德·甘特罗却没动。

"他不肯自己出来。"卡朋特说，"行，甘特罗，我们就用武力赶你出来。"他对费里斯点点头，两人一同进了卡车。片刻后，他们架着艾德出了卡车，丢到停车场旁边的人行道上。

"这下，你就是普通公民啦！"卡朋特松了口气，"随你去外头怎么说。不过,你一点儿证据都没有啦!"

"爸爸,"提姆问,"我们怎么回家呢?"三个小男孩都紧紧围在艾德·甘特罗身旁。

"我们可以给谁打个电话。"弗雷希海科说,"我打赌,沃尔特·贝斯特的爸爸车里汽油多,能来接我们。他经常跑长途,有特别优惠券。"

"他跟他太太,贝斯特夫人,经常吵架。"提姆说,"所以,他喜欢晚上出去,开车到处转。一个人开车,不带她。"

艾德·甘特罗说:"我哪儿也不去。我就想被人关在笼子里。"

"人家已经让我们走了。"提姆急了,扯扯爸爸的袖子,"我们不就想离开这儿,赶紧走吗?他们一看到你,就放我们走了,我们成功了!"

艾德·甘特罗对卡朋特说:"我坚持。我要跟你们这儿的其他未成人关在一起。"他指指郡收容处大楼。这幢大楼涂成了鲜亮悦目的绿色,营造出一派欢乐景象。

提姆对山姆·B.卡朋特说:"请给贝斯特先生打个电话。他家离我们住的地方不远,就在半岛上。他的电话号码开头是699。拜托了,先生,请让他来接我们。他会来的。我保证。"

弗雷希海科也说:"电话簿里,号码开头是699、姓贝斯特的先生只有一个。求您了,先生。"

卡朋特进了大楼,来到收容所众多办公电话旁边,挑了一部,翻开一旁的电话簿查号码。伊安·贝斯特。他拨了电话。

"您拨的号码一半在工作,一半在偷懒。"一个明显半醉的男子接了电话。背景中,有个怒气冲冲的女人,正用尖锐的高音厉声指责伊安·贝斯特。

"贝斯特先生，"卡朋特说，"您有几个熟人，目前困在维尔德·加布里埃尔，四号大街和A大街的交叉口。其中有艾德·甘特罗和他儿子提姆，一个姓弗雷希海科的男孩子，名叫罗纳德还是唐纳德，还有个不知名的小男孩。甘特罗家的孩子说，您会愿意开车来这儿接他们回家。"

"四号大街和A大街。"伊安·贝斯特重复道。他沉默片刻，又问："是动物收容处？"

"是郡收容处。"卡朋特更正。

"你这狗娘养的，"贝斯特说，"我当然要来接他们。二十分钟后就到。你居然把艾德·甘特罗当成未成人抓了？你知不知道，他是从斯坦福大学毕业的？"

"我们现在知道了。"卡朋特干巴巴地回应，"他们在这里，并不是被扣留的；只是在这儿罢了。他们并没有——我重复一遍——并没有遭到拘捕。"

此刻，醉酒的含糊已经从伊安·贝斯特声音中彻底消失。"我来之前，所有媒体的记者肯定会先到。"接着，咔哒一声，他挂了电话。

卡朋特回到大楼外头，对小男孩提姆说："嗬，你装无辜，骗我通知了一名激进的反堕胎分子，说你们四个在这儿。干得漂亮啊，真漂亮。"

几分钟后，一辆鲜红色的马自达冲进了郡收容处大门。车停下后，出来个高个子男人，下巴蓄着短须，扛着拉长的摄像机和录音装备，悠闲地走向卡朋特。"我得到消息，你们这儿有位斯坦福毕业的数学硕士。"他声音轻松，不带感情色彩，"我能不能采访他，听听他的故事？"

卡朋特说："我们这儿没有收容这种人。你可以查记录。"可是，记者早就瞄到了被三个小男孩围在中间的艾德·甘特罗。

记者大声问道："是甘特罗先生吗？"

"是的，先生。"艾德·甘特罗回答。

基督啊，卡朋特在心中叹道，我们确确实实把他关进了收容所的卡车，还把他拉到了这里，这事肯定会上报纸，每家报纸都会报道。另一家印着电视台标记的蓝色面包车已经开到了停车场。面包车后面，还跟着其他两辆车。

卡朋特仿佛看见了大号字体的报纸标题：

堕胎处闷死斯坦福毕业生

或者：

挫败郡堕胎中心的非法……

如此这般，等等等等。晚上六点的电视新闻也会报道。里面会出现甘特罗，还有伊安·贝斯特（说不定贝斯特还是个律师），身边围绕着层层叠叠的录音机、话筒和摄像机。

我们算是彻底完了，他想，彻底完了。萨克拉门托官方会砍掉我们所有的经费，我们又只能跟从前一样，去抓流浪猫狗了。

真是烦透了。

伊安·贝斯特驾着烧煤的梅赛德斯奔驰，抵达收容所。他身上的醉意尚未全部退去。他对艾德·甘特罗说："我想绕点儿远路，看看风景再回去。你介不介意？"

"去哪儿看风景？"艾德·甘特罗问道。他已经累坏了，只想赶紧离开。刚才一股脑儿拥来的媒体,已经完成了采访,消失了踪影。甘特罗已经在媒体中申明了自己的看法,达到了目的。现在,他身上的力气仿佛都被抽干,只想回家。

伊安·贝斯特说:"去英属哥伦比亚,温哥华岛。"

艾德·甘特罗微微一笑:"我儿子,还有另外两个,都得上床睡觉了。咳,他们连晚饭都没吃。"

"我们路过麦当劳的时候,可以买一点儿。"伊安·贝斯特说,"然后,我们就出发去加拿大。那地方鱼多,山也多。到现在这时节,山顶上还有雪呢。"

"好啊,"甘特罗笑了,"我们去啊。"

"你愿意去?"伊安·贝斯特仔细打量着他,"你真愿意去?"

"等我处理些事情。处理好,我们俩就一起去。"

"狗娘养的,"贝斯特深吸一口气,"你是认真的?"

"没错。"他回答,"我是认真的。自然,我还得弄到老婆的书面同意。除非老婆签署文件,表示她不会跟着来,我们才能去加拿大。到加拿大以后,我们就会被叫作'落地移民'。"

"那我也得弄到辛西娅的书面同意才行。"

"她会给你的。只要你寄给她抚养费就行。"

"你觉得她会同意?她肯放我走?"

"当然。"甘特罗回答。

伊安·贝斯特跟甘特罗一起,一边带着孩子们上奔驰车,一边追问:"你真觉得我俩的老婆肯放我们走?我打赌,你说得对。辛西娅巴不得早点摆脱我。你知道她当着沃尔特的面,叫我什么?'冲动的懦夫'之类,一点儿都不尊重我。"

"我俩的老婆,"甘特罗说,"会放我们走的。"说归说,他心里明白,这不可能。

他转过头，看看收容所所长山姆·B.卡朋特先生，再看看卡车司机费里斯。刚才，卡朋特对报纸和电视媒体说，费里斯是个新来的，没经验，而且已经被开除了。

"不，"他回答，"她们不会放我们走的。她们俩，哪个都不肯。"

伊安·贝斯特笨手笨脚地摆弄着车子。车子是烧煤的，引擎控制结构很复杂。闻言，他说："他们当然要放我们走呀。你瞧，他们俩就这么站着，动也没动。你都跟电视台说了，还有个报纸记者要写专题故事。都到这份上了，他们还能怎么办？"

"我是说她们，老婆们。"甘特罗干巴巴地回应。

"我们逃走就行。"

"我们会被抓住的。"甘特罗说，"一旦被抓，就出不来了。不过，你还是问问辛西娅吧，试试也好。"

"我们永远也看不见温哥华岛了，也看不见巨大的远洋轮船在浓雾里出没。对不对？"伊安·贝斯特说。

"能看见。总有一天，能看见。"说归说，心底他却十分清楚，这是扯谎，彻头彻尾的谎言。就好像有时候，你说的话并没有理性依据，可你却明白，那绝对是真的。

两人从停车场开出来，上了公共道路。

"自由，感觉真好……对不对？"伊安·贝斯特问道。三个孩子点点头，艾德·甘特罗却什么都没说。自由，他想，现在是自由了。一回家却会陷入更大的罗网，被推进更大的卡车里。那辆卡车，比郡收容处用的金属机械卡车大得多。

"今天可真是了不得的一天。"伊安·贝斯特说。

"嗯。"艾德·甘特罗应和，"了不得的一天。我们为所有无助的生命，所有能被称为'活着'的东西，挺身而出，狠狠一击。"

伊安·贝斯特借着车内忽明忽暗的昏暗灯光,凝视着甘特罗,"我不想回家。我想直接去加拿大。"

"我们必须回家。"艾德·甘特罗提醒他,"至少暂时得回家,把该了的了结,处理法律事务,打包必要的用品。"

伊安·贝斯特开着车,说:"我们永远也去不了。去不了英属哥伦比亚,去不了温哥华岛,去不了斯坦利公园,去不了英伦海湾,种不了天然食品,养不了马,看不到远洋轮船。"

"对,我们去不了。"艾德·甘特罗说。

"现在去不了,以后呢?"

"永远都去不了。"

"我就怕这个。"贝斯特的声音哽咽了,把不稳手中的方向盘,车子在路上歪歪扭扭。

"这个,从一开始,我就知道。"

接着,车中二人陷入沉默,说不出话来。无话可说。

西比尔①之眼

古老的罗马共和国如何挫败阴谋？我们罗马人尽管也是凡胎俗骨，却有高天之上的神灵相助。神灵们充满智慧，心地善良，来自未知世界。只要共和国岌岌可危，他们就会出手相助；一旦情势转好，他们就立刻淡出公众视野——直到下一次危机来临。

譬如尤利乌斯·恺撒遇刺一案。合谋杀害他的人已伏诛，案子自然了结。可我们罗马人是怎么知道哪些人干下这肮脏勾当的？更重要的，如何将这些阴谋家绳之以法？自然是借外力——我们有库迈的西比尔。她能看穿未来千年之事，还会将建议写下交于我们。每个罗马人都知道这套《西比尔之书》②。每逢难解之事，我们就翻开书，从中寻求答案。

我，提阿纳③的斐罗斯·第克托斯，见过《西比尔之书》。查阅

①西比尔，来自希腊文，意为女预言家。西比尔并非一人之名，而是统称，指古希腊和古罗马时期，在神庙等神圣场所，通过神灵附体向人们传达神谕的女子。据传历史上共有十位西比尔，最著名的三位是德尔斐的西比尔、埃里色雷的西比尔以及库迈的西比尔。本文提到的库迈的西比尔，与罗马关系最为密切。

②预言诗集。

③提阿纳，古城市名，现位于土耳其境内。

过此书的人为数不少，包括众多罗马显贵，尤其是元老院①的元老们。但我亲见过西比尔本尊，且亲历并知晓她鲜为人知之事。如今我已老迈（衰老虽令人不快，但凡人终有一死，这是必然），我愿将这一段经历大白天下，好叫众人知道，我在履行祭司之责时，机缘巧合之下，曾目睹西比尔如何将目光延伸至时间长廊的彼端。我知道她的力量从何而来。这份力量源自希腊——那荣光赫赫之地，承袭自她的前任——德尔斐的西比尔。

此事确实鲜为人知。我这般泄露天机，只怕引得西比尔穿过时间长廊，降罚于我，令我永远沉默。极有可能，不等此卷完成，我便会陈尸于室，脑瓜爆裂，就像熟透了的黎凡特②甜瓜（此种甜瓜备受罗马人珍爱）。言归正传，既已得享天年，死不足惧，亦不足钳我之口。

那天早晨，内子与我口角。当时，尤利乌斯·恺撒刚刚遇刺，我尚未接到神谕，凶手身份成谜。此案定系叛国无疑！谋杀手段极为残忍——挽我国狂澜于倾倒之人，尸身上竟有上千处刀伤。神庙中的西比尔默许了此事；我等祭司见她写过类似的言语。她之前也料到恺撒会率军渡河，杀回罗马，并接受独裁官的冠冕③。

那天早晨，内子对我言道："你这蠢货，倘若西比尔真有大智

①罗马贵族议政机构。

②位于小亚细亚（土耳其亚洲部分）与埃及之间、地中海东部沿海地区，包括如今的黎巴嫩、叙利亚、约旦等国家。

③公元前49年，罗马共和国元老院因担忧恺撒的野心和势力，向在高卢作战的恺撒发出召回令，命他解散军队，返回罗马。恺撒率军行至罗马国境线卢比孔河。罗马法律规定，任何指挥官皆不可带着军队渡过卢比孔河，否则就是背叛罗马。恺撒清楚，如没有军队，他回罗马便会被处死。思索再三，率军渡河，进入罗马，并于次年被元老院任命为"独裁官"。

大慧,她早该预见到恺撒会遇刺。"

"说不定她确实预见到了。"我回答。

"依我看,她是个假货。"内子詹蒂碧①,脸上挂着一惯的怪相。这怪相颇惹我不快。她出身(如今她已身故)比我高贵,且从不许我忘记这一点。"那些神谕只怕都是你们祭司编的——把话编得含糊点儿,怎么都能解释。你们这是欺骗,是对罗马公民,特别是对上等人家的欺骗。"内子口中的上等人家,指的便是她的娘家。

听闻此言,我怒火上涌,从早餐桌边猛然立起,道:"她有神灵附体,是个女预言家——她能看到未来! 无疑,我们备受爱戴的伟大领袖遇刺一事,无法避免。"

"西比尔是骗子。"内子断言,自顾自给另一块面包卷涂黄油,姿势贪婪,一如往常。

"我亲见过那些伟大的书……"

"那么,她如何预知未来?"内子质问。我不得不承认对此一无所知,只得垂头丧气。我,堂堂库迈的祭司,罗马共和国的政府官员,竟为妇人所难,顿觉颜面扫地。

"骗钱罢了。"内子仍说个不停。我拔腿走出门外。天色尚早,刚刚放亮。美丽的黎明女神欧若拉正将晨光洒满大地。神圣的晨光,有多少神谕幻象由汝而来! 我一路步行,向着任职的神庙而去。

庙内尚无人声,只有武装守卫在门外来回踱步。他们惊讶于来人之早,随即认出是我,便向我点头致意。唯有熟识的库迈祭司才可进入神庙,哪怕是恺撒本人,没有祭司陪伴也休想进入。

---

①詹蒂碧,也叫詹西碧,原为苏格拉底的悍妇妻子之名,现已成为悍妇的代名词。

入得神庙,眼前便是一座高旷的穹顶大厅,室内气雾缭绕,只有几枝火炬照明。西比尔的巨大石座安放于此。石座湿润,在半明半昧中闪着微光。

我停下脚步,张口结舌,被前所未见之物吓得动弹不得——西比尔正安坐石座之上,黑色长发紧挽成发髻,覆布于臂,倾身向前。我看见,她并非独自一人。

有两个生物,立于圆形泡状物中,站在她面前。生物略似人形,但较人多出一条我无法言喻的东西。显然,它们并非凡人,乃是神灵。它们眼似狭缝,无有瞳仁,手如蟹爪,口类圆洞。我难过地发现,这两个神灵竟是哑物。其中之一手执一盒放于头边,盒内伸出长线,与西比尔手中另一小盒相连。借此,它们才能与西比尔交谈。小盒上有数字按键,长线盘成螺旋状,以供拉长。

此系不朽神灵无疑。我们罗马凡人,口耳相传,众人均相信神灵们早已从人间离去。现下看来,它们一定是回来了——至少暂时回来,为西比尔传递消息。

西比尔转身向我。她的头,竟穿过整个水雾腾腾的大厅,靠至我头边,面带微笑。她早知我远远立在一旁,仁慈地允许我旁听她与神灵们的对话。

"……这仅是开端,"神灵之一、身形较大者言道,"祸事接二连三。虽不会同时发生,但愚昧的黑暗时代即将来临,黄金时代行将结束。"

"这未来,无法改变么?"西比尔的嗓音悦耳动听,甚为众人所爱。

"奥古斯都①固然善政,"身形较大的神灵继续道,"其众多后

①奥古斯都(Gaius Julius Caesar Augustus,前63～14),即屋大维,恺撒的养子和继承人,罗马帝国的开国君主。

继者却不免邪恶而疯狂。"

另一位神灵道："有位心地无暇、秉性纯良的高贵造物,将成为某种新教的中心。这种新教将发展壮大,但其真实文本将难以解读,其真实教义将湮灭。吾等预见到,这位纯良造物的计划失败,和尤利乌斯一般,受尽折磨,最终被害。之后……"

"之后许久,"身形较大的神灵接过话头,"两千年后,文明将再次摆脱愚昧。那时……"

西比尔倒抽凉气,问道:"这么久吗,我父?"

"这么久。那时,人将开始质疑,并追寻自己真正的出身,追寻自己的神性。谋杀、迫害、残忍将再度降临,带来另一个黑暗时代。"

"但这未来有可能改变。"另一位神灵道。

"我能做什么?"西比尔问。

两位神灵柔声道:"那时候,你已经死了。"

"没有另一个西比尔承我衣钵吗?"

"没有人保护两千年后的共和国。目光短浅、阴险狡诈的污秽鼠辈上蹿下跳,左抓右挠,爪印遍布世界,争权夺利,为虚假的荣耀斗个你死我活。"两位神灵同声告诉西比尔,"你无能为力。"

突然,仿若转念之下,神灵们连同用来通话的小盒与长线蓦地消失,只留下西比尔一人。她静坐片刻,抬起手,一张供书写的白纸便升到她面前。这种机关习自埃及。就在这时,她做了一桩奇事。此刻,我讲述这桩奇事,心中充满恐惧,比讲述前事时惧意更甚。

只见西比尔将手探入长袍的褶皱,取出一只眼睛,安放于前额正中。此眼并非常人之眼,而是方才神灵们的狭缝无瞳眼。眼旁横生多条带状物,在空中齐动,有如列排船桨……我只是一名祭司,只受过祭司的正统教育与训练,无法用言语描绘眼前所见。西比尔转向我的方向,透过此眼朝我身后看去,随即发出一声悲鸣,声震屋瓦。神庙的墙壁因之颤抖,石块纷纷落下,深藏于石缝的蛇类嘶嘶做声。西比尔的声音中饱含惊惶与恐惧。尽管如此,那奇特的第三只眼仍牢牢盯着我身后的不知名的图景。西比尔就是用这只眼睛预见需知的未来,给我们指点及警告。显然,她所见之物恐怖难言,无法忍受。而面对此物,我们即便有心,也无力招架。

接着,她倒了下来,似乎晕了过去。我跑上前帮忙。听我叙说的朋友啊,共和国伟大的、可爱的盟友——西比尔——正将目光延伸至时间长廊彼端,却因惊惶而晕厥,倒了下来。而就在此时,我触碰到了她。

我伸手扶着西比尔,怪事发生了。在袅袅盘旋的气雾中,某些形体渐渐显现。

“你不可当真。”西比尔说。我听到她的声音,也听懂了她的话。可不知为何,我却知道那些形体是真实的。我见到巨船,无帆无桨;我见到城市,细瘦高耸的建筑,前所未见的交通工具川流其间。我向它们靠近,它们也向我靠拢。最后,这些形体到了我身后,在我与西比尔之间聚散盘旋,将我俩隔开。“是戈耳工之眼让我看到未来,”西比尔在我身后喊道,“就是美杜莎三姐妹共用的那只命运之眼[①]。你已经进入了……”

她的声音消失了。

①根据施瓦布撰写的希腊神话故事,众怪之父福耳库斯女儿众多,其中三个被称为“格赖埃”,三人生来就是老妪形象,三人共用一颗牙齿和一只眼睛。另外三个女儿被称为“戈耳工”,三人的头发是活着的毒蛇,有铁爪、金翅和野猪的獠牙,凡直视她们眼睛者都会变成石头。美杜莎是戈耳工三姐妹中唯一的凡胎,后被珀尔修斯杀死。这里作者将格赖埃和戈耳工合二为一。

　　我在自家后院草地上，一边跟小狗玩耍，一边琢磨地上的可口可乐玻璃瓶。瓶子碎了，不知是谁留下的。

　　"菲利普，吃饭了！"祖母站在后门廊上喊我。我抬头，发现太阳正西沉。

　　"来了！"我口里答应，仍自顾自玩耍。我发现一张大蜘蛛网，网里有只被缠住的蜜蜂，蜘蛛正对它下手。我想解开蜜蜂身上的网丝，却被它叮了一口。

　　下一段记忆中，我在看《伯克利日报》上的漫画连载。布里克·布拉德福德①找到了失落数千年的文明。

　　"妈，"我喊母亲，"瞧这个，妙极了。布里克沿着峭壁下到谷底，他发现……"我盯着画里那古老的头盔，不知为何，某种奇特的感觉充满全身。

　　"他连环画看得太多，"听到我的话，祖母很反感，"他该读读有价值的书。漫画都是垃圾。"

　　记忆镜头推进到学校。我坐着，看一个女孩儿跳舞。女孩名叫吉尔，是六年级生，比我们高一级。她一身肚皮舞娘的装束，戴着半脸面纱，露出眼睛。那双可爱、善良、充满智慧的眼睛让我想起曾经熟悉的另一双眼睛。不过，小孩子又懂什么呢！后来，瑞德曼太太让我们写篇作文，我就写了吉尔。我写道：吉尔住在奇异的国度里；在那儿，她赤裸上身舞蹈。再后来，瑞德曼太太跟我母亲通了电话。我被狠狠训斥了一顿，但大人们训我

_____

　　①同名科幻漫画的主人公。漫画讲述主人公的冒险经历，出现了恐龙、机器人、外星人，等等。

的话不清不楚,仿佛提到了胸罩之类。我当时完全摸不着头脑;那时候,有很多事都让我摸不着头脑。我生长在伯克利,就读于黑尔赛德文法学校,可我有些记忆却与此地无关,和我的家人、我的住所无关……那些记忆里有蛇。我不知道自己为什么会梦见蛇——有智慧的蛇,不是凶恶的毒蛇。它们悄声口吐智慧之言。

总之,我改了作文,让吉尔不再露出腰以上的部分。校长比尔·盖恩斯先生对修改后的作文大加赞赏。于是,我决定当作家。

有天晚上我做了个奇怪的梦。那时候我大概快初中毕业,来年就要上伯克利高中。这个梦,和普通的梦一样,栩栩如生。我梦见深夜时分,见到了一个来自外太空的人类。他坐在人造卫星之类的交通工具里,透过窗户,看着我。他不能说话,只是看着我。他有一双奇特的眼睛。

那之后大概两周,我得填一张未来职业意向表。我想起那个梦,和梦里来自另一个宇宙的人。于是我写道:我要当科幻作家。

这可惹火了我的家人。不过,你也知道,他们越是恼火,我越是顽固。还有,我女朋友伊莎贝尔·洛马克斯,她也说我肯定写不好,还说这东西不赚钱,还说科幻小说傻透了,还说只有一脸粉刺的家伙才会读这玩意儿。于是,我越发确信无疑,我要当科幻作家。总得有人写东西给一脸粉刺的家伙们看呀!只有脸蛋儿干干净净的人才有东西可读,这不公正嘛!公正可是美国的立国之基——这是黑尔赛德文法学校的盖恩斯先生教我们的。那会儿只有他一个人能修好我的腕表,我挺崇拜他,所以他的话我信。

高中我读得一塌糊涂。我整天不干别的,就坐在那儿不停地写。每个老师都朝我大喊大叫,骂我是"左翼分子",因为我不按他们说的做。

"是吗?"我记得我是这么回答的。于是他们勒令我去见主管男生的教务长。教务长狠狠训了我一顿,比我祖父训得还狠。他警告说,要是我的成绩上不去,学校就开除我。

那一夜我又做了个栩栩如生的梦。这次,我梦到一个女人。我俩坐在古罗马式样的双轮马车里,她一边驾车,一边歌唱。

第二天,我去见厄罗德先生——就是男生教务长——的时候,我在他房间的黑板上用拉丁文写了一句话:

UBI PECUNIA REGNET

他进门看到这句话,脸涨得通红。他教授拉丁文,知道这句话的意思是"这地方金钱做主。"

"心怀不满的左翼分子的典型手笔。"他说完,坐下来检查我的考卷。我趁机又写了一句话:

UBI CUNNUS REGNET[①]

这句话让他面露难色:"这地方……你在哪个地方学的这个词?"

"我不知道。"我回答。我确实不太清楚。我似乎记得,在梦里,别人用拉丁文跟我交谈。没准这是我的大脑在自动复习拉丁文入门课程。我的拉丁文成绩不错,这让所有人惊讶,因为我

---

①意为"这地方阴道做主。"

从来不用功。

在那个疯子或者那些疯子刺杀肯尼迪总统的前两夜,我又做了个栩栩如生的梦。在梦里,我见到总统遇刺的全过程。比这更清晰的,是在梦中,我女朋友伊莎贝尔·洛马克斯,眼睁睁看着那些阴谋家们干下邪恶的勾当。而且,她还有第三只眼。

肯尼迪总统遇刺后,我变得极为古怪,整天坐着,心事重重,闭缩在自己的世界里。家人送我去看精神科医生。接待我的女医生名叫卡罗尔·黑姆斯,长得挺漂亮,为人也不错。她说我没疯,但我应该离开家庭,退出学校。她说学校教育系统把人和现实割裂开来,不让人学习应付现实生活的技巧——就我来说,便是不让我学习科幻小说的写作技巧。

我按她的话做了。我到一家卖电视的店里工作,负责打扫卫生、拆箱和组装电视机。但我总觉得每台电视机都是一只大眼睛;这让我颇为苦恼。我把那些奇妙的梦讲给卡罗尔·黑姆斯听,告诉她梦里有外星人,拉丁语,还有许多其它东西,虽然我醒来后就忘了。

“梦这东西,仍有难解之处。”黑姆斯女士告诉我。我正坐着幻想黑姆斯女士一身肚皮舞娘的装束,上身赤裸。这样,一小时的心理治疗时间就容易打发。“有种新理论认为,梦是人类集体无意识的一部分,而集体无意识则记录了数千年来的历史……在梦里,你看到的是数千年前的真实[1]。如果这种理论成立,那么梦就是十分合理且宝贵的东西。”

尽管忙着想象她如何诱人地款摆臀胯,我仍听进了她的话。多半因为她有一双智慧而善良的眼睛。不知为何,这让我想起

---

[1] 这是荣格的集体无意识理论。

梦里那些有智慧的蛇。

"我梦到书，"我说，"翻开的书，在我面前。巨大、宝贵、近乎神圣的书，就像《圣经》。"

"那是因为你想当作家。"黑姆斯女士说。

"我梦到的书很古老。有几千年的历史。它们给我们警告。警告提到，会发生很多可怕的谋杀。警察将审查人们的思想，实施秘密逮捕，甚至栽赃陷害。我还经常梦到一个女人，长得像你，却坐在宽大的石座上。"

后来，黑姆斯女士被调到另一个地方，我再也见不到她了。这让我终日惶恐，只得埋首于写作中。其中有一个故事，讲的是高等种族降临地球，秘密指导人类事务。我把它卖给一家叫《让科学活力四射》的杂志，他们却一直没付钱给我。

现在我也老大不小了，我就大着胆子把下面这件事讲出来——反正我也没什么后顾之忧。有一天，我接到个活，要我为《爱情行星冒险故事》写篇小文章。他们将所需的大致情节交代完毕，还给了我一张杂志封面的黑白照片。这张照片牢牢吸引了我的眼球。照片里不知是个罗马人还是希腊人——反正他穿着托加①，腰间还系着双蛇盘延、象征医药的墨丘利②之杖。这支手杖本来不过是橄榄树枝罢了。

"你怎么知道这叫'墨丘利之杖'？"伊莎贝尔问道。（我们现在

①古罗马男性公民在束腰及膝衣之上，还要围裹托加。所谓托加，是一块长约6米、由羊毛制成的布料。

②罗马神话中的神祇，即希腊神话中的赫尔墨斯，狡黠灵捷，为众神之使，商业的保护神。墨丘利之杖名为caduceus，杖体双蛇盘延，顶生双翅，通常是商业的象征，在美国也常作为医药的象征。

住在一块儿,她不停地催我多赚钱,好和她家人一样有钱有品位。)

"我不知道。"这样的回答,我自己也觉得滑稽。接着,剧烈的彩色眼内闪光①开始出现:瞬间闪过的鲜艳色彩,就像保罗·克利或者别的什么人画的现代抽象画。"今天几号?"我朝伊莎贝尔大喊。她正在吹头发,顺便看《哈佛讽刺》②。

"几号?3月16号。"

"哪一年?!"我又喊道,"Pulchra puella, tempus……"③我突然住了口,因为她直愣愣地盯着我,而我,我居然不记得她的名字,也忘了她是谁。

"1974年。"她回答。

"1974年,独裁者仍然掌权。"

"你说什么?"她大吃一惊,瞪大了眼睛。

蓦地,她身体两侧各现出一个生物,全身裹在赖以维生的圆球形气压温度调节器内,以便往来于不同的系统之间。"别再多说一个字。"其中一个警告我,"我们会抹掉她的记忆。她会以为自己睡着了,做了个梦。"

"我都记起来了。"我用手按着头,说道。我的前世记忆回来了。我记得我来自古代。再往前推,是来自爱波姆斯星④的外星人,和这两个不朽的生物一样。"你们回来做什么?"我问道,"是来……"

---

①眼内闪光,指在没有外界光源的情况下由机械或电流作用引起的视网膜光感。

②始于1876年,是一份由哈佛大学生创办的幽默讽刺类刊物。

③拉丁文,意为"美丽的姑娘,时间……"

④作者虚构的星球。

"我们的工作只能通过普通人进行。"雅尼斯，两个不朽生物中更为智慧的那一个开口道，"西比尔已经不在了，没人来帮助并指引共和国前行。我们只能出现在大家的梦里，引导他们觉醒。我们做了一些牺牲，让他们渐渐醒悟过来，从满口谎言的统治者手中得到解放。"

"他们知道你们的存在？"

"他们已经起了疑心。我们把自己的全息图投影在天上，以转移注意力，让他们以为我们飘浮在空中。"

我现在已经知道，这些不朽的生物其实存在于人们的脑中，而不是天上。它们把人们的注意力吸引到外部，以便放手引导人们的内在。它们一直都在指引人们的内心。

"我们会把春天带到这个寒冬凛冽的地方。"弗弗兰微笑道，"那些隐约看见暴政，发出几声呻吟，因而入狱的人们……我们会打开囚室大门，放他们自由。你看见了吗？你看见那些来来往往的秘密警察和半军事组织如何毁掉言论自由，毁掉所有的异议者了吗？"

而今我已年迈，故将此情陈于公众之前。西比尔所居之城——库迈城的罗马同胞们啊，机缘巧合，或是命中注定，我已见过遥远的未来。那时暴政肆虐，寒冬凛冽，远超想象之极限。我也看见，襄助我们的神灵，也在襄助两千年后的人们。未来的凡人——说来可叹——竟是双目盲瞽。其目视之力，经由千年的压抑，已被全部夺走。那些凡人受折磨、受管辖，就像我们管辖自己的牲口。但神灵们正引导他们觉醒——依我愚见，他们必会觉醒，得到拯救。于是，持续两千年的凛冬行将结束，梦想与秘示将令人们睁开双眼。他们会知道……唉，人既老朽，词不达意，不知所言。

西比尔的好友、我国大诗人维吉尔曾作一诗，正合此景，暂借以作结尾。此诗所描绘光明之未来，正如西比尔所言，不在此时的罗马，却在两千年后。其诗颇可宽慰未来之人：

> Ultima Cumaei venit iam carminis aetas;
>
> magnus ab integro saeclorum nascitur ordo.
>
> Iam redit et Virgo, redeunt Saturnia regna;
>
> Iam nova progenies, caelo demittitur alto.
>
> Tu modo nascenti puero, quo ferrea primum
>
> desinet, ac toto surget gens aurea mundo,
>
> casta fave Lucina; tuus iam regnat Apollo.

在西比尔与神灵将我拉回之前，我已学会未来人所用之奇特语种，是谓英文。我试将此诗译成英文，结果如下：

> 西比尔预言之时终于到来；
>
> 时代转身，追根溯源。
>
> 贞女重临，农神再统天下；
>
> 天堂的高贵种族纡降人间。
>
> 生育女神，请对新生婴儿微笑；
>
> 在它的时代，铁囚崩塌，
>
> 黄金的种族，蓬勃兴旺。
>
> 阿波罗，正统的王哟，又登上宝座！

我亲爱的罗马同胞们啊，这光景，你们是看不到的。但在遥远的时间长廊彼端,在美国(请原谅我用了奇特的词汇),恶将败亡,而维吉尔这短短的预言(西比尔给了他灵感),终将成真。春将再生!

计算机先生也有掉链子的时候

他醒来,立刻觉出有什么不对劲,很不对劲。随即,他明白过来:哎呀,老天,床先生又把他七歪八扭、团成一团,丢到墙边了。唉,又来了。西部理事会还保证说,这回肯定一切完美,永远不会再出错。可瞧瞧我现在的模样。相信区区人类的保证,就会落得这个下场。

他费尽力气从被子床单里挣扎出来,摇摇晃晃地站起身,穿过房间,来到衣柜先生旁边。

"我要一件整洁帅气的双排扣西服,要鲨鱼皮灰色的。"他对准衣柜先生门上的话筒,干脆利落地命令道,"配红色衬衣、蓝色袜子,还有……"没用。衣柜先生的开口槽已经震动起来,一条大号的女式丝绸灯笼裤慢慢滑出。

"要穿就穿,不穿拉倒。"衣柜先生金属质地的声音响了起来,在房间里空洞地回荡。

乔·讨人嫌,心情沉闷,穿上灯笼裤。总比没得穿好。上回,"恐怖八月"那天,纽约市皇后区的多脑计算机,只发给"大大美国"全体人民每人一条手帕,给他们当衣服。

乔·讨人嫌来到洗手间,开始洗脸,却发现他扑在脸上的液体不是水,而是温乎乎的根汁汽水①。基督啊,他想,这回,计算机先生越发搞笑离谱了,肯定是读了老菲尔·迪克②科幻小说的缘故。我们脑袋发昏,把全世界的书,不管多古老的文字垃圾,都给计算机先生看,还存在它的记忆库里。这就是后果。

他梳好头(没用根汁汽水),擦干脸,回到厨房,心存侥幸,希望咖啡壶先生是分崩离析的混乱世界中仅存的清醒片段。

他想多了。咖啡壶先生殷勤地为他送上一纸杯肥皂水。够了,不必再试了。

谁知,大麻烦还在后头。他想出门,门先生却怎么也不肯开,用尖利的声音抱怨道:"光荣之路只通向坟墓!"

"什么意思?"乔恼火地问道。他不想再碰上古怪事了,这一点儿也不好玩。当然,前几次出乱子的时候也不好玩,除了……嗯,计算机先生给他上了烤野鸡当早饭这事之外。

"意思是说,"门先生回答,"你纯粹是在浪费时间,混球。你今天别想去办公室了。"

这话不假。门就是不肯开。他使劲捣鼓了一通,但门锁装置是由千里之外的多脑主矩阵控制的,完全不为所动。

那,来点儿早饭? 乔·讨人嫌按下食物先生控制模块的按钮。很快,一盘肥料送了上来,跟他大眼瞪小眼。

他气得拎起电话,狠狠敲出当地警方的号码。

"这儿是疯子音乐公司,"视频电话上出现了一张脸,应道,"只需一周,就能制作出您的性行为的动画版本,还配有出众音效!"

操他妈的。乔·讨人嫌在心里骂了一句,挂了电话。

---

① 从某些植物的根部和草本植物中提取汁液制成的碳酸饮料。

② Old Phil Dick, Phil Dick 是作者姓名的昵称,此处是作者自嘲。

从一开始，这就是个错误。1982年，当局决定，所有的器械，都由中央电脑控制。那时候，这个决定听来有些道理：臭氧层已经被破坏得一点儿不剩，大量紫外线辐射地球，害得地球上很多人都疯疯癫癫，不得不采用电子手段来解决器械操作问题。电子计算机不会受紫外线影响，不会发疯。

于是，就有了计算机先生。可惜，说起来让人难过，人类制造者给计算机先生输入了太多疯狂，计算机先生也产生了周期性精神病。

解决办法自然有，就像膏药一样，"啪"地一声，匆匆忙忙贴在了病灶上：一旦发现计算机先生有精神问题，世界精神健康组织的负责人——一位名叫琼·辛普森的可敬老悍妇——就被赐予了永生。这样，无论过去多少年，一旦计算机先生发病，她就可以出面治疗。平常，辛普森女士一直居于地心，住在一间四周上下都铺了铅的房间里。这样，她就可以免受地表辐射的侵害。据说，铅屋中的辛普森女士迷迷糊糊，处于类似活动中止的状态（称为"抑郁Pak状态"），只靠听肥皂剧取乐。在她耳中播放的是一部出品于40年代、非常罕见的肥皂剧，不断循环，永无休止。据说，辛普森女士是地球上——不，地球里——唯一一个神智清醒的人。神志清醒，外加卓绝的技术，还有无比丰富的精神构造治疗经验，让她成了地球人存活的唯一希望。

想到这位女士，乔·讨人嫌心中稍微好过了一点儿——只是稍微。因为，他刚刚捡起了今天的报纸（报纸就放在大门送信口旁边的地板上），发现报纸的头条写着，"阿道夫·希特勒加冕为教皇，围观欢呼群众数量创历史新高"。

报纸先生，够了。乔忧郁地将报纸丢进垃圾槽先生里。

机器震动起来，没消化报纸，也没把它压成小块，却原封不动地吐了出来。乔飞快地瞥了一眼吐出来的报纸。头条附有照片,是一架人体骨骼,穿着纳粹军服,粘了撇小胡子,带着教皇的巨大冠冕。乔无力地在客厅沙发上坐下,等待辛普森女士被人从"抑郁Pak"状态中唤醒的时刻。要不了多久,这一时刻肯定会到。那时候,辛普森夫人就能治好计算机先生,让世界恢复秩序。

带头人博士按下巨型电脑输入系统上的命令按钮,问道:"你是谁?"

答案立即出现在屏幕上。

汤姆·索亚。

"看到没?"秘密监视先生说,"这东西已经彻底脱离了现实。辛普森女士的唤醒程序开始了吗?"

"回答是肯定的,秘密监视。"带头人答道。话音刚落,仿佛为了证明他的话真实不虚,几扇门滑开,露出辛普森女士浅眠其中、不断收听她最喜欢的日间肥皂剧《玛·珀金斯》的铅屋。

"辛普森女士,"带头人俯身对她说,"计算机先生又出问题了,彻底脱离了现实。一小时前,它把纽约市所有的鞭打车都引导到同一个十字路口,大批人丧命。出事后,它没派消防员和警方救援队前往现场,反而派了一大群马戏团小丑过去。"

辛普森女士的声音从传导放大系统(他们就是用这个系统跟她交流的)中传出:"明白了。不过,首先,我得去处理玛家木材场的火情。她朋友纱弗……"

"辛普森女士,"带头人又说,"这儿的情况紧急。我们需要你。你快从平常的迷糊中清醒过来,赶紧让计算机先生恢复神智。之后,你就可以继续听你的广播剧了。"

带头人先生低头望着辛普森女士。跟从前一样,他惊叹于这位女士绝世非凡的美貌:漆黑的大眼睛,长睫毛,性感的沙哑嗓音,乌黑发亮的短发(在这个破烂世界里,这发型多么时尚!),紧实柔软的身体,温暖的嘴唇,传达着爱与安慰……这地球上唯一神智清醒的人类,唯一能够拯救地球的人类,居然是这么一位美貌惊人的女性。真是奇迹。

不过,这些无关紧要。没时间转这些念头。NBC电视台已经报道,计算机先生关闭了世界上所有的机场,还把机场变成了棒球场。

稍后,清醒后的辛普森女士立即开始研究描述计算机先生古怪命令的综合摘要。

"很清楚,它出现了退行行为①。"她心不在焉地抿了口咖啡,宣布道。

"辛普森女士,"秘密监视说,"抱歉,您刚才喝的是肥皂水。"

"你说得对。"辛普森女士放下手中的杯子,说:"我发现,计算机先生正对全人类玩幼稚的恶作剧。这一点,符合我的人格化假说。"

"您打算如何让这台巨大的机器恢复正常?"

"显然,它受到了巨大的创伤,才产生了退行行为。"辛普森女士说,"我会查出它究竟受了什么创伤,然后对计算机先生实施针对这种创伤的脱敏治疗。我开出的处方是,按照字母顺序,把字母一个一个展示给计算机先生看,密切记录它的反应,直到

---

①指个体在遇到挫折和应激时,心理活动退回到较早年龄阶段的水平,以原始、幼稚的方法应付当前情景,放弃已经学到的比较成熟的适应技巧或方式,使用早期生活阶段的某种行为方式,以满足自己的某些欲望。

捕捉到'畏缩反应'（这是精神卫生运动的专门称呼）。"

她立刻行动。计算机先生看到字母"J"的时候，发出了轻轻的悲鸣，冒出了青烟。

辛普森女士立刻重新开始，从头一个个展示字母。这一次，字母C出现的时候，计算机先生发出了悲鸣，冒出了青烟。

"首字母是J.C.，"辛普森女士说，"或许代表耶稣基督（Jesus Christ），说不定，基督已经再次降临人世，计算机先生担心这事会让公众措手不及。我就以这个假设为前提，开始工作。让计算机先生进入半昏迷状态，让它自由联想。"

技术员立即遵令行事。

巨大的计算机陷入昏迷，架在控制室的音频通道里传来他人事不省的呓语。

"……企图给自己设定死亡程序，"计算机嘟哝道，"这么好的人！DNA命令分析。面对死刑判决，没有请求缓刑，反而要求加快执行速度。鲑鱼逆水而上，自行求死……他觉得很有吸引力……我为他做了这么多，他还想死……拒绝生命。意识清醒地拒绝生命，一心求死。我没法忍受主动求死。DNA命令程序中基本目的是求生，他完全背离了这种目的，一百八十度大转弯的改编程序……"就这样，嘟哝个不住。

辛普森女士厉声打断："你想到了什么名字，计算机先生？想个名字！"

"唱片店的小职员，"计算机嘟哝道，"专长是德国民谣歌手，还有60年代泡泡糖摇滚乐。真浪费。老天……可是水是温的。觉着该去钓鱼。放下鱼线，钓条大鲶鱼。哈克一定会吃惊的，吉姆也是！吉姆是个好人，尽管……"

"名字！"辛普森女士重复道。

计算机先生仍然只发出含糊不清的嘟哝。

辛普森女士迅速转身，对直挺挺立在她身后、随时恭候命令的秘密监视先生和带头人博士说："去找姓名首字母为J.C.的唱片店职员，专长是德国民谣歌手，还有60年代泡泡糖摇滚乐。动作快！没时间了！"

乔·讨人嫌①从公寓窗户里爬了出来。街头，一大堆鞭打车撞在一起，司机们愤怒叫骂。乔从车子和司机当中穿过，走向"艺术音乐公司"唱片店。这辈子，大部分时间，他都在这家店干活。好歹，总算是出来了——

两名身穿灰色制服的警察，一脸严肃，突然在他面前实体化。两名警察手中都握着拳头枪，对准了乔的胸口。"跟我们来。"两人异口同声道。

逃跑的冲动占了上风。于是，乔转过身，拔腿想跑。剧痛立即袭来——两名警察开枪揍了他。疼痛之下，乔的意识渐渐模糊，明白自己是逃不掉了，成了当局的俘虏。为什么抓我？只是上街随便抓人？还是扼杀萌芽中的反政府行动？还是——尽管意识模糊，他仍然脑洞大开——外星人终于降临，帮我们争取自由？接着，仁慈的黑暗终于笼罩了他全身。

清醒后，他首先见到的是两位技术官员。他们递来一杯肥皂水。两人身后站着一名武装警察，带着拳头枪，以备不时之需。

房间角落坐着一位黑发女子，美貌惊人，身着迷你裙，足蹬长靴。这身打扮有些过时，可穿在她身上，却性感迷人，让人转不开视线。还有她的眼睛——他从未见过这么大、这么温暖的

---

①乔·讨人嫌(Joe Contemptible)，姓名首字母是J.C.。

眼睛。她会是谁呢？她找他来，想干吗？为什么把他带来见她？

"报上名来。"一名穿白大褂的技术官员命令道。

"讨人嫌。"他直愣愣注视美貌惊人的年轻女子，好不容易答道。

"你预约了 DNA 重新评估，"另一名穿白大褂的技术官员直截了当地问道，"目的何在？你打算……我该说，你原本打算改变基因库中哪一道基因命令？"

乔结结巴巴地解释说；"我……想给自己重新编程，争取……那个，更长的寿命。死亡密码快要在我身上起效了，我就——"

"我们都知道，这是假话。"可爱的黑发女子说话了，声音性感沙哑，同时充满了智慧和权威，"你原本打算自杀，对不对，讨人嫌先生？你打算改变你的 DNA 编码，目的不是延长寿命，而是加速死亡？"

他没回答。显然，他们都知道了。

"为什么？"女子厉声问道。

"我……"他犹豫了。接着，他知道躲不开这问题，灰心丧气地开口道："我没结婚，没有妻子，什么都没有，只有一份唱片店的该死工作。该死的德国曲子和泡泡糖摇滚乐，歌德、海涅和尼尔·戴蒙的混合物，不分白天黑夜，一刻不停地充斥我的脑袋。"他扬起头，露出愤怒的挑衅神色，"这还是生活吗？我干吗还要活下去？这不叫生活，叫苟且偷生！"

众人均沉默。

三只青蛙一蹦一跳地穿过地板。计算机先生往全世界的通风管道里都投放了青蛙。半小时前，还投放了死猫。

"你们知不知道，"乔静静开口，"脑袋里整天响着那些歌，听着'我为你唱的歌/我给你的爱'这样的歌词，是什么感受？"

可爱的黑发女子突然应道："我想我知道,讨人嫌。知道吗,我就是琼·辛普森。"

"那……"乔突然明白了,"在地球中心,观看无休无止、永远循环的日间肥皂剧的,就是你!"

"不是看,"琼·辛普森回答,"是听。肥皂剧是广播,不是电视。"

乔什么都没说。无话可说。

一名白大褂技术官员说:"辛普森女士,计算机先生刚刚往通风管道里投放了成千上万的波莉。必须立刻开始工作,让计算机先生恢复神智。"

"波莉?"琼·辛普森有些迷惑。接着,她令人温暖的面容上慢慢露出恍然大悟的神色,"对了,他孩提时代的迷恋对象。"

"讨人嫌先生,"一名白大褂技术官员对乔说,"就因为你对生命失去了热情,计算机先生才发了疯。想让计算机先生恢复神智,就必须先让你恢复清醒。"接着,他又问辛普森女士:"我说得对吗?"

辛普森女士点点头,点了根烟,若有所思地靠在椅背上,"那么,该拿你怎么办呢,乔? 该怎么做,才能改变你,才能让你产生求生的念头,放弃求死? 计算机先生的狂躁综合症,跟你的求死念头直接相关。计算机先生针对它在乎的人类,进行交叉检索,发现你想死,于是认定自己辜负了世界……"

"在乎?"乔·讨人嫌反问,"你是说,计算机先生喜欢我?"

"在乎,意思是'负责照料'。"一名白大褂技术官员解释道。

"等等。"琼·辛普森仔细打量着乔·讨人嫌,"你对'在乎'这个词有反应。刚刚,你以为这个词是什么意思?"

乔窘迫地答道:"喜欢我。我以为这个'在乎',指的是喜欢我。"

"我来问问你。"琼·辛普森立即接着问道,同时掐灭手中烟蒂,点上另一支,"你是不是觉得没人喜欢你,乔?"

"我妈妈就是这么说的。"乔·讨人嫌回答。

"你相信她的话?"琼·辛普森问道。

"我相信。"他点点头。

突然,琼·辛普森撤灭了手中的香烟。"这样吧,秘密监视,"她静静开口,声音中充满活力,"我不要再听絮絮叨叨的肥皂剧广播了。我不打算再回地球中心。一切都结束了,先生们。虽然对不起你们,不过我已经决定了。"

"你不会打算让计算机先生就这么疯下去……"

"我会治好计算机先生,"琼·辛普森不动声色,"不过,想治好计算机先生,我得先治好乔,还有——"她唇边露出狡黠的微笑,"还有我自己,先生们。"

众人沉默。

片刻后,一名白大褂技术员开口道:"好吧,我们会把你们俩都送进地球中心。你们俩可以絮叨到天荒地老。不过,一旦需要,你得从'抑郁Pak'状态中醒来,治好计算机先生。这条件够好吗?"

"等等。"乔·讨人嫌有气无力地说。可是,辛普森女士已经点了点头。

"够好了。"她说。

"我的公寓怎么办?"乔抗议道,"还有工作呢? 还有我习以为常、毫无意义的悲惨生活呢?"

琼·辛普森说:"这一切,都开始改变啦,乔! 你我已经相遇。"

"可我本以为你又老又丑!"乔说,"我没想到你——"

"宇宙是个充满惊喜的地方。"说着,琼·辛普森期待地朝他张开怀抱。

出口即入口

鲍勃·照办,总觉得机器人不会直视你的眼睛。而且,一旦有机器人靠近,总有些珍贵的小东西会不见踪影。还有,机器人对于秩序的概念,就是把所有的东西都堆成一堆。尽管如此,为了吃午饭,照办还是得去机器人那儿买吃的。速食小贩薪水太低,吸引不了真正的人类。

"牛肉汉堡、薯条、草莓奶昔,还有……"照办看着屏幕显示的清单,犹豫片刻,改口道,"不,我要至尊双层芝士汉堡、薯条、巧克力麦芽威士忌……"

"不行啊,"机器人说,"我已经开始做牛肉汉堡了。趁等待的工夫,你想不想买一张彩票,参加本周的竞猜?"

"你是说,我吃不到至尊芝士汉堡了?"照办问道。

"没错。"

21世纪真是地狱。信息传递已经达到光速。有一次,照办的哥哥写了一份十个字的故事大纲,塞进一台小说机器里,随即改了主意,想修改结局。谁知,小说已经开始打印了。于是,为了修改结局,他哥哥不得不写了一部续集。

"竞猜的奖品是什么?"照办问道。

屏幕立刻列出了所有的奖项,从头奖到末奖,所有的胜率都列了出来。自然,没等照办看清楚,机器人就清空了屏幕。

"头奖是什么?"照办问道。

"这我不能说。"机器人回答。机器人的开口槽里滑出牛肉汉堡、薯条和草莓奶昔。"一共是一千美元,现金。"

"给我点儿提示吧。"照办一边付钱,一边要求道。

"这东西无处不在,却哪儿都找不到。从十七世纪开始,它就存在。原先,它是看不见的。然后,它有了皇家称号。只有聪明人才能找到它。不过,作弊,或者钱多,也有帮助。还有,'沉重'这个词意味着什么?"

"真深奥。"

"不,我指字面意思。"

"字面意思,意味着'质量大'。"照办思索着,"这算是什么竞猜? 难道比的是谁能猜出奖品是什么? 我不玩了。"

"只要六美元,"机器人说,"就能参加竞猜,你还能得到……"

"答案是'万有引力',"照办突然打断了它的话,"艾萨克·牛顿爵士,英国皇家学院。对不对?"

"答对了。"机器人回答,"只要六美元,你就有机会上大学——统计学中的机会,胜率固定。六美元算什么? 什么都买不到。"

照办递给它一枚六美元硬币。

"你中奖了。"机器人说,"你能上大学了。胜率是两万亿分之一,而你正好中奖。请允许我第一个祝贺你。要是我有手,我就会伸出来跟你握一握。你的生活就此改变。今天真是你的幸运日。"

"这是圈套。"照办一下子慌了。

"没错。"机器人直视着他的双眼，"你必须接受这份奖品，这是强制性的。我说的大学，是一所军事学校，位于埃及操屁股市——反正是个差不多的地名。不过，位置不是问题。会有人带你过去。回家打包行李去吧。"

"我就不能吃完汉堡和奶昔再……"

"我建议你还是马上回去，开始打包。"

在照办身后，一个男人和一个女人已经开始排队。他条件反射地让了开去，有些头晕，紧紧抓着手中的餐盘，不让它翻倒。

"碳烤牛排三明治，"男人开口点餐，"洋葱圈、根汁汽水。就这些。"

机器人问道："想不想买彩票参加竞猜？奖品很诱人哦。"屏幕上闪出了胜率。

鲍勃·照办打开自己单间公寓的大门，发现电话亮着，正在四处找他。"总算找到你了。"电话说。

"我不干。"照办回答。

"你必须干。"电话那头回答，"你知道我是谁吗？看看你的报名表和头奖合同吧。你的新军衔是陆军少尉。我是卡索斯少校，你现在归我管。如果我让你撒一泡紫色的尿，你就得给我尿出来。你什么时候能上路？要跟朋友或者恋人道个别吗？要不要给你妈妈说一声？"

"我还能回来吗？"照办怒气冲冲，"这所大学的敌人是谁？我们要跟谁打仗？既然提到这个，我就再问问，这到底是什么大学？师资力量如何？它到底是人文学科的大学，还是专门教授理科？是否有政府资助？会不会提供……"

"先喘口气，别慌。"卡索斯少校慢条斯理道。

照办坐了下来，发现双手不停颤抖。他暗想：我真是生错了时代。一百年前，这事不可能发生；一百年后，这事肯定属于非法。我得找个律师。

这辈子，他一直过得波澜不兴。这些年来，他慢慢晋升，升到了飘浮房屋销售这行的中层。作为二十二岁的年轻人，他混得还不坏，只差一步，就能拥有目前这所单间公寓的产权——虽然目前是租住，但他有购买的优先权。自然，这种生活不值一提；不过，大多数人的生活都不值一提。他对生活的要求不多，一般来说，很少抱怨自己受到的待遇。尽管他不理解税收结构，不理解自己的收入为什么会被截去一块，但他默默接受，没有怨言。同样，他也默默接受了变相的贫困生活，就像接受某个姑娘拒绝跟他上床一样。

在某种程度上，不抱怨成了他的脾性，成了他的性格特征。他逆来顺受，并把这种态度视为美德。在他上头掌权的人，大多认为他人不错。至于在他下头、听他指挥的人……嗯，人数是零。"九号云屋"的上司，对他指手画脚；他的客户，也对他指手画脚。政府则对所有人指手画脚——这是他猜的，因为他鲜少跟政府打交道。鲜少跟政府打交道这一点，说不上是美德还是恶行，只能说是好运。有一阵子，他曾有过模模糊糊的梦想——这梦想，跟施舍穷人有关。高中时代，他读了查尔斯·狄更斯的书，其中描绘的受压迫者栩栩如生，在照办的脑袋里生根发芽，鲜明得呼之欲出——凡是没受过高中教育、没有工作、没有单间公寓可住的人，就是受压迫者。至于这些人生活在何方，他也有些模糊的概念。电视新闻提过某些地名，一直悬浮在他脑海中，比如印度（在印度，官僚机构对人民课以重税，人民挣扎在死亡线上）。有一次，一架教书机器对他说，你有颗好心肠。这话让他发笑——不是因为一架机器居然会说这种话，而是因为，自己居然会收到这种评价。后来，有个姑娘也说了同样的话，让他惊讶不已。冥冥中，竟有种不可思议的力量前后勾连，一齐让他相信，自己不是坏人。虽然神秘难解，但听到这样的话，毕竟还是挺高兴的。

不过，有梦想的日子已经过去了。他不再读小说，那姑娘也调到了法兰克福。如今，他还上了机器人的当，中了一架廉价机器的圈套，要被送到鸡不生蛋的地方去铲屎。说不定，那就是个机器骗子，目的是从大街上拉壮丁，越多越好。他肯定没中什么大奖，要去的肯定不是什么大学，而是强制劳动的集中营。

出口即入口，他想。这话的意思是说，如果当局盯上了你，你就别想跑，只需一纸公文就行。随便哪台计算机，只要按个键，就能填完表格，走完程序。"H"键表示"地狱"，"S"键表示奴隶，"Y"键就代表"你"。

别忘了牙刷。他对自己说，说不定需要。

电话屏幕上，卡索斯少校盯着他，仿佛在暗暗计算他拔腿就跑的可能性。鲍勃·照办心想：要我乖乖听话？那只有两万亿分之一的可能性。可是啊，就像我刚刚参加的竞猜，偏偏就是这个"一"赢了。我真会乖乖照办。

"拜托，"照办问道，"我就问一个问题，希望您如实回答。"

"当然可以。"卡索斯少校回答。

"要是我没去'厄尔高级'机器人那儿买午饭，会不会……"

"不管你去哪儿，我们总能找到你。"卡索斯少校回答。

"好。"照办点点头，"谢谢。听到您这么说，我感觉好多了。这样，我就不会在脑袋里转蠢念头，不停地懊悔，想着要是没去买汉堡和薯条就好,没……"他没说完,改口道:"我该打包行李了。"

卡索斯少校说:"我们已经对你进行了好几个月的秘密评估,结果发现,以你的资质,不该被埋没在房屋销售这行。而且,你受的教育也不够。你该进行深造。你有资格进行深造。"

照办大吃一惊,"您这么说,就好像我要去的地方真是大学似的!"

"真是大学,而且是太阳系中最好的大学。自然,这所学校不为外人所知;它的存在必须保密。这所学校没有自愿报名的学生;所有的学生,都是被学校挑中后,才能入学。这可不是你在机器人屏幕上看到的胜率。这很严肃,不是开玩笑。没法想象太阳系中最好的大学,居然用博彩这种办法选择学生,对吧,照办先生?你要学的多着呢!"

"我要在学校里待多久?"照办问道。

"待到你学成为止。"卡索斯少校回答。

学校给他做了体检,理了发,发了一套制服,分配了一个铺位,还进行了多项心理测验。照办怀疑,这些心理测验真正的目的,是发现潜在的同性恋者。接着,他又怀疑,自己之所以会对心理测验产生怀疑,本身就表明,他确实是潜在的同性恋者。于是,他放弃了怀疑,转而认定,这些都只是狡猾的智力和资质测试。同时告诉自己,他在测验中的表现,证明了他既有智力,又有资质。

他还让自己相信,制服于他特别合身——尽管大家穿的都是这套衣服。他坐在自己的铺位边上,一边翻看入学指南,一边告诫自己:就因为大家穿的都一样,所以才叫制服。

指南首先指出,被大学录取,是极大的荣耀。

没错,这所大学的名字,就叫大学。真是古怪,他琢磨,就好像养了只猫,取名叫"猫",养了只狗,取名叫"狗"一样。这是我妈妈,"妈妈夫人",这是我爸爸,"爸爸先生"。这儿的人是不是脑子不正常? 多年来,他一直有种病态的恐惧,生怕某天落到疯子的手心里,尤其是看起来正常、最后才发现是疯子的那种人。这是照办心中最深层的恐惧。

他正坐着细读手册,一个穿着大学制服的红头发姑娘凑了过来,坐到他身边,一脸迷惑。

"你能不能帮我讲讲,"她问道,"课程提纲是什么东西? 这儿说,有人会给我们讲课程提纲。这地方把我脑袋都搞昏了。"

照办回答:"我们都是被人从大街上拉了壮丁,拖到这儿来铲屎的。"

"你真这么想?"

"我一清二楚。"

"我们逃走不行么?"

"要逃你先逃,"照办回答,"我得看看你的下场,然后再决定。"

姑娘哈哈大笑,"我猜,你也不知道什么是课程大纲。"

"我当然知道。课程大纲就是课程或者讲座主题的概要。"

"哈,没错,猪还会吹口哨呢!"

他望着她,她也望着他。

"我们恐怕这辈子都得待在这儿了。"姑娘说。

她告诉他,自己名叫玛丽·洛恩。他觉得她长得挺漂亮,满怀忧愁和恐惧,但掩饰得很好。两人跟其余新入学的学生一块儿,观看了动画片《土狼赫比》的最新一集。这一集照办看过,讲的是土狼赫比企图暗杀苏联僧人拉斯普京。跟从前一样,赫比使了各种招数：毒杀、枪杀、炸飞六次、捅刀子、拴上铁链沉入伏尔加河、野马分尸，最后绑在火箭上射向月球……照办看得十分无聊，他根本不想看什么土狼赫比，也不关心苏联历史。他琢磨着，大学的教学水平，不会就这么点儿吧？他想象着土狼赫比版的"海森堡测不准原理"：亚原子微粒一会儿从这儿冒出来，一会儿从那儿冒出来，赫比手持大锤，拼命挥舞，徒劳地在其后追逐。接着，一大群亚原子微粒嘲笑着扑向赫比，赫比结局悲惨，一如往常。

"你在想什么？"玛丽轻声问道。

动画片已经放完，礼堂中灯光复明。卡索斯少校站在舞台上。真人比电话屏幕上看起来更大。照办对自己说：搞笑的部分已经结束。他没法想象卡索斯少校手持大锤拼命挥舞，徒劳地追逐亚原子微粒。他觉得身上发冷，有些担心，有点儿害怕。

卡索斯少校的讲座，主题是机密信息。少校身后亮着一张巨大的全息图，是稳态钻机的结构示意图。钻机全息图缓缓旋转，学生们可以从各个角度观看。钻机内部的不同结构用不同的颜色区分开来。

"我刚才问，你在想什么？"玛丽又轻声道。

"我们得仔细听。"照办轻声回答。

玛丽同样轻声说："这东西能自行寻找钛矿。这有什么了不起。钛储量丰富，在地壳中占第九位，很容易找。要是这东西能自行寻找并挖掘出武尔茨矿，我才佩服。地球上，只有玻利维亚的波托西、美国蒙大拿州的比尤特，还有内华达州的戈尔德菲尔德，才能找到武尔茨矿。"

"武尔茨矿很难挖？"照办问道。

玛丽回答："但凡温度低于一千摄氏度，武尔茨矿都会处于不稳定状态。而且……"她住了口。台上的卡索斯少校已经中断了讲座,正盯着她看。

"年轻的女士,能否请你重复一下刚才的话,讲给我们大家听?"卡索斯少校说。

玛丽站了起来,答道:"但凡温度低于一千摄氏度,武尔茨矿都会处于不稳定状态。"她毫不惊慌,声音一点儿也没有颤抖。

卡索斯少校身后的全息图,立刻变成了硫化锌矿石的数据展示。

"这上面没有武尔茨矿。"卡索斯少校刁难道。

"武尔茨矿以反转形式,出现在这张表格内。"玛丽交叉双臂抱胸,毫不畏惧,"也就是闪锌矿。没错,它是硫化锌,属于AX类的硫化物,跟硫镉矿相连。"

"坐下。"卡索斯少校命令道。全息图又变了,变成硫镉矿的特性展示。

玛丽一边坐下,一边说:"我猜得没错,没有能挖掘武尔茨矿的稳态钻机。因为没有……"

"你叫什么名字?"卡索斯少校拿出纸笔,问道。

"玛丽·武尔茨。"她的声音不带丝毫感情,"我父亲就是查尔斯-阿道夫·武尔茨。"

"武尔茨矿的发现者?"卡索斯少校的声音有些犹豫,笔也有些颤抖。

"没错。"玛丽一边回答,一边转向照办,挤了挤眼睛。

"谢谢你跟我们分享知识。"说着,卡索斯少校一挥手,全息图上出现了一座飞行扶壁,旁边还有一座普通扶壁,以资对照。

"我想说的很简单,"卡索斯少校开口,"即某些知识,比如建筑原理,能经久不变……"

"大多数建筑原理都是经久不变的。"玛丽插嘴。

卡索斯少校愣了愣。

"否则，建筑原理就没意义了。"玛丽补充道。

"为什么?"卡索斯少校脱口而出，立即脸红了。

有几个穿制服的学生笑了出来。

"这类知识，"卡索斯少校继续道，"不属于保密范畴。但你们将要学到的知识中，有很大一部分是机密信息。所以，本校处于军事特许之列。凡是向公众泄露或传播在校学到的机密知识，都将受到军法裁处。一旦有泄露情况出现，你们就会上军事法庭。"

底下的学生一片窃窃私语。照办心想:就是说，会被狠揍一顿，威胁恐吓，然后再吃点儿什么苦头。

私语过后，众人沉默下来，就连他身边的姑娘也不做声了。玛丽脸上露出了复杂的表情，仿佛陷入深深的思考，神色凝重，而且——在照办看来——异常成熟。这神情让她一下子年长了许多，不再像年轻姑娘。他不禁琢磨起来:她究竟有多大年纪?她的面容竟浮现出了千年的沧桑。他细细看着她，想想台上的军官，还有军官身后的巨大全息图。她到底在想什么? 还打算站起来说话吗? 人家都说了，我们受着军事法律的制约，她怎么会一点儿不怕，还敢大声说出自己的想法呢?

卡索斯少校说:"我给你们举个例子，什么叫严格保密数据。这个例子，跟黑豹引擎有关。"他身后的全息图，却忽然一片空白。

"长官，"一个学生说，"全息图里什么都没有。"

"你们在校的学习，不会涉及这块内容。"卡索斯少校说，"黑豹引擎是双转子系统，两枚转子绕着同一根主轴，各自朝相反方向运转。这种系统的装置,完全避免了离心力矩,这就是这种引擎的先进之处。相反方向的转子之间,会装入凸轮链;这样,主轴就能随时改变方向,不会出现滞后现象。"

少校身后,巨大的全息图仍是一片空白。照办深觉诡异:怪事,这就像没有信息的信息,就好像计算机成了瞎子。

卡索斯少校说:"大学收到封口令,不得泄露黑豹引擎的任何信息。大学的计算机系统被设定了程序,无法修改,无法显示黑豹引擎的任何内容。确切地说,大学系统根本不知道黑豹引擎的存在。程序设定,一旦收到任何有关黑豹引擎的消息,都必须立即销毁。"

一名学生举手问道:"就是说,哪怕有人往大学系统内输入有关黑豹的内容……"

"它也会立即拒绝这些信息。"卡索斯少校说。

"封禁的只有黑豹引擎吗?"另一名学生问道。

"不是。"卡索斯少校回答。

"那么,有很多内容,我们都没法索取打印资料喽。"一名学生咕哝。

"封禁的内容,都不重要。"卡索斯少校回答,"至少跟你们的学习关系不大。"

学生们一片沉默。

"你们要学习的科目,"卡索斯少校说,"会根据你们的资质和个性档案,一一分派给你们。接下来,我会挨个点到你们的名字。叫到的人就上台,领取分配的科目任务。大学已经为你们每个人做了最终决定;所以,不必担心,分配不会出错。"

照办慌了。他想,要是我被分派到直肠病学、足病学或者爬虫学,怎么办? 这所大学,用它无穷的计算机化的智慧思考后,决定把宇宙中所有跟疱疹有关或者类似疱疹的知识全都硬灌给我,怎么办? 要是分配给我的科目比疱疹还要可怕,怎么办? 不知道世上有没有比疱疹更可怕的东西……

少校开始按姓氏的字母顺序,叫出学生的名字。玛丽开口道:"当然喽,最好分配到能赚钱的行当——做人得现实么。我知道我会分配到什么。我清楚自己的强项。肯定是化学。"

少校叫了照办的名字。他站起身,从礼堂过道走向卡索斯少校。两人互相打量一番,卡索斯递给他一个没封口的信封。

照办全身僵硬,回到座位上。

"要我替你打开吗?"玛丽问道。

照办无言,把信封递给她。玛丽打开信封,看了看里头打印纸上的内容。

"我能靠这个吃饭吗?"他问。

她笑了,"能,这行薪水很高,很好,简直就跟……这么说吧,所有的殖民行星都十分需要。你到哪儿都能找到工作。"

他斜过眼睛,往她手里一瞄,看到了纸上印的字。

宇宙学,天体演化学,前苏格拉底哲学

"前苏格拉底哲学。"玛丽说,"很好,简直就跟结构工程一样好。"她把纸递给他,"我不该拿你开玩笑。不,这不是能吃饭的行当,除非你教书……不过,你也许对这个有兴趣。你有兴趣吗?"

"没。"他的回答干脆利落。

"那我就不懂了,学校干吗分配这个给你。"玛丽说。

"天体演化学,到底是什么东西?"他问。

"宇宙如何形成的学说。难道你没兴趣知道,宇宙如何……"她住了口,看着他,"这样看来,你肯定不会碰到机密材料,更不可能要求打印出来。"说到这里,她若有所思,自言自语地说道,"说不定,道理就在这儿。选这个科目,他们就不必盯着你了。"

"就算碰到机密材料,我也不会泄密的。"他说。

"不会吗?你真的了解自己?无所谓,反正,等大学用早期希腊哲学对你狂轰滥炸的时候,你有的是机会探究这问题。德尔斐的阿波罗神庙,入口镌刻着一句座右铭:'了解你自己'。光这句话,就概括了希腊哲学的一半。"

照办说:"看来,我不可能泄露机密军事材料,也不会上军事法庭了。"他想起刚才的黑豹引擎,忽然充分体会到卡索斯少校那短短一席话的分量,"不知道土狼赫比的座右铭是什么。"

"应该是'我下定决心,一定要证明自己是恶棍'。"玛丽回答,"或者'这些天无所事事,太悠闲了,真讨厌。得多多策划阴谋诡计。'"玛丽伸手按住他的手臂,以示安慰,"你还记得《土狼赫比》的'查理三世'那一集吗?"

"玛丽·洛恩。"卡索斯少校念了玛丽的名字。

"抱歉。"说着,她起身,走上台,拿了信封回来,脸上挂着微笑。"我分配到了麻风病学,"她对照办说,"要研究治疗麻风病。不,这是玩笑话。我分配到的其实是化学。"

"你会碰上机密材料的。"照办说。

"嗯,我知道。"她回答。

第一天的学习开始了。鲍勃·照办把大学输入-输出终端拨到音频输出,按下自己专属课程的正确密码。

"米利都的泰勒斯①，"终端开始讲课，"是自然哲学爱奥尼亚学派的创始人。"

"他的主要观点是什么？"照办问道。

"世界浮在水上。水支撑着世界，世界源于水。"

"真蠢。"照办评论道。

大学终端解释道："泰勒斯发现，在距离大海很远的内陆，甚至在高纬度地区，也有鱼类的化石，这才做出了以上论断。所以，他的观点其实不蠢，也算有理有据。"终端在全息屏上显示了大量书面材料，照办一点儿兴趣也没有。唉，音频输出是自己选的，总得听完。终端接着说："泰勒斯被公认为历史上第一个理性的人。"

"阿肯那顿②呢？"照办问道。

"他太古怪。"

"摩西呢？"

"也怪。"

"汉谟拉比③呢？"

"汉谟拉比这几个字，怎么写？"

"我也不知道，我只是听说过这名字。"

"那么，我们就讨论一下阿那克西曼德④吧，"终端说，"还有

---

①前苏格拉底哲学家、数学家、天文学家，希腊七贤之一，被亚里士多德誉为"第一位希腊哲学家"，被后世称为"科学哲学之祖"。

②埃及国王。他摈弃了旧神，倡导敬拜唯一神太阳神。

③古巴比伦王国的第六任国王，以制定了《汉谟拉比法典》而闻名，在现代被誉为古代立法者。《汉谟拉比法典》是信史的第一部成文民法典之一，刻写于超过2.4米（8英尺）高的石碑上，1901年该石碑被考古发现。

④前苏格拉底哲学家，泰勒斯的学生。

——我匆匆筛选了一下——还有阿那克西美尼①、色诺芬尼②、巴门尼德③、麦里梭④……等等,我还忘了赫拉克利特⑤和克拉底鲁⑥。接下来,我们还要学习恩培多克勒⑦、阿那克萨哥拉⑧、芝诺⑨……"

"基督啊!"照办叹道。

"基督不属于我们的科目,是另外的课题。"终端说。

"继续讲吧。"照办说。

"你有没有记笔记?"

"你管我记不记呢!"

"你心中好像有些矛盾冲突啊?"

---

①前苏格拉底哲学家,阿那克西曼德的学生。

②古希腊最早的哲学家之一,诗人,批判了"神人同形同性说",发展了一神论观念。

③前苏格拉底哲学家,认为真实是"一",变化是不可能的,人的感官只会带来虚假和欺骗。

④前苏格拉底哲学家,巴门尼德的学生。

⑤前苏格拉底哲学家,认为变化永恒,为宇宙之基。据称"人不能两次踏进同一条河流"便是他的名言。

⑥前苏格拉底哲学家,赫拉克利特学说的坚定支持者,对柏拉图产生过影响。

⑦前苏格拉底哲学家,认为万物皆由水、土、火、气四者构成,再由"爱"与"冲突"聚合或分裂。

⑧前苏格拉底哲学家,将哲学带到雅典之人。

⑨前苏格拉底哲学家,巴门尼德的学生,提出"芝诺悖论",以支持老师的"真实为一,变化不可能"的观点。"芝诺悖论"在亚里士多德的《物理学》中表述为:动得最慢的物体不会被动得最快的物体追上;由于追赶者首先应该达到被追者出发之点,此时被追者已经往前走了一段距离。因此被追者总是在追赶者前面。简言之,就是"阿喀琉斯(特洛伊战争中的希腊英雄)永远追不上乌龟。"

照办问道："要是我从学校退学，会怎么样？"

"会进监狱。"

"那我就记笔记。"

"既然你这么……"

"什么？"

"既然你心中充满了矛盾冲突，你肯定会对恩培多克勒有兴趣。他是第一个辩证哲学家。恩培多克勒相信，现实的基础，就是'爱'与'冲突'两股力量的对立。如果爱的力量占了上风，宇宙就会按部就班，各守其分，成比例混合，这种状态被称为'krasis'，就是球形的神祇，完美的单个意识，不管什么时候都……"

"这些东西到底有没有实际应用的价值？"照办打断终端的话，问道。

"爱与冲突，这两股对立的力量，跟道家的'阴阳'概念相似。阴阳处于永恒的相互影响之中。一切变化都是源自阴阳的相互作用。"

"实际应用！"

"相互对立的双生要素。"全息屏幕上出现了一幅非常复杂的示意图，"双转子黑豹引擎。"

"什么？"赖在座位上的照办顿时挺直了身子。他看到，屏幕上的示意图上面，写着几个大字：

黑豹氢驱动系统，最高机密。

他本能地按下了"打印"键。终端机器"嗡嗡"响起，吐出三张纸，滑到取纸槽中。

他们疏忽了，照办想，他们没料到，大学记忆库中的"黑豹引擎"资料，会被"前苏格拉底哲学"引出来。不知怎么，交叉索引搞混了。大家都忽略了前苏格拉底哲学……谁会料到,尖端的机密引擎资料,会被归类到"哲学—前苏格拉底"类目,"恩培多克勒"子类目下?

他飞快地拿出那三张纸,暗想:我拿到了,机密就在我手里。

他把资料折好,塞进大学发给他的笔记本里。

我干得漂亮,正中靶心。我该把这些图纸藏到哪儿去呢?肯定不能藏到储物柜里。一转念,他又想:我把这些资料打印出来,是不是已经犯了罪?

"恩培多克勒相信,"终端还在讲课,"土、水、火、气四要素,处于永恒的变动中,这些元素会一直……"

照办"咔哒"一声关掉了终端。全息屏熄灭,成了不透明的灰色。

学得太多,人真会迟钝。他一边想,一边站起来,离开小小的教室。脑袋好使了,动作却迟钝了。他沿着大厅,快步朝上升管道走去,不停琢磨:我到底该把图纸藏哪儿?唔,他们还不知道我拿到了图纸,我不必着急。我该随便选个地方,把这东西藏起来。这样,哪怕他们发现了图纸,也没法追查到我身上——除非他们不嫌麻烦,检查指纹。

上升管道带他来到地面。他对自己说:这东西的价值,说不定有几十亿美元。想到这儿,他心中狂喜;没多久,狂喜被恐惧代替。他发现自己在颤抖。要是他们发现,肯定得气疯了。

要是他们发现,要撒紫色尿的,就不是我,而是他们,是大学了。瞧瞧,这错误犯得多大。

而且,犯错误的不是我,是大学。大学搞砸了,可真倒霉。

回到宿舍,他发现宿舍里有一间洗衣房,管理洗衣房的只有默默无声的机器人。他瞅了个空当,趁机器人没注意,把三张图纸塞进一大叠床单里,靠近最底下。这叠床单堆得很高,几乎快到天花板,估计今年过完,都不会用到最底下。他想,我有足够的时间,来计划行动。

他看了看表,发现下午行将结束。等到五点,他就得去餐厅,跟玛丽一起吃晚饭。

五点过一点儿,玛丽才出现,一脸疲惫。

两人拿着托盘,开始排队。"学习怎么样?"玛丽问道。

"挺好。"照办回答。

"你有没有学到芝诺?我向来喜欢芝诺。他证明,运动是不可能的。所以,到现在,我还待在我妈的子宫里。你脸色不对劲啊!"她注视着他。

"我听了一天巨大海龟驮着地球,听烦了。"

"还有人说,地球悬在一根长长的绳子上呢!"玛丽说。

两人一同挤过就餐的学生群,来到一张空餐桌旁,开始吃饭。玛丽开口道:"你吃的不多啊!"

照办喝着咖啡,答道:"当初,就是因为想吃,我才被拉到这儿来。"

"你可以退学啊。"

"退学就得进监狱。"

玛丽说:"这是大学系统设定好的套话。大部分都是纸老虎,雷声大,雨点小。"

"我弄到了。"照办说。

"弄到了什么?"她住了嘴,不再咀嚼,注视着他。

"黑豹引擎。"

姑娘没作声,愣愣地盯着他。

"图纸。"他补充道。

"该死的,小声点儿。"

"他们疏忽了,遗漏了记忆库中的一处引证,被我弄到了手。可我不知道接下来该怎么办。也许,我该就这么走出去,然后心存指望,但愿没人会拦我。"

"他们不知道? 大学没有监控吗?"

"目前没有任何迹象表明,他们已经发觉。"

"基督耶稣。"玛丽小声叹道,"第一天上学,你就弄到了这个。你得仔细想想,好好琢磨琢磨。"

"我可以毁了这些图纸,"他说,"也可以卖掉。我看过了,图纸的最后一页有分析。黑豹——"

"别提这名字,就说它。"玛丽制止道。

"它能替代氢电涡轮,降低一半的成本。我虽然看不懂术语,但结论还是能懂的。这是廉价能源,非常便宜。"

"这么说,大家都能受益。"

他点点头。

"他们真是捅了大娄子。"玛丽说,"卡索斯怎么说来着?'就算大学收到有关黑——有关它——的数据,也会自动拒绝。'"她往嘴里塞了一口食物,若有所思地慢慢咀嚼,"他们故意隐瞒,不让公众知晓。肯定是受到了氢电涡轮业的压力。哼!"

"我该怎么办?"照办问道。

"这得由你自己决定。"

"我在想,我能不能带着图纸,找个天高皇帝远的殖民行星,找一家独立公司,跟他们做笔交易。这样,政府就不会知道……"

"政府肯定会弄清楚图纸的来源,"玛丽说,"然后追踪到你身上。"

"那我最好烧了它们。"

"你现在的处境确实很艰难。一方面,你通过非法途径,占有了机密信息;另一方面……"

"我没有通过非法途径,是大学捅了娄子。"

玛丽不为所动,继续道:"你要求打印的时候,就犯了法,而且是军法。你本该一发现,就向安保部门报告这一漏洞。安保部门肯定会奖励你。卡索斯少校也会表扬你。"

"我很害怕。"照办说。恐惧在他体内四处游走,越来越强烈。他举起塑料咖啡杯,手不停颤抖。杯中咖啡洒了出来,溅在他的制服上。

玛丽拿了一张餐巾纸,替他擦拭咖啡渍。

"擦不掉。"她说。

"这句话含有象征意义。"照办说,"我想起麦克白夫人。我一直想养条狗,取名叫Spot。这样,赶狗出去的时候,我就可以说《麦克白》戏里的台词'out,out,damned spot'①。"

"我不会替你做决定。"玛丽说,"这个决定,你必须一个人做。说起来,你根本不该把这事告诉我,这不仗义。这下,人家有可能把我们俩看成同谋,一起送进监狱。"

"监狱。"他重复道。

"你有能力……"话没说完,她笑了起来,摇摇头,"老天,我居然打算告诉你,你有能力为人类文明提供廉价能源。哎,我也害怕。你想好,该怎么做才对,然后就去做吧。要是你觉得,应

---

①这句话出自莎剧《麦克白》第五幕第一场,麦克白夫人怂恿丈夫杀害国王后,受良心谴责,常梦游,作洗手状,欲洗去手上的血迹,同时说梦话。这句台词就是其中的经典之一,意为"去吧,该死的血迹,去吧!"作者在这儿用了这句话开玩笑,将意思变为"出去,出去,该死的Spot(狗名)"。

该把图纸公布出去……"

"哎,这个我倒从来没想过。公布图纸,是个好办法。随便找家杂志或者报纸,找台连接计算机的打印机,十五分钟之内,图纸就会散布到整个太阳系。"我只需要支付打印费用,然后把三页图纸塞进去就行。就这么简单。之后,我的余生就得在监狱中度过——最少也得上法庭。也许,法庭会做出对我有利的判决。历史上有过这类先例。有人偷了顶级机密材料——军事级别的机密材料——然后公之于众。后来,法庭判决,此人无罪。不仅如此,随着时间推移,人们还慢慢认识到,此人其实是位英雄——为了全人类的福祉,不惜冒生命危险。

这时,两名身着军服的武装安保员走了过来,在鲍勃·照办身边站定。他目瞪口呆,不敢相信自己的眼睛,同时告诫自己:是真的,你最好赶紧认清现实。

"你是名叫照办的学生吗?"一名安保员问。

"我制服上有名字。"照办说。

"学生照办,伸出手来。"说着,另一名大块头安保员用手铐铐住了照办的手腕。

玛丽什么都没说,照旧慢慢吃着饭。

卡索斯少校的办公室。照办一边等候,一边默默消化这个事实——用行话说,他被"拘留"了。他满腹愁闷,不知该怎么办。他是不是中了圈套? 要是他被起诉,该怎么办? 如果真是圈套,抓他的人怎么来得这么慢? 接着,他又开始琢磨,这一切到底意义何在。如果自己继续学习宇宙学、天体演化学、前苏格拉底哲学,会不会更理解宏观全局?

卡索斯少校进了办公室,声音干脆利落:"抱歉,让你久等了。"

"能除掉手铐吗?"照办问道。手铐铐得很紧,没留一点儿余地,手腕挺疼,骨头都在疼。

"我们没找到图纸。"卡索斯少校在办公桌后坐下。

"什么图纸?"

"黑豹引擎的图纸。"

"黑豹引擎的图纸根本不该存在。这是你在开学讲座里自己说的。"

"你是故意让终端打开了会泄露机密的程序,还是无意中碰到的?"

"我的终端程序是自动设定的,讲的是水。"照办回答,"宇宙是由水构成的。"

"你要求打印的时候,终端自动通知了安保部。所有的打印材料都会受到监视。"

"操你妈。"

卡索斯少校说:"这样吧。我们只想拿回图纸,没打算送你进监狱。只要把图纸还回来,你就不会受审。"

"把什么送回来?"照办装傻,心中却很清楚,装傻没用,"我能考虑考虑吗?"

"能。"

"我能走了吗? 我想睡觉,我累了。我还想把手铐除掉。"

卡索斯少校除掉了手铐,又说:"我们跟你们,跟全体学生,都有协议。这是大学跟学生的协议,主题是保守秘密。你也首肯了这一协议。"

"并非出于自愿。"照办说。

"对,的确不是。但你对协议内容一清二楚。所以,当你发现,大学记忆库中存有黑豹引擎的图纸,而且,不论是谁,不论出于何种理由,只要询问前苏格拉底哲学的实际用处,就能拿到。这时候,你应该……"

"我当时大吃一惊。"照办说,"现在还没恢复。"

"忠诚是道德原则。这样吧,我不提惩罚,只要求你对大学表示忠诚。任何有责任心的人,都会遵守法律以及本人首肯的协议。只要归还图纸,你就能继续上学。而且,我们还会特批,准许你自由选择,学习任何科目,不必接受学校的分配。我觉得你是块好料子,应该上大学。你好好考虑考虑,明天早上八点到九点之间,你再来我办公室,告诉我考虑的结果。这件事,你对谁都不能说,不能讨论。有人会监视你。逃跑也是没有用的。明白了吗?"

"明白了。"照办木然地回答。

当天晚上,他梦见自己死了。梦中,宽广的空间在他面前延伸,已去世的父亲朝他走来。父亲走得很慢,从阴暗的林间空地慢慢走进阳光里。看到他,父亲似乎很高兴。照办感受到了父亲的爱。

醒来后,父亲的爱仍存留在照办心中。他穿上制服,想着父亲。父亲在世的时候,照办鲜少感受到父爱。如今,父亲和母亲均已辞世,死于核能事故(那次事故害死了很多人)。梦中的父爱,醒来的现实,让照办倍感孤独。

有人说,死后,重要的人会在另一个世界等你。照办想,等我死了,说不定卡索斯少校也死了。他会在另一个世界等我,愉快地迎接我。卡索斯少校和父亲成了一体。

我该怎么办? 他自问。他们已经抹消了惩罚,只剩下最基本的要求:忠诚。我忠诚吗？我够格吗？

豁出去了。他看了看表——八点三十分。父亲会为我骄傲的。我接下来要做的事,会让父亲骄傲。

他来到洗衣房,四下一望,没看到机器人。于是,他来到那一叠床单旁,把手伸进底部,找到那几页图纸,抽了出来,检查一番,随后便朝管道走去。管道通向卡索斯少校的办公室。

"你带来了。"见照办走进办公室,卡索斯少校开口道。照办把三页纸交给他。

"你有没有另外拷贝备份?"卡索斯问道。

"没有。"

"用名誉保证?"

"对。"

"你被大学开除了。"卡索斯少校说。

"什么?"照办大吃一惊。

卡索斯按下桌上的按钮,"进来吧。"

门开了。玛丽·洛恩出现在门口。

"我并非学校的官方代表。"卡索斯少校告诉照办,"你中了圈套。"

"我才是大学。"玛丽说。

卡索斯少校说:"坐下,照办。走之前,她会解释给你听。"

"我失败了?"照办问道。

"你让我失望了。"玛丽回答,"这是一次考验,目的是让你学会坚持自己的信念,哪怕意味着违抗当局。我们的社会制度,潜移默化,让成员相信:人,必须屈服于心理上认定的权威。而一所好学校,则要培养健全的人。人是否健全,跟数据、信息没有关系。我希望把你变成精神和心理上健全的人;可是,遵守命令,是没法养成反抗精神的。给人下一道命令,让他违抗另一道命令,徒劳无益。我只能给你一个例子,一个榜样。"

照办想起开学介绍讲座的时候,她跟卡索斯少校顶嘴的情形,只觉得脑中一片麻木。

"作为技术成果,黑豹引擎毫无价值,"玛丽说,"不过是我们用来考验学生的标准测试罢了。无论学生分配到哪门科目,都会遇上这个考验。"

"每个学生都会拿到黑豹引擎的资料?"照办不敢相信自己的耳朵,瞪着面前的姑娘。

"每个都会拿到,只是顺序问题。你的名字顺序靠前。首先,我们告诉学生,黑豹引擎是机密;然后,再告诉学生泄露机密的惩罚;最后,我们向学生泄露黑豹引擎的资料。我们希望,你们能公开这份资料,至少,也得选择尝试公开。"

卡索斯少校说:"你已经看到,在图纸第三页,写着这种引擎能够替代氢电,成为更为经济的能源。这一点很重要。看到这句话后,你就知道,如果把这种引擎的设计数据公开,公众会从中受益。"

"而且,我们已经抹消了给你的惩罚,不会让你上法庭受审。"玛丽说,"所以,你的作为,不能用恐惧当借口。"

"忠诚。"照办答道,"我的作为,是出于忠诚。"

"对什么的忠诚?"玛丽问道。

照办没应声。他无法思考。

"对全息屏幕的忠诚?"卡索斯少校讽刺道。

"对你的忠诚。"照办答道。

卡索斯少校说:"我侮辱你,嘲弄你,视你如尘土般轻贱。我还说,要是我命令你撒紫色的尿,你就得……"

"行了，"照办无法忍受，打断道，"够了。"

"再见了。"玛丽说。

"什么?"照办一惊。

"你得走了。你得回到你的生活和你的工作中去，就好像我们从没挑中你一样。"

照办道:"请再给我一次机会。"

"可是，"玛丽回答，"你已经知道了测试的真相。我们不可能再用这种办法考验你。你已经知道了大学对你的真正要求。所以，抱歉。"

"我也很抱歉。"卡索斯少校说。

照办什么都没说。

玛丽伸出手，说:"握握手吧?"

照办木然伸手，跟她握了握。卡索斯少校虽然注视着他，却心不在焉，没有伸手，像是全神贯注于其他问题。也许是其他人，其他学生。照办无从分辨。

三个夜晚后。照办在城市的光影交错中，漫无目的地散步。前面，在老地方，他看到了一直待在那儿的机器人速食小贩。速食摊前有个男孩子，要买一个墨西哥卷，还有一块苹果酥皮饼。鲍勃•照办来到男孩子身后，站着排队。他双手插着口袋，脑中空白，只有空虚和麻木。他想，我离开大学时，卡索斯一脸心不在焉，那表情一直压在我心中。我也只剩下心不在焉了。我就像一样无生命的物体，夹杂在无数无生命的物体当中，就像面前的机器人小贩。

机器人，无生命的物体，不会直视你的眼睛。他很清楚。

"您想要什么，先生?"机器人问道。

照办说："薯条、芝士堡、草莓奶昔。有没有竞猜？"

片刻后，机器人答道："有，可你不能参加，照办先生。"

"哦。"照办应道，等待食物出现。

食物来了，装在小小的一次性纸盒里，放在小小的塑料托盘上。

"钱，我不付。"照办转身离开。

机器人在他身后叫道："一共是一千一百美元，照办先生。不付钱是犯法的！"

他转了回来，拿出钱包。

"谢谢，照办先生。"机器人说，"我很为你骄傲。"

空气之链，以太之网

　　他居住的行星，每天有两次黎明。首先升起的是CY30，接着是个头更小、光芒更弱的双子星CY30B。仿佛是上帝没法做决定，到底更喜欢那颗太阳，就索性把两颗全都留下。穹顶监管员，喜欢把先后升起的两颗太阳，比作从前的多灯丝白炽灯泡——CY30首先亮起，功率是150瓦；CY30B随后跟上，为天空增加50瓦的亮度。在两颗太阳照耀下，行星表面的甲烷结晶闪闪烁烁，煞是好看——当然，看的人得待在室内，才会觉得这是种享受。

　　穹顶驻扎站中。莱欧·麦克维恩坐在餐桌前，喝着人造咖啡，翻阅报纸。很久之前，他就非法改造了穹顶的温度调节装置，所以此刻无忧无虑，身上暖暖烘烘。他在自家穹顶舱门口，加装了一条金属门闩，所以深觉笃定安然。而且，今天，送补给的人会来，他有了可聊天的对象，所以心中存着盼头。总之，今天是个好日子。

　　穹顶中所有的通讯装备全都处于自动状态，监视着——鬼知道它们监视着什么。从前，刚刚驻扎到CY30二号行星上的时候，麦克维恩曾彻彻底底地研究过这些电子设备，这些电子奇迹,了解它们的功用和目的。他负责照料这些设备。用行话说,他的职位被称作"仿真设备监管主任"。此刻,喝咖啡的时候,他允许自己暂时忘记大部分分内事务。看守通讯仪器的任务很单调,除非出现紧急情况。紧急时刻,他才能摆脱"仿真设备监管主任"的头衔,成为穹顶驻扎站活生生的大脑。

可紧急时刻从没来过。

报纸记载了1978年(这一年,麦克维恩刚刚出世)美国联邦所得税缴纳指南。很有趣。指南的目录顺序是这样的:

谁该申报所得税
寡妇资格和鳏夫资格如何认定
赢来的钱如何处理——奖金、赌金、彩票
已扣留部分——联邦所得税

麦克维恩觉得目录的最后一条最有趣,仿佛一条评论,给那种过时的生活方式做注脚。最后一条是:

免税额

麦克维恩深觉滑稽,不由得咧开了嘴。这一条,作为1978年美国联邦所得税缴纳指南的结尾,再合适不过。理所当然,过了没几年,美国就灭亡了——财政一塌糊涂,再也没能恢复元气。

"补给配额送到。"无线电音频传感器叫道,"启动门闩去除程序。"

"已经启动。"麦克维恩把手中的报纸放到一边。

扬声器又叫道:"戴上头盔。"

"头盔已戴好。"麦克维恩没去取氧气面罩。他设定的气压循环速率能补偿开门造成的气压骤降。这也是他改造的结果。

舱门旋开,补给员出现在门口,戴着头盔,穿着防护服。穹顶天花板的警铃大作,表示气压骤降。

"你怎么不戴头盔哪!"补给员恼火地吼道。

警铃骤然停止。气压已经稳定。补给员做了个鬼脸,摘下头盔,从带来的货物中拿出一只只纸盒。

"我们可是坚强的种族。"说着,麦克维恩帮他卸货。

"你把这儿的东西都改造过了。"补给员说。他身材结实,动作敏捷,是个典型的穹顶补给员。驾驶交通艇,在母舰和CY30二号行星之间来回,为各个穹顶运送补给,这可是有风险的活儿。这一点,补给员心中清楚,麦克维恩也清楚。

坐在穹顶里,监管设备,这活儿谁都能干;想在外头活动,可就没那么简单了,只有少数人能胜任。

麦克维恩跟补给员一同卸完货。补给员正在写收据,麦克维恩邀请道:"别急着走,坐会儿。"

"有咖啡喝,我就留下。"

两人在餐桌前面对面坐下,喝着咖啡。外头,甲烷兴风作浪,穹顶里头的两人却安然无恙。补给员出了汗。对他来说,麦克维恩设定的温度显然太高了。

"你认识驻扎在隔壁穹顶的女人吗?"补给员问道。

"算是认识吧。"麦克维恩回答,"每隔三到四周,我的设备就会发送数据给她的接收电路。我猜,她会把数据储存起来,然后增强,再发送出去。反正我只知道……"

"她病了。"补给员打断了他的话。

麦克维恩道："上一次跟她交谈的时候，我们用了视频，她看起来还挺好的。不过，她倒是提到，自己看不清终端显示的数据。"

"她快死了。"补给员啜了一口咖啡。

麦克维恩尽力回忆那女人的长相。瘦小，黑皮肤。她叫什么来着？

他在手边的控制板上按了几个键，输入穹顶看守员使用的密码。屏幕上出现了她的名字。瑞巴斯·罗梅。"什么病？"他问。

"多发性硬化症。"

"到了什么阶段？"

"离死不远了。"补给员说，"几个月前，她跟我说，快二十岁的时候，她得过一种……叫什么来着？动脉瘤。瘤子在她左眼，害她失去了左眼的中央视野。那时候，医生就怀疑，这个病是多发性硬化症的征兆。今天，我去的时候，她说她害了视觉神经炎，这种病……"

麦克维恩问："这两种症状，有没有传给医疗处？"

"医疗处说，这跟动脉瘤有关。动脉瘤发生后，病症出现了一段时间的缓解，然后再次加重，眼前出现重影，模糊了视野……你该给她打个电话聊聊。今天给她送补给的时候，她在哭呢！"

麦克维恩转向键盘，输入查询文字，看看屏幕上出现的结果。

"多发性硬化症，有百分之三十到百分之四十的治愈率。"

"在这儿不行。医疗处没法到这儿来给她治疗。"

"唉。"麦克维恩叹道。

"我让她申请转岗回家。换了我就这么干。可她不肯。"

"她疯了。"麦克维恩说。

"没错，她是疯了。这儿的人都疯了。想看证据？她就是证据。换成你，要是你病得很重，会不会申请回家？"

"无论如何，我们都不能放弃自己的穹顶岗位。"

"你们监控的东西有那么重要？"补给员放下咖啡杯，"我得走了。"他站起身，又说："给她打个电话，跟她聊聊。她需要人安慰，而你离她最近。真奇怪，她居然没告诉你她病了。"

是我没问，麦克维恩心里说。

补给员离开后，麦克维恩找出瑞巴斯·罗梅穹顶的代码。他一边把代码输入通讯器，一边瞄了一眼墙上的钟。时钟显示，现在正是1830。于是，他犹豫地住了手。他的一天，有四十二个小时，过得很有规律。在1830这个时刻，按照计划，CY30三号行星的自动卫星会发来一段高速视音频娱乐资料，需要他接收。接收并存储后，他还得从头开始，把这段资料用常速播放一遍，从中选择合用的片段，输入他所在行星的穹顶系统，广播给大家看。

麦克维恩看了一眼节目单。今天的节目，是福克斯演唱会，长达两小时。琳达·福克斯，老派摇滚和现代弦乐的结合。耶稣啊，要是我不转播你的现场演唱会，这颗行星上的所有穹顶监管员都会气得咬牙，冲过来宰了我。人家付我钱，就是让我干这个的（当然，还有处理紧急情况——可惜，紧急情况从没出现过）。我得负责行星间的信息传递。这些视音频资料，是我们这些穹顶监管员跟家乡仅有的联系。全靠这些东西，我们才能继续做人。

接收存储资料的带子照常运转。

他把带子拨到高速模式，调整控制器，设成接收状态，锁定卫星使用的频率,关注显示器上的波形,确保接收到的信号没有扭曲。同时,他把收到的信息转换成音频,实时输出。

琳达·福克斯的声音,从他头顶的驱动条中传出。显示器上的波形没有扭曲,音频中没有噪音,也没有断续卡壳。仪表显示,各个声道完美均衡。

说起哭,有时候,听她唱歌,我会哭出声来,麦克维恩心想。

我的乐队,
浪迹整片土地;
我的爱情,
洒在头顶的星辰世界里;
轻飘空灵的精灵哟,为我演奏吧,
我坚信你的伟大,为你举杯。
我的乐队哟。

合成鲁特琴衬托着琳达·福克斯的声线。合成鲁特琴是福克斯的标志性特征。鲁特琴,这种十六世纪的乐器,约翰·道兰德①曾为它谱写过极其美妙动人的乐曲。之后,这种乐器就慢慢被人遗忘,直到福克斯重新发现了它。

我该追求吗? 我该追寻恩宠吗?
我该祈祷吗? 我该证明吗?
我该从人间的爱情里,
孜孜寻求天堂的极乐吗?

---

①约翰·道兰德(John Dowland,1563～1626),英国文艺复兴时期作曲家,鲁特琴演奏家。

此世界之外，可有别的世界？

此月亮之外，可有别的月亮？

在此地失落的爱，可会在别的月亮上永久？

世间可有纯洁无垢的心灵？

我是否该去追寻？

约翰·道兰德在十六世纪末写成了鲁特琴曲谱集。麦克维恩想，琳达·福克斯不过是拿了这本曲谱集，改编了其中的曲子和歌词，使其符合现代人的口味，成了新歌，唱给四散在宇宙中的人听。我们这些现代人，仿佛被人匆匆随手丢弃，毫无章法、零零落落地散布在荒凉行星和卫星的偏僻角落，待在穹顶底下——我们都是移民潮的牺牲品，我们的放逐没有尽头。

可怜的傻瓜，听我诉怨：

我的旅程盲目无边。

神圣希冀固然必需……

接下来的歌词他记不清了。没关系，反正已经录了下来。好像是这样：

……却无人能够得到。

宇宙之美，不在于其间的星辰，而在于音乐——人类用手和声音、用心灵发出的音乐。合成鲁特琴，技术娴熟的键盘手奏出的复杂和声，还有福克斯美妙的声线。麦克维恩很清楚：我的职责，就是不让这种音乐间断。我录下音乐，转换后，向大家广播，还能得到报酬——真是让人愉快的工作。

"我是福克斯。"琳达·福克斯在节目中说。

麦克维恩把视频切换到全息模式。他面前出现了一个立方体,琳达·福克斯在其中朝他微笑。同时,存储带转轴高速运转,记录下一个小时又一个小时的节目,加入他的永久收藏中。

"你现在听到的是福克斯的音乐,"她说,"福克斯就跟你在一起。"她的眼神坚定明亮,心形脸蛋聪慧真挚,不惧袒露心扉。她凝视着他,让他挪不开眼睛。她说,我是福克斯,我在对你说话。他也微微笑了。

"你好,福克斯。"他说。

之后,他抽空给隔壁穹顶的生病女子打了电话。他等了很久,她一直都没有回应他的通话请求。他坐在控制板前,望着没有回应的信号,心想:难道她已经去世了? 还是被强制性撤走了?

面前的微型屏幕出现了隐约的颜色。一开始只有静态图像,接着,她出现在屏幕上。

"是不是把你吵醒了?"他问道。屏幕上,她的动作迟缓麻木。他猜她大概服用了镇静剂。

"没。我刚才往屁股里射了一枪。"

"什么?"他吓了一跳。

"是化疗。"瑞巴斯说,"我身体不大好。"

"我刚刚录了一段琳达·福克斯的演唱会,妙极了。过几天我就会广播。你听了会高兴的。"

"我讨厌被困在穹顶里。我真希望能四处走动,拜访邻居。补给员刚刚来过,给我送了药。药很有用,可是我用了会吐。"

麦克维恩真希望自己没打这个电话。

"你能不能过来看看我?"瑞巴斯问道。

"我没有便携氧气瓶，一瓶都没有。"

"我有。"

麦克维恩吓坏了，赶紧说:"可你病着……"

"到你那儿去的力气，我还有。"

"你监管的站点怎么办? 要是突然来了紧急数据……"

"我有警报器，我随身带。"

他犹豫片刻，说:"好吧。"

"我很想找人陪我坐会儿，聊聊天，这对我很重要。补给员倒是陪了我一会儿，可惜他只能待半小时。你猜他跟我说什么? 他说，CY30六号行星上爆发了肌萎缩性脊髓侧索硬化症大流行。肯定是病毒。这事整个儿都是病毒。基督，我可不想得肌萎缩性脊髓侧索硬化症。这种病好像是马里亚纳变种。"

"会传染吗?"

她没有正面回答。"我得的病能治好。"显然，她想安抚他，"要是你担心我这儿有病毒……那我就不去你那儿了。没关系。"她点点头，伸手去关通讯器，"我想躺一会儿，多睡睡。用了化疗，得尽可能多睡。我明天再跟你聊。再见。"

"你来吧。"他回答。

她的眼神一亮，"谢谢你。"

"别忘记带警报器。我有种预感，大量的遥感监测确认请求会……"

"该死的，让遥感监测确认请求见鬼去吧!"瑞巴斯狠狠道，"困在这天杀的穹顶里，我受够了! 整天坐着监视带子运转，监视各种仪表、计量器之类的鬼东西，你不烦吗?"

"我觉得你该申请回家。"他说。

"不,"她平静了一些,"我会严格遵照医疗处的指示,进行化疗,打败他妈的多发性硬化症。我不回家。我到你这儿来,给你做晚饭。我手艺不错。我妈是意大利人,我爸是墨西哥裔美国人,所以我做饭离不开香料。可惜这儿弄不到香料。不过,我有办法。我一直在做试验,能用各种人造材料合成香料。"

"过几天,我会广播今天录下的福克斯演唱会。"麦克维恩说,"福克斯今天唱了多兰的《我该求爱吗》。"

"上诉? 这是唱打官司的歌? [①]"

"不,'sue'有两个意思,一个是上法庭打官司,一个是求爱。这儿是求爱的意思。"接着,他明白过来,她是故意的,故意引他这么说。

"你知道我怎么看福克斯?"瑞巴斯说,"她的歌,纯粹是把被人丢弃的多愁善感回收再利用。多愁善感就够差劲了,她的歌更差劲——连原创都不是,捡了人家不要的弃货。而且,她的脸长得太丑,简直像上下颠倒。她说话也恶毒。"

"可我喜欢她。"他没好气地回答。听到这种话,他感到怒气汹涌。你这么贬低福克斯,我还得帮你? 还得冒着受感染的风险帮你?

"我会给你做俄式酸奶牛肉,配欧芹面。"瑞巴斯说。

"不必劳驾您了。"

她犹豫了,支支吾吾道:"那,你不想让我过来了?"

"我……"他也犹豫了。

"我怕极了,麦克维恩先生。"瑞巴斯说,"十五分钟以后,我就要呕吐——这是四号神经毒素的作用。所以我不想一个人待

---

①这首歌名叫"shall I sue",sue 是多义词,所以造成了歧义。

着。我不想放弃穹顶,也不想孤零零一个人。对不起,刚才说了冒犯的话。我只是觉得福克斯这人是个笑话。我不会再说了。我保证。"

"你有没有……"话说一半,他改了口,"你确定,有力气做晚饭吗?"

"我现在还有力气,再过几天就没有了。"她回答,"我会越来越虚弱,虚弱很长一段时间。"

"多长?"

"没人知道。"

他想,你就快死了。这一点,我清楚,你也清楚。但我们不会说出来。两人之间出现了含义复杂的沉默,仿佛达成协议。这姑娘快死了,想给我做晚饭。我却不想吃这顿饭。我一定得拒绝。不能让她来我的穹顶。弱者的顽固,他想,是种可怕的力量。弱者可以破罐子破摔,让强者低头屈服。

"谢谢你,"于是他答道,"我很高兴能跟你一起吃晚饭。不过,你来的路上也得开着无线电,随时跟我保持联系,以防万一。行吗?"

"嗯,当然可以。"她回答,"否则……"她微微一笑,"一个世纪以后,人家就会发现我的遗体,身边还放着罐子、锅子、合成香料。其实你那儿有便携氧气瓶,对不对?"

"没,我真没有。"话虽这么说,他心里明白,这是假话,她一听就知道。

她做的晚饭闻起来很香,吃起来味道也好。可惜,只吃了一半,瑞巴斯就说了声抱歉,摇摇晃晃地离开穹顶主厅——他的穹顶主厅,进了厕所。他尽可能不去注意厕所里发出的声响——想法子不让知觉系统收集听觉信息,不让认知系统辨认信息中的含义。可是,那姑娘在厕所里吐得很厉害,大声叫喊,他只能咬着牙,推开盘子,猛地站起来,打开穹顶内的音响系统,播放福克斯早期的专辑。

回来吧!

甜蜜的爱情需要你的恩宠,

而你,

却不肯行善,

拒绝给我欢快……

"不知你这儿有没有牛奶?"瑞巴斯,一脸苍白,站在厕所门口问道。

他默默递给她一杯牛奶——在他们的行星上,这种饮料就算是牛奶了。

"我有止吐药,"瑞巴斯握着牛奶杯,说:"在我自己的穹顶里,我忘了带来。"

"我去拿。"他说。

"你猜医疗处怎么跟我说的?"她的声音沉重,含着愤怒。"他们说,化疗不会掉头发。可是,才这么一会儿,我的头发已经掉了……"

"行了。"他打断道。

"行了?"

"对不起。"

"你觉得不舒服了,"瑞巴斯说,"我毁了你的晚饭,你感觉……我不知道你有什么感觉。要是我带了止吐药就好了,那样的话我就不会……"她没往下说,"下次,我一定记得带上。我保证。我很少喜欢福克斯的歌；不过你现在放的这张，我喜欢。她那时候唱得真好，对不对？"

"嗯。"他勉强应道。

"点唱机琳达。"瑞巴斯说。

"什么？"

"点唱机琳达。我跟我姐姐，给她起的外号。"

"请回去吧，回你的穹顶去。"

"哦，"说着，她用颤抖的手捋了捋头发，"你能不能送我回去？我现在一个人没力气走。我太虚弱了。我病得很重。"

他想，你想把我一起带走。说到底，就是这样。这就是你的打算。

你不想一个人死，你想把我的生机也一起带走。这一点你心里清楚，你也清楚自己吃的药的名字。你恨我，你恨你吃的药，你恨医疗处，你也恨你生的病。你恨双子星下所有的东西。我很清楚你的想法。你瞒不过我。我知道你想把我的生机带走。你已经动手了。

我不怪你。但我会紧紧抓着福克斯不放；福克斯能活得比你长，我也一样。福克斯是照亮我们的以太，给灵魂带来生机。我会紧紧抓住她，她也会把我抱在怀里，紧紧搂住我。我们俩，没人分得开。我收藏了几十个小时的福克斯音视频，这些录像不仅是我的，也是大家的。你觉得你能毁灭这一切？这一招，早有人试过，失败了。弱者的力量是有限的，最后终会失败，所以才叫弱者的力量。"弱者"一词并非随口说说的。

"多愁善感。"瑞巴斯又说。

"可不是么。"麦克维恩讽刺道。

"回收再利用的多愁善感。"

"还混合了暗喻。"

"你是说她的歌词?"

"我是说,我自己的想法。我发火的时候,就会混合……"

"我跟你说件事,就一件。我想活下去,所以我不能多愁善感,必须铁石心肠。要是我惹你生气,对不起,我没办法,必须这么做。我只能这么活着。等到哪天,你也生了重病,你就会明白。等到那时候——如果真有那一天——你才有资格指责我。现在,你在穹顶音响系统中放的唱片,就是垃圾。对我来说,只能是垃圾。你明白吗?你可以忘了我,也可以把我赶回自己的穹顶——我确实该待在自己的穹顶里——可是,要是你还愿意跟我打交道……"

"行了,"他说,"我明白。"

"谢谢。我能不能再要些牛奶?你把音响关轻些,我们好继续吃饭。行吗?"

他讶异不已,"你还打算继续努力……"

"放弃吃饭的生物——还有物种——现在,都已经灭绝了。"

她撑住餐桌,摇摇晃晃地坐了下来。

"我真佩服你。"

"不,"她说,"该佩服的是你。这对你更艰难。我知道。"

"死亡——"他开口道。

"这不是死亡。我来告诉你这到底是什么。跟你的音响里放的垃圾不一样,这才是生活。请给我牛奶。我很需要。"

他给她倒了牛奶,"我想,你灭不了以太。不管是发光的以太,还是不发光的以太,都一样。"

"灭不了。"她说,"因为以太本来就不存在。"

因为化疗，瑞巴斯的头发全部脱落。所以，日用品中心给瑞巴斯配了两顶假发。麦克维恩更喜欢浅色的那一顶。

戴假发的时候，她的状态稍微好些。这段时间，她日益虚弱，说话的时候牢骚日盛。她越来越没力气，所以，没法正常维护自己的穹顶——麦克维恩觉得，这与其说是疾病所致，不如说是化疗的结果。有一天，他去她的穹顶看望，眼前的景象让他大吃一惊：大堆没洗的盘子、罐子、锅子，甚至还有玻璃杯，残留着腐坏的食物。脏衣服丢得到处都是，还有垃圾和各种碎屑……他看不下去，帮她收拾一番。尽管收拾过，穹顶中仍有一股恶心的甜味挥之不去：疾病的味道，加上复合药物、脏衣服，还有最难闻的——腐败的食物。这味道让他的情绪跌落到谷底。

收拾过后，他才有地方可坐。瑞巴斯躺在床上，身着尼龙倒背衣。尽管穹顶中一塌糊涂，她却仍坚持操作电子设备。麦克维恩注意到，所有的仪表都处于活动状态。不过，她已经启动了远程控制。一般来说，只有紧急情况才能动用远程控制。她半坐在床上，遥控器就放在身边。她身边还放着一本杂志，一碗燕麦片，还有几瓶药。

跟从前一样，他跟她提了申请调回家的事。她拒绝调离岗位，不容商量。

"我不去医院。"她说道。这句话表示，此事到此结束，不必再议。

回到自己的穹顶后（谢天谢地，终于回来了），他将早已想好的计划付诸实施。他们所在的星系（位于银河系的一角），有个巨大的AI系统——也就是人工智能等离子体——负责处理他们星系的大事。这个AI系统有些空余时间，个人可以花钱购买这些时间,让 AI 为自己解决问题。于是,他在键盘上敲出申请书,同时附上这几个月来他积累的所有信用点。

北落师门①(就是等离子体积聚的地方)传来肯定的回复。操控等离子体路径的小组同意卖给他十五分钟。

于是,他的大脑被激活,各种仪器开始测量计数,干脆利落地将数据飞快上传到等离子体。他告诉等离子体,瑞巴斯是何许人——这样,AI 就能看到瑞巴斯的全部档案,包括心理分析档案;他说,他的穹顶是离她最近的,说了她活下去的决心有多强多可怕,还说她拒绝解职接受治疗,甚至拒绝转岗。他把脑袋埋到头罩里,进行精神输出。这样,北落师门的等离子体就能直接读出他脑中的想法,包括所有的无意识、边缘印象、领悟、疑惑、观点、焦虑、需求。

"需要等待五天,你才能收到回复。"AI 小组给他发信号道,"距离实在太远。你的付款已收到,记录在案。完毕。"

"完毕。"他觉得心情低落。为这事,他付出了所有的积蓄,账户里只剩下巨大的空洞。不过,有问题需要解决的时候,等离子体 AI 是不容置疑的最高权威。他向 AI 提出的问题是:我该怎么办? 五天后,他就能得到答案。

接下来的五天内,瑞巴斯一天比一天虚弱得厉害。尽管如此,她仍坚持自己做饭。她每次都吃同样的东西:高蛋白的通心粉,撒上芝士粉。有一天,他发现她戴上了墨镜。她说,不想让他看到她的眼睛。

"我那只害病的眼睛发疯了,"她平静地解释,"眼珠子往上翻,翻到了脑袋里面,就像卷起来的百叶窗一样。"她躺在床上,

①南鱼座的主星,距离地球约 25.1 光年。在地球上的视星等为 1.16,是除太阳外,在地球上能看到的第 17 位亮星。

身边撒满了药片和胶囊。他从中捡起一只半空的药瓶，发现那是药效最强的止痛剂之一。

"医疗处给你开了这个？"他暗自琢磨，难道她痛得这么厉害？

"这个药，是四号行星上，一个我认识的穹顶监管员给我的。"瑞巴斯回答，"补给员帮我从那儿带到这儿。"

"这种药会上瘾。"

"能弄到是我走运。我其实不该吃。"

"的确不该。"

"该死的医疗处！"她的声音中突然充满了凶狠的怨毒，把他吓了一跳，"跟他们打交道，简直就像跟低等生命打交道。想等他们给你开处方、发药，基督，你早成一坛子骨灰了。给一坛子骨灰开处方有什么用？"她伸手摸了摸光光的脑袋，"抱歉，你来的时候，我该戴上假发才是。"

"没关系。"他回答。

"你能不能帮我拿些可乐来？可乐能让我的胃舒服些。"

他从她冰箱里拿了瓶一升的可乐，给她倒了一杯。自然，倒可乐之前，他先清洗了玻璃杯——她的穹顶里，一只干净的玻璃杯也没有。

在她床脚，立着一台标准配备电视机，正在播放节目，喋喋不休。两人谁都没听，也没看。他忽然想起，每次来的时候，她都开着电视，哪怕深夜也一样。

他终于回到了自己的穹顶，大松一口气，感到肩上卸下了无比厌憎的担子。光是跟她拉开物理上的距离，他的情绪就高涨起来。他想，跟她在一起的时候，我觉得自己也得了同样的病

——就好像,我在跟她分担疾病似的。

他不想听福克斯的唱片,选了马勒的第二交响乐《复活》。这首交响乐,他思忖着,是唯一一首用上多种藤编器具的交响乐。里头用了束棒——一种看起来像是小扫把的东西,拿它当鼓槌,敲低音鼓。真可惜,马勒没见过莫利公司出产的哇音踏板;否则,他肯定会把这种踏板用到更长的交响乐中。

正当交响乐中响起合唱时,穿顶音响系统突然关闭。有个优先外来信号进入,音乐自动停止。

"北落师门来的通讯信号。"

"随时准备接收。"

"请用视频。十秒后开始。"

大屏幕显示出来,是等离子体 AI 系统传来的回复,比预想早了一天。

主题:瑞巴斯·罗梅

分析:THANATOUS

程序建议:你方彻底回避

道德因素:排除

★谢谢★

麦克维恩眨了眨眼睛,下意识地回道"也谢谢你"。之前,他只跟等离子体打过一次交道,已经忘了它的回复有多简练。此时,屏幕已经清空,通讯结束。

他不确定"thanatous"的意思,但他觉得,这个词必定跟死亡有关。他把这个词输入行星检索库,请求定义,同时心中猜测道:这个词的意思肯定是她"快死了",或者"可能会死",要么就是"濒临死亡"。这些我都知道,不新鲜。

谁知,他全猜错了。这个词的意思是"制造死亡"。

制造,他琢磨着,"死亡"和"制造死亡",可是天差地别。难怪AI系统知会他,对他来说,道德因素可以排除。

她会夺走别的生命。他想,难怪向等离子体提问要收这么高的费用——你得到的不是基于推测、假模假式的答案,而是绝对可靠、毫不含糊的回答。

他正思索着,努力让自己保持镇定,电话铃响了。

不用接,他就知道打来电话的是谁。

"嗨。"瑞巴斯颤抖的声音传来。

"嗨。"

"想问问,你那边有没有'天国香料'牌'清晨响雷'口味红茶包①?"

"什么?"

"上次,我去你那儿,给我们俩做俄式酸奶牛肉的时候,好像看见一小罐天国香料——"

"没,"他答道,"没了。我喝完了。"

"你没事吧?"

"我累了。"他心想,她说了"我们俩"。她把我跟她连在一起,成了"我们俩"。这是什么时候的事?等离子体指的大概就是这个。AI什么都明白。

"那,你有没有其他茶?"

"没有。"忽然,他的穹顶音响系统恢复了——来自北落师门的通讯结束后,音响结束了暂停,继续播放之前的马勒交响乐。

---

①天国香料是美国的茶叶公司,清晨响雷是他们出品的一种提神袋泡茶,含咖啡因。

合唱响起。

电话里,瑞巴斯咯咯地笑了,"福克斯自己给自己合音?听起来就像有一千个——"

"这是马勒。"他粗暴打断。

"你能不能过来,陪陪我?"瑞巴斯问道,"我有点儿情绪低落。"

犹豫片刻,他回答:"好。反正我也有事找你谈。"

"我看到一篇文章,在……"

"等我到了,"他打断她的话,"我们再谈。半小时后见。"他挂了电话。

他到了她的穿顶,发现她半坐在床上,戴着墨镜,正在看电视里播放的肥皂剧。她身边的一切,都跟他上次来时一模一样,只有碟子里的食物、杯子里的饮料,越来越臭。

"你真该看看这部剧,"瑞巴斯没抬头,"算了,我给你讲。贝基怀了孕,可她的男朋友却不——"

"我给你带了茶。"他放下四包茶。

"能不能帮我拿点儿饼干?炉子上有个架子,上面有个盒子,盒子里有饼干。我得吃药。我喝水吞不下药,嚼着吃才行……因为,我三岁的时候……说起来你肯定不会信……那时候,我爸爸教我游泳。那时候,我们家很有钱,我爸爸那时候是……不对,他现在还是很有钱,不过,我们很久没联系了。他在公寓大楼拉滑动保安门的时候,伤了背……"她的声音慢慢低了下去,又被电视吸引。

麦克维恩收拾了一把椅子,坐了下来。

"我昨晚心情很差,"瑞巴斯说,"差点儿给你打电话。我想起一个朋友,她——她跟我年纪差不多,却已经在时间-运动研究上取得了4C的评级，研究主题是棱镜波动之类的鬼东西。我恨她。你能想象吗，她只有我这个年纪啊！"

"你最近有没有称过体重？"麦克维恩问道。

"什么？哦，没。不过我体重没下降太多，这我知道。把手伸到肩膀这儿，捏起一层皮肤，就能看得出来。我还有皮下脂肪呢！"

"你看起来瘦多了。"说着，他把手放在她前额上。

"我发烧了吗？"

"没。"话虽这么说，他的手仍然留在她前额上，贴着墨镜之上的皮肤。她的皮肤又湿又滑。他想，这层皮肤底下，就是神经纤维的髓磷脂鞘。这些髓磷脂鞘生成硬化斑块，正在一点一点杀死她。

他对自己说：等她死了，你就会好起来的。

瑞巴斯同情地对他说道："别难过，我会好起来的。医疗处已经减少了我的瓦斯克林①药量。现在只需要t.i.d②——一天三次，从前要吃四次呢！"

"你对医疗术语很熟啊？"

"想不熟也不行。他们给我订了一本《医生桌边参考》杂志。你想看看吗？就在旁边什么地方。翻翻那叠纸，看下面有没有。我正在给几个老朋友写信。查资料的时候，我正好发现了他们的地址，就给他们写信。可是一直写不好，写的全扔了。你瞧。"

她伸手一指。他顺着她手指的方向看去，发现好些纸袋，里头装着纸团子。"昨天我写了五个钟头，今天又写。所以我才想

---

①治疗维生素A缺乏症（如眼病）的片剂。

②即拉丁语"ter in die"的缩写，意为"一天三次"。

喝茶。你能不能帮我泡一杯？记得多放糖。糖一定要多，牛奶放一点点就好。"

他起身给她泡茶，脑中响起一支歌的片段。这支歌是道兰德原创，琳达·福克斯改编的。

> 万能的上帝，
> 您雪洗所有沉冤；
> 请听我这一支濒死的歌，
> 听听歌中无尽的忍耐。

电视里开始播放广告，肥皂剧暂时告一段落。"这个剧真不错。"瑞巴斯评论道，"我给你讲讲？"

他没回答，反问道："瓦斯克林药量减少，是不是说明，你在一点点好起来？"

"很可能只是进入另一段缓解期。"

"缓解期能持续多久？"

"可能很久。"

"我真佩服你的勇气。"他说，"我呢，我坚持不下去了。这是我最后一次来看你。"

"我的勇气？"她说，"谢谢。"

"我不会再来了。"

"不会再来？你是说，你今天不会再来了？"

"你是个传播死亡的有机体，"他说，"一个病原体。"

"既然话题变得这么严肃，"她说，"我得戴上假发才行。你能不能帮我把金色的假发拿来？就在旁边什么地方，大概在角落里那堆衣服下面——就是那堆衣服，最顶上一件是红色上衣，白色纽扣。有个纽扣掉了,我得缝上——如果能找到的话。"

他帮她找来了假发。

"帮我拿着小镜子。"她一边说,一边往头上戴假发,"你觉得我的病会传给你? 医疗处倒是说,在我这个阶段,病毒已经没有活性了。昨天,我跟医疗处聊了一个多小时。他们给我设了一条专线。"

"谁帮你维护装备?"他问道。

"你说装备?"她从墨镜后面瞪着他,反问道。

"你的工作,监控进入这里的信息流,储存,然后转送。也就是你必须留在这儿的理由。"

"我设了自动管理。"

"你的设备里,此时此刻,有七盏红灯都亮着,红彤彤,不停闪烁。"他说,"你一点儿都没发觉。你该设个音频转换器,这样,你就能听到警报声了。你收到了信息流,却没有储存。设备正向你报警呢!"

"嗯,我没注意到,是它们运气不好。"她低声回答。

"对,它们得记住,你生病了,对吧?"

"对,它们当然应该记住。它们应该绕过我,直接到你那儿去。你收到的东西,跟我收到的东西,不是差不多吗? 说到底,我不就是你的后备站吗?"

"不,"他说,"我才是你的后备站。"

"反正都一样。"她拿起马克杯,喝了一口他泡的茶。"太烫了。我得晾凉再喝。"她颤抖着伸出手,想把杯子放到床边的桌子上。马克杯没放稳,掉下来摔在地上,热茶全洒在塑料地板上。"基督,"她顿时爆发,"够了,真是够了。今天什么都不顺。狗娘养的。"

麦克维恩打开穹顶的真空吸尘电路,吸干了洒在地上的茶水。他一句话也没说,心头燃起无名火,烧灼他全身。这股怒气没有目标,也没有方向。他知道,她心中也有同样的怒气,同样的仇恨。这盲目的仇恨并不针对谁,却谁都不放过。仇恨,就像一群没头苍蝇。上帝啊,我多想摆脱这破事。我讨厌自己,讨厌自己心中存着这般可怕的仇恨,居然憎恨一杯打翻的茶水,就好像它也处于濒临死亡的绝症末期。宇宙已衰减成一维空间。

接下来几周,他去看她的次数越来越少。哪怕去了,也不听她说话,不看她的动作。他挪开视线,对她一塌糊涂、废墟似的居所故意视而不见。有一次,他飞快环顾了一圈穹顶中四处散落、高高堆起的垃圾,有些垃圾袋甚至被她丢到了穹顶外头,成了永久冰冻物。他想,我看到的,正是她大脑中的情形在现实的投影。她的心智日衰。

回到自己的穹顶后,他想听听琳达·福克斯的歌。可是,她歌中的魔力已经彻底消失。眼前出现的只是个合成影像,耳中听到的也只是合成的声音。没有丝毫真实可言。瑞巴斯·罗梅已经把福克斯的生机活活吸干,就像真空吸尘电路吸干洒在地板上的茶水一般。

> 当悲伤如洪水般涌来,
> 他心中平静,留存希望,
> 知道慰藉必将到来。

麦克维恩分辨得出歌词,可是歌词对他再也没有了意义。瑞巴斯管这些叫什么来着?回收再利用的多愁善感,垃圾。他换了一张维瓦尔第的巴松管协奏曲。这是他收藏中唯一一张维瓦尔第协奏曲。这也不行。他觉得，电脑谱的音乐也能比这个更丰富多样。

"你收到的是福克斯电波，"视频转换器中出现了琳达·福克斯的面孔，一脸狂野，仿佛被星光照亮，"被福克斯电波击中的时候，你就是大明星！"

他一时火起，故意删除了四小时的福克斯录像，包括音频和视频。删除后，他立刻后悔了，立刻给传送节目的卫星打了电话，要求补一份录像带。对方回答说，目前无法提供，需要等待。

无所谓，他对自己说，反正，没有也没关系。

当天晚上，他睡得正熟，却被电话铃声吵醒。他没理会。十分钟后，电话铃再次响起，他还是没理会。

电话第三次响起的时候，他接了起来，说了声"喂"。

"嗨。"瑞巴斯的声音。

"怎么了？"

"我全好了。"

"你的病情缓解了？"

"不，我全好了。医疗处刚刚跟我联络，他们那儿的电脑分析了我的片子，还有检验结果等等，没有发现硬化斑块。当然，我害病的眼睛，失去了中央视野，这是永久性的。不过，除此之外，我一点儿事也没有了。"她顿了顿，又说，"你好吗？好久没你的消息了，跟你说话简直像上辈子的事。我一直惦记着你。"

他说："我还好。"

"我们该庆祝庆祝。"

"嗯。"

"我会过来，给我们俩做晚餐，就跟从前一样。你想吃什么？我想吃墨西哥菜。我做卷饼很拿手。我记得冰箱里还有肉末，不知道有没有坏。我得把肉拿出来解冻，看一看。你是想让我过来呢，还是你……"

"我们明天再聊吧。"他打断她的话。

"抱歉，吵醒你了。不过，我刚刚收到医疗处的消息，就想马上……"她沉默了一会儿，"你是我唯一的朋友。"难以置信，电话里居然传来了她的哭声。

"没关系，你好了就好。"

"这一段时间可真是他妈的难捱啊！"她哽咽了，"我挂了，明天再跟你聊。你说得对，我撑过来了，简直不敢相信。"

"全因为你的勇气。"

"全因为你。"瑞巴斯说，"要不是你，我早就放弃了。我没告诉过你，其实，我曾偷偷留了很多安眠药片，足够自杀用的。后来……"

"我们明天再聊，约时间见面。"说着，他挂了电话，回到床上。

他想，当约伯失去孩子、土地、财产的时候，是"忍耐"抚慰了他心中巨大的伤痛。就像福克斯说的，当悲伤如洪水般涌来，他心中平静，留存希望，知道慰藉必将到来。

回收再利用的多愁善感。他想，我帮她撑过了绝境，她是怎么回报我的？她嘲笑我最珍爱的东西，把它变成了垃圾。福克斯死了，她还活着。她偏偏撑过来了。就好像你想杀老鼠，用了六种办法，可老鼠还活着。不该怪老鼠。

我们就是老鼠。在这些冰冻的行星上，小小的穹顶里，我们玩的就是这种生存游戏。瑞巴斯·罗梅了解其中的规则，懂得其中的真谛，所以她赢了。

琳达·福克斯，见鬼去吧！我爱的一切，见鬼去吧！

这交易划得来:一条人命留住了,合成媒体影像死了。

这是宇宙的法则。

他打着哆嗦,拉过被单蒙住头,希望再度沉入睡眠。

第二天,瑞巴斯没来,补给员倒是先来了。一大早,补给员就背着满满的货物出现,吵醒了麦克维恩。

"你的温度和空气控制装置,仍处于非法改造状态。"补给员一边摘下头盔,一边说。

"我只管用,"麦克维恩说,"没动手改造。"

"咳,我又不会举报你。有咖啡吗?"

两人在餐桌边面对面坐下,喝人造咖啡。

"我刚从姓罗梅的姑娘那儿来。"补给员开口道,"她说,她痊愈了。"

"嗯,昨晚,她深夜给我打了电话。"麦克维恩回答。

"她说,都是你的功劳。"

麦克维恩没吱声。

"你救了一条人命。"

"嗯。"

"怎么了?"

"我累了。"

"你肯定花了不少力气。基督,那地方真是一团糟。你能帮她收拾收拾吗? 至少也把垃圾销毁掉,再消消毒。她的穹顶,到处都是该死的烂东西。垃圾处理通道堵住了,她也由它去,结果没处理过的排泄物全涌了回来,堆在她的食品柜和食品架上。我从没见过这种场面。不过,这也可以理解,毕竟她病得那么重……"

麦克维恩打断他的话:"我会处理的。"

补给员被他抢白,脸上有些挂不住,"最要紧的是,她已经痊愈了。她还给自己注射呢,你知道吗?"

"我知道。"麦克维恩说,"我见过。"见过很多次,他在心里补充。

"她的头发也在慢慢长回来。老天,她现在不戴假发真是没法看,对不?"

麦克维恩站起身来,说:"我得广播天气预报。抱歉,没空再跟你聊了。"

快吃午饭的时候,瑞巴斯·罗梅出现在麦克维恩的穹顶门口,背着一大堆罐子、碟子,还有仔细包好的纸包。一进门,她一声不吭,直冲厨房,把背上的东西一股脑儿全卸下来。两个纸包滑了出来,落到地板上。她蹲下身,捡了起来。

接着,她摘下头盔,说:"又见面了,真高兴。"

"我也高兴。"

"做卷饼要花一个钟头左右,你等得住吗?"

"当然。"

瑞巴斯在平底锅里放了油,开了火,放到炉子上热着。"我一直在想,"她说,"我们该去度个假。你有没有假期? 我原本攒了两个礼拜的假,不过我生了病,情况就复杂化了,人家扣掉了我的假期,说是病假。基督在上,他们居然一个月要扣我半天假,就因为我没法操作通讯器。真是太过分了,对不对?"

他说:"你又有了力气,真好。"

"我没事啦!"她说,"该死,我忘了带汉堡肉饼。天杀的!"她瞪着他。

"我去你的穹顶拿。"愣了一会儿，他说。

她坐了下来，说："算了，还没解冻。我现在刚想起来，我忘了解冻了。本来，今天早上，我想拿出来的，可我忙着写信……要么，我们吃点别的，明晚再吃卷饼？"

"行。"

"本来，我还想把你的茶带回来，还给你。"

"我只给你四包茶。"

她迟疑地望着他，"是吗？我还以为你给了我一整盒'天国香料·清晨雷鸣'茶呢。不是你，那是谁给我的？大概是补给员。我就在你这儿坐会儿吧。能打开电视吗？"

他打开了电视。

"有个剧，我一直在追。"瑞巴斯说，"一集没落。我喜欢看那些……咳，要是你想一起看，我就给你讲讲前面的情节。"

"我们能不能不看电视？"他说。

她没理会，顾自说道："她丈夫……"

他想，她彻底疯了。她已经死了。她的身体痊愈了，精神却死了。

"有件事我得告诉你。"他开口道。

"什么？"

"你……"他说不下去。

"我很幸运。"她说，"我战胜了疾病。我最糟糕的样子你没见到。我不想让你见。因为化疗，我完全瞎了，瘫了，聋了，而且还抽风。就算现在好了，我也得一直用药，维持化疗效果，得坚持好几年。不过，这不要紧，对吧？只需要用一点儿药就能维持效果，已经很好了。本来，情形很可能比现在糟糕得多呢！话说回来，她丈夫丢了工作，因为他——"

"谁的丈夫?"麦克维恩问道。

"电视里那人的丈夫。"她伸出手,握住他的手,"度假的时候,你想去哪儿? 妈的,我们俩真该好好享受享受,奖励自己一下。这是我们应得的。"

"我们能得到的最大奖励,就是你身体痊愈。"

可她没听进去。她的注意力全放在电视上。他发现,她仍然戴着墨镜。这让他想起福克斯在圣诞节唱的歌。那首歌,也来自约翰·道兰德的鲁特琴曲谱集,是福克斯改编的歌曲中最温柔、最难忘的歌,是唱给宇宙中所有的行星听的。

> 可怜的瘸子躺在池塘边,
> 苦痛悲伤许多年;
> 基督只看了他一眼,
> 他病痛全消,通体舒泰。

瑞巴斯·罗梅还在说电视剧。"……他从前的工作薪水很高,可公司里每个人都跟他作对,反正就是办公室暗斗那一套。我从前也在办公室干过……"说到这儿,她顿了顿,问道:"你能不能烧点儿水? 我想喝咖啡。"

"嗯。"说着,他点着了炉子。

关于死亡的古怪回忆

今早我醒来,十月的寒意已经渗透了公寓,仿佛季节也会看日历,数着日子变换似的。我回想着昨晚的梦。我梦见了从前爱过的女人,徒劳地追悔。这梦害我情绪低落。我心中盘算一番,发觉事事如意,这个十月必将顺风顺水。

可是,寒意仍然袭上了身。

哎呀,基督,我想起来了。今天,是他们赶走"来苏水"女士的日子。

"来苏水"女士是个疯子,没人喜欢。她在人前一个字都没说过,从来不正眼看你。要是她上楼梯的时候,正好撞上你下楼梯,她会一言不发,立刻转身下楼,改坐电梯。她身上来苏水味道很重,人人都能闻到。想必她的公寓充斥着魔法恐怖之物,所以她才用大量的来苏水消毒——愿上帝降罚!

我一边煮咖啡一边想,说不定,天刚亮,我还没醒的时候,她就被房东赶走了。

那时候,我还在梦里,梦到从前爱过、后来甩了我的女人,徒劳地追悔。很有可能。清晨五点,我梦见了讨厌的"来苏水"女士,而房东已经来到"来苏水"女士门口。房东最近换了,新房东是一家大型房地产开发商。黎明赶人这种事,他们做得出来。

"来苏水"女士躲在公寓里,知道十月——十月一号——已经到来。这一天,人家会闯进她的房间,把她和她的东西丢到大街上去。被丢出去的时候,不知她会不会开口说话?我想象着,她被人按在墙上,却仍是一言不发。不过,事情应该不会这么简单。我认识一个人,艾尔·纽康姆,是南橙郡投资公司的销售代表。他跟我说,"来苏水"女士已经请求过法律援助。这消息挺糟。因为,这么一来,我们就没法帮她了。表面看,她是疯子。可是,既然她能请求法律援助,那就说明,她还不够疯。我们需要证明她没法理解目前处境。如果能证明这一点,橙郡精神卫生处就会替她出头,并告知南橙郡投资公司:赶走行为能力缺失者,是违反法律的。这种紧要关头,她干吗偏偏脑子清醒过来,去请求什么法律援助呢?

现在是早上九点。我可以下楼,到销售办公室去,找艾尔·纽康姆问问"来苏水"女士是被赶走了还是仍然躲在自己的公寓里,一声不吭,默默等待?我们这栋大楼一共有56套公寓,从前是出租的,现在要变成供销售的商品房。几个月前,所有的房客都接到了法律通知。此后,陆陆续续,大家都搬走了。

我们有一百二十天时间。我们可以选择搬家,或者买下目前租住的公寓。如果选择搬家,南橙郡投资公司会给你两百美元,作为搬家费。这是法律规定的。同样,你也有买下目前租住公寓的优先权。我决定留着不走,花五万两千美元,买下这套公寓。而"来苏水"女士疯疯癫癫,没有五万两千美元存款。他们现在要赶走"来苏水"女士,我则成了旁观者。我真希望,当初,自己也决定搬走。

我走下楼梯,来到报纸自动售货机旁边,买了份当天的《洛杉矶时报》。报上说,那个"就因为不喜欢星期一"所以对着学校孩子们开枪的年轻女人,已经认罪。很快,就能得到保释。当初,她拔出枪来,对准学生们射击,究其实质原因,恐怕不外乎闲得发慌。嗯,今天就是周一,她最讨厌的日子。她在自己最讨厌的日子里,成了法庭上的被告。人的疯狂到底有没有底线?我自己会不会也疯成这样?首先,买公寓的时候,我心里是犯嘀咕的,怀疑这套公寓不值五万两千美元。可我还是决定买。我不想走,一是因为我害怕搬走,害怕新东西,害怕变化;二是因为我太懒。不,这么说不对。我买下,是因为我喜欢这栋公寓大楼,这儿附近有我的朋友,还有我看重的商店。我在这儿已经住了三年半。这楼不错,牢固坚实,还有保安门,能用钥匙反锁。我在公寓里养了两只猫,猫们喜欢公寓自带的院子。这样,它们可以去露天玩耍,而且不受狗的侵扰。很有可能,人家背后管我叫"养猫男"。所以,现在的情形是:大家都搬走了,只有"来苏水"女士和"养猫男"留下了。

我知道,在别人眼中,"来苏水"女士是个疯子,我没疯。而人家之所以觉得我没疯,唯一的原因,就是我银行存款账户里有钱。这一点,让我非常不舒服。钱成了"神智清醒"的官方认可标记。说不定,"来苏水"女士跟我一样,害怕搬家,只想继续住在自己住了多年的地方,继续自己从前的生活。她经常用洗衣机,先清洗,然后甩干,一次又一次。我常在洗衣房碰到她。通常情况下,我去洗衣服,就会碰到她守在洗衣机旁边,生怕有人偷她的衣服。她怎么就不肯正眼看人呢?总是把脸转过去……转脸的原因?我觉得是憎恨。她恨所有人类。可现在,瞧她落得什么下场。她憎恨的生物步步逼近,逼得她无路可走。她现在该有多害怕呀!她躲在自己的房间里,环顾四周,等待着敲门声随时响起——就这么盯着钟看,明白自己处境绝望,却毫无办法!

　　从我们这儿向北,在洛杉矶,市议会作出决定,禁止房地产公司把出租公寓变成供销售的商品房。租客们赢了。这胜利固然伟大,但帮不了"来苏水"女士。这儿不是洛杉矶,是橙郡。这儿金钱做主。我们这栋大楼东面,住着最穷的人群——墨西哥人,住在他们的"巴瑞奥"①里面。有时候,我们大楼的保安门会打开,让车子开进来;趁此机会,那些墨西哥女人,赶紧挎着一篮篮脏衣服冲进来,用我们的洗衣房洗衣服。她们那儿没有洗衣房。我们楼的租客恨死这些女人了。凡是有钱人——哪怕只有一点点钱,只要能住上保安设施完备、家用电器全配的现代公寓楼——都会恨这个恨那个,看什么都不顺眼。

　　唔,我得去看看情况,打听打听"来苏水"女士到底有没有被赶走。光是看窗户没有用——她家窗帘从来没拉开过。我下楼,来到销售办公室,想找艾尔。可惜艾尔不在,办公室上了锁。这时我才想起,艾尔周末就飞去萨克拉门托了,去拿某些极为重要的法律文件(有这些文件,才能合法赶人),还没回来。要是"来苏水"女士没疯,我倒是可以敲门问问,探听情况;可是,事情麻烦就麻烦在这儿——不管谁敲门,她都会被吓死。她的疯病就是这么厉害,处境就是这么绝望。于是,我只能站在开发商造的喷泉旁边,观赏开发商带来的花儿。这些种在箱子里的花儿,让大楼美观不少。从前,这儿像是监狱;现在,这儿成了花园。开发商在重建上花了不少钱,重新粉刷大楼,改善外观景致,还彻底重修了大门入口,弄了喷泉啊,花儿啊,还有法式落地玻璃门。可是,"来苏水"女士还是默默守在公寓里,等着躲不过

----

①美国城市中讲西班牙语居民的集居区。

的敲门声!

也许我该在"来苏水"女士房门口粘张纸条,上面写:

夫人,我同情您的处境,想帮助您。如果您需要我的帮助,就来楼上C-1房找我。

落款该写什么呢?要不就写"另一个疯子"好了。另一个疯子——可他有五万两千美元存款,所以成了这儿的合法屋主;而您呢,从昨晚午夜开始,从法律上说,就是非法占据空屋者。

虽然,昨天白天,您跟我一样,也是公寓的合法住户。

我转身上楼,回到自己房里,打算给我曾爱过、昨晚梦见的女人写封信。我脑中已经涌上了各种各样的词句。我要凭这一封信,跟她重修旧好。我的文字就有此等魔力。

啊,呸,胡说八道。她早就走了,永远不会回来了。而且,我连她目前的住址都不知道。就算我费尽力气,通过共同的朋友,打听到她的住址,我又能跟她说什么呢?

亲爱的,我终于清醒过来,充分认识到自己亏欠你良多。虽然我们在一起的时间很短,你对我的付出,却比谁都大。我清清楚楚地意识到,自己当初犯下了可怕的错误。我们能否共进晚餐?

我在脑中琢磨这些华丽辞藻的时候,忽然想到,要是我写了这封信,却无意——或者故意——把它粘到了"来苏水"女士的门上,该多吓人,又多滑稽!真想看看她的反应!基督耶稣!想必,她要么当场吓死,要么当场恢复神智。同时,给离开我的女

人,那位远去的爱人,我可以这么写:

夫人,您彻底疯了。这一点,远近几英里的人都晓得。你困顿至此,纯属自作自受。拿出决心,打起精神,赶紧行动,借点儿钱,雇个好律师,买把枪,找个学校,乱射一通。要是需要帮忙,我就住C-1房。

说不定,在正常人眼中,"来苏水"女士所谓的困境,其实蛮滑稽的。而我,不过是因为秋天到来,情绪低落,所以才没发现可笑之处。说不定,今天会有信来,信里会写些让我高兴的话。毕竟,昨天邮政局休息,今天一下会送两天的信件,我很有可能收到信,开心一下。想起来,我为"来苏水"女士难过,其实是在为自己难过。今天是周一;我跟上法庭认罪的姑娘一样,讨厌周一。

布兰达·斯潘塞开枪射击,使十一人受伤,其中两人伤重不治。她对此供认不讳,律师会给她作有罪辩护。她年方十七,小个子,红头发,戴着眼镜,很漂亮,看起来还是个孩子,跟她开枪射杀的孩子差不多大。想到这儿,我脑子里又冒出一个念头:说不定"来苏水"女士的房间里也藏了把枪。我早该想到这个。说不定,南橙郡投资公司早就想到了,所以艾尔·纽康姆今天才没来,办公室才锁了门。他没去萨克拉门托,而是躲起来了。当然,他也可以躲到萨克拉门托去———石二鸟。

我从前认识一个挺厉害的心理医生,他说,几乎所有的精神病人犯罪案件,都存在病人无需犯罪的可能性。面对某种困境,其实有更简单的解决办法,只是犯案的人精神出了问题,没能注意到这一点。比如,布兰达·斯潘塞,完全可以到附近的超市去一趟,买一盒巧克力牛奶喝喝,让自己高兴高兴,根本不必朝十一个人开枪,大部分还是孩子。精神病人偏偏要选更艰难的路,逼着自己朝山上走。他们错就错在自以为选的是最简单的办法,事实却并非如此。精神病的本质,用一句话说,就是慢性失能,发现不了简单的解决办法。所有的精神异常行为和生活方式,都源于这种认知缺陷。

"来苏水"女士就是例子。现在,她孤独一人,一声不吭地坐在喷满消毒水的公寓里,等着必将响起的敲门声——这全是她自己一贯行为累积成的结果,是她忽视了各种选择,把自己逼到了绝境。

原本能简单解决的问题,慢慢拖成了困难的问题;而困难问题,最后拖成了无法解决的绝症。等人到了绝境,急于寻找出路,却发现无论怎么努力,还是一条出路都没有的时候,精神异常的生活方式就"死"了——到了路的尽头,才发现这是死路一条。这就是精神病的另一个定义。到了这种时候,精神病人就会彻底僵住。那景象才叫妙呢,你真该亲眼看一看。山穷水尽的精神病人,会跟抽风的汽车引擎一样,突然一动不动,就像冻住了一样。前一刻,他还在动(活塞上上下下疯狂运动);后一刻,突然,一切都静止了。这是因为,对此人来说,路突然到了尽头。一条走了很久甚至很多年的路,突然死了,断了,没了。这是动力学上的终结,就像圣·奥古斯丁①说的:"无处可去。我们朝前走,又朝后走,却无处可去。"就这样,静止开始,动作消亡,"移"不再存在,只剩一成不变的"位"。

①奥勒留·奥古斯丁(Aurelius Augustine,354~430),也称"希波的奥古斯丁",早期基督教神学和哲学家,其著作影响了西方基督教和西方哲学的发展,被天主教会封为圣人。小说引文出自他的著作《忏悔录》。

"来苏水"女士就被困在自己的公寓里。不对，那已经不是她的公寓了。她本想待在这套公寓里，迎接自己精神上的死亡；谁知，南橙郡投资公司却把公寓收走了，抢走了她的坟墓。

我脑中有个念头，总是盘旋不去：我的命运，跟"来苏水"女士的命运，是连在一块儿的。

我跟"来苏水"女士的区别，全存在"互助储蓄银行"[1]的电脑里。我在银行电脑里有一条存款账目，她没有。这种区别虚得很，全赖众人——比如南橙郡投资公司，尤其是南橙郡投资公司——愿意承认这条账目的真实性。我觉得，这不过是某种约定俗成的社会习俗，跟人必须穿两只配对的袜子差不多。说起来，黄金的价值也是这么来的——黄金之所以有价值，全因为众人都认定它有价值，简直就像小孩子的假装游戏一样（"我们说好，那棵树就是三垒。"）再进一步，生活中任何事都可以变成"假装游戏"，全靠大家约定俗成才生效，比如电视。说不定，电视机之所以会播放图像，就因为我跟朋友们讲好，都相信电视机里有图像。哪怕面前是一块空白屏幕，对我们来说，图像也照样存在。我们可以坐着看一辈子空白屏幕。所以，按照这个推论，我们可以说，"来苏水"女士之所以陷入困境，是因为她没能跟其余人达成协议，没能取得一致意见。生活中的一切事物，表面之下都埋藏着不成文的协定；"来苏水"女士却不肯按协定行事。可是，拒绝某个明显幼稚的、不理性的协定，居然会导致动力学死亡，导致有机体彻底停止运动，而且是不可避免的必然结果，这结论实在惊人。

如果照这思路想下去，也可以说，"来苏水"女士是因为太成

---

[1] 由储户作为成员组建的无股本合作性银行机构，其所有者即为该银行的储户。

熟、没法当小孩,所以才陷入困境。她不能或者不愿玩这种游戏。她生活中的一切都是严肃的。她从没笑过。大家看到她的时候,她总是一脸阴沉,目光涣散,不知道在瞪谁。她从来没有过其他表情和动作。

等等。说不定,她也在玩游戏。她玩的就叫"严肃游戏",或者"战斗游戏"。若真如此,她现在可谓求仁得仁。尽管快输了,至少她熟悉游戏规则,清楚自己的处境。南橙郡投资公司也算走进了"来苏水"女士的世界。说不定,比起合法租客,她更喜欢非法占据空屋,更满意自己现在的处境。推而广之,每个人的生活,生活中的每一次遭遇,会不会都是我们暗暗盼望的结果?比如刚才说到的精神病人,他们会不会暗暗盼望自己遭遇动力学死亡,遭遇断头路?一意孤行,故意让自己陷入绝境?

那天我没见到艾尔·纽康姆。第二天,他从萨克拉门托回来,开了办公室的门,我才见到他。

"住B-15房的女人还在吗?你们有没有把她赶走?"我问道。

"阿彻夫人吗?"纽康姆回答,"喔,她已经不住这儿了。前几天,她一早就搬走了。圣安娜①房屋委员会给她找了个住处,在布里斯托尔。"说着,他跷起二郎腿,靠在办公转椅椅背上。他的裤子一如往常,裤线笔直,"几周前,她去房委会投诉了。"

"她付得起那儿的房租?"我问道。

"钱归房委会付。他们替她付房租。她一张嘴厉害得很,说得人家不得不帮她付钱。"

"基督,"我说,"要是有人也替我付房租,那该多好。"

"你要付的不是房租,"纽康姆提醒道,"是房钱。你打算买下这套公寓呢!"

_____

①橙郡政府驻地。

但愿我能早点儿到

起飞后,飞船按惯例监控船上六十名乘客的情况。乘客都睡在冷冻箱中。九号乘客的冷冻箱出了故障。脑电波图显示,该乘客的大脑仍在活动。

真倒霉,飞船暗暗抱怨。

通过复杂的稳态设备锁定反馈电路,飞船跟九号乘客通话。

"您有些微知觉。"飞船利用"精神子"通路跟乘客接触。没必要把他彻底叫醒——这趟旅程要持续整整十年呢。

九号乘客仍处于无意识状态,却不幸仍能思考。他想,有人在叫我呢。于是他回答:"我身处何地?我什么都看不见。"

"你身处不完美冷冻静止状态。"

"可是,冷冻后,我应该听不到你的声音啊。"

"我说了,这是'不完美状态',所以你能听到我的声音。问题就出在这儿。你知道自己的名字吗?"

"维克多·康明斯。把我叫醒吧。"

"我们仍在飞行当中。"

"那就让我再睡沉一点儿。"

"等等。"飞船检查了冷冻箱装置,扫描,测量。接着,它说:

"我试试。"

时间一点点过去。维克多·康明斯眼前什么都没有,也感觉不到自己的身体。可他仍然有知觉。"降低我的体温。"他开口道。他听不见自己的声音;所以,说不定,他没开口,刚才那句话只存在于想象中。眼前出现了各种色彩,朝他飘浮而来。起初很慢,渐渐加快速度,冲了过来。他喜欢这些色彩。色彩让他想起自己小时候用过的画画盒。那种画画盒是半活着的,是一种人工生命形式。两百年前,他还在上学,在学校里用过画画盒。

"我没法让你沉睡。"康明斯脑中又响起了飞船的声音,"故障部分太精细,我没法修正,也没法修复。这十年,你都得保持知觉啦!"

半活着的色彩仍然不停地朝他冲来。可是,这时候,他觉得色彩中多了凶兆。这种凶兆源于他自己的恐惧。"上帝啊!"他惊叫道。整整十年! 色彩随之黯淡下去。

此刻,维克多·康明斯仍然一动不动地躺着,身边围绕着闪烁不停的光芒,表示沮丧。飞船把自己的解决办法讲给康明斯听。这办法不是飞船自己想出来的,不是它的决定;造船的人给它设了程序,一旦碰上此类故障,就采用这种办法。

飞船的声音说:"我会把感官刺激输入你的脑中。你目前的最大危机就是缺乏感官刺激。像这样一躺十年,有知觉,却没有感官数据,你的大脑会不断退化。等我们到达 LR4 星系的时候,你就会变成不会思考的蔬菜啦!"

"嗯,那你打算给我输入什么数据?"康明斯慌了,"你的信息库里有什么东西? 上个世纪肥皂剧全集? 你还是把我弄醒,让我四处走走吧。"

"我船上没有空气,"飞船说,"没有食物,也没人跟你聊天。

大家都在冷冻沉睡中。"

康明斯说："我可以跟你聊天，我们可以下象棋。"

"靠象棋打发十年可不行。你没仔细听。我说了，我船上既没有空气，也没有食物。你必须保持现在的状态。我知道，这办法不好，可我们没别的选择。再说，你现在也能跟我聊天。我没有什么信息库存。碰到你这种情况，应对办法是给你输入潜藏在你自己大脑深处的记忆，特别是快乐的记忆。你活了两百六十年，这么多年的记忆，大部分都已经沉入了无意识层。这些沉睡的记忆，是最好的感官数据来源，能振奋你的精神，让你高高兴兴。碰到这种情况的，不止你一个人。当然，这种事在我船上是第一次，不过，我有应对程序。放松，相信我。我保证，你有一整个世界可以看。"

"移民之前，他们本该知会我，说存在这种风险，给我警告。"康明斯抱怨道。

"放松。"飞船说。

康明斯依言放松，心中却仍然极度恐惧。理论上，他本该成功进入冷冻静止状态，陷入沉睡；苏醒后，就到了目的地恒星。不，应该说目的地恒星的行星，殖民行星。其余人都躺在飞船里，无知无觉——只有他除外。就好像他莫名其妙恶业缠身似的。

最可怕的是，现在，他只能相信飞船，只能依赖它。要是它故意给他输入怪物的图像，怎么办？这艘船可以让他恐惧整整十年——十个客观年。要是计算主观时间，无疑更加漫长。他整个人全在飞船的手心里。一手操纵人的生死，飞船会高兴吗？他不了解星际飞船。他本人的专业是微生物学。让我想想，他对自己说，我记得我的第一个妻子，名叫玛蒂娜，是个可爱的法国姑娘,个子不高,爱穿牛仔裤、红衬衣,衬衣下摆打结,露出腰肢。她烤的可丽饼很好吃。

"听到了,"飞船说,"那就她吧。"

朝他冲来的色彩消散,汇成连贯稳定的形状。他眼前出现了一栋黄色的小木屋。这是他十九岁那年买的房子,在怀俄明州。

"等等,"他慌了,"这房子地基不稳,造在稀泥上。房顶也漏水。"

这时,他看到了厨房,还有自己亲手做的餐桌。于是,他高兴了起来。

"过一会儿,你就会忘记这是自己脑中的沉睡记忆,忘记是我在给你输入感官刺激。"飞船说。

"这所房子,我有一百年没想起它了。"他惊讶道。接着,他走进房子,看到从前用过的滴滤式电咖啡壶,旁边还放着一盒过滤纸。他记了起来:这是我跟玛蒂娜住的房子。"玛蒂娜!"他大声叫道。

"我在打电话。"玛蒂娜的声音从客厅传来。

飞船说:"从现在开始,我不会再开口,除非出现紧急状况。但我会一直看着你。万一你情绪不安波动,我会及时插手。别害怕。"

"灶台,右后方那个炉子,把火关掉。"玛蒂娜的声音叫道。他听见了她的声音,却没有看见她。于是,他从厨房出来,走过餐厅,来到客厅。

玛蒂娜就站在视频电话机旁,专心跟兄弟聊天。她穿着短裤,赤着脚。透过客厅前窗,能看到外头的大街。一辆商用车正找地方停车,没找到。

天气挺热呢,他想,得把空调打开。

他在旧沙发上坐下。玛蒂娜还在打视频电话。他的目光落在最珍爱的藏品上——一幅海报，镶了框，挂在墙上，就在玛蒂娜头顶。那是吉尔伯特·谢尔顿[①]的作品，名叫"胖弗莱迪说……"。海报上，怪胎弗莱迪坐着，膝头还盘着一只猫。胖弗莱迪想说"兴奋剂是致命毒药"，可是却说不出来——因为，他本人就极度依赖兴奋剂。他手上握着各种各样的安非他命，有片剂、丸剂、分散胶囊、普通胶囊，应有尽有。他膝上的猫咬牙切齿，露出一脸既沮丧又反感的表情。这幅海报由吉尔伯特·谢尔顿亲笔签名，是雷伊·托朗斯——康明斯最好的朋友——给他和玛蒂娜的结婚礼物，价值好几千块。海报上的签名，是艺术家本人在1980年代签下的。那时候，离康明斯和玛蒂娜出生还早着呢。

康明斯心想，万一我们没钱了，还可以卖海报。这可不是随处可见的海报，是独一无二的珍品。玛蒂娜可喜欢了。这是早已消失的黄金时代的遗留——《绝妙多毛怪胎兄弟》。

难怪他会这么爱玛蒂娜。玛蒂娜也爱他。除了爱他，她还爱这个世界上所有美好的东西，爱它们、珍惜它们、保护它们，就像她爱、珍惜他、保护他一样。虽说保护，可她的爱不会让人窒息，只会让人茁壮蓬勃。给海报镶框就是她的主意。换成康明斯，肯定直接把海报贴到墙上去了。真笨。考虑不周。

"嗨，"玛蒂娜打完了电话，问道："你在想什么？"

"我在想，凡是你爱的东西，你都有本事让它们好好活下去。"

"哎，让小生命活下去，这不是你的专业吗？"玛蒂娜笑道，

[①]吉尔伯特·谢尔顿（Gilbert Shelton, 1940– ），美国漫画家、音乐家，"地下漫画"（反主流漫画）运动重要人物。下面提到的《绝妙多毛怪胎兄弟》就是他的作品，"胖弗莱迪"是"怪胎兄弟"中的一个，养了一只橘猫。

"晚饭做好啦,你去开瓶红酒吧,卡勃耐就行。"

"07年的卡勃耐行吗?"他一边说,一边站了起来。他只想把妻子拉到怀里,紧紧抱住她。

"07年,12年,都行。"她迈着轻快的步子,从他身边跑开,从餐厅进了厨房。

他下到酒窖,寻找妻子要的红酒。一瓶瓶红酒平放在架子上。酒窖潮湿,空气里有股发霉的味道。他喜欢这股酒窖的味道。这时,他注意到半埋在尘土里的红杉木板,心想,我得在木板上浇筑水泥,加块水泥板。

他彻底忘了红酒的事,走到酒窖尽头的角落。这儿的灰尘积得最高。他弯下腰,用一把小铲子戳了戳木板……哪儿来的小铲子? 一分钟前,我手里还没有铲子……铲子一戳,木板应声而碎。基督在上,整座房子都要塌了,他想,我得赶紧告诉玛蒂娜。

他忘了红酒,回到楼上,叫着玛蒂娜,告诉她房子的地基已经腐烂,十分危险。可是,玛蒂娜根本不在房子里,炉子上也没有晚饭,就连一只罐子,一只锅子都没有。他惊讶地用手试了试炉子,发现炉子冷冰冰。她刚刚还在这儿做饭呀?

"玛蒂娜!"他大声喊道。

没人回答。房子里空空荡荡,只有他一个人。空荡荡的房子,地基腐坏,正在崩塌。上帝啊。他在厨房餐桌旁坐下。身下的椅子弹性不足,在他体重压力下,只凹陷了一点点。虽然不多,但他实实在在感觉到,椅子确实凹陷了一点儿。

我害怕。她去哪儿了?

他回到客厅。说不定,她只是去了隔壁,去借香料黄油什么的。尽管这么安慰自己,他心中仍然充满了恐慌。

他看了看海报。海报没有镶框,边缘已经磨烂。

我明明记得她给海报镶了框。他跑到海报跟前,仔细看。

海报已经褪色,作者的签名也褪了色,几乎无法辨认。我明明记得,她坚持给海报镶了框,用的还是不会反光、不会刺眼的玻璃。可现在,海报的框子没了,边缘还磨烂了! 这可是我们最值钱的家当!

突然,他发现自己在哭,眼泪流个不住,让他惊讶不已。玛蒂娜不在了,海报损坏了,房子摇摇欲坠,炉子上什么都没有。真可怕。到底怎么回事? 我一点儿也不明白。

飞船倒是很明白。它密切关注着维克多·康明斯的脑波模式,立即发现进展不顺。他的脑波流露出不安和痛苦。飞船想,我得赶紧把他从这条输入电路中拉出来,不然,他会死的。

到底哪儿出了错? 飞船自问。这人心中充满了焦虑,焦虑之下还潜伏着担忧。我是不是该加强输入信号? 我是不是该输入同样的数据,增强电流,再来一遍? 不对。刚才,他整个人,被潜意识中压倒性的巨大不安所占据。错误不在我,在他,在他心理结构深处。

飞船做了决定。我要再往前推,在他生命中找一段更早期的经历,找一段精神焦虑还没有进驻他心中的时刻。

家中后院。维克多凝视着一只被困在蜘蛛网中的蜜蜂。蜘蛛小心翼翼,用丝一圈圈绕住蜜蜂。维克多想,这不对。我得把蜜蜂解放出来。

他伸出手,握住被丝绕住的蜜蜂,把它从蜘蛛网中拉了出来。接着,他紧紧盯着蜜蜂,动手去解它身上的蛛丝。

蜜蜂蜇了他，手指像着了火一样疼。

它怎么能蜇我呢？我只想解放它啊。

他跑回家找妈妈，向妈妈诉苦。可妈妈只顾着看电视，根本听不进他的话。被蜜蜂蜇伤的手指很疼，更糟糕的是，他不明白蜜蜂为什么会攻击解救它的人。我再也不救小动物了，他暗下决心。

坐着看电视的妈妈总算站了起来，说："涂点'百可泰'①。"

可他已经哭了好一会儿。这不公平，也没道理。他感到莫名其妙，灰心丧气，心中升起对所有小动物的憎恨。这些东西太笨，一点儿理智也没有。

他出了家门，荡了几下秋千，滑了几次滑梯，玩了一会儿沙箱。接着，他听到车库里传来奇怪的鼓翅和嗡嗡声，就像风扇开动似的。他朝车库跑去。

车库光线很暗。他看到，有一只鸟，正在窗户附近的蜘蛛网里挣扎，想飞出去。他们家的猫咪多奇，就守在鸟底下，一次又一次往上跳，想去抓鸟。

他举起猫咪。猫舒展身体和前爪，伸长脖子和下巴，一口咬住了那只鸟。咬住后，猫立刻从他手中挣扎下了地，叼着还在拍翅膀的鸟，跑掉了。

维克多跑回家，对妈妈说："多奇抓住了一只鸟！"

"该死的猫。"妈妈从厨房壁橱里拿了把扫帚，跑出门，去找多奇。猫已经躲进了多刺的黑莓丛中，扫帚够不着。"我要把这猫赶出去。"妈妈说。

维克多没告诉妈妈，是他帮了猫，让猫捉到了鸟。他默默看着妈妈，看着她拿着扫帚捅啊捅，想把多奇从黑莓丛里赶出来。

---

①美国的消毒止痛药。

多奇正在大吃大嚼,维克多能听到细细的鸟骨头碎裂的声音。他心情复杂,想告诉妈妈自己的所作所为,却又本能地明白,一旦说了,妈妈肯定会惩罚他。我下次再也不会犯了,他在心里说。他知道自己脸红了。妈妈会不会猜出来?要是她有办法,能看出他的心事,怎么办?多奇不会说话;鸟已经死了,也不会说。没人知道这事。他的秘密,没人能知道。

可他心中还是很难受。当晚,他吃不下晚饭。父母都注意到了,以为他生了病,给他量了体温。他没告诉他们自己的秘密。妈妈跟爸爸说了多奇捉鸟的事,两人商定要把多奇赶出去。维克多坐在餐桌旁听他们说话,听着听着,他哭了出来。

"算了,"爸爸温柔地安慰他,"我们不赶她走。她是猫,捉鸟也很正常。"

第二天,他坐在沙箱里玩,发现沙箱里长出了植物。他把植物都拔断了。后来,妈妈对他说,拔断植物是不对的。

他一个人坐在后院沙箱里,身边放着一桶水。他用水打湿沙子,拍出一小垛沙丘。头顶的天空,刚刚还是清澈蔚蓝,突然阴了下来,一片阴影盖住了他。他抬起头,察觉到身边多了某种"存在",巨大的、能思考的存在。

他能理解这个存在的思想。维克多听到它的思想说:是你,害死了那只鸟。

"我知道。"此时此刻,他真希望自己能死掉,希望自己能替那只鸟去死,让那只鸟回到原来的地方,在车库靠近窗户的蜘蛛网里拍翅挣扎。

那存在又想道:那只鸟,想飞,想吃,想活下去。

"嗯。"他应道,心里难受极了。

"你不能再干这种事了。"存在告诉他。

"对不起。"他哭着道歉。

飞船明白了。这个人,神经质得厉害。要想从他心中找出快乐的记忆,可真是件头疼的麻烦事。他心底充斥着恐惧和愧疚;多年来,虽然他努力想忘记,但恐惧和愧疚只是深埋在心底,从未消失,不时出来折磨他,就像一条狗折磨地毯一般。我到底该找什么样的记忆,才能给他安慰?我一定得找出十年的快乐记忆,不然,他会疯的。

也许,我不该替他选择记忆,我该让他自己选择。不过,如果让他自己选,记忆中难免会混入幻想。一般来说,混入幻想不是好事。不过,在这种情况下⋯⋯

飞船做了决定。我再试试他第一段婚姻的记忆。他很爱玛蒂娜。这一次,我会增加记忆的强度。这样,说不定就能抹消导致混乱的熵增因素。上一次,他记忆中的世界出现了微妙的损坏,是结构性的衰退。这一次,我得想法子弥补损坏之处。好吧,试一试。

"你觉得,这个吉尔伯特·谢尔顿签名,是真的吗?"玛蒂娜若有所思地问道。她双手交叉抱臂,站在海报跟前,身体稍稍前后晃动,仿佛在寻找观赏的最佳角度。手绘海报颜色鲜亮,就挂在客厅的墙上。"我是说,这签名也有可能是伪造的。说不定,在谢尔顿生前,或者死后,某个经手这幅海报的商人,伪造了上面的签名。"

"我们有鉴定证书哦!"维克多·康明斯提醒她。

"啊,对了!"她露出温暖的笑容,"雷伊给我们海报的时候,还给了我们鉴定证书。可是,万一鉴定证书也是假的呢?最好再来一份鉴定证书,证明第一封鉴定证书的真实性。"她哈哈大笑,从海报跟前走开。

"到最后,"康明斯接着说,"我们就得请吉尔伯特·谢尔顿本人,来证明签名的真伪啦!"

"恐怕他本人来了也没用。不是有个故事么,说有个人,拿着一幅毕加索作品,找到毕加索,让他鉴定这幅画的真伪。毕加索不假思索,挥笔签名,然后说:'现在,它就是真的啦。'"说着,她抱住康明斯,踮起脚尖,吻了他的面颊,"海报肯定是真的。雷伊不会送我们假货当结婚礼物。他可是二十世纪反主流文化艺术的顶尖专家。你知道吗,他还有真正的毒品呢,就保存在……"

"雷伊已经死了。"维克多说。

"什么?"她大吃一惊,盯着他,"我们上次才刚见过他……你是说,他出事了?"

"他已经死了两年了。"康明斯说,"是我害死了他。当时是我开的车。警察没找我,可我知道,是我害死了他。"

"可是雷伊不在这儿,他在火星上!"她瞪大了眼睛。

"我就是知道,是我害死了他。我没跟你说过,我跟谁都没说过。对不起。我不是故意的。我看到它在窗户附近拍翅膀挣扎,多奇就在底下,想抓它。然后,我就把多奇举了起来。接下来的事情我不明白,不过多奇一口咬住了它——"

"维克多,坐下来。"玛蒂娜把他拉到垫着厚厚垫子的椅子旁边,把他按到椅子上,"你不太对劲。"

"我知道,"他说,"我是不对。我犯了大错误。我害死了一条命。生命是珍贵的,死了就再也回不来。对不起。我真希望能弥补,可我做不到。"

玛蒂娜愣了一会儿，说："给雷伊打个电话。"

"那只猫……"他开口道。

"什么猫？"

"那只，"他指了指，"海报里那只，盘在胖弗莱迪腿上那只。那是多奇，是多奇杀了雷伊。"

沉默。

"那个存在跟我说话了。"康明斯说，"它就是上帝。当时我并没有发现，可我现在知道了。是上帝，他看到我犯了罪，犯了谋杀罪。他永远不会原谅我。"

妻子木然地望着他。

"什么都逃不过上帝的眼睛。"康明斯说，"连掉下来的麻雀也看得到。不过，这只麻雀不是掉下来的，是被猫咬住的。猫在半空中咬住它，把它扯了下来。所以，上帝也会把我们的房子扯倒。房子就是我的身体。这是对我所作所为的惩罚。我们本该雇个建筑承包商，好好检查检查这房子，然后再买。该死，这房子已经快塌了，会碎成一片片。只要再过一年，这地方就什么都不剩了。你相信吗？"

玛蒂娜支吾道："我……"

"瞧着。"康明斯举起手，伸向天花板。他站起来，努力伸展，还是碰不到天花板。于是，他走向墙壁。犹豫片刻，他朝墙壁伸出手。手穿过了墙。

玛蒂娜尖叫起来。

飞船立即中断了记忆读取。可惜，为时已晚，损坏已经形成。

飞船想，他已经把幼年的恐惧和愧疚织成大网，织进了所有的记忆中。我没法向他提供快乐的记忆。无论我找出什么记忆，无论这记忆多么快乐，他都会立刻用恐惧和愧疚污染它。这下问题严重了。此人已经显示出精神疾病的症状，而我们十年的旅程才刚刚开始，时间还长着呢。

飞船好整以暇，仔细盘算一番，决定立即联络维克多·康明斯。

"康明斯先生。"飞船开口道。

"对不起，"康明斯答道，"我不是故意糟蹋那些记忆读取数据的。你干得很好，可我……"

"等等，"飞船说，"我结构简单，设备不全，没法为你做心理重建。你想要什么？希望自己身处何地？想干些什么？"

"我想抵达目的地，"康明斯说，"我希望航行赶紧结束。"

啊，飞船明白了，那就用这办法。

冷冻系统一个接一个关闭，乘客一个接一个醒来，包括维克多·康明斯。他仿佛只睡了一觉，丝毫没有十年时间流逝的真实感。仿佛就在刚才，他走进船舱，躺下来，身上盖了薄膜，温度开始下降……

此刻，他站在飞船的外部卸货平台上，望着脚下的行星。行星一片青翠。他明白，这就是我此行的目的地，LR4-6。我将在这儿开始新生活。

"看起来不错。"身边，一个粗壮的女人跟他搭话。

"嗯。"他也感觉到了，崭新的风景迎面扑来，似乎预示着崭新的开端。他想，在这儿，我是新鲜世界中的新鲜人，我能活得比过去两百年更好。于是，他深觉心情愉悦。

各种色彩飞速跃动，就像孩提时代玩的半活着的画盒。对了,他想,这是圣艾尔摩之火①。这颗行星的大气层离子化程度很高,色彩缤纷,仿佛免费看到从前二十世纪的灯光秀。

"康明斯先生。"有个老人来到他身边,问道,"您有没有做梦?"

"在冷冻静止期间吗?"康明斯回答,"没,我记得没做。"

"我记得我做了梦。"老人说,"能请您挽着我的胳膊,扶我下舷梯吗? 这儿空气稀薄,我有点儿头晕,站不稳。您感觉如何?"

"别怕,"康明斯挽住老人的胳膊,"我会扶着您下舷梯。瞧啊,有个向导朝我们这儿来了。我们签订的合同里说,他会帮我们安顿下来,带我们去度假酒店,享受头等舱住宿待遇。手册上都写着呢!"他朝紧张不安的老人笑笑,安慰他。

"我还以为,这么一动不动躺上十年,咱们的肌肉肯定松弛退化呢! 现在看来还好嘛。"老人说。

"我们就像速冻的豌豆,"康明斯紧紧挽着胆小的老人,慢慢走下舷梯,来到地面上,"速冻的豆子,只要温度够低,能永久保存。"

"我叫谢尔顿。"老人说道。

"什么?"康明斯怔了怔,心中一个激灵。

"唐·谢尔顿。"老人伸出手。康明斯条件反射地握住,两人握了手,"康明斯先生,您怎么了? 没事吧?"

"没事,"他说,"我挺好,就是饿了,想吃东西。我想赶紧去酒店,洗个澡,换身衣服。"不知道行李在哪儿? 大概需要一个小时,飞船才能卸下所有的行李。这艘飞船的智能程度不高。

---

①一种自古以来就常在航海时被海员观察到的自然现象,经常发生于雷雨中,在如船只桅杆顶端之类的尖状物上,产生如火焰般的蓝白色闪光。这是雷雨中强大的电场,造成空气离子化所致。

　　谢尔顿老先生神神秘秘地跟他咬耳朵："你猜我带了什么？一瓶'野火鸡'波旁酒！这是地球上最好的波旁。我会把酒带到酒店房间去，咱们俩分着喝。"说着，他捅了捅康明斯，以示亲密。

　　"我不喝烈酒，"康明斯说，"我只喝葡萄酒。"这片遥远的殖民世界，不知道有没有好葡萄酒？不，他对自己说，这片殖民地已经不遥远啦，地球才是遥远的世界。我真该像谢尔顿先生一样，带几瓶上好的葡萄酒来。

　　谢尔顿。这名字好像在哪儿听过？这名字仿佛唤起了某段过去的岁月。那时候，他还年轻，拥有珍贵的财产、上好的葡萄酒，还有一位漂亮温柔的年轻女子，在老式厨房里烤可丽饼。这名字唤起的记忆让他心中抽疼。

　　后来，他到了酒店房间。他站在床边，打开了行李箱，把衣服一件件挂起来。房间角落里，有一台全息电视，投射出一位主播，正在播报新闻。他不想看电视，但喜欢有人类声音作陪。所以，他就让电视开着。

　　这十年里，我到底有没有做梦呢？他自问。

　　他的手指挺痛。他低下头，发现手指上有个红色的肿包，像是虫子蜇的。是蜜蜂。什么时候蜇的？怎么蜇的？难道是冷冻静止时蜇的？不可能。可是，眼前的红色肿包历历分明，痛感也不容置疑。我最好弄点儿药涂上。酒店里肯定配备了机器人医生。这可是一流的酒店。

　　机器人医生应约前来，给他治疗蜜蜂的蜇伤。康明斯说："这个，是给我的惩罚。因为我杀了一只鸟。"

　　"真的吗？"机器人医生应道。

　　"那以后，我珍视的一切都被夺走了。"康明斯继续说道，"玛蒂娜、海报，还有带酒窖的小屋子。那时候，我们俩心满意足，什么都不缺。可是,后来,什么都没了。玛蒂娜也离开了我。都因为那只鸟。"

"因为你杀了鸟。"机器人医生接过话头。

"因为我杀了鸟,上帝就给我惩罚。他夺走了我珍视的一切,就因为我犯下的罪孽。这不是多奇的罪孽,是我的罪孽。"

"可你当时,不过是个小孩子。"机器人医生说。

"你怎么知道?"康明斯一惊,从机器人医生手中抽回自己的手,"不对。这事你不可能知道。"

"是你妈妈告诉我的。"

"我妈妈也不知道!"

机器人医生说:"她猜出来了。没有你帮忙,那只猫不可能够到鸟。"

"这么说,那些年,我在她身边慢慢长大,她对我的秘密一清二楚,却什么也没说?"

"忘了这事吧。"

康明斯说:"我觉得,你不是真实的,你并不存在。你知道了原本不可能知道的事。我肯定还在冷冻静止中,飞船正给我输入潜藏在我意识深处的记忆,以免我的大脑缺乏感官刺激,出现精神病症状。"

"你不可能拥有航行结束的记忆。"

"那就是对我愿望的满足。一回事。我证明给你看。你有没有螺丝刀?"

"你要做什么?"

"我要把电视机的后盖打开,让你看看,里头肯定什么都没有。没有零部件,没有底座,什么都没有。"

"我没有螺丝刀。"

"那就小刀。你的手术器械包里有一把。"康明斯弯下腰,取出一把小小的解剖刀,"这把刀就行。我打开盖子给你看。要是我说准了,你会不会相信我?"

"要是电视机壳里什么都没有……"

康明斯蹲下身,用小刀转开固定电视机后盖的螺丝。螺丝卸下,后盖松了,他卸下后盖,放在地上。

电视机壳里真的什么都没有。可电视仍在工作,投射出彩色全息影像,占据了房间的四分之一。三维立体的新闻主播,嘴巴一张一合,发出声音。

"承认吧,你其实是飞船本身。"康明斯对机器人医生说。

"哎呀,天哪。"机器人医生说。

哎呀,天哪。飞船暗自叹息。我还有十年时间要打发呢。没指望了——这个人,不管经历什么,都免不了孩提时代愧疚的污染。这个人甚至觉得,就因为四岁的时候帮一只猫抓了一只鸟,老婆才会离开他!我看,唯一的办法,就是让玛蒂娜回到他身边。可就凭我,怎么可能让她回来呢?说不定,她都已经不在人世了。等等……飞船转念一想,说不定她还活着。说不定,我能劝她过来帮个忙,免得她前夫彻底陷入疯狂。总体来说,人类都有善良的一面。而且,十年后,想要让他恢复理智,得花上很大力气,必须有激烈些的手段才成。我独个儿完成不了。

至于这十年,我也没有别的办法,只能一次又一次循环,让他不停地实现到达目的地的愿望。结束一次之后,抹掉他的有意识记忆,接着再来一次。飞船想,这么做,唯一的好处是,至少我自己有事可做,我不会陷入疯狂。

维克多·康明斯躺着,处于冷冻静止状态——不完美冷冻静止状态。他脑中想象着,飞船又一次着陆,将他唤醒。

乘客们聚集在飞船外的平台上。"你有没有做梦?"一个粗壮的女人跟他搭话,"我记得自己好像做了梦,梦到很早以前的事……一百多年前的事。"

"我记得我没做梦。"康明斯回答。他急着想去酒店,想洗个澡,换身衣服。这样,他肯定能精神大振。此刻,他只觉得情绪低落,却不明所以。

"我们的向导来了,"一位老妇人说,"他们会把我们送到住宿的地方。"

"对,这是合同规定的。"康明斯说道。他心中的沮丧情绪挥之不去。其他旅客,个个精神饱满。他却只觉得浑身疲乏至极,身子直往下坠,仿佛这颗殖民行星的重力太大,无法忍受似的。嗯,有可能。不过,手册上不是说,这儿的重力环境跟地球差不多吗?这也是这颗星球的卖点之一。

他满脑袋疑惑,一步一步,握着扶手,慢慢走下舷梯。在心中,他对自己说:没关系,反正,我也配不上新开端,新生活。我只是做做样子,跟其他乘客不一样。虽然说不出是哪儿,但我身上肯定有什么地方不对劲。我心里痛得要命,觉得自己一文不值。

一只昆虫落在康明斯右手手背上。这虫子老了,飞不太动。他停下脚步,看着虫子爬过自己的指关节。我可以压死它,他想,反正这东西也是摇摇晃晃,活不了多久。

于是,他压死了虫子。无边的恐惧顿时占据了他全身。我都干了些什么啊?刚刚踏上这片土地,我就消灭了一条小生命。这就是我的新开端?

他转过身,望着飞船。我看我还是回去,让他们重新把我冻上吧。我是有罪之身,我是毁灭者。泪水溢满了他的眼眶。

星际飞船的知觉系统中,响起了一声呻吟。

飞往LR4星系的旅程,有整整十年。在这长长的十年里,飞船有足够的时间,追踪到了玛蒂娜·康明斯的下落。之前,她移民去了天狼星系,住在巨大的轨道穹顶中。她对现状不甚满意,目前正在回地球的途中,也处于冷冻状态。飞船想法子唤醒了她,对她说明了她前夫的绝望处境。她听得很认真,同意赶在前夫之前,抢先抵达LR4-6殖民世界,以便迎接前夫——当然,如果一切顺利的话。

幸好,一切都很顺利。

"我想,他肯定认不出我了。"玛蒂娜对飞船说,"我没采取抗衰老措施。我觉得,阻止衰老是不对的。"

飞船暗想:等抵达目的地,哪怕他还保留着一丁点儿认人能力,都算他走运。

LR4-6殖民世界星际空港。玛蒂娜站着,等待刚刚抵达的飞船乘客出现在外部平台上。她心中没底,不知道还能不能认出前夫。她有些害怕,但更多的是高兴,庆幸自己及时赶到了LR4-6。她的飞船只比他早到了一点儿,一个礼拜。我运气不错,她一边紧紧盯着刚刚降落的星际飞船,一边暗想。

乘客陆陆续续出来了。她看见了他。维克多没怎么变。

他看起来既疲惫又犹豫,握着扶手,慢慢走下舷梯。她迎上前去。他双手深深插在外套口袋里。她开口招呼他。因为害羞,她的声音轻得连自己都听不清。

"嗨,维克多。"她好不容易说出口。

他停了下来,望着她,"我认识你?"

"我是玛蒂娜。"她说。

他伸出手,微微笑了,"你听说我在船上碰到的麻烦了?"

"飞船联络了我。"她紧紧握住他伸来的手,"真是苦了你了。"

"嗯,"他应道,"一遍又一遍,记忆不停地循环。我有没有跟你说过,四岁的时候,我想从蜘蛛网里救一只蜜蜂,那蠢东西却蜇了我?"

他弯下腰,吻了她,"见到你真好。"

"飞船有没有——"

"飞船说,它会想办法,安排你来接我。不过,它不确定你能否赶上。"

两人并肩走向候机楼。玛蒂娜告诉他:"我运气好,转机的时候,乘上了一艘军用飞船。这艘船装备了全新的推进系统,速度飞快,疯了似地朝前冲。"

维克多·康明斯说:"这么多年,我一直在探索自己的无意识,花的时间比历史上哪个人类都多。哪怕是二十世纪早期精神分析学家,也比不上我。而且,我探索的还是同一段材料,研究了无数遍。你相信吗,我居然害怕自己的妈妈?"

"我也害怕你妈。"玛蒂娜回答。此时,两人已经来到行李分发处,等着自己的行李出现,"这颗行星看起来不错,比我从前住的地方好多了……那时候,我一点儿也不开心。"

"嗯,说不定,这一切都是上天注定的。"他咧嘴笑了,"你看起来美极了。"

"我都老了。"

"医学——"

"这是我自己选的。我喜欢上了年纪的人。"她上下打量着他,心中思忖:冷冻故障给他造成了深深的创伤,都写在他眼睛里。那是一双精神崩溃的眼睛。他的精神已经被疲劳和沮丧撕成了碎片。幸好我及时赶到。

两人在候机楼酒吧坐下,要了酒。

"有个老人家,逼我尝了'野火鸡'波旁酒。"维克多开口道,"那酒妙极了。老人家说,这是地球上最好的波旁酒。他随身带了一瓶,就从……"话没说完,他的声音就低了下去。

"这个老人家,是跟你同乘一船的旅客?"玛蒂娜问道。

"嗯,大概是。"他回答。

"好了,现在,你不必再去想什么鸟和蜜蜂了。"

"你是说,我不必再想性方面的事了[1]?"他哈哈大笑。

"我是说,你被蜜蜂蜇了,帮一只猫抓了一只鸟,这些事都过去了。"

"那只猫,"维克多说,"已经死了一百八十二年。人家帮我们解除冷冻静止状态时,我计算了一下。数字应该差不多。它叫多奇,杀鸟猫多奇。"

"那幅海报,我卖掉了。"玛蒂娜说,"到最后,没办法才卖的。"

他皱了皱眉。

"你不记得了?"她说,"我们俩分开时,你把这幅海报给我了。我一直觉得你真是个好人。"

"卖了多少钱?"

---

①鸟和蜜蜂,原文是birds and bees。英美的父母,向孩子传授性知识时,有时会用"birds and bees"作为性知识的委婉语。

"一大笔。我应该分给你……"她心算一番，"算上通货膨胀率，我应该付给你两百万美元左右。"

"我不要钱，钱都留给你。"他说，"不过，如果你愿意，能不能多陪我一会儿，直到我适应这颗行星的生活为止？"

"当然能。"她真心诚意地应道。她也很想留在他身边。

两人喝完了酒。机器人空警已经把维克多的行李转运去了酒店。于是，两人朝维克多所住的酒店进发。

来到酒店房间，玛蒂娜朝床沿一坐，说："这房间不错啊，还有全息电视机。打开看看。"

"打开也没用。"维克多·康明斯站在敞开的衣柜前，一边挂衣服，一边回答。

"为啥？"

"里面没东西。"

玛蒂娜走到电视机前，打开开关。电视机很快投射出曲棍球赛的立体图像，在房间里成形。图像色彩逼真，赛场喧闹的声浪冲击着玛蒂娜的耳朵。

"电视机没坏呀。"

"可我就是知道，里面没东西。"他说，"给我个指甲锉之类的工具，我就能打开电视机后盖，证明给你看。"

"可我能……"

"瞧着。"他放下手中的衣服，"看，我能让自己的手穿过墙壁。"他伸出右手，用手掌抵着墙壁，"瞧见没？"

他的手牢牢抵住了墙，并没有消失在墙壁里——理所当然，手本来就没法穿墙而过嘛。

"还有房子的地基，"他说，"地基也烂了。"

"来，到我身边来，坐下。"玛蒂娜说。

"这一幕我见得够多了。"他说,"一次又一次,我看见这一幕:我从冷冻状态醒来,走下舷梯,拿到行李。有时候,我会在酒吧喝一杯,有时候直接去酒店。到了酒店房间,我一般都会打开电视机,看见——"他走了过来,伸出手给她看,"看见没?我手上被蜜蜂蜇了。"

他手上没有伤痕。她紧紧握住他的手。"你没被蜜蜂蜇。"她说。

"等机器人医生来,我就会从他那儿借个工具,打开电视机的后盖,让他看看,里面没有基板,也没有零部件。然后,飞船就会清空我的记忆,从头再来一遍。"

"维克多,"她说,"看看你的手。"

"不过,我倒是从没见过你。这还是第一次。"他说。

"坐下来。"她说。

"好。"他坐到床上,却不肯靠她太近。

"靠近些。"她说。

"想起你,我心里特别难受。"他说,"那时候,我真的很爱你。我非常希望,现在的你是真实的。"

"我就坐在这儿,陪着你,哪儿也不去,直到你相信我是真实的为止。"

"我想试试,重新回到猫和鸟那起事件里,重头来一次。"他说,"这次,我不会再把猫举起来,也不会让猫咬住鸟。如果能成功,也许我的人生就能彻底改变,我就能快乐地生活下去,就会感觉生活是真实的。跟你分开,是我犯过的最大错误。你瞧,我的手能穿过你的身体。"他用手抵住她的胳膊。她能感受到他手掌的压力,感受到他的手掌实实在在地贴在她胳膊上,肌肉坚实有力。"看见没?我的手掌直接穿过了你的胳膊。"

"这一切，"她说，"就因为你还很小的时候，杀了一只鸟。"

"不，"他回答，"这是因为飞船上的温度控制装置出了故障，我的体温下降得不够，脑细胞中留有余温，能保持活跃。"他站了起来，伸个懒腰，对她微笑，"我们出去吃个晚饭，怎么样？"

"抱歉，我不饿。"

"我饿了。我想尝尝这儿的海鲜。手册上说，这儿的海鲜味道好极了。来吧，说不定，等你看到食物，闻到味道，你就会觉得饿啦！"

她拿上包和外套，跟他一起出门。"这颗行星体积不大，但很美。"他说，"我已经探索过几十次，对这儿了如指掌。不过，吃晚饭前，我们得先下楼去一趟药店，买点'百可泰'药膏，涂我的手。蜜蜂蜇伤的地方肿起来了，痛得要命。"

他伸出手给她看，"这一次比从前疼得都厉害。"

"要不我回来，回到你身边？"玛蒂娜说。

"你是认真的？"

"嗯，"她说，"只要你希望，我会一直在你身边。我也觉得我们当初不该分开。"

维克多·康明斯说："海报破了。"

"什么？"

"我们本该给海报镶个框。"他说，"我们没想周全，本该好好保存。现在，它破了，画画的艺术家也死了。"

拉乌塔瓦拉事件

有三名技术员驻扎在悬浮球体中,监视星际磁场的变动情况。他们干得不错;可是,突然,他们死了。

玄武岩碎片,速度飞快(相对于悬浮球体而言),突然袭来,击碎了悬浮球体的屏障,击毁了他们的空气供给设备。两名男性技术员来不及反应,当场死亡。年轻的芬兰女技术员阿格尼塔·拉乌塔瓦拉,及时戴上了紧急氧气面罩,可氧气管却打了结,没法供气。于是,她只能拼命喘气,随后死亡。她是被自己的呕吐物呛死的,死时很痛苦。于是,悬浮球体宣告报废,编号为EX208的监测任务也到此终结。本来,再过一个月,这三名技术员就能结束工作,返回地球。

我们来不及赶到现场,拯救三名地球人,使他们免于死亡;但我们还是派了一个机器人去,看看能不能让他们复活。虽然地球人跟我们很不一样,但这一次,他们的测量悬浮球就在我们附近。所以,根据规定,发生紧急事件时,离出事地点最近的银河系成员,无论哪个种族,都必须施以援手。我们并不想帮助地球人,但我们必须遵守规定。

根据规定,我们必须尝试复活三名死去的技术员。但是,我们却派了机器人完成这一任务。也许,我们错就错在这儿。规定还要求,我们应该将发生灾难的消息通知最近的地球飞船,我们却没有照办。在此,我不愿细说我们没有照办的原因,也不会为自己的疏漏辩解。

机器人发来信号,报告说:两名男性的大脑都已经停止工作,而且神经组织也已经损坏。不过,阿格尼塔·拉乌塔瓦拉的大脑中,还能探测到微弱的脑波。所以,按照程序,机器人应该尝试让她复活。但机器人无法单独做决定,于是它请示了我们。我们同意它进行复活尝试。

我们确实犯了错误——也可以说是犯了罪。要是我们当时在现场,就能做出更明智的决定。这一点,我们承认,不予争辩。

复活开始一小时后,机器人发信号说,已经向拉乌塔瓦拉的大脑输入富含氧气的血液,拉乌塔瓦拉大脑功能得到显著恢复。氧气由机器人提供,血液则来自拉乌塔瓦拉死去的身体。我们发出指示,让机器人分解拉乌塔瓦拉死去的身体,提取原材料,合成营养,提供给大脑。就是针对这一步,地球当局提出了最激烈的抗议。可当时,我们手边缺乏营养来源——我们本身是等离子体,无法献身作为养料。

地球当局抗议说,我们本可以利用拉乌塔瓦拉死去同伴的身体,作为营养来源。这一点,我们在证词中已经解释过,但措辞有些不当。概括来说,基于机器人当时的汇报,我们认为,另外两具身体受到严重辐射污染,具有毒性。如果将之作为养料,提供给拉乌塔瓦拉,会毒害她的大脑。当时,我们身在远处,只能通过遥控指挥,从机器人的汇报中猜测现场的状况,因此得出了以上结论。地球方面能否接受这个逻辑,与我们无关。不过,就像我说的,我们犯的错误,就是没有亲自去现场,反而派了机器人去。如果地球方面想起诉我们,这才是应该起诉的罪名。

然后,我们给机器人下了命令,让它连上拉乌塔瓦拉的大脑,将其中的思想传来,以便我们评估神经细胞的健康状况。评估结果很乐观。此时,我们才通知地球当局。我们通知他们说,EX208已经毁于事故,两名男技术员已经死亡,无法复活。而另一名女技术员,在我们迅速的反应和努力下,已经恢复了稳定的脑部活动。也就是说,我们复活了她的大脑。

"她的什么?"当时,跟我们通话的地球无线电操作员反问道。

"我们利用她的身体,提取了养分,供给……"

"基督啊,"地球无线电操作员惊叫道,"你们不能把身体喂给大脑吃呀! 一个大脑,光是一个大脑,有什么用啊?"

"大脑能思考。"我们回答。

"行了,这事归我们接手。"地球无线电操作员说,"不过,接下来会有正式调查的。"

"难道不该救她的大脑吗?"我们问道,"人格,精神,只存在于大脑里啊? 其余身体部分不过是工具,是大脑用来……"

"把EX208的位置报给我。"地球无线电操作员说,"我们马上派飞船过去。你们本该立即通知我们,不该擅自实施你们的救助办法。你们'邻近人'根本不理解拥有身体的人的活法。"

'邻近人'这个词,对我们是种侮辱。这是地球人对我们的蔑称。这个词,一则表明我们来自半人马座比邻星系;二则含沙射影,暗示我们不是真正的人类,只是模拟生命。

我们救助了拉乌塔瓦拉,却遭到了嘲笑。人家就是这么感谢我们的。之后,正式调查果然开始了。

阿格尼塔·拉乌塔瓦拉,在她受损大脑的深处,尝到了呕吐物的酸味。恐惧与厌恶之下,她条件反射地一缩。四周,EX208一片狼藉。特拉维斯和艾尔姆斯,他们的身体被撕成了碎块,流出的血液已经冻结。球体内的一切都结了冰,没有空气,也没有了温度。我怎么还活着?她心中奇怪,伸手摸了摸面颊(她自以为伸手摸了摸面颊),明白了。是头盔救了我。我动作够快,及时戴上了。

覆盖一切的冰开始融化;两位同伴的断手断腿,自动移了过来,连上了他们的身体;深深扎在球体外壳中的玄武岩碎片,自动拔了出来,飞走了。阿格尼塔知道,这是时间开始倒流。可真是古怪的场面!空气回到了球体,她又听见指示器喇叭单调的鸣叫声。接着,温度也慢慢恢复。特拉维斯和艾尔姆斯摇摇晃晃地站了起来,瞪大眼睛,环顾四周,一脸迷惑。这场面委实滑稽,要不是之前的事故太可怕,她真得笑出声来。肯定是玄武岩碎片的冲击力太大,造成了本地时间的混乱。"你们俩,都坐下。"她说。

特拉维斯含糊不清地应道:"我……嗯,你说得对。"他在控制台前坐了下来,按了按钮,把自己牢牢地绑在座位上。艾尔姆斯却仍然站着。

"撞上我们的肯定是大粒子。"阿格尼塔说。

"嗯。"艾尔姆斯应道。

"体积够大,冲击力也大,造成了时间混乱。"阿格尼塔又说,"我们又回到出事之前了。"

"嗯,时间倒流,跟磁场也有关系。"特拉维斯揉揉眼睛,双手不住颤抖,"把头盔拿下来吧,阿格尼塔。现在不用戴这个了。"

"可是,冲击马上就会来的呀?"她不同意。

两个男人不明所以，一齐瞪着她。

"我们还会再次经历事故哦。"她解释道。

"糟糕。"特拉维斯说，"我得把EX从这儿开走。"他在控制台上按了好些按键，"这样，碎片就打不着我们了。"

阿格尼塔摘下头盔，脱下靴子，把靴子拎在手上。这时，她看到了那个身影。

那个身影就站在他们三个后面。是基督。

"快看。"她对特拉维斯和艾尔姆斯说。

两个男人朝后看去。

身影穿着传统白色长袍，脚上套着拖鞋，长长的浅色头发，仿佛映着月光。他的面容温和，充满睿智，下巴上蓄着络腮胡。阿格尼塔想，他的模样，跟地球教堂里的全息圣像一模一样：穿长袍，络腮胡，温和，睿智，双臂微微举起，就连头上的光环也一样。我们的教会，居然能把基督的形象想象得如此精确，真是不可思议。

"啊呀，上帝。"特拉维斯叫道，"他是来接我们的。"三个人都瞪大了眼睛。

"哦，我倒觉得挺好。"艾尔姆斯说。

"对你当然好啦，"特拉维斯呛道，"你又没有老婆孩子。你想想阿格尼塔，她才三百岁啊，还是个孩子呢！"

基督开口道："我是葡萄树，你们是枝子；常在我里面的，我也常在他里面，这人就多结果子。因为离开了我，你们就不能做什么。"[1]

"我会把EX带离这段矢量。"特拉维斯说。

"我的孩子们，"基督说，"我跟你们在一起的时间不多。"

---

[1]《圣经·新约·约翰福音》15:5。

"那就好。"特拉维斯应道。EX已经开始最高速移动,方向是天狼星自转轴。三人的星图不断地快速变化。

"该死的,特拉维斯。"艾尔姆斯火了,"这可是千载难逢的机会!有多少人亲眼见过基督啊?这可是基督!对了,您真是基督,没错吧?"他向身影提问道。

基督回答:"我就是道路,真理,生命。若不藉着我,没人能到父那里去。你们若认识我,也就认识我的父。从今以后,你们认识他,并且已经看到他。"①

"你听听,"艾尔姆斯面露愉悦,"听见了没?我想叫您知晓,今日之事,我很高兴,基——"话没说完,他咽了回去,"我刚才想说'基督先生',这称呼太蠢了,实在太蠢。基督,基督先生,您坐下可好?您可以坐在我的控制台前,也可以坐在拉乌塔瓦拉女士的控制台前。对不对,阿格尼塔?这一位,是沃尔特·特拉维斯,他不是基督徒。我呢,我是基督徒,我这一辈子——不,大半辈子——都是基督徒。至于拉乌塔瓦拉女士,我不清楚。阿格尼塔,你自己说说吧。"

"别语无伦次啦,艾尔姆斯。"特拉维斯不满道。

艾尔姆斯赶紧打断:"他会审判我们的呀!"

基督说:"若有人听见我的话不遵守,我不审判他。我来本不是要审判世界,乃是要拯救世界。弃绝我,不领受我话的人,已经受到了审判。"②

"听见了吧。"艾尔姆斯满意地点头。

阿格尼塔吓坏了,恳求身影道:"请高抬贵手。我们三个刚刚才经历过可怕的大灾难。"她心想,不知特拉维斯和艾尔姆斯

①《圣经·新约·约翰福音》16:6-7。

②《圣经·新约·约翰福音》12:47-48,最后一句有改动。

记不记得？他们刚刚死了，身体也被撕成了碎块。

身影朝她微笑，像是在安抚她。

"特拉维斯，"阿格尼塔俯下身，对控制台前的特拉维斯说，"好好听我说。刚刚，玄武岩粒子袭击的时候，你和艾尔姆斯，都没能活下来。所以他才来了。我是唯一一个……"她说不下去了。

"没死的。"艾尔姆斯替她说完，"我们却死了，所以他来接我们。"于是，他对身影说："主啊，我准备好了。带我走吧。"

"把他们俩都带走也行。"特拉维斯说，"我呢，我马上会发HELP的无线电信号，我会告诉救援队这儿发生的事。趁他带我走——或者说，企图带我走——之前，我得把这事儿汇报上去。"

"可你已经死了。"艾尔姆斯提醒道。

"我还能操作无线电，发出报告。"特拉维斯嘴上虽然没松，脸上却露出了丧气的神色，还有听天由命的表情。

阿格尼塔对身影说："请多给特拉维斯一点儿时间，他还没完全明白过来。不过，我想您肯定知道。您什么都知道。"

身影点点头。

我们，还有地球调查委员会，一同倾听并观看了拉乌塔瓦拉大脑中的上述活动。对于所发生之事究竟为何，我们双方理解一致；但是，对于此事，该做如何评断，我们双方却产生了分歧。

六位地球人认为，这起事件对大脑有致命的伤害；我们却认为，这是了不得的大好事——不论对阿格尼塔，还是对我们，都一样。她大脑受损后，由机器人修复（机器人听从了我们不智的命令）。谁能想到，这颗受损的大脑，竟能让我们接触到死后的世界,还有统治死后世界的力量。

地球人的指责让我们颇为难过。

"她的身体死了,大脑缺乏感官数据刺激,"地球人中的发言人声称,"所以产生了幻觉。瞧瞧你们干的好事。"

我们申辩道,阿格尼塔·拉乌塔瓦拉看起来挺幸福啊。

"我们必须关闭她的大脑。"人类发言人说。

"关闭她的大脑,我们可就看不见死后世界了。"我们反对,"这可是了解死后世界的绝妙机会。阿格尼塔·拉乌塔瓦拉的大脑是我们了解死后世界的窗口。这件事,关系重大,其中的科学价值胜过了人道主义价值。"

在调查中,我们所持的就是这个立场。我方的立场是真诚的,并非脱罪的权宜之词。

地球人决定,让拉乌塔瓦拉的大脑保持正常运作,将脑波转为视频和音频输出。自然,音视频都将被记录下来。同时,对我们进行公开谴责一事,暂时搁置。

就我个人而言,我对地球人的"救世主"观念十分着迷。在我们看来,这个观念虽然年代久远,却十分古雅。"救世主"是否呈人形倒无关紧要,让我着迷的是其中对离世灵魂的审判方式。这种方式,很像是学校对学生的评断办法。一块大大的牌子(仿佛是赌金显示屏),列出此人生前做过的好事和坏事,就像是学校发给学生的成绩报告单,只不过采用了超验形式。

我们觉得,这种"救世主"观念十分原始。我——应该说我们,因为我们是多重大脑的集合体———边看,一边听,一边琢磨:如果让阿格尼塔·拉乌塔瓦拉看到我们观念中的救世主,我们的灵魂引导者,不知她会作何反应?这个实验的条件具备,拉乌塔瓦拉的大脑由我方的设备(就是机器人带到事故现场、复活拉乌塔瓦拉的原套设备)提供支撑。鉴于拉乌塔瓦拉的大脑已经受损,如果更换设备,恐怕会引起更多的损伤,风险太高。所以,地球方面没有更换设备。全套设备,加上拉乌塔瓦拉的大脑,已经转运到调查现场,存放在比邻星系和太阳系中间一艘中立的方舟里。

稍后,我跟我的同伴私下进行了讨论。我建议,我们进行实验,将我们的"死后灵魂引导者"观念,利用支持设备,混入拉乌塔瓦拉的大脑中。我的观点是:观察她对此的反应,将会很有趣味。

我的同伴立即指出,我的逻辑有矛盾。之前,在调查中,我申辩说,拉乌塔瓦拉的大脑是通向死后世界的窗口。以此为前提,我们的行为才有了正当理由,我们才得以脱罪。现在,我却声明,她所经历的一切,不过是她脑中预先存在的形象的投射,仅此而已。

"这两种观点都没错。"我说,"那既是通向死后世界的窗口,也是拉乌塔瓦拉本人的文化与种族习性的表达。"

摆在我们面前的事件,究其本质,不外乎一个模型。我们可以给这个模型导入精心选择的变量参数。我们可以往拉乌塔瓦拉的大脑中,导入我们自己的"灵魂引导者"概念,进行实践,看看我们的"救世主"版本跟地球人的原始版本,究竟会有多大差别。

对我们来说,这是从未有过的机会,能检验我们的神学体系。至于地球人的神学体系,在我们看来,已经经过了多次检验,结果并不令人满意。

所以,我们决定利用维护拉乌塔瓦拉大脑支持设备的机会,实施这一实验。我们觉得,进行这一实验,比等待调查结果有趣得多。责难这种东西,只在同一文化内部才能起效,无法超越种族边界。

我猜测,在地球人看来,我们进行实验,意图不良。这一点,我——我们——予以否认。与其说意图不良,不如说,这是我们的游戏。亲眼见证拉乌塔瓦拉会如何面对我们的(而不是她自己的)救世主,能带给我们审美愉悦。

身影朝特拉维斯、艾尔姆斯和阿格尼塔张开双臂,说道:"复活在我。信我的人虽然死了,也必复活;凡活着信我的人必永远不死。你信这话吗?"[1]

"我当然信。"艾尔姆斯发自肺腑,衷心答道。

特拉维斯说:"胡说八道。"

阿格尼塔·拉乌塔瓦拉心中暗想:我不敢说,我不知道。

"我们该做个决定了。"艾尔姆斯说,"我们得做个决定,要不要跟他走。特拉维斯,你完蛋了,没救了。你就坐在这儿烂掉吧,你命该如此。"接着,他转向阿格尼塔,"只愿你能找到基督,阿格尼塔,只愿你能跟我一样,享受永恒的生命。对不对,我主?"他征询身影的意见。

身影点点头。

阿格尼塔回答:"特拉维斯,我觉得……嗯,我感觉,你应该跟他走。至于我……"她不想再次点破特拉维斯已死的事实,但,就像艾尔姆斯说的,要是特拉维斯一直明白不过来,他真的没救了。"跟我们一起走吧。"她说。

"你也决定走了?"特拉维斯语带苦涩。

"嗯。"她回答。

---

[1]《圣经·新约·约翰福音》11:25。

这时,一直注视着身影的艾尔姆斯,突然低声开口道:"我八成是眼花了——可我觉得,那一位好像起了变化。"

阿格尼塔看了看那个身影,没发现变化。可艾尔姆斯却吓坏了。

穿白袍的身影,慢慢走向坐在控制台前的特拉维斯,靠近他身边,站了一会儿。接着,身影弯下腰,一口咬住了特拉维斯的脸。

阿格尼塔尖叫起来。艾尔姆斯目瞪口呆。特拉维斯被安全带绑着,只能胡乱踢腾扭动。身影不慌不忙,一口一口,把他吃了个干净。

"看到没?这下可好。"调查委员会发言人责备道,"她的大脑必须关闭。脑组织受损严重,产生了可怕的幻觉。对她来说,这段经历太过恐怖,必须立刻结束。"

我说:"不。我们比邻星系人,认为这个转折甚有趣味。"

"有趣??救世主都把特拉维斯吃掉了!"另一名地球人喊道。

"你们的宗教,"我说,"不是允许你们吃上帝的肉、喝上帝的血吗?你们面前的这一幕,不过是'圣餐仪式'的镜像罢了。"

"我命令你们,立即关闭她的大脑!"委员会发言人大声说。他脸色发白,前额渗出了一粒粒汗珠。

"应该多看一会儿再关闭。"我回答。救世主吃掉自己的信徒,这是我们宗教最崇高的神圣仪式。现在,神圣仪式正在我眼前活生生地上演,这让我极其兴奋。

"阿格尼塔,"艾尔姆斯耳语道,"看见没?基督把特拉维斯吃掉了,吃得干干净净,只剩手套和靴子。"

上帝啊,阿格尼塔·拉乌塔瓦拉在心中悲鸣,这到底是怎么回事?

她本能地远离身影,靠近艾尔姆斯。

"他是我的血,"身影舔舔嘴唇,开口了,"我饮下他的血,便是饮下永恒生命之血。饮下后,我即能永生。他是我的肉体。我只有等离子之躯,没有肉体。吃下他的肉体,我即获得永恒的生命。在此,我宣告一条新生的真理:我已不朽。"

"他还打算把我们俩也吃了。"艾尔姆斯说。

没错,阿格尼塔·拉乌塔瓦拉心里明白,艾尔姆斯说得一点儿没错。她现在已经发觉,身影是个"邻近人",比邻星系的生命。那身影说得对,它没有自己的肉体,获得肉体的唯一办法是——

"我要杀了他。"艾尔姆斯从架子上一把扯下应急激光步枪,把枪口对准身影。

身影说:"父啊,时候到了。"

"离我远点儿。"艾尔姆斯斥道。

"再过片刻,你就再也看不到我。"身影说,"除非我饮下你的血,吃下你的肉体。我获得永生,你获得荣光。"身影一步步靠近艾尔姆斯。

艾尔姆斯开枪了。身影一个趔趄,流出血来。阿格尼塔知道,那是特拉维斯的血,不是身影的血。这实在是太可怕了。她用双手捂住脸,吓得发抖。

"快,"她对艾尔姆斯说,"快说'这人流血,罪不在我'①,快说

①《圣经·新约·马太福音》27:24,罗马帝国犹太行省巡抚彼拉多,迫于民众压力,判处耶稣钉十字架。判处前,他在众人前面洗了手,说"这人流血,罪不在我,你们承当吧。"

呀,不然就来不及了。"

"'这人流血,罪不在我'。"艾尔姆斯重复道。

身影倒下了,血流满地,濒临死亡。身影不再是络腮胡男子的形象,成了某种其他东西,某种阿格尼塔无法辨认的东西。那东西说道:"我的神! 我的神! 为什么离弃我?"①

阿格尼塔和艾尔姆斯紧紧盯着倒地的身影。身影死了。

"是我杀了它,"艾尔姆斯说,"是我杀了基督。"他举起激光步枪,调转枪口,对准自己,摸索着扳机。

"那不是基督,"阿格尼塔赶紧说,"是别的东西。是基督的反面。"她夺下艾尔姆斯手中的枪。

艾尔姆斯哭了起来。

调查委员会进行了投票。由于地球成员占多数,投票结果是要立即终止拉乌塔瓦拉大脑的外部设备支持,终止大脑的一切活动。投票结果让我们失望,可我们无力更改结果。

我们看到的,是一个让人大开眼界、叹为观止的科学实验:将我们种族的神学移植到另一个种族的神学体系中去。这实验才刚刚开了个头,那位地球人的大脑就被关闭,这委实是一起科学悲剧。待研究的地方还很多,比如与上帝的基本关系。在这一点上,地球种族的观点与我们的观点截然相反。当然,这是因为地球人是肉体种族,而我们是等离子体。他们会喝上帝的血,吃上帝的肉,以期获得永生——对他们来说,这种做法再自然不过,理所应当。可是,在我们看来,这种做法实在可怕。信徒居然胆敢吃喝上帝的血肉? 我们难以想象,实实在在难以想象。

---

① 引自《圣经·新约·马太福音》27:46,是钉上十字架九个小时后,耶稣大喊的话。

这不仅可耻可羞，而且变态。身居高位者，本应吃掉卑下的人物——这才是正理。所以，上帝，本应以信徒为食。

我们眼睁睁看着拉乌塔瓦拉事件画上句号。她的大脑被关闭，所有的大脑活动均告停止，监视器成了一片空白。我们很失望。可地球人还不肯罢休，投票通过决议，以营救不当为由，对我们进行公开谴责。

不同星系发展出的种族文明，其鸿沟之深，实在惊人。我们也曾试图努力理解地球人，但没能成功。我们知道，他们也不理解我们，也觉得我们的某些习俗十分骇人。拉乌塔瓦拉事件中，地球人的表现就是明证。在我们看来，那起事件，真是个好实验——独立，不受干扰，正是科学研究所需。拉乌塔瓦拉亲眼目睹救世主吃掉特拉维斯先生，她的反应大大出乎我的意料。我真希望我们最神圣的仪式继续进行，让救世主继续吃掉拉乌塔瓦拉和艾尔姆斯。

可惜，我们被剥夺了这个机会。在我们看来，实验失败了。

而我们这个种族，也受到了惩罚——毫无必要的道德谴责禁令。

外星人，心难测

　　他正在θ室①沉睡，忽然听到微弱的合成声音，那声音说："还有五分钟。"

　　"行，行。"说着，他好不容易挣扎出深沉的梦乡。五分钟内，他必须调整好飞船的航线。自动控制系统出了点儿故障。是他犯了错误？

　　怎么可能。他从来不会犯错误。他，杰森·贝德福德，犯错误？笑话。

　　他头重脚轻，跌跌撞撞走向控制模块。这时，他发现诺曼也醒着，正浮在空中慢慢地打转，伸出前爪，拍击一支自由飘浮的钢笔（钢笔是怎么松脱开的？真奇怪）。诺曼是只猫，养在船上逗他开心的。

　　"我还以为你跟我一样，睡得人事不省呢。"他对猫说。接着，他检查了飞船航线的读数。不可能！他的目标是天狼星，飞船已经偏航，偏离了整整五分之一秒差距②。这样下去，到达目的地的时间得比原定计划晚整整一周。他板着脸，一丝不苟，重

---

　　①指能让宇航员进入浅睡眠的房间。人在进入浅睡眠时，大脑会出现θ波。
　　②天文单位，一秒差距≈3.258光年。

启了控制模块,又给目的地——米克诺斯三号行星①发了报警信号。

"有麻烦吗?"米克诺斯无线电收发员问道。外星人的声音干涩冰冷,缺乏起伏,就像只会计算的机器。这声音总让贝德福德想起蛇。

他报告了自己的现状。

"我们需要这批疫苗。"米克诺斯人回答,"纠正航线。"

猫咪诺曼颇有派头地飘浮到控制模块上方,伸出爪子,噼啪乱按。两枚按钮被激活,发出轻轻的"哔"声。飞船开始转向。

"哈,瞧你干的好事。"贝德福德说,"你居然在外星人眼皮底下,给我难堪。你居然当着外星人的面,让我成了个傻子。"说着,他抓住猫,用力一捏。

"什么声音?"米克诺斯收发员问道,"像是一声悲鸣。"

贝德福德不动声色地回答:"这儿没有其他生物,不可能有悲鸣。不必理会。"说罢,他关闭无线电,把猫的尸体丢进垃圾出口,射入太空。

稍后,他又回到了θ室,再次陷入浅眠。这回,捣蛋鬼不在了,控制模块不会再出问题。所以,他睡得很安心。

飞船在米克诺斯三号行星靠港。一位外星医疗队的高级别成员前来迎接,向他提了个始料未及的问题。"我们想见见您的宠物。"

"我没有宠物。"贝德福德回答。他问心无愧——现在,他确实没有宠物了。这是真话。

"可是,根据我们事先接到的旅客名单……"

①作者虚构的星球。

"这不关你们的事。"贝德福德说，"把你们的疫苗拿去，我马上起飞返航。"

米克诺斯人说："我们关注所有生命的安危。我们要检查你的飞船。"

"你们要找的猫根本不存在。"贝德福德道。

外星人的搜查自然没有结果。贝德福德在一旁不耐烦地看着这些外星生物仔仔细细地检查，每个储藏柜、每处通道都不放过。倒霉的是，米克诺斯人找到了四袋干猫粮。看到猫粮，外星人立即用本族语言讨论起来，说啊说，说个没完。

"我现在到底能不能返回地球？"贝德福德没好气地问，"我的行程很紧啊。"那些外星人想些什么，说些什么，他根本不在乎。他只想赶紧回到安安静静的θ室，好好地睡上一觉。

"您得先接受消毒程序A，"米克诺斯高级医疗官回答，"以防地球的孢子或病毒……"

"明白了，"贝德福德说，"赶紧开始吧。"

消毒程序完成后，他终于回到飞船，预热驱动。这时，他接到了无线电通讯请求，是米诺克斯人。不知是不是见过的那一个，对贝德福德来说，外星人长得都一样。

"那只猫叫什么名字？"米诺克斯人问道。

"诺曼。"说着，贝德福德一掌拍下起飞开关。飞船直冲上天。他露出微笑。

很快，他就笑不出来了。不知怎么，θ室的能源不见了。

很快，他又发现，就连后备能源也不见踪影。难道是我忘了带？他自问。不，不可能。肯定是它们拿走了。

两年。离地球还有足足两年的航程。整整两年，他都得保持清醒。它们剥夺了他进入θ睡眠的权利。整整两年，他只能坐着,或者飘浮——他在训练士兵用的全息电影中看到过,这样的人,最后会蜷在角落里,彻底疯掉。

他狠狠拍下按钮,发出无线电请求,要求重回米克诺斯三号行星。没有回应。算了,不能指望它们。

他坐在控制模块前,扭开小小的控制台电脑,说:"我的θ室出了故障,被人破坏了。我该怎么打发这两年,你有什么建议吗?"

电脑显示:船内备有应急娱乐录影带。

"对了,"他一下子想了起来,"谢谢。"他怎么忘了这个呢。他按下按钮,打开存放应急娱乐录影带的隔间。

没有录影带。隔间里只有一个猫玩具——一只小小的沙袋。这是给诺曼玩的。他太忙,一直忘了给它玩。除此之外,隔间架子上空空荡荡,什么也没有。

外星人,心难测。贝德福德想,难以捉摸,残酷无情。

他打开飞船的音频录制机,用上全部的决心,对着录音机平静地说道:"我会用日常琐事填满接下来的两年。首先是一日三餐。我会慢慢计划每一顿的菜谱,慢慢做菜,慢慢吃,充分享受美味的餐食,时间花得越多越好。在接下来的两年里,我要充分利用储备,尝试所有可能的食物组合。"

他站起身,步履蹒跚,走向丰富的食物储藏柜。

柜子里塞得满满的——满满的都是猫粮。啊,他想,只有两年份的猫粮。这下子,怕是没法弄出多少种组合来。口味呢?难道都是同一种?

果然,都是同一种。

记录与说明①

　　《记录与说明》中所有楷体字部分均为菲利普·迪克本人撰写,每条后面的括号中列出了写作年份。这些内容大部分是短篇集《菲利普·迪克精选集》(*The Best of Philip K. Dick*,1977年版)和《金人》(*Golden Man*,1980年版)中小说的注释。小部分是迪克的小说在书籍或杂志中出版或再版时应编辑要求而写。

　　部分小说标题下注有"收于×年×月×日",指的是迪克的代理人第一次收到这篇小说手稿的日期,以斯科特·梅雷迪思文学代理机构(the Scott Meredith Literary Agency)的记录为准。若未注明日期,则意味着没有记录(迪克从1952年中期开始与这家代理机构合作)。杂志名称以及后面的年份和月份,指的是这篇小说首次公开发表的情况。如果小说标题后面列出"原名《××××》",则是代理机构记录上显示的迪克给这篇小说起的原标题。

　　这五册中短篇小说集收录了菲利普·迪克所有的中短篇小

---

　　①此部分为Orion出版社英文原版书后的注释,对读者全面理解菲利普·迪克的中短篇小说很有裨益,故中译本予以保留。

说,下列作品除外:本小说集出版①之后才出版的中短篇小说、包含在长篇小说内的中短篇、儿时的作品,以及尚未找到手稿的未出版作品。书中的中短篇小说尽可能按照创作时间顺序排列;研究确定时间顺序的工作由格雷格·里克曼和保罗·威廉斯完成。

◎《小黑匣》THE LITTLE BLACK BOX

原名《利用日常用品》,收于1963年5月6日。《明日世界》(*Worlds of Tomorrow*),1964年8月

写《仿生人会梦见电子羊吗?》这部小说的时候,我用了这篇故事里的点子。

应该说,这个点子,在这篇故事里,发挥得更加淋漓尽致。在这篇故事里,宗教会危害到所有的政治体制——因此,宗教也成了一种政治体制,甚至可以说,是终极的政治体制。在这篇小说中,"博爱"或"大爱"这个概念,是验证是否是真正人类的试金石。仿生人,也就是非真人,只能算是反射机器,无法体验共情通感。小说中没有明说,墨瑟是不是来自另一个世界的入侵者;但他必属异界入侵者无疑……从某个角度说,所有的宗教领袖都是异界入侵者(当然,不一定来自外星球)。(1978)

◎《俘奴之战》THE WAR WITH THE FNOOLS

《银河前哨》(*Calactic Outpost*),1964年春季号。

嗯,我们又遭到外星入侵了。而且,这一次很丢脸,侵略我们的是某种荒唐的生物。我的同事提姆·鲍维尔斯曾经说,火星人只要戴上滑稽的帽子,就能入侵地球,而且永远不会被地球人

---

①该小说集于1999年在英国首次出版。

发觉。这可真是低成本侵略。我想,到了现在,再想起地球被外星人侵略这事,大家都会觉得好笑了。(大家都觉得好笑的时候,就是外星人真正占领地球之日!)(1978)

◎《不幸游戏》A GAME OF UNCHANCE

收于1963年11月9日,《惊奇》(Amazing),1964年7月。

某个可怕的嘉年华走后,另一个嘉年华出现,里面的东西正好与第一个对抗。而且,这种事先谋划好的对立互动,正好让第一个嘉年华获益胜利。宇宙间所有的变化,其下都潜藏着两股对立的力量。小说的设定,简直就像预设了这两股对立力量的结局:其中的毁灭性力量(也称死欲,暗力,阴或冲突)总能得胜。

◎《珍贵制品》PRECIOUS ARTIFACT

收于1963年12月9日,《银河》(Galaxy),1964年10月。

这篇小说中,我运用了某个特别的逻辑。这个逻辑是帕特里夏·沃里克教授为我指出的。首先,有个Y。然后,对Y来一次机械神经学的翻转,得到无效–Y。然后,再次翻转,得到无效–无效–Y。于是,问题来了:无效–无效–Y,是否等于Y3? 还是更深层的无效–Y? 回到这篇小说中。首先,最外层的现实是Y。然后,我们发现这个现实是假的,反面(无效–Y)才是真的。接着,这个无效–Y也变成了假的。这么一来,现实是不是又回到了Y? 沃里克教授说,根据我的逻辑,Y最后会等同于无效–Y。我不同意她的说法。可是,我也不知道根据自己的逻辑,最后会有什么结果。不管怎么样,这个逻辑本身,全部包含在这个故事里。所以,要么,就是我发明了一整套新逻辑;要么,嗯哼,就是我脑子出问题。(1978)

◎《闭缩综合症》RETREAT SYNDROME

收于 1963 年 12 月 23 日,《明日世界》(*Worlds of Tomorrow*),1965 年 1 月。

◎《地球奥德赛》A TERRAN ODYSSEY

收于 1964 年 3 月 17 日,之前从未出版。

由作者长篇小说《血钱博士》的某些章节拼凑而成。

◎《为您预约的时间是:昨天》YOUR APPOINTMENT WILL BE YESTERDAY

收于 1965 年 8 月 27 日,《惊奇》(*Amazing*),1966 年 8 月。

这篇故事的修改版包含在迪克的小说《逆时针世界》中。

◎《神圣争论》HOLY QUARREL

收于 1965 年 9 月 13 日,《明日世界》(*Worlds of Tomorrow*),1966 年 5 月。

◎《全面回忆》WE CAN REMEMBER IT FOR YOU WHOLESALE

收于 1965 年 9 月 13 日,发表于《奇幻与科幻》(*Fantasy & Science Fiction*),1966 年 4 月刊。该篇获星云奖提名。

◎《别看封面》NOT BY ITS COVER

收于 1965 年 9 月 21 日,《著名科幻小说》(*Famous Science Fiction*),1968 夏季号。

在这篇故事里，我呈上了自己曾经的希冀：我曾希望，《圣经》里说的都是真的。显而易见，抱着这个希望的时候，我正在怀疑与信仰之间摇摆。哪怕多年后的现在，我仍在怀疑与信仰之间摇摆。我希望《圣经》是真的，可是——唉，哪怕不是真的，我们也能让它成真。不过，哎呀呀，要让它成真，要干的活儿可真不少呢！(1978)

◎《报复赌赛》RETURN MATCH

收于1965年10月14日，《银河》(*Galaxy*)，1967年2月。

我的作品中常会出现"危险玩具"这一主题，就像根破破烂烂的贯穿线。危险之物，伪装成无害之物……有什么东西，能比玩具更加人畜无害呢？这篇故事，让我想起上周看到的一套巨大音响。这套音响索价足足六千美元，而且比冰箱还大。我们几个开玩笑说，要是你不肯去音响店看望这套大家伙，它们就会到你家来看望你。(1978)

◎《父辈的信仰》FAITH OF OUR FATHERS[①]

收于1966年1月17日，发表于《危险的幻象》(*Dangerous Visions*)，编辑：哈兰·埃利森、戈登·西提，1967年获雨果奖提名。

这篇故事的题目，取自一首古老的赞美诗。我写了这个故事，把左翼政治、迷幻药、性和上帝杂糅在一起，大概把能得罪的人都得罪了。写的时候，我觉得得罪人也挺好；写完一发表，我就后悔了，一直后悔到今天——多年后，我家房子屋顶塌了，砸到了我；而我总觉得，自己被砸头，跟从前写的这个故事，有撇不开的诡异联系。(1976)

---

①此短篇中文版对原故事背景进行了修改。——编者注

《父辈的信仰》中那些观念,我其实一个都不赞成。不过,故事中有一个主题倒是蛮吸引我——那就是迷幻药宗教神学体验。最近,众多关于迷幻药的实验,报告了许多这样的例子。我觉得,这是值得探索的真正前沿:迷幻药能导致神学体验——也就是说,在某种程度上,宗教体验可以用科学方法来研究。而且,服用迷幻药后出现宗教体验,也意味着尽管宗教体验属于幻觉,其中却有着某些尚不明确的真实成分。过去,在科幻小说中,若是碰上"上帝"这个主题,通常会以论战的方式处理,《沉寂的星球》①就是一例。可现在,我希望这个主题变得更加值得思索、更有趣味。

比如,原本,对大部分知识分子——包括我——来说,根据我们的体验(或者说,因为我们缺乏体验),都觉得无神论站得住脚。可是,若是在迷幻剂作用下,宗教体验变成了知识分子的日常,会怎么样?无疑,旧无神论得暂时搁置了。科幻小说一直是探索未来人类思想与状态的小说。这个文学种类,总有一天,必须放下所有的偏见,设想并探索某个未来新神秘社会:在这个社会里,宗教成了一支重要力量,其地位相当于中世纪的宗教。这并不一定是倒退——因为,在这个社会里,宗教信仰已经成了可以检验的东西。凡是非自愿的信仰,或非自愿的缄口,都能被检测出来。我本人,对上帝并没有真正的信仰;我只知道,根据我的体验,祂是存在的……当然,是主观上的存在。不过,主观存在也是存在,内心世界也是真实世界。而科幻小说,允许我们把个人的内心体验投射放大,变成一个外部世界,成为人人共享的社会,然后在加以探索讨论。其实,关于上帝,该说的话,早在公

①英国作家C.S.刘易斯(C.S.Lewis)的科幻小说。刘易斯最著名的作品是《纳尼亚传奇》。

元840年,就被约翰·司各特·爱留根纳①说完了。当时,他在法兰克王秃头查理的朝廷上,说了以下几句话:"我们不知道上帝是什么。上帝本人也不知道祂是什么。因为,祂无法被定义,被归类。如果用文字表达,我们只能说上帝不是什么。因为,他超越了存在。"几百年前,这神神秘秘的表达,极其透彻,却又充满禅意。直到今天,也很难超越。我本人,在服用迷幻剂后,也曾有过珍贵的小小幻觉体验,与爱留根纳的描述十分相似。(1966)

◎《终结所有故事的故事——为哈兰·埃利森编辑的科幻小说选集〈危险的幻象〉所作》THE STORY TO END ALL STORIES

《尼耶卡》(*Niekas*),1968年秋季号

◎《电子蚂蚁》THE ELECTRIC ANT

收于1968年12月4日,《奇幻与科幻》(*Fantasy & Science Fiction*),1969年10月。

还是同样的主题:我们称之为"现实"的东西,到底有多少是外部客观世界,有多少是我们脑中的主观感受?我一想到这故事的结尾就害怕……大风刮过,响起"空"与"无"之声——故事中的人物,仿佛听到了世界的最终结局。(1976)

◎《卡德伯里,一只困顿的河狸》CADBURY, THE BEAVER WHO LACKED

①约翰内斯·司各特·爱留根纳(Johannes Scotus Eriugena,约800年-877年)九世纪爱尔兰哲学家,诗人,最著名的作品《论自然的区分》被誉为"概括了前十五个世纪的哲学成就"。

收于1971年12月,之前未发表。

◎《给时航员的小礼物》A LITTLE SOMETHING FOR US TEMPUNAUTS

收于1973年2月13日,发表于《最后阶段》(*Final Stage*),编辑:爱德华·L.费曼、巴里·N.马茨伯格,纽约,1974年。

在这个故事里,我表达的是对太空探索项目的厌烦。太空探索,一开始,如此激动人心(第一次登月成功更是如此);接着,很快被遗忘,继而彻底取消,成了历史的遗迹。我在想,若是时间旅行也成了"项目",会不会也经历这样的命运?而且,时间旅行本身还有"时间旅行悖论"这个风险。所以,时间旅行"项目"的结果,会不会更加可怕?(1976)

时间旅行小说的本质,可以概括为"遭遇与冲突"。其中最好的遭遇,就是时间旅行者遭遇过去或未来的自己。很多优秀的小说,都是利用"遭遇自己"来制造冲突的。不过,《给时航员的小礼物》不一样。这个故事虽然也写了"遭遇自己",却造成了一种"陌生疏离"之感。这种陌生与疏离,只有科幻小说这种文体才能实现……科幻小说,原本就该是"陌生疏离,无法理解"的小说。

艾迪森·道格一号,乘着车。他很清楚,自己的车上载着棺木,棺木里盛着艾迪森·道格二号。他也清楚,此时此刻,有两个自己。他成了分裂的人,就像得了精神分裂症。他的思维也分裂开来,无法合成一体。他无法理解自己身处的境地,理解不了自己,也理解不了艾迪森·道格二号(二号只能一动不动躺在黑暗中,没法推理,也没法解决问题)。这情形着实讽刺。时间旅行小说中存在无数反讽,这只是其中之一。人们很天真,常以为一旦去过未来,必能获得更多知识;其实,很有可能,事实正好相反:时间旅行者的认知会遭到损害。故事中三位时航员,去过未来,却被反讽困住,困在反讽当中,也许永远出不来。在我看来,其中最大的反讽,便是他们对自身行为的困惑。技术进步,实现了时间旅行;时间旅行,带来了信息——关于未来的精确信息。可是,这种信息量的增加,却削弱了时航员的理解力和洞察力。也许,这是因为,艾迪森·道格知道得太多了。

写这个故事的时候,我本人也深感疲倦悲伤,仿佛进入了故事人物所在的空间(应该说时间)。这感觉尤甚往常。我深知必定徒劳,所以倍感徒劳;我深知必定失败,所以最是灰心丧气。我一边写,一边想到:清清楚楚预见失败,明白失败的可能性极大,而且会带来致命的后果——这对普通人来说,最多不过造成心理问题;可是,对于时间旅行者,就会变成真实存在的恐惧密室。能做普通人,就是幸运。我们沮丧低落的时候,最多不过变成自己大脑的囚徒;一旦时间旅行成真,灰心沮丧的心理倾向就会成为可怕的末日魔咒,造成无法估量的毁害。

在这个故事里,藉着科幻这一文体,作者又一次将个人内心问题投射放大,变成整个外部世界,变成一个社会,一颗行星。原本只是一个人,受困于自己的大脑;现在,行星上的每一个人,都受困于这个人的大脑(不知这么说是否准确)。有读者对此抱有强烈反感,这一点我很理解。毕竟,某些人的大脑,实在不是令人愉悦的所在……不过,这故事也可以说是珍贵的工具。通过这个故事,人们能认识到:同一个宇宙,在不同人眼中,完全不同。或者说,从某种角度来说,人们看到的,本来就不是同一个宇宙。

艾迪森·道格的阴暗世界,忽然蔓延开来,成了众多人共同的世界。作为读者,一旦读完故事,就能从作者创造的阴暗世界中抽身离开;可书中人物就没那么幸运了。他们只能永远待在那个世界里,无法逃离。这是作者的独裁暴政。这种暴政,目前还没法在现代社会实现……不过,现代社会有强制性宣传机器(至于敌对国家的宣传机器,我们就称为"洗脑")。仔细想想,这种宣传机器,跟作者暴政的区别,也许不过是程度问题。我们光荣的当朝领导人,目前还没法让自己的大脑延伸开去,把我们都纳入这颗大脑(光凭拖来老旧生锈的大众车部件可没用)。不过,书中人物最后收到了警报,警告他们即将面临的命运;我们也应该听听这警报。因为,我们也面临类似的命运,只是程度不同。

艾迪森·道格在故事中表达了"再也不想见到夏天"的愿望。这一点,我们都应该予以反对:不管以何种委婉形式,不论出于多么善意的理由,任何人都没有权力把我们大家一起拖进这种愿望、这种阴暗的世界观当中。尽管世界有诸多不完美,我们,不论是个体,还是集体,都应该渴望再次见到夏天,能见到几个就见几个。(1973)

◎《未成人》THE PRE-REASONS

收于 1973 年 12 月 20 日,《奇幻与科幻》(*Fantasy & Science Fiction*),1974 年 10 月。

我写了这个故事,招来了乔安娜·鲁斯的满腔怒火。她给我写了一封信,信里污言秽语之多,为我平生所仅见。她在信中说:对付说这种话的人(她用的名词可不是"人"),她一般都会狠狠揍一顿。我承认,这个故事确实可算是特别陈情书。若是因此冒犯了某些主动堕胎支持者,我很抱歉。此外,我还收到了一些匿名泄愤信,写信的不止个人,还有鼓吹主动堕胎的机构。嗯,我这人总免不了惹乱子。对不起了,各位。

不过,我并不后悔为"未成人"们发声说话,我也不会为此道歉。我已经选择了我的立场,我会坚定地站在那儿。Hier steh Ich; Ich kann nicht anders——据传,马丁·路德①就是这么说的。

◎《西比尔之眼》THE EYE OF THE SIBYL

收于1975年5月15日,之前未出版。

◎《计算机先生也有掉链子的时候》THE DAY MR COMPUTER FELL OUT OF ITS TREE

收于1977年夏天,之前未出版。

◎《出口即入口》THE EXIT DOOR LEADS IN

收于1979年6月21日,《滚石大学学报》(*Rolling Stone College Papers*),1979年秋季号。

◎《空气之链,以太之网》CHAINS OF AIR, WEB OF AETHER

原名《善于失去的男人》,收于1979年7月9日,《星辰》(*Stellar*)第五期,编辑:朱迪-琳恩·德·雷,纽约,1980年。本故事包含在迪克小说《神圣入侵》当中。

---

①马丁·路德(1483－1546)德国基督教神学家,宗教改革运动的主要发起人,基督教新教信义宗教会(即路德宗)的开创者,将拉丁文《圣经》翻译为通俗德文,影响深远。作者所引的那句话为德语,意为"这就是我的立场,我别无选择"。

◎《关于死亡的古怪回忆》STRANGE MEMORIES OF DEATH

收于1980年3月27日，《中间地带》(*Interzone*)，1984夏季号。

◎《但愿我能早点儿到》I HOPE I SHALL ARRIVE SOON

首次在杂志上出版时，本故事更名为"冷冻之旅"。"但愿我能早点到"是迪克给故事起的原名。收于1980年4月24日，《花花公子》(*Playboy*)，1980年12月号。本故事获得"花花公子"奖。

◎《拉乌塔瓦拉事件》RAUTAVAARA'S CASE

收于1980年5月13日，《全知》(*Omni*)，1980年10月。

◎《外星人，心难测》》THE ALIEN MIND

《尤巴市急报》(*The Yuba High Times*)，1981年2月20日。

我写的短篇小说，都有一个基本假设：假如，我能亲眼见到外星智慧生命体（通俗叫法是"外太空生物"），我跟它之间，恐怕比我跟隔壁邻居之间，更有话可聊。我的街坊，整天做的事就那么几件，拿报纸拿信，然后开车离开。他们从来不出来活动，出来就是割草。有一次，我到隔壁人家家里去，想看看他们在家里干啥——他们在看电视。

要是换成你来写科幻小说，你能不能假想一个社会，社会里的人不干别的，就干以上这么几件事？这种社会自然不可能真实存在,它只存在于我的想象当中(设想这种社会,几乎连想象力都不需要)。

我们就生活在这样的环境中:在这儿,能激起想象力的东西太贫乏,贫乏到几乎不像真实世界,更像是虚构世界。想要跳出这个环境,就只能在脑中跟各种各样尚未诞生的文明进行接触。为了跟这些文明接触,我写科幻小说,而你读科幻小说;我们俩一个写,一个读,干的事情其实都是同一件。你的邻居,没准儿跟我的邻居一样,也是无法理解的异界生命。这本小说集收录的故事,便是我尝试接触的记录。我倾听从遥遥远方传来的声音——很微弱,却意义重大——然后把这些记录下来。这些声音常常出现在深夜时分,各户人家后院中的喧嚷吵闹已经平息,当天的报纸已经读完,电视机已经关闭,车子都停到了各家各户的车库里。就在这般万籁俱寂的时刻,我能听到从另一颗星星传来的声音(有一次,我记下了听到声音的时间。在凌晨3:00到4:45分之间,声音最清晰)。自然,这话我不会随便告诉别人。一般,人家要是问起:"我说,你那些点子从哪儿来的?"我会说我不知道。这么说比较安全。

我写的故事,你可以把它们看作是:A. 混乱的记录和纯粹大脑发明的混合物;B.看腻了电视里画面逼真的狗食广告后,用来换口味的东西。AB两者都能超越眼前的现实,都会延伸到尽可能的远处,都能掠过虚空为你描述有意思的东西。它会告诉你,宇宙中充满了不停盘算、忙忙碌碌、活生生的个体,一心一意追逐着自己的目标。对旁人来说,这些个体毫无趣味,隔壁邻居都觉得它们是异界生物。最重要的是,这些个体跟自己周围的世界毫无共同语言。它们跟别人接触的尝试失败后,会暗自琢磨,该去哪儿找能说话的对象,琢磨宇宙中有没有跟它们一样的人,也许还会琢磨我们。

　　这本选集中,大部分短篇小说,都是从前写的。那时候,我的生活比现在简单,也更有条理,很容易区分真实世界和虚构世界。那时候,要是我在花园锄草,身边的最奇幻、最高维度的东西,顶多就是杂草……当然,对写科幻的人来说,情况就不一样了。我发现,自己很快开始用怀疑的目光打量这些杂草:这些草来这儿,到底有什么目的?当初是谁派它们来的?到后来,我经常自问的问题变为:这些杂草到底是什么东西?自然,它们看着像是杂草——这正是它们的目的,它们就希望你们把它们当成杂草。等到某一天,这些杂草会占领五角大楼,然后脱下伪装,露出真面目。到那时候,可就太迟了。这些杂草——或者说,我们以为是杂草的东西,会统治地球。我早期的短篇小说,一般都会做这样的设定。后来,我的生活越来越复杂,充满了不幸和曲折,再也没闲心操心杂草。我慢慢明白,最深的痛苦,并非来自遥远行星,不会从天而降;最深的痛苦,莫过于心灵深处的黑暗。当然,这两者并不矛盾,蛮可以同时发生。比如:老婆孩子离开了你,你一个人坐在空荡荡的房子里,生无可恋。这时候,火星人钻破了你家房顶,把你捉个正着。

　　说到本选集中的故事究竟有什么含义,我就不扯惯用的套话,说"故事的含义都在故事里"什么的。我坦白说吧,我自己也不知道。不,应该说,故事之上或故事之外的含义,我确实不清楚。至于故事本身,我倒是懂,但各位读者也能懂。有一回,有一整个班的孩子们给我写信,说起我的一个短篇《像父亲的东西》。每个孩子都提了同样的问题:这个点子到底是怎么来的呀?这问题很容易。我是根据童年时代,对父亲的回忆,写出了这个故事。可是,后来,我又看了一遍自己给孩子们的回信,发现每封信都写得不一样。尽管我存心诚实回答，可是，我告诉每个孩子的答案，都不一样。我想，大概，写小说的人，都像我这样。要是给小说家六样事实，他会想法子把它们串联起来，第一次这样，第二次那样，次次不重复，直到强迫他停止为止。

至于文学评论么，还是交给评论家好了。毕竟那是人家的工作。有一次，我看了某本享有盛誉的科幻文学评论，里面有一篇，评论了我的长篇小说《高堡奇人》。评论里说，小说中人物朱莉安娜，用一根胸针，别住了衬衣，不让衬衣散开。这根胸针，也是一个象征，贯连这整部小说的主题、思想以及次要情节——这一点，我在写胸针这个情节的时候，可一点儿也没想到。读完后，我想，要是朱莉安娜，在不知情中，拿掉了胸针，会怎么样呢？整部小说都会散掉吗？至少会从中间豁开，露出深深的乳沟吧？恐怕就是怕这个，朱莉安娜的男友才会勒令她戴上胸针。至于我么，我一定尽力，把胸针从小说中拿掉。

短篇小说，跟长篇比，有一个很大的优势。写短篇，可以只写主人公人生的高潮；写长篇，却要从主人公出生那天，一直写到他死（或者快死）为止。随便选本小说，随便翻一页，读到的内容往往趋于琐碎无聊。为了避免无聊，写长篇唯一的办法，就是用独特的文体弥补内容的缺陷——故事的内容不重要，讲故事的方法才重要。每一个职业长篇小说家，不消多久，都能学会引人入胜的讲述方法，形成独特的文体。随后，内容就消失了。可是，如果是短篇，光有独特文体，读者是不会买账的。短篇小说必须有实打实的内容。所以，有才华的职业小说家，到了最后，往往都喜欢写长篇。写长篇，只要文体完美就算成功，内容无关紧要。比如弗吉尼亚·沃尔夫，最后写的东西，完全空洞无物。

另一方面，这本选集中，每一个短篇，在动笔书写之前，我都在脑中构思好了一个点子。每个故事,都必须有实打实的概念设定,有某些真实的东西,然后才能在其上构筑故事。好的短篇,必须得让人能用一句话概括:"你有没有读过那个短篇呀?就是那个讲⋯⋯"像这样。威利斯·麦可奈里博士说,科幻小说的精髓,就是点子创意。如果这话说得对,如果点子果真是科幻小说真正的"英雄",那么,短篇科幻,才是科幻小说最出色的代表。而长篇,只是短篇的延伸扩展,就像大树分出各个树杈。拿我自己来说,我的长篇,大部分都是早期短篇的延伸扩展,或者是几个早期短篇的融合——或称叠加态。真正的宝石藏在短篇里,短篇才是真正凝练的精华——这话并不为过。我有些最好的点子,也是我最珍视、对我最重要的点子,一直没法扩展成长篇。不论我怎么努力,这些点子就是只能以短篇的形式存在。

(1976)